中央大学人文科学研究所　研究叢書71

アーサー王伝説研究

中世から現代まで

渡邉 浩司 編著

中央大学出版部

まえがき

本書は、中央大学人文科学研究所の研究チーム「アーサー王伝説研究」の三年間（二〇一七年度から二〇一九年度）にわたる研究成果をまとめたものである。

「アーサー王伝説」というのは、ブリテン島（ブリタニア）の英雄アーサー（フランス語名アルテュール、ドイツ語名アルトゥース、イタリア語名アルトゥ、ウェールズ語名アルシール、ラテン語名アルトゥールス）と彼の戦友たちについて古くから語り継がれてきた伝説である。五世紀から六世紀にかけて大陸からアングロ・サクソン人がブリタニアへ来寇したとき、これを撃退したブリトン軍の指揮官だったのがアーサーとされ、九世紀にネンニウスが編纂した『ブリトン人史』では、アーサーの輝かしい戦歴はバドニス（ベイドン）山の戦いをクライマックスに持つ十二の戦いと関連づけられている（この戦いについては、フィリップ・ヴァルテール（渡邉浩司・渡邉裕美子訳）『英雄の神話的諸相――ユーラシア神話試論1』（中央大学出版部、二〇一九年）第五章「英雄の武勇伝」を参照されたい）。雄々しい戦士団の首領としてのアーサー像は、中世ウェールズの物語『キルフーフとオルウェン』にも残されている。

アーサーをめぐる伝説は、ジェフリー・オヴ・モンマスがラテン語で著した『ブリタニア列王史』（一一三八年頃）の中で《歴史化》され、ヴァースによる同じ年代記の古フランス語版『ブリュット物語』（一一五五年）はこの伝説の《ロマンス化》の契機となった。こうした過程で、ブリトン軍の「戦闘隊長」に過ぎなかったアーサーは、ヨーロッパのほぼ全域を支配下に収める英雄「王」へと変貌を遂げる。「アーサー王物語」の実質的な創始者は十二世紀後半に活躍したクレティアン・ド・トロワであり、彼が古フランス語韻文で著した物語群を母体として、十三世紀前半には『ランスロ＝聖杯（グラアル）』と総称される膨大な散文物語群が成立する。なお『ランスロ＝聖杯』は、英米の研究者の間では「流布本物語群（ウルガタ・サイクル）」と呼ばれている（この物語群については、渡邉浩司「古フランス語散文「アーサー王物語」の「サイクル化」」（佐藤清編『フランス―経済・社会・文化の諸相』中央大学出版部、二〇一〇年、所収）、および「十三世紀における古フランス語散文「聖杯物語群」の成立」（中央大学『人文研紀要』第七三号、二〇一二年、所収）を参照されたい）。

「アーサー王物語」は、アーサー王の誕生から死までを描く一代記を《縦糸》とし、ガウェイン、ランスロット、ユーウェイン、パーシヴァル（フランス語名はそれぞれゴーヴァン、ランスロ、イヴァン、ペルスヴァル）をはじめとした「円卓」の騎士、魔術師マーリン（フランス語名メルラン）、「聖杯（聖なるグラアル）」の探索、トリストラムとイズールト（フランス語名トリスタンとイズー）の悲恋などをテーマにした、本来は別個に発生した物語を《横糸》とする、壮大かつ複雑な物語群である。十二世紀後半から十三世紀前半にかけて一つの文学ジャンルとなった「アーサー王物語」は、トマス・マロリーが中英語で著した『アーサーの死』（一四七〇年頃）によって集大成される。ルネサンス期以降になると「アーサー王物語」の人気が衰えるが、ロマン主義の時代に再び脚光を浴びるようになり、現代でも小説、映画、ドラマ、絵画などさまざまなジャンルで着想源となっている。

中央大学人文科学研究所の「アーサー王伝説研究」チームの前身は、中世スペイン文学を専門とする故福井千春先生と、中世フランス文学を専門とする渡邉浩司が二〇一一年四月に立ち上げた「アーサー王物語研究」チームであり、その成果は『アーサー王物語研究――源流から現代まで』というタイトルで、中央大学出版部から二〇一六年三月に刊行された。四部構成からなるこの論文集では副題「源流から現代まで」が示すとおり、ウェールズで「アーサー伝承」が確認できる八世紀から現在までを射程に収め、日本ではこれまで未紹介だった作品を数多く紹介することができた。今回の論文集では「中世から現代まで」を視野に入れながら「アーサー王伝説」

に注目し、対象を物語群だけに限らず図像資料の分析にも努めた。本書では、分析対象となったテーマ、地域、時代に留意し、五部構成とした。

第一部「アーサー王伝説関連の図像」では、「アーサー王伝説」を主題とした中世ヨーロッパの図像表現に焦点が当てられている。先述したとおり、「アーサー王伝説」の《歴史化》と《ロマンス化》の契機となったのはそれぞれ、ジェフリー・オヴ・モンマスの『ブリタニア列王史』とヴァースの『ブリュット物語』であるが、大陸側にはこうした書物が成立する以前に、「アーサー王伝説」はすでに口承のルートで伝わっていた。

イタリア北部エミリア地方のモデナ大聖堂の北側にある通称「魚市場の扉口」のアーチに残るのは、「アーサー王伝説」の一場面を刻んだ最も早い作例である。この図像の分析に挑まれたのは、西洋中世美術、おもにロマネスク美術を専門とする金沢百枝氏である。『ロマネスクの宇宙――ジローナの《天地創造の刺繍布》を読む』（東京大学出版会、二〇〇八年）や『ロマネスク美術革命』（新潮社、二〇一五年）などの著書で知られる金沢氏は、モデナ大聖堂の浮彫群像がどんな場面を表しているのか、また聖堂全体の図像プログラムと照らしてどんな意味をもっているのかについて従来の説を概観しながら、アーサー王とその仲間たちによる王妃の救出と異教に苦しめられているエルサレムの救出という十字軍の主題が救済史に織りこまれているという説に注目された。この浮彫には今も謎が残されており、金沢氏はその例として、同扉口の楣《まぐさ》に刻まれた「鞭をもつネレイス」や「狐の葬式」との関連を挙げておられる。

イタリアの民話や伝説に造詣が深く、『イタリア異界物語――ドロミーティ山地　暮らしと伝説』（東洋書林、二〇〇六年）や『イタリア古代山岳王国悲歌』（二〇一七年、悠書館）などの著書で知られる増山暁子氏は、北イタリアの城館を飾る「アーサー王伝説」に関する壁画のうち、代表的なものを四つ紹介して下さった。それはロデンゴ城（ドイツ語名ローデネック城）、ロンコロ城（ドイツ語名ルンケルシュタイン城）、マンタ城、ゴンザガ家の居城《ピザネッロの間》を飾る壁画であり、増山氏ご自身が現地調査をされている。このうちロデンゴ城とロンコロ城の壁画については『イタリア異界物語』の最終章でも触れられているが、マンタ城のフレスコ画とピザネッロによる作品については本邦ではあまり知られておらず、文学と歴史双方からの解釈は圧巻である。

　中世フランス文学を専攻し、なかでも古フランス語韻文・散文による「アーサー王物語」に神話学的な立場から関心を寄せてきた渡邉浩司は、二十世紀末にフィリップ・ヴァルテール氏が解読に成功した、フランス・イゼール県にあるテッス城の壁画を取り上げている。十三世紀後半から十四世紀前半にかけて制作されたこの壁画は、クレティアン・ド・トロワの遺作『ペルスヴァルまたはグラアルの物語』（以下『ペルスヴァル』と略記、一一八一―九〇年頃）前半が描くペルスヴァルの「幼少年期」の図像表現であり、世界中のアーサー王物語研究者の間でもいまだに認知度が低い。『ペルスヴァル』から着想を得た図像表現としては、五点の写本に描かれた挿絵群とパリのルーヴル美術館が所蔵する象牙製の小箱に描かれた図像が知られているが、テッス城内の壁画はこれらに勝るとも劣らぬ中世期の貴重な図像資料となっている。

　第二部「フランスとイタリアのアーサー王伝説」では、ロベール・ド・ボロン作『聖杯由来の物語』および『メルラン』、クレティアン・ド・トロワの初期作品の一つ『フィロメーナ』、十四世紀トスカーナ地方で書かれた『円卓物語《ラ・ターヴォラ・リトンダ》』に焦点を当てた。

　古フランス語による聖杯物語を専門とし、『中世アーサー王物語群におけるアリマタヤのヨセフ像の形成』（渓水社、二〇〇二年）や、ロベール・ド・ボロンの作品の邦訳で知られる横山安由美氏は、ロベールが自作においてどのような文脈で王や権力者を描き、どのような政治思想を表していたのかについて考察された。ロベール・

ド・ボロンは、クレティアン・ド・トロワらの宮廷風恋愛物語のみならず、聖書外典、神学書、歴史書など多岐にわたるジャンルの作品群を参照して物語を著した点が特異である。ロベールはとりわけ十一世紀から十二世紀に先鋭化した教権と俗権の理論的および社会的な葛藤に鋭敏であったと考えられ、ソールズベリのジョンが『ポリクラティクス』（一一五九年頃）で提示した国王論に近い発想を有していた。『聖杯由来の物語』（一二〇〇年頃）では一世紀に溯って理想の社会を再構築するとともに、『メルラン』ではアーサー王像や《円卓》の描写を通して固有の共同体論を展開し、騎士社会のあるべき姿を模索したと考えられる。

クレティアン・ド・トロワは、現存第二作『クリジェス』（一一七六年頃）の冒頭に挙げた先行自作目録の中で「ヤツガシラとツバメとサヨナキドリの変身」の物語に触れている。これに相当する作品が、作者不詳『寓意オウィディウス』を伝える十四世紀初頭の写本から発見された『フィロメーナ』であり、『寓意オウィディウス』の専門家である村山いくみ氏が作品の伝承を明らかにし、その解釈に挑んで下さった。村山氏によると、クレティアンがオウィディウスを土台としながらも、登場人物の二面性に着目し、テレウスとプロクネの偽りの姿を強調しフィロメーナを犠牲者として描いたのに応じて、『寓意オウィディウス』の作者はクレティアンの意図に従って寓意的解釈を展開して、テレウスのみならずプロクネを地獄送りにし、フィロメーナの行く末については明言を避けているという。韻文で書かれていた『寓意オウィディウス』が十五世紀に散文化されると、『フィロメーナ』はクレティアンの帰属性を失い、寓意的意味も削除されて、簡明な一種の歴史物語へと変化していく。

チョーサー研究会の事務局を担当され、瀬谷幸男氏との共訳『シチリア派恋愛抒情詩選』（論創社、二〇一五年）および『完訳　中世イタリア民間説話集』（論創社、二〇一六年）などの著書で知られる狩野晃一氏は、十四世紀トスカーナ地方で書かれた『円卓物語』を取り上げて下さった。トリスターノ（トリスタン）を中心として展開されるこの作品は、種本と考えられる古フランス語『散文トリスタン』の内容や言い回しを見事に踏まえている。『円卓物語』にはさらに、特有のエピソードや、読者や聴衆を意識した語りなどが随所に見られ、イタリア語で書かれた「アーサー王物語」の中でもひときわ重要である。本邦では残念ながら、この作品についての認知度は極めて低いと言わざるを得ず、本作品に関する言及や研究もほとんどない。そのため、中世イタリアにおけるトリスタン物語の広がり、『円卓物語』の主だった特徴、さらに今後の研究の可能性について論じた狩野氏の概論は大変貴重であり、今後イタリア文学における「アーサー王伝説」の研究が本邦でも進展することが期待される。

第三部「ドイツ・北欧・イギリスのアーサー王伝説」が対象としたのは、「湖の騎士」ランスロットの物語の中高ドイツ語版『ランツェレト』、『ブリタニア列王史』のアイスランド語による翻案作品『ブリトン人のサガ』、トマス・マロリーが描くアーサー王の后グウィネヴィアである。このうち北欧版『ブリトン人のサガ』は本邦では未紹介の作品であり、グウィネヴィアについては比較文学の観点から『平家物語』の建礼門院との比較がなされている。

長年にわたりウルリヒ・フォン・ツァツィクホーフェン作『ランツェレト』（一二〇〇年頃）に関心を寄せてこられた白木和美氏は、主人公ランツェレトとアーサー王宮廷との関わりを軸に、この作品の概要とその特色を明らかにされた。主人公は自身の出自・名前というアイデンティティーを獲得するとともに宮廷に迎え入れられるのだが、それ以前に成長の過程で宮廷と接触し交流を深めていく様子がうかがえる。宮廷の側も積極的に主人公を外部から迎え入れているようである。主人公ランツェレトは宮廷で地位を得て、それにふさわしい役割を果たしており、やがて領主として大成する。『ランツェレト』は多彩なモチーフや繰り返しの多用が目立つものの、計算された構成を持つ作品である。しかしながら作者や原典を含めていまだ解明されていない問題点や矛盾も少なくない。今後さまざまな角度からの研究が期待される作品の一つである。

『北欧のアーサー王物語』（麻生出版、二〇一三年）の著書で知られる林邦彦氏は、ジェフリー・オヴ・モンマス作『ブリタニア列王史』のアイスランド語による翻案作品『ブリトン人のサガ』（一二〇〇年頃）の分析に挑まれた。『ブリトン人のサガ』には、性格の異なる二つのヴァージョンが伝承されている。一つは、百科事典のような書物を目指して編纂された『ホイクルの書』と呼ばれる写本に含まれ、文学作品よりもむしろ歴史書の性格を持ち、簡潔な描写を特徴としたものである。もう一つは、感情描写や儀式などの細かな描写が多く、ロマンスの性格を持つヴァージョンである。このうち『ホイクルの書』に含まれる版は校訂本が刊行されているが、ロマンスの性格を持つヴァージョンは校訂本が刊行されておらず、『ホイクルの書』の版の本文の随所に付された脚注にロマンス版のテクストの該当箇所の記述が部分的に紹介されている。そのため林氏は『ブリトン人のサガ』について、アーサー王の生涯を扱った部分を中心に、『ホイクルの書』の版、およびその脚注に記されたロマンス版の内容を、ジェフリー作品、およびその翻案であるヴァース作『ブリュット物語』の該当箇所と比較し、『ブリトン人のサガ』の両ヴァージョンに見られる、先行研究で未指摘の特徴を明らかにされた。

英文学を中心とした中世ヨーロッパ文学、日欧の対照を中心とした比較文学、比較文化学を精力的に研究されてこられた多ヶ谷有子氏は、『王と英雄の剣――アーサー王・ベーオウルフ・ヤマトタケル　古代中世文学に見る勲と志』（北星堂書店、二〇〇八年）などの著作で知られる。本書では比較文学の観点から、アーサー王の后グウィネヴィアと『平家物語』の建礼門院という二人の女性に焦点を当てていただいた。中世ヨーロッパのロマンスと日本の中世時代の軍記物というジャンルの違いはあるが、二人とも大きな戦いで壊滅的崩壊を経験し、修道院に入る、あるいは出家隠遁する。グウィネヴィアはランスロットとの愛が宮廷の崩壊を招いたことを悔いて贖罪の修行を、建礼門院は壇ノ浦で入水した安徳天皇をはじめ、そこで最終的に滅びた平家一門の菩提の弔いの日々を送る。寂光院を訪れた後白河法王に、建礼門院は都落ちからの日々を六道《ろくどう》に喩えて語る。華やかな宮廷の華であったグウィネヴィアと、「灌頂巻《かんぢょうのまき》」までおよそ存在感を示さなかった建礼門院は、さまざまな点で相違するが、人生の最後を、来世を思い、祈りと修行の日々を過ごすという点で本質的に重なるものがある。このように多ヶ谷氏は、崩壊以降の日々に焦点を当て、二人の女性の贖罪と祈り、菩提の弔いの本質を明らかにされた。

第四部「騎士ガウェインの諸相」では、アーサー王の甥で円卓騎士団の筆頭にあった騎士ガウェイン（フランス語名ゴーヴァン、ドイツ語名ガーヴァーン、ウェールズ語名グワルフマイ）に注目し、中世英文学、中世ドイツ文学、中世ウェールズ文学がそれぞれ独自に描く騎士の姿に注目した。

中英語騎士物語に関心を寄せてこられた貝塚泰幸氏は、『サー・ガウェインとカーライルのカール』を取り上げ、従来ほとんど顧みられることのなかった「馬の試練」と呼ばれるエピソードの分析をされた。主人公たちの力量を試すこの試練は、それを課す者にとっては挑戦者たちの審査の場にもなる。この試練をただ一人乗り越えることのできたガウェインは、騎士の資質として不可欠な礼節を示しただけでなく、馬への慈しみの心、ひいては慈悲心という美徳を顕在化させている。このように貝塚氏は、「馬の試練」がガウェイン像の新たな造形に大きく貢献していることを説得的に論じておられる。騎士と馬との関連については、貝塚氏が「中英語騎士物語における騎士と馬との関係についての初期研究」（『千葉商大紀要』第五六巻第一号、二〇一八年、所収）の中で、歴史学と社会学の視点を取り入れながら、中英語騎士物語における騎士と馬との類型がその背後に持つ文学的な意義について考察されたことも付言しておきたい。

中世英文学における「個」の意識を研究テーマとしてきた玉川明日美氏は、中世文学の最大傑作の一つ『サー・ガウェインと緑の騎士』を取り上げ、各登場人物が互いを評価し合う過程において、いかにして「騎士」としてのアイデンティティーが形成されていくのかについて検討された。とりわけ、作中の“prys”という語の使用例に着目し、その語に託された各登場人物の自他に対する「評価」の在り様を分析している。『サー・ガウェインと緑の騎士』において、ガウェインがベルティラックの居城で城主やその奥方を相手に経験する「獲物の交換」や「誘惑」は、彼のアイデンティティー形成に影響を及ぼす重要な場面である。これらはガウェインの騎士としての資質を問う試練であるため、仕掛けた側である城主夫妻とガウェインとは「評価する者／される者」として立場を異にするとみなされてきた。しかし、ガウェインと各登場人物との会話を分析すると、試練の結果を示唆するような解釈だけではなく、ガウェインと城主夫妻それぞれが、宮廷社会に生きる者としての理想的な在り方を実践し、他者からの「評価」を得ようとする《自我》を持って対峙する姿も見えてくる。玉川氏が力説するように、“prys”は他者から「評価」を得るに値する「価値」を表象する語として、本作の中で重要な位置を占めていると言えるだろう。

　ドイツ中世叙事文学を専門とする松原文氏は、ヴォルフラム・フォン・エッシェンバハ作『パルチヴァール』におけるガーヴァーン像に注目された。クレティアン・ド・トロワの『ペルスヴァル』では、ペルスヴァルはゴーヴァンの冒険に登場することはなく、未完に終わった二人の騎士の物語の連関は明快ではない。それに対してヴォルフラムの『パルチヴァール』では、「ガーヴァーン物語」にパルチヴァールは間接的な形ではあるが、主人公として時折登場する。またガーヴァーンは三人の女性とのミンネと冒険という装いの下で、パルチヴァールから間接的に「グラール」探索を託されている（ちなみにペルスヴァルが目撃する「グラアル（Graal）」は聖体《ホスティア》を入れる純金製の容器であるのに対し、ヴォルフラムの描く「グラール（Gral）」は石である）。『パルチヴァール』では、二人の騎士は時間的・空間的に近接して冒険を行い、馬を介して（象徴的に）結びついているのである。ガーヴァーンは主人公を相対化する対立項として論じられることが多いが、実は乗り越えるべき問題と目指す道をパルチヴァールと共有しており、理想の騎士像は解放され、新たに自律性を獲得している。

二〇一五年にベルギーのブレポルス社から刊行された『中世ウェールズのオリエント観』（*Medieval Welsh Perceptions of the Orient*）で知られるナタリア・ペトロフスカイア氏は中世ウェールズ文学がご専門で、複数の言語を自在に操る新進気鋭の研究者である。ペトロフスカイア氏は二〇一四年三月にパリ東大学（マルヌ＝ラ＝ヴァレ）で開催された研究集会「中世ヨーロッパ文学におけるゴーヴァン」で、中世ウェールズ文学におけるゴーヴァン像についてフランス語で発表され、その原稿は二〇一五年に刊行された研究報告集に収録されている。本書のために寄稿していただいたフランス語論文はこうした研究の延長線上にあり、ゴーヴァンの中世ウェールズ版にあたるグワルフマイが元来、アーサー王の「親衛隊長（ペンテイリ）」だったとする説を補強するための考察がなされている。クレティアン・ド・トロワが著した物語群をはじめとした大陸の文学作品では、ゴーヴァンがアーサー王の助言役としての役割を果たしているが、ペトロフスカイア氏はこうした重要な役割のうちに、グワルフマイがかつて務めていた王の「親衛隊長」としての表象の名残を認めておられる。

第五部「近現代の文学と映画のアーサー王伝説」では、十九世紀後半から二十世紀後半に至る時期の欧米での「アーサー王伝説」受容に焦点を当て、二人の作家と一人の映画監督を取り上げた。

先の論文集『アーサー王物語研究』でマーク・トウェインの『アーサー王宮廷のコネティカット・ヤンキー』を読み解いて下さった、アメリカ文学がご専門の近藤まりあ氏は、本書ではジョン・スタインベック（一九〇二—一九六八年）の『アーサー王と気高い騎士たちの行伝』の分析に挑まれた。スタインベックは、幼少時にトマス・マロリーの『アーサーの死』を読み多大な影響を受けた。彼は晩年にこの作品の翻訳を試み、それは最終的に『アーサー王と気高い騎士たちの行伝』として彼の死後に出版されることになる。キャクストン版とウィンチェスター写本のどちらを用いるか、純粋な翻訳にするのか翻案として自らのオリジナリティーを発揮するか、紆余曲折を経ながらスタインベックは書き進んだ。特にスタインベックが関心を持っていたモーガン・ル・フェイに関しては、『エデンの東』の登場人物キャシー・エイムズと比較すると、理解不可能なはずの悪女に関して、次第に読者にも共感できる可能性が示されるようになるという点が類似している。そのため近藤氏によれば、キャシーを手掛かりにすれば、モーガン・ル・フェイの人物造形におけるスタインベックの独自性が確認できるという。

フランスの詩人ギヨーム・アポリネールの研究者であるのと同時に映画評論家として活躍中の伊藤洋司氏は、『週刊読書人』での「映画時評」で知られ、その成果は『映画時評集成　二〇〇四―二〇一六』（読書人、二〇一七年）として刊行されている。本書では伊藤氏にロベール・ブレッソン（一九〇一―一九九九年）の映画『湖のランスロ』を分析していただいた。この作品はランスロ（ランスロット）伝説に基づきながらも、自由な立場で独自の物語を語っていると考えられる。伊藤氏はまず、ランスロとグニエーヴル妃の関係の描写に注目しながら、恋愛映画として作品を考察する。二人の態度の間には微妙なずれがあり、グニエーヴル妃にとっては、問題はあくまでアルテュス（アーサー）王とランスロの間での葛藤である。だが、ランスロの葛藤は世俗的な水準ではなく、神という絶対的な存在との関係において捉えられるべきものなのだという。次に伊藤氏は、運動に注目しながら、活劇として作品を考察する。この作品では、あらゆる運動は死に向かっている。「聖杯」探索の失敗が騎士道世界の崩壊と「円卓」の騎士たちの死という宿命をもたらしている。「円卓」の騎士たちは「聖杯」探索の失敗により神という絶対的な存在を見失い、相対的に見える世界を彷徨うが、死の宿命とともに再びこの絶対的な存在を見出すと、伊藤氏は結論づけておられる。

十九世紀に活躍した詩人・小説家ジェラール・ド・ネルヴァルを専門とされ、後に比較神話学へと進まれた篠田知和基氏は多作の人であり、神話伝承関連に限ってみても、『人狼変身譚』（大修館書店、一九九四年）、『竜蛇神と機織姫』（人文書院、一九九七年）、『世界神話入門』（勉誠出版、二〇一七年）、『フランスの神話と伝承』（勉誠出版、二〇一八年）など多くの著作がある。フランス文学関連では、ネルヴァルのほか、シャルル・ノディエ、ジャン・ケロール、ジャン・レー、ジャン・ロラン、オクターヴ・ミルボー、ジョルジュ・サンドなど数多くの作家の翻訳も手掛けてこられた。本書で篠田氏は、現代の作家ジュリアン・グラック（一九一〇―二〇〇七年）が発表した戯曲で「聖杯（グラアル）」の探索を素材とした『漁夫王』と、グラックの処女作『アルゴールの城にて』を「裏返しの聖杯の物語」として鮮やかに読み解いて下さった。グラックは『アルゴールの城にて』の「はしがき」で、この作品がワグナーの『パルジファル』の「悪魔的な書き替え」と受け取られる可能性を指摘しているが、篠田氏によるとグラックの『漁夫王』はむしろ「世俗的な書き替え」かもしれないという。

我々の研究チームではこの三年間（前身のチームから数えると八年間）、共同研究を進める一方で、公開研究会を定期的に開催して外部から研究者をお招きし、文学のみならず言語学、哲学、神話学、民族（俗）学、美術史など複数の分野に関する知見を深めてきた（その詳細については、巻末の「研究活動記録」を参照されたい）。本書の刊行にあたり、中央大学研究所合同事務室・人文研担当の百瀬友江さんと北澤舞子さん、中央大学出版部の編集スタッフのみなさん、なかでも中沢希実子さんには大変お世話になった。ここに特記して厚くお礼申し上げたい。なお本書中、「アーサー王伝説」と関連した固有名詞のカタカナ表記や作品名の邦題については、原則としてフィリップ・ヴァルテール著（渡邉浩司・渡邉裕美子訳）『アーサー王神話大事典』（原書房、二〇一八年）に従った。

本書を、研究会チーム「アーサー王伝説研究」の前身にあたる「アーサー王物語研究」の生みの親である故福井千春先生と、長年にわたり本邦での中世ヨーロッパ文学研究を牽引してこられた故池上忠弘先生のご霊前に捧げたい。

二〇一九年一一月

「アーサー王伝説研究」チーム主査

渡　邉　浩　司

目次

第二部　フランスとイタリアのアーサー王伝説

第三部 ドイツ・北欧・イギリスのアーサー王伝説

目次

第四部　騎士ガウェインの諸相

第一部　アーサー王伝説関連の図像

モデナ大聖堂「魚市場の扉口」のアーサー

金沢百枝

はじめに

イタリア北部エミリア地方の都市モデナ（Modena）。その中心部にはロマネスク期に建てられた瀟洒な大聖堂サン・ジェミニアーノ（San Geminiano）がある。イタリアの大聖堂のなかでもっとも言及されてきた聖堂と言っても過言ではないほど、この聖堂について数多くの研究がなされてきた。主題の幅も広い。「カノッサの屈辱」で知られるトスカナ女伯マティルデ（Matilde）の所領のため、グレゴリウス改革や叙任権闘争との関わり(1)、第一次十字軍との関わりなど(2)、政治的な観点からの研究もあれば、あるいは守護聖人聖ゲミニアヌス（Geminianus）とその図像プログラムについて(3)、またあるいは大聖堂の建築を指揮した建築家ランフランコ（Lanfranco）、大聖堂正面の彫刻とその彫刻家ヴィリジェルモ（Wiligelmo）についてなどの研究がある(4)。とはいえ、もっとも注目を集めているのは、大聖堂北側にある通称「魚市場の扉口」（Porta della Pescheria）だろう、そのアーキヴォルトにアーサー王の姿が認められるからである。一八九八年にフォースターが言及して以来、百年余に渡り、幾多もの文学研究者や美術史家がこの浮彫の謎に取り組んできた。付された銘文によって明瞭にアーサーとわかる騎士が貴婦人の救助に向かうその浮彫は、最古のアーサー王物語写本よりも古く、口伝の物語が北イタリアでも愛されていたことがわかる貴重な作例と言えるだろう。これまでの研究で明らかになったことも多いが、謎も残されている。本章ではこれまでの研究を概観しながら、最後にどのような謎が残されているのか、そしてそれを解く鍵はどこにあるのか指摘して終わりたい。

一　「魚市場の扉口」の浮彫

本論に入る前にまず、対象となる「魚市場の扉口」を詳しく見ていこう（図1）(5)。大聖堂の南北には、西側正面の彫刻を手がけたヴィリジェルモ・ダ・モデナの弟子の作とされる小さな扉口がある。壮麗で大きな西扉口と比べると慎ましく、楣《まぐさ》（扉口上部につけられた横木）を支える二本の角柱と扉口の半円アーチ（アーキヴォルト）から成る。全体を囲うようにアーチがあり、コリント式柱と左右二頭の獅子が支えている。テュンパヌム（タンパンともいう。扉口上の半円形部分）はない。門柱の部分は内側（出入り口側）に月暦があるものの外側の角柱は下部をテラモン（世界を支えるアトラスのように、円柱、角柱、半円柱がその形に作られ、建築上部を支える）で支えられ、蔓草文様で覆われている。蔓草のなかにイソップ物語由

図1　モデナ大聖堂北側「魚市場の扉口」全景（菅野康晴撮影）

図２　モデナ大聖堂北側「魚市場の扉口」楣とアーキヴォルト（菅野康晴撮影）

来の動物表現や人頭をもつ怪物や動物たちが巣食う、いわゆる〈inhabited scrolls〉と呼ばれる意匠である。向かって右側には、月暦は下から上に一月から六月が、向かって左側では下から上に七月から一二月が刻まれている。

物語が展開するのは、楣とアーチの部分で（図2）、とくに北側の「魚市場の扉口」ではアーキヴォルトの形をうまく使って救出譚を物語る。アーチの頂部には塔があり、それを取り囲む城壁の存在も認められる。壁の周りに水面模様が施されていることから、水に浮かぶ要塞とわかる（図３）。このロマネスク様式の窓のある城には盾が掲げられている。塔の左右には木造の櫓（おそらく跳ね橋）がある。塔の左側には、ウィンロゲー（WINLOGEE）と名付けられた貴婦人がいる。袖ですっぽり覆われた手を拝むように組み、心配を隠せないようすで佇む。その目線の先には、まるで彼女へ向かってきているかのような、三人の騎士が馬を駆って迫り来る。迎え撃つのは戦斧を手にした歩兵ブルマルトゥ

図3　「魚市場の扉口」の頂部、塔を囲む城壁の外側に波模様があることから塔が水に浮かぶと分かる（菅野康晴撮影）

図4　アーチ部分左。真ん中の騎士は鎧を着けていない（菅野康晴撮影）

図5　アーチ右側（菅野康晴撮影）

ス（BVRMALTVS）である。[6] 旗を掲げ、鎖帷子に身を包み、長槍を手に拍車をかけ、先頭を走るのがまさにブリテンのアーサー（ARTUVS DE BRITANI）である。つまり、これはアーサー王が貴婦人を救出する物語なのである。アーサーの後に続くのは、鎧をつけていない騎士と重装備の騎士である（図4）。ルーミスとルジューヌでは誰が銘文イスデルヌス（ISDERNVS）かで意見の相違があり、ルジューヌは鎧をつけて馬に乗っている騎士をイスデルヌスとし、背後から襲われたアーサーを助けている場面と見るが、ルーミスは鎧をつけていない騎士をイスデルヌスとする。[7]

アーチの右半分、中央の塔の右側には男マルドック（MARDOC）がいる。貴婦人を見ているのか、それともその先のアーサーを見ているのか、まるで逃げようとするかのように跳ね橋の一部に手をかけた姿勢で、後ろを振り返っている。要塞の右側からはカラード（CARRADO）という名の騎士が馬に乗って要塞を出て応戦しているようす。対するはガルヴァギン（GALVAGIN）。ガルヴァリウン（GALVARIVN）とケー（CHE）[8]という騎士を従えたその騎士の槍は、城を守る騎士の盾に突き刺さっており、救出作戦が勝利に終わるであろうことを予感させている（図5）。

二　先行研究と年代設定

文献学者フォースターが一八九八年の論文で「魚市場の扉」に言及して以来、アーサー王文学研究者の間で、モデナ大聖堂の「魚市場の扉」は注目を集めた。クレティアン・ド・トロワ（Chrétien de Troyes）が物語を記す前に、ウェールズ国境でのウィリアム・オヴ・マームズベリー（William of Malmesbury）やジェフリー・オヴ・モンマス（Geoffrey of Monmouth）がアーサー王物語に言及する何十年も前に、ケルト圏でもないイタリアで、アーサーが出現したからである。しかも、現存するアーサー王物語群のなかには、アーサー王自身が王妃の救出にあたる物語は残っていない。クレティアン・ド・トロワの『ランスロまたは荷車の騎士』（*Lancelot ou Le Chevalier de la Charrette*）にはアーサー王の配下が攫われた王妃を救出する場面があるが、それに繋がる失われた物語の一部なのではないかと目された[9]。現存する物語の原型にあたるのではないかなどと議論が活気づいた。また、銘文に記された名前が馴染みない音であることも、想像を掻き立てた。アーサー王文学研究の重鎮ルーミスは、これらの名をウェールズ語起源の名前だと論じている[10]。

「魚市場の扉口」を含むモデナ大聖堂の制作年代が曖昧であったことも、混乱に拍車をかけた[11]。一〇九九年に建造が開始され、聖ゲミニアヌスの聖遺物の移送と献堂式が一一〇六年に行われたという記録が残るため、聖遺物の移送式の時点には地下聖堂や東端は建っていたと思われる。また、一一三七年には建築家ランフランコの署名入り銘文が刻まれているため、その前後に聖堂は完成していると思われる。しかしながら、教皇ルキウス三世が一一八四年に再度、献堂式を執り行っている。しかも、西正面は大理石の化粧板で覆われ、松明を下に向けたプットーなど古代の石棺彫刻を再利用するなど、古代復興の先駆けとも言える「進んだ」要素をもつ[12]。この美術をどのように評価するのか、フランスの美術史家エミール・マールやポール・デシャンとアメリカのアーサー・キングスリー・ポーターとの間で意見の相違があった。ロマネスク美術をフランスで誕生したとするフランスのナショナリズム的な考えをもつマールは、モデナ大聖堂の年代設定を遅く見積もり、十二世紀末とし、プロヴァンス出身の石工の関与を示唆した[13]。同じくフランスのファラルに至っては一二〇〇年代と特定するなど強気の姿勢を示した。一方、ロンバルディアをロマネスク美術誕生の地のひとつと考えるポーターは、制作年代を十二世紀の初頭に定めていた[14]。一連の議論のなかで、じょじょに制作年代は

図6a 『スティーヴン・ハーディングの聖書』fol. 13r 部分、1109-1111年頃、ブルゴーニュ地方シトー派修道院制作、ディジョン市立図書館蔵 http://manuscriptminiatures.com/bible-of-stephen-harding-dijon-bm-ms14/4308/（2019年4月2日最終アクセス）

図6b アーチ右側、円錐形のヘルメットなどが類似している（菅野康晴撮影）

早まり、現在では、西正面の彫刻群をヴィリジェルモ・ダ・モデナが手がけたのは十二世紀初頭ということで一致している。様式的には類似しているがヴィリジェルモ作ではないということから、「魚市場の扉口」は西正面よりも若干遅く作られた弟子の作と考えられている。騎士たちの武具からも、十二世紀前半という意見が出されている。[15] 騎士たちはみな鼻あてのついた円錐形のヘルメットをかぶり、円形ではなく花びらの形の盾を持っている。シトー会写本のひとつで一一〇九年に制作された『スティーヴン・ハーディングの聖書』に見られるゴリアテの武装とたしかに一致する[16]（図6a～b）。

「魚市場の扉口」の制作年代については、一一二〇年から四〇年頃ということで、現在では研究者らの意見は一致している。[17] だとしても、一一七七年から一一八一年に制作されたとされるクレティアン・ド・トロワの『ランスロまたは荷車の騎士』より半世紀以上古いことになる。

三　どのような物語なのか

ここに刻まれているのは、どのような物語なのか。どこに起源をもつのか。[18] 鍵は貴婦人ウィンロゲー（WINLOGEE）にある。ルーミスによれば、ブルターニュ語では〈Winlowen〉や〈Wenlowen〉という名前が九世紀から現れ、「白く愉しいもの」を意味するという。『ワルウアニウスの成長期』（『アーサー王の甥ガウェインの成長期』）（*De ortu Walwanii*）という作品ではアーサーの后が「グウェンドレナ」（Gwendoloena）と呼ばれている事実に気づく。さらに『トリスタン狂恋』ベルン本（*Folie Tristan de Berne*）では英雄イデール（Yder）はグエンロイ（Guenloie）の恋人である。ウェールズ語版ではグウェンフィヴァール（Gwenhwyvar）である。モデナの人名はウェールズ語よりもブルターニュ語に近い。語頭のGのあるなし、WINといった音などに共通性があり、モデナの浮彫で、城に閉じ込められ、救出を待つ貴婦人ウィンロゲーがアーサー王の后グウィネヴィア（フランス語名グニエーヴル）であることに気づく。結論としては、この物語は現存する物語には存在せず、『デュルマール・ル・ガロワ』（*Durmart le Gallois*）と散文「聖杯物語群」の中核を占める『ランスロ本伝』（*Lancelot propre*）という二つの物語を融合したような、古い物語だと考えられる。『ランスロ本伝』では、ランスロがアーサーの甥ゴーヴァン（ガウェイン）を巨人カラドック（Caradoc）の「苦しみの塔」（Douloureuse Tour）から救い出すエピソードの要素が大きい。どちらの作品にもグニエーヴル誘拐のエピソードがあるが、『デュルマール・ル・ガロワ』には、イデールが丸腰だったためブラン・ド・モロワ（Brun de Morois）による王妃誘拐を阻止できなかったという細部があることから、武具をつけていないモデナの彫刻の騎士をランスロ（英語名ランスロット）とする見解もある。

この二つの英雄譚から、ルーミスはモデナの物語を再構成している。[19] アーサーの王妃ウィンロゲーは野原に気晴らしに出た。イデルン（Idern）が付き添っていたが、武具はつけていなかった。カラード（Carrado）という巨人の騎士が森から出てきて、王妃を連れ去り、イデルンを打ち付けて立ち去った。巨人の騎士と王妃は、荒れた沼地に建つ城へやってきた。[20] この城へは反対向きに架けられた二つの橋で渡ることしかできない。巨人は、王妃を兄で魔法使いのマルドック（Mardoc）のもとへ連れてきた。王妃に恋をしていたからである。一方、城に戻って王妃の誘拐を告げたイデルンは武具もつけず、急いで、アーサー王とともに駆けつけた。出迎えたのは凶暴な（小人）ブルマルト（Burmalt）で戦斧を振り回している。巨人の騎士カラードは他の二人の騎士を蹴散らしたが、最強の騎士ガルヴァギン（Galvagin）には太刀打ちできず、後退し、ついには剣が折れてしまう。城のなかに入ったガルヴァギンはカラードの剣で彼を殺し、魔術師マルドックにも迫るが、王妃はマルドックに慈悲をかけ、命を助ける。王妃は解放され王のもとへ戻る。

図7　騎馬戦闘場面、南イタリア、バーリ、サン・ニコラ聖堂「獅子たちの扉口」部分図、十一世紀末（金沢百枝撮影）

四　なぜ聖堂扉口に刻まれたのか——聖堂全体の図像プログラムとの関連

どのようにして、このような早い時期に、アーサー王物語がモデナまで伝えられたのだろうか[21]。これには諸説ある。マールは、モデナはローマへの巡礼路（via Francigena）の道沿いにあり、フランスの吟遊詩人たちがここを通ったからだと述べている。もうひとつの説としては、十字軍との関連である。ポーターは、モデナからはかなり離れた場所にある南イタリアのバーリ（Bari）のサン・ニコラ聖堂との類似性について語っている。ロンバルディア地方では石造天井の聖堂が多いが、モデナ大聖堂は木造天井をもち、聖堂の司教座に類似性がある。ヴィリジェルモの彫刻の様式も、一〇八七年に建造が始められ一〇九八年に完成したバーリのサン・ニコラ聖堂と共通しており、モデナ大聖堂はバーリをモデルにしているという。ヴィリジェルモという名前からして、ノルマン人ではないかともされる。そしてなにより、バーリの「獅子たちの扉口」には、銘文こそないものの、モデナとよく似た騎馬戦のようすが刻まれているのである。モデナ同様、アーチの頂部に城があり、騎馬兵は両側から攻めている（図7）。

モデナの銘文に刻まれた人名がブルトン語に近いと先に述べた

が、ルーミスによると、十字軍兵士として聖地へ赴こうとバーリで船を待っていた兵士たちのなかには、大勢のブルターニュ人がいたという。ブルターニュ公アラン・フェルガン他数名の騎士たちと、ノルマンディー公ロベール二世が冬の四ヶ月のあいだ、バーリに足止めを食らっていた。[22] 船に適した天候を待っていたのは、諸侯ばかりではなかっただろう。暇をもてあました彼らが、故郷の物語に安寧を見出したとしても不思議ではない。

ルーミスはもうひとつ、興味深い考察を加えている。王妃グウィネヴィアを攫う存在は、メルワース（Melwas）、メレアガン（Méléagant）、メリアグランス（Mellyagraunce）など様々な名前で呼ばれるが、その語源はウェールズ語の「冥府の王」（Mael-vas）に溯れるという。ケルト版のハデスである。そう考えると、后の救済劇は、ペルセポネと春の訪れのように、死と復活の物語と考えることができる。またそれは、十字軍によるエルサレムの救出と関連してくる。貴婦人の救済を果たすアーサーと仲間たちを、「エルサレム」の救済に尽力する十字軍の英雄たち、ノルマン騎士のボエモン（Bohémond）やタンクレッド（Tancrède）、後にエルサレム王となるゴドフロワ・ド・ブイヨン（Godefroy de Bouillon）と重ねていたのかもしれない。ゴドフロワ・ド・ブイヨンはカノッサのマティルデの二度目の結婚相手ゴドフロワ四世の甥であった。また、ともに聖地へ向かっていたノルマンディー公ロベール二世は、カノッサのマティルデに求婚したという説もあるほどである。ロベール二世は、イングランド王ウィリアム征服王の長子で、征服王の死後、弟のウィリアム二世がいちはやく王を名乗った後、赫顔王とイングランド王位を争っていた。そんな彼らがイングランドの伝説の王アーサーの物語に興味を示さないはずがない。

そして南イタリアには、オトラント大聖堂にアーサー王を描いた床モザイクも残る。オトラントもまた、十字軍が彼の地へ船で渡っていった港であった。

「魚市場の扉口」に関する博士論文を書いたジャンヌ・フォックス＝フリードマンも、この扉口を十字軍と結びつけて解釈している。[23] フリードマンによれば、モデナ大聖堂の南側の扉口「王侯の扉口」の楣の部分に、六場面で、大聖堂の守護聖人である聖ゲミニアヌス伝が刻まれている。悪魔が聖人を誘惑するが、聖人は寄せ付けない。すると悪魔は聖人の船にしがみついてビザンツ帝国へゆき皇帝の娘に取り憑く。聖ゲルマニアスは皇姫から悪魔を退け、褒美を貰って帰り、モデナで没す。フリードマンが述べている通り、アーサーによる王妃の奪還は、姫の救済として聖人によって繰り返されている。アーサー王物語をどのように解釈するかは、十三世紀の文学で研究が進んでいるが、武勲詩や恋愛物語であっても寓意的に読み解かれたという。そして、この二つの救済物語が十字軍による「エルサレム」という貴婦人の救済と関係づけられているのは間違いないと論じている。モデナのあるエミリア地方を支配していたカノッサのマティルダは熱烈な教皇派だった。教皇が呼びかけた第一次十字軍と同時期に建て始められた大聖堂に、その高揚した息吹がかかっていないはずはない。マティルダ女伯は十字軍結成を喚起するためのかの有名な演説を行ったクレルモン＝フェランにも教皇に同行している。フリードマンは、エルサレムとグウィネヴィアの関連をさらに推し進め、十二世紀に流行した終末論を語る文書で、ユダヤ人がエルサレムを賭して戦った物語である「エゼキエル書」注釈で、エルサレムの町を「不実な妻」と呼んでいることを証左とする。アーサー王の后でありながら、ランスロットと愛しあうグウィネヴィアを、「不実な妻」エルサレムと重ねているとする。

なるほどと思う一方、筆者はそこまで言えるかどうかは怪しいように思う。後に発展したアーサー王物語と、モデナに刻まれている物語が同じではない。確かに武具をつけていない騎士がいるものの、モデナではアーサー王自身が救出に向かっており、「不実な妻」という設定が共有されていたかどうかは定かではないように思うからだ。ゴーワンが述べているとおり、ブルターニュとウェールズでは同じ物語でも話の力点が異なっており、ブルターニュでは恋愛物語が好まれるのに対して、ウェールズではスーパーヒーローものが好まれる傾向があるという[24]。銘文はブルターニュ語に近いというが、そのとき受け入れられていた物語で、果たしてウィンロゲーは不貞を成していただろうか。

五　武勲詩の美術

バーリにはアーサー王と繋がる銘文がないため特定できないが、十二世紀、武勲詩を描いた美術は他にどのようなものがあるだろうか。先に述べたとおり、オトラント大聖堂の床モザイクには、山羊のような四足獣に乗るアーサー王が〈ARTVS REX〉と銘文付きで登場する。バーリ同様、ノルマン騎士の支配下にあった南イタリアのブリンディシ（Brindisi）の大聖堂には、『ロランの歌』（*La Chanson de Roland*）を描いた床モザイクがあったとの記録が残る。(25) また、フランスのアングレーム大聖堂には、ギヨーム・ドランジュ（Guillaume d'Orange）という騎士を歌った武勲詩を描いたと思われる騎馬戦闘シーンが残る。(26) 床モザイクならばケルン、サン・ゲレオン聖堂地下聖堂（一一五一―一一五六年）には城壁での戦闘場面、ボッビオのサン・コロンバーノ修道院（十二世紀はじめ）には旧約聖書「マカベア書」のエルサレム奪還の騎馬戦、ピアチェンツァ、サン・サヴィーノ聖堂地下聖堂（一一〇七年）の騎馬戦、カザーレ大聖堂（一一四〇年ごろ）の旧約場面を描いた騎馬戦、ヴェルチェッリ大聖堂の騎馬兵、トロイア戦争の場面を描いたと思われるペーザロ大聖堂の床モザイク（十二世紀）など、十字軍を暗示していると思われる戦闘場面が数多く想いだされる。(27) おそらく、モデナのアーサー王もそうした流行の先駆けに位置づけられるのではないだろうか。(28)

六　聖堂全体の装飾プログラム

これまで「魚市場の扉口」のアーサー王モティーフにのみ言及してきたが、ここで聖堂全体の装飾プログラムについて述べたい。イタリアの美術史家エンリコ・カステルヌオヴォは、ヴィリジェルモによって造られた西正面と南北の扉口には統一したプログラムがあると論じている。[29] この三つの扉口の周囲には蔓草が絡まっており、その草のなかには実在の動物たちばかりでなく、人魚やグリフォンなど架空の生き物や、犬頭族やケンタウロス、大きな一本足を傘のように使ったり、その足で跳んで歩くスキアポデスなど怪物たちが潜んでいる。蔓草は混沌に満ちたこの世を表し、蔓草からの脱出こそ救済だというのがカステルヌオヴォの説である。さらに、キアラ・フルゴーニはモデナ大聖堂のメトープ部分（屋根の上の突出部）に社会の周縁で生きることを余儀なくされている人間や怪物（人魚、大股開きの両性具有者、非常に柔軟なアクロバットなど）が表されていることを示し、モデナ大聖堂全体を世界地図とみなすことができると論じている。[30]

フリードマンはこれらの説を受け、「魚市場の扉口」にアーサー王の物語があること、聖人伝も女性の救済を表現していること、エルサレムという町の救済を目的とする十字軍という事件もまたこの世界全体が終末へと向かってゆく救済史の表現だと、説得的な結論を導き出している。

おわりに

しかしながら謎も残る。エルサレム救済との繋がりによって、南扉口の聖ゲミニアヌス伝との関連は納得できるが、同じ「魚市場の扉口」でも、楣から救いのメッセージを受け取るのは難しい。

楣には中央の装飾文様を挟んで四つの場面がある(31)（図2）。第一の場面は、鞭を手にして、古代の海獣ヒッポカンポスに乗る裸体の女性で、海の精ネレイスとされている。モデナ大聖堂は異教古代的な要素がきわめて強いことは先に触れたとおりである。西正面プットーのような天使と扉口の柱の下の獅子像は古代ローマの再利用品で、古代復興の機運を示す。古代ギリシア・ローマのネレイスは裸で海獣、とくに上半身が馬のヒッポカンポスに乗っている。海獣に乗る点が似ているものの、モデナの女性は寸胴な幼児体型をしている。古代のネレイスは海のウェヌスといった豪華さで描かれ、トリトンと戯れる美女である。鏡や槍、小箱、アキレスの武具を手にしていることはあるが、モデナのように鞭を持つ作例は筆者の知る限り見たことがない。中世にはネレイスはどのように受容されていたのだろうか。ルーヴル美術館蔵のビザンツ期のコプトの浮彫に見られるように、人魚になったと考えられる例もあるものの、なぜこの場面に描かれたのだろうか。

第二の謎は、いわゆる「狐の葬式」と呼ばれる場面である。死んだふりをしている狐を二羽の雄鶏が担架状の棒切れで運んでいる。蔓草のなかに十字架を描く第三場面を中央に挟んで、第四場面は一匹の蛇を食べる二羽の鳥（アイビス）で、第五場面は、第二場面の狐が生き返ったところのようにも見えるが、鳥を襲っている狼だという。たしかに翼のぐあいをみると先程の雄鶏のようではなく、第四場面の鳥のように見える。

「狐の葬式」や「狐と雄鶏」と呼ばれる物語は古くから伝えられてきた(32)。七世紀セビリアのイシドルスの『語源』（*Etymologiae*）にはすでに、死んだふりをして死体をついばみに来た鳥を捕まえるとある(33)。悪魔に騙されないようにという警告であるとともに、真の信仰をもつものには、悪魔は真に死んでいるというメッセージをもつという。十一世紀の逸名の作家がつくったラテン詩も残る。十二世紀フランスの説教士シェリトンのオドン（Odon de Cheriton）もこの寓話を以下のように記す(34)。「腹をすかせた狐は舌を突き出し、死んだふりをしてカラスがやってくると食べてしまう。悪魔は死の姿をしてやってくる。つまり、美しい女性や美味しい食べ物、よいワインなどのように、優美で欲しくなるようなもののふりをするのである。間違って掴んでしまった男は、悪魔に捕まえられてしまう。」

「狐の葬式」の主題はエミリア地方からヴェネト地方にかけて広く見られる。ムラーノのサン・ドナート聖堂の床モザイク（一一一一年）、ヴェローナ大聖堂地下聖堂入り口（一一六〇年）、ヴェルチェッリのモザイク（一一七〇年）、ラヴェンナのサンタ・エヴァンジェリスタ聖堂の床モザイク（一二一〇年）などである。甦った狐に見られるような「死からの復活」ならば、扉口上部のアーサーの王妃救出譚と呼応するかもしれないが、騙されないようにとの警告ならば、果たして、「狐の葬式」の物語はアーサー王物語とどのように結びついているのだろうか。王妃が狐のように欺く存在であることを示唆しているようにも読み取れるからである。謎は尽きることがない。

（1） Glass, D., « Prophecy and Priesthood at Modena », *Zeitschrift für Kunstgeschichte*, Vol. 63, 2000, pp. 326-338.

（2） Fox-Friedman, J., « Messianic Visions: Modena Cathedral and the Crusades », *Res: Anthropology and aesthetics*, Vol. 25, 1994, pp. 77-95.

（3） 児嶋由枝「『カノッサの屈辱』とモデナ大聖堂―聖ゲミニアヌス移葬記を読む―」『歴史家の散歩道』上智大学出版、二〇〇八年、三〇一―三二〇頁。

（4） モデナ大聖堂の建築や美術に関しては以下が重要である。Quitavalle, A.C., *La Cattedrale di Modena*, Modena, 1964-65 ; Salvini, R., *Il Duomo di Modena e Il Romanico nel Modenese*, Modena, 1966; Lanfranco e Wiligelmo, *Il Duomo di Modnea*, Modena, 1984; Wiligelmo e Lanfranco nell'Europa romanica, Atti del Convegno, Modena 24-27 Ottobre 1985,

Modena, 1988.

（5）各部分の詳細については *Il Duomo di Modena*, a cura di Chiara Frugoni, Modena, 1999を参照した。

（6）フィリップ・ヴァルテール氏はブルマルトゥスが作者不詳の物語『デュルマール・ル・ガロワ』の主人公デュルマール（Durmart）のラテン語読みなのではないかという説を述べている（フィリップ・ヴァルテール、渡邉浩司・渡邉裕美子訳『アーサー王神話大事典』原書房、二〇一八年、二六一頁）。

（7）Stiennon, J., et Lejeune, R., « La légende arthurienne dans la sculpture de la cathédrale de Modène », *Cahiers de civilisation médiévale*, 6e année, Vol. 23, 1963, pp. 281-296, esp. p. 289.

（8）ケー（CHE）は、ウェールズのアーサー王伝説ではカイ（Kei）と呼ばれ、無敵の剣を持ち、九日九晩、樹と同じくらい背が高くなる魔力をもつという。

（9）クレチアン・ド・トロワ「ランスロまたは荷車の騎士」『フランス中世文学集2』神沢栄三訳、白水社、七一―一四〇頁。

（10）Loomis, R.S., « The date, source and subject of the Arthurian Sculpture at Modena », *Medieval Studies in memory of Gertrude Schoepperle Loomis*, New York, 1927, pp. 14-223.

（11）大聖堂の北側はその隣の建物と繋がっており、十八世紀の終わりから十九世紀のはじめに分離されたという経緯がある。その修復については詳しいことがわかっておらず、「魚市場の扉口」が南側の、現在十三世紀の扉がある部分にもともとはあったという説も否定することはできない。

（12）Hearn, M.F., *Romanesque Sculpture ; The Revival of Monumental Stone Sculpture in the Eleventh and Twelfth Centuries*, New York, 1981, pp. 84-98.

（13）Mâle, E., *L'Art Religieux du XIIe siécle en France*, Paris, 1924.

（14）Porter, A.K., *Lombardian Architecture*, London and Oxford, 1917, Vol. 3, p. 151.

（15）モデナ大聖堂の年代特定については Fox-Friedman, J., *Cosmic History and Messianic Vision: The Sculpture of Modena Cathedral at the Time of the Crusades*, Ph.D. Dissertation, Columbia University, 1992, Chap. 2 とともに、Glass, D.F.,

Italian Romanesque Sculpture. An Annotated Bibliography, Boston, 1983, pp. 161–167 を参照した。

（16）Loomis, *op. cit.*, pp. 220–221.

（17）Stiennon, J., et Lejeune, R., *loc. cit.*

（18）以下では、ルーミスを主に参考にしたが、ゴーワンによるとウルリヒ・フォン・ツァツィクホーフェン（Ulrich von Zatzikhoven）の『ランツェレト』（*Lanzelet*）ではグウィネヴィアの救出譚が二つあるという。なお騎士イデールについては、渡邉浩司「『アーサー王物語』とクマの神話・伝承」（『中央大学経済学部創立一〇〇周年記念論文集』、二〇〇五年、五三一―五四九頁）を参照。

（19）Loomis, *op. cit.*, pp. 223–224.

（20）ウルリヒ版には「ガラスの塔」とある。

（21）Allaire, G., and Regina Psaki, F. (eds), *The Arthur of the Italians; The Arthurian Legend in Medieval Italian Literature and Culture*, Cardiff, 2014, p. 14 に早い作例としてモデナの「魚市場の扉口」について言及があるのみである。

（22）Loomis, R. S., Modena, « Bari, and Hades », *The Art Bulletin*, Vol. 6, 1924, pp. 71–74.

（23）Fox-Friedman, *op. cit.*, *passim.*

（24）Gowans, L., « The Modena Archivolt and Lost Arthurian Tradition », *Arturus Rex* II, 1991, pp. 79–86, esp. p. 82.

（25）Fabbri, N.R., *Eleventh and Twelfth Century Figurative Mosaic Floors in South Italy*, Ph.D. Dissertation, Bryn Mawr College, 1971 ; Bargellini, C., *Studies in Medieval Apulian Floor Mosaics*, Ph.D. Dissertation, Harvard University, 1975.

（26）Hunter, T.J., « "QUID MILITES PUGNANTES?" : An Early Representation of Chanson de Geste on the Romanesque Frieze of Angoulême Cathedral Reexamined », *Studies in Iconography*, Vol. 34, 2013, pp. 133–174.

（27）Kier, H., *Der mittelalterliche Schmuckfussboden unter besonderer Berücksichtigung des Rheinlandes*, Düsseldorf, 1970.

（28）Whittaker, M., *The Legends of King Arthur in Art*, Cambridge, 1990; Stone, A., Arthurian Art Since Loomis, *Arturus Rex* II, 1991, pp. 21–77.

（29）Castelnuovo, E., « Flores cum belius comixitos: I portali dell a cattedrale di Modena », *Lanfranco e Wiligelmo*, Modena,

1985, pp. 452–469.

（30） Frugoni, C., « Le metope », *ibid.*, pp. 507–517.

（31） この部分の主題特定については *Il Duomo di Modena*, a cura di Chiara Frugoni, Modena, 1999, vol. 2, pp. 338–339 に従った。

（32） Hassig, D., *Medieval Bestiaries: Text, Image, Ideology*, Cambridge, 1995, p. 65.

（33） Isidorvs Hispalensis, *Etymologiae* XII. André, J. (ed. and tr.), Paris, 1986, pp. 112–113.

（34） Odo of Cheriton, *The Fables of Odo of Cheriton*, Jacobs, J.C. (tr.), Syracuse, 1985, p. 124.

イタリア北部のアーサー王サイクルの壁画

増山暁子

はじめに

北イタリアには、アーサー王物語に関する壁画で飾られた城館がいくつか存在する。今回その代表的なものを四ヶ所紹介したい。

一　ロデンゴ城

オーストリアとの国境に近いブレッサノーネの町を過ぎて、プステリア谷に入る入口の岩山の上に忽然と姿を現すのは、暗い感じのロデンゴ（Rodengo）（ドイツ名ローデネック Rodeneck）城である（図1）。中世にその名を轟かせたブレッサノーネ司教座を管理するローデネック家により、一一四〇年に築城された。深く切り落ちたリエンツ川の支流に三方囲まれ、見るからに難攻不落の砦で、城門に「はね橋」や「落とし格子戸」を備えた中世の城そのものだ。さらに城の裏手には馬上槍試合のための広場もしつらえてあり、騎士道華やかなりし頃を彷彿とさせる。

一九七二年、この城の中庭に面した旧礼拝堂と思われていた広間が修復された際、トレント史跡美術管理局のニコロ・ラズモ教授が素晴らしい壁画を発見した（図2～5）。一三四八年ペストが流行した際、その感染予防のため白く塗りこめられた石灰の下から現れたのはビザンツ・スタイルの壁画で各人物の上部に記された名前から、まごうかたなきアーサー王配下の『イーヴェイン』（*Iwein*）の物語の始めの部分であった。

この物語は、一一七七年から八一年にかけて、フランスのクレティアン・ド・トロワ（Chrétien de Troyes）が書きおろし、一二〇二年から〇五年にかけて、ドイツの吟唱詩人《ミンネジンガー》ハルトマン・フォン・アウエ（Hartmann von Aue）によって再話されている。この城のすぐ南はラディン語（レトロマンス語の一種）地域であるが、ロデンゴ城自体ゲルマン系騎士の城であったから、この壁画のイーヴェインの物語は、ハルトマンのテキストに基づくものと推察される。

私なりにクレティアンのテキスト（『イヴァンまたはライオンを連れた騎士』*Yvain ou Le Chevalier au Lion*）と比較してみたところ、騎士が被っている壺型の兜はハルトマンのテキストにのみ見られる描写であり、また「魔法の泉」の木がクレティアンによれば「松の木」となっているところ、ハルトマンでは「リンデンバウム」（菩提樹）であり、まさにこの城の壁画と一致している。

現在までの調査では、この壁画は一二〇〇年頃、第三代城主アルノルドの時代に、伯父にあたるノヴァチェッラ大修道院長コッラドの注文により、常時院長とともに行動していた画家のウーゴが描いたものと思われている。

ノヴァチェッラ大修道院附属大図書館の蔵書を見学したが、現在でも中世の素晴らしい写本が多数展示されて

イタリア北部のアーサー王サイクルの壁画

図３　侍女ルネッテが魔法の指輪をイーヴェインにはめる

図４　アスケロン王の死を悼む人々

図１　ロデンゴ城（1140年築城）

図５　（左）王妃ラウディーネがイーヴェインに許しを与える　（右）姿が見えなくなったイーヴェインを探す家臣たち

図２　イーヴェイン（右）が剣の戦いでアスケロン（左）に致命傷を与える

いた。コッラドの時代にクレティアンの写本が所蔵されていたか定かではないが、この辺をよく旅していたミンネジンガーのハルトマン自身が、一二〇〇年頃ノヴァチェッラ大修道院、もしくはロデンゴ城に滞在して、コッラド大修道院長とそのお抱え画家ウーゴの前で、もしくはロデンゴ城主アルノルドの御前で、書き終えたばかりの『イーヴェイン』の始めの部分を歌い語りしたのではないかと容易に想像できる。

『イーヴェイン』の始めの部分とは、「アーサー王の宮廷を離れて冒険の旅に出たイーヴェインが《魔法の泉》に到着し、泉の番人である騎士と一騎討ちになり、相手に深手を負わせる。逃げる騎士を追いかけて、その居城に入ったイーヴェインは、城門の落とし格子にはまって閉じこめられ絶体絶命に陥る。ところが以前救ったことのある城の侍女が現れ、姿を消す魔法の指輪を渡してくれる。指輪の魔力で姿を消し、脱出に成功したイーヴェインは城内に入り、城主の死を嘆き悲しむ城主夫人を盗み見て心奪われ、侍女のとりなしで、なんとか夫人の許しと愛を勝ち得て、《魔法の泉》の番人の役を引き継ぐ」というドラマチックな部分で、聴き手たちを大いに魅了したと考えられる。

さらに一説では、城主の二人の弟ゴッフレドとエンリコが、カステルダルテでコッラド・ディ・ヴァライに急襲され、殺害された時、伯父の大修道院長のとりなしで、城主がその殺人者を許したという身内の状況に即した物語であり、しかも結末がここちよいものであったから、一族が気にいって広間に描かせたとも言われている。

現存するハルトマンの『イーヴェイン』の三十二種の写本には挿絵が皆無なので、剝落部分が多いとはいえ、ロデンゴ城の壁画はまことに貴重なものであり、かつ最古のアーサー王文学の美術的結晶のひとつと言える。

ところが、この壁画のビザンツ風手法ゆえに、夫の死を嘆き悲しむ城主夫人の姿が、のちにイコンのマリア像と取り違えられてしまい、城の住人がこの広間を礼拝堂と勘違いしたらしい。この部屋で使用されたろうそく代金の記録が残っていて、まさにこの取り違えを証明している。そうなると指輪の魔力で姿が見えなくなっていた

図6　イーヴェインに《魔法の泉》への道を教えた野生人

イーヴェインを、家来たちが棒で突いて探している様が、キリスト迫害の一場面に見えてしまう。

　このように中世の早い時期に、まるで泉の番人である黒騎士の城そのもののようなロデンゴ城の壁画に姿を現したイーヴェインだったが、その後城を出て近隣の山岳地帯の伝説や民話の世界には降りてこなかった。また雨乞いの儀礼の名残りと思われる《水をかけると嵐を起こす魔法の泉》も、たびたび嵐や大雨にみまわれるこの地域には必要がなかった。ただイーヴェインに《魔法の泉》への道を教えた大男の野生人の姿は、この辺の伝説の巨人や山男の姿と重なって見えた（図6）。

　一四六〇年、ロデンゴ城は伝説のミンネジンガー、オズワルドの子孫であるウォルケンシュタイン家の所有するところとなり、現在もその末裔が居住していて、その許可を得て、少しの時間ではあったが、この城を訪問することができた。

二　ロンコロ城

　オーストリアとの国境であるブレンネル峠を降りてくると、エレガントな大きな町ボルツァーノに出る。その近郊の岩山の上に、一二三七年トレント司教大公とのつながりの深いヴァンガ家が築城したロンコロ（Roncolo）（ドイツ名ルンケルシュタイン Runkelstein）城が聳え立つ（図7）。暗いロデンゴ城とは対照的な明るい感じの城で、

図7　ロンコロ城（1237年築城）

図8　ロンコロ城《夏の館》の回廊（三大王、三大騎士、三大恋人、三大巨人、三大小人王などが描かれている）

しかも中世の優雅な貴族生活のさまざまな場面を、楽しい彩色で描いた壁画で飾られている。

その城の中庭をはさんで、一三八五年に城を正式に受け継いだヴィントラー家によって増築された《夏の館》がある。こちらの方はいたる所アーサー王ゆかりの人物や物語を描いた壁画で飾られているのだ（図8）。

まず二階の回廊には、《トリアーデ》と呼ばれる三人一組となっている著名人が描かれた壁画が並んでいる。《キリスト教国の三王》として、シャルルマーニュと第一次十字軍の将であったゴドフロワ・ド・ブイヨンとともに、アーサー王が描かれている。また《三騎士》として、パーシヴァル、ガウェイン、そしてイーヴェインといずれも円卓の騎士が選ばれて描かれている。イーヴェインはこの地域では人気があるのだろう。さらに《三組の恋人たち》として、オーストリアのヴィルヘルム公とその恋人、オルレアンのギヨーム公とその恋人、そしてトリスタンとイゾルデが肩を並べて描かれている。残念ながらこの回廊の壁画すべてが、後世に塗りなおされているようだ。

室内に入ると、周囲の壁画の色彩が回廊のものとあまりにも違っているのに驚かされる。全体に黒っぽい色調で、よく見ると、主に黒と暗い青で描かれた『トリスタン物語』がこの大広間を飾っていた。部屋の北面が全部谷に崩落したために、修復されたとはいえ一部は失われてしまっている。トリスタンとモーロルトの一騎討ちから始まってイゾルデの神明裁判の成功で終わっているこの一連の壁画は、一二一〇年頃書かれたゴットフリート・フォン・シュトラースブルク（Gottfried von Strassburg）の『トリスタン』（*Tristan*）に基づくと思われる（図9～10）。ゴットフリートの『トリスタン』では、裁判後自らの意思で外国へ旅立っていったトリスタンをもって物語を終結させているからだ。残念ながらこの壁画も後世に加筆されている。

見事な十四世紀の暖炉のある次の間は、中世によく見られる赤茶けた色彩の壁画で飾られている。ザルツブルグでアーサー王ロマンスの詩人として活躍していたデア・プライアー（Der Pleier）が、一二四〇年から七〇年のあいだに書いた作品のひとつ『花咲く谷のガーレル』（*Garel von dem blühenden Tal*）を描いたものだ。「アーサー王配下の若く勇ましい騎士ガーレルが、巨人や小人と戦い、怪物を退治して救ってあげた国の姫君ラウダミアと結婚し、アーサー王の宿敵エンクナヴェルを打ち負かして、アーサー王、グウィネヴィア王妃、ランスロットたちの出迎えを受け、円卓のアーサー王の右隣に迎え入れられて、その勝利を讃えられる」という物語が描かれている。ケイの姿も見える。なんといっても円卓を囲むアーサー王と騎士たちが立派に描かれているのが嬉しかった（図11～12）。

図9　龍を退治するトリスタン

図10　モーロルトを殺し、アイルランドへ旅立つトリスタン

円卓とそれを囲む王、王妃、騎士たちが描かれている壁画は意外に少ない。アーサー王伝説の故郷ブルタ

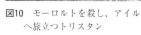

図11　円卓を囲むアーサー王と騎士たち

図12　アーサー王と王妃に迎えられるガーレル

ーニュのブロセリヤンドの森の中の教会で、華やかな円卓の壁画に出会ったが、これは近世の作品であった。アーサー王の宮廷が、こんな遠隔の地に姿を現して、十五世紀のまま残っていることに感激した。

この部屋も崩れたそうで、いくつかの壁画が失われたり、修理されたりしているが、『花咲く谷のガーレル』の壁画は十五世紀のもので、一方『トリスタン物語』の方は十六世紀のものと言われている。

忘れてならないのは、十五世紀に神聖ローマ皇帝ハプスブルク家のマクシミリアン一世（一四五九―一五一九年）が、このロンコロ城をそのレジデンスのひとつとしたことだ。マクシミリアン皇帝がアーサー王を深く敬愛していたことは有名な話で、インスブルックの宮廷内教会の皇帝の墳墓の周囲を飾る《九人の偉人》のブロンズ像のなかに、素晴らしいアーサー王像が置かれていることもよく知られている。

ちなみにインスブルックは、ロンコロ城からさほど遠くないブレンネル峠を越えてオーストリアに入ると最初に出会う町で、マリア・テレジア女王がこよなく愛したエレガントなハプスブルグ王朝の都である。ロンコロ城は、マクシミリアン皇帝の意向で手が加えられ、修復されていると聞く。だからこそこのように多くのアーサー王関連の壁画で飾られているのだ。

三　マンタ城

トリーノの近郊にあるマンタ城（Castello della Manta）は、名前も場所もあまり知られていない。しかし城内の壁をぐるっと飾るフレスコ画が、中世関連の書物や小冊子などの装丁や装飾によく用いられているので、「あっ、あの雅びやかな宮廷人たちがずらっと並んでいるフレスコ画か」と気付く人は多いだろう（図13）。現に手許にある Sicille, *Le Blason des Couleurs* の日本語版（悠書館）の表紙と刊頭のグラビアを飾っている（図14）。

図13　「9人の英雄と9人の女傑」（全体）

図14　左からアーサー王、シャルルマーニュ、ゴドフロワ・ド・ブイヨン（「9人の英雄と9人の女傑」部分）

マンタ城は北イタリア、ピエモンテ州のトリーノ市から南下したサルッツォ近くのマンタ村から、少し登った丘の上に建つこじんまりとした城館である。

この城館の三階にある《貴族の間》に入ると、四方の壁のほとんどの部分が色鮮やかなフレスコ画に覆われていて、その美しさに圧倒される。何よりも際立っているのは、すらりと美々しく並んでいる王や勇者、女王や貴婦人方の優雅で気品のある立ち姿であろう。九人の英雄と九人の女傑の立ち姿が、三面の壁に描かれ、あたかも客人を優美な物腰で出迎えてくれているかのように見える。

それぞれの紋章を印した盾が、左脇の木の枝につるされている。男性像は、左からマンタ城主が扮したトロイアのヘクトル王子、アレクサンドル大帝、ジュリアス・シーザー、ヨシュア、ダヴィデ王、マカベウスのユダ、アーサー王、カルロ大帝（シャルルマーニュ）、ブイヨンのゴドフロワ王と、中世の慣例に従って選ばれた九人の王や英雄、勇者が並んでいる。女性の方は、アマゾネスのヒッポリュテ女王、ペンテシレイア女王、アッシリアのセミラミス女王など女丈夫が並んでいる。全員優美な中世宮廷人の姿をとり、その美しさ故に、しばしば出版物のカバーや口絵を飾ることになった。

さらにそれぞれの人物の衣装や冠、手にしている物、背景の木の枝葉や草花に至るまで細部が丁寧に描かれ、色彩もまことに美しく豊かで変化に富み、ボッティチェリと言わないまでも、あの華やいだ『春』の背景を想起させるものがあった。

誰の作品なのか、サインも契約書も発見されていないので、作者はただ《マンタのマエストロ》と呼ばれてきた。注文主は、十四世紀末にサルッツォ領主であったトマーゾ・サルッツォの庶子で、この城館の主ヴァレラーノである。領主トマーゾが一四〇三年から〇四年にかけて書き上げた『遍歴の騎士』という小説に基づいて、ヴァレラーノが父親をしのんで注文したと言われている。この小説の中にアーサー王の記述が存在したかどうかは、遺憾ながら調べていない。ちなみに、一番左の端に立つトロイアの王子ヘクトルは、実は注文主でありマンタ城主であったヴァレラーノ自身がモデルとなっているそうだ。

この《九人の英雄と九人の女傑》と一般的に呼ばれている十八人の立ち姿は、一四一八年から三〇年にかけて製作されたと思われるので、当時サヴォイア公の宮廷画家として活躍し、ピエモンテ地方の各所にその作品を残しているジャコモ・ヤクエリオ（一三七五―一四五三年）が描いたと推測され、現在ではヤクエリオ作と記述される場合が多い。その作風は、当時フィレンツェ中心に栄えていたルネッサンス美術とは違ってフランス宮廷文化の流れを汲む《国際ゴシック》とか《後期ゴシック》とか呼ばれている様式と言える。

マンタ城の《九人の英雄もしくは勇者》のひとりとしてアーサー王が選ばれたことに、なんら不思議もない。この選択は中世の慣例であり、現にボルツァーノのロンコロ城でも、三大キリスト教国王として、アーサー王はカルロ大帝と第一次十字軍を率いたブイヨンのゴドフロワ王とともに開放廊下の壁を飾っている。このようにアーサー王を含む《九人の英雄もしくは勇者》は一三一〇年ジャック・ド・ロンギョンによって初めて選ばれ、リスト化されて、以後中世の美術上、文学上、慣例化されてきたと伝えられている。

ただ注目すべきは、マンタ城のアーサー王の姿は、一般的なアーサー王のイメージと違って、かなり若々しい姿で描かれている点だ。ヘクトルがマンタ城主をモデルとしたように、アーサー王にもモデルが存在したのかもしれない。おそらく当時の宮廷人たちは、競ってこのような英雄たちのモデルとなることを望んだだろう。

確かによく観察すると、それぞれの王や英雄の面差しはなかなか興味深く、さまざまな顔付きを見せている。アーサー王は、短い暗褐色の豊かな髪に軽やかな王冠をいただき、髭は長く伸ばしていない壮年の顔立ちである。衣装は短いマントを羽織り、剣をかざして両足を踏ん張り、前進する「動」の姿勢をとっている。しかし残念ながら、この壮年期のアーサー王のモデルは不明である。

王冠は勿論ゴールドでダイヤモンドらしき白色の石がちりばめられている。右手に抜き放った剣、左手に赤茶色の鞘を握りしめ、足を踏み出した勇ましい感じだ。短めのマントの色は深い青、ひるがえってのぞく裏地は朱色と、典型的な王家の衣装と言える。マントにはかなり大きめな金の王冠がいくつか配置されているが、これは左側の木の枝に吊り下げられている盾と同色、同模様である。

西欧の中世の色彩論では、青は「正義、誠実、忠誠」の意味を有す。また青は空、四大元素のうち火に次いで高貴な空気を表し、高貴な石とされるサファイアに例えられている。徳としては「誠実」、気質としては「多血性」を表している。ちなみにフランス王家の紋章である百合の下地は青色であり、その上に高貴とされる金色の百合が置かれている。アーサー王の場合も、青色の上に金色の王冠を配し、まさに高貴なる王の中の王を表していると言えよう。

マントの裏地に用いられている赤もしくは朱色は炎を表し、四大元素のうち太陽に次いで輝く最も高貴な色であるため、当時の法により「貴族以外のいかなる人物も、威光を意味する朱色を身につけるべからず」と命じられていた。この赤もしくは朱色は極めて高貴なルビーに例えられ、徳としては「大胆さ」を表し、武人に相応しいとされた。

マンタ城のアーサー王の盾の紋様は、青地に金の王冠が、上部に二冠、下部に一冠配置されていて、王のまとうマントの色及び紋様と一致している。ただしマントの方の王冠は、より多くちりばめられている。他の人物像でも、それぞれの盾の紋章が衣装の図柄に取り入れられていて、アーサー王だけが特別というわけではない。

このマンタ城のアーサー王の三王冠紋章は、十四、五世紀にはフランス中心に定着してきたもので、特に当時流行していた《九人の英雄もしくは勇者》の図の中のアーサー王の紋章は、配色はさまざまだが、同種の三王冠が配置されたものが定着していた。ただし三王冠の配置は、縦並びに三冠置かれたものも多く存在する。

いずれにせよ、このようにマンタ城のアーサー王の絵姿は、十四、五世紀のフランス宮廷文化の流れを汲んでいることが見て取れる。

四　マントヴァ公、ゴンザガ家の居城《ピザネッロの間》

ミラノから少し南東に下ったマントヴァ（Mantova）は、紀元前七十年頃、ローマの詩人ウェルギリウスの生誕の地として、早くから知られてきた。三つの湖に囲まれ、どちらかと言えば田舎の村だったマントヴァが、中世になってゴンザガ家の繁栄とともに、北イタリアきっての文化芸術の中心地となった。現在も、中世やルネッサンスの華やかな宮廷文化の名残りを留めたしっとりとした町として、文化人に愛されている。

レッジア・デイ・ゴンザガ（Reggia dei Gonzaga）と呼ばれる湖畔のゴンザガ家代々の壮大な居城は、一二九〇年頃、以前のマントヴァ領主グイド・ボナコルシ（Guido Bonacolsi）が築城したもので、その後ゴンザガ家が勝ち取ってその繁栄とともに増築に増築を重ね、まことに堂々たる「王宮」（Reggia）となった（図15）。

この王宮の「旧館」（Corte Vecchia）の一室が、現在《ピザネッロの間》と呼ばれていて、ゴンザガ家付宮廷画家アントニオ・ピザーノ（Antonio Pisano）、通称ピザネッロ（Pisanello）（一三九五―一四五〇年）が、マントヴァ公の命により、アーサー王サイクルの物語を題材とした壁画で飾った。

製作年代は諸説あるが、おそらく一四二二年から四二年の間、画家の諸事情で中断した時期もあったが、断続的にマントヴァに滞在して描いたらしい。しかし、一四五〇年ピザネッロの死をもって、未完のまま終わってしまった。

図15　マントヴァ公の居城

注文主であるマントヴァ公に関しても、ゴンザガ家の二人の大公、ジャンフランチェスコ（一四〇七―四四年）、もしくはその息子ルドヴィーゴ三世（一四四四―七八年）のどちらかと考えられている。

一四三三年、名実ともにマントヴァの偉大な君主となったジャンフランチェスコ公は、アーサー王宮廷に心酔していたので、自ら円卓の騎士風に装い、馬上槍試合に出場している。

またアーサー王物語の本家であるイギリス王室との強い絆を表象するためか、壁画に描かれているトーナメントの上部に配置されたフリーズや、騎士たちの馬飾りのモチーフに、ジャンフランチェスコ公の個人的標章、即ち、一四一三年からイギリス王ヘンリー五世が使用し始めたランカスター家のS字模様付の頸飾章が用いられている。これは一四一六年以来、ジャンフランチェスコ公の財産目録に記されている標章である。

さらに一四三六年、イギリス王ヘンリー六世が、ジャンフランチェスコ公配下の五十名の優秀な臣下に、イギリス王家の紋章を使用する許可を与え、マントヴァのゴンザガ家と、イギリス王家の密接な関係を示した。

事実、一四三七年には、実際にこの頸章が、ケルン大司教を介してマントヴァ公に手渡され、公と公妃がこのナイト頸章を愛用していたと記録されている。

これらの標章が、ゴンザガ家の城館の壁画に描かれている事実や、イギリス王家との親密な係り合いの記録から、ジャンフランチェスコ公こそが、アーサー王物語をその王宮を飾る壁画に選んだ注文主であるとの見解が極めて有力だ。

一方この頸章を白鳥が首にかけていることから、ルドヴィーゴ三世の妃バルバラ・ディ・ブランデブルゴ（Barbara di Brandeburgo）の家系ホーエンツォレルン家、ひいては《白鳥の騎士》と深い関連があるとの見解から、注文主を息子のルドヴィーゴ三世とみなす説もある。

いずれにせよ、このアーサー王サイクルの物語を扱った壁画は、かつて「ランスロットの部屋」（La Saleta

図17　「戦い」(フレスコ画)

図16　「天蓋下の貴婦人」(フレスコ画・細部)

Lanzoloti)と呼ばれていた一七・四メートル×九・六メートルの壁三面に、ピザネッロによって描かれ、一四五〇年の画家の死によって未完のまま残された。

ところが、一四八〇年、部屋の天井が崩落して、修復が行われ、さらに十六世紀と十八世紀の漆喰の上塗り過程で、およそ五百年間、ピザネッロのフレスコ画は消えてしまっていた。また天井崩落以前にも、壁画が未完のままだったためか、この部屋の壁画には早くからタペストリーが掛けられていたとの推測もなされている。

こうしてピザネッロの壁画が全く姿を消してしまってから五百年ほどたった近年、ジョヴァンニ・パッカニーニが執念をこめ探索した結果、一九六九年、この部屋壁の漆喰の下からついにピザネッロのアーサー王の物語のフレスコ画(図16〜17)とシノピア(下絵)(図18〜19)が発見された。

事実、筆者が初めてマントヴァの王宮を訪ねた一九五九年には、この壁画に関する情報は皆無であり、部屋も閉じられていた。

ところで十五世紀に、マントヴァ王宮の一部屋の壁を飾る絵画のテーマとして、アーサー王サイクルの物語がすんなり選ばれたのは、当時の北イタリアの宮廷で、フランス版の騎士道文学が非常に愛されていたという背景が存在する。ジョヴァンニ・パッカニーニの調査によ

図18　「貴婦人方」（シノピア）

図19　「トーナメント」（シノピア）

れば、ミラノ、マントヴァ、フェラーラなどの宮廷で、アーサー王サイクルの物語のフランス語版が愛読されていたことが証明されている。

　特にマントヴァのゴンザガ家の蔵書は潤沢であり、一四〇七年の蔵書目録によれば、三百九十二冊の写本の中、フランス語版が百冊ほどあり、うち騎士物語が六十七冊で、二十二冊が武勲詩（シャンソン・ド・ジェスト）、二十三冊が散文の騎士物語であった。しかもアーサー王サイクルの物語は、そのなかに十七冊も存在していた。

　すでに十四世紀には、諸公からの貸出しの依頼が記録に残っている。例えば一三七八年、ミラノ公、ルキーノ・ヴィスコンティが、マントヴァ公、ルドヴィーゴ一世に書簡を送り、『トリスタンとランスロットの物語』の貸出しを求めている。

　一四六八年ルドヴィーゴ三世は、フェッラーラのボルソ・デステが写本返却遅滞の常習者であり、「ランスロットを扱った我等のフランスの書物」（el libro nostro francese che tracta de Lancilotto）を直ちにゴンザガ家に返却せよと催促状を送っている。これこそが《ピザネッロの間》を飾っている物語の原本ではないかとの説もある。《ピザネッロの間》の壁画及びシノピアが扱っている題材については、さまざまな説が論じられている。フランス語の『散文ランスロ』（*Lancelot en prose*）、もしくは『散文トリスタン』（*Tristan en prose*）からのエピソードを扱っていると言われているが、大きく分類すると、それぞれつながりのない、ばらばらの場面が描かれているとの説と、一貫した物語を取扱っているとの二説に分かれる。

ヴァレリア・ピッツォロッソ・ベルトルッチは、シノピア状態の二面の壁画に注目、その山岳風景の中に描かれている遍歴の騎士たちそれぞれに記されたゴシック体の断片的な銘文を解読して、これらの騎士を Sabiloras Dure Mains、Arfassart li Gros、Maliez de lespine、Meliduns li Envoissiez であるとした。

ここから二種の解釈が生まれる。一説は、壁画のトーナメント場面を、トリスタンとランスロットが相対する陣営で戦った《ルーヴェルゼップのトーナメント》とみなす解釈だ。このトーナメントの後、円卓の騎士たちはちりぢりに聖杯探索のため旅立ってゆき、アーサー王宮廷の崩壊につながる。即ちアーサー王宮廷としての最後の一大イベントであった。

このトーナメントの際に、アーサー王が当代きっての美女《金髪のイゾルデ》に出会えるようにアレンジされたという重要な目的を持つイベントでもあった。もしそうであるのなら、画面のバルコニーの天蓋の下でトーナメントを見守るとりすました美しい貴婦人は、イゾルデとみなされよう。

従ってその他の人物も推察される。イゾルデに恋心を抱く異教徒パラメデス（黒人の姿）、彼に敵意を燃やし、勝ち誇ったような態度を見せているトリスタンがいる。このトリスタンにトーナメントで負けたため、メランコリックな様相にみえるランスロットの姿も描かれ、トリスタンとランスロットが互いに抱くライバル意識も見てとれる。

この二人を競わせることで、この二人がアーサー王の軍勢にいつしか刃向かうことになり、ひいては円卓の騎士団への崩壊へとつながってゆくことを予感させている。中世にしては珍しい感情移入が見られる壁画であり、ピザネッロのファンを大いに喜ばす場面である。

ここに描かれているように、確かに《ルーヴェルゼップのトーナメント》は、数々のトーナメントの中で注目に値する一大イベントであり、またまことに血なまぐさく、壮絶な戦いで、多くの死傷者を出している。

この解釈に従えば、この壁画は主に『トリスタン物語』に基づいたもので、銘文にある騎士たちを、『聖杯の探索』に登場する遍歴の騎士たちとみなすことになる。

他方、同じ騎士たちの登場する『散文ランスロ』に取り上げられている《ブランゴワール王訪問》に関する一連の物語が描かれているのだというパッカニーニやドゲンハルトの解釈も存在する。

この解釈をよしとすれば、当時の慣例として、お互いに関連のないエピソードを一部屋の壁面に描くのは不自然との理由で、《ピザネッロの間》の壁画は「さまざまなエピソードの寄せ集めにあらず、一貫したつながりを持った物語をテーマとしている」との第二の説が浮上する。

騎士たちの脇に記された断片的な銘文を解読したベルトルッチ自身も、これらの騎士について、聖杯探索の騎士の姿とみなすよりは、むしろブランゴワール王の宴席で、これらの騎士が王女のために立てた誓いを実行しようと旅立ってゆく姿を描いたものと解釈する方が適切であるとした。

ジョアンナ・ウッズ＝マースデンはそこからさらに発展させて、部屋全体の壁画の主題を統一し、『散文ランスロ』の中の「ランスロの従弟ボオールのブランゴワール王訪問」の際の一連の物語場面を描いていると結論した。

詳細に説明するなら、まず第一の壁面に残るシノピア部分の右端近くに描かれているのは、小姓を従えてブランゴワール王の城に到着するボオールの姿である。従ってこの壁面のトーナメント図は、王の戴冠を祝うトーナメントとなる。このトーナメントでボオールは六十人もの騎士を打ち負かしている。

次の壁面の右端に残るフレスコ画は、トーナメントを観戦する貴婦人方であり、際立つ美女はこの場合イゾルデではなく、勇壮なボオールに一目惚れしてしまう王女となる。

この観覧席左のシノピアは、王城（Chastel de la Marche）の威容が描かれ、その左には、トーナメントが終わった後、十二人の勇者が招かれての王の宴席場面が描かれている。この席で十二人の騎士は美しき王女に魅せられて、王女のためにめざましい手柄を立てようと冒険の旅に出る誓約を立てる重要な場面である。次の場面は、この誓約どおり、王女のための英雄的冒険を求めて出立した騎士たちが、山岳地帯を旅している様を描いていると推察する。

ちなみに、この物語では、ボオール自身も王女に恋し、愛の策略がめぐらされ、その結果、王女はエラン・ル・ブランを懐妊することとなる。

さらにウッズ＝マースデンは、現在何も残っていない第四の壁面には、おそらくボオールと王女の恋愛場面が描かれていたか、もしくは描かれる予定であったと推測している。

つまり階段からの入口と二つの窓の間には、ボオールに恋した王女が乳母にその恋を打明け、乳母がボオールの居室を訪れ、彼を説得し、ボオールは王女と一夜をともにするという一連の場面が描かれる計画であったが、画家の死によって未完に終ったとの推測である。

こうした一連の物語が、部屋全体の壁面に描かれているとすると、第一の壁面のシノピアに見られる旅姿の騎士は、ブランゴワール王の許にまさに到着せんとするボオールであると同時に、王の許を辞去するボオールとみなすこともできて、物事を一巡した見事な輪廻の図を構成している。

ただしこの解釈をよしとすると、明らかにパラメデスとおぼしき黒人の姿をどう捕えるべきか疑問が残ってしまう。

以上大きく分けて二通りの解釈が存在するが、それぞれ一理あり、その上作品が未完のため、いまだにこれぞ正論という結論は引出されていない。

いずれにせよ、ピザネッロが主命で描き始めた壁画の中に、ゴンザガ家の歴史が垣間見えることだけは確かと言える。即ち、壁画に描かれている王城は、マントヴァのサン・ジョルジュ城であり、馬に乗り争いに加わろうとしている小人は、ゴンザガ家のシンボルカラーである白、赤、緑のマントや馬飾りを着用していて、ゴンザガ宮廷お抱え小姓の小人であるに違いない。ゴンザガ家が多くの小人を召抱えていたことはよく知られている。

他にも騎士の甲冑の上に羽織っているマントや兜の上に付けられた大きな頭頂飾り、軍旗、馬用飾り衣等々に、ゴンザガ家の標章の花「きんせんか」（Calendula）及び紋章の色である白、赤、緑の三色が取入れられて描かれているので、少くとも片方の陣営は、ゴンザガ家の軍勢と見て間違いないだろう。

そうであるとするならば、これは一四一五年、ヴェネツィアの新統領トンマーゾ・モチニーゴの就任を祝うトーナメントであり、ゴンザガ軍がエステ軍と競い合って大勝利を収めた歴史的事件を暗に表しているとの説が浮上してくる。

もう一つの推論として、この場面からゴンザガ家の二人の兄弟、ルドヴィーゴとカルロが、別々の軍勢の傭兵隊長となり、その職務ゆえに敵味方に分かれて戦わねばならなかった悲劇が読み取れる。

この二人の兄弟の中世的な裏話も報じられている。父親であるジャンフランチェスコ公が、肥満体の長子ルドヴィーゴを嫌い、背が高くハンサムな次男カルロを寵愛した。ルドヴィーゴはそんな父親に反発して敵側に付いたため、一時家督相続権を剝奪された。父の死後、この二人の兄弟の間に凄絶な骨肉の争いが続き、カルロの戦死によって終結したという。

この背景を考えると壁画のトーナメントというよりは、まさに血なまぐさい苦悩にみちた戦闘場面が鮮明に描かれている事実に納得がいく。

この視点に立って改めて壁画を観察すると、トーナメントに敗れてメランコリックな表情を浮かべているランスロットと言われる像は、兄との戦いに敗北したカルロを意味し、金髪に大きく華やかな毛皮の帽子を被り、勝ち誇ったようなトリスタンと言われる人物像は、皮肉な笑みを浮かべていて、この後ゴンザガ家の頭主に治まったルドヴィーゴを表わしているとも言える。

この場合、壁画の注文主はルドヴィーゴでなければならないが、資料上、この兄弟の骨肉の戦いについての明確な記録はない。

ただバンニウスが『才能ある優れた画家ピザーヌスに捧ぐ』（一四四七―四八年）と題した長詩の中で、一四三八―三九年のマントヴァ＝ミラノ連合軍によるヴェネツィア領土侵攻を歌っている部分に、カルロ・ゴンザガについて「カルロよ、汝はピザーノによって有名になるだろう」（Karole, Pisani munere notus eris）とある。この一句は、ピザネッロがカルロ側に身を置いて、兄弟の内紛に巻込まれていたことを暗示しているという解釈もできる。

だからこそ《ピザネッロの間》について、当時のマントヴァ宮廷が完全に沈黙を守っていかなる文書も残していないのではないか。しかもピザネッロ自身、一四四二年にマントヴァと永久に訣別し、二度と戻らず、その壁画もタペストリーの下に隠されてしまったのだろう。

おわりに

今回は北イタリアを紹介したが、アーサー王サイクルの物語はイタリア全土で愛され、上層階級のみならず庶民の間にも浸透し、さまざまな形で足跡を残していることを附記しておく。

参考文献

浜木隆志『紋章が語るヨーロッパ史』白水社、一九九八年

シシル『色彩の紋章』伊藤亜紀・徳井淑子訳&解説、悠書館、二〇〇九年

Joanna Woods-Marsden, *The Gonzaga of Mantua and Pisanello's Arthurian Frescoes*, Princeton University Press, Princeton, New Jersey, 1988.

Giovanni Paccagnini, *Pisanello e il ciclo cavalleresco di Mantova*, Electa, Milano, 1972.

Muriel Whitaker, *The Legends of King Arthur in Art*, D.S. Brewer, Cambridge, 1990.

Renato Berzaghi, *Il palazzo Ducale di Mantova*, Electa, Milano, 1992.

Valeria Pizzorosso Bertolucci, "I cavalieri del Pisanello", *Studi Medio latini e volgari*: 20, 1972.

Il Palazo Ducale di Mantova, a cura di Giuliana Algeri, Sometti, Mantova, 2003.

テッス城（フランス・イゼール県）の壁面に描かれたペルスヴァルの幼少年期

渡邉浩司

はじめに

「アーサー王伝説」を主題とした中世ヨーロッパの図像表現として特に有名なのは写本挿絵であり、その事例は枚挙にいとまがない。その一方で別の形態の図像表現も現存しており、推定制作時期の早さから特筆すべきは、イタリア北部にあるモデナ大聖堂北側面扉口上部に描かれた浮彫群像（一一二〇—四〇年頃の作）[1]と、イタリア南東部にあるオトラント大聖堂の床モザイク（一一六三—六五年の作）[2]である。イタリアではさらに、制作時期がやや下るものの、貴重な城内壁画も見つかっている[3]。一一四〇年に築城されたロデンゴ（ローデネック）城からはイーヴェイン（イヴァンのドイツ語名）の物語の一部を描いた壁画（一二〇〇年頃の作）が、一二三七年に築城されたロンコロ（ルンケルシュタイン）城からはドラゴン退治を含む『トリスタン物語』の一部を描いた壁画が見つかっている[4]。

二十世紀末になり、こうした重要な図像表現の仲間入りを果たしたのが、フランス・イゼール県にあるテッス

（Theys）城の壁画である。本章では、世界中のアーサー王物語研究者の間でもいまだ認知度が低いこの稀有な城内壁画について紹介し、図像表現の独創性と制作意図について考えてみたい[5]。

一　テッスと城内壁画をめぐる小史

イゼール県のテッス村は、フランス南東部のドーフィネ地方とサヴォワ地方を結ぶグレジヴォーダン（Grési-vaudan）渓谷にある。ドーフィネ地方の中心都市グルノーブルの北東に位置するテッス村の左下にはイゼール川が流れ、右側にはアルプス山脈の一部を成すベルドンヌ（Belledonne）山地が控えている。テッス村の標高は最も低い地点で三二〇メートル、最も高い地点で二二二四メートルであり、テッス城は標高八〇〇メートルに位置している（図1〜2）。

十一世紀のドーフィネは伯国であり、隣接するサヴォワ伯国とは敵対関係にあった。テッス城の名が文書に初めて出てくるのは十一世紀末から十二世紀前半にかけてであり、グルノーブル司教の認可を受けて当時イゼール川の左岸に多くの所領を持っていたエナール（Aynard）家がテッス城を所有していた[6]。エナール家はドー

図1　東側から見たテッス城（撮影：渡邉浩司）

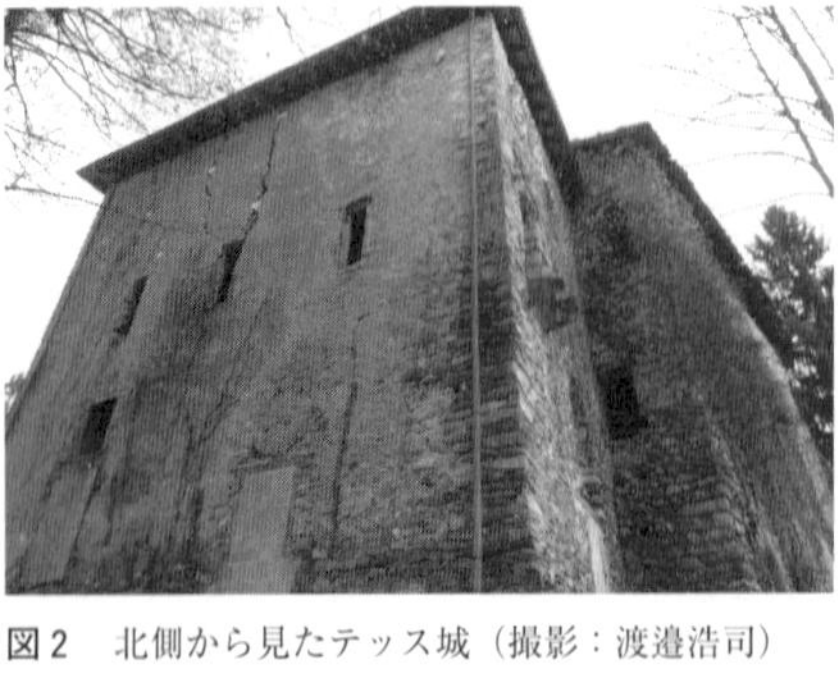

図2　北側から見たテッス城（撮影：渡邉浩司）

フィネのヴィエノワ伯ギグ（Guigues）七世と土地交換を行い、テッスは一二四六年頃にギグ七世の支配下に入る。その後サヴォワ伯国との対立が深まる中、ギグ七世の息子ジャン（Jean）一世がジュネーヴ伯国の加勢を望んだためか、一二八二年にテッスをジュネーヴ伯アメデ（Amédée）二世に譲り渡す。その後テッスは一四〇八年までジュネーヴ伯の所領となる。

　現存するテッス城は十三世紀後半から十四世紀前半にベルコンブ（Bellecombe）家によって建てられたものであり、つなぎ合わされた二つの建物からできている（図3）。骨組みに使われた木材の年輪年代測定から、最初の建物は一二七九年から一二八三年、二つ目の建物は一三二五年から一三三〇年にかけて建設されたと推測される。(7) このうち壁画が見つかるのは、最初の建物の内部である。北側に向いた最初の建物は長方形（十三メートル×九メートル）であり、縦引きの壁で仕切られた二つの部屋がある一階、「大広間」のある二階、屋根裏部屋という三層構造を取っている。貴重な壁画が一面に描かれている二階の「大広間」（「アウラ（aula）」）は、応接間や食堂として使われていたと思われる。ここには換気筒のついた暖炉、腰掛けを備えた三つの出窓、洗面台、便所などが備えつけられていたからである（図4）。今では跡形もないが、当時は豪華な調度類が備えつけられていたに違いない。

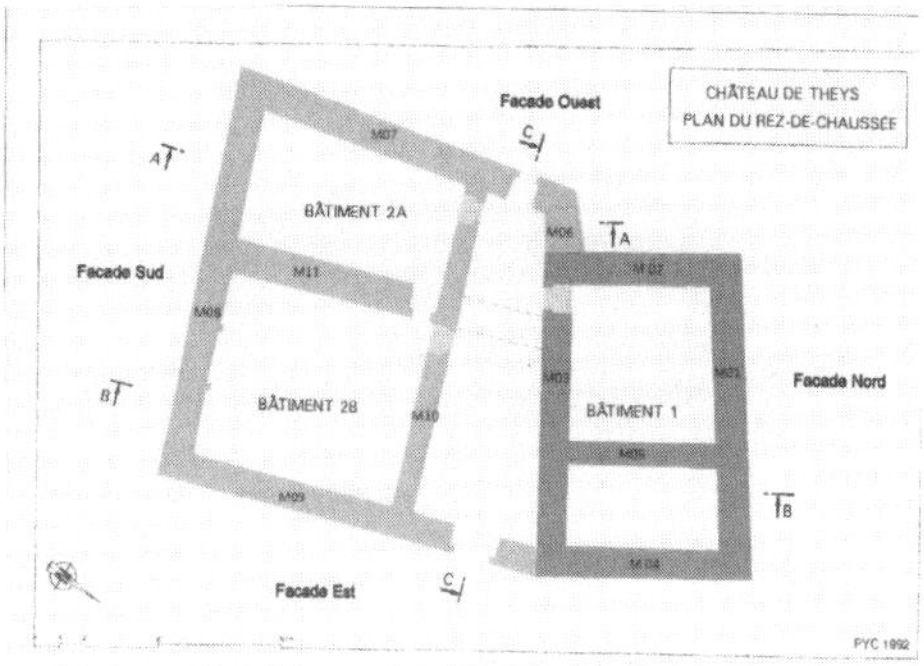

図3　テッス城の全体図（右が最初の建物、左が第二の建物）ⓒ P.-Y. Carron, CG Isère

　この城内壁画が脚光を浴びる契機となったのは、イゼール県考古学センターが一九九一年に企画した「あなたの地元の考古学――グレジ(8)ヴォーダン、ペイ・ダルヴァールとゴンスラン」という展覧会だっ

図４　「大広間」の内部（上の写真では奥が東側、下の写真では奥が西側）ⓒP. Avavian, Theys Patrimoine

た。この企画の準備段階で、ドーフィネ美術館所属の学芸員アニック・クラヴィエ（旧姓メナール）氏が当該地域の史跡目録を作成し、その中にテッス城内部に描かれた壁画が含まれていたのである。テッスの村民がこの古い壁画の存在を知っていたことは十九世紀中頃の新聞記事から判明しているが、壁画が図像学的な研究対象となることはなかった。史跡保存という立場からこの壁画の考古学的記述を最初に行ったのはアニック・クラヴィエ氏であるが、壁画の内容は不明のままだった。壁画の解読に成功したのはフィリップ・ヴァルテール氏（グルノーブル第三大学名誉教授）であり、その研究成果は二度にわたって公表されている（一九九七年[9]および二〇〇七年[10]）。

　ヴァルテール氏の行った解読により、テッス城の壁画はクレティアン・ド・トロワ（Chrétien de Troyes）[11]の遺作『ペルスヴァルまたはグラアルの物語』（*Perceval ou Le Conte du Graal*）（以下『ペルスヴァル』と略記、一一八一—九〇年頃の作）の前半に相当する「ペルスヴァルの冒険」を描いたものであることが判明した[12]。一九九三年に歴史的建造物に指定されたテッス城では、保存と安全確保のために必要な初期作業が行われた。この古跡の学術的な価値が認知され、保存と研究を促進する動きの中で、二〇一四年六月にはアニック・クラヴィエ氏編集による『山のペルスヴァル――テッス城』(13)というカラー版の小冊子が刊行され、テッス城と壁画に関する現時点での研究成果が総括されている。以下ではこれらの先行研究を参照しながら、テッス城の壁画の分析を試みる。

二　城内壁画の内容

テッス城を構成する二つの建物のうち、最初の建物の「大広間」は高さ五メートル八〇センチの長方形（十メートル×六メートル）であり、壁面に描かれた装飾は三つの部分からなっている(14)（図5）。もともと装飾は東西南北の四つの壁に描かれていたが、現在では残念ながら西の壁が破損している(15)。それぞれの壁の上部にはさまざまな紋章の帯状装飾《フリーズ》、壁の下部には中世期によく見られた衣文《ドラペリー》が描かれ、壁の中央部分には一連の花形装飾（fleuron）が幾何学的に配置されている。縦横それぞれ約四十センチの花形装飾は四つの円形浮彫装飾《メダイヨン》（médaillon）を組み合わせた四つ葉（quadrilobe）の形をしており、メダイヨンには黒と白の二色で縁取りがなされている。それぞれの花形装飾の内部には、ターコイズブルー（緑がかった青色）を背景にして、クレティアン・ド・トロワ作『ペルスヴァル』前半のさまざまな場面が描かれている(16)。花形装飾はもともと五十二個あったが、西側の壁が破損しているため、現在も見ることができる

図5　「大広間」の壁面に描かれた装飾（復元図）
©P.-Y. Carron, CG Isère

のは三十三個である（図６）。

一連の花型装飾が制作された時期は確定が難しいが、「大広間」の床が一二七九年の夏か秋から一二八〇年の初めに、「大広間」の天井が一二八二年の秋から一二八三年の初めに完成していることから[17]、壁画の制作は一二八三年以降に始まり、テッス城の二つ目の建物が完成したとされる一三三〇年あたりまでに行われたと思われる。花型装飾が描くペルスヴァルの物語は、「大広間」の南側の壁のほぼ中央にある暖炉の上から始まり、同じ暖炉の側柱の左下で終わる[18]。以下では三つのシークエンスの図像が物語のどの場面を描いているのかを順にたどってみよう。

1　第一シークエンス（①〜⑲）（図７）

『ペルスヴァル』前半の主人公ペルスヴァルが、短槍を右手に二本、左手に一本持ち、母の館から外へ出ていく（①）。彼は持ち馬のくつわを外し、緑なす新鮮な草地で気ままに草を食べさせる（②）。その間、彼自身は携えてきた短槍を投げて楽しむ（③）。これに続く④から⑦の花形装飾は失われているが、そこには騎士たちとの出会いの場面が描かれていたに違いない。ペルスヴァルは騎士たちの長の鎖帷子、兜、槍、盾を目の当たりにし（⑧）、騎士たちの長の槍の柄をつかむと、それが何かと尋ねる（⑨）。さらに鎖帷子（⑩）、盾（⑫）についても問う。質問を終えたペルスヴァルは五人の騎士を、母の小作人たちが地面を耕している場所へと案内する（⑬、

図６　第二シークエンス中、㉗の花形装飾
ⓒ P. Avavian, Theys Patrimoine

⑭）。そこで騎士たちの長から名前を聞かれたペルスヴァルは、自分の名が「美しい息子」だと答える（⑮）。騎士たちの長は、先に出立した仲間たちに追いつこうとして速足で立ち去る（⑯）。ペルスヴァルは館へ戻るが（⑱）、母は息子の帰りが遅かったため暗澹たる気持ちだった。母は息子の姿を見ると嬉しくなり、何度も「美しい息子」と呼んだ（⑲）。『ペルスヴァル』ではこの後、母がペルスヴァルに夫と二人の息子（ペルスヴァルの兄たち）の死をめぐる一族の物語を語り、いくつかの助言を与えているが、その場面は花形装飾に描かれてはいない。

2　第二シークエンス（⑳～㉟）（図8）

騎士になる決意を固めたペルスヴァルは、母に暇を告げ（⑳）、ウェールズ風の服装で、いつも持ち歩いていた三本の短槍を手にする（㉑）。しかし母は息子があまりにもウェールズ人臭かったため、短槍のうち二本を取り除かせる（㉓）。こうして出立したペルスヴァルは美しい草地に至り、天辺に黄金の鷲がつけられた天幕を目にする（㉔）。そして天幕に入り、中で見つけた見知らぬ乙女へ不器用に接吻する（㉖）。

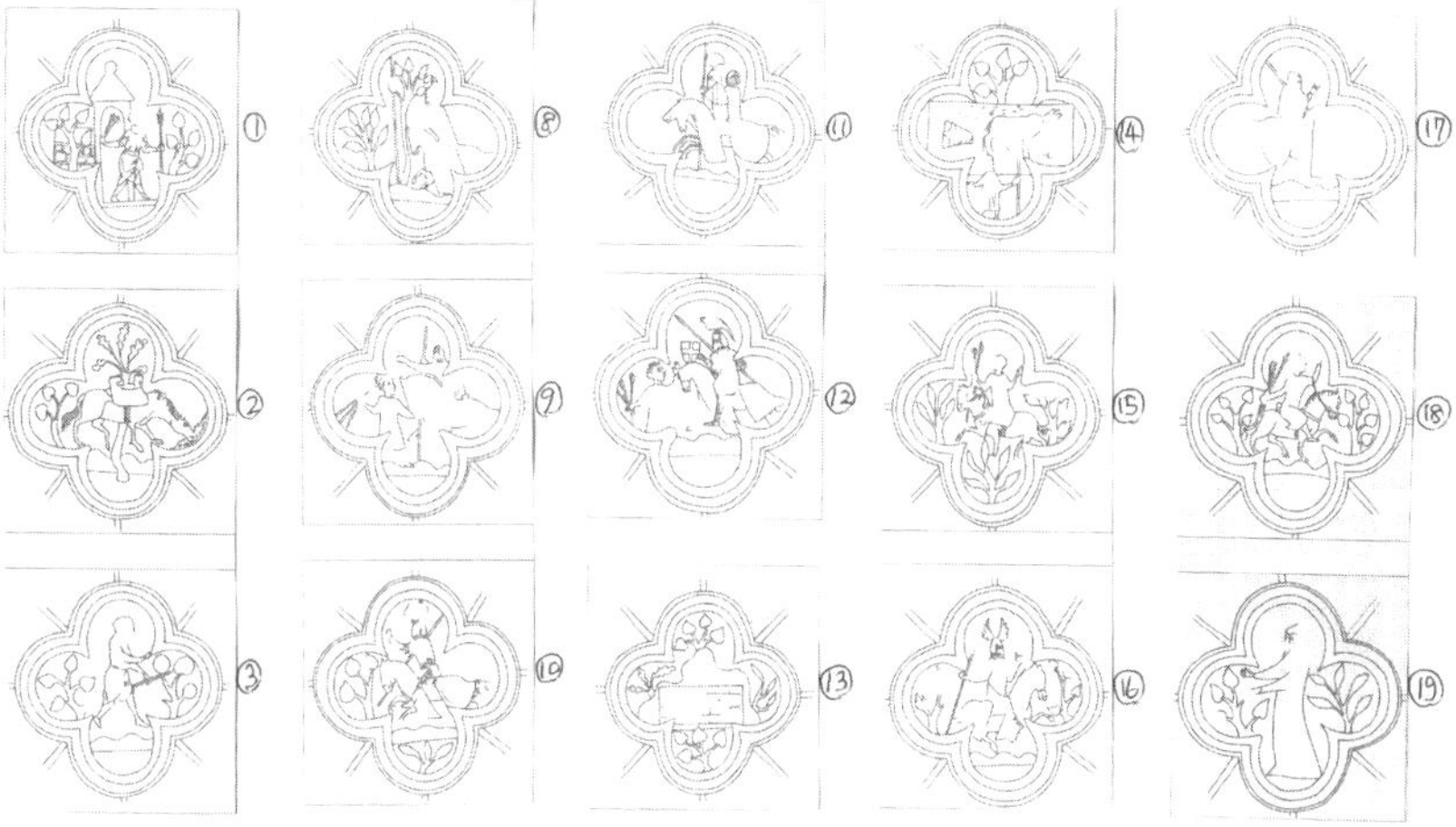

図7　「大広間」の壁画・第一シークエンス　ⓒ P.-Y. Carron, CG Isère

再び騎行を始めると（㉗）、やがて海に面して聳え立つ、堅固で美しい城が見えてくる。ペルスヴァルは、その城の門から武装騎士が、槍と手綱と盾を左手に抱え、黄金の盃を右手に持って出てくるのを目撃する（㉘）。早く宮廷に到着したかったペルスヴァルは、城へと急ぐ（㉙）。これに続く㉚から㉞の花形装飾は失われているが、そこにはペルスヴァルがアーサー王と対面した場面、「真紅の騎士」（Chevalier Vermeil）を一騎打ちで殺める場面が描かれていたと推測される。ペルスヴァルは絶命した「真紅の騎士」の首から盾を外したあと、兜を取ろうとするがうまくいかず、その当惑ぶりを見ていたヨネ（Yonet）（アーサー王宮廷に仕える若き近習）が笑いだす（㉟）。

3　第三シークエンス（㊱〜52）（図9）

㊱から㊹の花形装飾は失われている。そこには、ペルスヴァルがゴルヌマン・ド・ゴオール（Gornemant de Goort）から騎士道を教わる場面、ブランシュフルール（Blanchefleur）の城に到着した場面が描かれていたと思われる。ブランシュフルールがクラマドゥー（Clamadeu）から兵糧攻めにあっていたことを知ったペルスヴァルは、彼女を苦境から救うため、まずはクラマドゥーの家令アンガンゲロン（Anguinguerron）との一騎打ちに挑む（㊺）。そして敗北したアンガンゲロンに、捕虜としてアーサー王宮廷へ向かうよう命ずる（㊻）。その後ペルスヴァル

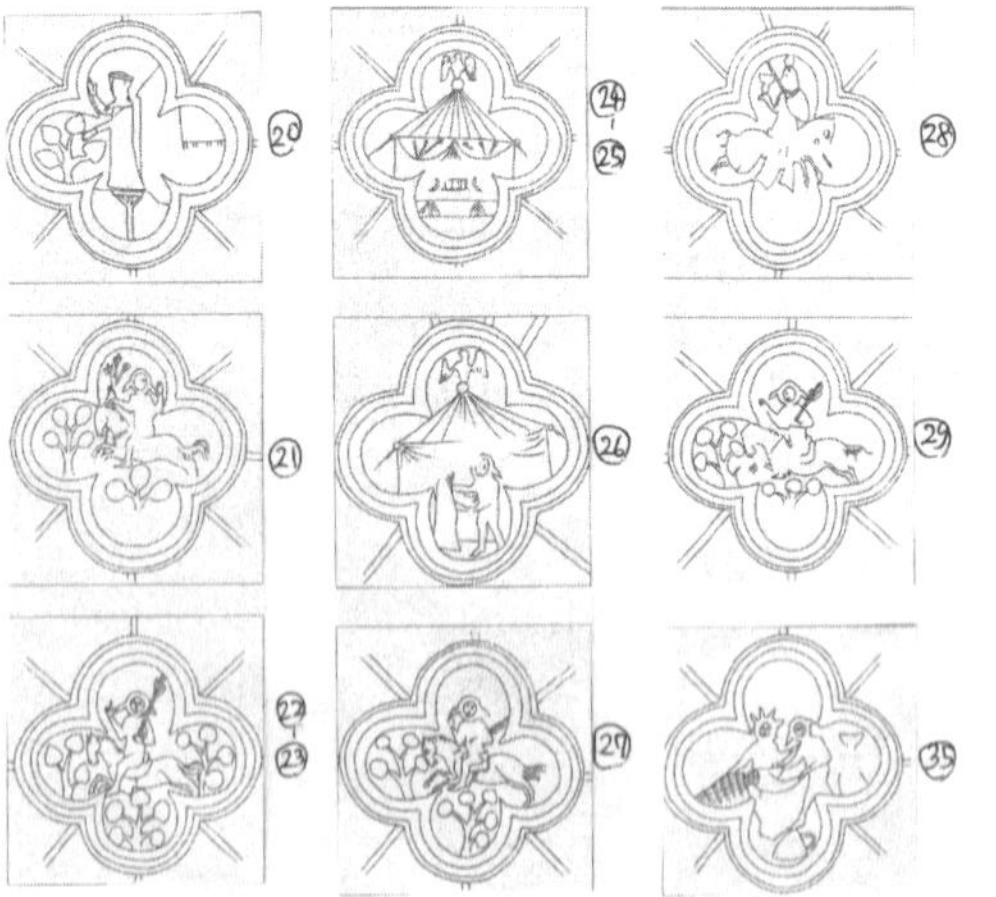

図8　「大広間」の壁画・第二シークエンス　ⓒ P.-Y. Carron, CG Isère

はクラマドゥーと対決し、剣の戦いは長い間互角だった㊼。しかし最後にはクラマドゥーが降参に追いこまれる㊽。クラマドゥーは捕虜としてアーサー王宮廷へ向け一人で馬を進める㊾。慣例に従ってクラマドゥーは、敗北を喫したときと同じ身なりのまま、アンガンゲロンの後を追ってアーサー王の宮廷を目指した㊿。そしてアーサー王宮廷に到着し、アンガンゲロンと再会する(51)。それはちょうど聖霊降臨祭の日で、王妃はアーサー王と並んで、食卓の上座についていた(52)。

以上のように、テッス城内の花形装飾に描かれている場面は、クレティアン・ド・トロワ作『ペルスヴァル』前半が描くペルスヴァルの「幼少年期」[19]に対応している。つまり、物語冒頭、母の館のある人里離れた「荒れ森」でペルスヴァルが初めて騎士たちに出会う場面から始まり、母の館からの出立、「天幕の乙女」との出会い、アーサー王宮廷への到着、「真紅の騎士」[20]との戦い、ブランシュフルールとの出会い、ブランシュフルールの仇敵クラマドゥーとその家令アンガンゲロンとの戦い、敗れた二人の騎士が聖霊降臨祭[21]にアーサー王宮廷に到着するまでをカバーしている。プレイヤッド版『クレティアン・ド・トロワ全集』所収の『ペルスヴァル』は九二三四行を数えるが、テッス城の壁画が描く場面はこのうち冒頭から二七八九行まで、つまり現存する物語全体の約三割の部分に相当する。

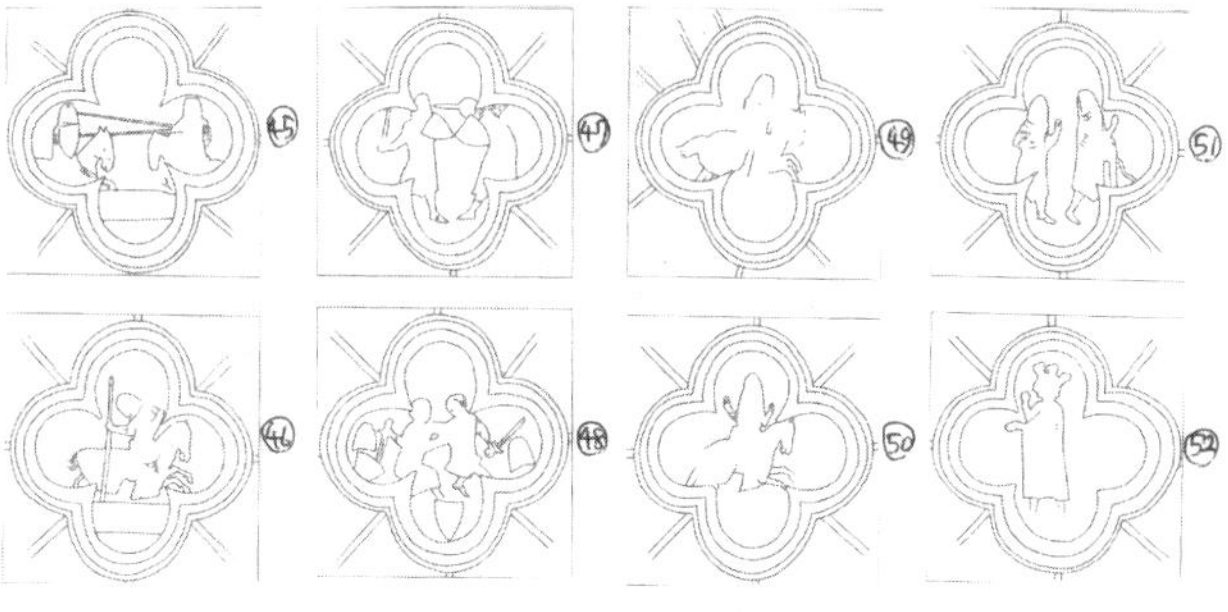

図9　「大広間」の壁画・第三シークエンス　ⓒ P.-Y. Carron, CG Isère

三　写本挿絵および象牙箱の図像表現との比較

「アーサー王伝説」を主題とした中世ヨーロッパの図像表現の中で、現存する『ペルスヴァル』の前半に相当する「ペルスヴァルの冒険」から着想を得たものは多くはない。その中でも特に有名なのは、『ペルスヴァル』の写本挿絵[22]と、パリのルーヴル美術館が所蔵する象牙製の小箱の表面に描かれた図像である。ここではテッス城の壁画の独創性を探るため、写本挿絵および象牙箱の図像表現との比較を試みる。

1　『ペルスヴァル』の写本挿絵

『ペルスヴァル』を伝える写本は十五点現存し、そのほかにも四つの断片が伝わっている。このうち挿絵を含む写本は以下の五点にとどまっている[23]（写本の略号は慣例で用いられているものである）。

（一）　フランス国立図書館フランス語写本一四五三（S写本）[24]
（二）　フランス国立図書館フランス語写本一二五七六（T写本）[25]
（三）　フランス国立図書館フランス語写本一二五七七（U写本）[26]
（四）　モンス公立図書館三三一・二〇六（P写本）[27]
（五）　モンペリエ医学部図書館H二四九（M写本）[28]

このうちT写本、P写本、M写本は十三世紀末、S写本とU写本は一四世紀前半に筆写されたものであり[29]、写本相互に直接の影響関係は認められない。T写本には六つの挿絵が見つかるが、このうち冒頭の挿絵は十字で仕切られた四つの場面からなっている（図10）。P写本とU写本にはそれぞれ八つの挿絵が見つかるが、P写本では各挿絵が個々の場面を描いているのに対し、U写本では八つのうち六つの挿絵が二つの部分を描いている（たとえば冒頭の挿絵は上下に分かれ、上では母の館を出たペルスヴァルが騎士たちに出会う場面、下ではペルスヴァルが「真紅の騎士」と戦う場面が描かれている）。十五点の挿絵を含むS写本の特徴は、『ペルスヴァル』の後半「ゴーヴァン（Gauvain）の冒険」と関連した挿絵が七点も見つかることである（T写本とP写本には一点、U写本とM写本には二点しか見つからない）。五写本中、挿絵の数が最も多いのは二十五点を含むM写本であり、各挿絵が個々の場面を描いている。

五写本に含まれるすべての挿絵を相互に比較すると、写本ごとに図像の選択は異なっていることがわかる。図像サイクルの定型があるわけではないが、物語のいくつかの場面が重複して選ばれている点は注目に値する。頻度の多い図像を順に並べると、次の結果が得られる。

（一）四写本に見つかる図像

アーサー王宮廷へのペルスヴァルの到着（S、T、P、M）

ペルスヴァルと聖金曜日の苦行者たちとの出会い（S、U、P、M）(30)

（二）三写本に見つかる図像

「荒れ森」でのペルスヴァルと騎士たちとの出会い（T、U、P）(31)

ペルスヴァルと「真紅の騎士」との戦い（T、U、M）(32)

図10　T写本冒頭の挿絵　ⓒBNF

「不可思議の寝台」に座るゴーヴァン（U、P、M）(33)

（三）　二写本に見つかる図像

母の館を出て森へ狩りに向かうペルスヴァル（U、M）
ゴルヌマンによるペルスヴァルの騎士叙任（P、M）
ペルスヴァルの寝台に向かうブランシュフルール（S、M）
ペルスヴァルとアンガンゲロンとの戦い（U、M）
ペルスヴァルとクラマドゥーの戦い（T、M）
漁夫王の館での「グラアル」と「血の滴る槍」の行列（U、M）(34)
アーサー王の捕虜になるオルグイユー・ド・ラ・ランド（Orgueilleux de la Lande）（P、M）
雪の上の血の滴を眺めるペルスヴァル（T、M）
ペルスヴァルとクウ（Keu）との戦い（S、M）
ゴーヴァンがペルスヴァルをアーサー王の許へ連れていく（S、M）
ペルスヴァルがアーサー王宮廷に戻る（U、P）(35)
「醜い乙女」がアーサー王宮廷に到着する（U、M）(36)
ゴーヴァンが一騎打ちでメリヤン・ド・リス（Méliant de Lis）を倒す（U、S）
ペルスヴァルと隠者の出会い（T、U）(37)
ライオンと戦うゴーヴァン（S、U）

前節で確認したとおり、テッス城の壁画が描いているのは、『ペルスヴァル』の冒頭から、ペルスヴァルとの一騎打ちで敗れたクラマドゥーが聖霊降臨祭の日にアーサー王宮廷に到着する場面までである。そのため、以上の写本挿絵の場面の中で、テッス城の壁画との比較項となるのは以下の場面である。

母の館を出て森へ狩りに向かうペルスヴァル（U、M）

「荒れ森」でのペルスヴァルと騎士たちとの出会い（T、U、P）

アーサー王宮廷へのペルスヴァルの到着（S、T、P、M）

ペルスヴァルと「真紅の騎士」との戦い（T、U、M）

ゴルヌマンによるペルスヴァルの騎士叙任（P、M）

ペルスヴァルの寝台に向かうブランシュフルール（S、M）

ペルスヴァルとアンガンゲロンとの戦い（U、M）

ペルスヴァルとクラマドゥーの戦い（T、M）

2　象牙箱の図像表現

十四世紀前半のパリでは、象牙箱の表面に宮廷風騎士道物語、とりわけアーサー王物語群から選ばれたいくつかの場面を描くのが流行した。こうした象牙箱は複数現存しているが、「ペルスヴァルの冒険」を描いたものは、現在パリのルーヴル美術館が所蔵する象牙箱だけである。(38)　一三一〇年から一三三〇年にかけてパリの工房で制作されたこの象牙箱は二二・五センチ×一一・三センチ、高さ七・四センチ

図11　ルーヴル美術館所蔵の象牙箱（撮影：渡邉浩司）

図12　象牙箱の蓋（撮影：渡邉浩司）

で、蓋の上と周囲の四面に図像が施されている（図11）。この象牙箱の制作年代は十四世紀前半であるため、テッス城の壁画や、写本挿絵を含む『ペルスヴァル』のS写本とU写本がほぼ同時代の作となる。ルーヴル美術館所蔵の象牙箱の蓋の上には左から右にかけて、聖クリストポルス（Christophorus）、聖マルティヌス（Martinus）、聖ゲオルギウス（Georgius）、聖エウスタキウス（Eustachius）（それぞれフランス語名はクリストフ Christophe、マルタン Martin、ジョルジュ Georges、ウスターシュ Eustache）が描かれている（図12）。この四人の聖人は騎士の霊的模範として描かれたと推測される。テッス城の壁画との比較項として重要なのは、象牙箱の周囲に描かれた「ペルスヴァルの冒険」である。

まず象牙箱の右脇（A）（図13）には、短槍を手にしたウェールズ風の身なりのペルスヴァル（左）が、森で出会った騎士たちを天使と勘違いし、彼らの前にひざまずく場面が描かれている。続きは象牙箱の背面（B）（図14）に移り、左から右にかけて四つの場面が描かれている。左端には騎士叙任を望むペルスヴァルが母の許を離れる場面、次に息子の出立後に悲しみのあまり母が失神して城門の跳ね橋から落下する場

図13　象牙箱の右脇（A）（「アーサー王伝説」展カタログより）ⓒ RMN / Daniel Ardaudet

図14　象牙箱の背面（B）（「アーサー王伝説」展カタログより）ⓒ RMN / Daniel Ardaudet

面、森の中をペルスヴァルが騎行する場面、そして右端に旅の途上で出会った「天幕の乙女」にペルスヴァルが接吻する場面が描かれている。

象牙箱の左脇（C）（図15）には、馬上のペルスヴァルが宮廷で食卓につくアーサー王と騎士たちの許へ向かう場面が描かれている。また左端には、長年笑うことのなかった乙女がペルスヴァルを見て笑うことで、彼が最良の騎士となることを予言したため、これに立腹したクウがその乙女に平手打ちを食らわせる場面が見られる。最後に象牙箱の正面（D）（図16）には、左から右にかけて三つの場面が描かれている。左半分にはアーサー王から黄金の盃を奪った「真紅の騎士」とペルスヴァルの馬上での槍による一騎打ち、右半分には絶命した「真紅の騎士」から兜を外そうとするペルスヴァルと、ヨネがペルスヴァルに股引をはかせている場面が順に描かれている。

図15　象牙箱の左脇（C）（撮影：渡邉浩司）

図16　象牙箱の正面（D）（撮影：渡邉浩司）

このようにルーヴル美術館所蔵の象牙箱に描かれた場面は、『ペルスヴァル』前半の「ペルスヴァルの冒険」のうち、冒頭から「真紅の騎士」との戦いまでに限られているため、テッス城の壁画の第二シークエンスまでに対応していることがわかる。

3　ペルスヴァルの服装

『ペルスヴァル』の冒頭に注目しながら象牙箱の図像を写本挿絵と比較した場合、最初に特筆すべきは、U写本冒頭の挿絵が描くペルスヴァルと騎士たちとの出会いの場面（図17）が、象牙箱の右脇（A）の図像と顕著な類似を見せていることである。いずれも騎士たちは画面の右から左へ、ペルスヴァルは左から右へ向かっている。またいずれもペルスヴァルがひざまずいて騎士たちを見上げているのに対し、馬上の騎士たちはペルスヴァルを見下ろしている。ペルスヴァルがフードつきのひとつなぎの上着をまとい[39]、騎士たちを天使（または神）と勘違いしたため、両手を合わせて祈りの姿勢を取っているのも同じである[40]。U写本冒頭の挿絵でペルスヴァルが見せたこの祈りの姿勢について、中世史家ジャン＝クロード・シュミットは、この姿勢が同時に「将来の叙任される騎士の姿勢をすでにとりいれている」[41]と指摘している。

この場面に相当するテッス城の花形装飾は残念ながら失われているが、ペルスヴァルが騎士たちの長に一連の質問を浴びせる場面を描いた第一シークエンスの花形装飾では、ペルスヴァルは帽子を被ってはおらず立ち上が

図17　U写本冒頭の挿絵　ⓒ BNF

テッス城（フランス・イゼール県）の壁面に描かれたペルスヴァルの幼少年期

ったままで、騎士に呼びかけるときには手を上げている。ところが第二シークエンスの冒頭、母に暇を告げてアーサー王宮廷に向けて出立する場面を描いた花形装飾では、U写本冒頭の挿絵や象牙箱の図像と同じく、ペルスヴァルはフードつきのひとつなぎの上着をまとった姿で描かれている。

　U写本の最初の挿絵は上下二段からなり、下段にはペルスヴァルと「真紅の騎士」との戦いが描かれているが、ここでもペルスヴァルは上段と同じく、フードつきのひとつなぎの上着をまとっている。象牙箱の正面（D）の右半分が描く「真紅の騎士」との戦いでも、さらにはテッス城の壁画第二シークエンスの最後の花形装飾（㉟の図像）が描く同じ戦いでも、ペルスヴァルが同じ服装である点は注目される。一方でペルスヴァルの被るフードの部分に注目すると、象牙箱の描くフードは先端が尖っているのに対し、U写本の最初の挿絵とテッス城の壁画ではフードに二本の角のようなものがぶら下がっている点が特徴的である。

　そもそもクレティアン・ド・トロワは『ペルスヴァル』の中で、アーサー王宮廷に向かうペルスヴァルの身なりをどう描いていたのだろうか。出立の決意を固めた息子を館に引き留めようとしながら、母は次のように息子の身支度を整えている。

Si li aparoille et atorne
De chenevaz grosse chemise
Et braies feites a la guise
De Gales, ou l'an fet ansanble
Braies et chauces, ce me sanble ;
Et si ot cote et chaperon

De cuir de cerf clos anviron. (vv. 498–504)

母親は息子のために仕度をし、麻布で大きなシャツと、ウェールズ風に仕立てた半ズボンと股引がつながっているように私には思われる。それから彼は、胴まわりに密着する、鹿皮のフードつきの上着ももらった。

このように『ペルスヴァル』の原文には、母の館を離れる時点でペルスヴァルがまとっていた「ウェールズ風」のひとつなぎの上着についての言及が見つかる。これに対して、クレティアンの『ペルスヴァル』を典拠の一つとしているヴォルフラム・フォン・エッシェンバハ（Wolfram von Eschenbach）作『パルチヴァール』（*Parzival*）（一二一〇年頃に完成）の対応箇所には、次のような記述が見つかる。[42]

diu frouwe nam ein sactuoch :
si sneit im hemde unde bruoch,
daz doch an eime stücke erschein,
unz enmitten an sîn blankez bein.
daz wart für tôren kleit erkant.
ein gugel man obene drûfe vant. (127, 1-6)

女王（パルチヴァールの母）は麻のあら布を取り出し、シャツと半ズボンを裁ってやった。それは一つにつながっていて、すねの半分までのものだった。それは誰にもすぐ愚者の服装だと分かった。上には帽子が付いていた。[43]

テッス城（フランス・イゼール県）の壁面に描かれたペルスヴァルの幼少年期

ペルスヴァルの中高ドイツ語版にあたるパルチヴァールが、フードつきのひとつなぎのシャツとズボンをまとっているのは、クレティアン・ド・トロワの中世フランス語版を踏襲したものである。ここで注目すべきは、ヴォルフラムがこの「ウェールズ風」の服装を「愚者の服装」（tôren kleit）だと明言している点である。クレティアン自身はペルスヴァルの身なりを「愚者の服装」と直接形容することはしていないが、物語の冒頭でペルスヴァルが「荒れ森」で初めて出会った騎士たちの長に、武具甲冑について素朴な質問を浴びせかけたとき、これを目撃していた騎士の一人はこう述べている。

—Sire, sachiez bien antreset
Que Galois sont tuit par nature
Plus fol que bestes an pasture.
Cist est ausi com une beste. (vv. 242-245)

「殿、すぐさまご承知おき下さい、ウェールズ人というものはみな、生まれつき、牧場の獣たちよりも愚かなのですよ。この男なんて獣と同じです。

このようにクレティアンの作品中にはすでに、朴訥な若者ペルスヴァルを「愚者」（fol）とみなす伏線が張られており、ヴォルフラムはそれを明示したと言えるだろう[44]。同じプロセスを図像で行っているのがテッス城の壁画である。複数の花形装飾に描かれたペルスヴァルの被る二本の角のようなものがぶら下がっているフードが、宮廷の「道化」の被り物に酷似しているのは偶然ではないと思われる。

四　テッス城内壁画の制作意図

第二節で検討したとおり、テッス城内壁画が描いているのは、クレティアン・ド・トロワ作『ペルスヴァル』冒頭から二七八九行までの部分である。つまりこの壁画には、物語前半の要である漁夫王の館での「グラアル」(Graal) 行列の場面は描かれてはいない(ペルスヴァルが川で魚釣り中の漁夫王に出会うのは、物語の三〇〇〇行あたりである)。テッス城の壁画を制作した人々は、「荒れ森」で騎士道とは無縁の生活を送っていた少年ペルスヴァルが、騎士道を徐々に発見していく時期に焦点を当てたのである。この「幼少年期」にペルスヴァルが見せる振舞いは、当然のことながら一人前の騎士が見せる偉業とはほど遠いものであり、『ペルスヴァル』後半の主人公であるゴーヴァンが果たす一連の輝かしい武勲とは著しい対照を見せている。(45) テッス城の壁画ではなぜ、「騎士の鑑」ゴーヴァン、ロデンゴ城で描かれたイーヴェイン (Iwein)、ロンコロ城で描かれたトリスタン (Tristan) のような騎士ではなく、ペルスヴァルが選ばれたのだろうか？　またそこには誰の、どのような意図が働いているのだろうか？

1　新興貴族の精神

まずはペルスヴァルの「幼少年期」を描く一連の花形装飾が、テッス城内で応接間として使われていた「大広間」の壁面に描かれていることに注目する必要があるだろう。この壁画の創作時期はテッス城を構成する二つの建物の新しい方の建設時期(一二八二―一三三五年頃)と推測されているため、この時期には『ペルスヴァル』を含むアーサー王物語群がドーフィネやサヴォワの貴族層の間で流行していたと考えられる。そのため『ペルスヴ

テッス城（フランス・イゼール県）の壁面に描かれたペルスヴァルの幼少年期

ァル』の一連の場面を応接間に描くことは、城主一族の文学趣味を明らかにし、庶民に対する物質的・精神的優位を誇示することにほかならなかった。「大広間」の壁の上部にはさまざまな紋章の帯状装飾《フリーズ》が描かれており、城主と複数の貴族層との密接な関連を示していることも、こうした解釈を後押ししてくれる。

本章第一節で触れたとおり、現在も残るテッス城の建立を行ったのはベルコンブ家であり、城の最初の建物が建てられた一二七九年から一二八三年の時期に城主を務めていたのは、ヴィエノワ伯の側近だったジラール・ド・ベルコンブ（Girard de Bellcombe）（一二三〇頃―九〇年頃）である。マリー＝エレーヌ・コレは、富裕な騎士ジラールがテッス城の最初の建物を完成させ、「大広間」を飾る壁画の作成を命じたと推測している[46]。ジラールに続いてベルコンブ家の盛名をとどろかせるのに一役買ったのが、ジラールの長子フランソワ（François）であり、軍人としての活躍が認められてヴィエノワ伯ギグ八世の顧問官となる。ここで注目すべきは、ベルコンブ家の人々に対してフランソワ以降、「ド・テッス」（de Theys）という呼称が添えられるようになったことである。フランソワ・ド・テッスはベルコンブ家の収入を管理していたことから、テッス城の第二の建物は彼が建立を命じたと考えられる[47]。

そもそも古フランス語韻文で書かれた初期のアーサー王物語群の受容層は、輝かしい王侯貴族だった。クレティアン・ド・トロワが『ランスロまたは荷車の騎士』（*Lancelot ou Le Chevalier de la Charrette*）[48]と『ペルスヴァル』を執筆したのは、それぞれの序で庇護者として言及されるシャンパーニュ伯夫人とフランドル伯フィリップに献呈するためだった。前者は仏英両国の王妃となったアリエノール・ダキテーヌ（Aliénor d'Aquitaine）の娘マリー（Marie）（一一七四―一二〇四年）であり、後者フィリップ・ダルザス（Philippe d'Alsace）（一一四三―九一年）は皇太子フィリップ（後のフィリップ・オーギュスト Philippe Auguste、フランス・カペー朝第七代の王）の代父にして教育係だった人である。このように盛名をはせる王侯貴族に向けて書かれたアーサー王物語群は、やがて中小貴族層にまで浸透していくようになった。テッス城内壁画が、騎士としての履歴を始めたばかりのペルスヴァルを描いていることを思い起こせば、そこに投影されているのはドーフィネの地でヴィエノワ伯の信任を得ながら社会的地位を上昇させていたベルコンブ家の姿だったのかもしれない。テッス城主は、武勇を誇る騎士として認知されていたイーヴェインやトリスタンではなく、騎士としての道を歩み始めたばかりのペルスヴァルに己の姿を重ねあわせていたのだろう。つまりテッス城内壁画は、騎士道を称揚するために描かれたのではなく、新興貴族階級の精神を描いたものだと考えられるのである。

2　時間の象徴的意味

テッス城の「大広間」では、城主一家や招待客はどのように壁画を鑑賞したのだろうか？　壁に描かれた五十二個の花形装飾は、ペルスヴァルの冒険を彩る五十二の場面に相当し、最初から最後までたどるためには「大広間」の中を三周する必要がある。五十二という花形装飾（つまり場面）の数の選択は偶然の産物ではなく、マジョリー・ラファンが指摘するように、一年の週の数を表したものだと想定される。[49] こうした時間の象徴的意味に呼応するのが、暖炉を出発点および終点とする花型装飾の循環性である（図18）。

まずは「大広間」の南側の壁のほぼ中央にある暖炉から時計回り（南→西→北→東→南）に一周し、各壁の一番上の花形装飾を①から⑲までたどる。次には南側の壁の暖炉の左横から反時計回り（南→東→北→西→南）に一周し、各壁の上から二列目の花形装飾を⑳から㉟までたどる。最後に南の壁の暖炉の右側から時計回りに一周し、各壁の一番下の花形装飾を㊱から㊾までたどるのである。したがって一周目は一番上のラインを左から右へ、二周目は二つ目のラインを右から左へ、三周目は一番下のラインを再び左から右へと進んでいくことになる。こうした動きは、牛が畑の畝を掘るように各行を交互に書いていく「牛耕式（ブーストロフェドン）」(boustrophédon)

テッス城（フランス・イゼール県）の壁面に描かれたペルスヴァルの幼少年期

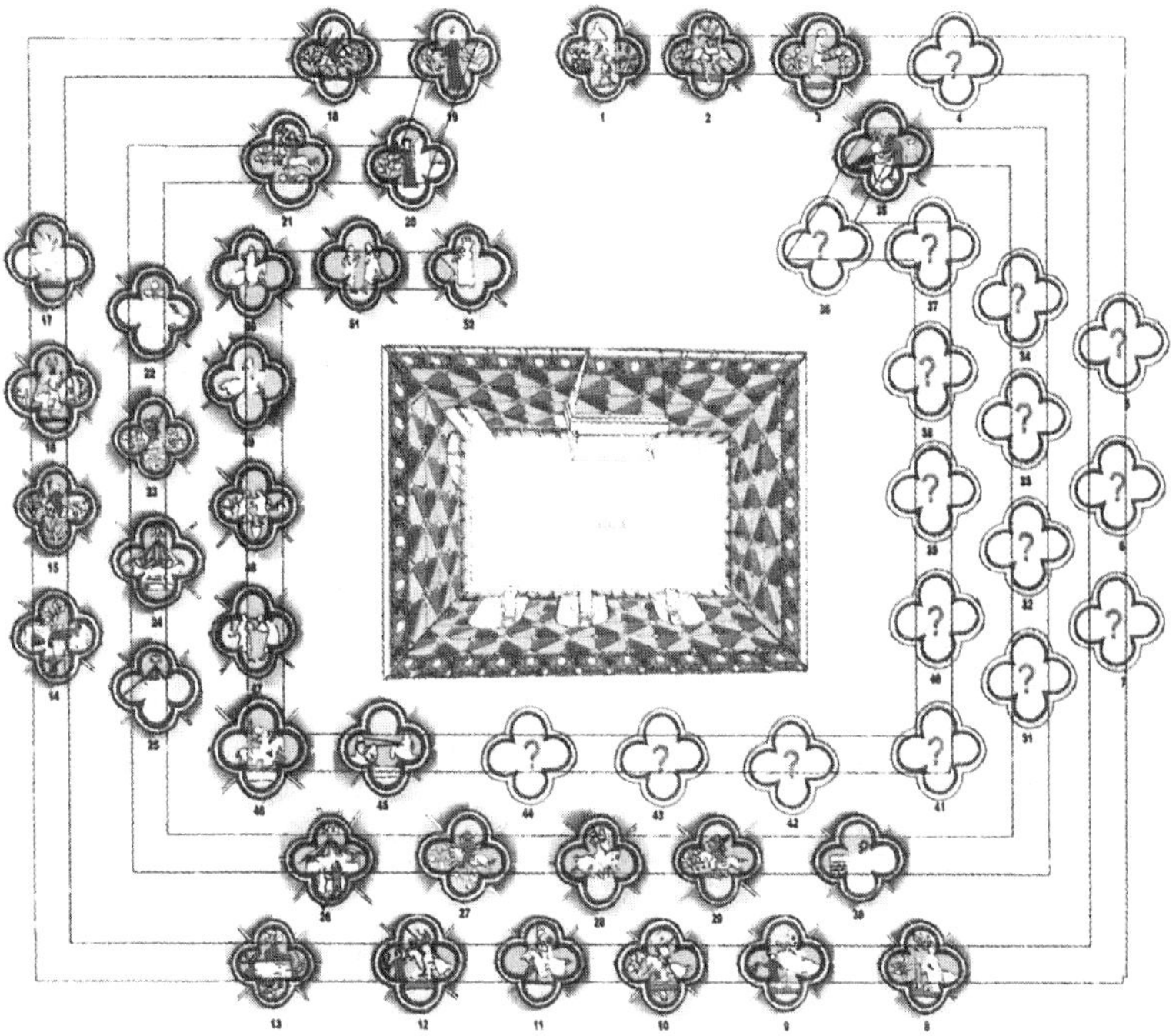

図18　「大広間」の壁面に描かれた花形装飾の配置（順番は1から52まで）ⓒ P.-Y. Carron, CG Isère

と呼ばれる古代ギリシアの書式を想起させる。

東西南北を三周するプロセスでは時の循環と同時に、世間知らずの少年ペルスヴァルが騎士に叙任されるまでの成長が描かれていることも忘れてはならない。それは花型装飾で描かれているペルスヴァルの身なりにも反映されている。第一シークエンスのペルスヴァルは野育ちの少年であり、母の館のある「荒れ森」で、上着と半ズボンだけをまとい、手に三本の短槍を持ち、狩猟馬にまたがっている（①、③、⑨、⑮、⑱を参照）。第二シークエンスでは、アーサー王宮廷へ出立する決意を固めたペルスヴァルは、母に用意してもらったフードつきの「ウェールズ風の」ひとつなぎの上着をまとって馬上の人となる（㉑、㉓）。そしてこの服装のままで「天幕の乙女」と対面する

(26)ばかりか、「真紅の騎士」を一騎打ちで倒した後も、同じ服装のままで「真紅の騎士」の甲冑を外そうとする(35)。第三シークエンスでは、冒頭の九個の花型装飾が失われているが、ペルスヴァルとクラマドゥーとの一騎打ちを描いた場面では、ペルスヴァルは騎士として完全武装している(47)。つまり第三シークエンスのペルスヴァルは、ゴルヌマン・ド・ゴオールから受けた騎士道の教えを守り、騎士として最初の武勲を果たしている。

このうち一騎打ちの様態に注目すると、第二シークエンスで「真紅の騎士」に対して挑むペルスヴァルの戦いは、ジャン・フラピエが指摘するように「およそ騎士道における決闘の諸規則の埒外である」[50]。なぜならペルスヴァルは騎士が用いる剣(epée)ではなく、日常的に「荒れ森」での狩りに使っていた短槍(javelot)で、あたかも獲物を仕留めるかのように「真紅の騎士」の目から脳髄を刺し貫き、命を奪っているからである。これに対して第三シークエンスでのクラマドゥーとの一騎打ちでは、ペルスヴァルは相手の挑戦を受けて立ち、戦いで優勢に立つと、相手の命を奪うことなく、アーサー王の宮廷行きを命じている。

3 「愚者」=「道化」としてのペルスヴァル

クレティアン・ド・トロワが十二世紀後半に『ペルスヴァル』を執筆した時点では、物語前半の主人公ペルスヴァルは世間知らずの純朴な少年でありながらも、将来は漁夫王の後継者となる運命を担わされた選ばれし人物であった[51]。アーサー王宮廷に向けて出立する決意を固めたペルスヴァルに対して母が語った一門の話でも触れられているように、ペルスヴァルの父はかつて「群島」のどの島でも立派な騎士として敬われていた人物であり、母もまた同じく「群島」で最も優れた騎士の家柄だった。「血は争えない」のである。未完に終わったクレティアンの『ペルスヴァル』を書き継いだ続編作家たちや『散文ペルスヴァル』(『ディド・ペルスヴァル』)[52]の作者は、こうした構想のもとで作品を著している。たとえばマネシエ（Manessier）が著した『ペルスヴァル』の『第三続編』[53]（一二二四―一二二五年、あるいは一二三〇年以降）によれば、物語の大団円でペルスヴァルは漁夫王の後継者となり、日夜「グラアル」に守られた後、聖徳に包まれてこの世を去っている。

ところが十三世紀半ばまでに成立した散文による膨大な「聖杯物語群」では、キリストの聖遺物（「聖杯」）へと変貌した「グラアル」の冒険を完遂するのは、ペルスヴァルではなくランスロの息子ガラアド（Galaad）である。『聖杯の探索』（*La Queste del Saint Graal*）[54]によると、ペルスヴァルはボオール（Bohort）、ガラアドとともに「聖杯の探索」に最後まで挑むことになる三人に含まれてはいるが、「聖杯」の驚異を直接目にする資格を持つのはガラアドだけである。ガラアドが「聖杯」を前にして息を引き取ると、「聖杯」もはるか高く天のほうへ運ばれていく。

このように十三世紀になると、「グラアル」のキリスト教化によりペルスヴァルは脇役に甘んじるようになった。テッス城の壁画が作成された時期には、こうした「グラアル」の英雄の交代劇は周知のものとなっており、テッス城の城内壁画は英雄としてのオーラを失ったペルスヴァルを、愛すべき「愚者」＝「道化」として明示的に描く方向へ舵を切ったのではないだろうか。図像の観点からその証となっているのが、城内壁画のペルスヴァルが被っている二本の角のようなものがぶら下がっているフードであり、これは宮廷の「道化」の被り物にほかならない[55]。

おわりに

テッス城内壁画はまさしく「石の写本」であり、壁画を制作した人々は、クレティアン・ド・トロワ作『ペルスヴァル』前半の各場面を忠実に描いている。「漫画（バンド・デシネ）」のように、花形装飾を用いて物語を三列にわたって描いたこの壁画は、ペルスヴァルをテーマにした図像表現としては稀有の例と言えるだろう。テッス城の本格的な保全と調査はまだ始まったばかりであり、今後多くの謎が解明されていくにちがいない（図19）。本章を締めくくるにあたり、こうした謎のいくつかとその解明の方向性を記しておきたい。

図19　整備中の「大広間」内部　Ⓒ P. Avavian, Theys Patrimoine

　まずはテッス城内壁画の制作者をめぐる謎である。(56) 古文書にはその名前が一切見つからないが、壁画の様式や規模から複数の人々が想定され、リーダー格の細密画家が束ねたサヴォワ出身と思われる絵描きのグループの可能性が高い。このグループはフランス北部の様式を受け継いでおり、それは人物の顔の描き方に反映されている。『ペルスヴァル』の写本中、パリ周辺で作られたU写本の挿絵が描くペルスヴァルの姿が、テッス城内壁画のケースに似ていることは、こうした解釈を支持してくれる。

　次にテッスへの「アーサー王伝説」の伝播をめぐる謎である。その鍵となるのはサヴォワ伯国である。(57) 本章第一節で触れたように、中世期にドーフィネ伯国およびジュネーヴ伯国はサヴォワ伯国と敵対関係にあったが、双方の間には休戦の時期もあったばかりか、一二九七年にはジュネーヴ伯の息子ギヨーム（Guillaume）がサヴォワ伯の娘アニェス（Agnès）と結婚しており、サヴォワ伯国に伝わる芸術の伝統がドーフィネ伯国に流れこむ契機となっている。なかでも「アーサー王伝説」の伝播にとって重要なのは、一二四九年から一三二三年までサヴォワ伯を務めたアメデ五世、あるいは彼の二番目の妻マリー・ド・ブラバン（Marie de Brabant）（一二七七年頃―一三四〇年頃）であり、二人はアーサー王文学を愛好していた北ヨーロッパの宮廷との接触により、同じ文学趣味をサヴォワ伯国へ伝えたにちがいない。テッス城内壁画を描いた画家たちがサヴォワ出身であるとすれば、こうした歴史的な背景を想定する必要があるだろう。

最後に指摘しておきたいのは、「アーサー王伝説」のロマンス化を後押ししたプランタジネット朝とテッスを結ぶ意外なつながりである。プランタジネット朝の初代イングランド王ヘンリー二世は一一八〇年に、ウィザム（Witham）のカルトゥジオ会の修道院長として、もともとグルノーブル近郊のグランド・シャルトルーズの修道士だったユーグ（Hugues、英語名ヒュー Hugh）（一一四〇年頃―一二〇〇年）を任命した。[58] ところでこのユーグは、イゼール県のポンシャラ（Pontcharra）近郊に位置するアヴァロン（Avalon）の領主だったギヨーム（Guillaume）と、アンヌ・ド・テッス（Anne de Theys）との間に生まれた第三子だった。リンカン（Lincoln）の司教として知られるこのヒュー・オヴ・アヴァロン（Hugh of Avalon）は、その生まれ故郷の名が古いケルト伝説に由来するアヴァロン島、[59] つまりアーサー王の異父姉妹モルガーヌ（Morgane）が治めていた島を喚起したはずである。一二〇〇年にロンドンで亡くなったこのヒュー（ユーグ）こそが、プランタジネット朝による「アーサー王伝説」の政治利用に一役買い、大陸側にあった故郷にも同じ伝説が伝播していく土壌を作り上げたと推測するのは深読みだろうか。

（1）本書所収の論考、金沢百枝「モデナ大聖堂《魚市場の扉口》のアーサー」を参照。なおモデナ大聖堂については、尾形希和子『教会の怪物たち―ロマネスクの図像学』（講談社選書メチエ、二〇一三年）を参照。

（2）金沢百枝「ロマネスク床モザイクに見る驚異―オトラント大聖堂の分類不能な怪物たち」、山中由里子編『《驚異》の

テッス城（フランス・イゼール県）の壁面に描かれたペルスヴァルの幼少年期

文化史―中東とヨーロッパを中心に』名古屋大学出版会、二〇一五年、一八四―二〇〇頁。

(3) 増山暁子『イタリア異界物語　ドロミーティ山地　暮らしと伝説』東洋書林、二〇〇六年、二六七―二八五頁(「アーサー王宮廷から飛翔してきた騎士たち」)。

(4) 本書所収の論考、増山暁子「イタリア北部のアーサー王サイクルの壁画」を参照。

(5) 本章で導きの糸となるのは、以下の二点の論考と一点の冊子である。Walter, P., « Perceval en Grésivaudan. La découverte de fresques arthuriennes inconnues au château de Theys (Isère) », *Le Moyen Age*, 103, 1997, pp. 349-361; Walter, P., « Perceval au XIVe siècle : les fresques de Theys (Isère) comparées à deux miniatures et au coffret du Louvre inspirés par le *Conte du Graal* », *Les Cahiers du CRHIPA*, n. 10, 2007 (*Paroles de murs. Peinture murale, Littérature et Histoire au Moyen Age*), Greboble, pp. 37-49; *Perceval en montagne. Le Châtel de Theys*, sous la direction d'A. Clavier, Conseil général de l'Isère, 2014.

(6) テッスをめぐる歴史の概略は、Walter, P., « Perceval en Grésivaudan », art. cit., pp. 350-351 および、*Perceval en montagne, op. cit.*, pp. 15-23 を参照。

(7) *Perceval en montagne, op. cit.*, pp. 40-43 (Clavier, A., « Le Châtel, noble maison »).

(8) この展覧会のカタログは、*Archéologie chez vous*, n. 9 (Grésivaudan, pays d'Allevard et Goncelin), 1991. このうちテッス城への言及は pp. 37-39 を参照。

(9) Ph. Walter, « Perceval en Grésivaudan », art. cit.

(10) Ph. Walter, « Perceval au XIVe siècle », art. cit.

(11) この物語作家については、拙稿「クレチアン・ド・トロワ」(原野昇編『フランス中世文学を学ぶ人のために』世界思想社、二〇〇七年、五三―六二頁)、および拙著『クレチアン・ド・トロワ研究序説―修辞学的研究から神話学的研究へ』(中央大学出版部、二〇〇二年)を参照。

(12) テッス城の壁画の解読に至る経緯については、フランス・グルノーブル第三大学の機関誌『アルファベ』(*Alphabets*)第一五号(二〇一五年十月)に掲載された記事「眠れる森のペルスヴァル―イゼール県の廃墟に描かれた極めて貴重な

壁画」（渡邉浩司・渡邉裕美子訳、中央大学『中央評論』通巻二九五号、二〇一六年五月、一二四―一二九頁）を参照。

（13）*Perceval en montagne*, *op. cit.*

（14）「大広間」の概要については、Ibid., pp. 45-49 (Raffin, M., « Perceval au Châtel ») を参照。

（15）「大広間」を飾る装飾については、Ibid., pp. 50-53 (Raffin, M., « Le décor monumental ») を参照。

（16）Ibid., pp. 50-53.

（17）Ibid., pp. 40-43.

（18）『ペルスヴァル』のテクストは、プレイヤッド版『クレティアン・ド・トロワ全集』（Poirion, D. (dir.), *Chrétien de Troyes, Œuvres complètes*, Paris, Gallimard, 1994）所収、ダニエル・ポワリヨン校訂によるテクストを用いる。

（19）「幼少年期」については、フィリップ・ヴァルテール（渡邉浩司・渡邉裕美子訳）『アーサー王神話大事典』（原書房、二〇一八年）三九四―三九五頁を参照。

（20）「カンクロワ（Quinqueroi）の森」からやってきた「真紅の騎士」については、前掲書・ヴァルテール『アーサー王神話大事典』、二二四―二二五頁を参照。

（21）「アーサー王物語」では、アーサー王が諸侯を集める宮廷を「復活祭」の五十日後にあたる「聖霊降臨祭」に開催することが多い。十二世紀と十三世紀の古フランス語作品に見られる「聖霊降臨祭」への言及については、フィリップ・ヴァルテールの著書『時間の記憶』を参照（Walter, P., *La mémoire du temps. Fêtes et calendriers de Chrétien de Troyes à La Mort Artu*, Paris, H. Champion, 1989, p. 82）。

（22）クレティアン・ド・トロワの物語を収録する写本群については、*Les Manuscrits de Chrétien de Troyes*, édité par K. Busby, T. Nixon, A. Stones et L. Walters, Rodopi, Amsterdam-Atlanta, 1993, 2 tomes が最も重要な論文集である。

（23）『ペルスヴァル』の写本のうち、挿絵を含む五写本については、キース・バズビーの論考を参照（Busby, K., "The Illustrated Manuscripts of Chrétien's *Perceval*", *Les Manuscrits de Chrétien de Troyes*, *op. cit.*, t. I, pp. 351-363）。

（24）二八八葉からなるこの写本には『ペルスヴァル』（第一葉―第六五葉裏）に続いて、『第一続編』（第六五葉裏―第一三〇葉）、『第二続編』（第一三〇葉―第二一九葉）、マネシエ作『第三続編』（第二一九葉―第二八八葉裏）が収録されている。

(25) 二八四葉からなるこの写本には『ペルスヴァル』（第一葉―第三七葉）に続いて、『第一続編』（第三七葉―第九八葉）、『第二続編』（第九八葉―第一五二葉裏）、ジェルベール・ド・モントルイユ作『第四続編』（第一五二葉裏―第二二〇葉裏）、マネシエ作『第三続編』（第二二〇葉裏―第二六一葉）、『エノー伯の死』（第二六一裏―第二六二葉）、モリヤンの隠者作『ミゼレーレ物語』（第二六三葉―第二七五葉）、モリヤンの隠者作『慈悲物語』（第二七五葉裏―第二八四葉裏）が収録されている。

(26) 二七二葉からなるこの写本には『ペルスヴァル』（第一葉―第五三葉）に続いて、『第一続編』（第五三葉―第一四六葉裏）、『第二続編』（第一四六葉裏―第二一五葉）、マネシエ作『第三続編』（第二一五葉―第二七二葉）が収録されている。

(27) 四八七葉からなるこの写本には『ペルスヴァル』（第一五葉―第一一九葉）の前に二つのプロローグ、つまり『釈義（エリュシダシヨン）』（第一葉―第六葉）と『ブリヨカドラン』（第六葉―第一五葉）が置かれ、『ペルスヴァル』の後には、『第一続編』（第一一九葉―第二二九葉）、『第二続編』（第二二九葉―第三七五葉）、マネシエ作『第三続編』（第三七五葉―第四八七葉）が収録されている。

(28) 二九六葉からなるこの写本には『ペルスヴァル』（第一葉―第五九葉）に続いて、『第一続編』（第五九葉―第一五四葉裏）、『第二続編』（第一五四葉裏―第二三一葉裏）、マネシエ作『第三続編』（第二三一葉裏―第二九五葉裏）、『愛の挨拶』（第二九六葉裏）が収録されている。

(29) Nixon, T., "Catalogue of Manuscripts", *Les Manuscrits de Chrétien de Troyes, op. cit.*, pp. 1-85.

(30) S写本では、苦行者に相当する人物が「徒歩」ではなく、「馬上」の騎士・貴婦人たちとして描かれている。

(31) S写本ではこの場面を描くフォリオが消失している。またM写本では、ペルスヴァルと騎士たちの出会いを描く場面に、アーサーと四人の騎士を描いた挿絵が入れられている。

(32) S写本では、「真紅の騎士」からペルスヴァルが奪い返した盃を、ヨネがアーサー王に返す場面を描いた挿絵が見つかる。

（33）このうちU写本の挿絵は、「不可思議の寝台」でゴーヴァンが矢の嵐にあう場面を描いている。

（34）このうちM写本の挿絵には、「血の滴る槍」だけが描かれており、「グラアル」は出てこない。「血の滴る槍」については、拙稿「クレティアン・ド・トロワ作『聖杯の物語』前半における《血の滴る槍》の謎」（宮本悟編『フランス―経済・社会・文化の実相』中央大学出版部、二〇一六年、二三七―二六九頁）を参照。

（35）P写本の挿絵はペルスヴァルが城へ到着する場面を描いており、U写本の挿絵はアーサー王と王妃がペルスヴァルを出迎える場面を描いている。

（36）このうちU写本の挿絵では、「醜い乙女」がペルスヴァルを詰っている。「醜い乙女」については、拙稿「クレチアン・ド・トロワ『聖杯の物語』における「醜」のレトリック」（『フランス語フランス文学研究plume』第四号、名古屋仏文学会、一九九九年、一二一―一三三頁）を参照。

（37）このうちU写本の挿絵では、ペルスヴァルが隠者の礼拝堂に到着する場面を描いている。

（38）ペルスヴァルの冒険を描いた象牙箱については、以下の文献を参照。Loomis, R.S., *Arthurian Legends in Medieval Art*, London, Oxford University Press, 1938, pp. 73-74；*La légende du roi Arthur*, sous la direction de T. Delcourt, Bibliothèque nationale de France / Seuil, 2009, pp. 102-103. 後者の文献は、二〇〇九年十月から二〇一〇年一月までパリのフランス国立図書館で開催された「アーサー王伝説」展のカタログであり、本章の図13と図14はこのカタログによる。

（39）M写本冒頭の挿絵が描く騎行中のペルスヴァルも、S写本冒頭の挿絵が描くアーサー王の食卓に向かう馬上のペルスヴァルも、いずれも三つの短槍を手に持ち、フードつきのひとつなぎの上着をまとっている。

（40）十字で四つに仕切られたT写本冒頭の挿絵の上部でも、左に祈りの姿勢でひざまずくペルスヴァル、右に騎士たちが描かれている。

（41）ジャン＝クロード・シュミット（松村剛訳）『中世の身ぶり』みすず書房、一九九六年、二一二頁。

（42）Wolfram von Eschenbach, *Parzival*, Eine Auswahl mit Anmerkungen und Wörterbuch von Dr. H. Jantzen, bearbeitet von Dr. H. Kolb, Walter de Gruyter, 1973, pp. 20-21.

（43）ヴォルフラム・フォン・エッシェンバハ（加倉井粛之・伊東泰治・馬場勝弥・小栗友一訳）『パルチヴァール』郁文

堂、一九七四年、六七頁。

(44)「狂気（フォリー folie）の道徳化」の観点から『ペルスヴァル』前半を検討したミュリエル・ラアリーによれば、母親にあまりにも長く庇護されたペルスヴァルは「自分を同一視させるための父親像」を持てなかったため、母の館を出立した後、自分の同一性を見出すために数年を要することになった。「父親的な人物」で伯父にあたる隠者と出会うまでのペルスヴァルは、文字どおりに「分別のない人」だったとラアリーは考えている（ミュリエル・ラアリー、濱中淑彦監訳『中世の狂気　十一―十三世紀』人文書院、二〇一〇年、九二―九六頁）。

(45) 第三節で検討したとおり、『ペルスヴァル』の写本挿絵中、ゴーヴァンが祖母と母と妹の住む城「血の岩山（ロッシュ・サンガン）」に迎え入れられて「不可思議の寝台」で果たす試練は、三写本で描かれている。なお『ペルスヴァル』後半については、拙稿「ゴーヴァンの異界への旅―クレティアン・ド・トロワ作『聖杯の物語』後半再読」（『アーサー王物語研究―源流から現代まで』中央大学出版部、二〇一六年三月、一四五―一九四頁）を参照。

(46) *Perceval en montagne, op. cit.*, pp. 33-35 (Corré, M.-H., « Le Châtel de Theys, une maison forte ? »).

(47) Ibid., pp. 36-37 (Corré, M.-H., « L'apogée au XIVe siècle : une affaire de famille . . . »).

(48) 邦訳は神沢栄三訳、クレチアン・ド・トロワ『ランスロまたは荷車の騎士』（『フランス中世文学集二』白水社、一九九一年、所収）を参照。

(49) *Perceval en montagne, op. cit.*, pp. 68-69 (Raffin, M., « La symbolique du temps »).

(50) ジャン・フラピエ（天沢退二郎訳）『聖杯の神話』筑摩書房、一九九〇年、一〇一頁。

(51)「グラアル」を含む一連のオブジェがインド＝ヨーロッパ語族の神話に淵源を持つ「王家の神器」であり、三人兄弟の末っ子にあたるペルスヴァルがこれらを漁夫王の館で目撃することが王の有資格者であることの証だという点については、拙稿「ペルスヴァルに授けられた剣と刀鍛冶トレビュシェットの謎―クレチアン・ド・トロワ作『聖杯の物語』再読」（『続　剣と愛と―中世ロマニアの文学』中央大学出版部、二〇〇六年、一六九―二一七頁）を参照。

(52) *The Didot Perceval*, according to the manuscripts of Modena and Paris, edited by W. Roach, Philadelphia, University of Pennsylvania Press, 1941.

（53）Manessier, *La Troisième Continuation du Conte du Graal*, Edition bilingue, Publication, traduction, présentation et notes par M.-N. Toury, avec le texte édité par W. Roach, Paris, Honoré Champion, 2004. マネシエ作『第三続編』の創作年代については、推測が難しい。『第三続編』と作者不詳『聖杯の探索』に見られる類似した挿話群が、共通の典拠に由来すると考えれば、『第三続編』の推定創作年代は一二一四―二五年となる。一方でマネシエが『ランスロ＝聖杯』を知っていたと考えれば、『第三続編』の推定創作年代は一二三〇年以降になる。

（54）邦訳は天沢退二郎訳『聖杯の探索』人文書院、一九九四年。

（55）「道化（フール）」については、イーニッド・ウェルズフォード（内藤健二訳）『道化』（晶文社、一九七九年）、ウィリアム・ウィルフォード（高山宏訳）『道化と笏杖』（白水社、二〇一六年）、Lever, M., *Le sceptre et la marotte. Histoire des fous de Cour*, Paris, Fayard, 1983 を参照。

（56）*Perceval en montagne*, *op. cit.*, pp. 74-75 (Raffin, M., « Pourquoi ici ? »).

（57）中世のサヴォワ伯（公）については、上田耕造「境域にたつサヴォワ伯―サヴォワ―フランス関係からみる中世後期フランスの内紛」（朝治啓三・渡辺節夫・加藤玄編『《帝国》で読み解く中世ヨーロッパ―英独仏関係史から考える』ミネルヴァ書房、二〇一七年、一九三―二一四頁）を参照。

（58）ユーグ（ヒュー）・オヴ・アヴァロンについては、ルイ・カルヴェの著作を参照（Carvet, L., *Des vaus d'Avalon à La Queste du Graal*, Paris, José Corti, 1967, pp. 76-77.）。

（59）「アヴァロン」については、拙稿「《アーサー王物語》における《異界》―不思議な庭園とケルトの記憶」（細田あや子・渡辺和子編『異界の交錯（上）』リトン、二〇〇六年、一一七―一四八頁）を参照。

追　記

まずはテッス城へ車で案内して下さったグルノーブル在住のティエリー・ラリッザさんと沖澤奈美さん夫妻に心より感謝したい。それは二〇一七年一月二十九日（日）のことだった。テッスの村役場近くに到着した我々三人は、雪の残る長い坂道をひたすら歩いて上り、なんとかテッス城までたどり着いたが、残念ながら城の内部は整備中で一般公開されてはいなかった。テッス城はまさしく「眠れる森の城」といった趣だった。次に『山のペルスヴァル—テッス城』に掲載された複数の図版の掲載を快く許可して下さった、編集担当のアニック・クラヴィエ氏に感謝したい。本章の執筆に必要な資料収集にあたっては、中央大学図書館閲覧課レファレンス・ルームの皆さん、なかでも入矢玲子さん、金津有紀子さん、西満美さん、伊藤親子さんにお世話になった。ここに記して感謝申し上げたい。なお本研究は、二〇一九年度中央大学基礎研究費の助成を受けたものである。

第二部　フランスとイタリアのアーサー王伝説

ロベール・ド・ボロンにおけるアーサー王像と政治思想について

横　山　安由美

はじめに

アーサー王像の形成過程については多くの研究者が扱っているので詳述はしないが、はじめにごく簡単にまとめておきたい。一般的には五、六世紀に対サクソン人戦で活躍した武将がアーサーの原型であると考えられる。ギルダス（Gildas）の『ブリタニアの滅亡と征服について』（*De excidio Britanniae*）（六世紀）は、ベイドン山の戦いでサクソン人の侵入を防いだ指導者に言及しているが、名前は与えていない。ネンニウス（Nennius）の『ブリトン人史』（*Historia Britonum*）（九世紀）は上記の指導者にアーサーという名前を与えているが、「戦争の指揮官」（dux bellorum）や「戦士」（miles）として扱っている。[1] いくつかの年代記に断片的に登場するだけであったアーサーが「王」（rex）として扱われ、人口に膾炙するきっかけとなったのは、ジェフリー・オヴ・モンマス（Geoffrey of Monmouth）のラテン語の史書『ブリタニア列王史』（*Historia regum Britanniae*）（一一三八年頃、以下『列王史』）である。アエネアースの曾孫ブルートゥスがブリタニアに渡って建国したと説く本書は、さまざまな伝承を交えつつ歴代の王の事跡を年代記風に描く。そのなかでアーサーの出生、戴冠、そして死に至る経緯が詳細に語られ、当時の人々に知られることとなった。とりわけ、父王ユテル（Uter）が人妻であるティンタジェル公爵夫人に恋し、魔法使いメルラン（Merlin）の助力によって公爵に変身することで夫人と一夜を過ごす、というアーサー出生の昏い秘密は、物語として耳目を集めたものと思われる。

ヴァース（Wace）は古フランス語（アングロ＝ノルマン語）で『列王史』の翻案ものである『ブリュット物語』（*Roman de Brut*）（一一五五年頃）を著した。十二世紀後半にはアーサーは「王」として人口に膾炙したものと思われ、『列王史』や『ブリュット物語』が提供する素材を活かして、古フランス語でアーサーや彼の騎士たちの冒険、あるいは貴婦人たちとの雅やかな恋愛模様などが表現されていった。これらは「宮廷風恋愛物語」（roman courtois）と呼ばれ、当初の異民族の侵入に抗した荒々しい世界とはいささか異なり、十二世紀の封建社会の心性や風俗が投影された。

『列王史』のアーサーは戴冠時には弱冠十五歳であったが、「前代未聞の勇敢にして寛大な若者」であり、「ほとんどすべての人に愛されていた。」「余りにも多くの兵士たちがアルトゥールスの下に集まってきたので、彼は分け与えるものがなくなるほどであった」（二五〇頁）(2)。気前の良さは王に必要な資質であり、アーサーは見事にそれを具えていた。ベルール（Béroul）の『トリスタン』（*Roman de Tristan*）（一一七〇―八五年頃）にもアーサー王が登場し、徳高き人物として描かれる。クレティアン・ド・トロワ（Chrétien de Troyes）においてもアーサーは基本的には名君として描かれているが、作品毎に扱いに差があり、『エレックとエニッド』（*Erec et Enide*）では白鹿狩りを決定したアーサーをゴーヴァン（Gauvain）が非難するような場面がある。王は敵から侮辱を受けたり、王妃グニエーヴル（Guenièvre）を攫われたり、あるいは王妃を臣下に寝取られたりする側面もないではなく、現実的な陰影を湛えているのが特徴だ。とりわけ最後の作品『ペルスヴァルまたはグラアルの物語』（*Perceval ou Le*

Conte du Graal、以下『ペルスヴァル』）では、主人公ペルスヴァルは「騎士」になりたくてアーサー王の元に行くものの、乗馬したまま宮廷に入り、王のかぶりものを落としてしまうという失態を演じる。若者にとってアーサー王の権威は無いに等しく、作者は聖杯伝説の発端となる「グラアル」という主題の導入を通して「純粋な愚者」が世界を救うといった新しい世界観を創ろうとしていたと考えることもできる。

同じく十二世紀後半のマリー・ド・フランス（Marie de France）の「短詩《レー》」（一一六〇―八〇年頃）のひとつ、『ランヴァル』（*Lanval*）にも脇役としてアーサー王が登場する。(3) しかしここでのアーサーは、臣下のうちでランヴァルだけを疎外する自分本位な王として描かれる。また王妃はランヴァルに言い寄るのだが、拒まれた腹いせに、ランヴァルが彼女を誘惑したという虚偽の事実を王に述べるような、モラルを欠いた女性である。裁きの日までのランヴァルの身柄の保証金として、王はゴーヴァンらランヴァルの友人たちから多くの金子を取り立てるといった描写もあり、アーサーは感情のままに振舞う俗物として描かれている点が興味を引く。

だが、その後散文化された大量のフランス語作品を受けて英国のトマス・マロリー（Thomas Malory）が『アーサーの死』（*Le Morte d'Arthur*）をまとめるなど、各国に物語が伝播する過程において、これらの陰影は薄まり、多くの作品が王を理想化してゆく。(4) とりわけ英国ではその傾向が強く、一部の王侯が「アーサーの子孫」を自認し、その雰囲気が物語の製作を後押ししたとも考えられる。さらに十九世紀の英国での受容においてアーサーはナショナリズムやダンディズムの象徴となり、二十世紀アメリカでは正義の象徴として積極的に受容された。その後小説や映画といった大衆的な諸作品に盛んに登場して人気を博したことは言うまでもなく、最近では日本における影響を論じた書籍も登場している。(5)

「不死」や「アヴァロンの島」もアーサー王伝説の魅力のひとつである。『列王史』におけるアーサーの最期についての記述、「瀕死の重傷を負い、アヴァロンの島へ運ばれた」（三二一頁）が契機となって、アーサーは死んでおらず、いつか帰還するのだという《King's Return》の伝説が生まれた。不死の王という発想は、異民族の侵入によって疲弊していたブリトン人たちの悲願の反映であり、政治的色彩を帯びたものであると考えることができる。一方で、一一九一年にグラストンベリー修道院はアーサーと王妃の「墓」の発見を主張しており、これは大火後の財政難を解決するための方策であると考えられる。本章は王の「死」や「不死」の問題には触れないが、個々の伝承はそれを受容した地域の政治状況を反映するものであることは指摘しておきたい。

各種のアーサー王物語相互の影響関係は複雑であり、伝承は多様なジャンルにまたがって広がっている。発端は年代記であるとはいえ、奇跡譚などを多分に含み、ときに荒唐無稽な伝承や逸話に満ちていた。宮廷風恋愛物語はこれらを素材としつつ、ケルト系の伝承やモチーフを取り込み、さらに他の系統の物語とも混ざり合ってゆく。そのうえ、イエスの受難を舞台とする聖杯関連の物語はキリスト教の説教や説話とも影響しあう(6)。多くの場合、ひとつの作品は複数の先行作品の影響を受けて成立し、その作品がまた複数の作品に影響を及ぼす。したがって作品の成立は、十九世紀の黎明期の文献学者たちが期待したような、オリジナル原典からきれいに枝分かれした一本の系統樹のようなかたちで説明することは極めて難しい。

本章は、アーサー王像形成に関わる諸作品の影響関係の解明を目的とするのではなく、ロベール・ド・ボロンというフランスの作家が自作においてどのような文脈で王や権力者を描き、どのような政治思想を表していたのかを考察してゆきたい。聖杯伝説の発端としてクレティアンの作品は枢要であるが、同時に、今日知られている多くのエピソードがロベールによってもたらされている事実も併せて指摘しておきたい(7)。

一 『聖杯由来の物語』における皇帝と権力者たち

ロベール・ド・ボロン（Robert de Boron）は十二世紀後半から十三世紀前半にかけて活躍した作家であり、『聖杯由来の物語』（*Le Roman de l'estoire dou Graal*）（一二〇〇年頃、以下『由来』）および『メルラン』（*Merlin*）（十三世紀前半）の二作を著している。(8) 生涯は不明であるが、『由来』末尾で庇護者としてゴーチエ・ド・モンベリアール（Gautier de Montbéliard）の名に言及している。ゴーチエは第四回十字軍に参加し、一二一二年に死去した実在の人物であり、モンベリアールはスイス国境近くに位置する今日のフランシュ＝コンテ地方の町である。そのそばにはボロンという村があることから、ロベールはここの出身であったと推測される。『由来』(9) では《Meistres Robers de Bouron》（三一五五行）、《Messires Roberz de Beron》（三四六一行）のように、名前の前に聖職者を思わせるMeistresが付く箇所と、世俗の領主を思わせるMessiresが付く箇所とが並存しており、しかも紛らわしい綴りで写字生のミスも想定可能なため、ここだけからロベールの身分を特定することは難しい。各種の神学思想に精通しているという点では聖職者であると推測してよいように思う。

クレティアン・ド・トロワの最後の作『ペルスヴァル』に登場し、至高の探索の対象となる謎の物体「グラアル」（Graal）の由来を独自に描きあげたのが『由来』である。舞台は一世紀のエルサレムであり、イエスの受難と聖杯の誕生とが組み合わされて語られる。新約聖書においてイエスの埋葬者として突然名前が現れるアリマタヤのヨセフ（Joseph d'Arimathie）が主人公である。「マタイ」では「イエスの弟子」とあり、「マルコ」と「ルカ」は「神の国を待ち望んでいた人」と記しているが、一方で「金持ち」であり「有力な議員」でもあったヨセフは、おそらく隠れ弟子のひとりと解釈されるだろう。物語では、イエスが〈最後の晩餐〉で用いた器をピラトから受け取ったヨセフは、イエスを十字架から下ろし、埋葬を行う際にその容器で脇腹から出る血を受ける。次いで、激怒したユダヤ人たちによって牢に幽閉されるが、そこに復活後のイエスが現れて彼を解放する。その後ヨセフはエルサレムを離れ、心正しき者たちと共に共同体を作る。

これが主なあらすじであり、イエスの地獄下りやヨセフの幽閉のモチーフは、『ニコデモの福音書』などの外典系の物語を素材としている。[10] 聖杯に関しては、クレティアンは「聖なるもの」であり、「聖餅（ホスティア）」を入れるものだと述べるだけで、それがなぜアーサー王世界に突然現れたかについては説明を行わなかった。それに対してロベールは、〈最後の晩餐〉の容器で、かつ本物のイエスの血を入れた容器であるという「由来」を与え、後にそれがヨセフの子孫によってヨーロッパにもたらされるという構想を描いた。諸説あるにせよ、ロベールはおそらく『ペルスヴァル』を知っていて、比較的自由にその前史を描いたのだろう。聖杯の設定の背景、とりわけミサの道具との関係については、ホノリウス・アウグストドゥネンシス（Honorius Augustodunensis）の典礼論や当時盛んに議論された聖体論争があると考えられる。ともあれ、中世のヨーロッパ社会で考えうる「最も尊い物体」として聖杯が設定されたことを指摘しておこう。

この物語における政治的な最高権力者はローマ皇帝である。当時のエルサレムはローマ帝国の属州のひとつだった。ヨセフが幽閉されてから数十年後の場面に皇帝と皇子が登場する。ローマ皇帝の継嗣であるウェスパシアヌス（文中ではヴェスパシアン Vespasien）はハンセン病を病み、そのために部屋に閉じ込められていたが、ウェロニカ（文中ではヴェリーヌ Verrine）の布を見た瞬間に完治する。[11] 解放された皇子は、このような力をもつ預言者がユダヤ人たちによって無残に殺されたことに激しく憤り、復讐を誓う。ウェスパシアヌスは実在の皇帝（在位六九―七九年）で、ユダヤ戦争における軍功で知られている。中世では、紀元後七〇年のエルサレム陥落とユダヤ人たちの死亡や離散は、イエスを刑死させたことに対する「神の復讐」であると捉えられており、こうした趣旨の『主の復讐』譚が多数作られた。『由来』はそこから想を得て、名の知られたウェスパシアヌスを皇子として設定したものと思われる。

皇子は「復讐を行うまではいかなる満足も名誉も得ることがない」と述べ、実の父親に向かって大胆にもその地位を否定する。

「あなたは王でも皇帝でもありません。私たちすべてにこのような力を及ぼし、私を直ちに完全に治すという、このような効き目と効果をいながらにしてこの似姿に与えられたそのお方だけが本物の王であり皇帝なのです」（二〇一頁。傍線筆者、頁数は邦訳。以下同）

これは神を称えるための一節なのだろうか。絶対者である神の前ではあらゆる世俗の地位が虚しいのは確かだ。だが、だからといってすべての人間が修道生活に入るわけにもいかない。いわば必要悪として王や権力者の地位は残る。それをどう考えればよいのだろうか。

この物語にはもうひとりの権力者が登場する。ローマ帝国の第五代ユダヤ属州の総督であるポンテオ・ピラトである。エルサレムの居住者のなかでは最高位にあり、課税や司法の権力を有していた。ユダヤ人の機関である最高法院《サンヘドリン》がイエスの死を求めつつも、身柄をピラトに引き渡したのは、死刑執行の権限は彼に属していたからだ。聖書によれば、ピラトは「わたしはあの男に何の罪も見いだせない」（「ヨハネ」一八―三八）と述べ、いっときイエスを釈放しようとするものの、民衆の勢いに負けてしまった。ユダヤ人たちは「もし、この男を釈放するなら、あなたは皇帝の友ではない。王と自称する者は皆、皇帝に背いています」（「ヨハネ」一九―一二）と口々に言った。「友」とは、単なる知己を指すのではなく、利害や信頼を共有する「仲間」を意味する。また総督は群集の前で手を洗い、「この人の血について、わたしには責任がない。お前たちの問題だ」（「マタイ」二七―二四）と述べる。処刑についてピラトが消極的であったのは確かだが、彼をイエスの無罪を証立てる肯定的な人物と見るか、それともユダに類する悪人と見るかについては、中世において解釈は大きく二つに分かれていた。『由来』は『ニコデモの福音書』同様、ピラトに対する好意的な視線を保っている。「言い表せないほどのたいへんな人格者」（一九二頁）であるピラトは、「私は本当は預言者を裁くのではなく、擁護したかったのです」（二〇二頁）と述べている。さらに独自の設定が加わる。まず、埋葬者のアリマタヤのヨセフは、ピラトに仕える「騎士」である。« soudoier »（一九九行）の語は、厳密には金銭を対価として奉仕する「傭兵」を指す。だが、これまでヨセフは報償を求めたことがなく、唯一の請願として主君ピラトにイエスの遺体の引渡しを求めている。

「私と部下の五人の騎士たちは、長い間お仕えしてまいりました。その間いかなる給与もいただいておりません。なにか贈り物を与えるといつもお約束くださっていましたね。そのひとつの贈り物を除いて、いかなる報酬もいただくつもりはありません」

ピラトは言った。

「おお、何なりと言うがよい。望みのものを与えよう」（一八一頁）

「何でも与える」と約束させておいて大きなものを手に入れるという、いわゆる「強制的贈与」の類型としてこの場面は描かれている。(12) 騎士は主君に奉仕し、主君は騎士に報償を与えるという封建社会の双務関係のなかにイエスの体の受け取りを描き、「奉仕の代償としての神」という設定を行ったことで人気を博し、多くの後続の物語がこれを受け入れた。ピラトはヨセフを高く評価しており、懇願に応じるばかりでなく、偶然手にしていた〈最後の晩餐〉の「器」（後の聖杯）をもヨセフに与えている。

ヨセフをピラトに臣従させた理由について改めて考えてみよう。突然総督の前に現れて、犯罪者の遺体の引渡しを求めること、しかも親族ではない者がそれを行うことは、当時としては異例の行為だった。イエスとの親しさのほかに、ピラトとの親しさも必要となる。実は新約外典のひとつ『ペテロの福音書』（*L'Evangile de Pierre*）に次のような記述がある。

そのとき、ピラトと主〔＝イエス〕の友であったヨセフがそこにいて、ユダヤ人たちがイエスを十字架にかけようとしているのを知り、ピラトのところに行って、埋葬するために主の体を下さいと、ピラトに頼んだ。(13)

ヨセフはピラトとイエスそれぞれの「友」であったために、後者の遺体を前者に求めた。懇願の理由が単純明快に説明される。ややもすればヨセフの埋葬は勇気ある特別な行為であり、優れた義人であると称えられがちだったのに対し、この説明によってヨセフは過小評価され、相対的にペテロの偉大さを際立たせることができる。同福音書はペテロの地位を確実なものにする意図で書かれており、そのためにこのような描写が行われたのだろうと校訂者のヴァガネは推測している。意図はともかくとして、二人の「友」という情報が直接的あるいは間接的にロベールに伝わり、影響を及ぼした可能性はあるだろう。なお、中世を通してこうした外典系の文書の人気はたいへん高く、それらの伝承をとりまとめたヤコブス・デ・ウォラギネの『黄金伝説』（一二六七年頃）は広く知られている。『由来』においてもヨセフはピラトとイエス双方と深い愛情や友情で結ばれていることが明瞭に描かれている。

ヨセフが行方不明になったと知って、ピラトはたいへん怒った。彼ほどの親友はいなかったので、心中つらかった。その親友はこの地上から姿を消し、むごたらしく幽閉されていた。しかし神こそは人が窮したときの友であり、彼をお忘れにならなかった。ヨセフはイエスのために苦しんだのだから、イエスはそれに報いられた。（一八六頁）

この後、獄中のヨセフの前に復活後のイエスが現れる。仲間のユダヤ人たちがイエスの死を画策したことにヨセフは罪悪感を感じるが、イエスは次のように言う。


「私の周りには友も敵もいた。だが実際に災難が起きると、そんな言葉は無意味になる。お前は私の良き友だった。お前はユダヤ人たちの側にいたが、いつか私に仕え、困ったときに助けてくれるだろうとわかっていたよ。なぜなら、我が父なる神こそが、お前にピラトに奉仕するための力と意思を与えられたのだ。だからピラトはお前に報酬を与えた。お前の奉仕に対して、私の体を与えることで報いたではないか」

「おお主よ！　あなたが私のものだなんておっしゃらないでください」

「ヨセフ、私はお前のものなのだよ。私は善人たちのもので、善人たちは私のものだ」（一八七頁）

ピラトへの臣従が神の明快な意図のもとにあったことが明かされる。一世紀という舞台にもちこまれた「騎士道」は、一見するとただの時代錯誤のように見えるが、実はイエスの体や聖杯という物体を、教会の側にではなくて騎士社会、つまり世俗権力の側に位置づけるための周到な設定であったことが見えてくる。『由来』は単なるキリスト教の教化文学ではなく、内包する世俗社会肯定の感覚こそが人々の共感を呼び、後続の諸作品に影響を及ぼしたのだと筆者は考える。

皇子の治癒のくだりでは、かつてのイエスの処刑の責任者探しが行われるが、ユダヤ人たちは堂々と「王を自称したイエスを死に追いやったのは我々だ」と主張する。他方ピラトはイエスを救いたいと思いつつも行動に移せなかった自分の弱さを次のように明かしている。


「私は、彼らに対して力を及ぼせるほど有力でも利口でもないのです。彼らはたいへんな財力と権力を有していますから」（一九七頁）

ローマの支配下にある一方で、世論の操作や実質的な決定権はユダヤ人たちにあるという当時のエルサレムの二重権力構造を浮かび上がらせるとともに、共同体の運営は政治権力だけではいかんともしがたいことを暴露している。ピラトはあたかも中央官庁から天下った官僚のような存在であって、地元の人心を掌握するには至らなかった。

二　三つの卓

『由来』後半では、〈最後の晩餐〉の卓を模した第二の卓が設けられるとともに、続く『メルラン』では第三の卓として〈円卓〉が設けられる。本節ではこの「三つの卓」についてまとめてみよう。

『由来』ではヨセフが解放され、「神の復讐」が果たされた後、ヨセフとその仲間はエルサレムを離れて遠くの土地に居を構える。だが一部の者の乱行のために危機が生じる。ヨセフが聖杯の前で跪いて祈ると、聖霊の声がこう言う。

「ヨセフよ、悩むでない。お前にこの狂態の責任はない」

「主よ、では罪を犯した者すべてを私の一行から排除することをお許しいただけますか」

「ヨセフよ、その必要はない。代わりに一つのことを命じる。それは大いなる徴《しるし》となるだろう。私の血を含んだお前の杯をはっきりと見えるように置いて、罪人たちを試練にかけるのだ。〔…〕シモンの家で私が卓について飲み食いしていたときのことだが、そのとき私は、明らかにやって来るであろう自分の責め苦を見ていた。その卓の名において、新たな卓を求め、設営しなさい」（二一三頁）

第一の卓である〈最後の晩餐〉の卓はイエスとその使徒たちの座であったが、そのなかにイスカリオテのユダがいて、イエスを裏切ることとなった。イエスはユダを「愛された」にもかかわらず、ユダは「望むことも好むことも、尋常でなく性質《たち》の悪い者」（一七八頁）であったために、師を銀貨三十枚で売ってしまい、それによって集団が崩壊することとなった。

逆に、共同体の外にいた者がやって来て、主《あるじ》を救うこともある。それが、敵対する集団に属していたアリマタヤのヨセフだった。『由来』のヨセフは「イエス・キリストを見、心のなかで大いに愛した。だがユダヤ人たちを恐れていたので、どうしてもそのそぶりを見せることができなかった。」（一七七頁）ヨセフが「視覚」によってイエスを愛するに至ったり、ウェスパシアヌスが聖顔布を見て一瞬で癒えたりしたのは、認知の対象が神や神に属する物であり、認識する側も即座にその「意味」に至ったからだと解釈することができる[14]。中世では「外見」（semblance）と「意味」（senefiance）はしばしば対義概念として使用されるが、両者の一致は認知行動における究極の理想として扱われる。後に獄中のヨセフに対してイエスはこう言って、愛に報いている。

「お前は私を隠れて愛した。そして私はお前を確かに愛した。やがて私たちの愛は明らかになり、誰もが知ることができるようになるだろう」（一八八頁）

さて、聖霊の声は、第一の卓の名において第二の卓を設けるようヨセフに命じる。その中央に聖杯を置くとともに、さらに義弟のブロンが釣った魚を置くよう指示する。ブロンは後の箇所では〈豊かな漁夫〉と呼ばれ、『ペルスヴァル』に登場する漁夫王に相当する。「魚」は初期キリスト教のシンボルであり、神を表す[15]。この卓は善人と悪人を判別するためのものであり、善人は自然と引き寄せられて席に付き、悪人は近寄ることすらできない。座った善人たちは「恩寵」に満たされる。

次の作品『メルラン』[16]は、「冥府下り」への言及から始まる。十字架上の死の後にイエスはいったん地下に降りて義人たちを救い上げ、天国に入らせた、という冥府下りのモチーフは中世で広く知られており、『ニコデモの福音書』にも現れる。このイエスの所業によって手持ちの人間たちを奪われ、勢力を弱められてしまった悪魔たちは激怒し、代わりに言いなりになる手先を作ることを企図する。そこで夢魔の一匹が清廉な乙女を就寝中に犯して孕ませたのがメルランであった。魔法使いメルランに関する主なストーリー、とりわけアーサー王の誕生に関わる部分はジェフリー・オヴ・モンマスの『列王史』および『メルリヌスの生涯』[17]（*Vita Merlini*）から採られている。メルランが父無し子であり、「夢魔」（incubus）の子であることも『列王史』に記されている。しかしながら、「キリスト教の神」対「悪魔」という対立構造のなかでメルランを「悪魔の子」と規定し、彼が悪魔から「過去の知」をすべて引き継ぐと同時に、神の慈悲によって「未来の知」をも与えられ、結果として全知の存在となったという設定は、ロベール固有のものであると考えられる。長じてメルランは、自分自身の意思によって神の側に与し、ブリタニアの王たちを支えてゆく。

あるとき、ユテル王の元に伺候したメルランは「知る限り最も重要な提案」（一五六頁）を行う。〈最後の晩餐〉の卓と、ヨセフが設けた第二の卓について明かした後、第三の卓すなわち〈円卓〉を設立するよう、助言する。

「ご信頼いただけるなら、三位一体の名において第三の卓を設けようではありませんか。三の数は三位一体を表しますから。その暁には、必ずや大いなる善と大いなる名誉が陛下の心身を訪れ、ご自身でも驚嘆されるような数々の出来事がご治世におきることでしょう」（一五八頁）

〈円卓〉の発想はどこから来たのだろうか。『列王史』には記述がなく、最初に言及したのは『ブリュット物語』であるとされる。そこでは具体的な騎士名は記されていないが、互いに対等であることを示すためにアーサー王が〈円卓〉を作らせたことが記されている。

アーサー王の宮廷には優れた諸侯がそろっていた。みなそれぞれ自分こそがもっとも優れていると思っており、誰も自分が最低だとは思っていないので、王は、ブリトン人たちの間で言い伝えのある円いテーブルを作らせた。そこに座る騎士たちは王の側近騎士で、みな平等であった。[18]

「言い伝え」の真偽については諸説あり、ブリトン人ではなくて、シャルルマーニュの「円卓」[19]や「十二勇士」から想を得たという説もある。ロベールは『ブリュット物語』経由で〈円卓〉のことを知ったと推測されるが、意味合いを変えて使用しており、複数の相違点がある[20]。まず、アーサー王ではなくて、その父にあたるユテルの代に作らせている。また、発案者をメルランとしている。さらに、第二の卓と第三の卓、いずれにも〈危険な席〉を設けている。

『由来』の第二の卓にはひとつだけ空いた席があった。そこでモイーズ（Moïse）という悪人が善人のふりをして座ろうとするが、ヨセフはこう言う。

「もし彼が恩寵にふさわしい者であるならば、何者も彼からそれを取り上げることはできません。逆にもし外見とは異なる人間であるならば、けっして来てはなりません。自分以上にうまく自分を裏切り、欺くことのできる者はいないからです」（二一八頁）

そのモイーズが「腰かけた途端、直ちに地中に溶け込んでしまい、跡形もなくなった」（二一九頁）。その後天の声は、「あの席は、無知蒙昧によってその座を失ったユダの席を記憶に留めるためのもの」（二二〇頁）であり、選ばれし者[21]が現れるまではその席が埋まることはないだろう、と説明する。これが、いわゆる〈危険な席〉またはくユダの席〉と呼ばれるモチーフであり、ロベールの発案は多くの作品に受け継がれてゆくこととなった。

〈危険な席〉は内部からの「裏切り」を象徴するが、それは必ずしも敵方との内通を意味するわけではない。ゴドフロワの辞典[22]によれば、「裏切りの、裏切り者」（traitre）の語は「不実な」（felon）と組み合わされて使用されることが多く、一義的には「信頼できない」の意味である。物を形容する用例もあり、たとえば « traistres attentats »（想定外の侵犯）のように使われる。つまり、見る側にとって、外見からは予想のつかない不安な状態を指し、ロベールもこの意味合いを強調している。人間の外見と内面の不一致こそが最大の「裏切り」であり、相互の信頼や愛情を妨げる。

着座の瞬間の「肉体の消滅」は内面を偽った者に対する必然的な罰であった。他方、消えることなくして着座できる者は、一切の曇りもない完徳の人間であり、それによって卓＝共同体の完全性が確保されることになる。ロベールは「選ばれし者」としてブロンの孫に相当するペルスヴァルを想定したが、[23] 十三世紀散文の『聖杯の探索』（*La Queste del Saint Graal*）では、漁夫王の娘とランスロ（Lancelot）の子である至純の騎士ガラアド（Galaad）にその役を担わせている。イエス・キリストの受難から「四五四年後」の聖霊降臨節の日に、〈円卓〉の〈危険な席〉にガラアドが着座すると、それを見た他の騎士たちは大いに彼を誉めそやす。

なぜなら誰もが、この騎士こそ、聖杯の奇跡の数々を成就するはずの人物だと思っているからであり、そのことを、あの〈危険の座〉の試練によって確認しているからだ――この騎士以外には、あの席に坐して何らかの災いを受けなかった者はひとりもいなかったのである。人々はこの騎士を〈円卓〉の騎士の誰よりも上位の者、主《あるじ》であると見て、能うるかぎり奉仕し、敬った。[24]

〈円卓〉は本来騎士たちの対等を示すためのものであったが、『聖杯の探索』では〈危険な席〉への着座によってガラアドが騎士たちの「主人」（mestre）であり「主君」（seignor）[25] であると見なされ、逆に序列が固定化されてしまった。なるほど聖俗両面の権威を獲得したガラアドは最後にサラスの町で聖杯の探索を完成させ、王として君臨し、一年後に天へと旅立つ。しかし、このような設定においてはアーサー王自身の権威は相対的に失墜し、王はただの傍観者となってしまうだろう。

聖杯の物語は常にこのような矛盾を抱えているのだが、ロベールはどのように解釈したのだろうか。『メルラン』で、ユテル王が〈円卓〉を設立した場面を改めて見てみよう。聖霊降臨祭の日にウェールズのカーデュエルに大きな卓を設け、メルランが選んだ五十人の優れた騎士たちを席に着かせる。五十人という人数は聖霊降臨祭《ペンテコステ》のギリシャ語語源が「五十番目」で、過越の祭から五十日後であることと関連する。(26) 一週間経って散会の日が訪れたが、彼らは席を立とうとしない。

「陛下、どうしても離れる気が起きません。毎日の三時課をこの卓以外で迎える気持ちになれないのです。この町に全財産をもちこんで妻子を連れて移住し、我らが主の御心に従って生活いたしましょう。それが現在の心境です」（一六一頁）

不思議なことに五十人全員が同じ気持ちであり、これまで何の面識もなかった相手であるにもかかわらず、まるで親子のように互いを慈しみあった。

王はことのほか嬉しく思い、この町では国王自身と同様に彼らが信頼され、敬愛され、尊敬されるよう命じた。このような次第で、ユテル＝パンドラゴンはその治世に〈円卓〉を設立した。（一六一頁）

〈円卓〉とは、単なるエリートたちの特権的なサークルではない。そこでは優れた騎士たちが集って聖霊の恩寵を受け、騎士相互が愛によって結ばれる場であり、さらには人民からの愛や信頼の対象となる場であった。なお、中世においては王の宮廷は一箇所に固定されておらず、季節や政治状況毎に移動する「移動宮廷」であり、それに伴って諸侯たちも自分の領地と宮廷とを往復した。その意味で王の座は地理的な安定性を欠いていたのだが、「全財産をもちこんで妻子を連れて移住」という文言から、〈円卓〉の設立によって半ば恒久的に「王の座」

が固定され、王権が安定することが示唆されている。

〈円卓〉が理想の王国の象徴であるにもかかわらず、設立をアーサーの代ではなくてユテルの代にしたのはなぜなのだろうか。この卓にもひとつの空席があり、「陛下の治世にあの席が埋まることはありません」（一六二頁）とメルランは説明する。ところが野心に燃えたひとりの男がユテルに無理やり頼み込んで着座したところ、「椅子に腰を下ろすや否や、まるで広い水面に鉛の塊が沈み込むかのように、男は消えてしまった」（一六五頁）。つまりこれはメルランによるユテルの「試し」であり、男の着座によってユテルのメルランへの不信が暴露されてしまった。なるほど、同王の治世の晩年には、皮肉なことに配下の者たちが敵のサクソン人と結託し、再び王国を弱体化させてしまう。あたかも〈危険な席〉に関する遺恨が後年の内部崩壊を招いたかのようだ。

それゆえに、次なるアーサーの代にこそ、完全に国の統合が行われ、十全な意味で〈円卓〉が完成されなければならない。なお、『メルラン』校訂版のA写本（B.N. 747）はアーサーの戴冠の場面で終わるため、アーサー自身の〈円卓〉に関する直接の記述はないが、ヴァリアントであるT写本（Modène, Biblioteca Estense E. 39）においては戴冠後の描写が若干付加されている。そこではアーサーがユテルの〈円卓〉を継承する存在であり、それが皇帝即位に関わることをメルランが示唆している。

「私には我らが主からいただいた、来るべき未来の事象を知る力があるので申し上げます。陛下ご誕生の二百年も前に〈円卓〉のことが予言され、陛下の運命と結びつけられていました。陛下の武勇や勇敢さによって、よりいっそう〈円卓〉の栄誉を高めていただかねばなりません。また、〈円卓〉が十分に称揚されて私がそれを陛下にお伝えするまでは、陛下は皇帝に即位されることはない、ということも確かにお知りいただきたいと思います」（二五五頁）

王国の完成は、敵の討伐や戦勝によってもたらされるのではなく、王や臣下相互の完全な信頼や愛によってこそ、成就する。外敵の脅威が強ければ強いほど、内部の団結の必要性は強まる。このような認識は『列王史』の終盤近くにも表されている。アーサーの後に何人かの王が立ったものの、再びサクソン人の侵入によって国土が崩壊する様を描いた後に、語り手は次のように嘆く。

> おお、愚かなるブリトンの民よ、なにゆえに汝らは途方もなく大きな罪科の重荷に打ちひしがれ、さらになにゆえに汝らはいつも内乱を乞い求めては、そのたび重なる不和によりかくまでも汝らの王国を脆弱化してしまったというのか。〔…〕されば、さあ汝らはこのように内政の混乱を続けて、次なる「福音」の言葉を聞き入れぬがよい。〝すべての王国は内部が分裂すれば荒廃するであろうし、家は家の上に崩れ落ちるであろう。〟（三二六頁）

外部からの侵入者はきっかけにすぎず、ブリタニアの崩壊の本質は内乱や国内の不和にあると語り手は叫んでいる。「すべての王国は内部が分裂すれば荒廃する。」（Omne regnum in se ipsum diuisum desolabitur）このような認識がロベールの執筆を動機付けたのだろう。思えばイエスと使徒たちの共同体もユダの裏切りによって崩壊し、アーサーの王国もモルドレ（Mordret）の裏切りによって崩壊している。このような共通項に気づいた著者は、〈円卓〉と〈危険な席〉を組み合わせることで、堅固な共同体の構築を描こうとしたのではないだろうか。

三　『メルラン』における国王像

中世では王の「権力」（potestas）と「権威」（auctoritas）の双方が不可欠とされた。後者については、一、血統の正しさ、二、キリスト教的適格性、三、ローマ的皇帝権に由来する伝統的権威、の三要素が求められた。渡辺節夫によれば、このような設定は西洋文明の「原像」でもある。「確かに王は至上、至高の存在であり、その権力と権威は普遍的であり、そこには当該社会の最高度の文化的成果が集約的に動因されている」[27]。その普遍的性格は、文学においてはしばしば「帝国の遷移」（translatio imperii）や「学問の遷移」（translatio studii）というかたちで表現された。現在の王国は過去の大帝国の第二、第三の姿である、という捉え方だ。「三」という数字は三位一体からの発想で、「完結」や「完全性」を示す。ロベールの描く第一の卓、第二の卓、第三の卓、あるいは、文中で予言される、「ローマ皇帝」[28]を兼任するブリタニアの第一の王、第二の王、第三の王、このような発想も広義の translatio に属すると考えられる。

『メルラン』の物語は、コンスタン（Constant）王の逝去と臣下ヴェルティジエ（Vertigier）による王位簒奪の時代から始まる。王に対して忠臣を装いながらも、虚言によって貴族たちを巧みに操り、王子たちから王位を奪ってしまったヴェルティジエはまさに「裏切り者」の典型であり、即位後は臣民に対して悪辣非道ぶりを発揮した。だが逃亡先から帰還したパンドラゴンとユテルの王子たちの軍によって討伐される。その後、ちょうど劉備玄徳が三顧の礼で孔明を軍師に迎えたように、王子たちは頭を下げてメルランを助言者に迎え入れる。ただしメルランは木こりや老賢者など、何度も姿を変えて王子たちを驚かせ、「外見しか知らないのは、その人を知ることにはなりません」（一一七頁）と教訓を垂れている。魔術や変身のモチーフはジェフリーにもあったが、メルランがこれを教育的に使用し、王子たちを訓育するというのはロベール独自の用例である。

なるほど、『メルラン』は年代記的であると同時に、君主のあるべき姿を説き示す「君主の鑑」[29]（speculum principis）のような色彩を帯びている。中世の「君主の鑑」は、いかに支配するかというマキアヴェリ的な技術論ではない。近代のように領域や主権によって定義される国家とは異なり、国王と臣下の人的な結びつきによって国が成立していた時代においては君主の「人格」こそが重要であったから、最良の道徳的模範となるような高潔な人格が君主には求められた。メルランは対サクソン人戦の前に、パンドラゴンとユテルの兄弟に「自分自身と神に対して誠実であるよう」誓願を立てさせる（一四六頁）。また、兄の死後に即位したユテルに対しては、「他人を欺こうとする者は自分自身を欺いてしまう」（一六六頁）と叱責を行っている。自分に対して「誠実」であるということは、自分の外見と内面が一致していることにほかならず、それによって他者からも愛され、信頼される。

ユテルの死後のアーサーは、『列王史』では即座に即位するのに対し、『メルラン』では素性を隠して育てられたため、聖堂前の石段から剣を抜くことで王の資質を示すことになる。有名な「石に刺さった剣」のモチーフだ。元旦に剣を抜きながらも、聖別式が聖霊降臨祭（移動祝祭日で、五月から六月上旬頃）まで持ち越されたのは、人々がうら若いアーサーの「外見」に危惧を抱いたことが直接的な原因だった。それとともに、聖霊降臨祭において、晴れて降り注ぐ聖霊とともにアーサーが聖別され、万全な神の加護を得ることも著者は意図していただろう。前述の通り、聖霊降臨祭は五十人の騎士が座る〈円卓〉とアーサーとを関係づける役割もあった。

石段の剣が大聖堂前に現れたのを見たとき、大司教はこう言っている。

「我らが主は地上の正義を打ち立てるため、剣の刃にそれを託されました。俗人を制する正義は俗人によって、すなわち剣によって行われるべきだからです。三身分誕生の暁、聖なる教会を護持し、正義を守るために、騎士階級には剣が与えられました。このたびの国王選出も、我らが主は剣に託されました」（二三五頁）

これはゲラシウス以来議論されてきた、教権と俗権を表す「二本の剣」の問題を想起させる。十三世紀には教皇権が絶頂期を迎え、一三〇二年に『ウナム・サンクタム』でそれが明示された。——「唯一にして聖なる教会」にはひとつの体とひとつの首しかなく、その首とはキリストの代理人ペテロであり、ペテロの後継者である教皇である。間違っても化け物のように「二つの首」があるわけではない(30)。「二つの首」は教権と俗権を暗示するのだが、実際のところ十二世紀頃までは叙任権闘争などの葛藤が続き、両者を巡って理論的にも現実的にも熾烈な争いが生じていた。

ソールズベリのジョン(John of Salisbury)は『ポリクラティクス』(*Policraticus*)(一一五九年)において、国家における「頭」(caput)は「君主」(princeps)を指し、頭が人体全体を有機的に動かしてゆくという国家有機体論を唱えた。また、「剣」に関してこうも言っている。

> そういうわけで君主は教会の手からこの剣を受け取ったのである。なぜなら教会が自ら血の滴る剣をもつことなどけっしてないからである。しかし教会はこの剣を所有しており、それを君主の手を通じて使用する〔…〕。であるがゆえに君主は教権のある種の代理人であり、神聖な職務のうち聖職者の手を煩わせるに値しないように思われる職務の一部を行使するのである(31)。

君主は国家の「頭」であると同時に、教権の「ある種の代理人」であり、「血の滴る剣」を受け取り、行使する者として位置づけられている。ジョンは君主の役割を重視しており、少なくとも「世俗権力の聖職者に対する服属を排他的に説くような強権制的主張を展開しているのではない(32)」と柴田平三郎は説明している。

十二世紀の教権と俗権に関わる思想は精緻かつ複雑なので、本章はこれ以上立ち入らないこととするが、聖杯物語を手がけた同時期の物語作家たちにも同様の問題意識があったと考えることは可能ではないだろうか。なるほど、聖杯の探索に成功する英雄は、強力な世俗君主であったり、武勇秀でた騎士であったり、祭司的な王であったり、修道士的であったり、神格化されたりと、実にさまざまである。その一つひとつに著者の思想が投影されている。そして著者の多くは聖職者階級だった。ロベールの『由来』は宗教性が強いように見える設定ではあったが、聖杯を騎士階級への贈り物として描き、三つの卓を通して最終的に〈円卓〉に神の恩寵が下る構造を作ることによって俗権の側に希望を託したと解釈できる。

個々の神学者の文書との直接的な関連を立証することは難しいが、ソールズベリのジョンのような主張を目にした著者が、たとえば一世紀に溯って歴史を語り直し、神の直接の加護の下にある俗権を描いたとしても、不思議はないかもしれない。前出の『メルラン』の大司教の台詞「俗人を制する正義は俗人によって、すなわち剣によって行われるべきだからです」は驚くほどジョンの思想に似ている。そして「このたびの国王選出も、我らが主は剣に託されました」の句は、「血の滴る剣」(gladiis sanguinis) すなわち軍事力を行使する君主は、教会や諸侯の意向によってではなく、神そのものによって直接選ばれなければならないという意味にも解釈できる。そうした思いから「石段の剣」というモチーフを採用し、アーサーに剣を抜かせた可能性もあるのではないだろうか。

なるほどその前史に相当する『由来』は、埋葬を行った「騎士」アリマタヤのヨセフを称えるとともに、その時期には逃亡していたペテロの地位を相対的に低めている。獄中のヨセフの前に現れたイエスはこう言う。

「私は弟子たちのうちの誰一人としてここに連れてこなかった。なぜなのかわかるだろうか。お前が私を十字架から降ろしてくれたあの日、お前が得た栄光はけっして虚しいものではなく、それ以来私がお前に対して抱いた大いなる愛は誰にもわからないものだったからだ」(一八八頁)

復活後のイエスが最初に誰の前に現れたのかは、弟子たちの権威づけにもかかわる大問題であったが、ペトルス・コメストル（Petrus Comestor）は『聖史釈義』（一一七〇年頃）でヨセフを「義人」として称え、イエスが「他の人々よりも先に牢屋の中のヨセフの前に現れた」という説もあることを紹介している。[33]『ニコデモの福音書』やこうした聖書注釈が影響を及ぼした可能性もあるだろう。ピラトがヨセフに渡してヨセフが聖血を受け、さらに獄中のヨセフにイエスが再び手渡した「聖杯」は、いわば俗権を支える神の恩寵の器であり、これを抱く卓こそが、神の恩寵を受けた真の王国となるのだった。

ロベールもジョン同様に、君主の枢要さを強調している。たとえば、晩年に国内の混乱に苦しむユテルに対してメルランは、「良き君主を擁するに勝るものなし、と痛感されましたな」と述べ、こう助言する。

「全軍と全兵士を招集してください。揃ったら陛下は御輿に乗って敵に討ち入ってください。必ず勝利します。そうすれば、君主あってこその王国だということが証明されるでしょう」（二二一頁）

ユテルは重病であったが助言通りに出陣すると、予言は実現し、国王軍は奇跡的に勝利した。ユテルの病身での出陣と勝利は『列王史』にも言及があるが、ロベールは認知論や王国論と組み合わせてこの逸話を使用している。王の戦闘能力は問題ではなく、戦争の場に王の身体があって、臣下がそれを視覚的に認知することに意味があり、そこから超自然的な力が発生する。あたかも聖杯を見た者が恩寵に満たされるように、王を見た者が力に満たされる。だから王は出陣しなければならなかった。[34]

またジョンは『ポリクラティクス』三巻十五章では、「剣を取る者は剣で滅びるに値するのだから、王位簒奪者を殺害することは認められるばかりでなく、公平であり正当である」[35]と述べており、法を守る正当な君主と、法を犯す暴君とを対比的に論じている。この著名な暴君殺害論も、『メルラン』において王位簒奪者のヴェルティジエが殺害され、正当な王子が即位する部分を理論的に裏付けるかのように読める。

おわりに

当時の神学思想と聖杯物語のモチーフの類似は枚挙に暇がない。君主がもつ「血の滴る剣」は、『ペルスヴァル』のグラアルの行列における「血の滴る槍」を思わせるし、イエスの血を湛えた容器としての聖杯は典礼におけるカリス（聖盃）のオリジナルへの関心の反映であるようにも読める。これらは偶然かもしれない。だが、各種の物語が作られたのは、聖体論争の決着がついて教皇権至上主義が決定的に勝利する、まさにその前夜のことであり、こうした当時のさまざまなダイナミックな関心が物語を彩ったとしても違和感はないだろう。

元来のアーサーは「戦争の指揮官」、つまり外からの侵略者を排除する存在であった。多くの民族の移動や侵入に悩み続けた中世ヨーロッパにとって、これ以上に重要な課題はない。王としてのアーサー像が定着する過程で、王国を精神的・物理的に堅固にする方法が模索され、ある者は教会に類した精神的権威を求め、ある者は俗権のあり方を考察した。ロベールは多種多様な典拠を用いて、包摂と排除の論理で〈円卓〉を描き、アーサー王に理想を託した。

「アーサー王物語」と言うと、私たちは華やかな恋愛や魔法といったモチーフに幻惑され、享楽的に捉えがちであるが、なかには地味ながら堅実な政治思想を反映している作品もあるのだということを知ってもらえたら幸いである。

（1）ラテン語ではアルトゥールス、フランス語ではアルテュールとなるが、本章では便宜的に英語読みの「アーサー」で統一する。それ以外の登場人物は原則としてフランス語読みで表記する。伝説一般については、以下等を参照のこと。中央大学人文科学研究所編『アーサー王物語研究　源流から現代まで』中央大学出版部、二〇一六年。フィリップ・ヴァルテール『アーサー王神話大事典』渡邉浩司・渡邉裕美子訳、原書房、二〇一八年。木村正俊他編『ケルト文化事典』東京堂出版、二〇一七年。アンヌ・ベルトゥロ『アーサー王伝説』松村剛監修、創元社、一九九七年。

（2）Wright, N. (éd.), *The Historia Regum Britannie of Geoffrey of Monmouth* I, Brewer, 1984. ジェフリー・オヴ・モンマス『ブリタニア列王史』瀬谷幸男訳、南雲堂フェニックス、二〇〇七年。以下、『列王史』の引用は瀬谷訳による。

（3）『十二の恋の物語　マリー・ド・フランスのレー』月村辰雄訳、岩波文庫、一九八八年、一〇三―一三一頁。

（4）たとえば『列王史』の十三世紀の異版のひとつ *Gesta Regum Britannie* は、「アキレウスの名誉がテルシーテース（『イリアッド』の卑小な登場人物）のそれを凌駕するのと同様に、アーサーの名誉はアキレウスのそれを凌駕する」と表現している。Cf. Wright, *op.cit.*, V, p. 175.

（5）岡本広毅・小宮真樹子編『いかにしてアーサー王は日本で受容されサブカルチャー界に君臨したか』みずき書林、二〇一九年。

（6）Cf. Zink, M., *Poésie et conversion au Moyen Age*, PUF, 2003.

（7）歴代の聖杯守護者が誰であるのかや、親族の家系図がどうなっているのかについては、作品内でも曖昧であったり矛盾をきたしたりしており、写本伝承の過程で混乱があったものと推測される。本章ではこの点には触れないこととする。

（8）『ペルスヴァル』の続編の一種である通称『ディド・ペルスヴァル』も従来はロベールの作と見なされていたが、近年は否定される傾向が強いので、本章では触れないこととする。

（9）Robert de Boron, *Le Roman de l'Estoire dou Graal*, Nitze(éd.), Champion, 1983.『聖杯由来の物語』横山安由美訳（松原秀一他編『フランス中世文学名作選』白水社、二〇一三年、所収）。以下、引用は横山訳による。

（10）『由来』の形成過程については、横山『中世アーサー王物語群におけるアリマタヤのヨセフ像の形成―フランスの聖杯物語』渓水社、二〇〇二年　参照のこと。

(11) 十字架を担いでゴルゴタの丘に向かうイエスの顔の汗をウェロニカが手持ちの手ぬぐいで拭ってやったところ、布にイエスの顔が浮かび上がったというのが聖顔布の伝説に基づく。

(12) 横山「好きなものを与えるという約束—中世フランスにおける強制的贈与のモチーフ」（『国際交流研究』一一、フェリス女学院大学、二〇〇九年）五七—九〇頁　参照のこと。

(13) Vaganay, L., *L'Evangile de Pierre*, Librairie Lecoffre, 1930, pp. 210-212.

(14) Yokoyama, A., « Le verbe « veoir » chez Robert de Boron — le temoignage oculaire et la creation liturgique du roman —», in Harano, *Vocabulaire de l'Ancien Français*, Keisuisha, 2005.

(15) ギリシャ語の「魚」(ichthys) は、同時に「イエス　キリスト　神の子　救世主」の頭の文字を並べたものである。

(16) Robert de Boron, *Merlin*, Micha (éd.), Droz, 1979. ロベール・ド・ボロン『西洋中世奇譚集成　魔術師マーリン』横山安由美訳、講談社学術文庫、二〇一五年。以下、引用は横山訳による。

(17) ジェフリー・オヴ・モンマス『マーリンの生涯　中世ラテン叙事詩』瀬谷幸男訳、南雲堂フェニックス、二〇〇九年。

(18) ヴァース『アーサー王の生涯』原野昇訳、一一八頁（『フランス中世文学名作選』上掲書所収）。

(19) Cf. Grant A.J. (éd.), *Early Lives of Charlemagne by Eginhard and the Monk of St Gall*, Cooper Square, 1966, p. 54.

(20) ロベールの直接的な典拠の特定は難しいが、『列王史』から直接影響を受けている部分と、『ブリュット物語』に近い部分の両方がある。フランス語だけでなくラテン語文献をも用いていることは確かであろう。

(21) 「選ばれし者」は『由来』では「ブロンの孫」とされる。

(22) Godefroy, F., *Dictionnaire de l'ancienne langue française*, Kraus Reprint Corporation, 1961.

(23) ブロンの十二人の息子のうちアランがヨセフの後継者として選ばれるが、清廉潔白なアランは妻帯を拒んでいるので「孫」がどうやって誕生するのかは不明である。しかしアランの息子がペルスヴァルに相当すると解釈するのが一般的である。

(24) 天沢退二郎訳『聖杯の探索』人文書院、一九九四年、二三頁。

(25) Pauphilet, A. (éd.), *La Queste del Saint Graal,* Champion, 1984, p. 9, "Si le servent et honorent de quant qu'il pueent, come celui que il tienent a mestre et a seignor par desuz celz de la Table Reonde."

(26) 〈円卓〉の騎士の人数は作品によって異なり、十二人、五十人、三百人などがある。

(27) 渡辺節夫『フランスの中世社会　王と貴族たちの軌跡』吉川弘文館、二〇〇六年、一一九頁。

(28) 「皇帝になる」とは、たんにローマという地理上の他国を征服することではなくて、政治的・文化的な至上の権威、あるいはローマ帝国の権威の獲得を意味する。『列王史』では、「ローマを征服する者が三度ブリトン人の民族から出る」(二七六頁)という「シビラの予言」が登場し、第一の王がベリヌス、第二の王がコンスタンティヌス、第三の王がアーサーとされる。ただしアーサー王とローマ皇帝の問題は複雑であるため、本章では割愛する。

(29) 柴田平三郎『中世の春　ソールズベリのジョンの思想世界』慶應大学出版会、二〇〇二年、第八章　参照のこと。

(30) 「ルカ」二八―三八。柴田　上掲書、二七六―二七七頁　参照のこと。

(31) John of Salisbury, *Policraticus,* IV, 3. 訳文は、柴田　上掲書、二六七頁より引用。

(32) 柴田　上掲書、二九七頁。

(33) Migne, *Patrologica Latina,* t. 198, col. 1637. 他に『黄金伝説』「主のご復活」の章、横山『中世アーサー王物語群におけるアリマタヤのヨセフ像の形成』上掲書、等参照のこと。

(34) なお一四一〇年にクリスティーヌ・ド・ピザンは『軍務と騎士道の書』で逆のことを述べている。「君主は必ずしも最前線に出なくてもよい。王座から領土を広げてゆくのが最良の策である」。Christine de Pisan, *The Book of Deeds of Arms and of Chivalry,* Willard (trad.), Pennsylvania State UP., 1999, pp. 21-23.

(35) リーベシュッツ『ソールズベリのジョン　中世人文主義の世界』柴田平三郎訳、平凡社、一九九四年、一〇二―一〇三頁。*Ioannis Saresberiensis Episcopi Carnotensis Policratici I,* C.C.Webb, Clarendon, 1909, p. 232. Jean de Salisbury, *Les vanitez de la cour,* Liv. III, chap. XV, Toussaint Quinet, 1639, p. 335.

『フィロメーナ』の伝承と解釈

村山いくみ

はじめに

クレティアン・ド・トロワ（Chrétien de Troyes）の初期作品のひとつとされる『フィロメーナ』（*Philomena*）は、古代ローマの詩人オウィディウス（Ovidius）による神話集成『変身物語』（*Metamorphoses*）第六巻に含まれるテレウス（Tereus）とプロクネ（Progne）、ピロメラ（Philomela）[1]を登場人物とする一挿話を題材として、一一七〇年代初頭に創作された、フランス語八音綴平韻による全一四六八行の翻案作品である。本作は『クリジェス』（*Cligès*）冒頭でクレティアンが自己紹介を兼ねて挙げている自作品目録の中に含まれた「ヤツガシラとツバメ、サヨナキドリの変身を物語化した」[2]作品に相当するもので、ガストン・パリスが一八八四年に十四世紀初頭の『寓意オウィディウス』（*Ovide moralisé*）写本の中に本テクストを発見するまで、長らく失われた物語であると考えられてきた。『寓意オウィディウス』中で三度言及されるCrestiensが誰を指すのか、とりわけ第六巻二九七九行の「クレティアン・リ・グエがこれを語る」（Ce conte Crestiens li Gois）という一節を焦点として[3]、作品におけるクレティアンの帰属性を巡る議論がその後しばらく展開された。一九〇九年に本作の校訂版を刊行したデ・ボーアは、語彙分析の結果と共に、トロワとパリの間に位置するグエ（Gouaix）と呼ばれる町の存在を指摘し、先の名前がクレティアン・ド・トロワを指すこと、そしてその名がクレティアンの郷里名に由来する可能性を示した。(4) 写本の言葉遣いは、より清新でありながらも、語彙や音韻の用い方、また物語細部の描写にクレティアンの特徴が色濃く示されていることから、帰属性の問題は完全に解決されてはいないものの、今日、『寓意オウィディウス』に挿入されたこの物語がクレティアン・ド・トロワの手による『フィロメーナ』であると一般的に見なされている。本章においても、本作がクレティアンに帰属するものとして論じることとする。

本章は、クレティアンが『フィロメーナ』において、オウィディウスの語る古代神話の物語をいかに読み解き、自らの創作に取り入れたのかを、そしてその『フィロメーナ』が『寓意オウィディウス』の伝承において、どのように解釈され、受け継がれていったのかということを、とりわけ「鳥への変身」を生じさせた原因と理由、および登場人物の描写に注目し、検討することを目的とする。なお、本章執筆にあたり筆者が使用した『フィロメーナ』および韻文版『寓意オウィディウス』のテクストはともにデ・ボーアによる校訂本である。(5) また、本文で引用したオウィディウス『変身物語』の日本語訳は中村善也氏の、また『フィロメーナ』については天沢退二郎氏の翻訳に依拠している。(6)

あらすじ

トラキア王テレウス（Tereus）とアテネ王パンディオン（Pandion）の娘プロクネ（Progne）が結婚し、二人の間に男児が生まれる。ある日プロクネは父のもとにいる妹フィロメーナとの再会を望み、彼女をトラキアに連れてくるようテレウスに願う。アテネに渡ったテレウスは、美しいフィロメーナを見て欲情を起こし、彼女を連れて自国に戻ると森の中の小屋に連れ込み、凌辱し、口封じに彼女の舌を切り落とす。その場に監禁されたフィロメーナは事の次第を布地に織り込み、それを姉の元へ届けさせる。真相を知ったプロクネは妹を助け出すと、復讐のために我が子を殺害し、その肉を姉妹で料理して、テレウスに食べさせる。怒り狂ったテレウスが逃げる二人を殺そうと迫るうちに、二人もろとも鳥に変身する。

一　「変身」の原因と理由

1　オウィディウスの『変身物語』――「おのずと」変身する

さて、クレティアンの『フィロメーナ』に立ち入る前に、クレティアンがその題材を得たところのオウィディウスは『変身物語』でどのように神話を描いたかを見ておこう。ギリシアでは古典期以前のヘシオドスというわずかな例外を除いて、集成作業が試みられていなかったのは、おおよそ神話が逸話ごとの口頭伝承に基づき形成されていたからであり、その事情はオウィディウスの時代も同様でありながら、彼がその集成を目論んだのは、「変身」という、誰も信じないような現象に神話の本質があると思ったからだろう。彼は、神話伝説を体系化するというよりは、変身が語られ、かつ、自ら神話として気に入った多様な逸話を選び出し、集め、そして自らの文才をとりわけその「変身」の描写に――これこそが神話における新しい素材だった――傾けた。例えば、それまで単にダプネは月桂樹に変身したと語られていたものが、ここで初めて、哀れを誘うように、あるいはおぞましさを掻き立てるように、指や手足が少しずつ樹木の枝葉に、また幹に変化する過程が詳しく描かれるのである。

しかし、より重要なのは、そのように詳細に語られる変身の意味である。いったい、なぜ変身しなければならないのか。また、どのような力、あるいは理由によって、現実にはありえない変身が生じたのか。テレウス、プロクネそしてピロメラの鳥への変身をヒュギーヌスやアポロドーロスといった他の神話作家は、「神々の意志」が生じさせたものと記すが[(7)]、オウィディウスでは、三人はあたかも自然のなりゆきのように、「おのずと」変身する。

「〔トラキア王が〕ふたりの女を追いかける。──女たちのからだは、翼で宙に浮いているかとおもわれた。いや、実際に、翼が生えて、飛んでいたのだ。ひとりは、森のほうへ向かう。もうひとりは、屋根の下へはいったが、胸のあたりからは、いまだに殺戮のしるしが消え去っていない。羽根が、血の色をとどめているのだ。テレウスも悲しみと復讐心から、一目散にふたりを追っているうちに、これも鳥になってしまった。[(8)]」

この「おのずと」変身することにはどのような意味が込められているのだろうか。『変身物語』冒頭からフィロメーナの物語が載る第六巻までに描かれた登場人物の変化、変容の例を、「おのずと」生じたものと、「神の力による」ものとに分類すると次のことが浮かび上がる[(9)]。「おのずと」変身が生じる例は、（一）困惑のあまり、あるいは（二）悲しみのあまりもたらされる、ということである。（一）の場合、例えば、ダプネはアポロンによる凌辱の危険に怯え、困惑するゆえに、父の河神の助力を得ながらも、自らの強い情念によって、おのずと変身する。（二）の場合では、例えば、パエトンの死を嘆く親族たちが、その悲しみのあまり変身する。相思相愛ながらも悲劇を迎えるピラムスとティスベの話では、その深い悲嘆に感応して桑の実がその色を変える、などである。

これらは、誰か神の力によって罰せられたからではない。とはいえ、これらがすべて無罪であるとは言い切れない。ダプネがアポロンに襲われたのは、彼女に不敬や過失があったからではないが、彼女がたまたま衆に抜きん出て美しく、魅力的であったからではないか。「神に愛でられし者は、夭折する」というメナンドロスの格言は、一般に、才能ある人は若死にする、と解釈されるが、原文からは「神が愛する人は、若くして殺される」とも読める。「神の力」によって変身させられたイオやカリスト、オーキュロエも神々からの求愛という理不尽な、不条理な理由で変身、すなわち人間としての生の終わりを強いられる。

「神の力」による変身という現象のほうが、人間に対する神の優位性を示す、ギリシア神話の起源により近い在り方だが、そこで最も頻繁に語られるのが、神への不敬を理由とするケースである。アラクネやニオベのように、自分の才能や幸運に慢心するあまり、人間の身でありながら神を敬わず、神に挑み、罰せられて変身させられる。また、オーキュロエは予言の力を乱用したため馬に変身させられる。これらはいずれも衆に抜きん出た能力を持った人間が、思い上がりのために神を侮辱するに至り、そのためにその神に罰せられて変身するという内容である。民話が若者のイニシエーション、すなわち成人儀礼として機能しているとするプロップの民話研究の観点からいえば、これらの変身の物語は子供や若者が経なければならない困難を、また大人にもその相応しい生き方をあらかじめ説き聞かせている。神々と同じ権能を有すると自ら誤解しがちな王や独裁者や僭主に対しては、なるべく目立たない形で生きることを、また、美しすぎるのも、才能豊かであるのも、時としては思わぬ災厄の原因となること――いわば「黄金の中庸」という生き方を、古代ギリシア人は神話として語り続けた。

以上のことからテレウスとプロクネ、ピロメラの逸話を考えると、三者ともにおのずと変身しているようにオウィディウスは書いているが、彼らに全く罪や責任がないわけではない。確かに、テレウスは神々への不敬を為しても、神の怒りを直接買ってもいない。妻に子供を殺され、供されたその肉を自ら食べたことへの深い「悲しみと復讐心から、一目散にふたりを追っているうちに」、そのままヤツガシラに姿を変えた。しかし、それは親族を裏切り、不貞と暴力を働いたことに対して、何らかの神的な力により与えられた罰であると、古代の読者は受け取っただろう。類まれな美しさを持つピロメラについては、姉の殺人に加わったとはいえ、まぎれもなく被害者であり、ヒュギーヌスも「神が哀れをもよおした結果」と記しているように、オウィディウスの時代の読者は彼女に同情したはずである。プロクネは我が子を殺し、調理して提供するという大罪を犯すものの、後続するメディアの逸話とも合わせて考える必要があるが、夫の背信に対する復讐として惹き起こされたことゆえに、やはり同情の余地があり、その変身が罰としての一面を持ちながらも、どこかで、憐れみとして、おのずからの変身を与えられたと捉えられていたのではないだろうか。

この変身によって、テレウスによる更なる報復殺人を免れた姉妹はどこへ飛んで行ったのか。それは先述の引用中、「ひとりは、森の方へ向かう。もうひとりは、屋根の下へはいったが、胸のあたりからは、いまだに殺戮のしるしが消え去っていない。羽毛が、血の色をとどめているのだ。」に表されている。ギリシアの伝承ではプロクネを絶えず悲しそうに嘆きの歌を歌うサヨナキドリに、ピロメラを舌足らずに囀るツバメとするが[10]、オウィディウスはそれを入れ替えて、ピロメラは森に逃げたサヨナキドリに、そして息子の返り血を浴びたプロクネは軒先に逃げたツバメとした。つまり、姉妹をそれぞれ自分が居た場所に逃げさせたのである。

2　クレティアンにおける「変身」と登場人物の描写

さて、オウィディウスはこの物語に長短短六韻脚を用いて二六〇行余りを費やした。この韻律によるラテン語詩の一行はフランス語の八音綴平韻への変換で約二倍の分量になるとされるが、クレティアンは、原作の筋書きを辿りつつも、登場人物のプロフィールや行動、心理描写を詳しく書き加え、彼らの会話に直接話法を多く用いるとともに、諺や格言的表現、また恋愛論を挿入することによって、原作よりも遥かに長い一四六八行にまで増幅した。

本節では、クレティアンが三人の鳥への変身をどのように読み解き、自らの作品に取り入れ、また脚色したのかを検討する。まず三人はどのような力によって姿を変えたのか。クレティアンは、オウィディウスの描き方を変更し、「そのとき、運命なるものの企みにより、奇跡が起こったのであった。」[11]と述べ、奇跡を起こした主体を「運命」に帰している。ただしこの「運命」は、天沢氏が解説するように、複数形抽象名詞で書かれており、中世に常套的だった人格神を示唆してはいない。変身が超自然的な驚異の現象でありながら、クレティアンは、それが第三者的な、何らかの神的な力によるものとも、また、困惑や悲嘆から「おのず」と惹き起こされたものとも異なる、抽象的概念によるものと書き換えた。これによって、裏切りや強姦、あるいは復讐のための子殺し、カニバリズムという自らの行いそのものが変身という懲罰を惹き起こすことになる。いわば、身から出た錆という教えをクレティアンは聴衆に伝えようとした。[12]彼はテレウスの変身について、「乙女に対して犯した罪と恥辱のためである」（一四五〇―一）と、それが自らの悪業に起因する罰であると言い切っているが、他方、プロクネとフィロメーナについては、やはり同情の余地があるからだろう、その変身の理由を明言しない。

テレウスとプロクネ――偽りの姿

さて、クレティアンの物語において、この三人はいかに振る舞い、どのように罪を犯すのだろうか。オウィディウスと同様に、テレウスは一貫して裏切者として描かれるが、ポッサマイ＝ペレが指摘するように、クレティアンはそこに本心とは異なる「偽りの姿」を見出し、その心理と行動を独自に描き、強調した。

物語の序盤、アテネに着いたテレウスがフィロメーナを連れて帰ることを義父パンディオンに要請する一連の場面は、クレティアンが直接話法による対話形式を用いて増幅した箇所である。すなわち、アテネに到着したばかりのテレウスと彼を迎えるパンディオンとの対話、次いで、フィロメーナが登場し、欲情を起こしたテレウスとフィロメーナの対話、そして、テレウスとパンディオンの二度目の対話である。はじめ、テレウスにはまだ邪心はなく、「隠したてせずに」（一〇四）旅の目的をパンディオンに伝えるが、次にフィロメーナが登場すると、いかにフィロメーナを我が物にできるかを「理性的に」考え、アテネにいるうちは「できるだけ猫をかぶ」って、真摯にふるまおうと決意する（四七一）。そして、空涙を流しながら、改めてパンディオンを説得する。その涙を見たパンディオンは「相手が嘘をついているとはつゆ思わない。」（五四四―五）テレウスが本心に抱く邪悪な想念を、いかに自覚的に虚偽の姿で隠そうとしているかを、クレティアンは描いている。

このような描写は、物語の中盤、テレウスがフィロメーナを凌辱した後、平然と城へ戻り、妃プロクネに彼女が死んだと嘘を告げる場面にもある。「卑劣な夫は、うつむいていかにも悲しみに暮れている男、というようなふりをして、いかにももっともらしくあからさまにみせかけの溜息をついてみせる――嘘を信じこませるために」、そして「自分の言葉に本当らしさを添えるため眼から涙を流しはじめた」（九〇四―二九）。次行で、『狐物語』のルナールとその姿が重ねられているように、そこには一種の喜劇的要素をも読み取ることができる。

ただし、本心や内なる感情を表に見せない、というこの心情の描写は、すでに『変身物語』におけるプロクネの方の表現に見られていた。妹は死んだ、と知らされていたプロクネは、届けられた織物によって初めて真相を知る。「不思議なことに、彼女は一言も発しなかった。悲しみが、口をおさえつけた。〔…〕正邪の見境もなく、まっしぐらに、報復だけを思いつめたのだ。」このプロクネの様子は、クレティアンにも受け継がれ、「自分の思いは素振りにも見せず、泣いたりさわいだり」しない。しかし心の内は「ほとんど狂乱状態」である（一二三八―四七）。

妹を救出する段階になると、オウィディウスとクレティアンではだいぶ様子が異なる。オウィディウスは、ここにバッカス祭の喧騒と狂乱を背景に組み込むことで、プロクネの内に秘めた底知れぬ悲しみと憤りを、そして躍動感ある妹の救出劇を描く。他方、クレティアンは、こうした他の要素を介さずに、妹の元へと直行させる。「一言も言わず、声もかけずに力任せに足で戸を蹴った〔…〕戸を叩き、身体をぶつけてついに扉をぶち壊す。」「さあ狂ったようにとびついて中に入れるようになったと知ると」、それまで一切の感情を表にしなかったプロクネは、ここで初めて、「せいいっぱい大声で叫」び、感情をむき出しにして妹に駆け寄るのである（一二四八—六六）。

クレティアンは、時に人間が本当の感情を表に出さず、偽りの姿を見せるということを、祭事に象徴される非日常としてではなく、誰にでも起こりうる現実として描いた。テレウスとプロクネ——邪悪な下心がある者、嘘をつく者、あるいは深い悲しみと怒りゆえに傷つき、心を狂わせた者は、あたかも別人のように「変化」する。この、人間の人間によって惹き起こされる現実的な「変化」こそ、クレティアンが、人が動物や植物に姿形を変える異教神話の物語の主題「変身」（métamorphose）に見出した第二の意味であった[13]。

フィロメーナ——純然たる被害者へ

フィロメーナの容姿や身のこなし、そして内面の描写には多くの分量が費やされている。一二四行から、まずはその外面から、例えば、「純金よりももっと輝くのが、毛髪ぜんたいだ」、「額は白く」、「両の目は黄風信子石《シャルゴン》よりも澄んでいて」、「顔色は活々として、薔薇や百合の花のよう」「口は〔…〕ほのかに赤みを帯びている」「歯は小さく、白くて」「顎と頸すじ、のどと胸は〔…〕」「手は〔…〕白く」、といった具合に、定型的な色彩表現を用いた身体描写によって中世における理想的女性像に描き出しており、次いで、フィロメーナが外見だけでなく、チェスやゲーム、狩猟や魚釣り、機織りの技術、作詩や演奏といった技芸や趣味、教養、才知に秀でていることが述べられる。ヘルモゲネス（Hermogenes）の『プロギュムナスマタ』（*Progymnasmata*）（修辞学予備演習）はプリスキアヌス（Priscianus）の文法書の末尾に添えられて、ラテン語に翻訳され、中世においても非常に普及していたが、その内のエクフラーシス（描写）には、人間はまず外面から描き、次いで行動、習慣、思想など内面に至る、と説明される。(14) 外面の容貌についてはあからさまに、上から下へと向かっているように、クレティアンのこうした描写が中世のレトリック理論に基づいていることが分かる。しかしながら、彼女の趣味や教養、才知がアポロニウス（Apollonius de Tyr）やトリスタン（Tristan）といった男性の英雄よりも優れているという言及は中世の理想的女性像の表現としては珍しく、また『寓意オウィディウス』においても異例である。(15) こうしたフィロメーナのプロフィールには何か物語上の意図が込められているのではないだろうか。

再度、テレウスがフィロメーナのトラキア行きを了承させる場面を、フィロメーナ側の対応から見てみたい（二四三―三一九）。『変身物語』では、ここでの経緯はいとも簡単に進行する。テレウスが説得するまでもなく、彼女自身がトラキアへ渡ることを望み、それを叶えるために、進んで父王の機嫌を取ろうとするからである。他方、クレティアンはここを宮廷風恋愛式に二人の問答へと展開し、事が一筋縄では行かせないようにする。テレウスが「父上に、どうぞ、お願いしてくれ、そなたを私と一緒に行かせてくださるように」と頼み、口説いても、彼女の答えは極めてしっかりしており、うぶで無邪気な乙女として狼狽するのではなく、まるで何度も口説かれた女のように慌てることがない。テレウスに対し、格言ひとつをも交えながら、人の手を借りる前に、まず自分自身でお願いするべき、と堂々と拒否して、テレウスの苛立ちを買う。何と口説かれようと、自分がトラキアへ行くかどうかの決定権は父にあり、自分はそれに従うのみ、という姿勢を彼女は貫いている。(16) このフィロメーナの変化には、彼女を犠牲者として描きたいクレティアンと、そう読みたいキリスト教中世の読者の意図が感じられる。

次に、強姦が行われた場所の状況と、凌辱される際のフィロメーナの言動を見てみよう。『変身物語』では、強姦の現場を「とある羊小屋」、「お暗い太古の森につつまれた、たけ高い小屋」と説明するのに対し、クレティアンは「その家はとある林の中にあり、（とクレティアン・ル・ゴワは語る）およそ四方を見ても町から遠く、村里や畑地からも遠く離れ、近くには街道も小径さえもない。〔…〕乙女とテレウス、二人きりになったのを見たり聞いたりする者は誰もいない。」（七三七―四七）と、周囲の助けを得られないような、いかにも強姦が成立しそうな状況へと書き換えている。また、凌辱の場面では、オウィディウスは彼女を恐怖に震える弱い子羊のように受け身に描くが、クレティアンのフィロメーナは、やはり暴力に打ち負かされ、恐怖に怯えはするものの、より自発的に抵抗し、叱責し、そして悔い改めを要求するという、毅然とした態度をみせる。

最後に、プロクネによる我が子イティス（Itys）の殺害とその調理に、どの程度フィロメーナが加わっているかという点に注目したい。『変身物語』では、「プロクネは剣できりつけた。〔…〕子供をひとり殺すには、このひと突きで十分だった。だが、ピロメラが、さらに刃で喉を裂く。そして、まだ死に切っていず、いくらかの生命をとどめているからだを、ふたりはなおも切り裂いた。」とあり、姉妹の両方が同程度に手を下している。これに対して、クレティアンは、「母親が〔…〕子どもの首を切り落としたのだ――そしてその首をフィロメーナに渡し、二人は、一緒に、上手に、しかし手早く調理し」た、と書いている（一三三二―五）。つまり、クレティアンが描くフィロメーナは、既に死んだ体を料理したのであって、殺人自体は犯していないのである。

フィロメーナを、その外見上の美しさだけでなく、困難を自ら打開できる教養と才知、さらに道徳性を備えた高貴な女性として強調すればするほどに、テレウスの邪悪さは一層際立ってくる。クレティアンは、彼女を一ミリの隙もない純然たる被害者として、また出来るだけ犯罪から遠ざけて描こうとしたことが、以上のことから窺えよう。

さて、サヨナキドリに変身したフィロメーナはその後、森でテレウスへの呪詛を歌いつづけるが、ヤツガシラになったテレウスとツバメになったプロクネは、変身したきり、その後の行方は語られない。

二　『寓意オウィディウス』というコンテクスト

本節では、『寓意オウィディウス』の作者が、なぜクレティアンの『フィロメーナ』を選び、自らの作品に挿入したのか、ということを論じた後、それをどのように読み解き、解釈を施したのかを具体的に見てゆく。

1　なぜクレティアンのテクストを借用したのか

一三一六年から一三二五年の間にフランス王フィリップ五世の妃ジャンヌ・ド・ブルゴーニュ（Jeanne de Bourgogne）のために書かれたとされる『寓意オウィディウス』は、オウィディウスの『変身物語』全十五巻すべてを初めてラテン語からフランス語の八音綴平韻に翻訳し、それぞれの逸話にキリスト教的釈義を付け加えた、七万二〇〇〇行を超える長大な作品である。作者は不詳ながら、説教師や教育者を思わせる表現が釈義中に頻出するため、本作はもともと、修辞法に精通したフランチェスコ会修道士が同僚の説教のために著したものと考えられている(17)。

全体として作者は『変身物語』を忠実に翻訳するが、箇所によっては他の書物の知識を援用して再構成し、また、あるいは既存の「オウィディウスもの」のフランス語作品をそのまま借用し、自らの作品に物語本文として、手を加えずにそのままの形で挿入することもあった。この後者の例が、第四巻の『ピラムスとティスベ』（*Piramus et Tisbé*）、そして、このクレティアンの『フィロメーナ』である。

十二世紀半ばに書かれたとされる作者不詳の『ピラムスとティスベ』は、『フィロメーナ』と同様、『変身物語』に含まれる逸話を素材とした、フランス語韻文による翻案作品である。この逸話自体は中世を通じて学校作文の題材としてしばしば用いられていたが、中でもこの十二世紀の『ピラムスとティスベ』は、『寓意オウィディウス』の写本系統によってだけでなく、それ以前の十三世紀の別写本によっても伝存されており、当時から比較的よく知られていた物語であった。『フィロメーナ』についても、十四世紀初頭にあってクレティアンの権威はなお比類なきものであり、そのことが『寓意オウィディウス』の作者に借用という選択をさせたのだろう。

また、ポッサマイ＝ペレが説明するように、『寓意オウィディウス』の作者は、神話の物語の翻訳をただ提供するのではなく、場合によっては多少の創意を加えて、聴いて面白く、楽しい物語を語ろうとする。その意味で、クレティアンの物語は彼とその聴衆、読者の嗜好と一致するものであった[18]。同様に重要だったのは、古代神話の物語からキリスト教の教義や道徳的規範を汲み取ろうとする『寓意オウィディウス』の作者にとって、『変身物語』よりもクレティアンの物語のほうが、その目的により適った内容であったことである。先述の通り、クレティアンのフィロメーナはその裏切りと暴力を非難するとともに、「〔あんたの〕神様はどこにいるの？　信心はどうなったの？」と説教をし、そして「後悔しなさいよ、〔…〕まだ後悔が間に合ううちに、誓約破りをせず、嘘をつかずにね！[19]」と悔い改めまでもを要求するのである。

キリスト教的道徳観に支えられた解釈付与という目的を『寓意オウィディウス』の作者が持つ以上、そこには解釈と物語との相互的な繋がりを模索し、積極的に結びつけようとする意識が働くはずであり、これにより物語は加筆や修正を受ける可能性がある。『寓意オウィディウス』以前のテクストが伝存しない以上、『フィロメーナ』を読み解き、そこにクレティアンの帰属性や意匠、文学性を模索しようとするならば、『寓意オウィディウス』の作者がどのような意図をもって、古代神話の物語を捉え、解釈し、宗教的意味付けを行ったのかに留意しなければならない。

そもそも『変身物語』は多神教である古代異教の神話集成であり、三位一体を説くキリスト教徒は教義上相容れない。また猥雑な記述も多分に含むため、キリスト教徒にとっては不道徳な作品といえるが、『寓意オウィディウス』の作者がこうした異教神話を忠実に翻訳して、それをキリスト教中世において語りえたのは、神話を「作り話」(fable)と捉え、その背後にキリスト教的真実が隠されている、ということを前提にしたからである。彼は聖書の言葉から四つの意味を汲み取ろうとする伝統的な聖書解釈の方法とその順序に従って、とりわけ、この内の寓意的な解釈の仕方によって、そのキリスト教的真実を解き明かそうとした。

なお、解釈によって導かれるそれぞれの意味について、様々な分類や呼称があるため、本章では、混乱を避けるために、ストリュベルとポッサマイ＝ペレに従い、次の通り示すこととする。まず第一に、文字通りの意味を理解しようとする「字義的意味」(出来事を過去に実際起きたこととして説明する「歴史的意味」、事象を自然科学の知識によって説明しようとする「自然科学的意味」がここに含まれる)。次いで、文字の背後にある別の意味、すなわち「寓意的意味」を探る段階となり、これが次のように三通りに分類される。信じるべきキリスト教教義を説く「予型論的意味」、信徒として従うべき道徳規範を示す「比喩的意味」、そして来たるべき終末を意味する「アナゴジックな意味」(上昇的意味)である。後者三つをまとめて称す場合には「寓意的意味」と呼び表すことにする。

『寓意オウィディウス』において神話の各逸話すべてに対し、四つの意味全部が説かれているとは限らず、特に話題が終末論に限定されるアナゴジックな意味はしばしば言及されないことがある。第四巻以降はその傾向が強くなり、第六巻に載る『フィロメーナ』においても、字義的意味と予型論的意味のみが説かれ、比喩的意味とアナゴジックな意味は述べられない。

『変身物語』に関する解釈自体は早くからの伝統[20]があるため、作中で説かれるすべての意味が作者独自のものとは限らない。ただし、逸話間で解釈の内容に一貫性を欠く場合が少なくなく、そのことから、おそらく作者は特定の注解書に依拠するのではなく、欄外古注の書き込まれたラテン語原典あるいは注釈書を参照した可能性が高い[21]。『フィロメーナ』への解釈については、十二世紀の注釈家ジャン・ド・ガルランド（Jean de Garlande）や後述するピエール・ベルシュイール（Pierre Bersuire）のそれとも異なっており、典拠の所在は明らかでない[22]。

それでは次節以降、『寓意オウィディウス』の作者がクレティアンの『フィロメーナ』に付した解釈の翻訳を提示し、その内容を具体的に検討してゆく。

2　解釈部の翻訳

『寓意オウィディウス』の作者は、その第六巻二一八三行から二二〇九行で、蛮族との戦に苦戦していたアテネをテレウス率いるトラキア軍が援護し、勝利したことがきっかけでアテネ王の娘プロクネとテレウスの結婚がもたらされたという、物語冒頭部を語る。これは『変身物語』第六巻四一二―二五行の翻訳である。続く二二一〇行で作者は「しかし、私はこの話を上手に文字へ訳したクレティアンが語る以外の様には決して述べないだろう。私は彼に口出ししようとは思わない。彼の言うことすべてを私はあなた方にお話しし、そしてそこから寓意を引き出そう。[23]」と述べてから、クレティアンによる『フィロメーナ』を語り始める。そして、一連の物語を語ると、三六八四行で「ここで私は『フィロメーナ』を終えよう[24]」と述べて、一度話を閉じる。次いで、次行から彼の「寓意」が始まる。

次に掲載するのは、この「寓意」の部分、すなわち物語本文の直後に挿入された解釈全文を日本語に翻訳したものである。本訳の原典として、デ・ボーアによる校訂本の復刻版を使用した。登場人物に付与された寓意的な呼称には〈　〉を付けて記した。〔　〕は筆者による注記を示し、この内、下端に配した行数字については目安に過ぎず、原典中のそれとは厳密に対応していない。

〔字義的意味〕

かのクレティアンの語るフィロメーナについては、
一言あってしかるべきであり、
オウィディウスとは異なるこの版について
ここで説明しておこう。
そうすれば、偽りのない本当の
物語を理解することができるだろう。
高貴で品が良く、思慮深く、尊敬され、
賢く、優雅で、活発なフィロメーナは、
森の中に長いこと
囚われていたので、
また、彼女は以前は大変上手に歌ったので、
さらにまた、なにより安全に
森の中に隠れていたことから、
この物語は、彼女がサヨナキドリに変えられたと
表現するのである。しかし、王妃の
プロクネは、残忍さと罪によって

息子の首を刎ね、
息子を料理したのであったが、
夫を恐れて逃亡へと転じ、
堅固で美しい大きな塔に
逃げ込んで身の安全をはかった。
それゆえに彼女は、そのような塔や、
煙突や穴に営巣することを習性とする
ツバメになった。
テレウスは美しい娘を欺き、
処女を奪うという、
その身の不道徳と
汚猥と卑劣を理由として、
また、彼は多くの戦で、
飾り毛をつけた兜と、
盾と鎖帷子で武装した騎士
であったことから、
彼が薄汚く卑劣なヤツガシラになったと、
この物語が表現しているように、思われる。

〔三七一〇〕

〔寓意的意味〕

さて、この物語が意味する
寓意をあなた方にお話しよう。
都市アテネの王とは、
全能で、永遠で、
寛大で、優雅で、慈悲深い、
不滅の王である、神のことである。
アテネ王の長女であるプロクネは、
神が自らの姿と形に
似せて作った〈魂〉のことであって、
神はその〈魂〉を、土を材料に作られた
〈肉体〉と娶わせ、結びつけた。
アテネの王に
戦を仕掛けた野蛮人たちは、
不道徳の息子、すなわち悪魔のことである。
彼らは神に挑み、
神から天上を取り上げて、
自分たちで奪おうと目論んだ
その結局、彼らは奈落へ、

地獄へ、その恐ろしい牢獄へと墜ちたのだった。
そのため、神は
〈魂〉と〈肉体〉を結婚させて、
彼らによって天上が
――思い上がった気狂いの天使たちがいなくなって、
そこは空になっていたのだ――
満たされえるようにした。
〈魂〉と〈肉体〉は、私の思うに、
長い間、穏やかに共に過ごし、
互いに信頼を寄せあっていた。
彼らの間にひとりの息子が生まれた。
聖なる命の善良な〈果実〉である。
こうして〈魂〉と〈肉体〉は悪事を働こうとはせず、
喜ばしき平穏の内に、信仰深く、誠実に生きた。
ところが人間の本性を表すプロクネが、
世俗のあらゆる邪な行為へと傾いて、
自分の妹に会うことを求め、
その元へ〈肉体〉を送ろうと望むまでは。
フィロメーナは

〈偽りのはかない愛〉を意味する。
それは〈この世のはかない幸せ〉のことである。
神は、すべての幸せに溢れているが、
人間を控えめな形で支えるために
この〈愛〉を作った。
つまり男と女を支えるために、
神はこの世の幸せをもたらし、
男と女がそのために神を讃え、
神に仕え、神を崇拝するようにした。
しかし、その空しい喜びを得るために、
〈魂〉は〈肉体〉を動かし、
海に大地に〈愛〉を求めさせた。
〈魂〉は神に、ほかの何物も求めなかった、
ほかの幸せを願わなかった。
神は〈魂〉に、控えめに楽しむ限りで、
〈愛〉を許し与えた。
しかし〈肉体〉は度を越して、
そこに自らの考えと関心を寄せ、
力と不正によって、

必要以上に享受し、
放蕩に生きることを望んだ。
そして〈愛〉を堅固な家屋に、石造りの塔に
閉じ込め、鍵をかけたが、
というのもそこに共に住んで、
この世の〈喜び〉を味わい、
その限りを尽くそうと思ったからである。
老女は〈貪欲〉を意味する。
〈愛〉が囲いから逃げ出さないように、
牢に閉じ込めて見張る。
この世の〈喜び〉のために
〈魂〉はプルートへ犠牲を捧げ、
奉納を供じ、忠誠を誓った。
そして悲しみと憤怒に満ちた彼女は、
それまで身を飾っていた
黄金のドレスを脱ぎ、
黒衣を纏った。
黄金の布は
聖なる徳高き命の装具である。

他方、嘆かわしい黒いドレスは
罪深い命のしるしである。
その黒いドレスを、悲しみ汚れた〈魂〉は、
自分を裏切り、空しい〈喜び〉を貪る
〈肉体〉のために着る。
こうしてプルートに奉納と犠牲を捧げると、
この世の〈喜び〉を理由に、
プルートに添い、縁を結び、
そして自らの創造主である神を忘れる。
その神にこそ〈魂〉は自らの喜びを向けるべきであったのに。
〔三八〇〇〕
〈魂〉が、節度を失い、我を忘れて
〈喜び〉を解放することに、合意すると、
プロクネはフィロメーナを閉じ込めていた
牢屋の壁を打ち破る。
欲望のくびきの外に
この世の〈喜び〉が出ると、
まるで気が狂い、大胆で、箍が外れたように、
〈魂〉は途方もなく喜ぶ。
〔三八一〇〕
そして、貪欲な〈肉体〉を養い喜ばせるために

精神の〈果実〉を破壊することにしか、
さらに、荒れ狂う〈肉体〉を飽食させるために
見境もなく自らを滅ぼすことにしか、
もはや〈魂〉は意を用いようとはしない。
そして〈肉体〉の貪欲を満たすために、
自らの命の喜ばしい〈果実〉を破壊するのである。
哀れな〈肉体〉は、貪欲な胃袋のせいで、
自らを損ない、破廉恥へ、
恥辱へ、また堕落へと赴き、
そして、地獄の噴煙の中で
〈魂〉を破滅へと導く。
〈肉体〉が手を伸ばした〈喜び〉の
楽しみは短く、すぐに終わる。
彼は享楽に生き、
忌まわしき悪臭を放つ肉の楽しみを
安易に追うことの他に
何も求めていなかったのだ。
そして、その〈喜び〉はサヨナキドリが飛び去るよりも早く、
彼から逃げてゆき、

また、気の狂った邪な〈魂〉は、
飛び立つやいなや、
地獄の業火を住処にする。
このようにして、この物語は真実に至るのである。
悪臭を放つ〈肉体〉は、
腐臭と汚れと
嘆かわしい腐敗にまみれたヤツガシラとなり、
そして空しく移ろいやすい〈喜び〉は
羽ばたくサヨナキドリになる。
以上のように、あなた方はこの物語を、
クレティアンがそれを語るように、お聴きになった。
テレウスが森で
自分の義妹を凌辱し、彼女に働いた
その悪行と暴力についてを。
どのようにプロクネが憤慨し、
フィロメーナの復讐を遂げるために
父テレウスに彼の息子を食べさせたかを。
これについて、もしこの物語が私を欺かないならば、
神々は、その罪と暴挙に対して

罰を下したその結果、
三人もろとも、空飛ぶ鳥になったのである。

3 解釈部の構造と内容

『寓意オウィディウス』の作者は冒頭で、たった今自分の語り終えた物語が、オウィディウスではなく、クレティアンによるものであることを改めて確認すると、そこから「偽りのない本当の物語(estoire)」、すなわち文字通り、事実として理解することによって読み取れる字義的意味を説明し始める。ここでフィロメーナの変身は、森の中で姿を見せずに囀り声を響かせるサヨナキドリの生物としての実際の習性に、またプロクネも同様に、迫りくる夫から逃げるその様子を、人の手の及ばない煙突や塔に巣を作るツバメの習性に理由が求められている。これらは、人間が鳥に変身するなどという実際には有り得ない事象を、生物学の知識から説明しようとする自然科学的意味にあたる。テレウスについては、彼の悪業とその恥辱から、不潔な印象を持たれていたヤツガシラに結び付けられ、さらに彼を過去に実在した古代の君主として歴史的に捉えたうえで、その鎧兜の飾り羽の見た目をヤツガシラの逆立つ鶏冠に重ねている。

次いで三七一九行以降は「この物語が意味する寓意」が説かれ、これが解釈部最後まで続く。順に辿ると、アテネ王パンディオンは「神」、その長女プロクネは神が作った人間の「〈魂〉」、蛮族の敵勢たちは「悪魔」、テレウスは「〈肉体〉」、その息子イティスは「聖なる命の〈果実〉」を意味すると説かれる。フィロメーナは複数の象徴によって名付けられているため、やや分かりにくいものの、第一に意味するのは〈愛〉、ただしそれは「偽りのはかない〈愛〉」であり、また、そのような愛がもたらす「この世のはかない〈幸せ〉」あるいは「空しい〈喜び〉」、つまり、それ自体には罪はないが、「扱いようによっては」人間の罪を誘発するものとして説かれている。

これらは、神と悪魔の戦い、神による人間の創造、人間が犯す諸々の罪、そして罪人の地獄堕ちという一連の筋書きに沿って説明される。すなわち、キリスト教徒の信じるべき教えが古代異教の物語に予兆されているとする予型論的意味である。

これらの意味の導き方は、物語の筋書きに従って展開される、いわば寓意による謎解きである。物語と寓意、二つのレベルを並置させ、その筋書きと登場人物に双方の接合点を見出し、関連付けるこのような説明は『寓意オウィディウス』の寓意的解釈においてもっとも多く用いられる方法である[25]。

ところでこの寓意的意味は三部構成で語られているが、それは三七五一行と三八〇六行の「プロクネ」という言葉の使い方に示されている。というのも、はじめにプロクネが〈魂〉を意味すると説明されて以降、彼女を指し示す場合は一貫してその寓意的名称で表されるが、この二か所においてのみ、突如、「プロクネ」という物語レベルの呼び名が用いられているからである。つまり、それまで並走していた寓意の謎解きレベルと物語レベルがその箇所において交差しているのである。

最初の分節点は、プロクネが妹との再会を望む時、二つ目が、真相を知ったプロクネが、初めて感情を露わにし、妹を救出する時である。これらは両方とも、プロクネの「心境の変化」が表される箇所で、作者はそこで話を分節化している。すなわち、彼はクレティアンが着目し、強調したプロクネの姿、態度の変化を確実に読み取り、それを自らの寓意の語りにも構成面で導入したのである。

それでは、三者の変身はどのような力で、そして、なぜ生じたのか。三八四一行以降、最後の十二行は話の締め括りを兼ねた、物語の要約である。作者は「神々は、その罪と暴挙に対して罰を下したその結果、三人もろとも、空飛ぶ鳥になったのである。」と言っていることから、彼は鳥への変身が異教の「神々の力」によって下された罰だと読解している。しかしながら作者は、自らの解釈中では、変身が「どのような力で」生じたのかという点について、実は明確には説明していない。おそらく、変身をキリスト教の神による奇跡とする解釈もあり得たと思われるが、そうすると、物語レベルに還元した場合、神＝パンディオンが三者を変身させることになるため、話に矛盾が生じてしまう。あるいは、クレティアンが抽象概念を用いて変身を生じさせたことを反映させて、あえてそのような解釈を避けた可能性も無くはない。いずれにしても作者は、間違いなくクレティアンの描いた人物描写に基づいて、三者の行く末を説いている。テレウスについては、三八一九―二三行にある通り、異論なく地獄送りとし、クレティアンによって一切の殺人行為を任されたプロクネについても、もはや同情の余地はなく、「また、気の狂った邪な〈魂〉は、飛び立つやいなや、地獄の業火を住処にする。」（三八三二―四）と述べて、その罪が地獄堕ちに値するとみなす。さて、クレティアンが出来るかぎり犯罪から遠ざけさせたフィロメーナが向かう先はどこか。ダンテ（Dante）は鳥の姿になった後の姉妹を『神曲』（*La Divina Commedia*）の煉獄編第九歌に登場させているが、『寓意オウィディウス』の作者は、ただ「〈喜び〉は羽ばたくサヨナキドリになる」とだけ述べ、それ以上の説明をしない。

三　『寓意オウィディウス』の散文化

十五世紀における『寓意オウィディウス』の散文化に伴い、クレティアンの『フィロメーナ』も例外なく散文体に書き換えられた。散文体による『寓意オウィディウス』には、いわゆる「アンジュ版」と「ブリュージュ版」の二種類があり、前者は一四六六年から一四六七年の間にアンジュー公ルネ（René d'Anjou）の求めに応じて制作され、今日一点の写本のみによって伝えられている。[26] その約十年後の一四七五年頃にブルゴーニュ公の影響下にあったブリュージュで成立したとされる後者は、ウィリアム・キャクストン（William Caxton）による英訳版を含む四点の写本が今日伝存し、この内、最良の読みを掲載するフランス国立図書館所蔵のフランス語一三七写本は、熱心な愛書家として知られるルイ・ド・ブリュージュ（Louis de Bruges、ルイ・ド・グルートゥーズ Louis de Gruthuse）の蔵書に由来すると考えられている[27]。この散文版は、一四八四年にコラール・マンシオン（Colard Mansion）がそれを元に一部改変を加えた印刷本を刊行して以降、内容に多少の変化を伴いながらも十六世紀後半まで引き継がれて、ルネサンス期における普及版となる。本節ではこのブリュージュ版散文の伝承を辿りながら、十五世紀以降の『フィロメーナ』の解釈の在り方を捉えてみたい。

本散文版の大きな特徴のひとつに、異教神話に対する態度の変化が挙げられる。韻文版が古代神話の物語を虚構とみなした上で、その背後にキリスト教的真実を読み取ろうとするのに対し、この散文版は、作中におけるキリスト教的意味付けを徹底して排除し、歴史的あるいは自然科学的なリアリティーを備えた神話の物語を志向する。一部の写本冒頭に挿入された「セザール師の手紙」と題された序文は、まずキリスト教における一神教という教義の原則を確認し、異教神話に散見される不道徳な箇所は切り取って読むことを推奨しながらも、オウィディウスの物語を過去の事績を雄弁に伝える歴史書であると同時に、人間の理性を重視した一般道徳の教えが得られる書であるとみなし、読者にこの書の積極的な学習を勧める。キリスト教的な視点をできる限り介在させずに、古代の異教神話を含蓄ある歴史物語として読者へ提案しようとしたのである[28]。

このブリュージュ版における散文化は、創作というよりも、韻文版の脚韻外しによる置き換えに近く、韻文版の内容を踏襲すると同時に、不要と思われた箇所を機械的に切り取ることで全体をかなり短縮し、コンパクトにしている。解釈部については四つの意味の内、字義的意味だけを残して、寓意的意味をすべて削除し、また、あるいはすべて削除しないとしても、そこから宗教的意味を表す句や節だけをピンポイントで削除することにより、一般道徳に置き換えている。以上のことは『フィロメーナ』においても例外でなく、物語は大幅に簡略化され、寓意的意味はすべて削除されている。次に示したのは、物語から切り取られた箇所をその内容から分類したものである。

（一）　詳細な描写や説明の切り取り、あるいは省略

〔A　状況〕　帰国前夜の宴の様子（五八一―九五、六一二―三二）、プロクネによる祭儀（一〇三六―六一）

〔B　人物〕　フィロメーナのプロフィール（一一五―一二〇七行中のほとんどを占める具体的な描写をすべて削除）、乙女を小屋へ誘うテレウスの様子（七三八―六五）、嘘をつくテレウスの様子（九二六―九、九四二―五）

〔C　心理〕　帰国前夜におけるテレウスの一日千秋の思い（六四六―五六）、織物の献上を了承した老女の心理とフィロメーナの期待（一一九八―一二一三）、姉妹による復讐を受けたテレウスの憤慨（一四一九―二九）

〔D　台詞の削除、あるいは間接話法への置き換えによる簡略化〕　テレウスのパンディオンに対する一回目の要請（一〇六―二一〇）、フィロメーナを港で見送るパンディオンの台詞（六八九―九六）、小屋に連れ込まれたフィロメーナとテレウスの最初の応酬（七六六―八三二）、帰国したテレウスへのプロクネの問いかけ（八九九―九〇三）、妹は死んだというテレウスの偽の報告（九一〇―二五、九五〇―六四）、妹の死を知らされたプロクネの悲嘆（九七九―一〇〇四）

なお、テレウスの口説きとそれに対するフィロメーナの返答、続くパンディオンとの二度目の対話、また妹救出以降、結末にかけての三者のやり取りは直接話法の形式を留めてはいるものの、要点のみを得た、味気のない台詞に短縮される。

（二）　結末をあらかじめ暗示する記述

テレウスとプロクネの不吉な結婚（一―三〇）

（三）　語り手の言葉

「どうしてそんな最期を遂げたのか、事の次第をゆっくりお話ししよう」（四六―八）、「とクレティアン・ル・ゴワは語る」（七三四）、「ここで、私は『フィロメーナ』を終わろう」（一四六八）、「愛の神論」の全文削除（三九五―四五一）

（四）　格言的挿入句の切り取り

「ひとは、年を老るほどに涙もろくなるというのは本当だ」（五五六―七）、「しかし、よくあることだが、幸せは不運の始まりである。」（六七五―七）など

この散文版『フィロメーナ』に、もはやクレティアンらしさは微塵も残されてはいない。宮廷風恋愛の趣向を取り入れた、直接話法による男女の応酬、人物の言動や心理の詳細な描写に現れる知的あるいは情緒的洞察は切り取られている。僅かに残された直接話法の台詞を除き、すべて単純過去形ないし半過去形で記述されるこの散文版は、とある過去の出来事を事実として語る、まさに歴史書の様である。また、この散文では、一貫して語り手による挿入句や、格言や諺の挿入が切り取られている。クレティアンも、彼を紹介した韻文『寓意オウィディウス』の作者も、もはやそこにはいない。語り手という焦点の消失によって、語る主体は語り手から物語そのものへと変化し、そこには朗誦を通じた聴衆ではなく、個人的読書を愛好する読者が受け手として想定される。(29) ここに、『フィロメーナ』はクレティアンの帰属性を失い、一挿話として他の逸話と同様に、散文テクストの中に段差無く埋め込まれ、以降、この形で伝承されていく。

物語構成にも変化が起きていることに注目したい。最良の読みをするとされるフランス語一三七写本、および若干の異文を掲載する大英図書館所蔵の写本では両方とも、赤字見出し《リュブリック》によって物語が次のように区分されてい

る。

〔前段〕　冒頭～凌辱されたフィロメーナが小屋で織物を完成させるまで

〔中段〕　フィロメーナが老女の娘に織物を届けさせて真相が発覚～プロクネが息子を殺し、夫に食べさせるまで

〔後段〕　息子の首を手に持ったフィロメーナが現れ、テレウスは自分が食べていた料理が何かを知る～結末

これらは、それまで隠されていた事実が暴露される時点で段を改めている。以前の韻文版の作者が、クレティアンの意図を読み取って、「人間の」変化という節目で区分し、自らの寓意を物語と並置したのに対し、この散文家は、「事態の」変化によって物語を捉え、再構成している。

また、三者の鳥への変身について、この散文家は何か新たな見解を示してはおらず、韻文版を踏襲し、変身の奇跡を複数形抽象名詞の「運命」に帰す箇所も一言一句散文に移し替えている[30]。しかしながら、物語の最後、サヨナキドリとなったフィロメーナによる呪詛の囀りを次のように簡略したのは、何らかの意味を持っているかもしれない。

韻文版　「今日でもまだ、彼女の歌によれば、次のような輩はみな恥辱にまみれて罪と破滅を迎えるべきだ——卑劣なる者、誓いを破る者、人の喜びを無視する者、およそ不実な行為や、卑劣な行い、裏切り行為を賢くて礼節ある乙女に加える者は、と。」（一四五四—六一）

散文版「いまだに彼女の歌を信じるなら、不実に愛するものは破滅するだろう」(31)

「不実に愛するもの」だけを残して、その他の罪状を切り取ったのは、韻文版の描写がただ冗長だと思われたゆえなのか、あるいは、彼なりの読解に基づいているのか、それともその両方を理由とするのかは、はっきりしない。けれども、この一節の簡略化は後の物語の理解に少なくとも影響を及ぼしたと思われる。というのも、ブリュージュの印刷業者コラール・マンシオンはこの散文テクストをベースとして新たな解釈を付け加え、印刷版を刊行するからである。

四　コラール・マンシオンによる初期印刷本とピエール・ベルシュイール

非現実的な話を理解するには、やはり寓意が必要だと思われたのだろう。コラール・マンシオンはブリュージュ版散文のフランス語一三七写本から本文と章分けの構成をすべて忠実に写し取り、さらに寓意的意味の欠落を、ピエール・ベルシュイール（ペトルス・ベルコリウス Petrus Berc(h)orius）の『オウィディウス寓意的解説集』（*Ovidius moralizatus*）から相応しい部分を選び取り、自らフランス語翻訳したものを用いて埋めた。それに「ここに、スルモナのオウィディウスの変身と題される書が始まる」（Cy commence Ovide de Salmonen son livre intitule Metamorphose）という見出しを付して一四八四年に刊行した。この印刷本は一四九三年にアントワーヌ・ヴェラール（Antoine Vérard）の編集により『詩人の聖典』（*La Bible des poetes*）として再版され、さらに一五三一年にジャン・プティ（Jean Petit）とフィリップ・ル・ノワール（Philippe Le Noir）に版元を変えて再々版される。このテクストを一部継承する最後の著作はドニ・ド・アルシ（Denis de Harsy）による一五三二年の刊行本で、この作品はその二年後にクレマン・マロ（Clément Marot）が『変身物語』のラテン語原典からの仏訳を刊行した後も、一五八六年まで計十二版が刊行された[32]。

マンシオンが用いたベルシュイールの注解書について簡単に触れておきたい。アヴィニョンでピエール・デ・プレ（Pierre des Prés）枢機卿の秘書を務めながら、説教師たちに寓意的解釈の指南を行っていたフランスの神学者ベルシュイールは一三二〇年から一三四二年の間に同地で『寓意集』（*Reductorium morale*）を著した。本書の最初の十三書は可視的な世界の実態の解釈、残り十四〜十六書は人間が想像する虚構の世界の解釈が説明される。この第十五書がオウィディウスの『変身物語』の寓意的解釈による注解書であり、間もなく「オウィディウス寓意的解説集」（*Ovidius moralizatus*）の名でこの書だけが分離し、今日伝存する少なくとも六十点の写本から、中世末期からルネサンスにかけて、ヨーロッパ全土に普及していたことが知られている。マンシオン版の表題の続きには、「ドミニコ会士の神学教授トマ・ワレー（Thomas Waleys）」による寓意的意味を掲載することが明かされているが、その人物こそベルシュイールのことで、十五、六世紀はこの異名によって知られていた[33]。

マンシオンが寓意的意味を再び導入したのは、韻文『寓意オウィディウス』がそうであったように、やはり歴史的あるいは自然科学的見地からの解釈だけでなく、予型論的視点から古代神話にキリスト教思想や道徳を理解しようとしたからに違いない。ただし、その際にベルシュイールの『オウィディウス寓意的解説集』をあえて選んだのは、散文体のラテン語で書かれ、かつ聖書章句の引用による例証を掲載する本書のほうが、韻文『寓意オウィディウス』の寓意部分よりも短く簡潔で扱いやすく、かつ堅実で確かなものに思えたからであろう[34]。こうして、マンシオンは自らの作品で、まずブリュージュ版散文から引いた逸話本文を述べてから、次いで、「物語についての寓意的意味」という小見出しと共に、このベルシュイールによる寓意的意味を述べ、そして最後に「あるいは歴史的意味についてはこう言われる」と述べて、再びブリュージュ版散文の字義的意味（韻文版と同内容）

を載せた。

さて、マンシオンが一挿話「フィロメーナ」について、ベルシュイールから選び取ったのは、「これらの事柄は、家族関係の覆いの下で近親相姦を犯した者たちについて寓意化できる」という箇所である。すなわち、我が子を食べることは、自分たちが身内の肉によって性的快楽を得ているということを表し、そして舌の切断はその罪と恥辱の隠蔽を意味し、また、織物による真相の暴露は、その罪深い近親相姦がいずれ妊娠によって露呈されることを意味する、という内容である。[35] この寓意的意味は、同時代の人々が実際に近親相姦を犯すとどのような結果になりうるか（無論、物語の中でフィロメーナは妊娠していない）、という聴衆ないし読者へ向けた道徳的な講釈であり、すなわち比喩的意味である。なぜ、マンシオンはこのような意味を選んだのか。それは、彼がブリュージュ版散文に記された、物語最後のサヨナキドリによる囀り、「不実に愛するものは破滅する」にこそ、この逸話の要点を認め、その主旨をテレウスと義妹の犯した不貞行為そのものへの非難であると理解したからではないだろうか。マンシオンはこの後、鳥への変身を自然科学的な類似から説明して、話を終える。登場人物三者の心理や行為に対する個別の評価や宗教的意味はもはや俎上には上がらない。

おわりに

オウィディウスは「テレウスとプロクネとピロメラ」の話において、困惑や悲嘆の強い情念が彼ら三人を「おのずと」変身させたように描いたが、物語の道徳的機能という観点からは、その変身が、テレウスにとっては嘘と凌辱、暴力という罪への罰として、他方、子殺しとカニバリスムを犯したプロクネについては、夫の背信行為に対する復讐という面から同情の余地があり、また、姉の犯罪に加わった妹は当の被害者であることから、姉妹に対しては懲罰でありながらも、同時に哀れみとして与えられた変身であると理解される。

クレティアンはこの異教神話の逸話において、こうした古代の受け取り方を読み解き、自らの創作において、宮廷風恋愛の要素を取り入れながら、物語の細部に改変を加え、独自に三者の人物像を描いた。彼において「変身」とは、人が動物や植物に姿かたちを変えるという意味だけでなく、人間が時に「本心とは異なる偽りの姿」に変わるという意味を持ち、それにより、テレウスはその嘘偽りの言動が、そしてプロクネはその豹変する有様が強調され、またフィロメーナは出来る限り犯罪から遠ざけられて、純然たる被害者として描かれた。

古代神話を作り話と捉え、そこにキリスト教的真実を解き明かそうとする『寓意オウィディウス』の作者はクレティアンの物語をそのまま自らの作品に挿入し、クレティアンの意匠に沿って寓意的意味を展開しながら、テレウスとプロクネを地獄送りにし、フィロメーナについては、あえてその行く末を明らかにしなかった。

十五世紀における『寓意オウィディウス』の散文化とそれに伴う本文の簡略化および寓意的意味の削除によって、『フィロメーナ』からはクレティアンの帰属性が失われた。物語は簡明な一種の歴史物語へと変化し、鳥への変身の原因や理由はもっぱら自然科学的意味によってのみ理解される。このテクストを元に印刷本を刊行したコラール・マンシオンは、この逸話の主旨をテレウスと義妹との不貞行為という「出来事」に認め、ベルシュイールの注解書を用いて、近親相姦の禁止という、道徳的規範を説く比喩的意味を付した。

このようにして、クレティアンの『フィロメーナ』は十四世紀以降、常に『寓意オウィディウス』というコンテクストの中で受容され、共に変容し、そしてまた幸いにも、現代に伝えられたのである。

(1) ラテン語のピロメラ Philomela は、中世ではフィロメーナ Philomena の名で知られていた。

(2) « en romanz mist (...) Et de la hupe et de l'aronde Et del rossignol la muance », *Cligès*, Texte établi par Walter, P., in

Chrétien de Troyes, *Œuvres complètes*, éd., Poirion, D., Berthelot, A., Dembowski, P.F., Lefèvre, L., Gallimard (Bibliothèque de la Pléiade, 408), 1994.

（3）今日伝存する『寓意オウィディウス』写本二十点すべてにおいて、li Gois と表記される。

（4）*Philomena*, Conte raconté d'après Ovide par Chrétien de Troyes, éd., De Boer, C., Geuthner, 1909.

（5）Chrétien de Troyes, *Philomena*, Conte raconté d'après Ovide, éd., De Boer, C., Slatkine Reprints, Genève, 1974. 新しい校訂版の第一巻が二〇一八年秋に刊行された。*Ovide moralisé*, éd., Baker, C., Besseyre, M., Cavagna, M., Cerrito, S., Collet, O., Gaggero, M., Greub, Y., Guillaumin, J.-B., Possamaï-Perez, M., Mouilleron, V.R., Salvo, I., Städtler T., Trachsler, R., Société Des Anciens Textes Français, t. 1, 2018. 第二巻以降の有効な校訂版は依然として *Ovide moralisé, poème du commencement du quatorzième siècle, publié d'après tous les manuscrits connus*, éd., De Boer, C., De Boer, M.G., et Van'T Sant, J.Th.M., Amsterdam, Müller / Noord-Hollandsche Uitgevers-Maatschappij, 1915-38.

（6）オウィディウス『変身物語（上）』中村善也訳、岩波書店、一九八一年。『フィロメーナ』天沢退二郎訳（『フランス中世文学名作選』白水社、二〇一三年）五―四七頁。

（7）同様の話がアントニヌス・リベラリスにも含まれており、こちらも「神々の意志」による。篠田知和基『世界鳥類神話』八坂書房、二〇一七年、二一三頁。

（8）中村訳、前掲書、二五三頁。

（9）「おのずと」変身が生じる例　（一）困惑のあまり…ダプネ（父の河神の助力）、シュリンクス（姉妹の助力）、コロネウスの娘、アレトゥーサ（ディアナの助力）（二）悲しみのあまり…パエトンの姉妹ヘリアデスたち、パエトンの親族キュクノス、ピラムスとティスベ、クリュティエ（自業自得だが、神に顧みられなくなった悲しみで）、カドモスと妻（ただし背景には歯を撒くために殺した蛇に対する不敬）、シラクサのニンフのキュネア、ニオベ（ただし子供を全員殺されたのは、ラトゥーナ女神への侮辱が原因）

「神の力によって」変身させられる例　（一）神々への不敬、思い上がり…リュカオン、オーキュロエ、バットス、アコイテスの仲間たち、ミニュアスの女たち、イノーの仲間のテーバイの女たち、アトラス、ピネウスと仲間たち、ケレスを侮辱した少年、アスカラポス、ピエロスの娘たち、アラクネ（二）不敬以外の理由で神々の怒りを招いた…アグラウロス、アクタイオン（偶然裸をみた）、エコー（おしゃべりが過ぎた）、メデューサ（ネプテューヌスに凌辱された罪で）、マルシュアス（葦笛の腕比べに敗北）（三）神に愛された…イオ、アルカディアの乙女（カリスト）、レウコトエ（四）神に頼んで…サルマキス、アヌマスとイノー（近親者ウェヌスの願いで）、河神アケロオスの娘セイレンたち（仲間のプロセルピナを探すため）（五）その他…石から生まれた男と女（創造）、怪物ピュトン（創造）、ナルキッソス（過度の自己愛のため）、テイレシアス（蛇を叩いて、性変換）、ペンテウス（いつの間にか猪に変身。テーバイ王家の不運か）。

（10）アリストパーネス『鳥』（呉茂一訳、『ギリシア喜劇全集Ｉ』、人文書院、一九六一年）四三五―五二二頁。呉茂一『ギリシア神話』新潮社、一九六九年、二九三―四頁。

（11）天沢訳、前掲書、四三頁。La, si con plot as destinees, Avint une si granz mervoille. De Boer. C., *op. cit.*, vv. 3658-9.

（12）天沢訳、前掲書、四六―七頁。

（13）テレウスとプロクネの二重の姿と「変身」の語義的結びつきについては、Possamaï-Pérez, M., «Chrétien de Troyes au début du XIVe siècle : *Philomena* "moralisé".» in *L'Œuvre de Chrétien de Troyes dans la littérature française, réminiscences, résurgences et réécritures* : actes du colloque (23 et 24 mai 1997), Université Jean Moulin, 1997, p. 169-85 ; Pairet, A., *Les mutacions des fables. Figures de la métamorphose dans la littérature française du Moyen Âge*, Champion (Essais sur le Moyen Âge, 26), 2002 を参照。

（14）Ｅ・Ｒ・クルツィウス『ヨーロッパ文学とラテン中世』南大路振一、岸本通夫、中村善也訳、みすず書房、一九七一年、二二八頁。月村辰雄「プロギュムナスマタ―ある修辞学の練習問題集をめぐって―」（『レトリックとフランス文学―伝統と反逆』、平成五年度科学研究費（一般研究Ｂ）による研究成果報告書、研究代表者　塩川哲也、一九九四年）五―一九頁。

（15）Possamaï-Perez, M., *L'Ovide moralisé, Essai d'interprétation*, Champion, 2006, pp. 192-3.

（16）「創世記」第三四章に、レアとヤコブの娘ディナが、遠くの女友達に会うために出かけた先で異教徒の男シケムに強姦されるという話があるが、『標準注解』はディナについて、未婚の娘がみだりに親元を離れてはいけないという教訓を示している。

（17） Possamaï-Perez, M., [2006], *op. cit.*, p. 873.

（18） Possamaï-Pérez, M., [1997], *op. cit.*, pp. 170-1.

（19） 天沢訳、前掲書、二七頁。

（20） 『変身物語』の注解書の系譜として、フルゲンティウスの『神話』（*Mythologiae*）、アルノルフ・ドルレアンの『オウィディウスの変身物語についての寓意』（*Allegoriae super Ovidii Metamorphosen*）、ジャン・ド・ガルランドの『オウィディウスの覆い』（*Integumenta Ovidii*）、ピエール・ベルシュイールの『オウィディウス寓意的解説集』（*Ovidius Moralizatus*）、ジョバンニ・デル・ヴィルジリオの『オウィディウス寓意集』（*Allegorie Librorum Ovidii*）等がある。

（21） *Ovide moralisé,* [2018], *op. cit.*, t. 1, p. 198.

（22） 『寓意オウィディウス』におけるスルスの分析は、*Ovide moralisé,* [2018], *op. cit.*, t. 1, pp. 193-210.

（23） Mes ja ne descrirai le conte Fors si com Chrestiens le conte, Qui bien en translata la letre. Sus lui ne m'en vueil entremetre. Tout son dit vous raconterai, Et l'alegorie en trairai.

（24） De FHILOMENA leirai ci.

（25） Possamaï-Perez, M.,[2006], *op. cit.*, p. 336.

（26） *Ovide moralisé en prose, texte du quinzième siècle,* éd., De Boer, C., Amsterdam, North-Holland Publishing Co., 1954.

（27） フランス語一三七写本の他に、ルイ・ド・ブリュージュの義兄ヴォルファルト・ヴァン・ボルセレンの蔵書に由来するロシア国立図書館F・V・XIX・一写本、英国王エドワード四世の蔵書に由来する大英図書館所蔵ロイヤル一七・E・Ⅳ写本、そしてキャクストンによる英訳を掲載するオクスフォード、モードリンカレッジ所蔵二一二四写本。英訳版の校訂本は *William Caxton, The Booke of Ovyde Named Methamorphose,* ed., Moll, R. J. [British writers of the Middle Ages and the early modern period, 4 / Studies and texts, 182], Toronto, Pontifical Institute of Mediaeval Studies / Oxford, Bodleian Library, 2013 を参照。

(28) Jung, M.-R., « Ovide Metamorphose en prose (Bruges, vers 1475) », in *Les Lettres romanes, A lheure encore de mon escrire, Aspects de la littérature de Bourgogne sous Philippe le Bon et Charles le Téméraire*, 1997, pp. 99-115；村山いくみ「『寓意オウィディウス』写本の伝承過程にみる古代異教の物語の受容」（『西洋中世研究』第八号、二〇一六年）二〇三一二〇六頁。

(29) Baumgartner, E., « La prose et le roman », in *Perspectives médiévales*, n° 3, 1977, p. 54.

(30) Mais ainsy come il pleut aux destineez advint la plus grant merveille du monde.（フランス語一三七写本、八五葉表）

(31) Encoires qui son chant croiroit tous les desloyaulx amoureux seroient destruis.（フランス語一三七写本、八五葉表）

(32) Moss, A., *Ovid in Renaissance France, A survey of the latin editions of Ovid and commentaires printed in France before 1600*, London, The Warburg Institute: University of London, 1982, p. 38.

(33) Galderisi, C., *Translations Médiévales, Cing siècles de traductions en français au Moyen Âge* (XIe-XVe siècles), Brepols, v. 2, t. 2, 2011, pp. 739-41. ベルシュイールの与えた影響については、Moss, A., *op. cit.*, pp. 23-53.

(34) Cerrito, S., « Colard Mansion relit les Métamorphoses », in *Pour un nouveau répertoire des mises en prose*, Classiques Garnier, 2014, p. 87.

(35) 次の英訳版を参照した。Reynolds, W.D., *The Ovidius Moralizatus of Petrus Berchorius*, An introduction and translation, Ph. D. dissertaion, University of Illinois, 1971, pp. 262-3.

中世イタリアのトリスタン物語『円卓物語《ラ・ターヴォラ・リトンダ》』

狩野晃一

はじめに

アーサー王の宮廷に集まった騎士たちによって構成された「円卓」をめぐる物語は中世ヨーロッパで非常に人気を博した。イタリアにおいてもそれは例外ではなかった。代表的なイタリア語による物語は、その名も『円卓物語《ラ・ターヴォラ・リトンダ》』（*La Tavola Ritonda*）という[1]。これは十四世紀トスカーナ方言で書かれ、トリスターノ（Tristano）（フランス語・ドイツ語名トリスタン、英語名トリストラム）とイゾッタ（Isotta）またはイゾルダ（Isolda）（フランス語名イズー、ドイツ語名イゾルデ、英語名イズールト）[2]の秘めた恋の物語を中心にまとめられたロマンスである。現存写本数から見ても広く読者を獲得していたことがうかがえる。わが国ではこのイタリア語による『円卓物語』は未だよく知られているとは言えず、それゆえ研究や作品についての言及もほとんどなされてこなかった[3]。このことから本章では、まずイタリアにおけるアーサー王伝説、中でもトリスタン物語の広がりを前置きとして述べたあと、イタリア語版『円卓物語』の紹介と研究の動向について記述する。

一　中世イタリアにおけるアーサー王伝説の広がり

イタリアにおいて、アーサー王伝説は初め、文学作品中よりも建造物や美術作品に現れ、それらの制作年代などの証拠は、少なくとも十一世紀にはすでに広範に影響を及ぼし始めていたことを示している。例えば、モデナ大聖堂のポルタ・デッラ・ペスケリア（Porta della Pescheria「魚市場の扉口」の意）のアーチ上にはアーサー王伝説が彫刻されたレリーフ（一一二〇―四〇年頃）があり、またイタリア最東端の町オトラントにある大聖堂の床一面に施された驚くべきモザイク画にも、山羊のような動物に跨り王冠を戴いたアーサー王の姿がREX ARTVRVSの名とともに発見される（一一六三―六五年頃）。

それでは『円卓物語』に入る前に、まずはイタリアにおけるアーサー王伝説、とりわけトリスタンに関する物語の流布を中心に概観する。

1　シチリア派恋愛抒情詩のアーサー王伝説

イタリア語文学に現れるアーサー王伝説への最初期の言及は、まずフェデリコ二世の宮廷で花開いたシチリア派詩人の作品の中に見いだすことができる。世界の驚異《ストゥポール・ムンディ》と呼ばれたフェデリコ二世の宮廷マグナ・クーリアには東はアラブ世界、南はアフリカ、西はスペインそして北はイングランドまで様々な地域の文化が入り交じっていた。その中でフランスのトルバドゥールの影響を受けた一群の詩人らは「シチリア派」（La Scuola Siciliana）と呼ばれ、皇帝自身も何遍もの詩を残した。アーサー王伝説の登場人物の中で特にトリスタンとイズーをこの派の詩人たちは好んでいたようだ。この派の代表的詩人であるジャコモ・ダ・レンティーニ（Giacomo da Lentini）は

「貴女におくる溜息」（*Madonna mia, a voi mando*）の終盤で、自分が愛する婦人を金髪のイズーと対比させて次のように讃える。[4]

più bella mi parete
ca Isolda la bronda,
amorosa gioconda
che sovr'ogni altra sete.

あなたは金髪のイゾルダより
わたしにはより美しく思える
他の誰よりも
愛に満ちた陽気なあなた。

またジャコミーノ・プリエーゼ（Giacomino Pugliese）は「天使の顔《かんばせ》と眼差しは」の中で、そしてやはり詩の終盤で二人の恋人を引き合いに出してこのように歌う。

Io non fuivi sì lontano
che 'l mio amor v'obriasse
né non credo che Tristano
Ysaotta tanto amasse.

わが愛する淑女を忘れるほど
わたしは遠くへ旅立つのではない
トリスターノがイゾッタとかくまでも
愛し合ったとは　信じがたいほどに。

また、フィリッポ・ダ・メッシーナ（Filippo da Messina）はソネットの中で次のように記している。

Poi non son meo ma vostro, amor meo fino,

わたしは自分のものではなく君のものだから、わが至醇の愛よ、

preso m'avete como Alena Pari,
e non amò Tristano tanto Isolda
　quant'amo voi, per cui penar non fino.

エレナがパリスをとらえたように、君はわたしをとらえ
イゾルダがトリスターノを愛したように
　わたしは君を愛し、わたしの苦しみは続く

ジョヴァンニ王（Re Giovanni）が残した詩には、トリスターノとイゾッタのみならず、彼らを死に追いやったマルコ王の名も出てくる。

Fino amor m'à comandato
ch'ïo m'allegri tut[t]avia,
faccia si ch'ïo serva a grato
a la dolze donna mia,
quella c'amo più 'n celato
che Tristano non facia
Isotta, como cantato,
ancor che li fosse zia.
Lo re Marco era 'nganato
perchè 'n lui si confidia:
ello n'era smisurato
e Tristan se ne godia

至純の愛が常に
陽気でいるようにと私に命じ
わが柔和な婦人に
喜んで仕えさせる
密かにわたしは彼女のことを愛する
歌にあるように　トリスターノが
イゾッタを愛していたよりも、
彼にとっては伯母であったが。
マルコ王は欺かれた
トリスターノを信じていたから
王は混乱し　そして
トリスターノは金髪のイゾッタの

de lo bel viso rosato　あかく染まった
ch' Isaotta blond' avia:　美しい顔を楽しんだ
ancor che fosse pec[c]ato,　たとえそれが過ちだったとしても
altro far non ne potia,　そうするしかなかった
c'a la nave li fui dato　彼に与えられた船上で
onde ciò li dovenia.　過ちに至った。
Nullo si facc[i]a mirato　誰も驚くことはない
s'ïo languisco tut[t]avia,　常に私が弱っていても
chïo sono più 'namorato　他の誰よりも
che null'altro omo che sia.　わたしは恋に落ちているのだから。

このように、作品のクライマックスにおいて、意中の婦人を自分がどれだけ想っているかを強調するためにアーサー王伝説が用いられる傾向がある。しかしながらアーサー王伝説を主要なモチーフにした作品はまだ見ることはできない。(5)

2　『ノヴェッリーノ』におけるアーサー王伝説

本格的にアーサー王伝説が物語に取り込まれるのは、作者不明の『ノヴェッリーノ（古譚百話）』（*Il Novellino*）においてであろう。(6) この作品は十三世紀後期のトスカーナ周辺で書かれた百篇の物語からなる。第二十八番目の話は、名誉を失い処刑に値する人は荷車で引き回されるというフランス王国での習慣を、恋のせいで気が狂った

ランスロットとグウィネヴィア（ジネヴラ）が荷車に乗って歩き回ったためにすっかり変えてしまった話を載せている。さらに第六十五話では、金髪のイズー（イゾルデ）とトリスタンの懸命な慎重さを讃えている。第八十二話で再びランスロットが取り上げられ、シャロットの乙女が最高の騎士と称されるランスロットへの恋わずらいのせいで死んでしまった経緯が語られる。『ノヴェッリーノ』での有名な二人の円卓の騎士ランスロットとトリスタンの扱いにはいささか温度差があるように思える。すなわち、ランスロットは既存の価値を低めたり、善きものを台無しにする人物として、また一方でトリスタンは体面を保つ注意深く優れた人物として描かれていて、明らかに『ノヴェッリーノ』の著者はトリスタン贔屓であることが感じられるのである。

3　散文版『トリスターノ』の影響

『ノヴェッリーノ』が書かれた十三世紀後期、ルスティケッロ・ディ・ピーザ（Rusticchello di Pisa）などフランス語（オイル語）でトリスタン物語を書いていた者もあるが、数種あると言われるフランス語によるトリスタン物語の種本のうち、最も影響力があったものが『散文トリスタン』（*Tristan en prose*）である。[7]『散文トリスタン』（十二世紀頃のもの）がイタリア語に翻訳され、書き写され、普及したことは間違いない。そのフランス語の種本のイタリアにおける流布についてはすでに詳細な研究がダニエラ・ブランカ（Daniela Branca）によってなされており、それによると少なくとも二十六の写本がイタリアで作られたことが判明している。[8]これらの写本は、およそ一二七五年頃から一三五〇年頃までに制作されたもので、貴族を対象とした細密画の施された写本と、より安価な素材を用い草書体で書かれた商人層をターゲットにした写本の両方が存在している。これらの写本制作の中心地はピーザとジェノヴァで、いずれも商業で勃興した都市である。

『散文トリスタン』の内容をよく反映させて翻訳されたと言われるのが『トリスターノ・リッカルディアーノ』

（*Tristano Riccardiano*）である。先に挙げた『ノヴェッリーノ』を始め、『古の騎士の話』（*Conti di antichi Cavalieri*）などにあるイタリア語によるトリスタン物語の源泉はここにあると考えられる。[9] 本作品が収められているフィレンツェ、リッカルディアーナ図書館、二五四三写本は十三世紀後期に作られ、スコラーリによれば写本の言語はピーザ―ルッカの古い層の上に南東トスカーナの方言が重ねられている。[10] また同じくトスカーナ方言（ピーザからルッカ）に翻訳された『トリスターノ・パンチャティキアーノ』（*Tristano Panciatichiano*）がある。[11] そしてヴェネト方言で翻訳された『トリスターノ・ヴェネト』（*Tristano Veneto*）（ウィーン、オーストリア国立図書館三三二五写本、一四八七年）[12]や『トリスターノ・コルシニアーノ』（*Tristano Corsiniano*）（ローマ、コルシニアーナ図書館、五五K五、十四世紀末）[13]などの『散文トリスタン』を基にした翻訳も加えておく。『散文トリスタン』を下敷きとして、イタリア語で書かれたトリスターノを中心としたロマンスで最大の傑作と呼ばれるものが『円卓物語』である。これについては次節以降詳述する。

二　『円卓物語』――イタリア語散文トリスタン物語

1　イタリア語版『円卓物語』の梗概[14]

『円卓物語』は序文および一四五編の話からなっている。序文でウテル・パンドラゴン王の古い円卓（Tavola Vecchia）とアルトゥ王（Re Artù、アーサー王）の新しい円卓（Tavola Nuova）における諸侯の冒険や騎士道精神に則った素晴らしい行い、また高貴な馬上槍試合などについて、さらに円卓の崩壊について語ると始める。物語の冒頭は古い円卓の時代から始まるが、すぐに新しい円卓の時代に焦点を当て、特にトリスターノの出生へと進む。次にトリスターノの青年期、最初の武勲、金髪のイゾッタによせる愛情、マルコ王（Re Marco）（フランス語名マルク、ドイツ語名マルケ、英語名マーク）との対立、白い手のイゾッタとの結婚、ダルナンテスでのアルトゥ王の解放が語られる（XII–LXIII）。続けて物語の後半では、トリスターノの狂乱、コルノヴァリア（Cornovaglia、コーンウォール）から追放されてからの冒険、無慈悲の城（Castel Crudele）でアモロットとの出会い、偽りの盾とロッカ・ドゥーラ（Roccha Dura）の馬上槍試合が語られる（LXVIII–LXXXII）。そしてトリスターノはイゾッタと共に喜びの見張り塔（Guardia Gioiosa）への旅に出る。ルーヴェゼルプ（Louvezerp）での馬上槍試合に出場する。ルカノールの巨人（LXXIV）やヘルヴィス・リ・アスプレス（LXXVI）、キャラドックをトリスターノが打ち負かす（LXXXIII–LXXXVI）。この間、イタリア特有の登場人物でモルガーナ（Fata Morgana）の娘であるガイア・ドンゼッラ（Gaia Donzella）が出てきたり（LXXX）、不実な魔女がトリスターノに魔法の鎧を送ったりする（LXXXVII）挿話が含まれる。そして湖上の婦人（Dama del Lago）が登場する（CV–CVII）。

その後、聖杯探求が続く。ガラッソ（Galasso、英語名ガラハド）が宮廷に到着。聖杯の出現。ボルス、ペルチヴァッレ（フランス語名ペルスヴァル、英語名パーシヴァル）、ガラッソの選ばれし三人の冒険、コルベニックでの聖なる儀式、聖杯探求の結末が語られる。ここには新たな挿話が加えられる。それは邪悪な騎士（Cavaliere Fellone）の冒険である。これは騎士道至上主義の問題を例示するためである。メルリーノ（Merlino）（フランス語名メルラン、英語名マーリン）の石でのトリスターノとランチャロット（Lancialotto）（フランス語名ランスロ、ドイツ語名ランツェレト、英語名ランスロット）の対決はこの場所に置かれている。

トリスターノはコルノヴァリアに戻るが、恋人たちに罠が仕掛けられる。そして彼らに死が訪れる。さらにアルトゥ王とランチャロットによってトリスターノの死の復讐が果たされる（CXXXIV–CXXXVII）。結びでは円卓の崩壊が語られる。カルヴァーノ（Calvano）（フランス語名ゴーヴァン、英語名ガウェイン）とその兄弟たちによってランチャロットが嵌められ、王妃ジネヴラの誘拐と帰還、ランチャロットとアルトゥ王の戦い、カルヴァーノとの一騎打ちと彼の死、モルドレッドの裏切り、アルトゥの負傷とモルガーナによる治癒と続き、ランチャロットによるモルドレッドへの復讐、ランチャロットの目の前でのジネヴラの死、ランチャロットの隠遁、そして彼の死でもって物語は幕を閉じる（CXXXVIII-CXLV）。

2　写本と校訂版

（1）写本

『円卓物語』の写本には完全な形で残されているものはない。以下に示す十写本に『円卓物語』の未完稿、断片が現存している[15]。

①フィレンツェ　メディチェア・ラウレンツィアナ図書館 MS Plut. XLIII, 10（L_1写本）
一四四七年、フィレンツェ、アントニオ・ディ・タッデオ・マンチーニ（Antonio Taddeo Mancini）による筆写

②フィレンツェ　メディチェア・ラウレンツィアナ図書館 MS Plut. XLIV, 27（L写本）
十四世紀後期、フィレンツェ

③フィレンツェ　国立中央図書館 MS II. II, 68（M写本）
一三九一年、フィレンツェ

④フィレンツェ　国立中央図書館 MS Palatino latino 556（P_1写本）
一四四六年、ロンバルディア地方（クレモナ―マントヴァ）、クレモナのジュリアーノ・デ・アンゾリ（Zuliano de Anzoli）による筆写

⑤フィレンツェ　国立中央図書館 MS Palatino latino 564（P_2写本）
十五世紀、ウンブリア地方（ペルージャ）

⑥フィレンツェ　リッカルディアーナ図書館 MS Ricc. 2283（R写本）
十六世紀、フィレンツェ
⑦パドヴァ　大学図書館 MS 609（断片）
十四世紀後期、北イタリア
⑧シエナ　コムーネ図書館 MS I. VII. 13（S写本）
一四七八年、シエナ、ダニエロ・ディ・ゲリ・ボルガリーニによる筆写
⑨ヴァティカン市国　アポストリカ・ヴァティカーナ図書館 MS Vat. Lat. 6789
一四四二年、ヴェローナ地域、ヴェントゥーラ・デ・チェルティスによる筆写（部分）
⑩ヴァティカン市国　アポストリカ・ヴァティカーナ図書館 MS Urbinate lat. 953（U写本）
十七世紀初期、フィレンツェ

写本の時代的な分布は、最初期の十四世紀後期のL写本とM写本から十七世紀のU写本まで存在し、また地域的分布もイタリア中に広がっていることが確認され、本作品はかなり流布していたと考えられる。十写本のうち、三写本（L、M、パドヴァ）が十四世紀後期、五写本（L_1、P_1、P_2、S、Vat. lat 6789）が十五世紀、R写本が十六世紀そしてU写本が十七世紀に属している。十六〜十七世紀の遅い時代に制作された写本の存在は、当時のイタリア語研究に対する関心の高まりを示している。とりわけクルスカ学会（Accademia della Crusca）の編んだイタリア語辞典『クルスカ学会辞典』（*Vocabolario della Crusca*）との結びつきは深く、レオナルド・サルヴィアーティ（Leonardo Salviati、一五三九―八九年）をはじめとする文献学者らは『円卓物語』の言語が中世トスカーナ方言の典型であるとみなし、豊富な言語素材を提供してくれる非常に重要な作品であると考えていた[16]。

（2）　校訂版

言語的な観点からクルスカ学会の文献学者たちがこの作品に高い関心を寄せていたことはすでに述べた。そして、クルスカ学会編のイタリア語辞典には、この『円卓物語』から多くの引用がなされており、これが「批判的に」本文が検討された最初であったと思われる。

しかしながら、本格的な校訂版《クリティカル・エディション》が出たのは十九世紀になってからである。編者はフィリッポ＝ルイージ・ポリドーリ（Filippo-Luigi Polidori）で、出版は一八六四年である。彼はこの作品について、すでに校訂され研究されている他の多くのテクストに比して、文学的にも、言語的にも引けを取らないこのロマンスに誰も目を向けていないと嘆いている。この校訂版 *La Tavola Ritonda o L'Istorie di Tristano e Isotta* は現在でも『円卓物語』研究の基盤として用いられているが、基本となる写本選択や編集過程には欠陥があるとブランカはいう[17]。まず、ポリドーリ版はベースのテクストとして、MとL写本とともにS写本の三写本のみを用いていること。問題はそれだけではなく、重要な写本であるL_1を参照しておらず、さらに他の写本との校合もせずにエディションを作ったことにある。さらにこの版には別の問題がある。それは、『円卓物語』の原型にはなかったであろう付加された話や改変されたものなどを取り込んでしまっているところである。

テクストの影響関係についてはE・G・パローディ（E.G. Parodi）編纂の『トリスターノ・リッカルディアーノ』（*Il Tristano Riccardiano*）（一八九六年）の序文において、イタリアにおける『散文トリスタン』の系譜に関する研究がなされ、明らかになったところが少なくない。その後は写本伝播や系統関係についてが主たる研究テーマとなり、多くの研究者が注力してきたおかげで、『円卓物語』は原型に続く様々なバージョンを経て現在の形になっていて、しかもそれらは地理的な差異と一致していることが判明した。それぞれトスカーナ版、ポー川流域〜ヴェネト版（P_1）、ウンブリア版（P_2）である。この中のP_1版は *Tavola Ritonda: Manoscritto Palatino 556*

としてR・カルディーニ（Roberto Cardini）によって編纂されている（二〇〇九年）[18]。ポー川流域〜ヴェネト版、およびウンブリア版が重要であるのは、これらにはオリジナルにない付加的な挿話などがあるだけではなく、より古い、原型に近いと思われる箇所が含まれていることである[19]。

3 『円卓物語』の特徴

『円卓物語』の作者はフランス語『散文トリスタン』をはじめ、『ギロン・ル・クロトワ』（*Guiron le Courtois*）、『トリスタン物語』（*Roman de Tristan*）、『聖杯の探索』（*La Queste del Saint Graal*）、『アーサー王の死』（*La Mort le roi Artu*）などによく精通していたと考えられる。彼は単に先行して存在していたアーサー王関連の物語群を翻訳して並べたのではない。彼は疑いなく十四世紀トスカーナの聴衆を意識して、新しい挿話や従来の要素を組み合わせたり、話の順序を並び替えたりして、トリスターノの物語に再構成または再解釈を施している。一話一話がさほど長くなっておらず、商業都市の聴衆の期待や考え方に合わせたものであることは、この地域で花開いたノヴェッラの伝統の影響を受けた結果であるということができるだろう。

この項では、従来のトリスタン物語にはない革新的で特徴的な事項について、いくつか取り上げる。物語の構造（構成）、また構造の改変からくる微妙なバランスの変化に由来するであろう読者層の設定、登場人物間の関係性の変化、感情表現における強調を生み出す語り《ナラティヴ》の形式的変化などに焦点を当てる。

（1） 構造の変化がもたらすトリスターノの優位性

構造的な観点から登場人物の関係性を変化させ、読者層を意識したことがうかがえる例を見てみよう。まず物語の序盤第九話では、アルトゥ王とメリアドゥス王（Re Meliadus）の戦いについて語られる。ここではトリスターノ中心の筋書きを通すために、メリアドゥス王とガレオット（Galeotto）は仲間となり、またランチャロットはトリスターノの一世代上となっている。ランチャロットとメリアドゥス王はガレオットを通して味方同士となり、ランチャロットがアルトゥとの対決をすればガレオットは何でも言うことを聞くと約束する。その結果、ランチャロットは停戦を望み、それが受け入れられる。これが前置きとなって、次の第十〜十一話では、アルトゥ王が自分の姪、ランチャロットの従姉妹でトリスターノの母となるエリアベッラ（Eliabella）をメリアドゥス王に嫁がせる話となる。ここに小さな騎士フェッラグンツェ（Ferragunze）卿の挿話が置かれている。フェッラグンツェはエリアベッラの家庭教師である。エリアベッラがメリアドゥス王に嫁ぐ際、今まで手塩にかけて育てた彼女に値する見返りを求める場面で、王がフェッラグンツェに自分の能力にあった贈物を返そうと約束し、フェッラグンツェは騎士道の伝統においては一般的な自分の四つの能力の自慢を行う。第一に高貴な血筋であること、第二に敵を恐れないこと、第三に妻への嫉妬はしないこと、そして第四に酒に酔わないことを挙げている。作者はこれらの証明に比較的長い紙面を割いている。フェッラグンツェの分別のある行いについて、作者は格言を用いつつ賞賛するのである。

« Chi non si loda, si è lodato; e chi troppo si vanta, si perde il pregio della cosa chesi loda; imperò che 'l vantare si è premio della cosa che si dieservire; et non vantandosi, spera guidardone ».(20)

「自分を褒めない人は褒められる。そして自分を過度に賞賛する人は賞賛することの値打ちを失う。なぜなら、賞賛することは報われるべきものの代価であるから。よって自慢しない人は、それにより報酬を期待できるであろう。」

このように大げさにフェッラグンツェの経験に基づいた知恵と節度（misura）を長々と、しかもしばしば褒め称える。その一方で、その後のジネヴラとランチャロットの「見ることから口付けに、その後は抱擁に至る」恋の成就については、ひどく短い記述で終わり、彼らの仲立ちとなったガレオットの様子については一言も触れられていない[21]。まるで彼らの話をしても仕方がないという具合にテンポよくトリスターノの誕生の話へと移っていく。フェッラグンツェの知恵と節度の方が、ランチャロットとジネヴラの恋の行方よりも重要であるとの判断である。ブランカによれば、作品の冒頭部分に示されたフェッラグンツェ（とその妻ヴェルサリア）の挿話は、宮廷ではなく商業盛んなトスカーナの共同体に属する同時代の読者に向けたものであったとされる[22]。

誕生したトリスターノにメリアドゥス王はゴヴェルナーレ（Governale）という養育役をつける。ゴヴェルナーレは、預言者メルリーノに呼ばれたゴール人の騎士で、大胆で勇ましく忠実であった。加えて彼は、フェッラグンツェのように思慮深かった。ゴヴェルナーレはメルリーノにトリスターノの養育を頼まれ、次のように言う。

« Merlino, se voi me lo donate a custodirlo, io vi prometto e guiro di guardarlo e custodirlo tanto lialmente, quanto sed e'fosse mio proprio figliuolo[23] »
「メルリーノよ、その子を私の保護下に置きたいとお望みならば、彼のことを忠実に護り、養育することを約束し誓いましょう。あたかも自分の息子であるかのように。」

これはトリスターノの母エリアベッラの養育役に徳の高いフェッラグンツェがついていたこと、そして彼女を「わが娘同然に勉強させ養育した」（l'ò studiata et governate siccome fusse stata mia figliuola[24]）こととパラレルになっている。彼に養育されたトリスターノは母親同様に思慮深い人間となり、のちに徳高き技量に秀でた騎士として成長していく。ランチャロットとトリスターノとの間に一世代のギャップを与えることで登場人物の関係を改変し、常にトリスターノに自ずと注目が集まるような工夫がなされている。通常、アーサー王伝説では、トリスタンとランスロットは同等の素晴らしい騎士であることが描かれている。しかしながら『円卓物語』では、構造の改変によって両者のバランスは崩れ、トリスターノがランチャロットよりも優れた騎士であり、優れた恋人であることを明確に示している。メルリーノの石に刻まれた、最初の「円卓」の騎士となる三人、ランチャロット、トリスターノ、ガレオットは、野生動物のような新米の騎士と表現されている。(25)

ed [li tre cavalieri] avèno questo fondamento d'amore e di cortesia: ma tanto fallorono, ch'eglino furono novelli; cioè che nello loro amare non furono celati nè savi, imperò che furo cavalieri della bestia selvaggia: chè sì come la bestia selvaggia usa suo diletto disordinatamente, non riguardando altro parentado, così li tre cavalieri usano loro amore; . . .(26)

三人にはこの愛と礼節の基盤があった。しかし彼らはたくさんの過ちをおかしたが、それは彼らが新米であったからだ。彼らは恋愛において密かに行動するでもなく、賢くもなかった。それゆえに彼らは野獣の騎士であった。野生動物のごとく無秩序に自分の悦びを求め、他の関係に目をくれることもない。このように三人の騎士は自分の恋愛を成就させていたのだ。

このような行き過ぎとも思える描写は『円卓物語』の作者によってしばしば故意に用いられる。しかし、これは三者を同列に扱うためではなく、むしろその中でトリスターノだけは別の理由で野獣のようになっていたことを述べるための方策であるようだ。先の引用のあとに、次のような言葉が続く。

e sì come nella storia si dice e legge, en ciò furono novelli e non savi. Messer Tristano veramente fue di questo scusato per lo beveraggio amoroso, e per più ragioni che di lui si leggono.(27)

さて、物語では彼らが新米で賢くなかったと書かれている。トリスターノ卿の恋愛に関しては本当のところ愛の媚薬のせいであった。さらに、読者が読むよりも多くの理由によるのだった。

トリスターノが新米の騎士であったことは確かであるが、彼のイゾッタへ寄せる愛情は自身の内面が獣のようであったからではなく、愛の媚薬という外的要因によって引き起こされていることに力点が置かれている。ラングィス（Languis）王に頼まれ、イゾッタは傷ついたトリスターノを治療する。その過程で彼らの間に愛が芽生える。しかし、ロッタ（Lotta）王女は兄であるアモロルド（Amoroldo）をトリスターノに殺されたと知ると、すぐに王に掛け合いトリスターノを裁くよう懇願する。この場面でトリスターノはその決闘が「公正に」行われ、「裏切り者」ではないことを証明したが、彼の命を決定的に救ったのはイゾッタの行動と言葉である。そのイゾッタには「金髪の」という容姿を示すエピセット以外に、その時の彼女の内面の様子を表すためのエピセット、すなわち「心優しき」（gentile）や「慈しみの心溢れる」（pietosa）が用いられている。彼らは出会った当初、誠実な愛（liale amore）で結ばれていて、互いを貪るように求めるようになるのは媚薬を口にしてからである。これは即座にランチャロットとジネヴラの愛情と対比されて、トリスターノの行為が彼の意図で行われているのではないこと、そして彼自身による過失がなかったことを読者に印象付ける。「見ること」から始まったランチャロットとジネヴラの行き過ぎた愛情は自然発生的で野獣のようであり、はじめは不可避的であったかもしれないが、のちに「かつて取り交わした歓びに満ちた誓い」（la dilettosa arra che nel principio s'avevano donata）を確実に履行できるよう最善を尽くすようになる。これは意識的であると同時に罪深い。読者にとって、二組の恋人たち、あるいはトリスターノとランチャロットの差が生じ始めるのはこの辺りなのではなかろうか。

トリスターノとイゾッタの愛がランチャロットとジネヴラのそれよりも決定的に優れていることを示しているのは第二十八話の二つに割れた盾の話だろう。カメロット（キャメロット）に呼ばれたラングィス王の代わりに戦うことになったトリスターノは、ある朝、草原で馬に乗った若い貴婦人に出会う。彼女は「二人の人物像が刻まれ黄金で覆われた実に立派で見事な盾」（uno scudo maraviglioso e bello, nel quale era intagliate due figure, tutte messe a oro fine）を持っていた。その盾の特異な様子が描かれている。

> [L]'una era figura di cavaliere pro' e liale, e l'altra era figura di dama: e lo scudo era tutto aperto dinazi, cioè dal mezzo in giuso, e discende in fra due visi, per fino alla punta di sotto, in mezzo delle due figure.(28)
> その二人の像の一方は勇敢で忠実な騎士であり、もう一方は貴婦人の像であった。しかし、その盾は前側がぱっくりあいていた。つまり、それは両者の顔の間を通って下方まで二人の人物像の間が裂けていたのである。

この盾は妖精モルガーナ（Fata Morgana）がアルトゥ王に送ったものであり、その目的はランチャロットとジネヴラ王妃に、この世には彼らよりも容貌の良い騎士とより美しい婦人、つまりトリスターノとイゾッタがいることを示すことであった。トリスターノの誠実な愛は、イゾッタが彼を死の淵から救ったことで生まれ、またイゾッタの愛は彼の武勇から来ていて自分に忠実な騎士であると信じていたからであった。彼らの忠実な愛が結ばれた時、この割れた盾は無傷の状態に戻る。ここにおいてランチャロットは最良の騎士ではないことが盾を運ぶ貴婦人によって明言される。

> «. . . Ed èe più pro' cavaliere che non èe Lancialot, e più perfetto e più leale amore che non èe suo. E quando lo perfetto e lo

leale amore saranno congiunti in fra li due belli e liali amanti del mondo; ciò sarà in fra la più bella dama, e lo più bello cavaliere e lo più cortese del mondo e lo più pro'; questo scudo aperto, sì come mai non fosse stato rotto. E quando gli due liali amanti verranno a morte per cagione dello amore, questo scudo s'invecchierà tutto, sicchè non vi si parràe veruna figura».(29)

「もはやランチャロットは最も高貴な騎士ではなく、彼の愛は最も完璧で高貴な愛ではありません。完璧で忠実な愛がこの世の最も美しく忠実な恋人たちの間に結ばれた時、すなわち最も美しい貴婦人と最も美男にして雅で勇敢な騎士の間に結ばれた時こそ、この盾はあたかも割れていなかったかのように再び接合します。そして、二人の忠実な恋人たちがその愛の罪で死に至った時に、この盾は古び、その上にある二人の像は消えるでしょう。」

トリスターノはこの二人が誰のことを指しているのか知りたいと望む。その貴婦人に尋ねても彼女には分からないということで、トリスターノには不明のままである。この場面に差しかかった読者は即座にこの二人がトリスターノとイゾッタであることに気づく。その上、トリスターノがランチャロットを騎士道においても恋愛においても凌駕していることも理解するのである。

作者はこの第一二八話で『円卓物語』の種本であるとされる書物から「四つの意見」(quattro opinioni)を引用する。古い円卓の騎士、ランチャロット卿、ガラッソ卿あるいはトリスターノ卿のうちいずれかがこの世で最も大胆であるという意見である。古い円卓の華といわれた褐色のブルノーロ(Brunoro lo Bruno)をトリスターノが倒し、古い円卓の騎士らとはすでに決着がついている。確かにガラッソ卿が最良であるというのは正しい。しかし彼が優れているのは、彼が聖霊から授かった恩寵と美徳と卓越性のためである。すなわちその優位性は神聖なものであり、騎士という世俗の存在とは同等の比較はできない。神聖さと対極にある世俗において最良の騎士であるのはランチャロットかトリスターノのどちらかということになる。しかしながら作者はいう。自分の参照している書物には、ランチャロットはトリスターノとの槍試合において一度たりとも優位になったことはなく、トリスターノが「常に」ランチャロットよりも上手であったと。実際、ランチャロット自身もトリスターノを「はるかに優れた素晴らしさの源泉」と認めているほどである。

加えて作者はトリスターノの出生から物語を通して彼がランチャロットよりも卓越していることを示し続け、その例はヴェルゼッペ（Verzeppe）でのトーナメント[30]をはじめ、枚挙にいとまがない。そして、彼の死にあって作者はトリスターノの騎士としての徳目を褒め称えるのである。

E in ciò si dimostra ch'egli fu pro' e savio combattente, e fu il più vigoroso e 'l più arduti e lo più cortese e lo più bello e 'l più leale cavaliere che mai cignesse spada: e per cotale virtù, della sua morte fu un grandissimo danno.[31]

ここに、彼が剣を携えたもののうち、豪胆で賢明な戦士であったこと、最も力強く最も勇敢で、最も礼節をわきまえ、そして最も美男で忠実な騎士であったことを示している。その美徳のため、彼の死はそれは大きな痛手であった。

トリスターノは最高の騎士の名を得た。そして彼は死をもってその名を永遠のものとした。それと同時に円卓の崩壊が始まる。円卓の崩壊は、しかしながら、トリスターノの死そのものに帰されるのではない。それは円卓すなわち調和を乱したもの――マルコ王の裏切り行為、ランチャロットの抑えることのできないジネヴラへの愛欲、アルトゥ王の騎士たちの行き過ぎた行為――のために、円卓は崩壊したのである。ここでもやはり、アーサー王宮廷の世界は実際の共同体《コムーネ》社会という存在と固く結び付けられて考えられている。その中で誉高い騎士トリスターノは、共同体に対し市民としての義務を立派に果たす理想の象徴として、また共同体の調和を保つ存在として描かれているのではないだろうか。

（2）散文の中の韻文

散文で書かれている『円卓物語』には、ところどころに韻文が組み込まれている。これは（1）で扱った構造とも関わりが深いが、そこから独立させて論じてみたいと思う。

散文と韻文の混交というと、ダンテの『新生』（*La vita nova*）が思い出されるが、『円卓物語』では『新生』の持つ規則性はない。それでも全一四五話中、十の韻文が散りばめられている。フランス語『散文トリスタン』で用いられているレー（lais）のイタリア語『円卓物語』への影響の有無についてはブランカの研究があるが、その調査では『円卓物語』の作者が『散文トリスタン』のレーの使用や取り込み方をモデルとしている一方で、それらを直接翻訳して用いることはなかったと結論づけている。[32] すなわち、『円卓物語』では独自に韻文を用いている箇所があることを意味する。それはいかなる場面で用いられ、そしていかなる文体上の効果を生んでいるのだろうか。

個々の例に入る前に分類しておきたい点がいくつかある。それらは（1）これらの韻文を誰が（そして誰に対して）用いているか、（2）それらの韻文の形式はいかなるものであるか、そして（3）物語のどの場面で用いられるのか、の三点である。以下の一覧に示す。

人物	押韻の形式（出現順）	出現場所
トリスターノ	*abba* 2x, *ccddc*（6）	CXXIII
トリスターノ	*abba* 2x, *cd* 3x（9）	CXXIV
トリスターノ→イゾッタ	不定形（2）	XLV
トリスターノ→イゾッタ	*abba* 2x, *ccddc*（3）	LXXIII

イゾッタ（→神）	不定形（1）		XXXVII
イゾッタ	*ababaccac*（10）		CXXVII
イゾッタ→トリスターノ	*ababacc*（4）		LXXIII
塔の乙女《ドンゼッラ・ディ・トッレ》	*abbbab*（半韻）（7）		CXXIV
塔の乙女	*abababcc*（8）		CXXIV
カラドス	不定形（5）	銘文	LXXXVI

韻文の用い手はトリスターノ、イゾッタ、塔の乙女、そしてカラドスの四者に限られる。中でもトリスターノの回数が一番多いのは、優れた騎士の要件――剣術武芸に秀でているだけでなく、詩才に溢れ詠う能力に長けていなくてはならない――に彼が合致している証拠でもあろう。

最初に韻文が現れるのは第三十七話の冒頭である。褐色のブルノーロと戦い、ひどく傷ついているトリスターノを救ってくれるよう、イゾッタが心の中で神に願う場面でのラウダ（lauda）である。このラウダは長さが六十六行に及び、正確な脚韻と半韻の組み合わせで進む。トリスターノを守り給えという祈願は最後の三行のみであるが、それが功を奏してかトリスターノはブルノーロを破る。その後、古のしきたりに従って、その奥方の首をブルノーロの首ともども切るよう迫られる。首を切るか、さもなければ、仲間ともども一生牢獄暮らしをしなければならないというのだ。このような理不尽な要求に対してトリスターノは騎士としての礼節を保ちつつ次のように述べる。

« . . . troppa grande follía e viltà sarebbe a tagliare la testa a una dama. Io sono cavaliere arranteà in nulla guisa lo farei[33] ».

「婦人の首を切るなどあまりに愚かで極悪で、到底できない。わたしは遍歴の騎士であるゆえ、そのようなことはいたしかねる。」

トリスターノはこう言いながらも二者択一をせねばならず、嫌々ながらも斬首を実行することになるが、この時イゾッタが心で詠ったラウダにある「ユダヤの律法学者らがあなたに寄こした姦婦を自由にした／その時こう言うのであった、罪ノナイ者ガ《クウイ・シネ・ペッカート》、この女に石を投げつけるが良い、と」（*L'avòltera diliberaste, che li Scribi v'ebbono a menare, / Dicendoà Qui sine peccato, sì la prende a lapidare.*）が響いてくる。ここは「ヨハネによる福音書」8・7のイタリア語訳である。この後に続く8・11「わたしもあなたを罰しない。お帰りなさい。今後はもう罪を犯さないように（Nec ego te condemnabo vade et amplius iam noli peccare）」が当然含意されている。キリストは罪を犯したものでさえも罰せず自由にした。トリスターノはそれが出来なかった。トリスターノの勝利を願うだけではなく、慈悲深いキリストを讃える詩の中に、騎士道にも悖る、そして罪なき者の命を奪うという行為をせざるを得ないトリスターノの悲しみが先取りされている。

　第七十三話では、マルコ王がトリスターノの追放を決め、トリスターノがイゾッタに別れを告げにきたところで、二人の間でソネットが交わされる。

« Gentile reina, la mia dipartenza è tanto dolorosa,
E sì la mi convien fare incontro al mio talento:
Ma io sofferisco tanto tormento,
Che 'n verità la vita m'è noiosa;

Imperò ch'io mi parto da voi, vermiglia rosa,
Da cu' io ò ricevuta vita e nuricamento.
Adunque, io non sarò giammai contento,
Istando lontano a sì nobil cosa:
Che s'io sono stato pur un'ora che io non vi vedessi vostro viso,
Io perdeva sollazzo, giuoco e riso.
E però tosto morrà il mio cor dolente,
Partendomi, e non istare presente
A voi che m'assembrate un paradiso ».[34]

柔和なる王妃よ、わが暇乞いはこんなにもつらい
それをわが意図に反してなさねばならぬ
わたしはこんなにも苦悩を抱えている
それゆえ実際　人生は厭わしいものとなった
というのもあなたのもとを、朱《あか》き薔薇よ、去らなければならぬゆえ
命と支えをわたしがいただいた方から
だからわたしは満たされることはないだろう
かくも気高いひとから遠く離れてしまっては
あなたの美しい顔《かんばせ》からひとときも離れて過ごすだけで
癒しも歓びも笑顔も失ってしまったのだから

だからわたしの悲しい心はすぐに命果て
わたしのもとを去るだろう　というのもわたしはここに
あなたといられないのだから　わたしにとって天国と思えるひとと。

トリスターノがこのようにはじめると、それに答えてイゾッタは次のように詠う。

« O dattero fronzuto, o gentil mio amore, or che ti par di fare?
Oh che io venga con voi in ciasun luogo!
El vostro amore mi fae consumare,
E non vedendovi, non truovo luogo.
Per cortesia, con voi mi dobbiate menare;
Chè grande talento io aggio la reina Ginevra vedere;
Lo re Artù e gli altri cavalieri ».[35]
ああ葉の繁れる棗椰子《なつめやし》よ、優しい恋人よ、何をなさるおつもりなの？
ああ、あなたと何処へでも行けたらよいのに！
あなたへの愛が私を窶《やつ》れさせ
あなたに会えない時には心休まることがない
後生だから　あなたと一緒に連れて行って
王妃ジネヴラやアルトゥ王そして

他の騎士たちにどうしてもお会いしなくてはならないの

それぞれのソネットは互いから離れることへの悲しみや苦しみのことばで満ちている。韻文での表現は、二人の感情が凝縮し、かつその感情は脚韻部に用いられた語の響きで増幅している。トリスターノのソネットは二度のABBAの繰り返しと五行CCDDCの脚韻が用いられ、前半のA部分にはdolorosa - noiosa - rosa - cosaが用いられ、特にdolorosaとrosaの組み合わせは見事である。またイゾッタのソネットにある同じ語luogoは二重の意味を持たせてある。二行目のluogoは「場所」の意味、四行目は「安らぎ（としての場）」という意味で用い、具体的な意味から抽象度の高い意味へと移行している。トリスターノはイゾッタを「朱い薔薇」（vermiglia rosa）、イゾッタはトリスターノを「葉の繁れる棗椰子」（dattero fronzuto）と呼び合っている。植物のもつイメジャリーもここでは重要で、イゾッタに用いた「朱い薔薇」は愛神の花であり、愛・美・慈を象徴する。そしてトリスターノに用いた棗椰子は生命と繁栄、勝利と歓喜のシンボルである。トリスターノに追放を宣告した時のマルコ王のことばは次のようであった。

« Cavaliere, voi si siete fatto si come lo malvagio albero, che quanto più si nutrica, più malvagio frutto fa. . . »(36)

「騎士［トリスターノ］よ、お前は邪悪な樹木のように振る舞ってきた。養分を与えれば与えるほど、邪悪な実をつけおる。」

マルコ王に「邪悪な樹木」と形容されたトリスターノが、イゾッタに「棗椰子」と呼ばれていることは、それらの語が与えるイメージに大きな隔たりを感じる。ここにマルコ王の鬱屈した、妬み深い性質と、トリスターノとイゾッタの不可避的で純粋な愛とが対比される形で示され、後者がより際立つようになっている。

　このような植物のイメジャリーは引き続き使われている。第一二二話から語られるマルコ王はじめ四人の王によるカメロット包囲とマルコ王によるイゾッタの連れ去りが原因となり、第一二三話でその事件を報告されたトリスターノは意識を失い、落馬するほどの衝撃を受ける。意識が戻ると非常に落胆して「ああ、真っ赤な薔薇よ、どうしてわたしはあなたを失ってしまったのか」（O rosa imbalconata, come t'ò io perduta?）と独りごち、馬に乗るとさめざめと泣きながら、今度はその悲嘆に暮れる気持ち（lamento）は詩の形をまとってトリスターノの口を通して顕現する。

« *Io mi dispero, ohi lasso! e morte chiamo,*
Do po' ch'io ò perduto il mio dolce conforto;
La rosa novella, colta nel dilettoso orto;
Quella ch'io sempre nel cuore mio bramo!
O dattero fronduto, palma del paradiso diliziano,
Per cui gli agnoli fanno canto dilettoso:
Iddio vi formò colle sue mani:
E veramente, i' voi è pianto il pomo savoroso.
Angelica creatura,
Io per voi non truovo luogo giorno nè notte nè niuna ora ».(37)

わたしはすでに望みを失って　ああ悲しい　死を呼び寄せる

わたしにはあの甘美な慰めはもうないのだから
瑞々しい薔薇よ　それは喜びに満ちた庭園で摘み取られてしまった
わたしが心の中で常に求めている薔薇よ！
おお葉が繁れる棗椰子よ　眩い天の棕櫚よ
天使が喜びの歌をうたうひとよ
神がその御手にてあなたを形作られた
そしてまさに　あなたの内に美味なる林檎を植えられた
天使のような被創造物《ひと》よ
あなたのために昼も夜もひと時たりとも安らぎを得ることができない

この嘆きはその極地に至って、もはや他の感覚は麻痺してしまい、遍歴の騎士から槍試合を申し込まれてもその存在にも声にも気付かないほどであった。トリスターノの嘆きには、別れの際に詠まれたソネットにあった「薔薇」や「棗椰子」、そして愛と美の象徴としての「林檎」など植物のイメージが豊かに引き継がれている。また最終行にある「安らぎ」という意味の luogo もソネットに用いられていたことが思い出されるだろう。さらにそのソネットは第一二四話において、塔の乙女がうたうカンツォーネで再現され、トリスターノの悲しみは新たなものとなる。二篇のカンツォーネ、つまり一つ目はイゾッタとの最初の出会いについて詠んだものであり、二つ目は賢女の塔から連れ去られてしまったイゾッタについて詠ったものである。特に後者は、イゾッタを「柔和な薔薇よ、天使のような容姿《すがた》よ」（rosa gentile, angelica figura）と言い表すくだりも含め、トリスターノが自分で以前に詠ったものと瓜二つであることに驚くと同時に、イゾッタとの悲しい別れを思い起こさせ、その圧倒的な悲しみに彼は気を失ってしまった。その後、竪琴を手に取り、イゾッタが連れ去られた悲しい出来事を耳にした時の重い心持ちで作ったソネットを披露することで、トリスターノの惨憺たる心の状態を読者のうちに蘇らせるのだ。

« E' fu già tempo ch'io con mia donna era,
E avendo allegrezza e gioco e dilettamento,
E non domandava altra gioia nè riposamento,
Estando davanti a sua fresca cera;
E in sì crudele punto, io mi partì per maniera
Ch'io non sentî mai tanto tormento;
Chè quegli che sono allo 'nferno, per non cento
Ànno meno male di me in ogni maniera.
Ahi Cristo signore, perchè andava io di fuori?
E perchè mi permettesti così forte mossa?
Sì ch'io fossi rimaso col mio fine amore?
Ch'ella no' mi sarebbe stata tolta nè nascosa;
E ora è quel tempo ch'io muio di dolore;
Gentile reina, tal m'ài data percossa ».(38)

その時はまだ　わが貴婦人と一緒であった

幸せの中　喜びと愉悦に包まれて
ほかの楽しみも安らぎも求めず
ただ彼女の輝く顔《かんばせ》を前にして
そして残酷な時には　自分を置き去りにした
ひどい苦悩を感じることがないようにと
百年間も地獄にいる者でさえも
どうしたってわたしの感じる痛みよりはましなもの
ああ主なるキリストよ　なぜにわたしは道を踏み外したのか？
どうしてこのような衝撃をお与えなすったのか？
わが真実の愛とともに過ごすことができただろうに
そうすれば彼女はわたしから離されず　隠されることもなかっただろうに
今　わたしは悲嘆に暮れて泣き叫ぶ
優しき王妃よ　あなたはわたしにこのような打撃をお与えになったのだ

右のソネットは乙女の歌に触発されて、トリスターノの「深い悲しみ」を歌い込んだものである。これにより打ちひしがれる彼の姿が読者に焼き付けられる。その後トリスターノはコルノヴァリアに戻り、イゾッタに帰還を知らせると、乙女の姿に身を変えて彼女との再会を果たすことになる。右のソネットに込められたトリスターノの落胆の様子があるからこそ、次に示すイゾッタの詩において、再会した時の無上の喜びが痛切に伝わるのである。

« Da poi ch'io v'ò riveduto, vita mia,
Ogni altro diletto tengo a niente;
Ch'io per voi no' trovava luogo notte nè dia,
E non ò avuto posa veramente,
Perch'io non v'ò veduto, o anima mia.
Or ch'io viveggio, il cuor è dilettoso
Sì come mai più fu, o viso amoroso,
Lo quale fate della notte dì:
Voi solo siete mia vita e speranza e diletto e riposo ».[39]
あなたに再び見《まみ》えることができてから　ああ　妾《わたくし》の命よ
あらゆる他の喜びがなんの意味もなさなくなったわ
だって少しも安らぎを得られなかったのだから　夜も昼も
本当に心が落ち着かなかったの
あなたに会えなかったから　ああ妾の魂よ
あなたに逢っている今　妾の心は喜びにひたるの
前にも増して　ああ愛らしい顔よ
夜を昼に変えてくれたあなたよ
あなただけが妾の命であり希望であり喜びにして平安なのよ

このソネットはトリスターノとイゾッタの二人が最後に会った時にトリスターノのためにイゾッタが作って詠んだものである。二人きりの愉悦にひたりながら、チェスなどに興じ、時を過ごす。この安穏で欠けるところのない、そして調和のとれた状態にはある種の脆さや危うさがある。同時にこれから起こるであろう悲劇的な顛末を予想させる。円卓の崩壊がトリスターノの死に直接帰せられるわけではないけれども、それがトリスターノの死と軌を一にしていることは興味深い。

今まで示してきたように、『円卓物語』に用いられる韻文には登場人物の感情を的確に描写し、印象を深く与えるだけでなく、物語の展開を予見させる、あるいは期待させる機能が認められる。ただこれらの韻文の技巧はフランス語の手本にあるレーのそれには遠く及ばないこともしばしばで、韻律は往々にして不規則でぎこちなく、素人が作ったかと思われるほどだ。その一方で、フランス語の手本には、例えば「前に彼が作ったレーをハープを弾いて歌った」(Tristan, . . . , harpoit un lai qu'il avait composé)というように、単なるレーに関する言及のみの場合が多いが、『円卓物語』の作者は、その単純な記述で終わらせることなく、そこから敷衍させて実際のソネットを生み出した。『散文トリスタン』にレーが実際にある場合でも、『円卓物語』のソネットはそのまま翻訳をすることはなく、むしろ言葉遣いも文体も雰囲気さえも異なる。ブランカは、フランス語の手本にある恋愛抒情詩と『円卓物語』のそれは異なる伝統に属していて、前者はトルバドゥール的な、宮廷風でプロヴァンス風の伝統であり、後者はより即興的で民衆的なリスペット(rispetto)やカンターリ(cantari)の系統に属していると考えている(40)。そしてその伝統の選択は、おそらく当時の作者または読者の嗜好が反映された結果であろう。物語の前半における韻文の使用は極端に少ないが、物語のクライマックスにかけての頻度は劇的に増し、即興性が高く、情動的な韻文を挿入することで、死へと一歩一歩向かいつつあるトリスターノとイゾッタの愛をより情熱的に描き出すことに成功している。それゆえ、韻文使用において、『円卓物語』が手本の一つである『散文トリスタン』のスタイルから脱却したことは、散文のトリスタン物語の伝統にひとつの革新をもたらしたといえる。

三　研究とこれからの展望

イタリア語で書かれたトリスタン物語に関する初期の研究[41]で、とりわけ重要なのはガードナー（Gardner）による『イタリア文学におけるアーサー王伝説』（*The Arthurian Legend in Italian Literature*, London, 1930）である。イタリアにおけるアーサー王文学の伝統についての、それまでの研究が非常によく整理されて示されている[42]。ガードナーは、イタリアのアーサー王文学には「聖杯探求」ものが少ないという指摘をし議論を呼んだ。それに対する論文が続けて出され議論が盛んになったことも彼の貢献の一つであろう。しかしながら、その時点では文体や言語学的、歴史的な研究あるいは本文批評などは全く手がつけられていなかった[43]。それらを緻密に系統立てて行ったのがブランカの『イタリアのトリスターノ物語と『円卓物語《ラ・ターヴォラ・リトンダ》』』（*I Romanzi Italiani di Tristano e la Tavola Ritonda*, Firenze, 1968）である。ブランカによる『円卓物語』に関する金字塔的研究は、イタリアにおけるトリスタン物語のテクスト調査、『散文トリスタン』のイタリアにおける流布、『円卓物語』の写本等の記述にはじまり、作品の構造、物語のプロットの改変、語りのテクニック、歴史的事実と宗教及び騎士道的な理想に関する論考で閉じられている[44]。

『円卓物語』が対象となっている近年の研究には、グリムバート（Grimbert）やイードリッヒ＝ムート（Edlich-Muth）がある。前者は『散文トリスタン』においては、二人の騎士トリスタンとランスロットの同位性が保たれていたのに対し、『円卓物語』になるとそのバランスが崩れ、トリスタンの優位性が顕著となることを示している[45]。後者は『円卓物語』と他のアーサー王文学とを比較して、それぞれの構造の違いや変化が語り《ナラティヴ》に影響を与えているとしている(46)。

先行研究ならびに本章に示した諸例から、この作品が十四世紀トスカーナ地方のある一定の読者層あるいは聴衆をかなり意識して書かれたことは疑いない。さらにトリスタン物語の手本とされる版、諸々の翻訳等の比較において、例えばフランス語の手本にはない韻文を新たに組み込むなど、『円卓物語』がいかに際立った存在であるかが分かってきた。

目下の大きな課題は、現存写本全てを校合の対象に入れた、新たな校訂版を作ることである。現在はポリドーリ版が定本として用いられているが、M、L、Sの三写本のみを基とした校訂版であることから問題が多いことはすでに述べた。ようやくP1写本の校訂版が出版されるなど、個々の写本にあるテクストに光が当てられ、徐々に異写本の全貌が明らかになりつつある。『円卓物語』以外にもイタリア語で書かれたトリスタン物語の研究も進んでいる。その過程で、現在の『円卓物語』テクストを形成している幾重にもなる複雑な層の解明も進むに違いない。

また本作品はトスカーナ地方の商人層に好まれたものとされているが、同じ商業的雰囲気の中で好まれて編まれた『ノヴェッリーノ』は印刷の対象となったが、これだけ人気を博した『円卓物語』が当時なぜ印刷されなかったのかという疑問には、書物文化史的観点から回答が与えられなければなるまい。

おわりに

このように、『円卓物語』において騎士道と恋愛の双方についてトリスターノの優位性を示そうとする試みは成功している。作者は十四世紀《トレチェント》トスカーナの嗜好をうまく反映させるために手本にある構造を焼き直すだけでなく、イタリア独自の登場人物を入れたり、創造的に韻文を盛り込んだりした。それが物語を破綻させることなく、かえって躍動的にして、かつ調和のとれた作品となり、まさにイタリアのトリスタン像が描き出されている。この『円卓物語』は当時の社会を映し出す鏡であり、また理想とすべき共同体の姿でもあった。そしてこの作品を読み込むとき、われわれはその現実世界を見ていた人々をより深く理解しうるのではないだろうか。

二〇一四年に出版されたイタリアにおけるアーサー王伝説の受容に関する論文集『中世イタリア文学・文化におけるアーサー王伝説』（*The Arthur of the Italians*, Cardiff, 2014）は、文学や美術をはじめとして多面的に中世イタリアのアーサー王伝説をとらえており、実にタイムリーな貢献であるといえる。『円卓物語』をはじめとするイタリア語のアーサー王関連文学の認知がこれから益々広まり、多様な視点からの研究がわが国においても行われることを望む。

（1）本章では原タイトル *La Tavola Ritonda* には『円卓物語』という邦題を付しておく。

（2）登場人物の名前は基本的にイタリア語読みを採用する。ところによっては適宜一般的に使われている名称を用いることとする。

（3）『円卓物語』を扱った日本における研究には、増山暁子「イタリアのトリスタン伝説—トリスタンの狂乱について」（『言語文化』第一一号、一九九四年、四六—六五頁）がある。マロリーの『アーサー王の死』との比較で『円卓物語』が用いられた論文には小路邦子「文武両道の騎士を求めて— From Tristan to Tristram —」『*Medieval Heritage : Essays in Honour of Tadahiro Ikegami*　中世英文学の伝統』（雄松堂書店、一九九七年）、五二九—五四二頁があるが、比較には Shaver の英訳を用いている。また、石川栄作『トリスタン伝説とワーグナー』（平凡社新書、二〇一三年）一五九—六〇頁に作品に関するわずかな言及があるのみである。

（4）引用文は C. Girolamo (ed.) *I Poeti della Scuola Siciliana. 2: Poeti della Corte di Federico II* (Milano, 2008) を使用した。

邦訳には瀬谷幸男・狩野晃一（編訳）『シチリア派恋愛抒情詩選—中世イタリア詞華集』（論創社、二〇一四年）を用いた。

（5）シチリア派の少し後で、ブルネット・ラティーニ（Brunetto Latini、一二二〇頃—九四年）はイタリア語ではなくフランス語で『宝典』（*Li Livres dou Tresor*, 1266）を著したが、「修辞」を扱う第三巻、十三章（十一）にイゾッタの美しさをトリスターノがいかに描写したかを詳しく記述している。Brunetto Latini, *The Book of the Treasure (Li Livres dou Tresor)*, translated by Paul Barrette and Spurgeon Bladwin, Garland Library of Medieval Literature, series B, vol. 90. New York: London: Garland Publishing (1993), p. 293.

（6）エディションはV. Mouchet (ed.) *Il Novellino* (Biblioteca Universale Rizzoli, 2008); J.P. Consoli (ed. & tr.) *The Novellino or One Hundred Ancient Tales. An Edition and Translation based on the 1525 Gualteruzzi editio princeps* (Garland, 1997)、邦訳は瀬谷幸男・狩野晃一（訳）『完訳　中世イタリア民間説話集』（論創社、二〇一六年）がある。

（7）『散文トリスタン』については、佐佐木茂美『「トリスタン物語」—変容するトリスタン像とその「物語」』（中央大学人文科学研究所、二〇一三年、人文研ブックレット三〇）を参照。なお散文でも、ランスロを中心に描かれたものがある。それは古フランス語散文「聖杯物語群」の中核を占める『ランスロ本伝』（*Lancelot propre*）であるが、これは、ダンテの『神曲』（*La Divina Commedia*）（一三〇八—二一年）第五歌で登場するパオロとフランチェスカが地獄へ堕ちるきっかけを作った書物であるとされており、ジネヴラとランチャロットの逢瀬を描いたガレオットによって書かれた『ガレオット』という名の書物である（Galeotto fu 'l libro e chi lo scrisse（*Interno*, Canto v: 137）。それをパオロとフランチェスカは二人きりで読んでいる途中で、互いの持つ感情に気付き、欲望に負けてしまった。ガードナーやホフマンなどの学者は、直接の言及はないけれども、ここにトリスターノとイゾッタの話が重ね合わせられていると考えている。パオロとフランチェスカはパオロの兄弟によって、トリスターノとイゾッタはトリスターノの伯父によって命を奪われるからだ。ダンテはトリスターノの名を愛欲の圏に落ちた人々の最後に挙げるに留めている。

（8）D. Delcorno Branca, *Tristano e Lancillotto in Italia: Studi di letteratura autriana* (Ravenna, 1998), pp. 51-7.

（9）『円卓物語』もその影響があると思われるのは、『トリスターノ・リッカルディアーノ』の文章を引き写している箇所が少なからず見つかるからだ。

(10) A. Scolari, 'Sulle lingua del *Tristano Riccardiano*', *Medioevo Romanzo* 13 (1988), pp. 75–85; E.G. Parodi (ed.), *Il Tristano Riccardiana*, pp. cxxix–ccx を参照。Parodi はコルトーナやウンブリア付近であると考えている。

(11) 校訂版は L. Banchi, *Il castello delle pulzelle, racconto inedito tratto dell'Istoria del Sangradale* (Siena, 1884); G. Allaire (ed. & tr.), *Il Tristano panciatichiano* (Cambridge, 2002)。

(12) 言語的にはトスカーナの北西部で写されたフランス語テクストの強い影響を受けている。A. Donadello (ed.), *Il librodi messer Tristano ('Tristano Veneto')* (Venice, 1994), pp. 44–45を参照。また翻訳者／作者に関しては、ラテン語の注書きや宗教的な表現が加えられていることから聖職者であった可能性が Donadello によって指摘されている。Donadello (ed.), *Tristano Veneto* § 353. p. 597を参照。

(13) 校訂版は R. Tagliani (ed.), *Il Tristano Corsiniano. Edizione critica* (Rome, 2011)。

(14) 簡便な『円卓物語』についての紹介は以下の参考文献を参照されたい。A. Lupak (ed.) *The Oxford Guide to Arthurian Literature and Legend* (Oxford, 2005), pp. 385–87 'Tristan and Isolt' の項。H. Fulton (ed.) *Companion to Arthurian Literature* (Oxford, 2009), pp. 153–54 'The Matter of Britain on the Continent' の項。N.J. Lacy (ed.) *The New Arthurian Encyclopedia* (New York, 1991), p. 444 '*Tavola Ritonda*' の項。J.W. Barker, *et al.* (eds.) *Medieval Italy: an encyclopedia* (New York, 2004), pp. 1070–71 '*Tavola Ritonda*' の項。

(15) 写本の記述は D. Delcorno Branca 'The Italian Contribution: *La Tavola Ritonda*', in Allaire and Psaki (eds.), *The Arthur of the Italians: The Arthurian Legend in Medieval Italian Literature and Culture* (Cardiff, 2014), pp. 69–70に従う。『円卓物語』が筆写されている写本についての研究および言及は、Polidori の校訂版、Branca. *I Romanzi Italiani di Tristano e la Tavola Ritonda* (Firenze, 1968)、Heijkant (ed.), *La Tavola Ritonda* (Milano, 1999) などがある。しかしこれら従来の説明には、ここに示した省略記号のついていない二写本、すなわちパドヴァ大学図書館写本とヴァチカン vat. Lat. 6789写本は掲載されていない。

(16) A. Punzi, 'Per la fortuna dei romanzi cavallereschi nel Cinquecento. Il caso della *Tavola Ritonda*', *Anticomoderno*, 3

(1997), pp. 131–54.

（17）Branca (2014), p. 71.

（18）R. Cardini (ed.) *Tavola Ritonda : Manoscritto Palatino 556, Firenze, Biblioteca Nazionale Centrale*, I codici miniati, 2 vols. (Rome, 2009). フィレンツェ国立中央図書館のサイトでは高解像度の写本画像が閲覧できる。https://www.bncf.firenze.sbn.it/Bib_digitale/Manoscritti/Pal_556/main.htm

（19）詳しくは Branca (2014), pp. 71, 79–82を参照。

（20）本文の引用は全て Marje-José Heijkant (ed.), *La Tavola Ritonda* (Milano, 1999), p. 97.（以降 Heijkant (1999)）による。現在まで『円卓物語』の邦訳はない。本章の翻訳は Heijkant (1999) を底本としているが、Polidori も随時参照している。訳文は、現在瀬谷幸男氏と共同で行っている翻訳作業から得られたものを一部用いている。訳文の使用を快く承諾してくださった瀬谷氏に感謝の意を表する。

（21）ここで思い出されるのは、先にも述べたダンテ『神曲』地獄篇第五歌のパオロとフランチェスカが『ガレオット』の次のくだりを読み、破滅に向かう瞬間である。

Noi leggiavamo un giorno per diletto
di Lancialotto come amor lo strinse;
soli eravamo e sanza alcun sospetto.
Per più fiate li occhi ci sospinse
quella lettura, e scolorocci il viso;
ma solo un punto fu quel che ci vinse.
Quando leggemmo il disïato riso
esser basciato da cotanto amante,
questi, che mai da me non fia diviso,
la bocca mi basciò tutto tremante. (*Inferno*, Canto V : 127–136)

ある日、私たちは気晴らしに
あのラーンスロットを愛がどうやって服従させたのか読んでいました。
私たちは二人きりで何の心配もしていませんでした。
物語が何度も私たちの目を
そそのかし、目があって私たちは顔色を失いました。
けれども私たちが負けてしまったのはあの瞬間。
あの憧れの微笑みが、
勇気にあふれた恋人に口づけされるのを詠んだその時、
この人は、その後で私から離れることはなくなるのですが、
全身をぶるぶると震わせながら私の口に口づけたのです。（原基晶　訳）

（22） Branca (2014), p. 75.

また次のような描写も本書の対象が商業、貿易に関わる人々であったことを示す根拠の一つとなるだろう。

E mangiando eglino in tale maniera queste vivande così salate, e bevendo di molti possenti e vuon vini senza nulla acqua, incominciaro a bere alla tedesca, et frenguigliare alla grechesca, et cantare alla francesca, et ballare alla moresca, et fare la baldosa in più modi; et prima che le tavole fussero levate, tutti s'addormentarono all'inghilesca: salvo che questo Ferragunze, che così savio e ragionevole era come da prima.（Heijkant, op. cit., p. 97）

彼らはじつに塩辛い料理をこうして食べ、多量の強い良質のワインを水なしで飲み、ドイツ人のように飲み、ギリシア人のように冗談を言い、フランス人のように歌い、ムーア人のように踊って色々と大騒ぎをした。その挙げ句、食卓が取り下げられる前に、このフェッラグンツェを除いて、彼らはイギリス人のように眠ってしまった。フェッラグンツェは最初からずっと変わらずじつに賢く理性的であった。

各地を回るイタリア商人にとって、先に挙げた各々のお国柄がさぞはっきりと目に浮かんだことであると容易に想像できる。そしてこの『円卓物語』がまさにイタリアのものであることは、右のような記述の中にイタリア人を見いだす

ことができない事実が証拠となるだろう。

(23) Heijkant, op. cit., p. 106.

(24) *Ibid.*, p. 96.

(25)『散文版』ではガレオットではなく、ガラハドとなっている。

(26) Heijkant, op. cit., p. 107.

(27) *Ibid.*, p. 107.

(28) *Ibid.*, p. 157.

(29) *Ibid.*, p. 158.

(30) *Ibid.*, pp. 411–14.

(31) *Ibid.*, p. 509.

(32) Branca (1968), pp.154–66.『トリスターノ・ヴェネト』では以下に示す『散文版トリスタン』にあるレーをそのまま引き写している例を紹介している。このフランス語の引用の後にはイタリア語での翻訳が続く。

« D'amour vient mon chant et mon plor, et de luec
prent mon astriment, celle soit que orendroit
plor et ri outre tot si Dex m'ament. E quant ce voi
apertiment que elle m'aime si a sson cuer ie sui serf
et elle est seignor; ie l'aor con mon sauvemant, lui
serf tot enterinement que ie n'ai autre sauveor,
a lui enclin, a lui aor　　d'autre seignor ne ai paor
a lui serf si veraiement　　qu'il n'i a point de fausement »

(33) Heijkant, op. cit. p. 182.

(34) *Ibid.*, pp. 297–98.

(35) *Ibid.*, p. 298.

(36) *Ibid.*, pp. 296–97.

(37) *Ibid.*, p. 489.

(38) *Ibid.*, p. 494.

(39) *Ibid.*, p. 503.

(40) Branca (1968), p. 163.

(41) Branca (1968) が挙げる『円卓物語』に関する初期の研究には次のようなものがある。C. Barini, Tristano in Italia, *Nuova Antologia,* XXXIX (1904) pp. 658–74; E. Sommer, Per la leggenda di Tristano in Italia, *Atti dell'Istituto Veneto,* LXVII, II (1908) pp. 967–78及び La leggenda di Tristano in Italia, *Rivista d'Italia,* XIII (1910) pp. 73–127; Bertoni, La morte di Tristano, *Poesie, leggende, costumanze del Medioevo* (Modena, 1927) pp. 231–68.

(42) 最近のものでよりコンパクトにまとまっているものに Donald L. Hoffman, 'The Arthurian Tradition in Italy', in Lagorio and Day (eds.) *King Arthur Through the Ages,* vol. 1 (Garland, 1990), pp. 171–88がある。

(43) Branca (1968), p. 31.

(44) これ以降の『円卓物語』に関する研究は、Branca (2014) の注にある文献を参照されたい。

(45) J.T. Grimbert. 'Changing the Equation: The Impact of Tristan-Love on Arthur's Court in the Prose *Tristan and La Tavola Ritonda', The Fortunes of King Arthur,* ed. by Norris J. Lacy. Woodbrigde: D.S. Brewer (2005), pp. 104–115.

(46) M. Edlich-Muth. *Malory and his European Contemporaries: Adapting Late Arthurian Romance Collections.* Woodbridge : D.S. Brewer (2014). 特に 'Chronological and Genealogical Structures in the *Morte Darthur, the Buch Der Abenteuer and the Tavola Ritonda*'; 'Narrative Plot Development in the *Morte Darthur, the Buch Der Abenteuer* and the *Tavola Ritonda*'.

第三部　ドイツ・北欧・イギリスのアーサー王伝説

ウルリヒ・フォン・ツァツィクホーフェン『ランツェレト』概論

白木和美

はじめに

ウルリヒ・フォン・ツァツィクホーフェン（Ulrich von Zatzikhoven）作『ランツェレト』（*Lanzelet*）は、ドイツ中世文学の中でもあまり取り上げられることがなかったが、近年新たな校訂版が出たことで[1]、注目を集めるようになっている。多彩なモチーフがちりばめられているので、個々に取り上げ論じやすいというのもあろう。本作品の最大の特色は、主人公が他作品で取り上げられている同名の騎士と異なり、王妃との恋愛エピソードが語られない点である。湖の騎士と称される主人公ランツェレト（Lanzelet de Lac）は、その生い立ちの描写と呼称から英語名ランスロット（Lancelot）、仏語名ランスロ（Lancelot）で知られている騎士と同一と想定されていることは間違いない。彼はクレティアン・ド・トロワ（Chrétien de Troyes）の『ランスロまたは荷車の騎士』（*Lancelot ou Le Chevalier de la Charrette*）（以下『荷車の騎士』と略記）から現代のサブカルチャーに至るまで、アーサー王の妃に無上の愛を捧げる騎士としてのイメージが定着している。しかし、『ランツェレト』においては王妃との恋愛関係は特に言及されていない。にもかかわらず『荷車の騎士』同様に王妃誘拐のエピソードが語られ、その奪還に主人公がかかわることになる。このエピソードについては、原典の問題とも関連して、特に先行作品である『荷車の騎士』との比較がなされてきた。作品中に言及されている原典（ein welsches buoch）[2]に該当する作品は未だ発見されておらず、作者ウルリヒが何を参照して作品を作り上げたかは不明なままである。原典には主人公と王妃の恋愛関係の描写は含まれていなかったのか、含まれていたが作者があえて無視したのか、確認できる見込みは今のところない。クレティアンの作品が先にあり、王妃誘拐のエピソードが共通している以上、作者ウルリヒが主人公と王妃の恋愛のエピソードを全く知らなかったと断定もできない。影響関係が取りざたされている多くのモチーフもあるが、他作品や伝承をどのように作者が受け入れ作品に反映させたかはやはり明確ではなく、様々な議論がある。したがってここでは、一般に流布されているイメージにとらわれることなく、作品中の描写に立ち返って、主人公の人物像を見ていきたい。特にアーサー王宮廷と主人公がどのようにかかわっていくのかを、王妃との関係に限定することなく、主人公の旅路をたどりながら検討していくことにする。

一　主人公の生い立ちと旅立ち、課題の提示

プロローグ（V. 1-40）の後、父であるパント（Pant）王の死と母である王妃クラーリーネ（Klârîne）の虜囚（V. 41-188）、主人公が湖の妖精に育てられるいきさつ（V. 189-303）が語られる。主人公が育つ湖の妖精が治める国は女性のみで、主人公は貴婦人に対する振る舞いや宮廷での作法は学ぶが、騎士教育を受けることなく育ち、馬の乗り方も知らない[3]。

主人公の出自は（読者には承知のことであるが）本人には伏せられている。主人公の名前は（読者にも）明かされ

ることはない。主人公が自分の出自・名前を知るためには、養母である湖の妖精が課した使命を果たさなければならない。すなわち、妖精の息子マーブース（Mâbûz）の仇敵であり、最強の騎士と目される美しき森ベーフォレトのイヴェレト（Iweret von dem Schoenen Walde, Behforet）を倒すことである（V. 320-344）。しかし、旅に出た主人公は真っ直ぐその使命に向かうわけではない。プルーリース（Plûrîs）城の門前で小人に鞭打たれる恥辱を受ける。しかし騎士教育を受けていない主人公は乗っている馬を止めるすべを知らず、そのまま通り過ぎてしまうことになる（V. 420-451）(4)。そのため、恥辱をすすぐには再びこの城へと戻って来なければならない。このエピソードの直後に主人公は騎士ヨーフリト・デ・リエス（Johfrit de Liez）と出会い、彼から騎士としての教えを受けることになる（V. 466-666）(5)。主人公の騎士としての出発はそれからである。

ここで示されている主人公に課された試練は、第一にイヴェレト打倒である。これは、自分の出自と名前を知るための条件となっている。第二にプルーリース城の冒険であり、これは恥辱をすすぎ名誉を回復することとかかわっている。序盤で示されたこの二つの試練は、この順番で果たされることになる。つまり大筋としては、イヴェレト打倒に至る主人公の成長がまずは作品前半で描かれ、その次にプルーリース城の冒険が語られる。主人公が自分の出自を知った時点で今度は亡き父王の領土ゲネヴィース（Genewîs）の継承という、いわば第三の試練を課されることになり、それが作品のエンディングにつながっていく。この流れからすると、王妃誘拐のエピソードはむしろ寄り道に過ぎないことになる。最も重要なエピソードはイヴェレトとの決闘とその後のイブリス（Iblis）姫との結婚であり、次にプルーリース城の冒険、そして主人公が領主となる大団円である。このメインストーリーだけでも物語は成立できないことはないだろう。しかしここに、アルトゥース（Artûs、英語名アーサー）王とその宮廷がからんでくるのである。そのサブストーリーの中での最大のエピソードが王妃誘拐ととらえられる。

二　宮廷とのかかわり

ヨーフリト・デ・リエスのもとから出発した主人公は、冒険を通じて成長していき、その過程はアルトゥース王の宮廷に逐一伝えられる。つまり、当初は互いに未知なのである。

最初の冒険となるモーレイス（Môreiz）城のエピソード（V. 705–1356）では、アルトゥース王宮廷に属する騎士オルピレト（Orpilet der schœne）と彼と戦っていた騎士クラーウス（Kurâus）と同行することになる。同行の騎士二人と違って城主の姫と一夜を過ごした主人公は、城主ガラガンドレイス（Galagandreiz）の怒りにふれ決闘することになる。武器の投げ合いという取り決めだったが主人公はナイフを投げずに突き刺して城主を殺害する。この冒険を通じて主人公は城主の（名前の付けられていない）姫と領地を獲得しているが、以後この城のことは触れられることはない。主人公の人となりを知ったオルピレトはアルトゥース王とその宮廷について語り、訪ねるよう忠告しているが断られる。[6] 主人公はここで初めてアルトゥース王宮廷の存在を知ることになる。そして宮廷に帰還したオルピレトはアルトゥース王をはじめとした宮廷の人々に無名の勇敢な騎士について語り称賛している（V. 1322–1356）。アルトゥース王宮廷に主人公の存在が初めて知られることになるのである。話を聞いて宮廷では主人公の来訪が望まれる。

次のリーモルス（Lîmors）城の冒険（V. 1357–2249）はもう少し詳しく語られる。主人公は城へ近づく際に礼を失して城兵の攻撃を受け、城主リーニエル（Linier）の姪で相続人であるアデ（Ade）姫のとりなしで降伏し従属するが、城主の怒りに触れて牢に囚われの身となる。その後アデ姫の助力で城主が行っている冒険に挑戦することになる。巨人、獅子、城主本人と連続で決闘し、深手を負うものの城主と相討ちの形で辛勝する。このリーモルス城の冒険を通じて主人公はアデ姫とその領地を獲得し、次の冒険の地シャーディル・リ・モルト（Schâdil li Mort）でマーブースに囚われるまで行動を共にする。このとき挑戦の見物人の中に、特に名は記されていないがアルトゥース王宮廷に属する騎士たちがいて、宮廷にその模様が伝えられる。リーニエルを倒した無名の騎士は何者かと尋ねたエーレク（Erec fil de roi Lac）に、あのオルピレトが答えてガラガンドレイスを倒した無名の騎士と同一人物だと断定する。さらに王妃ゲノフェレ（diu küngîn Genovere）も彼に会ってみたいという。そこでアルトゥース王は、誰かが無名の騎士を宮廷に連れてくるように命じ、騎士ヴァールヴェイン（Wâlwein 英語名ガウェイン）がその使者として選ばれ派遣されることとなる（V. 2256–2315）。主人公の来訪を待つのではなく、積極的に招き入れようとしていて、その決断は王自らが下している。また、後々重要な役割を果たす登場人物の名がここで具体的に出てきて、宮廷の様子が少しずつ明らかになってくる。

モーレイス城、リーモルス城、そしてシャーディル・リ・モルトは異界にあると考えられ[7]、その支配者と戦って女性とその相続領地を獲得するという本質的には同じ冒険をレベルアップしながら三回繰り返していると解釈できる。その三回目の前に、アルトゥース王宮廷との直接接触、つまりヴァールヴェインとの遭遇と決闘（V. 2357–2593）、ジョフレー（Djoflê）での騎馬槍試合が語られる（V. 2801–3525）。

主人公と遭遇しアルトゥース王のもとへ招待するヴァールヴェインに対し、主人公は誘いを断って決闘を挑む。アルトゥース王宮廷で最高の騎士と称されるヴァールヴェインと戦って互角、決着がつかないというのは、主人公の騎士としての技量を示す一つの基準とみなされる。この作品で主人公がヴァールヴェインと決闘するのは、ジョフレーでの騎馬槍試合前のこの場面だけといってよい。ジョフレーでも二人は刃を交えているが、すぐに引き分けられてしまっている。この決闘も結局は決着がつかないまま騎馬槍試合の知らせがもたらされて中断する。続くジョフレーでの騎馬槍試合では、主人公は正体を隠して参加し、アルトゥース王宮廷の騎士たちと戦って勝っている。初日に緑の騎士となった主人公に負けた騎士として最初に名が挙がるのがケイ（Kei）である。他にもイヴァーン・デ・ノーネル（Iwân de Nônel）が落馬させられる。エーレクは互角に戦うが、やがて戦い続ける気を失い、主人公もアルトゥース王が自らやって来るのを見て退く。マウリーン（Maurîn）を捕虜にしている。二日目に白の騎士となった主人公はトゥマーンゲ伯リトシャルト（von Tumânge Grâve Ritschart）の味方をして戦う。敗走させられた騎士としてカルイェト（Karjet）の名が挙がっている。三日目に主人公は赤の騎士として戦うが、ヴァールヴェイン本人との対決は引き分けられ、代わりに彼の父ロート（Lôt）王に勝って捕虜にしている。正体を隠しての戦いが三回繰り返される。(8) 事実上ヴァールヴェインに匹敵する武勇を示したことで、主人公のアルトゥース王宮廷への加入は承認されたとみなしてよいだろう。通常ならば最後に正体を明かして宮廷に迎え入れられるところだろうが、主人公はまだ自分の素性を知らないため王の招待を固辞せざるをえない。アルトゥース王宮廷への招待を断るのもこれで三回目となる。一度目はオルピレト、二度目はヴァールヴェインであり、三回目はアルトゥース王本人と、順を追って招待者の地位が上がっている。ちなみにここで主人公のパートナーとなっているのはまだアデ姫であり、騎士として彼女の名誉のために戦っている。この場面の最後に主人公はヴァールヴェインと友情を結んで、プルーリース城に行くと告げて別れる。この時、ヴァールヴェインが再会の折に主人公の望み通りにすると約束したことが、王妃誘拐者との決闘での交代劇の伏線になっている。もっとも、自分の素性を知るためのイヴェレトとの決闘が先になる上、王妃誘拐者との決闘とマントの試しのエピソードが挟まっているので、実際にプルーリース城のエピソードが語られるのは先のことである。しかしそのプルーリース城から主人公を解放するのは、このジョフレーの場面で名前が挙がっているエーレク、カルイェト、ヴァールヴェイン、それにトリストラント（Tristrant）を加えた四人であることは偶然ではないのかもしれない。ヴァールヴェインとの親交以外は特に語られてはいないが、宮廷に知己を得たことは確かである。

三　第一の課題、イヴェレトとの決闘

主人公はアデ姫を伴ってプルーリース城に向かうとはっきり述べられている（V. 3526-3527）にもかかわらず、プルーリースではなくマーブースの城シャーディル・リ・モルトにやって来る。アデ姫は魔法によって臆病者となった主人公と決別し、以後彼女の名も領地のことも言及されない（V. 3604-3675）。主人公はマーブースによって牢に入れられるが、これはリーモルス城に続き二度目である。今回は城主マーブースが主人公に目をとめて、イヴェレトの配下の略奪者に対処させるために解放する運びとなる。マーブースは百人を超える騎士を捕らえており、憂さ晴らしに殺している（V. 3554-3563）。主人公が略奪者を倒せば一年間は騎士を殺害しないと約束し（V. 3761-3777）、それを守ってはいる（V. 3824-3825）。しかしこの騎士たちの解放については述べられておらず、その後の消息も言及されていない。つまり主人公は騎士たちの解放者となるには至っていない。略奪者を倒した後、小さな修道院に宿泊することになった主人公は、修道院長から修道院の庇護者である領主イヴェレトについて話を聞く（V. 3871-3919）。イヴェレトの一人娘イブリス（Iblis）を得るためにはイヴェレトと決闘せねばならず、そのために多くの男たちが命を失ったといって修道院長は止めるが、主人公は翌日挑戦のために美しき森の菩提樹の下の泉へ赴く[9]。一方でイブリスは前夜夢に主人公を見てミンネにとらわれてやはり森の泉へと向かう（V. 4215-4256）。二人が出会って語らい、イブリスが主人公を止めようと説得を試みた後にイヴェレトが登場し、決闘が行われる（V. 4257-4562）。劣勢になったイヴェレトは和解を申し出るが主人公は拒否、首をはね殺す。イヴェレトを倒しイブリス姫を得て主人公は自分の名と出自を知ることになる[10]。

ここでは美しき森ベーフォレト（V. 3940-4014）やイヴェレトの居城ドードーネ城（diu rîche burc Dôdône V. 4091-

4184）の華麗な描写が続いている。[11] また、主人公がイブリスと結ばれた後、湖の妖精の使者が主人公の名前と出自を告げに来るのだが、湖の妖精からの贈り物の天幕の描写（V. 4746-4926）にもかなり割かれている。

四　王妃誘拐者との決闘

主人公がそれまで隠されていた名前と出自を明かされた後に、王妃をめぐっての決闘の知らせを聞くことになる（V. 4981-5072）。その出自に関して特異なのは、主人公ランツェレトの母クラーリーネがアルトゥース王の姉妹だとされていることである。[12] ランツェレトをアルトゥース王の甥だとする設定は、同名の主人公を扱った他作品には見られないものである。本作品の王妃の描写に関する状況とは真逆なことに、主人公と王妃との恋愛関係の誘拐のエピソードでは、一度目は誘拐者であるファレリーン（Valerîn）王は自ら決闘を申し出ており、しかも決闘はアルトゥース王の宮廷で行われるので、実際には王妃は連れ去られていない。誘拐者と戦う予定であったのは宮廷最高の騎士であるヴァールヴェインで、すでに準備を整えていたのだが、そこへランツェレトが到着して交代を申し出る。ランツェレトが王の一族であることが分かってから、交代はすんなりと行われる。ファレリーンも相手が王の一族であれば構わないという態度である。王妃を誘拐者から奪回する役は、ハルトマン・フォン・アウエ（Hartmann von Aue）作『イーヴェイン』（*Iwein*）ではヴァールヴェインであり、原典にあたるクレティアン・ド・トロワ作『イヴァン』（*Yvain*）ではランスロが想定されている。もともとヴァールヴェインの役割だったものがランスロ／ランツェレトに取って代わられたと考えられるが、その交代劇はいつどのように行われたのかははっきりしない。ここでは主人公をヴァールヴェインと同様に、アルトゥース王の姉妹の息子と設定することで円滑な交代を図っているように思える。

主人公はここでアルトゥース王の宮廷に迎えられると同時に、ヴァールヴェインの代わりに決闘に臨み勝利することで武勇を示す。その動機は少なくとも王妃への愛ではなく、名声を得ることと推察される。[13] 一方でファレリーンも負けを認めて引き下がり、命を奪われることはない。そして作者は二度目の王妃誘拐が起こることを予告する。ファレリーンの城（Verworren Tan）についても語られてはいるが（V. 5034–5070）、実際に城を包囲するのは二度目のエピソードにおいてである。したがってこの場面において重要視されているのは次の点だと思われる。まず、主人公がアルトゥース王の宮廷に迎え入れられたこと、それもヴァールヴェインに匹敵する身分と武勇の持ち主として王の側近の地位を与えられたこと。そしてファレリーンの人物紹介をして次のエピソードにつなげること。そうであれば、作者が重要視したのは二度目の誘拐エピソードであって、一度目のエピソードはそれに向けての準備段階ということになる。

そしてここで主人公はまたしてもヴァールヴェインにのみプルーリース城へ行くと告げて別れるのである。

五　第二の課題、プルーリース城の冒険

プルーリース城の冒険で百人の騎士を倒し、城の女王と結婚し、監視付きの軟禁状態に置かれ一年が経過する（V. 5429–5573）。小人に鞭打たれた恥辱を晴らすために来たはずだが、その件は特に言及されずうやむやになっている。また牢に入れられてこそいないが、主人公が囚われの身となり、解放されるのはリーモルス城、シャーディル・リ・モルトに次いで三回目である。また、結婚による領土獲得は四回目となる。いずれもこのエピソードが最後となり、[14] 以後は、囚われる側でなく解放する側に立ち、領土を獲得するのではなく領主として保持する側についていると考えられる。

主人公の解放の前にアルトゥース王の宮廷での聖霊降臨祭の祝宴とマントの試しのエピソードが語られる。湖の妖精からもたらされたマントによって、イブリス姫が完璧な貴婦人として賞賛を受ける。[15] 一方で不在の主人公の消息がもたらされ、親族であるヴァールヴェインとカルイェトがともに救出に向かうことにする。[16] 同行者としてエーレクとトリストラントを選び出す。エーレクについても後でアルトゥース王の親族であるとの記述が出てくる。[17] 本作品では血縁関係、係累が重視される傾向にあり、登場人物を互いに親族として位置付けることが多いようである。主人公がアルトゥース王の甥というのもそうであるし、主人公がファレリーンとの決闘前にイブリス姫を預ける白い湖の公夫人も親戚にあたり、[18] この後の王妃奪還のための軍議の場面には、アルトゥース王と王妃ゲノフェレの息子ローウート（Lôût der milde）も登場する。アルトゥース王の宮廷が、王の身内、親族によって支えられている印象が強い。

救出に向かった四人の騎士はプルーリース城で百人の騎士を倒す冒険に挑戦し、主人公も女王とともに観戦する。最初にカルイェトが六十四人まで倒し、次にエーレクが七十三人、トリストラントは九十人目で失敗、最後にヴァールヴェインが百人目で失敗する。この倒した人数というのはそのままこの騎士たちのランク付けになっているのであろう。ヴァールヴェインは主人公と示し合わせているので、百人目でわざと失敗したのだとの推測も成り立つ。本来なら主人公と同じように百人の騎士を倒せるはずだとみなされているのではないか。[19] その後、主人公が彼らに戦いを挑む許可を女王から得て、戦うふりをして全員で逃げ去るという、詐術に近い方法で脱出している。トリストラントがここで登場する理由も、そうした策略を思いつくイメージがあったからかもしれない。[20] いずれにしても、囚われの身となった主人公は自力では脱出できず、外部からの力を必要としている。それがアルトゥース王宮廷の騎士たちであり、しかもほぼ皆親族なのである。

六　王妃の誘拐と奪還

王妃が実際に誘拐されたエピソード（V. 6725-7425）は、プルーリース城から脱出した主人公と四人の騎士（ヴァールヴェイン、カルイエト、エーレク、トリストラント）が、ギリマール（Gilimâr）の城を経て宮廷に向かう途中で知らせを受けることで始まる。今回はファレリーンの居城に王妃が連れ去られており、王も負傷している。しかし、そのまま王妃救出に向かうのではなく、一度宮廷に戻って状況を確認し、騎士たちを率いて遠征しているアルトゥース王のもとに参陣し、騎士たちとともに軍議に加わっている。この先すべてが終わって再び宮廷に平穏が戻るまで、主人公は王の側近である騎士として行動し、特にプルーリース城から主人公を救出した四人の騎士と行動をともにし、またこの四人もそれぞれ役割が与えられている。難攻不落のファレリーンの城を攻略するため魔術師マルドゥク（Malduc）に助力を求めようと進言するのはトリストラントである。マルドゥクの助力を求めに向かったアルトゥース王にランツェレト、カルイエト、トリストラントの三名が供をする。マルドゥクが助力の条件としてエーレクとヴァールヴェインの身柄引き渡しを要求したと聞いたとき、その二人は自ら虜囚の身となることを承諾する。ファレリーンの城を落とし王妃を救出した後、今度はエーレクとヴァールヴェインが囚われているマルドゥクの城を攻め落とすことになる（V. 7426-7672）。マルドゥクとの約定のため動けない王とは違い、主人公はひそかに百名の騎士を選抜して遠征部隊を結成する。トリストラントとカルイエトもさらに加わる。この間、主人公は基本的に単独行動を行っていない。ファレリーンの城で王妃を見つけるのはアルトゥース王本人であるし、エーレクとヴァールヴェインを解放するのが誰かは特に記されていない。いずれにしても主人公単独の功績というよりは、宮廷の騎士たちの集団での活動による結果である。

そもそも、ファレリーン王にしても魔術師マルドゥクにしても最期は決闘で倒されたとは記されていない。ファレリーンは城を軍勢に攻め落とされて城内にいた者たちもろとも殺されている（V. 7370-7377）。マルドゥクはエーレクとヴァールヴェインが解放された後に打ち殺されている（V. 7630-7631）。マルドゥクの娘だけは、アルトゥース王に協力しエーレクとヴァールヴェインが命を奪われるのを防いだため助けられ、宮廷に連れていかれるが、他の者は殺されている。この二つの攻城戦はともに、騎士文学には珍しく城兵も皆殺しにされている。最終的にファレリーンの城は破却され周囲も含め跡形もなくなり（V. 7418-7423）、魔術師の城は炎上する（V. 7651）[21]。この様な戦いの結末は、アルトゥース王の悲嘆やエーレクとヴァールヴェインの苦難に報いるにはいささか過剰にも思えるし、軍勢の集団心理に起因するとするなら妥当に思えなくもない。あるいは、ファレリーンの居城もマルドゥクの居城も人が普通にはたどり着けない異界に存在すると考えられるため、これは遠い異国の地での戦い、すなわち十字軍遠征のイメージが重ねられているのかもしれない。しかしファレリーンもマルドゥクにしても、異教徒との表現はなされていない。いずれにしても、アルトゥース王の軍全体の勝利であって、一人の騎士の武勇によって勝利がもたらされるわけではない。

七　大団円

王妃の解放、エーレクとヴァールヴェインの解放の後、宮廷に帰還した一行は歓迎を受け、祝宴が開かれる。エーレクとヴァールヴェインに対する賛辞が述べられた後、主人公が最高の称賛を受ける。主人公はもはやこれ以上栄誉を求めて冒険に出る必要はなさそうなのだが、イブリスが語った話からドラゴンとの「恐ろしい接吻」の冒険を行う（V. 7817-8040）[22]。これは恐ろしいドラゴンの姿に変えられていた姫君エリディーアー（Elidîâ von

Thilen）を接吻によって元の姿に戻すもので、主人公が単独で解放者の役割を果たしていると考えられる。解放された姫君は故国に戻るのではなくアルトゥース王宮廷に連れて行かれる。このエピソードはもちろんその後の展開においても、戦闘はもはや行われないのである。主人公にとって戦って武勇を示す必要はもはやなくなったということであろうか。

そして、亡き父王の領国を取り戻すためにアルトゥース王も含んだ軍勢を率いて向かう。けれども遣わした使者と、ランツェレトの親族であるアスピオル公（der herzoge Aspiol）(23)によって和解が成立し、戦いなしで父の領国ゲネヴィースを受け継ぐことができる。領国を母クラーリーネとアスピオル公に委ねて、いったんアルトゥース王と宮廷に戻った後に、伴侶であるイブリス姫の父イヴェレトの領国をも受け継ぐよう要請する使者が到着する。この大団円は再び聖霊降臨祭の時期に設定されていて、主人公が自分の居城となるドードーネ城にアルトゥース王を迎えて宴を催すことになっている。ということは、プルーリース城から主人公を救出するエピソードから二度目の王妃誘拐のエピソードを経て「恐ろしい接吻」のエピソードまで、一年間かそれ以上が経過していると考えられる。日時が明示されているのはこの二か所だけで、単に宮廷のこうした宴は聖霊降臨祭の時期に行われるものだと自動的に記した可能性もある。主人公がアルトゥース王と対等の宴を開催できるだけの領主となったことを示唆しているのかもしれない。アルトゥース王が主人公の領国であるゲネヴィースとドードーネ城を訪問した後は、宮廷とのかかわりは特に記されていない。ランツェレトとイブリスは夫婦仲睦まじくドードーネ城で暮らし子供にも恵まれ、ハッピーエンドで終わっている。

おわりに

本作品において、アルトゥース王の宮廷は物語の出発点や到達点としての場所というのではなく、もっと積極的な役割を果たしているように見える。そもそも物語の出発点は宮廷の外である。いわば外部からやってきた新参者の主人公がいかにアルトゥース王宮廷に迎え入れられるか、それが主人公の成長とともに描き出されているのである。だからこそ、主人公が自分の出自を知った時点でいきなり宮廷に現れるのではなく、段階的な接触や親交が前もってなされているのであろう。主人公を受け入れる宮廷の側でも、他作品で主役を務めるような著名な騎士が登場しているが、それが単に宮廷を華やかに彩る飾りではなく、また単に主人公の成長を計る指標としての役割にとどまらず、もっと積極的に動いているようである。ヴァールヴェインやケイのようにある程度役回りが決まっているような人物もいるが、本当に機械的な役割しかない人物には名前もついていないものである。名前がついている人物にはだいたいそれなりの見せ場が用意されている。そもそも、アルトゥース王自身がジョフレーでの騎馬槍試合で主人公に向かっていったり、誘拐された王妃奪還のために軍を率いたり、マルドゥクの助力を得るために魔法使いの城へ足を運んだりと、ずいぶん積極的に動き回っているように見受けられる。これに比べればエーレクの活躍の方が少なく見えてしまう。さらに言えば、エーレクより目立っているように思えるのがトリストラントである。この騎士が初めて登場するのは主人公が宮廷に迎えられたファレリーンとの決闘の後、さらに主人公の伴侶であるイブリスがマントの試しで宮廷において称賛を得た後のことであり、主人公と同じく外部からアルトゥース王宮廷にやってきて迎え入れられたのだと想像することも可能ではないか。

このように見ていくと、本作品は単なるモチーフの繰り返しや寄せ集めではなく、計算され構成が組み立てられていることが分かり、それが現在の再評価につながっていると考えられる。類似のモチーフの繰り返し、特に三度の繰り返しが多いのはよく指摘されていることであるが、全く同じことを繰り返すのではなく、変化がついている。特徴的なのはやはり結婚による領土獲得と、虜囚からの解放であろう。もちろん、矛盾や問題点がないわけではない。支配者を倒して女性相続人と結婚することで領土を獲得するのは、神話的なモチーフであり女神との婚姻による土地の獲得がその元にあると考えられている。[24] 結婚によって領土を獲得したものの、その領土を放棄して逃げ出すプルーリース城のエピソードをどう解釈するかは議論が分かれるところである。これはむしろ、囚われの状態からの解放と考える方が分かりやすいだろう。いずれにしても、このエピソードが、名前を知るための美しき森でのイヴェレトとの決闘に次ぐ転換点になっていることは確かであり、それにしては矛盾も多く、謎に満ちている。

主人公が囚われの身となり外からの力で解放されるのは三度繰り返され、主人公が囚われている人を解放するのも形を変えて三度繰り返される。主人公に降りかかる苦難はまずは虜囚の憂き目であって、次に厳しい決闘に向かうことになる。様々に繰り返される虜囚と解放のモチーフに、原典に関して言及される獅子心王リチャードの幽閉の影を見るのは牽強付会に過ぎるだろうか。

（1） Kragl, Florian (hrsg.): Ulrich von Zatzikhoven: Lanzelet, Bd. 1: Text und Übersetzung, Bd. 2: Forschungsbericht und Kommentar, Walter de Gruyter 2006 この校訂版の第二巻はそれまでの研究の総覧となっており、とりわけモチーフ研究に利用しやすくなっている。この版を元にした日本語訳がすでに出版されている。『湖の騎士ランツェレト』平尾浩三［邦訳・注釈・論考］同学社 二〇一〇年 以下、行数・原文引用は Kragl 版による。登場人物名は基本的に初出箇所の綴りで表記し、格変化しているような場合は第二巻の人名索引の見出しにならい、筆者がカタカナ表記をつけた。

(2) V. 9324この原典についての説明（V. 9322–9341）が作者（又は写本製作者）による権威づけのための創作である可能性も捨てきれない。

(3) 騎士としての心得（ritterschaft）を知らないというのは、具体的にはwan er ûf ros nie gesaz; / harnasch er niht bekande. (V. 298–299)とあるように、馬の乗り方と甲冑についてである。その後の展開で特に乗馬が重視されていることが推察される。この直前に格闘技や狩猟などを学んだことが言及されているが、それは宮廷で必要な技能であっても騎士の心得の範疇に入らないことになる。

(4) 主人公が城主について尋ねた時返ってきた答えが、›wi aber der wirt genant sî, / zwâr des ist mir niht kunt.‹(V. 450–451) 男性の城主の名は知られていないということが、城の支配者が女王であることの伏線になっているとも考えられる。

(5) 主人公とヨーフリト・デ・リエスの関係は、ヴォルフラム・フォン・エッシェンバハ作『パルチヴァール』の主人公とグルネマンツ（Gurnemanz）との関係と比較されることが多く、成立年代の特定とも関連して影響関係が議論されている（Vgl. Kragl, a.a.O. Bd. 2, S. 1100）。ちなみに本作品ではグルネマンツの名は、ジョフレーでの騎馬槍試合の開催者の一人として登場する（V. 2630）。

(6) V. 1258–1301 宮廷の場所はカリドール（Karidôl, V. 1265）とされ、オルピレトはそこへ帰還しているが、後に宮廷の場所としてカラディガーン（Karadigân, V. 2257）がでてくる。後者の方が使用頻度は高い。作中ではどちらも宮廷の場所を指す地名としてほぼ同義に使われているようである。

(7) モーレイス（Môreiz）の語源については定かではないが、実在の地名というよりは異界の要素が強いと思われる（Vgl. Kragl, a.a.O. Bd. 2, S. 1108）。リーモルス（Lîmors）、シャーディル・リ・モルト（Schâdil li Mort）はどちらもその名前からして死の城、死者の世界と結びついている（Vgl. Kragl, Ebd. Bd. 2, S. 1126f.）。

(8) 正体を隠しての戦いは様々な作品に見られる（Vgl. Kragl, Ebd. Bd. 2, S. 1141–1145）。中でも一日ごとに色の違う武具を用いて騎馬槍試合に参加するという形式が似通っている例として挙げられるのが、クレティアン・ド・トロワの現存第二作『クリジェス』後半に出てくる、オックスフォードでの四日間の馬上槍試合である（渡邉浩司『クレチアン・ド・トロワ研究序説』中央大学出版部、二〇〇二年、第三部第四章を参照）。またロベール・ド・ブロワ作『ボードゥー』では、主人公が盾を替えることで身許を知られることなく三日間の馬上槍試合に参加するエピソードが、物語後半に出てくる（渡邉浩司「〈伝記物語〉の変容（その三）―ロベール・ド・ブロワ作『ボードゥー』をめぐって」、中央大学『仏語仏文学研究』第五一号、二〇一九年、一―三二頁を参照）。

（9）美しき森の泉でのイヴェレトの呼び出しと決闘は、クレティアン・ド・トロワ作『イヴァン』あるいはハルトマン・フォン・アウエ作『イーヴェイン』の泉の冒険と比較される。特に『イーヴェイン』とは成立年代の特定ともかかわり、また神話的要素の度合いの違いなど、様々に論じられている（Kragl, Ebd. Bd. 2, S. 1160–1164）。

（10）養母である湖の妖精からの使者によって主人公の名前と両親の名と身分が明かされる（V. 4706–4729）。ただし親族関係については特に言及されていない。

（11）寝台の描写やイヴェレトとイブリスの関係についての言及（V. 4148–4165）からは、近親相姦を読み取ることができる。またドードーネ（Dôdône）という名がゼウスの神託所ドドナ（Dodona）と重なることから、ゼウス＝ユピテルとペルセフォネ＝プロセルピナの父娘関係がイヴェレトとイブリスの関係に反映されているという解釈もある（Vgl. Kragl, a.a.O. Bd. 2, S. 1092–1093）。さらにイブリスだけではなくガラガンドレイスとその娘にも同様の関係を読み取り、両者とも主人公が父親との近親相姦関係から解放したのだという意見もある。Andersen, Peter: Die Lancelot-Sage im Licht der rationalen Philologie, in: Artusroman und Mythos, walter de Gruyter 2011, S. 449–465 なお、Andersen は主人公ランツェレトをシュタウフェン朝の神聖ローマ皇帝フリードリヒ二世と結びつけて解釈し、例えば夏も冬も変わらない美しき森にシチリアの風景を重ね合わせている。ただしそれは作者ウルリヒが古文書に記された現在のスイス・トゥルガウ州の教区付き司祭と同一人物であるという前提に基づいている。作者についてはまだ確証は得られていない（Vgl. Kragl, Ebd. Bd. 2, S. 897–901, S. 1273f., S. 1276）。

（12）daz er was Artûs swester barn. (V. 4959) この言葉は使者が語った内容には含まれておらず、いささか唐突な印象が否めない。もっとも、主人公の気前の良さに言及している（V. 4946–4948）のがアルトゥース王の血縁であることを示唆しているとすれば、それほど唐突でもないのかもしれない。

（13）語り（narrativ）の分析から、主人公と王妃の恋愛は表面には表れないけれども形を変えて「影の物語（>Schattengeschichte<）」として存在しているとBartonは主張している。すなわち、主人公が最終的に結ばれるイブリスは王妃の身代わりであり、その父であるイヴェレトを倒してイブリスを獲得するのはアルトゥース王を倒して王妃を奪うことを暗示しているというのである。そうして主人公はアルトゥース王を超えた存在へと成長しているという。このような置き換えによって、表面上は王に忠実な騎士として主人公を描きつつも、暗に王妃との恋愛の成就を語っているのだという。主人公がアルトゥース王の甥という他に見られない設定がされているのも、主人公と王との争いを少なくとも表面上は避けるための措置なのである。そのような手法によって本作品は、クレティアンが『荷車の騎士』で直面した、王への忠誠と王妃への愛との板挟みを解消するための一つの解決策を提示しているのであり、したがって『荷車の騎士』から連なる主人公と王妃との恋愛を物語る伝承上に位置づけられるのだと説明している。Barton, Ulrich: Lanzelet und sein Schatten: Ulrichs von Zatzikhoven >Lanzelet< als Auseinandersetzung mit der Lancelot-Stofftradition, in: Beiträge zur Geschichte der deutschen Sprache und Literatur Bd. 139 Heft 2, Walter de Gruyter 2017, S. 157-190

（14）Kraglは「恐ろしい接吻」のエピソードも類似のモチーフとして数え入れている。Kragl, Frorian: Land-Liebe: Von der Simultaneität mythischer Wirkung und logischen Verstehens am Beispiel des Erzählens von arthurischer Idoneität in *Iwein* und *Lanzelet*, in: Artusroman und Mythos, Walter de Gruyter 2011, S. 3-39

（15）マントの試しのエピソードについては、拙稿「Ulrich von Zatzikhoven 作 „Lanzelet“ におけるMantelprobeをめぐって」、東京都立大学大学院独文研究会『METROPOLE』第三十一号、二〇一〇年、一—十四頁参照。

（16）ランツェレトについて、彼らのおばの息子（ir muomen sun V. 6231）と述べられているので、ヴァールヴェインと同じくカルイェトも主人公と従兄弟同士ということになる。

（17）エーレクとヴァールヴェインについて王の親族と表現されている箇所がある（nâch des küniges mâgen. V. 7473）。ヴァールヴェインはもちろん王の甥だが、エーレクがどのような親族関係にあるかは明らかではない。

（18）白い湖の公夫人が主人公に語っている（dîn vater was der neve mîn / und ist diu liebe muoter dîn / mînes herren künne. V. 5093–5095）ところでは、具体的な関係ははっきりしないが、公夫人が主人公の父方の血縁者で、公が母方の親族で、夫妻ともに主人公と親族関係にあるとされる。

（19）マントの試しのエピソード内でヴァールヴェインの恋人は、マントを獲得したイブリス姫に次ぐ扱いになっている（V. 5935–5938）ことから、主人公の方がヴァールヴェインより若干上位の扱いになっているとも考えられる。

（20）この後の王妃奪還のための軍議の場面で、彼は利口な（der listige Tristrant V. 6979）と呼ばれている。これについては、マルケ王を策略によって欺いた、アイルハルト（Eilhart）の物語が作者に知られていた証左とされている（Vgl. Kragl, Lanzelet Bd. 2, S. 1227）。

（21）アーサー王の騎士たちによる破壊と殺戮については、原始的な物語の名残や戦闘描写の決まり文句などの意見もあるが、あまり納得のいく説明がされていない（Vgl. Kragl, Ebd. Bd. 2, S. 1246f.）。

（22）本作品では、ドラゴンにひげが生えているという描写がされている（einen grôzen wurm, der was gebart, V. 7847）のが珍しいほか、ドラゴンが英雄である騎士の討伐対象ではない、ドラゴンと遭遇して戦闘が起こらないというのは定型から外れているという指摘がある。Rebschloe, Timo: Der Drache in der mittelalterlichen Literatur Europas, Heidelberg 2014, S. 261–267

一方で、このエピソードがイブリスの「マントの試し」と対になっている主人公への試練と考える意見もある。Ansorge, Claudia: (De) stabilisierende Provokationen: Zur Tugendprobe im Ambraser Mantel-Fragment, in: Ironie, Polemik und Provokation, Walter de Gruyter 2014 S. 183–210

なお「恐ろしい接吻」のモチーフの典型例は、ルノー・ド・ボージュー作『名無しの美丈夫』に認められ、ここでは主人公が自らの出自を知るきっかけとなっている。（渡邉浩司「『名無しの美丈夫』におけるゴーヴァン」、中央大学『仏語仏文学研究』第三八号、二〇〇六年、七七―九一頁を参照）。

（23）主人公の母クラーリーネを保護下においている（V. 8262–8269）。彼女もまた物語の冒頭で捕らえられており、主人公とともに暮らすようになることで解放されたと考えることもできる。

（24）プルーリース城のエピソードの神話的分析については、Kragl, Frorian: Land-Liebe: Von der Simultaneität mythischer Wirkung und logischen Verstehens am Beispiel des Erzählens von arthurischer Idoneität in *Iwein* und *Lanzelet*, in: Artusroman und Mythos, Walter de Gruyter 2011, S. 3–39

『ブリタニア列王史』のアイスランド語翻案『ブリトン人のサガ』の二ヴァージョン
――アーサー王をめぐる部分を中心に――

林　邦彦

はじめに

本章では、ジェフリー・オヴ・モンマス（Geoffrey of Monmouth）の『ブリタニア列王史』（*Historia regum Britanniae*）のアイスランド語翻案とされる『ブリトン人のサガ』（*Breta sögur*）の二ヴァージョンの内容のうち、いずれについてもアーサー王に関連する部分について、原典とされるジェフリー作品、および『ブリトン人のサガ』と同様にジェフリーの『ブリタニア列王史』を原典とした翻案作品とされるヴァース（Wace）の『ブリュット物語』（*Le Roman de Brut*）と比較し、『ブリトン人のサガ』の二ヴァージョンに見られる特徴をめぐる考察を試みたい。(1)

アイスランドには主として十二世紀から十四世紀にかけて書き記されたとされる「サガ」（saga）と呼ばれる散文の書物が多く遺されている。この「サガ」と呼ばれる書物は今日、個々の内容に応じて大きくジャンルに分けて捉えるのが通例で、それらのジャンルには、ノルウェー王の伝記を扱った「王のサガ」（konungasögur）、アイスランドにおける個々の有力者やその家族の生活を描いた「アイスランド人のサガ」（Íslendingasögur）といったジャンルに加え、「騎士のサガ」（riddarasögur）と呼ばれるジャンルが存在する。この「騎士のサガ」とは、外国語の騎士文学を原典とする一群のサガの総称であり、その中にはアーサー王伝説に題材を取った『イーヴェンのサガ』（*Ívens saga*）、『エレクスのサガ』（*Erex saga*）、『パルセヴァルのサガ』（*Parcevals saga*）[2]といった作品も含まれている。これらの三作品はそれぞれ、クレティアン・ド・トロワ（Chrétien de Troyes）の作とされる『イヴァン』（*Yvain*）、『エレックとエニッド』（*Erec et Enide*）、『ペルスヴァル』（*Perceval*）と呼ばれる各作品が十三世紀にノルウェー王のもとで一旦ノルウェー語に翻案された後、そのノルウェー語版がさらにアイスランド語へと翻案されたものと考えられているが、アーサー王伝説を扱ったサガ作品の中には、ラテン語の作品を原典とし、それがノルウェー語翻案を経ず、ラテン語原典から直接アイスランド語に翻案されたと考えられている作品も存在する。上記の『ブリトン人のサガ』と呼ばれる作品である。

『ブリトン人のサガ』と呼ばれる作品は、ジェフリー・オヴ・モンマスの『ブリタニア列王史』が一二〇〇年頃にアイスランドにおいてラテン語原典から直接アイスランド語に翻案されたものと考えられている。『ブリタニア列王史』は、ウェルギリウス（Vergilius）の『アエネーイス』（*Aeneis*）の主人公アエネーアス（Aeneas）の曾孫にあたるブルートゥス（Brutus）がブリテン島に辿り着き、ブリタニア王国を建国して初代の王となってから、ブリテン島でサクソン人の支配が始まるまでの約千九百年間にわたるブリテンの諸王の歴史を年代順に物語るものであるが、内容の多くはフィクションとされ、本作の後半に、伝説上の存在とされるアーサー（アルトゥールス Arturus）[3]王が活躍する比較的長い部分が存在する。

本章で扱うのは、その『ブリタニア列王史』のアイスランド語翻案とされる『ブリトン人のサガ』の内容中、アーサー王に関係する部分（アーサー王の父イーゼル（Yðer）[4]。『ブリタニア列王史』におけるウーテル（Vther）にあたる）

とアーサー王をめぐる部分）であるが、この『ブリトン人のサガ』は二つの性格の異なるヴァージョンが伝承されている。

と言うのも、『ブリトン人のサガ』を伝える代表的な写本はAM544 4to（編纂者のホイクル・エルレンソン（Haukr Erlendsson）の名に因んで一般に『ホイクルの書』（*Hauksbók*）と呼ばれる）[5]とAM573 4toで、どちらも十四世紀のものとされるが、『ホイクルの書』は百科事典様の書物を目指して編纂されたもので、『ブリトン人のサガ』の他には地理学や神学など諸々の学問分野の著作が収録されており、その中で『ブリトン人のサガ』は、文学作品というよりもむしろ歴史書としての性格を持たされ、簡潔な描写が特徴であるのに対し、AM573 4to写本の版は、先述の『パルセヴァルのサガ』の後半部分にあたる『ヴァルヴェンの話』[6]と一緒に採録され、内容面でも感情描写や儀式等の細かな描写が多く、ロマンスの性格を持たされているからである。さらに、『ホイクルの書』によって伝えられる版（以下「『ホイクルの書』版」と称する）には、『メルリーヌースの予言』（*Merlínusspá*）が含まれている。『メルリーヌースの予言』は、当初はジェフリーによって『ブリタニア列王史』とは別個の作品として著されながらも、後に『ブリタニア列王史』に組み込まれた『メルリヌスの予言』（*Prophetiae Merlini*）が、最初、独立した作品としてアイスランド語に翻案されたものと考えられている。『ホイクルの書』版においては、『メルリーヌースの予言』は、『ブリタニア列王史』における『メルリヌスの予言』に該当する箇所に位置しているが、AM573 4toで伝えられる版には『メルリーヌースの予言』は含まれていない。

また、歴史書としての性格を持たされた『ホイクルの書』版は、複数の刊本が刊行されているが[7]、ロマンスとしての性格を持たされたAM573 4to写本の版（以下、「ロマンス版」と称する）は、写本の伝承状態が悪く、長らく刊本が未刊行で、二〇〇〇年に、このAM573 4to写本と非常に近い関係にあると考えられ、十四世紀後半のものとされるAM764 4to写本（破損を受けたもので、本章で扱うアーサー王に関わる部分は少なくとも現存部分には含まれない）の本文のごく一部分を転写したものが発表された他は[8]、『ホイクルの書』版のヨウン・シーグルソン（Jón Sigurðsson）による校訂版の本文に何か所か付された脚注で、当該箇所のロマンス版本文の記述が抜粋の形で記されているのみである。

このような写本の伝承状況や刊本の刊行状況の故か、『ブリトン人のサガ』は、先述の『イーヴェンのサガ』や『エレクスのサガ』など、クレティアン・ド・トロワの作品に由来するものと比べ、研究の数が少ない。そのような中で、『ブリトン人のサガ』のアーサー王に関係する部分に関し、先行研究で指摘されてきた内容は以下のようにまとめられる。

①歴史書としての性格を持たされ、簡潔な描写を特徴とする『ホイクルの書』版は、作中で扱われている各々の王に対し、記述の分量が比較的均等に割り振られているため、ジェフリーの作品と比較した際、ジェフリーの作品から比較的忠実に翻案された部分がある一方で、大幅に縮約された部分も存在し、アーサー王を扱った部分は後者にあたる[9]。

②『ホイクルの書』版が、物語の繋がりや作中の出来事の因果関係を重要視している一方、ロマンス版ではそれらを多少犠牲にしてでも、登場人物の感情描写や儀式の細かな描写に多くを割いている[10]。

③『ホイクルの書』版のヨウン・シーグルソンの校訂版において、部分的に脚注で記されているロマンス版の内容には、現在までに刊行されている『ブリタニア列王史』の版には存在しない記述も多く見られるが、それらは『ブリタニア列王史』のアイスランド語への翻案段階で付加されたものとは限らない。同じ『ブリタニア列王史』の翻案であるヴァースの『ブリュット物語』と比較すると、現在までに刊行されている『ブリタニア列王史』の版には見られないが、サガ『ホイクルの書』版のヨウン・シーグルソンによる校訂版の脚注で記されたロマンス

版の内容と『ブリュット物語』には共通して見られるという要素も存在する。ジェフリーの作品はラテン語写本の書写による伝承過程で様々に加筆が行われたと考えられており、アイスランド語翻案の直接の原典となった『ブリタニア列王史』の写本は、現在までにジェフリーの作品として刊行されている版の内容に様々な加筆が施された後の版であったと考えられる。(11)

④サガの『ホイクルの書』版は原典とされる『ブリタニア列王史』と比べ、内容の大幅な縮約が特徴であるが、アーサー王が十五歳で王位についた場面の地の文に見られる、アーサーの様々な美点を簡潔に列挙した記述は、『ブリタニア列王史』には見られない。(12)

しかし、サガのロマンス版の内容としてヨウン・シーグルソンの『ホイクルの書』版の脚注で記された記述には、確かに先行研究での指摘にあるように、

Ⅰ．サガの『ホイクルの書』版や『ブリタニア列王史』には見られないものの、ヴァースの『ブリュット物語』には該当する記述が存在する、

というケースも存在するが、サガの二ヴァージョンを『ブリタニア列王史』および『ブリュット物語』における該当部分と比較すると、

Ⅱ．サガの『ホイクルの書』版、『ブリタニア列王史』、『ブリュット物語』のいずれにも見られず、サガのロマンス版にしか含まれていない、

というケースもある一方で、

Ⅲ．サガについてはいずれのヴァージョンにも見られるが、『ブリタニア列王史』と『ブリュット物語』には見られない、

Ⅳ・サガの『ホイクルの書』版には見られながら、『ブリタニア列王史』と『ブリュット物語』には見られず、サガのロマンス版については、ヨウン・シーグルソンの『ホイクルの書』版の脚注に記述がなく不明、という箇所もあることが明らかとなる。

この『ブリトン人のサガ』の二ヴァージョンは、いずれもラテン語写本からの直接の翻案ではなく、これらには共通の「原アイスランド語翻案」があったと考えられている(13)。そこで本章では、

『ブリトン人のサガ』の二ヴァージョン、あるいはどちらかのヴァージョンには見られながらも、『ブリタニア列王史』や『ブリュット物語』には見られない、

という要素が、ラテン語写本からアイスランド語への翻案時に加えられたものなのか、あるいはアイスランド語翻案の原典となったラテン語作品に既に存在していたのか、という問いをめぐる考察の足掛かりとするべく、『ブリトン人のサガ』の二ヴァージョンのうち、アーサー王の父イーゼルとアーサー王に関する部分について、『ブリタニア列王史』および『ブリュット物語』における該当部分と比較を行い、「サガのロマンス版にしか見られなかった点」と、「サガについてはいずれのヴァージョンにも見られるが、『ブリタニア列王史』と『ブリュット物語』には見られない点」、および、「サガの『ホイクルの書』版には見られるが、『ブリタニア列王史』と『ブリュット物語』には見られず、サガのロマンス版については不明という点」を一緒に扱い、その特徴について考察を行ったところ、二つの大きな傾向を確認することができた（そのうちの一つは、サガのロマンス版にしか見られなかった点のみに確認できるものであった）。以下、これらの点を改変傾向の特徴別に取り上げたい。

一　既婚女性を我が物にしようとする男性の必死さ、および女性の貞操の強調

ここで取り上げるのは、サガのロマンス版には見られるものの、『ブリタニア列王史』、『ブリュット物語』、サガの『ホイクルの書』版ではいずれにも見られない特徴であるが、サガのロマンス版では、一人の男性が既婚女性を我が物にしようとする場面で、男性側の必死さがより具体的な言動としてあらわされ、しかも男性の願望の成就に加担する協力者の行為も新たに付加される形で描かれており、一方、男性から言い寄られる既婚女性については、その貞操ぶりが強調されている様が浮き彫りになる。

1　夫の死の報告に対するイーゲルナの反応とそれを受けてのイーゼルの対応

アーサー（Artvrr）[14]王の父であるブリタニア王国のイーゼル（ウーテル）王が開いた祝宴にゴルローイス（Gorloif）と妻イーゲルナ（Igerna）が出席していたが、イーゼルはイーゲルナに好意を抱く。それに気づいたゴルローイスはイーゲルナを連れて祝宴の場を辞し、イーゲルナをある塔に閉じ込める。イーゼルはメルリーヌース（Merlinvs）の魔法でゴルローイスの姿に変身し[15]、イーゲルナが閉じ込められた塔へ行き、彼を夫ゴルローイスだと思った彼女と同衾する。その間に、ゴルローイスはイーゼルの臣下たちに殺害される。その後、イーゼルはイーゲルナのもとを去り、本来の自分の姿に戻った後、イーゲルナに直々にこの間の事情を語る。

それに対するイーゲルナの反応については、サガの『ホイクルの書』版では『ブリタニア列王史』や『ブリュット物語』と同様、以下のようにごく簡潔に記されるのみである。

『ブリタニア列王史』 Reuersus itaque ad opidum Tintagol, cepit illud cepitque Igernam et uoto suo potitus est.　こうして彼（ウーテル）はティンタゴル城へ戻ってこの城を攻略し、イゲルナを我が物とし、自らの望みを叶えた。（一八九頁）[16]

『ブリュット物語』 Li reis ot mult Ygerne amee, / Senz ensuine l'ad espusee.　王はイジェルヌを深く愛し、差支えなく彼女を娶った。（八八一三―四行、二二二頁）

『ブリトン人のサガ（**『ホイクルの書』版**）』 hann gengr ſiþan til kaſtalans 7 ſegir igerne allt eð ſanna hon ſambyckir þa við konvng 7 feck hann þa hennar　彼（イーゼル）はそれから城へ行き、イーゲルナに真実をすべて伝えた。すると彼女は王と和解し、王は彼女を娶った（七四頁）。

これに対し、『ブリトン人のサガ』のロマンス版では次のようなやり取りが記される。

(Hann gengr síðan til kastalans, ok segir Ígerne allt eð sanna)[17] oc með huerium brögðum hann hefir hana fengit: oc þó at þú þikiz nú mikinn skaða beðit hafa í drápi bónda þíns, þá munu skiótt ráðaz bætr á því fyri þá grein, at nú skaltu vera mín drotníng oc skal ek í ockarri samuist allt þat bæta sem ek hefir áðr brotið við þig, en hon mælti með miklum harmi: nú er ek sárliga suikin oc hörmuliga gint; hó, hó! Segir hon, mikil óskaup ero vorðin, sua er sem ek sè vorðin banamaðr bónda míns, sua ágætz, honum unna ek (sem) líkama siálfrar minnar oc sua sem lífi mínu, hann villdi mèr allt gott oc þat skal verða alldri at ek gángi lostig í sama sæng þeim manni, er minn bónda hefir suikit, ok fyrr skal ek láta mitt líf en þat verði. Hon grætr nú sárliga oc berr sua mikinn harm, at engi maðr mátti hugga hana. Konúngrinn berr nú þetta mál fyri Merlínum speking, oc biðr hann nú sua gera með sínum ráðum at frvin sambycki honum. Merlínus mælti: herra, sagði hann, þat er lítil þraut, þvíat ek má gefa henni þann dryck, at hon muni engar heiptir við þig, en verði þér vel vnnandi. Merlínus gefr henni þann dryck, at hon kastar þegar öllum ecka oc ángri, oc sambyckir konúnginum, oc fær hann hennar, 彼（イーゼル）はそれから城へ向かい、イーゲルナに真実のすべてを、彼がどのような策を弄して彼女を我が物にしたかを話した、「たとえそなたが、夫君を殺されたことで大きな傷を負ったと感じていても、すぐにその埋め合わせはなされるのだ。そなたは私の妃となり、一緒に暮らす中で、私が過去にそなたから奪ったものはすべて補償してやるからだ。」しかし、彼女は大変悲しんでこう言った、「私はひどい形で騙され、悲しむべき形で欺かれたのです。ああ、ああ、大変な禍が降りかかりました。私は夫の殺人者となったのです。大層立派で、私自身の体や命ほどに愛しておりました夫の。夫は私に良いことは何でも起こるように望んでくれました。私が夫を欺いた男と喜んで同じ寝床に入ることなど、絶対にあってはならないことです。そうなるくらいでしたら、私は自分の命を捨てるところです。」彼女は号泣し、大変に悲しみ、誰も彼女を慰めることはできなかった。王（イーゼル）はこの件を賢者メルリーヌースに話し、イーゲルナが自分と和解してくれるよう、何とかしてほしいと頼んだ。メルリーヌースは言った、「王様、お安い御用でございます。彼女があなた様に対する死ぬほどの恨みを捨て、あなた様を快く愛してくれるようになる飲み物を彼女に与えましょう。」メルリーヌースは彼女にこの飲み物を与えると、彼女はすぐさま嘆きと悲しみの一切を手放し、王と和解し、王は彼女を娶った。（八六―七頁　脚注一）

このように、ロマンス版では夫の死とそれに至る経緯を知らされたイーゲルナは感情を露わにし、それを受けてイーゼルは自らの望みを叶えるべくメルリーヌースの魔法に頼ろうとし、メルリーヌースもその頼みに応じる様が描かれるが、これらの記述はサガの『ホイクルの書』版のみならず、『ブリタニア列王史』や『ブリュット物語』にも見られない。

2　モードレーズがアーサー王妃グンヴォールを口説く台詞と彼女の対応

アーサー王がローマ遠征に出る際、甥のモードレーズ（modʀeð。『ブリタニア列王史』におけるモードレドゥス（Modredus）にあたる）に自国の管理を任せてゆくが、アーサー王の留守中に、モードレーズはアーサー王を裏切り、国とアーサー王の妃グンヴォール（gvnvoʀ。『ブリタニア列王史』のガンフマラ（Ganhumara）にあたる）を我が物にしようとする。この件は、『ブリタニア列王史』、『ブリュット物語』と同様、『ブリトン人のサガ』の『ホイクルの書』版では、以下のように地の文で簡潔に記されるのみである。

『ブリタニア列王史』Adueniente uero aestate, dum Roman petere affectaret et montes transcendere incepisset, nunciatur ei Modredum nepotem suum, cuius tutelae permiserat Britanniam, eiusdem diademate per tirannidem et proditionem insignitum esse reginamque Ganhumaram uiolato iure priorum nuptiarum eidem nefanda uenere copulatam fuisse. 夏になると、（アーサー王は）ローマへ向かうことにしたが、ちょうどアルプスを越えようとしたところで、ブリタニアの守護を委ねていた彼の甥モードレドゥスが不忠にも王冠を我が物とし、王妃ガンフマラが彼女のかつての誓いを破り、彼との罪深き愛に結ばれたことを耳にした。（二四九頁）

『ブリュット物語』Tut sun regne li ot livré / E en guarde tut cumandé. / E Modred li volt tut tolir / E a sun ués tut retenir; / De tuz les baruns prist humages, / De tuz les chastels prist hostages. / Emprés ceste grant felunie / Fist Modred altre vilainie, / Kar cuntre cristïene lei / Prist a sun lit femme lu rei, / Femme sun uncle e sun seignur / Prist a guise de traïtur. / Arthur oï e de veir sot / Que Modred fei ne li portot; / Sa terre tint, sa femme ot prise. （アルテュール（アーサー）は）王国全体を彼（モードレッド）に任せ、すべてを彼の裁量に委ねていたのである。そして、モードレッドはそれらをすべて

王から奪い取り、自分の好きなようにしたのである。彼はすべての家来たちから恭順の誓いを得、すべての城から人質を取った。これらの多大な悪事の後、モードレッドは別の悪行に手を染めた。なぜなら、彼はキリスト教の法に反して王妃を自らの寝床へ迎えたからである。彼は自らの伯父でもある主君の妻を我が物とするという不忠を働いたのである。アルテュールは、モードレッドが彼を裏切り、領土を手にし、妻を奪ったことを耳にし、確かに知ったのである。（一三〇一九―一三三二行、三二六頁）

『ブリトン人のサガ（『ホイクルの書』版）』 þa komv ſendimenn af bꝛetlandi 7 ſogþv konvngi at modꝛeð ſyſtvr ſvn hanſ lagþi vndir ſig bꝛetland 7 hann hafþi bꝛvllavp goꝛt til gvnnvarar dꝛottningar kono artvrſ konvngſ 7 hann hafþi ſamnad at ſer heidingivm at veria landit　ブリタニアから使者がやって来て、王に彼の甥モードレーズがブリタニアを自分の支配下に置き、アルトゥールル（アーサー）王妃グンヴォールと結婚式を挙げ、国を守るために自分のもとに首長たちを集めた旨を伝えた。（八四頁）

しかし、サガのロマンス版では、モードレーズが王妃を口説く台詞や、王妃がけしかけられ、説得を受けた様が記される。これは『ブリタニア列王史』、『ブリュット物語』のどちらにも見られない点である。

Nv er at segia huat er í Bretlandi gerðiz tíðenda, meðan Artus var í herfaur. Moðreið systurson hans kemr at máli við drotníngu Guenuere, sua segiandi: frú, sagði hann, nú er þinn herra Artus konúngr farinn í herfaur vt í Galliam, at beriaz við Lucium Rómaborgar aulldúng, oc þó at hann sè mikill kappi oc rauskr í frangaungum, þá er honum þó ofrefli at deila kappi við rómuerskan her, er nú þess van, at kapp hans oc forsíaleysi valldi hans skamlífi, mun hann ecki koma aptr or þessi herferð. Nú er þatt mitt ráð, frú, at láta mik taka til konúngs yfir allt Bretaríki, en þú skalt vera mín drotníng, oc skal ek gera til þín alla hluti eptir því sem þú kant beiða, oc þó at sua verði, at Artus komi aptr, þá hefir ek gnógan afla til at hallda ríkinu fyri þeim, oc munu við, frú, sagði hann, alla ockra lífdaga mega níótaz fyri þeim saukum. Kelldrik enn vtrui var oc við staddr þessa ráðagerð, oc fýsti hann þessa drotnínguna á marga veta, oc sagðiz til skylldu leggia við þau allan þann styrk sem hann fingi af Saxlandi, oc kæmi Artus aptr til Bretlandz. Drotníng hlýðir nú á þeirra fortaulur, oc ferr þetta fram, at Moðreið geck at eiga Guenuere, oc gerðiz nú konúngr yfir Bretlandi, oc vna þó margir landzmenn oc vinir Arthi stórilla við þessi svik, oc verðr þó sua at standa.　ここで、アルトゥース（Artus アーサー）が遠征に出ている間にブリタニアで何が起きたかをお話ししよう。彼の甥モーズレイズ（Moðreið モードレーズ）が王妃グエンヴェーレ（Guenuere グンヴォール）のもとへ話しに来てこう言った、「王妃様、只今、あなた様の夫君たるアルトゥース王はローマの英雄ルーキーウス（Lucius）と決闘しにガリアへ遠征に出ておられます。たとえ彼が偉大な英雄で、進撃の際には豪胆であるとしても、ローマ軍との戦闘は彼の力に余るものでありましょう。今や王の欲望と先見の明のなさが王の短命を招くと思われます。王はこの遠征から帰って来られますまい。王妃様、そこで私の提案でございますが、私を全ブリタニアを統べる王にしていただきたいのでございます。そしてあなた様は私の王妃となられるのでございます。そうしましたら、私はあなた様のお望みは何でも叶えて差し上げられますし、アルトゥースが帰って来ましても、彼を前に国を守るだけの十分な力がございます。そして王妃様、そうなりましたら我々は生涯をともにすることができるのでございます。」この説得の場には不忠者のケトルドリーク（Kelldrik）がおり、彼は様々に王妃をけしかけ、もしアルトゥースがブリタニアへ帰ってきた折、必要があれば自分がサクスランドから得られるだけの軍勢をすべて二人のために投入すると言った。王妃は彼らの説得を聞き、モーズレイズはグエンヴェーレを娶り、ブリタニアを統べる王となった。この地の多くの者たちやアルトゥースの友人たちはこの裏切りにひどく憤ったが、この状態が続くことになった。（一二〇―一頁　脚注一）

3 男性が既婚女性を我が物にしようとする様と当該女性の反応に関するまとめ

ここで取り上げた二つの場面はいずれも、一人の男性が既婚女性を我が物にしようとする様と、それに対する当該の既婚女性の反応を描いたものであるが、まず男性側についていえば、『ブリトン人のサガ』のロマンス版では、既婚女性を我が物にしようとする男性側の必死さがより具体的な言動としてあらわされているのがわかる。特に、イーゼルのケースについて言えば、彼がメルリーヌースの魔法に頼って念願を成就しようとした行動は、『ブリタニア列王史』や『ブリュット物語』、サガの『ホイクルの書』版にはいずれも見られないイーゲルナの激しい拒絶を受けた上でのことではあるが、モードレーズのケースと比べてより策略性を感じさせ、一方のモードレーズのケースでは、彼が言葉巧みにアーサー王妃を説き伏せようとするのに加え、「不忠者」のケトルドリークもそれに加担する形となっている。もちろん、イーゼルのケースについては、既述のように、彼がゴルローイスに姿を変えて塔の中のイーゲルナのもとを訪れる時点で既にメルリーヌースの力を借りており、また、アーサー王側とモードレーズ側との間で戦闘になった折には、モードレーズの側にも大勢の援軍がいたわけであり、この二点は『ブリタニア列王史』や『ブリュット物語』、サガの『ホイクルの書』版のいずれにも共通している点であるが、ここで取り上げたサガのロマンス版からの引用箇所においては、イーゼルとモードレーズのどちらのケースについても、既婚女性を我が物にしようとする男性の願望の成就のために、別の人間が加担する様が新たに書き加えられた形となっている。

一方、女性側については、イーゲルナは、イーゼルの策略とゴルローイスの死を知った直後にイーゼルと和解するのではなく、不満や悲しみを露わにし、イーゼルが頼ったメルリーヌースの用意した飲み物なしには和解はしなかった。また、アーサー王妃グンヴォールも、モードレーズから口説かれてすぐに彼のものとなったのではなく、ケトルドリークから様々にけしかけられ、彼らから説得された上でのことであり、サガのロマンス版のみに見られる記述では、『ホイクルの書』版のみならず、『ブリタニア列王史』や『ブリュット物語』と比べても、婦人の貞操がより強調された形になっているのがわかる。

二　王の威光、および王と臣下の良好な関係の強調

『ブリトン人のサガ』の『ホイクルの書』版において、アーサー王が父イーゼル王の死後、十五歳で王位についた場面の地の文で記されているアーサーの様々な美点に、『ブリタニア列王史』や『ブリュット物語』には見られない要素が付加されていることは、既述のように先行研究でも指摘されているが[18]、実際、『ブリトン人のサガ』では『ホイクルの書』版、ロマンス版を問わず、『ブリタニア列王史』や『ブリュット物語』と比べ、王の威光や王と臣下の良好な関係が強調して描かれている箇所が何点か見受けられる。

1　イーゼル王と臣下たちとの信頼関係

イーゼルがゴルローイスの妻イーゲルナを娶り、二人の間に息子アーサーと娘アンナ（Anna）が生まれた後、イーゼルは病身となる。その後、敵方のサクソン人オッタ（Otta。『ブリタニア列王史』のオクタ（Octa）にあたる）らが獄から解放されると、オッタらはサクスランドから軍勢を連れてブリタニアへやって来るが、『ブリタニア列王史』や『ブリュット物語』では、病身のウーテル王はアイルランドのロト（Loth）[19]王に国を託し、（『ブリュット物語』では）臣下たちにはロトの言うことをよく聞くよう伝えるが、臣下たちが傲慢ゆえにロトの言うことを聞かず、ブリタニア側が劣勢に陥る。それを耳にしたウーテル王は（『ブリタニア列王史』では激怒して）臣下たちのもとへ檄を飛ばしに行く（『ブリタニア列王史』（一八九・一九一頁）、『ブリュット物語』（八八四七―九〇行、二二

二・二二四頁））。

この間の経緯について、サガの『ホイクルの書』版では以下のように記される。

Litlv ſiþaʀ feck konvngr kꝛanleika mikin ⁊ mo˞ðelagan ⁊ meðan konvngr la ſivkr var þeim otta leypt brott oꝛ myrkvaſtofv ⁊ forv til ſaxlandz ⁊ forv aftr til bꝛetlandz með vvigian her ⁊ er þetta vrðv bꝛetar ſyſtv þeir konvng at gifta annv dottoꝛ ſina loð konvngi af irlandi ⁊ þat var til raðſ tekit ⁊ ferr hann ſiþan með her moti ſoxvm ⁊ varð þar harðꝛ bardagi ⁊ lavkſt með þvi at bꝛetar ſlyðv Ok er yter konvngr ſpyʀ þat ſtefnir hann til ſin ollvm havfþingivm ⁊ let bera ſig i boꝛvm mote her ſaxa þetta þotti ſoxvm mikil ſkom at þeir ſkylldv beriaz við ſivkan mann. ほどなくして（イーゼル）王は苦しみを伴う大病に罹り、王が病床に伏している間にオッタたちは獄から出されてサクスランドへ向かい、それからただならぬ大軍を連れてブリタニアへ戻ってきた。ブリトン人たちはこれを聞くと、王に、娘のアンナをアイルランドのローズ（Loð。『ブリタニア列王史』のロトにあたる）王のもとへ嫁がせるよう急かし、その案が受け入れられると、ローズは軍勢を連れてサクソン人たちへと立ち向かって行き、そこで激しい戦闘となったが、ブリトン人たちが逃走する形で終わった。イーゼル王はそれを耳にすると、自分のもとへ首長たちをみな集め、自分を担架に乗せてサクソン軍のもとへと向かわせた。サクソン人にとっては、病人相手に戦うのは大きな恥辱だと思われた。（七四頁）

ここでは、『ブリタニア列王史』や『ブリュット物語』に見られたような、「イーゼル（ウーテル）王の臣下のブリタニアの騎士たちが傲慢さゆえにローズ（ロト）の言うことを聞かなかったためにブリタニア側が劣勢に陥った」との記述はない。もっとも、この記述が削られたのは、『ホイクルの書』版の内容が特にアーサー王に関わる部分では大幅な縮約傾向にあったからというのもあろう。しかし、ブリトン人たちは、獄から出されたオッタたちが大軍を連れてブリタニアへ戻ってきたのを聞くと、イーゼル王に、娘のアンナをアイルランドのローズ王のもとへ嫁がせるよう急かし、その案が採用される。この要素は、『ブリタニア列王史』や『ブリュット物語』には見られない。イーゼル王と臣下の間の信頼関係が崩されず、しかも、臣下が王への助言という形で積極的に国の勝利のために動き、また、王も臣下の言うことを受け入れるなど、王の懐の深さを感じさせる。

ちなみに、この部分のロマンス版の内容については、上記の『ホイクルの書』版の「彼（ローズ王）は軍勢を連れてサクソン人たちへと立ち向かって行き（ferr hann ſiþan með her moti ſoxvm）」という箇所[20]に付された脚注に以下の記述がある。

í mót þeim Otta oc Erfa, oc áttu þeir saman nockurar orrostur oc kom lið Breta iamliga á flótta oc fell þeim þúngt í öllum bardaugum. En er (Yðir) frá þetta, þá stefnir hann til sín öllum höfðingium sínum. oc er þeir komu þagat, mælti hann sua: mikil hörmúng er þat, segir hann, ef tign oc velldi Bretlandz skal leg…… （末尾部分は引用元の記載のまま）（ローズ王はそれから軍勢を連れて）オッタとエルヴァ（Erfa。『ブリタニア列王史』のエオサ（Eosa）の対応人物か？）に（立ち向かって行った）。彼らはいかばかりか戦闘を繰り広げると、ブリトン人の軍勢は常に逃走することになった。彼らはどの戦闘でも苛酷さを感じたのだ。そして、イーズィル（Yðir イーゼル）がこれを耳にすると、自分の首長たちをみな自分のもとへ呼び寄せ、彼らがやって来ると、イーズィルはこう言った、「もしブリタニアの名誉や力が……なら大いに悲しむべきことだ」（八七頁　脚注三）

少なくとも、この部分には、ブリトン人の騎士たちが傲慢ゆえにロズの言うことを聞かなかったとの記述はないが、この前後の部分は上記脚注には記されていない。

2　アーサー王の武装の見事さに歓喜する臣下たち

『ブリタニア列王史』では、リンドコリヌム（Lindocolinum）とコリドンの森（Colidonis nemus）での戦い、サクソン人たちの裏切りとアーサー王による人質の処刑があり、アーサー王とレギオ市の大司教ドゥブリキウス（Dubricius）がブリタニアの騎士たちを鼓舞する演説を行うが、その後、アーサー王の武装が具体的に詳しく記される（一九九頁）。この武装の記述はヴァースの『ブリュット物語』にもあり（九二七五―九三〇〇行、二三三一・二三四頁）、サガの『ホイクルの書』版では多少縮約された形ながらも存在し（七六頁）、ロマンス版ではかなり詳細に王の個々の武器の特徴が記される（九二頁　脚注一）。しかし、サガのロマンス版だけは、王の武器をめぐる記述の後に、王がそのように見事に武装したのを見て軍勢がみな喜んだ様が記される。

> Oc er hann var vapnaðr með sua góðri herneskiu oc ágætri, þá varð allr herrinn glaðr við, er þeir sá sinn haufðingja oc formann sua vlíkan aullum avðrum, oc treystvz þeir sua vel hans hamíngju, at þeir gengu aller glaðer til þessar orrosto. そして、彼（アーサー王）がそのように豪華で見事な甲冑で武装すると、軍勢は自分たちの首長である統率者が他の誰とも異なる格好をしているのを見て、みな喜んだ。そして、彼らは王の幸運を十分に信頼して、みな喜んでこの戦闘へと向かって行った。（九二頁 脚注一）

この記述はサガの『ホイクルの書』版、『ブリタニア列王史』、『ブリュット物語』のいずれにも見られない。

3　髭集めの巨人との戦闘後のアーサー王の威光を増すエピソード

何人もの王侯から集めた髭を材料にマントを作成している巨人が、アーサー王からも材料となる髭をもらいたいと考え、王にその旨の伝言を伝えていたが、それを聞いたアーサー王は憤り、この巨人を決闘の末に斃す。

このエピソードは『ブリタニア列王史』（二二七・二二九頁）にも『ブリュット物語』（一一五六一―一一五九二行、二九〇頁）にも見られ、[21]『ブリタニア列王史』ではこの巨人の名はリト（Ritho）、『ブリュット物語』ではリトン（Rithon）であるのに対し、『ブリトン人のサガ』では『ホイクルの書』版、ロマンス版ともリーコン（Rikon）と記されているが、[22]『ブリトン人のサガ』では『ホイクルの書』版、ロマンス版のいずれにおいても、アーサー王は巨人を斃した後、巨人が集めていた髭の元の持ち主である王侯たちに、髭を取りに来るように伝える。

『ホイクルの書』版[23] .a. Konvngr gerði þa boð ollvm konvngvm at hverr tꝍki ſitt ſkeɢ en þeir þoꝛþv eigi at ſꝍkia 7 iattv ſig vera i þvi hanſ vndirmenn　アルトゥールル王はすべての王侯に対し、各々自分の髭を取りに来るよう伝言を送ると、彼らは髭を求めに来る勇気はなく、アルトゥールル王の臣下となることに同意した。（七八頁）

ロマンス版（Artúrr konúngr gerði þá boð öllum konúngum,）[24] þeim er þángat áttu at vitia skeggia sinna, at þeir skylldu þau sækia, oc vinna þat til at gánga til einuíss við siálfan hann, ella skylldu þeir vera hans undermenn oc honum skattgillder, oc engi þeirra var sua hraustr, at sækia þorði,　アルトゥールル（アルトゥース）王は、自分の髭を取りに来るはずの王侯みなに対し、「彼らはそれを求めに来て、自分相手に一騎打ちをすることになる。そうでなければ自分の臣下となり、自分に貢物を払う立場になるのだ」との伝言を送ったところ、彼らのうちの誰一人として、髭を求めるだけの勇気のある者はいなかった。（九八―九九頁 脚注四）

この、髭の取戻しをめぐるやり取りは『ブリタニア列王史』や『ブリュット物語』には見られない。特にサガのロマンス版ではアーサー王が髭の元の持ち主たちに、「髭を取り戻したければ、アーサー王と一騎打ちをしてもらう。そうでなければアーサー王の臣下として貢物を納める立場になってもらう」旨を伝えたとの記述があり、その結果、元の髭の持ち主全員が、アーサー王と一騎打ちをする勇気がなく、彼の臣下として貢物を納める立場を選んだことが明示され、他の王侯たちに対するアーサー王の威光を印象付けるエピソードになっている。

なお、この「何人もの王侯から集めた髭を材料にマントを作成している巨人が、アーサー王からも材料となる髭をもらいたいと考え、王にその旨の伝言を伝えていたが、それを聞いたアーサー王は憤り、この巨人を決闘の末に斃す」というエピソードは、『ブリタニア列王史』と『ブリュット物語』ではいずれも、アーサー王がローマ遠征に出発した後、いわゆるモン・サン・ミシェルの巨人を戦いの末に斃した直後の箇所において、アーサー王が、「自分がこのような強敵に遭遇したのは巨人リト／リトンを決闘で斃して以来のことである」旨を語り、それに続いてこの髭集めの巨人との戦いのエピソードの内容が記されるという形を取っている（『ブリタニア列王史』（二二七・二二九頁）、『ブリュット物語』（一一五六一―一一五九二行、二九〇頁））。

これに対し、『ブリトン人のサガ』ではいずれのヴァージョンでも、アーサー王がモン・サン・ミシェルの巨人を斃した直後のところで、アーサー王が戦いでこれほどの危険に陥ったのは、巨人リーコンとの決闘以来のことであった（とアーサー王自身が語った）[25]ことは記されているものの、ただその旨の簡潔な記述だけで、このエピソード自体はその後には記されず、この髭集めの巨人とのエピソード（アーサー王が戦いで巨人リーコンを斃し、その後、髭の持ち主たちに上記の伝言を送り、元の髭の持ち主たちがアーサー王の臣下となることに同意する）は、王となったアーサーが方々での戦闘に次ぐ戦闘で勝利を上げ続けた後の、戴冠式が行われる直前の位置に移されているのである（『ホイクルの書』版（七八頁）、ロマンス版（九六―一〇一頁））。

この髭集めの巨人とのエピソードのプロット上の位置の変更と、髭の持ち主たちとのやり取りが付加されていることについて、マリアンネ・E・カリンケは、『ブリトン人のサガ』ではアーサー王が巨人を斃すのみならず、他の王侯に対する優位も揺るがないことを証明した後にアーサー王の戴冠式が行われる、という形にプロットが改変されていることは、実に意味を成すことであると記しているが[26]、このプロット上の改変と、アーサー王が巨人を斃した後の、元の髭の持ち主たちとのやり取りの付加は、『ブリタニア列王史』や『ブリュット物語』に比べ、アーサー王の威光を増す形になっているのは言うまでもない。

4　王の威光や王と臣下の良好な関係が強調された箇所をめぐる考察のまとめ

このように、臣下が国のためを思って王に助言をし、それを王が受け入れるといった、臣下が国や王を思う様や、王の懐の深さをあらわす描写、および王の威光を増すのにつながる独自のエピソードが付加されていたりするなど、『ブリトン人のサガ』では『ホイクルの書』版、ロマンス版を問わず、『ブリタニア列王史』や『ブリュット物語』と比べ、王と臣下の間の良好な関係や王の威光が強調されていることがわかった。

おわりに

本章ではジェフリー・オヴ・モンマスの『ブリタニア列王史』のアイスランド語翻案である『ブリトン人のサガ』の『ホイクルの書』版とロマンス版の二ヴァージョンについて、『ブリタニア列王史』、および『ブリトン人のサガ』と同じく『ブリタニア列王史』を基にした翻案であるヴァースの『ブリュット物語』と比較し、「『ブリトン人のサガ』のロマンス版にしか見られなかった点」と、「サガについてはいずれのヴァージョンにも見られるが、『ブリタニア列王史』と『ブリュット物語』には見られない点」、および、「サガの『ホイクルの書』版には見られるが、『ブリタニア列王史』と『ブリュット物語』には見られず、サガのロマンス版については不明という点」を一緒に考察した結果、大きな二つの特徴を『ブリトン人のサガ』の二ヴァージョンに確認することができた。一つ目に取り上げた、「男性が既婚女性を我が物にしようとする場面で、男性側の必死さがより具体的な言動としてあらわされ、しかも男性の願望の成就に加担する協力者の行為も新たに付加する形で描かれており、一方、男性から言い寄られる既婚女性については、その貞操ぶりが強調されている」という点は、『ブリトン人のサガ』のロマンス版のみに確認できた点で、二つ目に取り上げた、「王の威光や王と臣下の良好な関係が強調して描かれている」という点は、サガの『ホイクルの書』版とロマンス版のどちらにも確認できる点であった。

既述のように、『ブリトン人のサガ』の二ヴァージョンは、いずれもラテン語写本からの直接の翻案ではなく、これらには共通の「原アイスランド語翻案」があったと考えられているが、本章で確認できた『ブリトン人のサガ』の二ヴァージョンのみに見られる特徴が、ラテン語写本からアイスランド語への翻案時に生じたものなのか、あるいはアイスランド語翻案の原典となったラテン語作品に既に存在していたのかについては、結論を下すのは必ずしも容易ではない。アーサー王伝説に題材を取ったサガ作品でも、先に触れた、クレティアン・ド・トロワの『イヴァン』がノルウェー語翻案を経てアイスランド語に翻案されたものとされる『イーヴェンのサガ』の内容は、クレティアン作品と比べると、感情描写や、物語を離れたところでの作者のコメントが削除された簡潔な描写が特徴で、クレティアン作品の内容に対し、ノルウェー語翻案あるいはアイスランド語翻案の段階で付加されたと考えられる箇所はごくわずかしか見られない(27)が、同じクレティアンの作になる『エレックとエニッド』が同様にノルウェー語翻案を経てアイスランド語に翻案されたものとされる『エレクスのサガ』では、クレティアン作品には見られない独自のエピソードの付加や、クレティアン作品と比べ、登場人物の人物像や言動に大きな変更が加えられているケースが何件も見受けられるからである。(28) 今後は関連する他作品のケースとも比較するなどして、さらなる考察を進めたい。

（1）本章で扱う各作品の使用テクストであるが、詳しくは本文で後述するように、『ブリトン人のサガ』の二ヴァージョンのうち、一般に『ホイクルの書』と呼ばれる書物（今日では三つの写本に分かれて伝承）を構成する写本の一つであるAM544 4to写本に代表される方のヴァージョンについては、ラッセル・C・ブラック（Russel C. Black）による学位論文として発表されたAM544 4to写本版のdiplomatic editionである、Breta sǫgur *from AM 544 4to: an Edition and Translation. A dissertation submitted in partial fulfillment of the requirements for the degree of Doctor of Philosophy*. University of Washington 2014を使用するが、もう一つの、AM573 4to写本に代表される方のヴァージョンについては、写本の伝承状態が悪く、本章で扱うアーサー王に関わる部分を含む形での現存が確認されている当ヴァージョン唯一の写本であるAM573 4to写本については校訂版が未発表で、『ホイクルの書』版のヨウン・シーグルソン（Jón Sigurðsson）による別の校訂版（註（5）参照）の本文に何か所か付された脚注で、AM573 4to写本の当該箇所の本文が抜粋の形で記されているのみである。本章では、『ブリトン人のサガ』のAM573 4to写本版の記述については、この『ホイクルの書』版のヨウン・シーグルソンの校訂版の本文に付された脚注の記述を使用する。なお、『ブリタニア列王史』については、Reeve, Michael D. (ed.) ; Wright, Neil (trans.) *The History of the Kings of Britain: An edition and translation of the De gestis Britonum (Historia Regum Brittanniae)*. Arthurian Studies 69. Woodbridge: Boydell Press, 2007を、『ブリュット物語』は、Weiss, Judith (ed. [and Trans.]) Wace's *Roman De Brut: A History Of The British: Text and Translation. Revised Edition*. Exeter Medieval Texts and Studies. Exeter: University of Exeter Press, 2002を使用する。

（2）『パルセヴァルのサガ』は、この後の本文で記しているように、クレティアン・ド・トロワの『ペルスヴァル』と呼ばれる作品がノルウェー語翻案を経てアイスランド語に翻案されたものと考えられている。未完のまま遺された『ペルスヴァル』は、物語の前半では、作品のタイトルともなっている主人公ペルスヴァルの物語が描かれているのに対し、後半はほとんどゴーヴァン（Gauvain）の活躍に充てられているが、『パルセヴァルのサガ』は主として『ペルスヴァル』前半のペルスヴァルの歩みを描いた部分が基になっており、クレティアン作品の後半のゴーヴァンが主人公となる部分は、『ヴァルヴェンの話』（*Valvens þáttr*）として独立している。この章の本文では便宜上、『パルセヴァルのサガ』と『ヴァルヴェンの話』を合わせて『パルセヴァルのサガ』と記している。

（3）いわゆるアーサー王にあたる人物の名前の原語での表記は、時代や言語圏によって細かく異なるが、本章ではアーサー王にあたる人物の名の日本語表記に関しては、作品の原文からの引用箇所に付した訳文を除き、原語にかかわらず、「アーサー」との表記に統一する。

（4）註（1）に挙げたラッセル・C・ブラックによる『ホイクルの書』版における表記。ただ、ブラックの版は diplomatic edition であり、固有名詞は頭文字が小文字のままになっているケースが多いが、ここでは頭文字を大文字とした。

（5）『ホイクルの書』は今日、三つの写本（AM371 4to, AM544 4to, AM675 4to）に分かれた形で伝承されている。『ブリトン人のサガ』が含まれているのは AM544 4to である。

（6）註（2）を参照。

（7）古典的なものとしては、Jón Sigurðsson (ed.) *Breta sögur*. In: *Trójumanna saga ok Breta sögur, efter Hauksbók med dansk Oversættelse. Annaler for nordisk Oldkyndighed og Historie*, pp. 102-215. Copenhagen, 1848（前編）、Jón Sigurðsson (ed.) *Breta sögur*. In: *Trójumanna saga ok Breta sögur, efter Hauksbók med dansk Oversættelse. Annaler for nordisk Oldkyndighed og Historie*, pp. 3-145. Copenhagen, 1849（後編）、および *Breta sögur*. In: Finnur Jónsson (ed.) *Hauksbók*, pp. 231-302. Copenhagen, 1892-96 が挙げられるが、本章では二〇一四年にラッセル・C・ブラックにより、学位論文として発表された版を使用している（詳しくは註（1）参照）。

（8）Svanhildur Óskarsdóttir (2000) Universal history in fourteenth-century Iceland. Studies in AM 764 470. University College London, 271-4.

（9）Würth, Stefanie (1998) *Der "Antikenroman" in der isländischen Literatur des Mittelalters. Eine Untersuchung zur Übersetzung und Rezeption lateinischer Literatur im Norden*. Basel: Helbing & Lichtenhahn, pp. 72, 167; Gropper (= Würth),

Stefanie (2011) *Breta sögur* and *Merlínússpá*. In: Marianne E. Kalinke (ed.) *The Arthur of the North. The Arthurian Legend in the Norse and Rus' Realms*, Arthurian Literature in the Middle Ages, 5, pp. 48–60. Cardiff: University of Wales Press, p. 50; Gropper, Stefanie (2014) Die Transmission der Breta sögur als Beispiel für verschiedene Formen der translatio innerhalb der mittelalterlichen isländischen Literatur. In: Jürg Glauser/ Susanne Kramarz-Bein (Hrsg.) Rittersagas. Übersetzung, Überlieferung, Transmission. Beiträge zur Nordischen Philologie, 45, pp. 219–37. Tübingen: A. Francke Verlag, p. 225. 実際、本章で使用している『ブリタニア列王史』のテクスト（註（1）参照）では、ラテン語原文と英訳が対訳の形で掲載されており、ラテン語本文が掲載されているのは五頁から二八一頁にかけての各奇数頁で一三九頁分であるが、その中で、アーサー王の父ウーテル王の死後、アーサー王が一五歳で王となってから、モードレドゥス側との戦闘で重傷を負い、アヴァロン島へ運ばれるまでの内容が記されているのが一九三頁から二五三頁にかけての各奇数頁で三一頁分で、作品全体の四分の一近くにあたる。一方、『ブリトン人のサガ』の『ホイクルの書』版の方は、本章で使用しているラッセル・C・ブラックの版ではアイスランド語原文が偶数頁に、英語訳が奇数頁にそれぞれ掲載されており、アイスランド語本文が掲載されているのは、二頁から九四頁にかけての各偶数頁で、四七頁分であるが、その中で、『ブリタニア列王史』の上記の部分に対応する内容が記されているのは七四頁から八六頁にかけての各偶数ページで七頁分にあたり、作品全体の七分の一弱に過ぎない。

（10） Würth, op. cit., pp. 167–70; Kalinke, Marianne E. (2009) Arthurian Legend in *Breta sögur*. Historiography on the Cusp of Romance. In: Margrét Eggertsdóttir et al. (eds.) *Greppaminni: Essays in Honour of Vésteinn Ólason*, pp. 217–30. Reykjavík: Hið íslenska bókmenntafélag, pp. 218–21; Gropper, *Breta sögur* and *Merlínússpá*, op. cit., pp. 51–6; Tétrel, Hélène (2011) Remarks on the two versions of the Old Norse translation of Geoffrey of Monmouth. Abstract for the Symposium: From the "Historia Regum Britanniae" to the European "Bruts", Part I: Towards a Typology of the Vernacular Adaptations of Geoffrey of Monmouth. Aberystwyth: Centre for Advanced Welsh and Celtic Studies, University of Wales, 15/16 June 2011 (https://www.univ-brest.fr/digitalAssets/36/36989_Hl-ne-T-trel-Aber-juin-2011.pdf), pp. 1–5; Gropper, Die Transmission der *Breta sögur* als Beispiel für verschiedene Formen der *translatio* innerhalb der mittelalterlichen isländischen Literatur, op. cit., pp. 230–6.

（11） Würth, op. cit., p. 58; Kalinke, op. cit., pp. 221–9; Gropper, *Breta sögur* and *Merlínússpá*, op. cit., pp. 56–8.

（12） Würth, op. cit., pp. 73–4, 77; Kalinke, op. cit., p. 222; Gropper, *Breta sögur* and *Merlínússpá*, op. cit., p. 50; Gropper, Die Transmission der *Breta sögur* als Beispiel für verschiedene Formen der *translatio* innerhalb der mittelalterlichen isländischen Literatur, op. cit., p. 227. 『ブリトン人のサガ』の『ホイクルの書』版のこの箇所ではアーサー王の美点として、hann var mikill a voxt venn at aliti ſpekingr at viti avꝛ af fe ſterkr harðꝛ 7 vapndiarfr glaðꝛ 7 goðꝛ vinvm en grimr vvinvm faſtnæmr 7 foꝛſiall ſiðatr 7 ſigrſæll vidfrægr 7 at ollv vel menntr「彼は背が高く、見栄えの良い風貌で、知性の点では聡明で、物惜しみせず、剛力にして厳格で、武器を手にしては豪胆で、幸に恵まれ、友人には好意的であるが、敵に対しては容赦なく、肝が据わっていて先見の明があり、勝利に恵まれ、名声は四海にあまねき、あらゆる点で育ちの良い人物であった（七四頁）」と記されている。『ブリタニア列王史』では、このような簡潔な形で特徴を列挙する形ではなく、これらの特徴のうち、武勇や寛大さ、人望などに限り、やや具体的なアーサー王の振舞いの描写を伴う形で記されている（一九三頁）。一方、『ブリュット物語』では、『ホイクルの書』版に匹敵するほどの多くの特徴を同様に簡潔に列挙する形が取られており（九〇一五―三二行、二二六頁）、その中には、アーサー王の人物特徴として、本章で使用している版の『ブリタニア列王史』の当該箇所では触れられていない点も多数含まれている。こうしたことから、この『ホイクルの書』版および『ブリュット物語』に見られるアーサー王の人物特徴の列挙の記述についても、先の本文の③で記したように、アイスランド語翻案の直接の原典となった『ブリタニア列王史』の写本には、既にこうした数多くの人物特徴の列挙の記述が存在したのであり、『ホイクルの書』版における当該の記述は原典のラテン語写本の記述に由来するものだとする指摘もあるが（Kalinke, op. cit., p. 223）、上記の『ホイクルの書』版の記述のうち、「知性の点では聡明で（ſpekingr at viti）」、「先見の明があり（foꝛſiall）」といった点は『ブリタニア列王史』や『ブリュット物語』の該当箇所には記されていない。なお、『ブリトン人のサガ』のロマンス版については、アーサー王に関わる部分を含む形での現存が確認されているロマンス版唯一の写本（AM573 4to）において、この、アーサー王の様々な美点が記されていたと思われる部分に写本の欠葉があり、この部分の記述の詳細については不明である（Kalinke, op. cit., p. 222）。

（13） Louis-Jensen, Jonna (1993)"Breta sǫgur." In: Phillip Pulsiano and Kirsten Wolf (eds.) *Medieval Scandinavia. An Encyclopedia*, pp. 57-8. New York & London: Garland Publishing, p. 57; Würth, op. cit., p. 56; Kalinke, op. cit., p. 218; Gropper, *Breta sögur* and *Merlínússpá*, op. cit., p. 48; Tétrel, op. cit., pp. 2-4; Gropper, Die Transmission der *Breta sögur* als Beispiel für verschiedene Formen der *translatio* innerhalb der mittelalterlichen isländischen Literatur, op. cit., pp. 219, 224.

（14） 以下、本章の本文における『ブリトン人のサガ』の登場人物名の表記は、本章で使用しているラッセル・C・ブラックによる『ホイクルの書』版における表記を使用する。ただ、註（1）や註（4）にも記したように、ブラックの版はdiplomatic editionであり、固有名詞は頭文字が小文字のままになっているケースが多いが、本章の本文中で登場人物名の原語表記をあげる際には、一律で頭文字を大文字とする。なお、人物によっては、作品中で名前の表記（綴り）が一定していないケースもあるが、その場合には代表的と思われる綴りを採用する。ただし、『ホイクルの書』版には登場せず、ヨウン・シーグルソンの版の脚注で記されるロマンス版の記述にしか登場しない人物については、ロマンス版の記述における表記を使用する。なお、登場人物名の日本語表記については、註（3）にも記したように、アーサー王にあたる人物については、本章で扱う各作品の原文からの引用箇所の和訳の場合を除き、「アーサー」との表記で統一する。

（15） このエピソードは『ブリタニア列王史』（一八七頁）や『ブリュット物語』（八六八一―八七三六行、二一八・二二〇頁）、および『ブリトン人のサガ』の『ホイクルの書』版（七二・七四頁）にも見られるものであるが、サガの『ホイクルの書』版の原文では、メルリーヌースがイーゼルに、彼の望みを叶える方法を教える際の台詞が、En þo ma ek ſva gera at þar syniz goꝛloiſ ſem þv ert en vlfin raðgiafi þin man ſynaz 7 ſva ek ſem hennar .ij. þionvſtvmenn 7 megv ver þa fa oꝛlof i tvrnin（七二・七四頁）と記されている。しかし、この文は、「それでも私は、ゴルローイスがあなた様のように見え、そしてあなた様の相談役のウールヴィンと私が、彼女の二人の召使のように見える形にさせていただくことはできます。そうすれば、我々は塔の中に入る許しを得られましょう」という意味になる。問題は「ゴルローイスがあなた様のように見え」という部分である。ゴルローイス夫人のいる塔の中にイーゼルがいかにして入ることができるかを問題にしているのであるから、ゴルローイスがイーゼルの姿を纏ったところで意味はなく、イーゼルがゴルローイスの姿を纏わなければならないはずであり、『ブリタニア列王史』や『ブリュット物語』における対応箇所でも、それぞれ、Scio medicaminibus meis dare tibi figuram Gorlois ita ut per omnia ipse uidearis.「私の魔法の薬であなた様をゴルロイスそっくりのお姿にして差し上げることができます」（『ブリタニア列王史』一八七頁）、Le cors, le vis, la cuntenance / E la parole e la semblance / Que li cuens ad de Cornoaille / Te ferai tut aveir senz faille.「あなた様には間違いなくコーンウォール公爵（ゴルロイス）の体、顔、物腰、話し方、風貌を身に纏っていただきます」（『ブリュット物語』八七〇七―八七一〇行、二一八頁）と記されている。また、上記の引用では、イーゼルの相談役のウールヴィンとメルリーヌース自身については、「あなた様の相談役のウールヴィンと私が、彼女の二人の召使のように見える形に」と、この場面の状況に合う記述となっている。したがって、『ブリトン人のサガ』の『ホイクルの書』版の上記引用箇所における、「ゴルローイスがあなた様のように見え（る形に）」（at þar sýnist Gorlóis sem þú ert）という部分は、本来「あなた様がゴルローイスのように見え（る形に）」（at þar sýnist þú sem Gorlóis er）であるべきところだと考え、そのように解釈した。

（16）以下、各作品の原文からの引用はそれぞれ、すべて註（1）に記載のテクストに拠る。引用箇所に付した頁数は、使用テクストの頁数。

（17）なお、註（1）に記したように、本章では『ブリトン人のサガ』のロマンス版のテクストは、ヨウン・シーグルソンによる『ホイクルの書』版の本文に脚注を付す形で記された当該箇所のロマンス版の記述を使用するが、ここでの引用の冒頭の括弧で囲った部分は、ヨウン・シーグルソンの版に記された『ホイクルの書』版の本文の記述である。この版の本文では、ここでの引用中の括弧内に記した部分の最後の単語 sanna の後に印が付され、この箇所から後の部分のロマンス版の記述として、本引用の冒頭の括弧を付した箇所の後の部分が脚注において記されている。なお、この引用部分の日本語訳の末尾に引用元のヨウン・シーグルソンの版の頁数と脚注番号（八六―七頁　脚注一）を記したが、ヨウン・シーグルソンによる『ブリトン人のサガ』の『ホイクルの書』版のテクスト（脚注におけるロマンス版の記述を含む）は、同じ学術誌（*Annaler for nordisk Oldkyndighed og Historie*）の一八四八年号と一八四九年号にわたって掲載されたものである（詳しくは註（7）を参照）。しかし、本章で取り扱うイーゼル王とアーサー王をめぐる部分が掲載されているのは一八四九年号の方のみであり、以下、本章において『ブリトン人のサガ』ロマンス版の原文からの引用に付した頁数は同誌の一八四九年号の頁数である。

(18) 註（12）を参照。

(19) ロト（Loth）の名前は『ブリタニア列王史』、『ブリュット物語』とも同じ表記である。

(20) ヨウン・シーグルソンの版の記述は、ferr hann síðan með her móti Söxum である（八六頁）。

(21) この髭集めの巨人については、詳しくは渡邉浩司「〈ひげ剥ぎ〉の文学的肖像―群島王リヨンをめぐって」（中央大学『仏語仏文学研究』第四二号、二〇一〇年、九―三三頁）を参照。

(22) ただし、『ホイクルの書』版では一か所、Rikion（リーキオン）との表記も存在（七八頁）。

(23) .a. とあるのは artvrr（アルトゥールル）の省略と考えられる。

(24) 先の、「夫の死の報告に対するイーゲルナの反応とそれを受けてのイーゼルの対応」についての、『ブリトン人のサガ』ロマンス版からの引用箇所のケースと同様、ここでの引用の冒頭の括弧で囲った部分は、ヨウン・シーグルソンの版に記された『ホイクルの書』版の本文の記述である。この版の本文では、ここでの引用中の括弧内に記した部分の最後の単語 konúngum の後に印が付され、この箇所から後の部分のロマンス版における記述として、本引用の冒頭の括弧を付した箇所の後の部分が脚注において記されている（九八頁）。

(25) この、「アーサー王が戦いでこれほどの危険に陥ったのは、巨人リーコンとの決闘以来のことであった」という点について、『ホイクルの書』版では地の文で、þviat konvngr hafþi alldri fyʀ i lika ravn komit nema þa er hann atti við rikonem「なぜなら、王はリーコンを相手にしたときを除き、過去に同じような危険な目に遭遇したことは一度もなかったからである」（八二頁）とあるのみで、「王がリーコンを相手にしたときを除き、過去に同じような危険な目に遭遇したことがなかった」ということが、事実として客観的に記されている形であるが、ロマンス版では、oc sagði sua, at hann þóttiz eigi í slíka raun komit hafa fyrr, sem þá, nema þá er hann átti við Rikonem kappa.「そして（アーサー王は）、自分は勇士リーコンを相手にしたときを除き、過去にそのような危険な目に遭遇したことは決してなかったと思う、と語った」（一一一頁、脚注三（注記は一〇八頁の下部に記された脚注番号（3）から始まっているもの））とあり、アーサー王が自らの所感として語った形になっている。

（26） Kalinke, op. cit., pp. 225-7.

（27） 『イーヴェンのサガ』の物語で、クレティアン作品の内容に対し、ノルウェー語翻案、あるいはアイスランド語翻案の段階で付加されたと考えられる箇所として挙げられるのは以下に記す箇所である。主人公のイーヴェン（Íven。クレティアン作品のイヴァン（Yvain））が泉の国の奥方との結婚後、冒険の旅に出るべく泉の国を立ち去ったものの、帰国の期限までに帰らず、奥方から離縁された後、イーヴェンを奥方の結婚（再婚）相手として薦めた奥方の侍女ルーネタ（Lúneta）は、泉の国の執事騎士から裏切りの罪を犯したとして告発され、処刑されそうになる。これはクレティアン作品から踏襲した内容であるが、『イーヴェンのサガ』では、執事騎士がルーネタをそのように告発した理由として、執事騎士が日頃、奥方から財産を盗み取っており、その事実をルーネタに掴まれていた（すなわち執事騎士は自分の悪事がばれないよう、ルーネタの口を封じようとした）という要素が加えられている。これはクレティアン作品には見られない点である。なお、『イーヴェンのサガ』のテクストは、Blaisdell, Foster W. (ed.) *Ívens saga*. Ed. Arnam., Ser. B, vol. 18. Copenhagen: C. A. Reitzels Boghandel, 1979 を使用。上記のエピソードについては、このテクストの一〇七―八頁、および拙訳書『北欧のアーサー王物語 イーヴェンのサガ／エレクスのサガ』（麻生出版、二〇一三年）の四五頁および九四頁を参照。なお、『イーヴェンのサガ』の使用テクストには、同作品を伝える写本のうち、三点の本文をそれぞれ転写したものが三段パラレルで掲載されているが、上述の要素はそのうちのどの写本で伝えられる版にも存在する。

（28） 詳しくは右記の拙訳書の一五八―一六〇頁、および一七九―一八一頁を参照。なお、『エレクスのサガ』の原文は Blaisdell, Foster W., ed. *Erex saga Artuskappa*. Ed. Arnam., Ser. B, vol. 19. Copenhagen: Munksgaard, 1965 を使用。

グウィネヴィアと建礼門院
――贖罪と後世の弔い――

多ヶ谷　有　子

はじめに

中世の騎士物語の代表的ロマンス、アーサー王の物語の中でも特に知られているランスロット（Lancelot）とアーサー王妃グウィネヴィア（Guinevere）の愛は、アーサー王の宮廷の崩壊の序章となった。グウィネヴィアは、その生涯の最後を修道院において贖罪と祈りの日々を過ごした。一方、「平家物語」の建礼門院徳子は、高倉天皇妃、安徳天皇の母となるが、平家一門が滅びたあと、大原の寂光院で一門の菩提を弔い、その生涯を閉じる。アーサー王物語は、時に「平家物語」との比較的視点から語られることがあるが、管見する限り、比較的考察で建礼門院が語られることはない。「平家物語　灌頂巻《かんぢょうのまき》」で、建礼門院は壇ノ浦に散った安徳天皇をはじめとする平家一門の後生を弔いつつ日を過ごす姿が語られる。都落ちの後に建礼門院が辿った道筋は、アーサー王の宮廷が崩壊し、王の死を機に修道院に入り、贖罪と祈りの日々を送ったグウィネヴィアの姿と重なる。

本章では、「灌頂巻」を除き、およそ自身の顔をもたないかのように描かれる建礼門院と、王妃としてあるいはランスロットの恋人として華やかに描かれるグウィネヴィアの、崩壊以降の日々に焦点をあて、二人の女性の贖罪と祈り、菩提の弔いの本質を明らかにしたい。なお本章では、グウィネヴィアについてはマロリー（Malory）の物語に焦点をあて、ヴィナーヴァ校訂の三版、また建礼門院については日本古典文学大系三三『平家物語』（下、一九六〇。以下「岩波大系下」）に拠り、必要に応じて他のテキストや諸本を参照する。(1)

一　グウィネヴィアの贖罪

ランスロットと王妃の愛が公になり、それが切掛けとなり、ランスロットとガウェイン（Gawain）、アーサー王とランスロットの信頼関係に亀裂が入る。ランスロットは王の宮廷を離れ帰国するが、アーサー王は怒りのおさまらないガウェインに引きずられ、城と妃をモードレッド（Mordred）に委ね、フランスに遠征する。その隙につけいり、モードレッドは王位簒奪を謀り、さらに王妃との結婚を企てる。王妃はロンドン塔に籠り、モードレッドの野望を拒否する。ただし、頭韻詩『アーサーの死』（*The Alliterative Morte Arthure*）はグウィネヴィアとモードレッドとの結婚を語り、マロリーとは異なりを見せる。(2)

激しい戦いが終わり、アーサーはモードレッドを斃すが彼自身も瀕死の重傷を負い、モルガン・ル・フェイ（Morgan le Fay）らに導かれてアヴァロンに行くと言いおき戦場を離れる。アーサーが生きた最後の姿を見たベディヴェール（Bedivere）はその後、アーサーの墓を見つけ、かつてカンタベリーの司教であった修道士に導かれ、ともに修道生活をおくる。グウィネヴィアもまた王の死後、修道院に入り贖罪と祈りの日々を過ごす。

> And whan queen Gwenyver understood that kynge Arthure was dede and all the noble knyghtes, sir Mordred and all the

remanaunte, than she stale away . . . . she lete make herselff a nunne, and wered whyght clothys and blak, and grete penaunce she toke upon her, ... ever she lyved in fastynge, prayers, and almes-dedis, that all maner of people mervayled how virtuously she was changed. (Vinaver, p. 1243)

そして王妃グウィネヴィアは、アーサー王をはじめ、並べてのいとやんごとなき騎士も、モードレッド卿も、その他の者たちも、みな命を落としたと知ると、そっと立ち去り、……修道女となり、白と黒との衣を身にまとい、ひたすら贖罪に励もうと、……常に、断食と祈りと善行を旨とした。そのため、人は皆、妃はすっかり変わってなんと徳高いお方になったことよと驚き感じ入ったのであった。（筆者試訳、以下の日本語訳も同様）

修道院に入った妃は自ら過ごした罪深い日々を痛悔し、贖罪の苦行、祈り、善行専一の日々を過ごす。この引用では、なぜグウィネヴィアが修道院に入ったかという理由が語られる。その真意が語られるのはランスロットがグウィネヴィアを訪ねた折である。ランスロットはモードレッドとアーサー王の戦いの知らせを受けイングランドに向かう。しかし時すでに遅かった。戦いは終わりアーサーも斃れたことを知る。ランスロットは修道院に入ったグウィネヴィアを訪れる。そこでランスロットは、これからも妃の騎士として奉仕を続けたい旨を伝えるが、グウィネヴィアの返事は思いがけないものであった。

. . . for thorow oure love that we have loved togydir ys my moste noble lorde slayne . . . . I am sette in suche a plight to gete my soule hele. And yet I truste, thorow Goddis grace and thorow Hys Passion of Hys woundis wyde, that aftir my deth I may have a sight of the blyssed face of Cryste Jesu, and on Doomesday to sytte on Hys ryght syde; for as synfull as ever I was, now ar seyntes in heyyn. And . . . I requyre the and . . . thou never se me no more in the visayge. And I commaunde the, on

Goddis behalf, that thou forsake my company . . . . for thorow the and me ys the flower of kyngis and knyghtes destroyed . . . . And I pray the hartely to pray for me to the Everlastynge Lorde that I may amende my mysselyvyng. (Vinaver, p. 1252)

なぜなら、私どもの愛のゆえに、この上なく高貴な殿様が命を落としました。……このような苦しみの極みの中で心が癒えることはありません。それでも、希みをかけているのです、神様のお恵みとキリスト様のいとも大きな御傷を受けなされた御受難のおかげをもって、この世を去ったときには、イエス・キリストの有り難い御顔にあいまみえることができますようにと。また、最後の審判の日には主の右に立ちたいと。私はこれまで罪深い者でしたが、今は、天国の聖人にと。ですから……貴方様のためにお願いでございます。これよりはお目にかかることはありません。また、是非ともお願いいたします。貴方様とご一緒にというお望みはお諦めくださいませ。なぜなら、貴方様と私のために、王の中の王の華と騎士たちの命を奪ってしまうことになりました。ですから心の底からお願いいたします。永遠の主に、私の為にお祈りくださいませ。私の罪深い来し方のお償いが叶いますようにと。

グウィネヴィアは、このたびの戦いが二人の愛から始まり、そのためにアーサーをはじめ多くの立派な騎士が命を落としたことを心から痛悔し悔悛した。その結果、死後の世界で魂が救済されることを望みに、祈りと贖罪の日々を送ろうと修道院に入った。以来、自らの罪を深く理解し、心から悔い、神の国に受け入れられることに心を向けたという。グウィネヴィアは、まさに悔い改め、「メタノイア」（回心）を経て、修道生活を送ることになった。ランスロットとの再会にも心は揺るがない。彼の最後の願いも拒絶する。

罪深い生活を送ってきた者が心から悔い改め、贖罪の祈りと苦行を続けて天国にいたる話は、聖人伝には数多見られる。その意味で、グウィネヴィアの最後の日々を語るエピソードは、聖人伝の色合いを帯びてくる。

二　建礼門院の六道巡り

1　建礼門院の菩提の弔い

建礼門院徳子は平清盛の次女である。母、二位の尼時子の妹は建春門院滋子、高倉天皇の母である。徳子は高倉天皇に入内し、第一皇子の言仁、後の安徳天皇の母となり国母と呼ばれる。しかし平家一門の驕りが怨みと反感を招き、やがて源平の戦いが始まる。源氏の勢いは激しく、平家一門は都を追われ、福原、太宰府、明石、一ノ谷、屋島へと戦いつつ落ちてゆき、ついには壇ノ浦の戦いで滅びる。

『平家物語』には多くの諸本があり、それぞれに語りや趣を異にするが、建礼門院は、どの本においても、「灌頂巻」を除けば、具体的な言動そのものが描かれることの、殊の外少ない登場人物である(3)。

たとえば安徳天皇誕生難産の場面である。当時、平家一門、特に清盛の驕りは謀反を誘い、鹿ヶ谷で平家を倒す話し合いがもたれるが、その陰謀が発覚し、主謀者は斬罪や流刑に処せられた。こうした怨嗟が難産の原因かと慮ったゆえの大赦もあったが、俊寛のように大赦から外れた者の怨みを残すこととなった。建礼門院は渦中にありながらその具体的状況は語られない。ともあれ、難産の末に男児、後の安徳天皇が誕生する。

その後、平家に対する謀反勢力は勢いをまし反乱が起こる。やがて義仲入洛の報があり、平家一門は都を落ちのびる。この後、平家は没落の一途を辿る。一門は負け戦を繰り返し、海上を彷徨う日々を強いられる。建礼門院の名は折々に言及され、ひたすら嘆く様を伝える。最後の戦いとなった壇ノ浦で二位の尼は安徳天皇を抱いて入水する。それを見た建礼門院も続いて入水を試みるが心ならずも源氏に捕えられる。生きのびる道を歩むことになった建礼門院は、物語終末部「灌頂巻」において、生涯最後の日々をおくる姿が描かれる。

建礼門院は救出後、吉田の付近に住みそこで出家した。さらに人目を避けて大原の寂光院に移る。大原は頗る侘しいところであったが、ここで安徳天皇をはじめ平家一門の後世を弔う日々を送る。建礼門院が住む草深い大原の庵室に後白河法皇が訪れたのはその頃のことである。いわゆる大原御幸である。(4)

か丶る身になる事は一旦の歎申にをよび候はねども、後生菩提の為には、悦とおぼえさぶらふなり。忽に釋迦の遺弟につらなり、忝く弥陀の本願に乗じて、五障三従のくるしみをのがれ、三時に六根をきよめ、一すじに九品の浄刹をねがふ専ら一門の菩提をいのり、つねは三尊の來迎を期す。いつの世にも忘れがたきは、先帝の御面影、忘れんとすれども忘られず、しのばんとすれどもしのばれず。たゞ恩愛の道ほどかなしかりける事はなし。されば彼菩提のために、あさゆふのつとめおこたる事さぶらはず。是もしかるべき善知識とこそ覚へさぶらへ（岩波大系下、四三五頁以下）

建礼門院は後白河法皇の訪れに困惑するが、今はひたすら菩提を弔う日々であることを伝える。法皇が都に帰ったのちも修行専らの日々を過ごし最期を迎えた。

2　建礼門院の六道

建礼門院は後白河法皇に都落ちした後の日々を六道《ろくどう》に擬えて語る。六道とは生きとし生けるものが生前の業によって赴く輪廻世界のことで、天道、人間道、餓鬼道、修羅道、畜生道、地獄道の六道がある。六道については主に冨倉（一九六八『平家物語全注解 下巻（二）』）に拠る（以下、「冨倉」）。(5) 建礼門院の六道巡りは以下の通りである。

天上界は、六道のなかでは最も楽しみが多く、悲しみが少ないところといわれる。建礼門院の天上界は国母としての日々で、その時は天都にある心地であったと語る（冨倉、二〇二頁）。次が人間道である。「岩波大系」では、木曽義仲が都に攻め寄せ都を落ちたときのことを人間道として描く。ここは人間の身体を不浄とする不浄観、生病老死の四苦、怨憎会苦、愛別離苦、求不得苦、五陰盛苦の四苦、あわせて八苦の苦相観、そして無常観という三相をもつ世界である。建礼門院は平家の都落ちを人間道であると語る（富倉、二〇二―二〇四頁）。

平家は太宰府に落ちのびるがそこも安住の地ではない。そこを追われ、苦しみながら日々を過ごした。以後、屋島にいたる流浪の日々は、「飢えても食を得られない鬼、満腹してなお満たされず食を欲する鬼、自身の肉を食らう鬼のいる」餓鬼道の世界であった（富倉、二〇四―二〇七頁）。さらに一ノ谷の負け戦に続く屋島の合戦で攻め落とされる日々は、源平の戦いによる混乱の日々で、「常に心に怒りの焔を燃やし、驕慢から来る苦しみと、疑に基づく恐怖を抱いて闘諍の日々を送る」修羅道の世界と語る（富倉、二〇七―二〇九頁）。平家最後の決戦となった壇ノ浦の戦いは地獄道であった。地獄は六道の中で最も苦しみの多い世界である（富倉、二〇九―二一二頁）[6]。

3　建礼門院の畜生道

建礼門院は最後に畜生道を述べる。畜生道についての語りは、語り本系と読み本系では異なる。『覚一本』をはじめとする語り本系では、明石の浦で見た夢を畜生道とする。

播磨國明石浦について、ち（ッ）とうちまどろみてさぶらひし夢に、昔の内裏にははるかにまさりたる所に、先帝をはじめ奉て、一門の公卿殿上人みなゆゝしげなる礼儀にて侍ひしを、都を出て後かゝる所はいまだ見ざりつるに、「是はいづくぞ」ととひ侍ひしかば、二位の尼と覚て、「龍宮城」と答侍ひし時、「めでたかりける所かな。是には苦はなきか」ととひさぶらひしかば、「龍畜経のなかに見えて侍らふ。よく〳〵後世をとぶらひ給へ」と申すと覚えて夢さめぬ。

（岩波大系下、四三九頁）

夢の中に「龍宮城」が見え先帝をはじめ平家一門が揃っていた。「龍宮城にも苦はある」ゆえにと、後世の弔いを托される。建礼門院の功徳、専心の弔いが死後の平家一門に極楽往生をもたらすと読める。上記のように、語り本系では龍宮城に転生した事を畜生道と捉えているが、読み本系の『源平盛衰記』や『延慶本 平家物語』は別のことを語る。(7)

……都ヲ出テ後ハ、イツトナク宗盛、知盛、一船ヲ棲トシテ日重月ヲ送シカバ、人ノ口ノサガナサハ、何トヤラン聞ニクキ名ヲ立テシカバ、畜生道ヲモ経ル様侍リキ。大方ハ一旦快楽ノ栄花ニ誇テ、永劫無窮之苦報ヲモ不レ覚、出離生死之謀ヲモ不レ知、只明テモ晩テモ無レ墓思ニノミホダサレテ過シ侍キ、是豈愚癡闇鈍之畜生道ニ迷ルニ非ヤ

（松尾二〇〇八『延慶本』一〇七―一〇八頁）

……讃岐国屋島に着きて内裏造りなどして安堵して候ひしに、そこをも源氏に追ひ落されて、一つ船の中の住居なりしかば、兄の宗盛に名を立つと云ふ、聞きにくき事を言ふをも、又九郎判官に虜られて心ならぬあだ名を立て候へば、畜生道に云ひなされたり。

（水原一九九一『源平盛衰記』第六巻、二一五頁）

いずれも、宗盛や義経との間にあられもない関係があったという噂を畜生道として語る。

読み本系における畜生道の解釈では、近親相姦や義経との関係をそれとする解釈も散見する。(8)しかし物語の言葉を忠実に理解すれば、建礼門院が語ったのはそうした噂、中傷があったという事実であり、自身の経験とは語

られていないことに注目するべきである。そうした悪質な誹謗中傷こそが、相害する畜生の所業であり、畜生道を経た心地と表現したと考える。様々な過去の逸話を実例として引き合いに出しているのは、それに匹敵する酷い噂だったということである。そのような汚名を立てられることそのものが、相害し、相手を誹謗中傷して貶めるという畜生道に生きている心地であったといえる。大島本にも「一舟の中にありしかは、あにむねもりにあらぬ名を立ちし事ひとへに畜生道になそらふへし、」との一節がある。[9]

畜生道で示される苦しみは様々であるが、建礼門院のそれは国母に対する倫理的攻撃であった。そうした誹謗中傷を建礼門院自身が受けた体験として畜生道を経たと表現した。身に覚えのないことを非難されることほど苦痛なことはない。建礼門院は自らが蒙った中傷に対し、全く事実に反し、根拠がないゆえに、受苦として表現した。「何トヤラン聞ニクキ名ヲ立テシカバ、畜生道ヲモ経ル様侍リキ。」と『延慶本』にあるのは（松尾 二〇〇八『延慶本』一〇七頁）、聞きにくい噂を立てられて畜生道を経験したようであった、と字義通り解すべきで、要するに、噂を立てられた体験が畜生道のようであったということである。

「国母ともあろうものが自分の口からこのような恥をさらけ出すということ自体が衝撃的なことであり、事実であったと描いているのとほとんど同じことである。」（佐伯 二〇〇九、一六〇頁）という読みは、噂を事実と理解し、弁明するほど不利になるという解釈で同意しがたい。[10] これは醜い噂を流した者たちのいわば思う壺である。建礼門院の悲劇は、このような誤解に曝され、弁明も叶わないゆえ、そのこと自体が苦しみということにある。「中世には『畜生道』と、近親相姦を含む姦淫問題との連想契機が希薄なのだと考えざるを得ない」と指摘する（佐伯、一六七―一六八頁）。それならば、この文言はそうした当時の理解に立って解釈すべきである。にもかかわらず、なぜ「平家物語」は畜生道と性的醜聞とを結びつけたのかという方向に議論が進む（佐伯一六八頁以下、特に一七九頁以下）。当時、性的堕落が畜生道であるとの考えがなかったか希薄ならば、「平家物語」が語る畜生道は性的堕落ではない。『往生要集』の「畜生は相害する」という基本的思考で解釈すべきである。

佐伯（一七八頁）の「『禽獣』の属性であった乱婚、性的乱れといった要素が、『畜生』に流入した（中略）建礼門院説話は、そのような儒教的概念と、仏教語の『畜生道』とを結びつけた、早い例だったのではないか」という解釈は、性的堕落が畜生道にあたると物語が語っているとの思い込みに立った理解である。素直に佐伯（一六七―一六八頁）が示す「希薄」であった状況を考えれば、畜生道とは、誹謗中傷される噂を立てられたことの苦境それ自体と理解すべきである。当時「希薄」だった畜生道と性的堕落との結びつきを、あえて「早い例」と考える必要はないはずである。

『源平盛衰記』の「今も昔も男女の習ひ、力及ばざる事なればとてもかくても候ひなん、これをこそ自らは六道を経たりとは申すに候へ。」を水原（一九九一）の注（二一七頁）を参考に解釈すれば、「男女の習ひ」とは、実否の確定できない事柄であるが、実際そうであったと信ぜられていたらしいことを言い、伝説やお話の中の出来事のように興味本位に面白げに言い立てられたということである。「力及ばざる事」とは、噂を立てられても釈明できない状況をいう。従って、「六道を経たり」とは噂を立てられても釈明不可能な状況におかれたという経験をいう。水原、前掲書、二一三頁の解釈に、畜生道について、「苦多く、楽少なく、貪欲、婬欲強く、残害し合う。ここは近親相姦や重婚を畜生道の特徴としていう。」とある。なるほど、建礼門院が邪淫を犯したが贖罪によって極楽往生したと読むことも可能かもしれない。しかし、そう読めば、「灌頂巻」が語らない事実や理屈を想定しなければならないだろう。最も単純で明快な読みは、物語が語るように、建礼門院は邪淫を犯さず、極楽往生の阻害にはならなかった、ということである。

六道語りは『往生要集』を踏まえている。[11] それによれば、反倫理的邪淫は地獄に墜ちる人間の行為であり、畜生道の行為ではない。建礼門院は堕地獄の行為をおこなったと中傷される苦を経験した。しかし建礼門院は極楽往生する。邪淫の罪を犯していれば極楽往生はできない。物語が建礼門院による実際の邪淫体験を仄めかしているとしたら、物語はその極楽往生を語ることはできない。物語は、噂はあったが極楽往生したゆえ噂は事実ではなかったと語る。史実がどうかということではない。物語はどう語るかということである。建礼門院の畜生道経験とは、無実の噂を立てられて害され苦しんだことを指すことになる。

六道語りは、六道という迷いの世界を経巡り、遂に往生するという結果を導く話である。そういう当時の六道巡りの理解に立つならば、畜生道も脱すべき世界であり、醜聞も、それ自体ではなく、むしろそこから脱するべき世界として語られていると考えるべきである。建礼門院は自らの往生だけではなく、安徳天皇をはじめ平家一門の往生を導く役割を担っている。それゆえ、それを示唆するよう語られなければならない。

4 畜生道の本質

六道の基本的な知識は源信の『往生要集』で、読み手もその知識に基づいて理解したはずである。『往生要集』の畜生道についてのその記述は短い。

第三に、畜生道を明さば、(中略) 一には禽類、二には獣類、三には虫類なり。

かくの如き等の類、強弱相害す。もしは飲み、もしは食ひ、いまだ曾て暫くも安らかならず。昼夜の中に、常に怖懼を懐けり。いはんやまたもろもろの水性の属は、漁者の為に害せられ、もろもろの陸行の類は猟者の為に害せらる。もしは象・馬・牛・驢・駱駝・騾等の如きは、或は鉄の鉤にてその脳を斲られ、或は鼻の中を穿たれ、或は轡を首に繫ぎ、身に常に重きを負ひて、もろもろの杖捶を加へらる。ただ水・草を念ひて、余は知る所なし。また蚰蜒、鼠狼等は、闇の中に生れて闇の中に死す。蟣蝨・蚤等は、人の身に依りて生じ、また人に依りて死す。またもろもろの竜の衆は、三熱の苦を受けて昼夜休むことなし。或はまた蟒蛇は、その身長大なれども聾騃にして足なく、宛転として腹行し、もろもろの小虫の為に唼ひ食はる。（『往生要集』三二一―三二二頁）

引用によれば、畜生界の本質は互いに害し合うこと、「強弱相害」することである。漁師や猟師に害され、人に使役され、蛇も小虫に食われる。龍にもそれなりの苦がある。(12) 水原は、『閑居友』に記された、建礼門院の居室にあったという地獄絵が六道語りの着想になったのではないかとの旨を指摘し、武久堅（一九九九『平家物語発生考』二五二頁注一九）もこれに同調し、「同見解に立脚」するとある。(13) その地獄絵は聖衆来迎寺の「六道絵」と同様な図柄であったのではないかと推定される。

聖聚来迎寺の『国宝 六道絵』の畜生幅には、蚯蚓は蛙に、蛙は蛇に、蛇は猪にと、弱者を強者が喰らおうとする弱肉強食の連鎖が描かれている。(14) まさに強弱相害する図である。さらにその猪を猟師が狙う。その猟師を鬼が背後から槍で突こうとしている。猟師は人間である（福井一九九九「六道絵巻」五三頁）。侍烏帽子と思しきものを被っている。鬼は畜生でも人間でもない。ここで図示される畜生道とは、人間も含め強者が弱者を滅ぼす連鎖である。この六道絵は伝説的には巨勢金岡の作であるが（泉武夫他 二〇〇七『国宝 六道絵』一八八、三五五頁）、一三一三年（正和二年）に第一回の修復を行っており（『国宝 六道絵』一七九頁）、鎌倉時代の初期以前に溯れる可能性もありうる。現存のものでも禅林寺、兵庫の極楽寺、水尾弥勒堂の各本にこの連鎖が描かれている（『国宝 六道絵』二四八―二五〇頁、二五一頁〔挿図二二―二四頁〕）。絵の中で最強の畜生である猪を狩人が狙うのは、『往生要集』にある畜生の強弱相害、畜生は漁師や猟師に害される、という記述と合致する。

『国宝 六道絵』の解説によれば、このモチーフは『荘子』や『今昔物語集』の記述を応用したものとされ（二四八―二五〇頁）、江戸時代に続くという。いずれにしても、畜生道の絵画モチーフとして強弱相害す連鎖の図があり、強者もさらに強者に滅ぼされる思想が多く絵画化されており、「平家物語」の作者・読者である当時の人はこれを見知っていたと判断できる。当麻寺奥院の十界図屏風にも同様な弱肉強食の連鎖が描かれている。これは折り目を挟んで狩人の背後に鬼がいる（『国宝 六道絵』二五一頁〔挿図二四〕頁）(15)。『宝物集』が記す畜生道は「残害の苦しみ」で「雉と鷹、蛙《かわず》と蛇《くちなわ》、鵜と鮎、猫と鼠」を例示している(16)。弱肉強食の連鎖である。『宝物集』を編じたといわれる平康頼の時代にそのことが了解されていた蓋然性は高い。このように、中世において、畜生道は強者が弱者を虐げる世界であると理解されていたことを示す資料は多い。一方、中世において畜生道が倫理的堕落の世界であると理解されていたことを示す資料は見当たらない。『和字絵入往生要集』が示すように、畜生道は強弱相害する弱肉強食の連鎖の世界である。

畜生道の六道絵におけるモチーフが、聖衆来迎寺の六道絵にも、北野天神縁起の六道絵にも、当時の畜生道の図で示されているのは、「強弱相害す」の図柄であり、弱肉強食の連鎖である(17)。弱者を食らう強者もさらに強者に喰らわれ、その強者もさらなる強者に滅ぼされ、最後の強者もこの世ならざる鬼に滅せられる、という思想がここに示されている。当時の人々の畜生道の最も一般的な理解とは、強弱が喰らい合い滅ぼし合う弱肉強食の連鎖であったと推定できる。畜生道には、まさに諸行無常、盛者必衰の理が図示されている。読み本系の建礼門院が語る畜生道に登場する人物は、建礼門院と兄宗盛そして義経である。建礼門院と宗盛は囚われの身になり、あるいは処刑された(18)。捕らえたのは義経である。処刑したのは頼朝である。その義経は頼朝に滅ぼされた。六道語りの時点で頼朝は存命である。だが畜生道の原理によれば、いかなる強者もさらなる強者に滅ぼされる。鎌倉幕府将軍の座にあった源氏は三代で絶える。

以上のように、建礼門院の語った畜生道の本質をこのように理解すれば、六道語りに大きな意味を見いだすことができる。すなわち、祇園精舎の鐘の声で始まる物語は寂光院の鐘の声で閉じられ、物語の初めで諸行無常、盛者必衰の理を内外の歴史で示すことに対応し、物語の終わりでは、畜生道の原理、いかなる強者もさらなる強者に滅ぼされ最後の強者も鬼というこの世ならざるものに滅せられる、という理で閉じられる。作品の構造としてまことに整合性のあるものとなっている。

こう読むならば、『延慶本』その他の読み本系で、六道語りにおける畜生道を最後に語らせることの意味の一つが明らかになる。この語りは、一見、下世話な話を最後に持って来て興味を引かせる語り方に見える。そのような技巧で読者を引きつけようとした面もあるかもしれない。しかし、物語の締めくくりを畜生道の語りで全うさせるためにこの構成が採られたと考えることも可能である。すなわち、物語冒頭に諸行無常・盛者必衰の理の始まりに対応させ、いかなる強者も最後は滅するという畜生道の原理を物語の最後にもってきたと読むことができる。

三　六道から成仏へ

1　建礼門院の夢に現れた龍宮城

読み本系では語り本系とは上記のように別の畜生道が語られるが、建礼門院の見た龍宮城の夢も段落を別にして語られる。

不思議ノ夢ヲ見タル事候キ。宗盛、知盛ヲ始トシテ、受領、検非違使共ガ並居テ候ケル所ヲ、門戸ヲ固ク閉テ、『是ハ龍宮城ト申テ、此所ニ入ヌル者ハ二度無二帰事一』ト申シヲ、『苦患ハ無カ』ト問侍シニ、新中納言立出テ、『一日三時ノ患アリ。助テタベ』ト申ト覚テ、サメテ打オドロカレ侍キ。サレバ、海ニ入ヌル者ハ、必ズ龍王ノ眷属トナルト心得テ候。

『訪レムトテコソ、夢ニモミヘ侍ラメ』ト思ヘバ、法花経ヲヨミ、弥陀ノ宝号ヲ唱テ訪候ヘバ、サリトモ一業ハナドカ免ザラムト憑クコソ侍レ。

（松尾『延慶本』一一二頁）

或夜聊まどろみ入りて候ひし夢に、昔の大内にて超過してゆゆしき所に罷りて候ひしかば、先帝を始め参らせて、一門の卿相・雲客目出たく礼儀して候ひしかば『都を出でて後はかかる所は未だ見ず。これはいづこぞ』と尋ね候ひしに新中納言知盛と覚しき人、『これは龍宮城』と答へしかば、『有難かりける所かな。ここには苦は無きか』と問ひ候しに『争でか苦無くて候ふべき。龍軸経の中に説かれて候。能く能く御覧じて後生弔ひましませ』と申すと思ひて覺め候ひぬ。あな、無慚や。さてはこの人々龍宮城に生れにけり。後生を弔はれてかく夢に見えけるにこそと思ひて、雪の朝の寒きにも、峯に登りて花を摘み、嵐烈しき夕べにも、谷に下て水を掬ぶ。難行・苦行日重なり、転経・念仏功積りて、仏に祈り申し候へば、さりとも今はこの人々、龍畜の依身を改めて、浄土菩提に至りぬらんとこそ覚えて候へ。

（『源平盛衰記』巻第六、二一七―二一八頁）

語りは異なるが、上記の引用から平家と龍・龍宮城との関わりが深いことが、当時の人々にはよく知られていたことがわかる。そのことは、「平家物語」の背景には多くの龍伝承をも巻き込んだ平家と龍・龍宮城との結びつきがあり、それが「灌頂巻」の六道の沙汰における畜生道の語りに表れていることを示している。そこで連想されるのは、天皇は海神の娘である豊玉毘売《とよたまひめ》の子孫という古伝承である。そこから、安徳天皇が海底の極楽浄土なり竜宮城にいるのは、父祖の地に戻ったという解釈もできる。八岐大蛇あるいは龍王の元に戻ったという伝承もある。仏教伝来以前の、降臨した鸕鷀草葺不合尊《うがやふきあえずのみこと》が海神の娘（本来の姿は鰐あるいは龍）の子であるとする伝承もある。「尾籠」語源説話にあるように、天皇は人の姿をした龍である。(19) 安徳天皇ならずとも、古来、天皇は龍体と称されてきたのであるから、安徳天皇と龍との連想は容易である。安徳天皇と龍王について、十三世紀の天台座主で源平の戦いを悉に見てきた慈円はこう記している。

安徳天皇……海ニシヅマセ給ヒヌルコトハ、コノ王ヲ平相國イノリ出シマイラスル事ハ、安藝ノイツクシマノ明神の利生ナリ、コノイツクシマト云フハ龍王ノムスメナリト申ツタヘタリ、コノ御神ノ、心ザシフカキニコタヘテ、我身ノコノ王と成テムマレタリケルナリ、サテハテニハ海へカヘリヌル也トゾ、コノ細シリタル人ハ申シケル。コノ事ハ誠ナラントヲボユ。[20]

（慈円『愚管抄』巻五、二六四―六五頁）

慈円は、壇ノ浦の合戦の折りに、安徳天皇とともに宝剣が海中に没したことについて、その因果を考えた。彼は、これは時代が変わり、宝剣が帝をお守りするのではなく、武士が実際の武器で戦う世の中になったために宝剣は不要になり、そのために宝剣は安徳天皇とともに海に沈んだ。そのわけは、安徳天皇はもともと龍王の娘であったが、宝剣を求める父の深い思いを感じ、帝に生まれ変わったと解釈した。

慈円のいう挿話は「剣巻」に詳しい。[21]「剣巻」によれば、宝剣は素戔嗚尊が出雲で八岐大蛇を退治したときに、大蛇の尾から得た天叢雲剣である。これはその後、草薙剣と呼ばれ、倭建命が東征の時に携えていったが、帰途、伊吹山の神と闘った折り、この剣を携えていなかったため命を落とした。その後この剣は宝剣として帝の守りとして伝えられた。また本物の剣は熱田神宮に納められ、海に沈んだのは摸剣であるともいわれる。「剣巻」によれば、八岐大蛇は龍王で宝剣を奪われて以来、何度も宝剣を取り戻そうとしたが失敗に終わっていた。安徳天皇とともに宝剣が海に沈んだという慈円の言葉は、平家一門とともに、龍王そのものあるいはその憑代が、草薙剣そのものかその摸剣かは別として、宝剣を携えて海に沈んだという挿話に拠った感慨である。[22]

平家諸本の中には、龍宮城にある平家一門の姿を語るものもある。それによれば壇ノ浦で失われた宝剣を求めて探索が行われたところ、ある海女が探索の途中龍宮城に至り、そこで龍王に抱かれた安徳天皇と宝剣を見たという（たとえば『源平盛衰記』水原、巻第六、五八―六二）。平家一門と龍宮城との関わりは、慈円も言及したように、安徳天皇が龍王の娘の生まれ変わりであるという伝承があったゆえである。また平家が篤い信仰を寄せていた厳島神社のご祭神である市杵島姫命は龍姫である。二位の尼は幼い帝を抱いて海に沈む折に、「海の下にも都はありますよ」と言い聞かせる。この言葉から海中御殿が龍宮城であることは容易に連想される(23)。

六道との関わりで龍を見るならば、聖聚来迎寺の『国宝　六道絵』の畜生の幅の図に龍が描かれるのも、『往生要集』に畜生として龍が記されているのであるから、これを忠実に図像化するならば、六道絵に龍が描かれるのはごく自然なことである。平家一門と厳島神社、厳島神社のご祭神と龍、安徳天皇と龍、龍と六道などの相互関係を考慮に入れれば、建礼門院の六道語りの場面で、畜生道として龍宮城が語られるのはこれまた自然である。

2　波の下の都または浄土

「岩波大系」の「先帝入水」の場面で、二位の尼は「極楽浄土とてめでたき處へぐしてさぶらふぞ」という。流布本ではこの場面は「あの波の下にこそ、極楽浄土とて目出度き都の侍ふ。其へ具し参せ侍ふぞ」と語られる。二位の尼の言葉で語られた「波の下の極楽浄土」の場面は、流布本では建礼門院の六道語りでも繰り返される。「灌頂巻」で、安徳入水の場面を重複して繰り返すのは、この波の下の極楽浄土発言を先に明示し、建礼門院の夢の龍宮城と対応させるためとも考えられる。つまりこの言葉は、建礼門院の見た夢のなかで「ここは龍宮城です」との答えと呼応するからである。それならば、「灌頂巻」で安徳入水の場面が繰り返されるのは、単なる重複ではなく、「波の下の極楽浄土」発言に建礼門院の夢に現れる龍宮城との連想を連ねるためと判断できる。

そこから、「波の下の極楽浄土」は、建礼門院の夢に現れた安徳天皇のいる龍宮城と同一ではないかとの連想を誘う。建礼門院の「めでたき所かな」という発言はそれに対応する。しかし、めでたい龍宮城ではあるが、二位の尼は建礼門院の問いに対し、「ここにも苦はあるので、よくよく後世を弔え」と願う。二位の尼のこの言葉は、「灌頂巻」で語られる先帝入水の際の、「生き存えて後世を弔え」の言葉と呼応する。問題は、この龍宮城が極楽浄土なのかどうかということである。なぜなら二位の尼の「後生を弔え」との願いは、未だ成仏していない平氏一門の成仏を願ってのことと読める。それゆえに建礼門院の最後の日々は一層の菩提の弔いと修行となる。

その伏線と思われる一節がある。巻第十一「先帝入水」では、「岩波大系」で「わが身は女なりとも、かたきの手にはかゝるまじ。君の御ともにまいるなり。御心ざしおもひまいらせ給はん人々は、急ぎつゞき給へ」（三三六頁）と、入水を促す言葉になっているが、「灌頂巻」では異なる。「岩波大系」では「昔より女はころさぬならひなれば、いかにもしてながらへて主上の後世をもとぶらひまいらせ、我等が後生をもたすけ給へ」（四三八頁）と、入水を促すのではなく生きながらえることを勧める言葉となっている。『流布本』も「昔より女は殺さぬ習なれば、如何にもして存て主上の御菩提を弔ひ、妾が後生弔はん事をも助給へ」（有朋版『平家物語』六一二頁）とある。[24]

「灌頂巻」では、「生きながらえて後世をとぶらえ」という二位の尼の言葉の回想、おなじく二位の尼の「波の下の極楽浄土」の発言の再掲、そして建礼門院のみた夢に現れた龍宮城、という三構造になっている。この三要素はそれぞれの諸本ではその有無は揃わないが、『流布本』では揃っており、「灌頂巻」の構想が最もよく明示されている。夢に現れた龍宮城にも苦があるのでよくよく弔ってほしいとの願いは、波の下の浄土、龍宮城にいる平家一門、彼らのための後世の弔いと呼応する。

建礼門院の六道語りから判断すれば、夢で見た龍宮城は畜生道の世界である。龍にも苦があるというのは、六道絵でも龍が金翅鳥に襲われる図柄が用いられており、二位の尼の「苦がある」との言葉からも、この苦が畜生道における龍独自の苦であると理解できる。この場面を天皇が龍体であるという伝承と重ねるならば、安徳が入水後に龍であったというのは、安徳天皇が本来あるべき姿の龍体であり続けていると読める。

3　建礼門院徳子の役割

鍵になるのは建礼門院の役割である。「灌頂巻」における建礼門院が果たす役割の大きさは読み本系、語り本系いずれからも示唆される。建礼門院が平家一門の成仏の核となっているからである。「平家物語」は「祇園精舎」と「灌頂巻」を対比させ、無常と灌頂・成仏を始まりと終わりの柱に置き、両の柱の間の巻で戦を語るという構成になっている。建礼門院は両の柱の一方の中心人物である。その役割の重要性については多くの指摘がある。たとえば建礼門院と衆生救済を結びつけて解釈する視点がある。建礼門院妙音菩薩説である。『長門本』と『四部合戦本』の記述に、建礼門院は妙音菩薩の化身とする一節が見られるからである。濱中（二〇一五）、名波（一九九三）、今井（一九八三）は、建礼門院の「灌頂巻」における役割を考察し、平家一門を成仏に導く妙音菩薩の化身説を展開する。(25)

御年六十一と申貞応二年春の比、紫の雲の迎ひを待得つつ、御往生の素懐を遂させ給けり。（中略）或人の云、建礼門院は、妙音菩薩の化身にておはしますと云々。

（『長門本 平家物語』七六〇―七六一頁）(26)

抑も女院は、妙音菩薩の垂迹と申し伝へたり。而れば此の寂光院にて、弥行ひ澄まさせたまひて年月送らせたまふ。（中略）御年六十七と申す貞応二年の春の蓂、東山の鷲尾と云ふ処にて御往生有り。臨終正念にてぞ御在しける。紫雲空にたなびき、異香室に薫じ、音楽西に聞こえ、聖衆東へ来たりければ、終に往生の素懐を遂げさせたまふ。

（『四部合戦本 平家物語』四八二―四八三頁）[27]

『長門本』は、建礼門院最期を語るにあたって、伝聞として「ある人の云、妙音菩薩の化身におはしますと云々」と記す。一方『四部合戦本』は、物語叙述の中で女院の最期を語る直前に化身であると明言する。妙音菩薩とは『法華経』第二十四「妙音菩薩品」に出てくる菩薩で、釈迦が法華経の功徳を説法する席に現れ、法華経を讃嘆した仏といわれる[28]。また、娑婆世界の衆生を導くために様々な姿に身を変える仏として、地獄・餓鬼・畜生道で苦しむ者を救済するといわれる。建礼門院が龍に転生した平家一門を浄土に導く役割に、妙音菩薩を重ねているのである[29]。

さらに女性の建礼門院が妙音菩薩の役割を果たすにあたっては、名波・濱中両論文はともに、妙音菩薩は文殊菩薩でもあるという説を展開する（濱中六四頁、名波八七頁）。妙音菩薩は、密教では文殊菩薩の異名であったというのである。その理由は安徳天皇が龍王の娘の生まれ変わりだという伝承との関わりにある。八歳になる龍王の娘は文殊菩薩によって法華経の教えを聞いて悟りを開いたという（『法華経』中、二二二―二二五頁）。龍女成仏説話の龍女は八歳の少女であり、安徳天皇が入水したときの年齢も八歳であった（濱中、六八頁）。これを重ねて、妙音菩薩―文殊菩薩―龍女成仏に連なる建礼門院と安徳天皇の結びつきを強調する。安徳天皇が龍王の娘の生まれ変わりであるという伝承を思えば、その連想も不思議ではない。

建礼門院が妙音菩薩の化身と理解するならば、また平家一門の成仏については建礼門院が妙音菩薩の化身となっていると理解するならば、一門の成仏の是非は建礼門院にかかっている。『法華経』によれば、菩薩は未だ仏になっておらず、衆生に教えを説き続けることになっている（『法華経』下、四六六―六八頁）。菩薩は釈迦が仏になる前のことをいうのであるから、最後には釈迦と同様に仏となる。

なぜ建礼門院が妙音菩薩の化身とされたかについては、様々の解釈が可能であろう。一つには、物語の中で「灌頂巻」以前に描かれた建礼門院のあり方と結びつけて解釈することも可能であろう。「灌頂巻」以前、建礼門院は自らの言葉を発し、行動することのなかった女院として描かれている。物語終結部で、雄弁に語り、これほどまでに大きな迫力ある存在として描かれているということと結びつけるならば、一つの解釈が生まれてくる。すなわち、伝承、民話の類いの物語には、与えられた役割を果たすときまで、ほとんど何もせず、無為に過ごす主人公が登場する。(30)その視点の延長線上に、それまで目立つことなく、流されるままに流されて生きてきた建礼門院がいる。「灌頂巻」にいたって、建礼門院は真の意味での役割を果たすために言葉を発し、真価を示す。その役割が平家一門を成仏に導くことであることから、妙音菩薩と結びつけられたと考えられる。

その視点にたてば、建礼門院の弔いによって一門が成仏への道筋を辿ることができると考えることは可能である。平家一門は畜生道の世界に身をおきながら、建礼門院の弔いによって成仏できるのを待っている。壇ノ浦の滅亡ののちに堕ちた畜生道が龍宮であったということは、建礼門院の功徳によって、最終的にはそこで成仏することが示唆される。それゆえに、龍宮城にあっても苦が与えられ、「灌頂巻」の終わりは建礼門院の最期で、彼女は聖聚に迎えられ成仏する。(31)灌頂であるから、妙音菩薩の化身である建礼門院には成仏が約束されており、最期を迎えて後に仏となる、つまり成仏する。彼女とともに、彼女が菩提を弔ってきた安徳天皇をはじめとする平家一門も成仏すると理解できる。

おわりに

グウィネヴィアは修道院に入ってのち、アーサー王をはじめとする騎士たちと自身の魂のために贖罪の祈りと修行を行う。一方、出家した建礼門院は平家一門の救済の為に後世を弔う。両者はいずれも崩壊した宮廷の妃で、宮廷崩壊後、生涯の最後を贖罪と祈り、あるいは菩提の弔いのうちに過ごす。二人の女性の、出家あるいは修道生活に入ってからの日々のあり方、その心性には共通するものがある。世俗を離れて修行の日々を送るという決意は、洋の東西や時代を問わず普遍的であることの証しであろう。中世キリスト教社会でも古代中世の日本でも、王侯貴族が人生のある段階で修道院に入るなり出家するなりすることはよくあることである。グウィネヴィアも建礼門院も、宮廷を崩壊に導くような大きな戦いの後に世俗を離れることとなった。

アーサー王の物語の場合、ロマンスという性格上、心理描写や喜怒哀楽は抽象的にしか語られず、グウィネヴィアが修道院に入ってからの日々についての詳細は具体的には語られない。修道院に入るまでの間にグウィネヴィアの心中がいかようであったのか、彼女の贖罪の誠はどのようにおこなわれたのか、それについてはほとんど語られない。それはすべて受けとめ手の想像力に委ねられる。グウィネヴィアの出家から臨終にいたる修行の日々の真摯さは、多くの聖人伝で語られるそれと重ねられ、聖人伝で語られる信仰の深さ、修行の厳しさと同一視される。(32) その結果、グウィネヴィアが天国に迎え入れられたことは確実で、数多居並ぶ聖人たちに加わることになったと、物語の受け手は確信する。

建礼門院は「灌頂巻」以外では影が薄いが、「灌頂巻」では迫力ある登場人物として現れる。その理由の一つは、建礼門院が担う役割の大きさによる。修道院に入るまでは宮廷の表舞台で君臨してきたグウィネヴィアは物語の終幕で表舞台を離れる。一方、それまで地味で目立たなかった登場人物だった建礼門院は、物語の終幕で物語の中心となる。グウィネヴィアの修道生活が極めて個人的であるのに対し、建礼門院は個人のレベルでは済まない。自身のみならず平家一門と成仏全体の成仏の是非が彼女の菩提の弔いひとえにかかっており、妙音菩薩の化身と称されるまでに、他者の成仏に関わることになっているからである。

建礼門院が「灌頂巻」でそれまでにはない現実味と迫力を持つ人物として描かれるのは、一つには、アーサー王の物語が歴史的事実に根ざしていないのに対し、「平家物語」は現実に根ざした物語である為であろう。アーサー王のモデルと覚しき人物は求められているが、それもロマンスというジャンルのなかで物語が発展していくなか、原型とは全く異なった登場人物へと成長している。グウィネヴィアにいたってはなおさらである。時に三次元的世界を超越して語られるロマンスの場合、物語の中の登場人物も、現実からの追求を容易にくぐり抜ける。ロマンスについて、杉山洋子（『ファンタジーの系譜』七六頁）は「切られても血が出ない」とその特徴を述べたが、この指摘は至言である。[33] 切られても血が出ないのは、欠陥ではなく、現実の枷から解き放たれるということである。切り紙人形は実物の人形、すなわち現実とは全く異なるが、切り紙人形は見る者の想像力に応じていかなる人形にもなれる。そのように、ロマンスは語らないことによって真実の核から離れるのではなく、語らないことによってすべてを語ることができる。詳細に語らないことこそがロマンスの真髄である。グウィネヴィアはその最後に聖人伝の性格を帯びることによって、聖人伝で語られる聖人総体の一端を担う。また建礼門院の菩提の弔いの誠を重ねられることによって、その贖罪と祈りに建礼門院の弔いの深みが重ねられる。

一方、「平家物語」は史実に根ざしている。物語発展の段階で史実を離れ、想像力から生まれた挿話が多々呑み込まれようとも、その基盤が史実であることの縛りから逃れることはできない。[34] 建礼門院については、祇園精舎の鐘と沙羅双樹の花という釈迦入滅を象徴させて無常を語る始まりと、寂光院の鐘と建礼門院ご往生の締めくくりは、釈迦と建礼門院とを並行させ、世の無常を語る構成との指摘もある。[35]「灌頂巻」で語られた言葉の詳細が史実か否かということでなく、また建礼門院の実像と同じか否かということではなく、六道の沙汰の背景には、当時の仏教的状況、当時よく知られていた伝承などが語りの枠組を構成している。そうした現実的背景が、物語で語られる建礼門院に、迫力ある現実性を与えている。

以上、二人の女性は大きな共通性をもちつつ、ロマンスと軍記物というジャンルのなかでその本質に従い、一方は現実から脱却し、一方は現実的具体性を備えられ、それぞれの役割を全うして最期を迎えることとなった。これほど異質なジャンルの物語のなかで、人生の最後で思いを一つに大きな役割を終えて臨終を迎える二人の女性の心性が重ねられるという点には、不思議な偶然という以上の邂逅を見る。

（1） Vinaver, Eugène, ed. Field, P. J. C., Revised. *The Works of Sir Thomas Malory*. 3vols.Third edition. Oxford: Clarendon Press, 1990. 高木市之助・小澤正夫・渥美かをる・金田一春彦校注『平家物語 下』（日本古典文学大系三三）岩波書店、一九六〇、一九七九年。

（2） Mary Hamel, ed. *Morte Arthure: A critical Edition*. NY & London: Garland, 1984 (3550-3552) を使用。多ヶ谷有子「頭韻詩 *Morte Aruthure* 試論」（『関東学院大学文学部人文科学研究所報』第九号、一九八六年）二九―五八頁。モードレッドと妃の結婚については三六頁、四六頁。

（3） 本章で参照した『平家物語』諸本は以下の通りである。麻原美子編著『長門本平家物語の総合研究 第二巻校注篇 下』勉誠出版、一九九九年。梶原正昭校訂『平家物語』桜楓社、一九七七年（流布本）。梶原正昭・山下宏明校注『平家物語 下』（新日本古典文学大系四五）岩波書店、一九九三年。北川忠彦・西浦甲佐子「天理図書館蔵 大島本平家物語巻十二 翻刻」（天理図書館編集『ビブリア』七九、一〇月号、一九八二年）八三―一一七頁。北原保雄・小川榮一編『延慶本平家物語 本文篇下』勉誠出版、一九九〇年、一九九九年（再版）。高山利弘編著『訓読 四部合戦状本平家物語』有精堂、一九九五年。冨倉徳治郎『平家物語全注釈 下巻（二）』全四冊（日本古典評釈・全注釈叢書）角川書店、一九六八年、一九七三年（三版）。永井一孝校注、塚本哲三編輯『平家物語 全』有朋堂、一九二九年（流布本）。松尾葦江・清水由美子編『校訂 延慶本 平家物語（十二）』汲古書院、二〇〇八年。水原一『新定 源平盛衰記』第六巻、新人物往来社、一九九一年、一九九九年。山岸徳平・山内潤三・木村晟『鎌倉本 平家物語』（古典研究会叢書第二期（国文学））汲古書院、一九七二年。

（4）建礼門院については以下参照。山本藤枝「建礼門院徳子」円地文子監修、創美社編『源平争乱期の女性』集英社、一九七七三年、四―七二頁。山下宏明「建礼門院と祇王―女性たちの運命」著者代表永積安明『図説日本の古典九 平家物語』集英社、一九七九年、一四〇―四八頁。

（5）建礼門院の六道巡りについては冨倉、前掲書、の解説によるところが大きい。

（6）平家滅亡の背景については以下参照。市古貞次校注・訳『日本の古典 完訳 平家物語 四』小学館、一九八七年。上横手雅敬『平家物語の虚構と真実 上下』塙書店、一九八五年、一九九一年。上横手雅敬『源平の盛衰』（講談社学術文庫一二七五）講談社、一九九七年、二〇〇一年。梶原正昭編『平家物語 主題・構想・表現』汲古書院、一九九八年。角田文衞『王朝の明暗』東京堂出版、一九七七年。角田文衞『平家後抄―落日後の平家―』朝日新聞社、一九七八年。兵藤裕己『王権と物語』岩波書店、二〇一〇年。松尾葦江『平家物語論考』明治書院、一九八五年。山下宏明編『平家物語の世界』大阪書籍、一九八五年。

（7）本章における『延慶本平家物語』『源平盛衰記』の引用は以下に拠る。水原一『新定源平盛衰記』一九九一年、および松尾葦江・清水由美子編『校訂 延慶本 平家物語（十二）』二〇〇八年。他に、松尾葦江編『文化現象としての源平盛衰記』笠間書店、二〇一五年参照。

（8）例えば、佐伯真一『建礼門院という悲劇』（角川選書四四五）角川学芸出版、二〇〇九年。

（9）北川忠彦・西浦甲佐子、前掲書、八三―一一七頁。大島本の一節も「立ちしこと」（一〇三頁）、つまりあらぬ噂が立ったことが畜生道に擬えられたと理解すべきである。醜聞の渦中に陥ったことが、相手を仮借なく誹謗中傷して互いに相害する畜生道に擬え得る苦渋であると理解できる。大島本に続けて記される数々の事例（同一〇三頁）も、それだけ噂がひどいものだったことを示すものである。大島本の「いはんや人りんおいてうや《ママ》」は、人倫だからこそあらぬ醜聞に苦しむ、と読むべきである。「延慶本」では宗盛だけでなく知盛の名も出てくる。知盛は「平家物語」の諸本では、武士らしい豪傑であり悲劇の英雄であると描かれている。決して下世話な噂話の登場人物にはならない。ということは、形は誹謗の噂であっても実はそうではないことは、当時の読者には明白であったはずである。すなわち建礼門院は自らがひどい誹謗中傷を受けるというあたかも強弱相害する畜生道に墜ちたかの経験をしたが、宗盛や義経の名を出すことによって、盛者の必滅を語り、現に今権力者として強者の立場にある者も、必ず滅びることを語ったのである。

（10）建礼門院の畜生道を醜聞ではなく性的堕落であるとする解釈は散見するが、特に、詳細にその解釈を展開している点で、本章では、特に佐伯、前掲書、の解釈を取り上げた。

（11）以下、『往生要集』の引用、参照は、石田瑞麿校注『源信』（日本思想大系六）岩波書店、一九七〇年、による。邪淫などの罪が地獄に墜ちるとの記述は、一一―二九頁のうち、特に、一五―一六頁。

（12）水原一「建礼門院説話の考察」『延慶本平家物語論考』加藤中道館、一九七九年、三九七頁。さらに水原は、福井利吉郎の指摘（『福井利吉郎美術史論集 中』の「六道絵」一九九九年、二七五―三三四頁、特に、「建春門院と法華経絵―六道絵の背後―」三一四―二四頁にも注目している。

（13）佐竹昭広・小泉弘・山田昭全・小島孝之・木下資一校注「閑居友」『宝物集 閑居友 比良山古人霊託』（新日本古典文学大系四〇）岩波書店、一九九三年、二〇〇一年、三五五―四五三頁、該当部は四三八頁）。武久堅『平家物語発生考』おうふう、一九九九年。

（14）泉武夫・加須屋誠・山本聡美編著、金井杜道撮影『国宝 六道絵』中央公論美術出版、二〇〇七年、二〇〇八年、五三―六一頁、特に六一頁、解説二八八―二九四頁、特に二八八―二八九頁。林雅彦監修・編、柴山平和口演『国宝 六道繪 絵解き―『往生要集』の世界―』前後編、方丈堂出版、二〇〇七年参照。

（15）「建春門院の御願による最勝光院の御堂に地獄絵が描かれていたこと」が『吉記』や『玉葉』にある。『吉記』高橋秀樹『新訂 吉記 本文篇二』和泉書院、二〇〇二年、九五頁、一〇三頁、一〇四頁。『玉葉』高橋貞一『訓読 玉葉 第二巻 巻第十二〜巻第十九』高橋書店、一九八八年、五十八頁（「承安三年九日」）、および、藤原兼実『玉葉 第一』国書刊行会、一九〇六年、三一八頁。他に、石田瑞麿『日本人と地獄』春秋社、一九九八年、四〇頁。福井、前掲書、三一六―一七頁、によると、建春門院の近くの絵師集団を含むサロンの存在がうかがえる。『国宝 六道絵』(一八二―九四頁)にも同様の記述がある。

(16) 佐竹昭広・小泉弘・山田昭全・小島孝之・木下資一校注、前掲書、七一頁。

(17) 小松茂美編『続日本の絵巻 第一五巻 北野天神縁起』中央公論社、一九九一年。弱肉強食の連鎖が畜生道の画像の定型であったことは、福井、前掲書、一八二―八三頁、に示されている。

(18) 『百二十句本』や「剣巻」にも同様の記述がある。

(19) 正宗敦夫『壒嚢鈔』日本古典全集刊行會、一九三六年(『復刻 日本古典全集 壒嚢鈔』現代思潮社(一九七七年、一九八〇年(二刷)、二五九頁)。海神の末裔である応神天皇には龍の尾があり、これを隠すため服に「裾」を作った。ある時、天皇がお出ましになる際、この長い裾がまだ部屋の中にあることに気づかない女官が、そのまま障子を閉めてしまった。天皇自身は部屋を出ていたが服の裾に隠された尾は障子を隔てて部屋の中にあった。「尾が籠っているよ」と天皇は言った。これが「尾籠」の語源だという説がある、という伝承である。多ヶ谷有子「ドラゴンと宝剣―時代の大変革におけるその意味―」『関東学院大学文学部紀要』第一三三号、二〇一五年、三七―六〇頁中三八―三九頁、三九頁の注二、参照。

(20) 岡見正雄・赤松俊秀校注『慈円 愚管抄』(日本古典文学大系八六)岩波書店、一九六七年。

(21) 対応部は「岩波大系」中の「剣」三四五―三四九頁。

(22) 多ヶ谷有子「ガウェインにみる貴族的精神―騎士になった鷹、龍になった帝―」(『関東学院大学文学部紀要』第九一号、二〇〇一年)六九―九六頁参照。

(23) 以下参照。生形貴重「『先帝入水伝承』の可能性―延慶本『平家物語』「先帝入水」をめぐって―」(『軍記と語り物』第二四号、一九八八年)一二―三五頁。生形貴重「壇ノ浦覚書―『雲上ノ龍降テ海 底ノ鱗ト成給』考―」(山下宏明編『軍記物語の生成と表現』一九九五年)一一九―一三三頁。

(24) 引用は、永井一孝校注、前掲書。なお、山下宏明「建礼門院と祇王―女性たちの運命」一九八八年、一八三頁、今井正之助「灌頂巻試論」二〇一一年、九頁、注五に、『覚一本』、『流布本』、『鎌倉本』にこの場面があると指摘。

(25) 名波弘彰「建礼門院説話群における龍畜成仏と灌頂巻をめぐって」(『中世文学』一九九三年) 八五―九四頁。濱中修「建礼門院妙音菩薩考」(『国士舘人文学』第五巻、国士舘大学文学部人文学会、二〇一五年) 六一―七二頁。今井正之助「平家物語灌頂巻試論―本巻との関わりをめぐって―」(『日本文学』日本文学協会編、第三二号、一九八三年) 一―一〇頁。野沢由美「建礼門院の六道巡りについて―如意輪菩薩を媒介としての考察―」(『日本文學論究』國學院大學國文學會、第五一冊、一九九二年) 六五―七三頁。山田弘子「『長門本平家物語』の建礼門院―妙音菩薩をめぐる物語の論理を求めて―」(『山口国文』山口大学人文学部国語国文学会、第一〇号、一九八六年) 三二―三九頁。

(26) 麻原美子編著『長門本平家物語の総合研究 第二巻校注篇下』勉誠出版、一九九九年。

(27) 高山利弘編著、前掲書。

(28) 坂本幸男・岩本裕訳注『法華経』上中下、岩波書店、一九六七年、一九七六年、下、二一三―四二頁。

(29) 名波弘彰八五―九四頁中、八五―八六頁。濱中修、前掲書、六二―六三頁。以下参照、野沢由美、前掲書、六五―七三頁。山下宏明「妙音菩薩の化身、建礼門院の物語」『いくさ物語と源氏将軍』三弥井書店、二〇〇三年、一二七―一五四頁。榊泰純「建礼門院と妙菩薩―長門本平家物語灌頂巻を手懸りとして―」(『仏教文学』仏教文学会、第一五号、一九八一年、) 一八―二六頁。

(30) 『神明鏡』によると、日本武尊は東夷が駿州に上ると「始テ物ヲ云」い「我下リテ對自可」と征伐に向かった。『神明鏡』(『続群書類従第二十九輯上』続群書類従完成会) 一九二五年、九五―二〇三頁、引用は九八頁。重要な使命を果たす者は直前になって初めてことばを発すという思想なり伝承の形式があったことがうかがえる。この類いの伝承については、多ヶ谷有子「『日本霊異記』の「道場法師説話」と『ベーオウルフ』との比較検討」(『関東学院大学文学部紀要』第一一七号、二〇〇九年) 三―三六頁、特に一八頁参照。

(31) 池田敬子「女院に課せられしもの―潅頂巻六道譚考―」(『國語國文』京都大学文学部国語学国文学研究室編、中央図書出版発行、第六三巻第三号、七一五号、一九九四年) 一―一四頁。

(32) 聖人伝では前非を悔い、贖罪の祈りと修行の後に大聖人となる挿話が数多ある。ヤコブス・デ・ウォラギネ『黄金伝

説一』前田敬作・今村孝訳、人文書院、一九七九年。『黄金伝説 二』前田敬作・山口裕訳、一九八四年、『黄金伝説三』前田敬作・西井武訳、一九八六年、『黄金伝説四』前田敬作・山口知子訳、一九八七年、参照。

(33) 杉山洋子『ファンタジーの系譜―妖精物語から夢想小説へ―』中京出版、一九七九年、四六―四七、七五頁。多ヶ谷有子「ロマンスにおけるファンタジー」(『関東学院大学文学部人文科学研究所報』第一七号、一九九四年)一四一―一五七頁、参照。

(34) 「平家物語」の史実性については、松尾葦江「『剣巻』の意味するもの」(『日本古典文学会々報』第一一二号、(財)日本古典文学会、一九八七年)六―七頁、にある「『剣巻』は名剣物語に見えて、実は一種の歴史物語なのであり、そこにはささやかながら独特の歴史叙述法がある(後略)」(六頁)の一文に示唆されるところが大きかった。他に、榊原千鶴『平家物語 創造と享受』三弥井書店、一九九八年、参照。

(35) 建礼門院の死去を語るに際し、それとなく建礼門院を釈迦に重ねている。以下参照、「岩波大系」「女院死去」冒頭、四四〇頁。永井一孝校注、前掲書の「御往生」冒頭、六一四頁。梶原校注、前掲書の「御往生」冒頭、八一〇頁。冨倉、前掲書の二二五頁。今井、前掲書の注一六、九頁。

第四部　騎士ガウェインの諸相

『サー・ガウェインとカーライルのカール』の「馬の試練」
――三つの論点――

貝塚泰幸

はじめに

十四～十五世紀イギリスにおいてガウェイン・ロマンスが花開いた。アーサー王の騎士であるガウェイン（Gawain、フランス語名ゴーヴァン Gauvain、オランダ語名ワルウェイン Walewein）を主人公とする数多くの韻文物語が作られたのである。[1] たとえば、ジェフリー・チョーサー（Geoffrey Chaucer）の『バースの女房の話』（*Wife of Bath's Tale*）やジョン・ガワー（John Gower）の『フローレントの物語』（*The Tale of Florent*）とその主題を共有する『サー・ガウェインとラグネルの結婚』（*The Wedding of Sir Gawain and Dame Ragnelle*）や、[2] ガウェインがグウィネヴィア（Guinevere）妃の母親の幽霊と遭遇する教訓話と典型的な騎士同士の一騎打ちを描く冒険譚が並列された『アーサーのワズリン湖奇譚』（*The Auntyrs off Arthure at the Terne Wathelyne*）はそれぞれ一読の価値がある。[3] また『サー・ガウェインの武勇伝』（*The Jeaste of Sir Gawain*）はクレティアン・ド・トロワ（Chrétien de Troyes）によって十二世紀に著された『ペルスヴァルまたはグラアルの物語』の『第一続編』の挿話の翻案である。[4] 原典を同じくする『ゴラグロスとガウェイン』（*The Knightly Tale of Golagros and Gawane*）はスコットランド語で書かれているため、難解な語彙が多く敬遠されがちだが頭韻と脚韻を組み合わせた複雑な押韻形式は詩人の技術の高さを示している。(5) パーシー・フォリオ（Percy folio または British Library Additional MS 27879）と呼ばれる十七世紀の写本には、ガウェイン・ロマンスが複数収録されており、そのうちの一つである『タークとガウェイン』（*The Turke and Gowin*）は首切りのゲームという民間伝承に根ざした要素と中世英文学においてはあまり馴染みのないマン島が舞台という興味深い作品である。(6) とりわけ大英図書館所蔵コットン・ネロ写本（MS Cotton Nero A.x.）に収録されている『サー・ガウェインと緑の騎士』（*Sir Gawain and the Green Knight*）は現代の小説に勝るとも劣らない巧みな描写や筋書き、深遠な詩人の意図により、チョーサーやガワー、ウィリアム・ラングランド（William Langland）といった英文学史に名を残す偉大な詩人たちの作品に匹敵する傑作の一つと見なされている。(7)

これらガウェイン・ロマンスにおける共通の特徴は、程度の差こそあれガウェインを肯定的に描く詩人たちの態度である。(8) 武勇や礼節といったガウェインの騎士としての資質が称賛されているこれらのガウェイン・ロマンスのなかでも、ウェールズ国立図書館所蔵ポーキングトン写本一〇番（Porkington MS 10 または Brogyntyn MS ii. 1.）に収録されている『サー・ガウェインとカーライルのカール』（*Sir Gawain and the Carl of Carlisle*）には他のガウェイン・ロマンスにはない魅力がある。この作品には前出のパーシー・フォリオのなかに内容の良く似た『カーライルのカール』（*The Carle of Carlisle*）がある。(9) 同じ写本のなかには『サー・ガウェインと緑の騎士』の筋書きを踏襲した『緑の騎士』（*The Greene Knight*）が収められており、(10) その内容はおよそ五分の一ほどにまとめられ言わば縮約版のような体をなしているのだが、『サー・ガウェインとカーライルのカール』と『カーライルのカール』の長さはほとんど変わらないため後者は前者の縮約版ではなく異本であると捉えるべきである。両者の筋書きはほぼ同じであるが決定的な違いは「首切りのゲーム」の挿話と、それに続く魔法が解け立派な騎士へと姿を変化させるカールの描写が後者には含まれているという点である。[11] 完璧なハッピー・エンディングをもたらすこれらのモチーフが一方の作品では欠落しているのに対して、ガウェインが雨に打たれた馬を厩舎へと連れ戻す場面がどちらの作品にも描かれている事実は、この場面が「首切りのゲーム」と「魔法の解除」以上に作品の展開上、またガウェインの人物評上不可欠な場面であることを示している。ガウェインの礼節ある振舞いを次々と描くことで騎士としての資質を讃えながら、同時に動物への慈しみの心を示すガウェインの姿は、これに類する描写が中世文学において稀であるが故に、『サー・ガウェインとカーライルのカール』とその異本『カーライルのカール』に他の作品にはない魅力を与えている。それにもかかわらず、この作品の評価は『サー・ガウェインと緑の騎士』に比べて格段に低い。詩的技巧の稚拙さ、物語の展開の不自然さや唐突さといった特徴が研究者の無関心に直結しているのだろう。しかし、この三十年ほどの中世ポピュラー・ロマンス研究の隆盛と共に徐々にこの作品にも注目が集まってきているようである。これまでの先行研究は政治や社会階級などのイデオロギー的な視点で作品全体を論じているものがほとんどであるが、[12] 本章ではガウェインがカールの馬を助ける「馬の試練」に焦点を当てる。そしてこのモチーフが持つ三つの側面を文学的・歴史的な観点から考察し、この作品の詩人が創り上げたガウェインの人物像の背後に隠された伝統とその伝統からの脱却を明らかにすると共に、中世アーサー王文学において『サー・ガウェインとカーライルのカール』のガウェイン像の発展を位置付ける一つの試みとしたい。「馬の試練」を詳しく読み解く前に、ガウェインと愛馬グリンゴレット（Gringolet、フランス語名グランガレ Gringalet）との関係について私たちは知る必要がある。「馬の試練」をより深く理解するためには、中世の人々と同様にその文学伝統を知らなければならないからである。

一　ガウェインと愛馬グリンゴレット

ガウェインと愛馬グリンゴレットの関係はアレキサンダー大王と愛馬ブケファロス（Bucephalus）との関係のようによく知られていたであろう。ガウェインの人物描写に関する研究は多くあるものの、[13] ガウェインとグリンゴレットとの関係に焦点が当てられたものはガウェイン自身の研究に比べて極めて少ない。古フランス語の作品に登場するゴーヴァンの人物像を時系列に追跡していったキース・バスビーは、それが時代と共に変化していったことを明らかにしている。[14] 同じように、ガウェインとグリンゴレットの関係も変化している。ただし、ガウェインの人物像は時代や地理的要因によってその変化は起伏に富んでいるが、ガウェインとグリンゴレットのそれは直線的であるように思える。ここでは大陸で書かれたいくつかの作品を手がかりとして、ガウェインとグリンゴレットの関係の発展について概観していく。

グリンゴレットが初めてアーサー王文学に登場するのは十二世紀のクレティアン・ド・トロワの最初の作品『エレックとエニッド』（*Erec et Enide*）である。ここではゴーヴァンの馬としてグランガレの名前に三度言及されており、それらの場面からゴーヴァンのグランガレに対する愛着を読み取ることはできないが、渡邉浩司はこの作品で言及されるグランガレという名詞につけられた定冠詞や所有形容詞には「親しみを示すニュアンスが込められている」と示唆している。[15] クレティアンが用いた原典や口承文学のなかで両者の関係がすでに確立されていたとすれば、中世フランスの人々は名詞に付け加えられた定冠詞や所有形容詞によって詳細に描かれることのないゴーヴァンとグランガレの関係をその背景に思い浮かべたことであろう。

ゴーヴァンのグランガレへの執着が初めて明確に示されるのは、クレティアンによる『ペルスヴァルまたはグラアルの物語』（以下『ペルスヴァル』と略記）においてである。傷を負った騎士と出会ったゴーヴァンは自らの知識を活用して騎士の傷を癒した。[16] しかしその騎士はゴーヴァンに復讐を誓っていたグレオレアス（Greorreas）であった。彼はゴーヴァンが他のことに気を取られている間にグランガレを奪い、走り去ってしまった。「不可思議の城」に臨む川のほとりに辿り着くと、そこにグランガレに跨ったグレオレアスの甥が現れる。ゴーヴァンはグランガレを取り返すために、旅を共にしていた女性の助言に耳を貸さずに、グランガレに乗って現れた騎士と対決する。

> Pucele, ja n'i ganchirai
> mes a l'ancontre li irai.
> Et se ge recovrer pooie
> mon cheval, mout liez an seroie. (ll. 7077-80)[17]
>
> 乙女よ、私は逃げたりはせず、彼に立ち向かうつもりだ。
> なぜなら私の馬を取り戻せるなら、私はとても嬉しいからだ。

ゴーヴァンは痩せ衰えた老馬に乗るという圧倒的に不利な状況でグレオレアスの甥に戦いを挑む。これに勝利してグランガレを再び手にしたゴーヴァンであったが、今度は川の渡し守が慣行に従って敗れた騎士の乗っていた馬――グランガレ――の権利を主張する。ゴーヴァンはグランガレの代わりに、傷ついたグレオレアスの甥を渡し守に引き渡すことでこの難局を乗り切った。また「危険な浅瀬」の冒険では、川に落ちながらも泳ぎ切ったグランガレの疲労を見て取ると、馬具を外して濡れた体を拭くゴーヴァンの姿が描かれている。

ençois covint par estovoir
mon seignor Gauvain a descendre,
que mout trova son cheval tandre.
Et il est descenduz tantost
et s'a talant que il li ost
la sele, et il li a ostee
et por essuier acostee.
Quant li peitrax li fu ostez,
l'eve del dos et des costez
et des janbes li abat jus ;（ll. 8266–75）

ゴーヴァンは馬から降りる必要があった。それほど彼の馬が疲れ切っていることに気づいた。そこですぐに馬を降り、それから鞍を外してやろうと思い、鞍を外してやり、乾かそうと鞍をひっくり返した。馬の胸当てを取り去ると、馬の背中と脇腹、両脚から水が流れ落ちた。

この描写からはゴーヴァンのグランガレへの配慮が窺える。馬を必要とする騎士にとってこういった馬の世話は当然であり、違和感を覚えることはないかもしれない。しかし騎士物語では多くの馬が命を落としていることを考えると、ゴーヴァンの一見自然な行動でさえもその馬に対する執着を描き出していることがわかる。特に『ランスロまたは荷車の騎士』（*Lancelot ou Le Chevalier de la Charrette*）の冒頭でランスロが馬を乗りつぶしてしまう場面と比較すれば[18]、ゴーヴァンのグランガレへの執着はより顕著に映るはずだ。

ガウェインのグリンゴレットへの執着はクレティアンの作品成立からおよそ七十年ほど経ち、愛情へと変化しているようだ。十三世紀半ばに著された古フランス語ロマンス『危険な墓地』（*L'Atre périlleux*）[19]では、ゴーヴァンとグランガレとの関係が、まるで私たちが犬や猫に接する際に抱くような感情によって特徴づけられている。日が暮れたためにある城への逗留を断られたゴーヴァンは、近くにある壁に囲まれた墓地に隣接する礼拝堂で一夜を明かすことにした。そこで偶然出会った若い領主に城へ来るよう誘いを受けるがゴーヴァンはそれを断る。

S'or le m'avoient leu ocis,
U aucune beste sauvage,
Il me seroit tout mon eage,
(Qu'il ne poroit estre celé)
En ma contree reprové
Que je l'aroie seul laiscié
Comme couart par mauvaistié,
Si l'aroient estranglé lex.
Certes ja n'i remanra sex,
Ains prendrai o lui bien et mal.
. . .
　Gavains li dist : « Ce est l'estrox ;
Je n'irai pas ensanble vox

Quant mes cevax n'i enterroit.（ll. 854-873）[20]
狼や他の猛獣が彼を殺してしまうようなことにでもなれば、私は生涯ずっと（それが隠されたままになるはずはないのだから）、私が悪意を持って臆病者のように馬を放置したため狼たちが馬を殺したのだと言って、自国で非難を受けることになるでしょう。彼がここにひとりで残ることは決してない。むしろ私は彼と共に良いことも悪いことも経験しよう。（中略）ゴーヴァンは言った。「これは決めたことです。私の馬が中に入らないのならば、私はあなたと一緒には行きません。

ここでは馬を野獣に殺されでもしたら国で非難されるかもしれないという理由を告げてゴーヴァンは誘いを断っており、馬よりもむしろ自分の名誉を重んじているようにも思えるが、本心ではないであろう。このやり取りの直前にゴーヴァンが馬をどうするのか尋ねると、若い領主は自分の馬はこの辺りのことをよく知っているから一晩外に放しておいても大丈夫だと答える。これに対してゴーヴァンは“Li miens . . . que fera,/ Qui ne counoist pas le païs?”（ll. 851-2）（「この辺りを知らない私の馬はどうするのですか。」）と尋ねており、愛馬を危険な状況に陥らせたくないゴーヴァンの気遣いが読み取れるからである。さらにゴーヴァンのグランガレへの感情は、騎士の行動規範から自らを逸脱させるほどに強いものになっている。宿命の敵とされるエスカノール（Escanor）との一騎打ちで、ガウェインは敢えて相手の馬の命を奪っている。

Gavains a le ceval feru
A l'encontrer par mi le pis,
Si que li fers en est saillis

Par mi le senestre costé.
. . .
Gavains set bien se il l'assaut,
A ce qu'il est et grant et fort,
Ja li ara son ceval mort ;
Mix le veut il requerre a pié,
Car durement seroit irié
S'il veoit mort le Gringalet.（ll. 2331-55）

ゴーヴァンは相手との交戦で、相手の馬の胸の真ん中目掛けて一撃を振るった。そのため馬の左脇腹から槍の頭が飛び出してきた。（中略）相手が自分に攻撃を仕掛ければ、相手は大きく力強いので、すぐにも彼の馬を殺してしまうことをゴーヴァンはよくわかっていた。彼は馬から降りて戦いたかった。なぜならグランガレの死を目の当たりにすることになれば、彼は大いに苦しむであろうから。

一騎打ちの際に相手の馬を狙うことは許されない行為であった(21)。事実、エスカノールはゴーヴァンのこの行動を非難し、彼に対する評価を一変させている。それでもなお、騎士道のルールを破り自らの騎士としての名誉をかなぐり捨てて相手の馬を殺すことでグランガレを守ろうとしたのである。クレティアンは、このようなグランガレの命とゴーヴァンの騎士としての名誉を天秤にかけるような状況を創り出してはいないが、それでもクレティアンの『ペルスヴァル』に散見されるゴーヴァンの愛馬への執着が、より強調されて描かれることでゴーヴァンのグランガレへの感情は執着というよりむしろ愛情に変わっているように思える。

ガウェインのグリンゴレットへの愛はさらに進化する。これまでの描写はガウェインの一方的なグリンゴレットへの執着や愛情である。彼の一方的な愛は、十三世紀半ばに成立した中世オランダ語ロマンス『ワルウェイン物語』（*Roman van Walewein*）において初めて報われることになる。[22] この作品には、ワルウェインとグリンゴレットの関係についてそれまでの作品以上により多く語られている。例えばチェス盤の冒険に出発する際にグリンゴレットが連れてこられる場面で、ワルウェインがどの馬よりもグリンゴレットを心から愛していたと解説がついている。[23] ワルウェインがドラゴンと戦った際には、グリンゴレットはワルウェインと共に戦い自分に襲い掛かってきたドラゴンを撃退している。[24] 襲い掛かってきたものに対抗するグリンゴレットの姿は本能的な行動であるとも捉えることができるが、主人公と共に戦う姿はアレキサンダー大王と共に戦うブケファロスの姿やシャルルマーニュ・ロマンスに登場するリチャード・オヴ・ノルマンディー（Richard of Normandy）の馬モレル（Morel）を想起させる。さらに川を泳いで渡りきった後に疲弊し切ったグリンゴレットをワルウェインが必死に介抱する様子からは、[25] 前述の「危険な浅瀬」のシーンと比較するとワルウェインとグリンゴレットの関係が一層強くなっていることを読み取ることができるはずだ。

『ワルウェイン物語』においてはワルウェインのグリンゴレットに対する愛情が繰り返し描かれているが、最も印象的な場面はある公爵に囚われていたワルウェインとグリンゴレットが再会する場面である。アッセンテイン（Assentjin）の城から逃れたワルウェインとイザベル（Ysabele）そして狐ローヘス（Roges）は、途中一人の騎士とすれ違う。ワルウェインが清々しく挨拶をするが騎士は無視をして通り過ぎようとしたところ、突然向きを変えてワルウェインに挑み掛かる。ワルウェインは激闘の末相手の首を刎ねて道中を先に進む。宿が見つからぬまま歩みを進めているとある公爵のテントを見つけ歓待を受けるが、その公爵はワルウェインが首を刎ねた騎士の父親であった。息子の遺体が運び込まれ、息子の命を奪った犯人がわかると、公爵はイザベルと共にワルウェインを拘束して自らの城の牢獄に閉じ込めてしまう。その後牢番を倒して地下牢を抜け出したワルウェインとイザベルは公爵の厩舎で狐ローへスとグリンゴレットに再会する。

. . . Suddenly
the horse saw his master
and pulled his tether asunder
and ran over to him at once,
neighing and dancing for joy. (ll. 9379–83)

（前略）突然その馬は彼の主人を見ると、つなぎ輪を引きちぎり急いで彼に走り寄っていった。喜びのあまり踊り跳ねながら。

それまでの描写からはワルウェインの一方的な愛情や信頼を読み取ることしかできなかったが、ここでより明確にグリンゴレットのワルウェインに対する愛情が、グリンゴレットの行動を主体的に描写することによって表されている。まさに、それまでのワルウェインのグリンゴレットへの思いが報われた瞬間を私たちは目の当たりにしていると言えよう。

クレティアンの『エレックとエニッド』を出発点としてガウェインとグリンゴレットに関する複数の描写を追跡すると、ガウェインの人物像同様にガウェインとグリンゴレットの関係も変化していっていることがわかる。大陸においてガウェインの人物評が『散文トリスタン』(*Tristan en prose*)を頂点にして悪化した後多様化の道を辿るのに対して、[26] グリンゴレットとの関係は発展向上していっている。ガウェインと馬との関係を読み解く際に、私たちは時の流れと共に強固になっていったガウェインと愛馬グリンゴレットの絆を念頭において考察する必要がある。

二 「馬の試練」——三つの論点

客人たちがカールの馬と出くわす場面はプロット上客人たちが乗り越えるべき試練としての役割を果たしているとされているが、最初にこの詩を鑑賞した中世の人々は、たとえこの挿話が古くからの民間伝承に基づくものであったとしても、(27) カールが客人に課した試練であるとは気づかなかったであろう。この「馬の試練」は、ただ客人を試すために課されたテストという役割を果たしているだけではなく、この試練を受けた登場人物たちの資質や人間性もまた示している。これは作者や聴衆の登場人物に対する評価を理解する一助となるに違いない。さらにこの試練を乗り越えるためにとったガウェインの行動は、クレティアン・ド・トロワの『エレックとエニッド』に始まるガウェインの人物描写を考慮すると、大陸の伝統とは異なるガウェインの新たな一面を浮かびあがらせる。『サー・ガウェインとカーライルのカール』における「馬の試練」の挿話には、その文学的な意義が複数潜在している。初めに、「馬の試練」がカールが客人たちに課す試練であることを改めて検証していく。

1 試練・予選・適性検査

『サー・ガウェインとカーライルのカール』には、カールの居城を訪れた者たちを待ち受けるいくつかの試練がある。この作品の校訂本を作ったアウヴォ・クルヴィネンはそれらが登場人物たちに降りかかる順番に、「馬の試練」、「槍の試練」、「城主の奥方の試練」とし、さらにカールの城に飼われていた動物たちや城主の娘とのやりとり、異本『カーライルのカール』にのみ描かれている「首切りのゲーム」を加え、これら試練の起源をアイルランド・ウェールズ神話や民間伝承などにまで溯り求めている。(28) しかしカールの居城に一宿一飯を求めた者たち皆がすべての試練を受けるわけではない。

「馬の試練」は客人すべてが馬の様子を見に行く点で他の試練と一線を画している。カールの城に宿を求めたのは聖職者一名とアーサー王の騎士二名、すなわち司教ボールドウィン（Bishop Baldwin）、ケイ（Kay）、そしてガウェインである。これら三名がいずれも「馬の試練」に臨み、それぞれの行動に対して主人カールの裁定を受けている。これに対して「馬の試練」以外の試練は、カールの城に飼われていた四頭の動物たちの試練――これを試練と捉えるのであればという但し書を付け加える必要はあるが(29)――を除いてガウェインだけに課されている。「槍の試練」は、ガウェインがカールの馬を厩舎に連れて戻った後、食事の用意ができた広間において課される。ボールドウィン司教はすでに上座についており、ケイはカールの美しい奥方の向かいの席に陣取っている。ガウェインが野外で馬の世話をしている時にはすでに二人は広間に戻ってきていたので、二人が食事の席についているのは当然である。ケイがお得意の嫌味を遠慮なく発揮していると、カールは黙って食べるようケイに警告する。(30) 一方、広間に戻ってきたガウェインは、誰からも席に着くよう促されることはない。それはまるで周囲の人々が城の主人の言葉を待っているかのようである。カールは、すでに広間にいた司教やケイではなく、厩舎から戻って広間に立ち尽くしていたガウェインに槍をとって自分に目掛けて投げるように命じている。また、「城主の奥方の試練」は試練とはわからぬように物語の中に導入される。広間での夕食が済むと司教とケイは個室に案内されるが、ガウェインは一人だけカールの寝室に連れて行かれる。カールが自分のベッドの上に横になるようガウェインに命じるとすぐ後に、自分の妻に添い寝するよう指示する。このように「馬の試練」だけがカールの城を訪れた客人すべてに課されるのである。

カールによるこの馬を用いた試験は、ボールドウィン、ケイ、ガウェインの順に実施された。[31] 三人がカールに宿を求め、認められるとすぐにワインが運ばれてきた。城の主人とともにワインを飲み干すと、その動機が語られないままに最初に司教が自分の馬の様子を見に外へ出ていく。すると司教は自分の馬の傍で一緒になって飼葉を食んでいる一頭の仔馬を見つけた。[32]

The besschope put þe fole away,
"Thow schalt not be fello wytt my palfray
Whyll I am beschope in londe." (ll. 304–6)

司教はその仔馬を追い払った。「私が司教でいる間は、私の馬と仲良くできると思うな。」

ボールドウィンがそう言うや否や、カールが物凄い勢いで現れて仔馬を追い払った犯人を尋ねる。司教が自分であると答えると殴りつけてやると主人は脅すが、司教は自分が身分の高い聖職者であると言い返して一切怯まない。しかしカールは一歩も引かずに "ȝett cannyst þou noȝt of corttessyȝe" (l. 314)（「お前は礼儀を知らない」）と言って司教に拳の一撃を食らわせた。そのあまりに強烈な殴打にボールドウィンは地面に臥して気絶してしまった。

次にケイが厩舎を訪れる。司教が追い払った仔馬を彼の馬の傍に見つけると、ケイは厩舎の扉から仔馬を外に追い出すとその背中を殴りつけた。それを見ていたカールは有無を言わさずにケイを殴り倒して気絶させてしまう。地面に臥したケイに対して主人は次のように言った。

"Euyll-tav3t kny3ttus," þe carl gan sey ;
"I schall teche þe or þou wend away
Sum of my corttessye." (ll. 328-30)

「行儀の悪い騎士どもだ。」とカールは言った。「お前たちがここを出ていく前に、私なりの礼儀というものを教えてやろう。」

冒頭の"Euyll-tav3t kny3ttus"は違和感を覚える表現である。ボールドウィンが自分は司祭であると強調しているにも拘らず、(33) カールはケイだけでなくボールドウィンも騎士と見なしているからである。この作品の原典ではボールドウィンも騎士だったのかもしれない。何れにしても一連の出来事は、ボールドウィン司教とケイの行為に対する城の主人カールの怒りを如実に物語っている。ボールドウィンとのやりとりでは、カールは司教が自分の馬にしたことを見ていなかったために司教に対する尋問のような会話があり、そこにカールの冷静さを認めることができる。一方で、ケイが仔馬を厩舎から追い出す現場を目撃していたこともあり、カールは間髪いれずにケイに対して暴力を用いて報復している。食事の席でケイが城主の妻に話した内容についてカールが口頭での警告にとどめていることを考慮すれば、馬を乱暴に扱った二人の客人への報復は異常なまでに激しいことが窺える。

より注目すべきはカールの異常なまでに激しい報復行為ではなく、カールがボールドウィンとケイのそれぞれ別の機会に言い放った言葉のなかに「礼儀・礼節」(courtesy)という語が共通して用いられていることである。カールの怒りの原因は、右の引用からも明らかであるように、自分の馬を乱暴に扱ったからであるが、さらにカールは二人が馬を乱暴に扱った原因を二人に礼儀が欠けているからだと考えていることがわかる。このことはカールがガウェインの礼儀や礼節を一切咎めていないことからも明確である。

意識を取り戻した司教とケイは一緒に広間に戻ってくる。ガウェインは二人に何をしていたのか尋ね、彼らが馬の様子を見に行っていたことを知るとガウェインもまた馬の様子を見にその場を離れようとする。この後に続くガウェインの「馬の試練」は作品中で最も印象的な場面の一つであるため全体を引用したい。

Then ansswerd Gawen full curttesly,
"Syr, wytt your leyf þen wyll I."
  The carll knewe his thought.
Hett reynnyd and blewe stormus felle
That well was hym, þe bocke and belle,
  That herborow hade cavȝt.

Wyttout þe stabull dor the foll gan stond,
Gawen put hyme in agayn wytt his honde,
  He was all wett, I wene,
As the foll had stond in rayne.
Then keueryd he hym, syr Gawene,
  Wytt his manttell of grene.
"Stond vpe, fooll, and eette thy mette ;

We spend her þat thy master dothe gett,
    Whyll þat we her byne."
The carle stode hym fast by
And þankyd hym full curtteslye
    Manny sythis, I wene. (ll. 337–54)

そしてガウェインは非常に丁寧に言った。「ご主人、席を外したいのですがよろしいですか。」カールは彼の考えていることがわかっていた。外は雨が降っており、激しい風も吹いていた。聖書と教会の鐘にかけて、宿を見つけた者は幸運であった。
先程の仔馬は厩舎の外の戸口の傍に立ち尽くしていた。ガウェインは自分で厩舎のなかに連れ戻した。仔馬はずぶ濡れだった。雨のなか外にいたからだった。するとガウェインは彼の緑の外套で仔馬をすっかり覆ってやった。「立ち上がって、さあ飼葉を食べなさい。私たちがここに滞在している間、私たちはお前の主人のものを使っているのだから。」カールは彼のすぐ側に立っており非常に丁寧に、そして何度もガウェインに感謝した。

ガウェインの「馬の試練」の場面では、カールは挑戦者の礼儀や礼節について一切問題にしていない。このことは、他の二人を咎めたときのようなカールの台詞が一切ないことからも明らかである。さらに、語り手を通してガウェインの振舞いを描写している点も重要である。城の主人に席を離れる許可を取る際のガウェインの話し方を"curttesly" (l. 337)「非常に丁寧に」と形容している。これはボールドウィンやケイの時のようなカールの主観的な判断を排して、語り手にガウェインの振舞いを語らせることによってガウェインの行動の評価に客観性を与えている。このガウェインの礼儀をわきまえた態度に応えるカールの振舞いもまた、登場人物によって主観的に評価されていない。ガウェインの行動を語り手に描写させた場合と同様に、語り手の言葉を用いて伝えられるカールの動作は、ガウェインの視点から見ても、そして一般の基準に照らし合わせてみても、カールが"curtteslye"(l. 353)「丁寧に」感謝を述べたと形容されるものであった。これに加えて、カールが「丁寧に」ガウェインの馬の世話に対して感謝を述べたことは、ガウェインの行動を描写する際に作者が客観性を持たせようとした手法とは異なり、カールもまたガウェインの言動を「丁寧」だと認識していることをも示唆している。なぜなら馬を乱暴に扱った二人に対して「目には目を」という対応を見せた主人の行動原理に従えば、丁寧に許可を得て馬の世話をした者に対しては相応の態度を見せることが推測できるからである。

では「馬の試練」とは何なのか。立場によって、その捉え方は異なる。ジリアン・ロジャースは「馬の試練」を予選であると表現しているが[34]、これはある意味では正しい。この後に続くガウェインだけが受ける「槍の試練」と「城主の奥方の試練」を本番だと捉えるならば、カールに殴られ叱責を受けたボールドウィンやケイとは違い、カールに感謝されたガウェインは勝利を収め予選を勝ち抜いたと見なすことができるからである。しかしガウェインたちは城主の意図など知る由もない。「馬の試練」を予選とする見方は、知らないうちに城主に試される客人たちと彼らを自らの掌の上で弄んでいるカールのやり取りを安全なところから見ている聴衆あるいは読者の視点、しかも作品を一度鑑賞し終えた者の視点から捉えた場合にのみ有効である。訪れた者たちの命を次々と奪わねばならない邪悪な慣習に呪われたカールの視点に立てば、「馬の試練」とは複数人いる挑戦者・候補者を篩に掛け、カールが試練を与える相手——それは自分自身を救うことのできる救世主でもあるのだが——の適性を見極め選び出すための予備審査である。そして客人たちにとっては、誰もこの「馬の試練」を切り抜けることができなければ、究極的には離れ家にうず高く積まれた骸と同じ運命を辿る可能性があるため、まさに命をかけた試練なのである。そしてこの試練を乗り越えるために必要な資質は、カールがその言動によってはっきりと示している。司教ボールドウィンとケイはその欠如を咎められ、ガウェインだけが暗にその徳を賞賛されている。すなわち、「礼儀・礼節」である。

2 「馬の試練」が示すガウェインの資質

カールの城を訪れた客人たちの適性を見極める「馬の試練」は、もしすべての挑戦者が不適格だと判断された場合に皆命を落とす可能性があることを考えれば、ガウェインたちにとってはまさに試練である。では、一体何を問われているのか。カールが「馬の試練」を通して見極めようとした適性とは一体何だったのだろうか。「馬の試練」は乗り越えた者の性格や資質を示してくれる。次に考察するのは、「馬の試練」を通して明らかにされるガウェインの資質である。

なぜ宿を求めた騎士たちの適性をはかるために「馬の試練」が導入されたのかという根本的な疑問に対する答えは多様になるかもしれない。しかし非常に短絡的ではあるものの最も説得力のある理由は、カールの求める人物が騎士である必要があったからというものであろう。カールが聖職者であるボールドウィンと騎士であるケイを同じように殴りつけ、さらにケイに向かって「行儀の悪い騎士ども」("Euyll-tayʒt knyʒttus") とボールドウィンを含めて複数形で呼んだことが、このことを裏付けているのではないか。そして前述の通り、この試練においてカールが問題としていたのは挑戦者たちの「礼儀正しさ」である。

ところで『サー・ガウェインとカーライルのカール』だけではなく中英語の作品において、"courtesy" という単語が表す概念は、T・ブランセンが「使用される文脈によって多様な意味を持つ」と指摘しているように(35)、曖昧で捉えどころがなく解釈が難しい。ブランセンはこの文脈でこの語が何を意味し、なぜ重要なのかを探る必要があると言いながらも、“courtesy”の意味をはっきりと述べてはいない。一方でサラ・リンジーはこの語が「客人をもてなす際のルールに従うことや敬意を持って他者と接するといった社会の調和を促進するための行動」を意味し「暴力を伴わない人と人との交流を管理する騎士道の特別な側面である」と定義している[36]。具体例を伴った彼女の定義づけはわかりやすく、またこの作品の文脈に即したものであるため極めて有益である。リンジーの“courtesy”の定義を念頭において「馬の試練」を改めて読むと、ここで問われている挑戦者の資質がはっきりとしてくる。“courtesy”がリンジーのいう騎士道の一面を意味するものだと考えれば、「馬の試練」を通してカールがガウェインたちの騎士としての資質を見極めようとしていることがわかる。

実際に馬の世話は騎士の資質と深く関係している。十三世紀の聖職者ラモン・リュイ（Ramon Llull）の騎士道に関する著作は十五世紀のイングランドにおいてもよく知られており、活版印刷術が導入された直後には、ウィリアム・キャクストン（William Caxton）によってフランス語版から英語に翻訳されたものが一四八四年に出版されていた。リュイの著作によれば、食卓で肉を切り分ける方法や馬の世話など騎士の名誉に関わるあらゆることを習得するために騎士は息子を他の騎士に預ける義務がある[37]。言い換えれば、騎士になるべき人は叙任される前から馬の世話ができるようにならなくてはならない。そして馬具一式を磨き上げ、自身の馬を世話をすることは騎士の仕事である[38]。騎士に叙任された後でさえも、馬具の管理と自分の馬の世話は騎士にとって重要な仕事である。そして馬は騎士に与えられることで高潔な勇敢さを象徴するようになる[39]。そもそもボールドウィンは、彼自身が主張しているように聖職者であり、この「馬の試練」で問われる騎士としての資質を持つかどうかについては対象外といえる。嵐の吹き荒れる屋外に仔馬を叩き出す虐待とも言えるケイの行為は、馬と馬の世話についての配慮のなさを示し、騎士の高潔さを象徴する馬の背中を殴りつけるという暴力と共に、彼が騎士としての資質を著しく欠いていることを暴露している。一方で雨に濡れた仔馬を助け、外套を着せてやるというガウェインの行為は二人の振舞いとの違いが際立っており、ガウェインはその行動によって「馬の試練」を乗り越えてカールに対して彼の騎士としての理想的な資質を証明して見せたのである。

ガウェインは「馬の試練」によって騎士としての資質を有していることをカールと、そして私たちに見せつけた。さらにこの馬を救う行動からは、ガウェインの騎士としてだけでなく人間としての個性を読み取ることができる。すなわち馬を慈しむ心である。ブランセンはガウェインのこの行動をカールの意図を汲み取った上で試練を乗り越えるために意図的に起こした行動ではなく自発的な行動であり、中世において動物への優しさを理想とする考え方は稀であるとしながらもその重要性を認めている。(40) 風雨に曝された仔馬の姿に私たちは憐憫の情を覚えるはずだ。直前に描かれていたボールドウィンとケイの仔馬に対する仕打ちは、その思いをさらに強くさせるはずである。とりわけ印象的な箇所は、ガウェインが仔馬に話しかける場面ではないだろうか。『ガレスのサー・パーシヴァル』(*Sir Percyvell of Gales*) や『イポマドン』(*Ipomadon*) の場合のように、騎士が馬に話しかける行為は得てして周囲の笑いを誘う滑稽な雰囲気を生み出す効果を持っているが、『サー・ガウェインとカーライルのカール』の作者は巧妙にガウェインが仔馬に話しかける場面のコメディー化を防いでいる。この作品で馬に話しかけているのはガウェインだけでない。司教ボールドウィンの行動を思い出してほしい。カールの仔馬が自分の馬と飼葉を食んでいる姿を見た司教は、「私が司教でいる間は、私の馬と仲良くできると思うな。」と言って仔馬を追い出している。司教の行動はガウェインのそれと好対照をなしており、追い払った仔馬に向かって吐かれたボールドウィンの謗言を聴くと、司教と仔馬のやりとりはユーモラスな場面であるというよりもむしろ仔馬が不憫でならない。この司教の悪口がガウェインの仔馬を思いやる言葉が喜劇的な意味合いを持つことを阻止し、ガウェインの言葉をありのまま素直に解釈して受け入れることを容易にしている。

残念なことに、ブランセンはガウェインの行動の重要性とそれが示す騎士の性質――すなわち慈悲心――について指摘しながらも、[41]その意義については十分に説明していない。慈悲心は中英語頭韻詩の傑作『サー・ガウェインと緑の騎士』のなかにガウェインの持つ楯に描かれた五芒星（ペンタングル）の解説において他の四つの美徳――寛容・友愛・清廉・礼節――を凌ぐガウェインの美徳として言及されている。[42]また先に言及したリュイの『騎士道』（*The Book of the Order of Chivalry*）でも騎士の持つべき神学的な美徳の一つとして慈悲心をあげて、その重要性を詳しく説明している。[43]慈悲心それ自体が騎士の資質として賞賛されるべき特質であることがわかる。しかし馬に情けをかけることが他者への慈悲心と結びつくことには疑念を抱くかもしれない。そこで手がかりとなるのがトマス・アクィナス（Thomas Aquinas）の神学である。動物を慈しむ心は、トマス・アクィナスの『対異教徒大全』（*Summa Contra Gentiles*）第三巻一一二章一三節の内容を想起させる。アクィナスは動物を慈しむ感情に対しては、動物を時計のような機械であると考えていたデカルトのように、[44]否定的な立場であった。しかし聖書のなかには動物に対する虐待行為を禁じる記述があることを認めて、それらは動物虐待が自分以外の人間に対する虐待行為につながらないようにするためであると解説している。[45]裏を返せば、動物を慈しむ心は他者への慈悲心につながると言えるかもしれない。中世の人々がアクィナスの思想についてどのように考えていたのか推論の域を出ないが、中世における動物への慈悲心は稀ではあるが存在していた。[46]このような解釈が正しいとすれば、ガウェインは「馬の試練」で見せた仔馬を慈しむ心を通して、騎士の資質だけでなくより普遍的な人間としての美徳である慈悲心を証明しているのかもしれない。そしてこの慈悲心こそ「馬の試練」においてカールが真に見極めようとした挑戦者の資質であろう。カールは自分を邪悪な慣習から救ってくれる騎士を待っていた。慈悲の心を持った騎士が誰よりも必要であったのではないか。

3　「馬の試練」の間テキスト性

「馬の試練」はカールにとっては自分を邪悪な慣習から救い出すことのできる騎士を見つけるための予備審査であり、その挑戦者にとっては命を落としてしまう危険をはらんだ試練であり、エンターテインメントとして作品を読む（もしくは聴く）私たちにとっては挑戦者たちの予選会である。その目的は客人たちの騎士としての資質、特に慈悲心の有無を見極めることであった。さらに「馬の試練」にはテキスト外の価値を求めることができる。ガウェインの人物描写に関する文学史上の意義である。

「馬の試練」から読み取ることのできるガウェインの人物像は思いやりの心を持った騎士である。この作品の文脈に即してより具体的に指摘すれば、それは馬への思いやりである。「馬の試練」でガウェインが雨に濡れた馬に自分の外套を被せる行動は、古フランス語ロマンス『剣の騎士』（*Le Chevalier à l'épée*）のある場面を想起させるはずだ。(47)

Jus mist sa lance et son escu,
De son cheval est descendu
Sou lia a un aubrisel
Et sel covri de son mantel,
Puis s'est delez lou feu assis. (ll. 103–7)(48)

（ゴーヴァンは）彼の槍と剣を置き、馬を降りると灌木に（手綱を）つないで、そして彼の外套をかけてやった。その後彼は火のそばに腰を下ろした。

ここでは馬の名前は明らかにされていないものの、ゴーヴァンの馬がグランガレであることが後にわかる。クルヴィネンが『サー・ガウェインとカーライルのカール』の類例としてあげた『剣の騎士』によく似た行動をするゴーヴァンの姿が描かれていることは全くの偶然ではないだろう。

すでに見たように、大陸のガウェインを主人公とする作品では、ガウェインのグリンゴレットへの執着や愛情が強調されているが、中英語で書かれたアーサー王文学全体を見渡してもグリンゴレットが登場する作品はわずか二編のみである。そのうちの一つ『サー・ガウェインと緑の騎士』では緑の礼拝堂探索へ向かう直前の場面にグリンゴレットが登場する。そこではガウェインが騎乗する馬に相応しく光り輝く馬具に身を包んだグリンゴレットの姿が詳細に描写されている。(49) そして緑の礼拝堂を探して、あてもなく彷徨い歩くガウェインの様子をガウェイン詩人は次のように描写している。

Hade he no fere bot his fole bi frythez and dounez,
Ne no gome bot God bi gate wyth to karp —
Til þat he neʒed ful neghe into þe Norþe Walez. (ll. 695-7)
彼は木々が生い茂る丘陵地を馬の他には仲間を連れていなかった。道中の話し相手といえば神様だけ。彼はようやく北ウェールズの近くまでやって来た。

この描写ではグリンゴレットは仲間であると表現されている。大陸の作品のようにガウェイン自身がグリンゴレットに愛着を示しているわけではないが、この描写は少なくともガウェイン詩人がガウェインとグリンゴレットに関する文学伝統を自らの作品に反映させようとした意図を示唆しているに違いない。なお十五世紀の『散文マーリン』（*Prose Merlin*）はガウェインがグリンゴレットを手に入れた経緯についての挿話を含んでいる。[50] しかし、これは古フランス語版「流布本サイクル」中の『メルラン物語』（*Merlin*）の比較的忠実な翻訳であり、ガウェインとグリンゴレットの関係を中世イギリスの人々がどのように受容していたかを探る助けにはならないだろう。このように大陸で育まれ発展したガウェインとグリンゴレットの関係はイギリスにおいてはほとんど受け入れられていなかったと言っていい。その背景には百年戦争を経験したイギリスに芽生えた政治的なイデオロギーを疑ってしまったとしても、穿ち過ぎた見方とは言えないのではないか。その原因が何にしても、グリンゴレットに執着するガウェインという文学上のモチーフはイギリスにおいて受け入れられないまま、忘却の彼方に失われてしまったかのようである。

しかし、自分の馬に愛情を抱くガウェインの人物描写それ自体は、中世イギリスの詩人にも受け継がれている。『アーサーのワゼリン湖奇譚』では、一騎打ちの最中に相手に馬を殺されたガウェインが涙を流してその死を悼んでいる。[51] その馬との間に強い絆がなければ、ガウェインが取り乱して感情を爆発させることはない。この作品でガウェインが乗る馬はグリンゴレットではなく、グリセル（Grissell）という名で呼ばれている。ガウェインとグリンゴレットの関係を念頭に置きながら、よく知られたガウェインの愛馬ではなく、新たな馬との絆を作り上げた点においてガウェインが慟哭するこの場面は極めて斬新である。

そして「馬の試練」によってガウェインの騎士の資質と慈しみの心を描き出した『サー・ガウェインとカーライルのカール』の詩人は、ガウェインと馬との関係をさらに進化させたのである。ガウェインとグリンゴレットの関係は受け入れられることはなかったが、中世イギリスでも当然よく知られていた。この文学伝統がなければ、『サー・ガウェインと緑の騎士』でのグリンゴレットへの言及はなかったであろう。また『アーサーのワズリン湖奇譚』の詩人も、ガウェインと新たな愛馬の関係を作ることは容易ではなかったはずだ。クレティアンの作品以降、ガウェインが執着や愛情を示すのは常にグリンゴレットだけであった。革新的な描写を持つ『アーサーのワズリン湖奇譚』においてさえ、ガウェインの愛情の対象は自分の馬であった。ところが「馬の試練」でガウェインの細やかな配慮と暖かい言葉が向けられたのは彼自身の馬ではなく、宿を求めた城の主人の馬である。雨に濡れた仔馬に外套をかけるガウェインの姿は、『剣の騎士』でゴーヴァンがグランガレに自らの外套をかけた姿と重なる。ガウェインはここで自分の愛馬に対する配慮と同じ程度にカールの馬を思い遣り、優しい言葉をかけている。それまで自分の愛馬だけにとどまっていたガウェインの思いやりの心が初めて他の騎士の馬にまで達したのである。『危険な墓地』でグランガレを守るためにゴーヴァンがエスカノールに対してとった行動を思い起こせば、この意味の重要性がより深く理解できるはずだ。

ガウェイン・ロマンスが隆盛した中世イギリスではガウェインと愛馬グリンゴレットのすでに確立されていた文学伝統はそのまま踏襲されることはほとんどなかったが、その伝統は新たな愛馬の登場から他者の馬への厚意へと拡大し、ガウェインの人物像をさらに豊かなものへと進化させた。この発展には、ガウェインの愛馬グリンゴレットという文学伝統が必要不可欠であった。『サー・ガウェインとカーライルのカール』にグリンゴレットは登場しない。しかし作者は、『ペルレスヴォース』（*Perlesvaus*）の作者が嫉妬深いマランの話を描いた時に聴衆にテキスト外のゴーヴァンの特徴に通暁していることを期待していたように[52]、また『危険の墓地』の作者がゴーヴァンがグランガレと別れるのを拒否した場面を間テキスト的に見ることを求めたように[53]、聴衆に愛馬グリンゴレットという伝統に慣れ親しんでいることを期待していたし、また聴衆もそれに応えることができた。テキスト外のガウェイン像の人物描写を考慮すれば、「馬の試練」という例のないプロット・モチーフも、中世においては極めて稀な動物に対する気遣いというガウェインの行動も、必然的な主人公の選択と物語の展開として人々に理解されたことであろう。

このように『サー・ガウェインとカーライルのカール』における「馬の試練」は、ガウェイン、ケイ、ボールドウィンにとって命を落とす可能性を孕んだ試練であり、カールにとっては邪悪な慣習から自らを解放してくれる救世主を見極めるための予備審査であり、私たちにとってはカールが仕組んだ試練を乗り越えようとする挑戦者たちの予選ラウンドであった。この試練は馬への慈愛に満ちた対応を取れるか否かによって決し、騎士の基本的な資質と慈しみの心の有無をカールが見極めようとする意図が背後にはあった。そして愛馬グリンゴレットへの傾慕という確立された文学伝統を背景に、分け隔てない慈悲心という新たな一面をガウェインの人物評に加えたのである。

おわりに

ガウェインと愛馬グリンゴレットとの関係はよく知られており、両者の関係は大陸において徐々に醸成されていった。その関係が中世イングランドにおいては完全に受け入れられることはなかったが、一部の詩人たちはその伝統を踏襲し、発展させている。本作品の詩人もその一人であった。それまで自分の馬にだけ向けられていた感情が他者の馬にも向けられたという点では、『サー・ガウェインとカーライルのカール』におけるガウェイン像の小さな変化は、ガウェインの人物描写の変遷という文学史的な観点から見れば飛躍的な変化であったと言えよう。

『サー・ガウェインとカーライルのカール』の評価は極めて低い。「馬の試練」へのこの新たなアプローチとその多面的な読みの提示は、そういった作品の評価をいくらか改善するかもしれない。唐突な展開と単純な筋書きという特徴だけ見れば、作者は「ヘボ詩人」のレッテルを免れることはできないが、「馬の試練」において描かれるガウェインは、これまでにない魅力を与えられたキャラクターとして造形されている。「馬の試練」において仔馬を手厚く世話するガウェインの姿は、詩人が幅広い文学伝統についての知識を持ち、さらにそれを革新するほどに創造力が豊かであったことを示す何よりの証拠である。『サー・ガウェインとカーライルのカール』の更なる検証と再評価が求められている。

（1）ヘレイン・ニューステッドは中英語ガウェイン・ロマンスを十二作品としている。Newstead, Helaine (1967), "Arthurian Legends," Severs, J. Burke (ed.) (1967), *A Manual of the Writings in Middle English, 1050–1500*, Fascicule 1 I. Romances, New Haven: The Connecticut Academy of Arts and Sciences, pp. 53-70. なおガウェイン（ゴーヴァン）については、フィリップ・ヴァルテール（渡邉浩司・渡邉裕美子訳）『アーサー王神話大事典』原書房、二〇一八年、一八三―五頁を参照。

（2）*The Wedding of Sir Gawain and Dame Ragnelle*, Hahn, Thomas (ed.) (1995), *Gawain: Eleven Romances and Tales*, Kalamazoo: Medieval Institute Publications, pp. 41-80. なおこの作品と類似作品との関係については、石橋純二「バースの女房の話（Tale）～チョーサーによる民間説話改変の意図を探る～」『英語文化史論考　No. 6』武内信一・不破勝まふみ編（トライ・エックス、二〇一八年、三〇―五三頁）を参照。

（3）Hanna, Ralph (ed.) (1974), *The Awntyrs off Arthure at the Terne Wathelyne*, Manchester: Manchester UP.

（4）*The Jeaste of Sir Gawain*, Hahn, Thomas., *op. cit.*, pp. 393-418.

（5）Hanna, Ralph (ed.) (2008), *The Knightly Tale of Golagros and Gawane*, Cambridge: The Boydell.

（6）*The Turke and Gowin*, Hales, John W., and Frederick J. Furnivall (eds.) (1867), *Bishop Percy's Folio Manuscript: Ballads and Romanecs*, Vol. I, London: N. Trübner, pp. 88–102.

（7）Andrew, Malcolm, and Ronald Waldron (eds.) (2015), *The Poems of the Pearl Manuscript: Pearl, Cleanness, Patience, Sir Gawain and the Green Knight*, Exeter: University of Exeter Press. 『サー・ガウェインと緑の騎士』の引用はこの版によ

る。

（8）Barron, W.R.J. (1987), *English Medieval Romance*, London: Longman, p. 159; Rogers, Gillian. (2001), "Folk Romance", Barron, W.R.J. (ed.) (2001), *The Arthur of the English*, Wales: University of Wales Press, p. 198.

（9）Kurvinen, Auvo (ed.) (1951), *Sir Gawain and the Carl of Carlisle in Two Versions*, Helsinki. 『サー・ガウェインとカーライルのカール』の引用はすべてこの版による。

（10）*The Grene Knight*, Hales, John W., and Frederick J. Furnivall (eds.) (1868), *Bishop Percy's Folio Manuscript: Ballads and Romanecs*, Vol. II, London: N. Trübner, pp. 56–77.

（11）両者の違いについては、クルヴィネンが詳細に論じている。Kurvinen, *op. cit.*, pp. 18–25.

（12）Brandsen, T. (1997), "Sir Gawain and the Carl of Carilisle," *Neophilologus* 81, pp. 299–307; Pollack, Sean (2009), "Border States: Parody, Soverignty, and Hybrid Identity in *The Carl of Carlisle*," *Arthuriana* 19: 2, pp. 10–26; Lindsay, Sarah (2015), "The Courteous Monster: Chivalry, Violence, and Social Control in *The Carl of Carlisle*," *Journal of English and Germanic Philology* 114: 3, pp. 401–18.

（13）Whiting, B.J. (1947) "Gawain: His Reputation, His Courtesy and His Appearance in Chaucer's Squire's Tale," *Medieval Studies* 9, pp. 189–234; Busby, Keith (1980), *Gauvain in Old French Literature*, Amsterdam: Rodopi; Busby, Keith (1988) "Diverging Traditions of Gauvain in Some of the Later Old French Verse Romances," Lacy, Norris J., Douglas Kelly and Keith Busby (eds.) (1988), *The Legacy of Chrétien de Troyes*, Vol. II., Amesterdam: Rodopi, pp. 91–109; Busby, Keith (2006), "The Character of Gauvain in the *Prose Tristan*," Thompson, Raymond H., and Keith Busby (eds.) (2006), *Gawain:Casebook*, New York: Routeldge, pp. 183–207; Dalrymple, Roger (2012), "Sir Gawain in Middle English Romance", Fulton, Helen (ed.) (2012), *A Companion to Arthurian Literature*, London: Wiley Blackwell, pp. 265–77.

（14）Busby (1980), *op. cit.*

（15）渡邉浩司「ゴーヴァンの異界への旅—クレティアン・ド・トロワ作『聖杯の物語』後半再読—」（中央大学人文科学研究所編）『アーサー王物語研究—源流から現代まで』中央大学出版部、二〇一六年、一五一頁。

(16) ゴーヴァンが騎士の傷を癒すモチーフについては、渡邉浩司「ゴーヴァンによる医療行為とインド＝ヨーロッパ語族の医学理論」（篠田知和基編『神話・象徴・儀礼Ⅱ』楽瑯書院、二〇一五年）三五―五四頁を参照。

(17) Lecoy, Félix (ed.) (1975), *Les Romans de Chrétien de Troyes* VI: *Le Conte du Graal* (*Perceval*), tome II, Paris: Champion.

(18) Roques, Mario (ed.) (1965), *Les Romans de Chrétien de Troyes* III: *Le Chevalier de la Charrete,* Paris: Champion, ll.268-309.

(19) 『危険な墓地』については、渡邉浩司「十三世紀フランスの〈ゴーヴァン礼賛〉―『危険な墓地』をめぐって」（中央大学『仏語仏文学研究』第四〇号、二〇〇八年）三七―八三頁参照。

(20) Woledge, Brian (ed.) (1936), *L'Atre Périlleux,* Paris: Champion.

(21) 中世の馬上槍試合では、相手の馬を狙うことが禁じ手とされていた。（Kiser, Lisa J. (2011), "Animals in Medieval Sports, Entertainment, and Menageries," Resl, Brigitte (ed.) (2011), *A Cultural History of Animals in the Middle Age*, Oxford: Berg, pp. 110-1.）

(22) 『ワルウェイン物語』については、栗原健「中世ネーデルランドのアーサー王文学―ワルウェインをめぐって」（中央大学人文科学研究所編『アーサー王物語研究―源流から現代まで』中央大学出版部、二〇一六年）一九七―二三〇頁を参照。

(23) Johnson, David F., and Geert H.M. Classens (eds.) (2000), *Dutch Romances* I: *Roman van Walewein*, Cambridge: D. S. Brewer, ll. 136-9; cf. ll. 3634-7.

(24) *Ibid.*, ll. 365-75.

(25) *Ibid.*, ll. 718-52.

(26) Busby (1988), *op. cit.*, pp. 95-6.

(27) Kurvinen, pp. 91-3.

(28) *Ibid.*, pp. 89-104.

(29) *Ibid.*, pp. 90-1.

(30) 柴田良孝は、城主の台詞 "Sytt styll," quod þe carl, "and eete þi mette,/ Thow þinkost mor þan þou darst speke, sertten I the hyȝt." (ll. 376-8) を「静かに食事をしろ。お前は、きっと何か仕返しを考えているのだろう。」と訳している。(「『サー・ガウェインとカーライルの無骨城主』(試訳)」(『東北学院大学論集』七十五、一九八四年)一—三七頁。) しかし、逐語的に解釈すると「静かに座って食べていろ。お前はあえて口にしている以上のことを考えている。私は確かにお前に命じたぞ。」となる。これはおそらくカールの奥方を見てケイが口にした発言を耳にした主人が、ケイが自分の妻に良からぬことを考えていると推測しての発言であろう。また、クルヴィネンやハーンはこれを諺であると指摘している。(Kurvinen, p. 182; Hahn, p. 110)

(31) パーシー・フォリオ版『カーライルのカール』では、ケイ、ボールドウィン、ガウェインの順である。

(32) 原文では "A lytyll folle" となっている。中英語 "folle" には「仔馬」の他に「軍馬、戦馬」という意味もあるが (*MED*, sv. "fole, *n.*)、ここではその大きさについても言及されていることから、「仔馬」であろう。またパーシー・フォリオ版『カーライルのカール』では「仔馬」ではなく、「乗用馬 (palfrey)」となっている。

(33) 『サー・ガウェインと緑の騎士』に登場するボールドウィンは司教であるが、『アーサー王の誓約』(Dahood, Roger (ed.) (1984), *The Avowing of King Arthur*, New York: Garland.) では、騎士ボールドウィンが登場している。

(34) Rogers, *op. cit.*, p. 206.

(35) Brandsen, p. 301.

(36) Lindsay, p. 403.

(37) Llull, Ramon (2013), *The Book of the Order of Chivalry*, translated by Noel Fallows, The Boydell, 2013, p. 42.

(38) *Ibid.*, p. 53.

(39) *Ibid.*, p. 68.

(40) Brandsen, pp. 301-2.

(41) *Ibid.*, p. 305.

(42) ll. 651-5.

(43) Llull, pp. 71–2.

(44) Thomas, Keith (1983), *Man and the Natural World: Changing Attitudes in England 1500–1800*, London: Penguin, pp. 33–6.

(45) Clarke, Paul A.B., and Andrew Linzey (eds.) (1990), *Political Theory and Animal Rights*, London: Pluto Press, p. 10.

(46) Thomas, *op. cit.*, pp. 151–3；拙稿 "The Hunting Scenes in *Sir Gawain and the Green Knight* Revisited,"（中央大学人文科学研究所『人文研紀要』第九十号、二〇一八年）三四七―七六頁、三五一―四頁を参照。

(47)『剣の騎士』については、渡邉浩司「クレチアン・ド・トロワ以降の古フランス語韻文作品におけるゴーヴァン像」（篠田知和基編『神話・象徴・文学Ⅲ』楽浪書院、二〇〇三年）四八一―五一八頁中、四八二―八六頁を参照。

(48) Johnston, R.C., and D.D.R. Owen (eds.) (1972), *Two Old French Gauvain Romances*, Edinburgh: Scottish Academic Press.

(49) ll. 597–604; cf. ll. 2047–9.

(50) Wheatley, Henry B. (ed.) (1969), *Merlin or the Early History of King Arthur: A Prose Romance*, vol. II, New York: Greenwood Press, pp. 509–13.

(51) ll. 543–61. この描写は『危険な墓地』においてゴーヴァンがエスカノールと戦った時に持った懸念を現実のものにした描写だと見ることもできる。

(52) Busby (1980), *op. cit.*, p. 221.

(53) Busby (1988), *op. cit.*, p. 104.

追　記

本章の執筆にあたり、石橋純二氏より多くの貴重なコメントをいただいた。この場を借りて心より感謝の意を表す。

『サー・ガウェインと緑の騎士』における「価値」
——騎士のアイデンティティーを形成する"prys"——

玉川明日美

はじめに

十四世紀後半にイングランドで成立したと目されている『サー・ガウェインと緑の騎士』(*Sir Gawain and the Green Knight*、以下『ガウェイン』)は中英語で書かれた騎士道ロマンスを代表する作品である。[1] 本作では、主人公のガウェイン(Gawain)が宮廷社会において騎士として負うべき義務や理想と、一人の人間としての欲求の間で葛藤する心理が細やかに描かれている。本作は、アーサー王の宮廷への挑戦者、王の代理として冒険に身を投じる騎士、貴婦人からの誘惑などといったロマンスに伝統的な筋展開を踏襲しながらも、その結末は、主人公の華々しい凱旋や恋の成就で締めくくられるのではなく、課された試練を完璧にこなせずに不名誉を被る「失敗」に帰結する。

こうしたガウェインの「失敗」は多くの研究者の注目を集め、それが彼の「騎士」としてのアイデンティティーや価値観の変容にいかなる影響を及ぼすのかについて、様々な先行研究がなされてきた。[2] 一方で、物語の展開に従って主人公に試練を課す役割を与えられている、と思われる領主ベルティラック（Bertilak de Hautdesert）や奥方（the Lady）についても、その発言や行動には、ガウェインと対峙することで、それぞれも同様に宮廷社会に根差した自己を示そうとしているのではないか、と思わせる部分が見受けられる。更に言えば、ガウェインの自己認識というものも、試練の成否だけではなく、むしろ、ベルティラックたちも含めたそれぞれの人物が有する〈自我〉との相関によって、常に定義され続けているものだと思われる。

こうした、自己、あるいは他者に対する認識を表象する語として、本作では“prys”という語が重要な位置を占めている。「価値」を中心に広い意味をもつ“prys”には、まさにそれぞれの人物がもつ価値観や自他に対する認識の多様性が反映されている。主人公の「騎士」という性質を巡って、ガウェイン自身と他者からの評価の一致、もしくは不一致が、この語の使用に綿密に織り込まれているのである。本章では、『ガウェイン』の登場人物たちが使用する“prys”を中心として、ガウェインや各人物のやり取りに言語的な分析を行う。そこから、ガウェインがベルティラックや奥方と互いに自らの「価値」を提示し、その評価を通して干渉し合うことで、自らの「騎士」としてのアイデンティティーをいかに形成（もしくは再形成）しているのか、その過程を検討する。

一　ガウェインの受ける試練とそれに関わる人物たち

ガウェインが本拠地であるアーサー王の宮廷を離れ、その後ベルティラックの城に滞在する間、彼には主に三つの試練が課される。一つ目は、緑の騎士と「首切り」の遊戯の決着をつけるため、期日までに緑の礼拝堂を訪れること、二つ目は、城に滞在している間に手に入れたものを、城主が狩ってきた獲物と「交換」すること、そして三つ目は、彼を歓待（誘惑）する貴婦人に対して礼を尽くすこと、である。それぞれの試練の中でガウェインは、騎士として求められるあらゆる要請に対し、全てを両立することの困難さを覚える。しかし同時に、自分に向けられる理想的な騎士としての評価をいかに体現するか模索し続けるのである。先述したように、本作におけるこうしたガウェインの「騎士」としてのアイデンティティーについて考える際には、自己認識の要となる他者からの認識や評価、そして、それらの裏にある、他者自身の自我の存在というものにも目を向けるべきであろう。本作の場合、ガウェインの「騎士」としての在り方を揺るがす、緑の騎士に扮するベルティラック、そして、その奥方の二人がとりわけ重要な存在であろう。

この二人との関わりから、ガウェインの「騎士」としての評価について検討を行うにあたり、騎士が試練を受け、その結果に対する裁定を得る、という一連の流れによって、ガウェインと試練を課す側の登場人物との間に、一方向的な「評価を与える／受ける」という関係を前提にして見てしまうおそれがある。確かに、緑の騎士でもあるベルティラックとその夫人は、ガウェインに様々な「遊戯」や「契約」を課す存在だ。緑の騎士は、首を斬り合う遊戯とそれに伴う約定を通してガウェインの持つ美徳をはかり、最終的に彼の冒険について総評を与える「審判」である、とみなすこともできる。それゆえ、緑の騎士の平時の姿であるベルティラックも、城主と恩義のある騎士という社会的な上下関係以前に、常にガウェインを試す側に立ち、次元を異にする、という解釈が見受けられる。たとえば、J・R・R・トールキンは、本作におけるベルティラックは、ガウェインに与える試練を成立させるため、一種の装置としての役割を担うに過ぎない、とさえ指摘している(3)。奥方についても、ガウェインへの「誘惑」が、実は夫・ベルティラックの指示によるものであるため、彼女もまた夫と同様の立場にあると見られがちである。そういった解釈の一例として、「交換」の遊戯のためにベルティラックとガウェインのそれぞれが城の内外で「獲物」を得る際、ベルティラックが狩る動物の様子は、奥方から「誘惑」を受けるガウェイン自身と連動しており、城主がそれを捕えて与えるという行為がガウェインへの審判や評価を表象してい

る、というものもある。(4)

確かに、ベルティラックが狩猟をする場面と、ガウェインが奥方から誘惑にあう場面との間に見られる、言語表現の重なりや今後の展開を暗示するような描写といった、物語の一貫性を意識した極めて巧妙な伏線の張り方は、本作品が高い評価を得る一因である。しかし、そうした物語の結末との連関性を前提とした解釈は、時にその場面で描かれているからこそ持ち得る重要な意味、つまり、その時の状況に即して表現された登場人物の機知や心理といった細かな描写を見過ごしてしまう危険があるだろう。その点で、物語を俯瞰すればベルティラックと奥方は共犯者として示唆的な物言いをすることがあったとはいえ、その言葉の中には彼ら自身もガウェインとの接触を通して、自らの在り方を示そうとする意識が存在する可能性を見過ごしてはいないだろうか。ベルティラックと奥方がガウェインに対して持ち掛ける、獲物の「交換」や、宮廷風恋愛へと「誘惑」する会話は、そもそも、一方的に相手に対して何かを与える関係ではない。むしろ、互いの実力を評価し合い、干渉し合う行為である。ベルティラックと奥方、そして無論、ガウェイン自身もこれらの遊戯を通して相手を評価しながら、宮廷社会においてあるべき自己を示し、他者から承認されることで己のアイデンティティーを確立しようとしていたのではないだろうか。

二 「価値」を意味する"prys"

「交換」の遊戯は先述したように、ガウェインとベルティラックが城の内外で得たものを互いに取り交わす、という約定のもとに行われる。(5)ベルティラックはこの取り決めについて、「約束」(forwardes)や「同意」(bargayn)という語彙を使用しているが、これらは別段珍しい表現ではない。しかし、とりわけ"bargayn"に関しては、「商取引」という意味においても使用されるものであり[6]、この「交換」の遊戯が単なる物々交換なのではなく、一種の「取引」として評価行為が伴うことが含意されている。本作における商業に関する用語については、R・A・ショーフやジル・マンが詳しい分析を加えている[7]。特にマンは、商取引における参加者同士の「信頼関係」が本作の「交換」という行為に導入されていることを指摘する。交換される物、つまり、ベルティラックの「狩猟の獲物」とガウェインの「口づけ」の等位性には「価値」に対する恣意的な見方があり、交換に参加する者同士の同意と「信頼」（trawþe）によって成立するのだと説明をしている[8]。「交換」の遊戯において、ガウェインとベルティラックは信頼関係を構築するため、約定を遵守する誠実さと共に、「交換」が成立すると互いに認められるだけの「価値」のあるものを提示することが求められているのである。

二人の騎士に求められている、「価値」のあるものとは何かを考えるにあたり、"prys"という語が重要になってくる。中英語の"prys"は現代英語の"price"の前身にあたる。現代英語の"price"が基本的には「価格」といった金銭的な価値に意味が限定されているのに対し、中英語の"prys"はより広範な意味を担っていた。*Middle English Dictionary*（以下 *MED*）を参照すると、現代英語の"price"と同様に金銭的な価値としての「価格」（price）や「金銭」（money）（語義1、2）を指すほかに、金銭によらない抽象的な「価値」（worth）（語義3、4）や、人間の身分や事物の「高貴さ」（nobleness）や「豪華さ」（luxury）（語義6、7）をも"prys"は意味として持っている[9]。更に、「名声」（fame, renown）や「称賛」（praise）といった、価値あるものを賞揚するような概念や行動にまでその語義の範囲は及んでいた。使用頻度の順で語義項目が並べられている *MED* に対し、語義の成立年代順に項目がたてられている *Oxford English Dictionary* を確認すると、「称賛」（praise）（語義1）や、それに伴う「名誉」（honour）（語義2）、そして金銭に限らない「価値」（value）（語義3）が先に挙げられており、それらの意味の初例として十三世紀初頭から前半にかけての例が挙げられている。その後、金銭的な「対価」（語義8）としての意

表1　*Sir Gawain and the Green Knight* 内の 'prys'（全13例）

行数	Book	用例	意味
79	I	Þat myȝt be preued of prys wyth penyes to bye,	value
615	II	Þe cercle watz more o prys	precious
912	II	Þat alle prys and prowes and pured þewes	excellence
1247	III	To þe plesaunce of your prys – hit were a pure ioye.'	politely for 'you'
1249	III	'Þe prys and þe prowes þat plesez al oþer,	excellence
1277	III	Bot I am proude of þe prys þat ȝe put on me,	value
1379	III	'How payez yow þis play? Haf I prys wonnen?	praise
1630	III	And praysed hit as gret prys þat he proued hade,	excellence
1770	III	For þat prynces of pris depresed hym so þikke,	noble
1850	III	He wolde hit prayse at more prys, parauenture;	value
1945	III	And þat is ful pore for to pay for suche prys þinges	precious
2364	IV	As perle bi þe quite pese is of prys more,	precious
2398	IV	Among prynces of prys, and þis a pure token	noble

味が十四世紀以降に用例として確認できる。[10] このことからも、中英語における"prys"は、数値化できる金銭的な「価格」よりも、他者からの判断や高い評価に基づく「価値」としての意味が大本にあったと考えられる。

次に『ガウェイン』における"prys"の用例を確認したい。"prys"は作中で十三回使用されており、これらの例を表1にまとめた。なお、表の中で各用例の意味を付したが、これらは文脈に即したものを挙げており、個々の用例の重層的な解釈については後の節で詳述する。これらの"prys"は事物の描写、人物の発言の両方で使用されており、必ずしも特定の人物の科白にのみ使用される、といった特異な点は見られない。ただし、物語の展開に応じて分けられたBook IからBook IVの中でも、Book IIIでの使用が最も多く、ガウェインとベルティラック、奥方との会話の中での使用が主である。「交換」や「誘惑」に際して、あらゆるものへの「評価」が主軸となって物語が進行していくことを考えれば、「価値」を意味する"prys"の使用頻度が高くなるのも不自然ではない。また、"prys"は包括的に「価値」を表現する語として、話者の意図によって、意味を二重、三重にも含めて使用されていた可能性がある。こうした"prys"の多義的な性質にガウェイン詩人は着目し、「価値」の可変性を表現する格好の語として自らの作品で使用したのではないだろうか。

三　人々からの期待

次に、"prys"が使用される場面の中でも、ガウェインと各登場人物に関する「評価」や「価値」に言及される場面を取り上げて分析を行う。まずは物語の進行に沿って、ベルティラックの城の宮廷人たちが抱く、ガウェインに対する印象や評価について見ていきたい。

ガウェインがベルティラックの城に着くより以前に、彼が理想の騎士だと説明されている箇所を確認しておく。ガウェインがアーサー王の宮廷を出立する前、その装備について述べられている中にそれはある。彼の持つ楯に描かれた五芒星章になぞらえて、ガウェインは「言葉において最も誠実、かつ、比類なく礼儀正しい騎士」(11)であり、「寛容」(fraunchyse)、「友愛」(fela3eschype)、「清廉」(clannes)、「礼節」(cortaysye)、「慈悲」(pité)の五つの美徳を備えた者と表現されている。(12)事前にこのような描写がなされた上でガウェインは旅立ち、緑の礼拝堂に赴く前にベルティラックの城に逗留することになる。城に辿り着いた際、ガウェインはすぐには自分の名を明かすことはしない。それでも、城の貴人たちは、彼の風采のみで身分の高い騎士だと考え、「戦場において比類なき戦士」(13)なのだと判断している。韻律等の要請も考慮すべきとはいえ、あえて戦いに言及することから、旅を続ける騎士の「戦士」としての側面を人々が評価していることがうかがえる。しかしこの後、ガウェインの名前と身分が明かされた途端、騎士に望まれる別の側面へと人々の評価の基準がずれていくことになる。以下に、ガウェインがアーサー王の宮廷に属する騎士であることを知った宮廷人たちの反応を引用する。

And alle þe men in þat mote maden much joye
To apere in his presense prestly þat tyme,
Þat alle prys and prowes and pured þewes
Apendes to hys persoun, and praysed is euer;
Byfore alle men vpon molde his mensk is þe most.
Vch segge ful softly sayde to his fere:
'Now schal we semlych se sleȝtez of þewez
And þe teccheles termes of talkyng noble,
Wich spede is in speche vnspurd may we lerne,
Syn we haf fonged þat fyne fader of nurture.
God hatz geuen vus his grace godly for soþe,
Þat such a gest as Gawan grauntez vus to haue,
When burnez blyþe of his burþe schal sitte
    and synge.
In menyng of manerez mere
Þis burne now schal vus bryng,
I hope þat may hym here

Schal lerne of luf-talkyng.(14)

広間にいた全ての人々は喜びに満たされた。
彼がまさにその時、現れたのだから。
その人こそ、あらゆる美徳に武勇、清廉な振る舞いなど全てを
兼ね備え、どこへ行こうと称賛を受ける者であった。
そして、その誉れは他の誰よりも高いものであった。
皆それぞれ、友に囁き言った。
「さあ、彼の洗練された所作や、高貴な会話における
完璧な手本を見てみようじゃないか。
わざわざ質問をせずとも、良き会話の何たるかを学べるだろう。
なにしろ、礼節の権化である方をお迎えしているのだから。
神様も、なんとも素敵なお恵みを示してくださったのだろう、
誰もが神の子の誕生を祝い歌う時に、
ガウェイン卿のような客人を我々の元に
　遣わしてくださるなんて。
素晴らしき作法を理解する術を、
この騎士様は我々にもたらしてくれるはずだ。
きっと彼の言葉を聞いていれば、
愛の語らいについて学ぶことができるだろう。」

宮廷人たちは皆、ガウェインの“prys”を称えるが、文脈上、これは特定の性質を指しているというよりも、「素晴らしさ」（excellence）といった包括的な美点を指すと解釈されている。ただし、頭韻によって「勇敢さ」（prowes）や「清廉な振る舞い」（pured pewes）とも並べられていることから、この“prys”が精神性と立ち居振る舞いの両方を兼ねていることが推測される。よって、五芒星章の描写や戦士としての第一印象にも通じるものがある。ただし、この語自体には「価値」としての意味があり、「素晴らしさ」も賞賛に値するような性質や行動に対する「評価」だと言える。更に城内の人々の科白において、彼らがガウェインに期待する「素晴らしさ」の具体的な内容が語られている。それらは、「洗練された所作」（sleȝtes of pewez）や「高貴な会話」（talkyng noble）、「会話における巧みさ」（spede in speche）、「高貴な血統、礼節の権化」（fyne fader of nurture）、「素晴らしい作法」（manerez mere）、そして、「愛の語らい」（luf-talkyng）など、宮廷における作法や会話術が重視されていることがわかる。つまり、“prys”として、周囲の人々が評価するガウェインの「価値」とは、宮廷における会話や身のこなし、特に宮廷風恋愛を前提にした「宮廷における礼節の騎士」（courtly knight）としての振る舞いに重きが置かれているのである。

この後、ベルティラックはガウェインに城に滞在することを強く勧める。緑の騎士との約束を理由に一度は断るガウェインだが、城が緑の礼拝堂に近いことや、期日までにそこへ案内することを城主に説明され、承諾する。その際、ベルティラックは「[期日までは]ベッドでお休みくださればよいでしょう」（ȝe schal be in yowe bed[15]）と部屋で休むことを提案する。この“ȝe schal”は未来を表す助動詞として解釈できる。ただし、“schal”には古英語 *sculan* から引き継いだ、「義務」としての意味も残っているため、ガウェインに強いて留まるように言っているとも解釈できる。更に念押しをするように、「元旦までご滞在ください」（Dowellez whyle New ȝeres daye[16]）と命令形を用いて、ガウェインに新年まで城に留まることを強く勧める。ベルティラックの科白は総じて、命令形が比較的使用されないため、ここでの科白は他の言葉よりも強く響くと思われる。[17] ベルティラックの熱心な勧めに対し、ガウェインは従順な態度で応じる。この時、「しかれば、何事にもまして、あなた様に深く感謝申し上げます。これで私の旅も果たされたものと同然でしょう、であれば、あなた様のご意向に従って、ここに留まるとしましょう。また、あなた様の仰ることであれば何であれ致しましょう。」（Now I þonk yow bryuandely þurȝ alle oþer þynge, / Now acheued is my chaunce, I schal at your wylle / Dowelle, and ellez do quat ȝe demen.）[18] と返答し、最後には「うやうやしくお辞儀をした」（Hym heldande, as þe hende）[19] という動作も描かれている。ガウェインの丁寧な言葉や振る舞いは、賓客としての礼節を実践し、城内の人々からの期待を体現するものである。また、ベルティラックとしても、この後の試練のための舞台を整えるだけでなく、客を丁重にもてなすホストとして、城持ちの騎士にあるべき礼節を示しているのである。

城内の人々からの期待や要望を受けた上で、ガウェインはベルティラックと「交換」の遊戯の契約を交わすことになる。ガウェインが城主と競い合うために求められているのは、「騎士」としての資質の中でも、狩猟や馬上槍試合といった戦士としての側面ではなく、宮廷における会話術や交渉術であることが暗黙の了解となっている。つまり、そうした技術を駆使して、交換に値する手柄を得ることを求められているのである。物語の展開上の要請があるとはいえ、「交換」の取り決めを交わす際、城内で何かを得る、ということに関してガウェインが異存や疑問を挟まないのは、「交換」の遊戯を通して自らに求められているのは「騎士」としての「礼節」（courtesy）であり、それによって「獲物」を獲得して己の“prys”を証明するべきだと、彼自身も理解し、同意していたためであろう。このように、ガウェインは宮中の人々やベルティラックの思惑に従いながらも、「騎士」としての自らの評価と立場を証明しようとしている。

四　宮廷風恋愛への「誘惑」

ベルティラックの居城にいる宮廷人たちからの、ガウェインに対する「礼節の騎士」としての評価は、特に城主の奥方による「誘惑」という形で試されることになる。一日目の誘惑の場面において、ガウェインが自らの会話術を見せ、それに対する奥方の反応について描かれた箇所を以下に引用する。

'I schal ware my whyle wel, quyl hit lastez,
　　with tale.
ȝe ar welcum to my cors,
Yowre awen won to wale,
Me behouez of fyne force
Your seruaunt be, and schale.'

'In god fayth,' quoþ Gawayn, 'gayn hit me þynkkez,
Þaȝ I be not now he þat ȝe of speken;
To reche to such reuerence as ȝe reherce here
I am wyȝe vnworþy, I wot wel myseluen.
Bi God, I were glad, and yow god þoȝt,

At saȝe oþer at seruyce þat I sette myȝt
To þe plesaunce of your prys—hit were a pure ioye.'
'In god fayth, Sir Gawayn,' quoþ þe gay lady,
'Þe prys and þe prowes þat plesez al oþer,
If I hit lakked oþer set at lyȝt, hit were littel daynté;
[. . .]
Bot I louue þat ilk lorde þat þe lyfte haldez,
I haf hit holly in my honde þat al desyres,
þurȝe grace.'(20)

「お話を続けていられる限り、私もここで
過ごしましょう。
心から歓迎致しますわ。
貴方様の心行くまで、
私はお仕えしなければなりませんもの。
むしろ、喜んでそう致しますわ。」

「信仰にかけて」ガウェインは言った。「大変ありがたく存じます、
私は、貴女様のおっしゃるような者ではありませんが。
自分は奥方様が聞かせて下さったようなお褒めの言葉に

値するような者ではありません。自分自身、よく承知しております。
神に誓って、もし、私の申し上げること、為すことが、
奥方様の喜びになるのならば、心から嬉しく思いますし、
貴女様のお役に立てるというもの。それこそ正に至上の喜びです。」
「ガウェイン様、まさしく」その美しい夫人は言った。
「誰もが喜ぶ、あなたの素晴らしき徳や武勇に対して
私が咎め、見くびろうものなら、それこそ無礼というものです。
（中略）
ともかく、私は天高くおわします主を讃えます。
皆が求める御方を自分の思いのままにできるのですから。
　これは神様のお恵みですわ。」

奥方はまず、ガウェインがあらゆる場所で人々から称賛されていることを述べ、それから自分が「しもべ」（seruaunt）となって歓待することを伝える。“servant”という表現はガウェインも使用しており、ベルティラックや奥方に感謝や誠意を表現するために、自分を相手の「しもべ」と言い表したり、自らを相手に捧げると語ったりする際に用いられる。(21) 相手に対する忠義や敬意を示す常套句として、ガウェインはこの語を使っている。ただし、宮廷風恋愛における恋人同士を封建的君臣関係に擬えて、騎士が愛する貴婦人の「しもべ」となって忠誠や服従を示す際にも、“servant”は使用された。ゆえに、奥方は先んじて自ら、宮廷風恋愛における恋人としての「騎士」を気取った言葉を投げかけ、ガウェインがそれに呼応することを期待したのではないだろうか。また、

自身も宮廷風恋愛における会話術を熟知していることを示そうとしたのかもしれない。

対するガウェインは、彼女からの賛辞や誘惑に己が「値しない」(unworþy)と断り、謙遜する。とはいえ、自分の「言葉」(saȝe)と「奉仕」(seruyce)によって、「あなた様」(your prys)を満足させられるのならば、無上の喜びだと伝える。この“your prys”は、現代英語における“your highness”と同様に、相手の「高貴さ」に言及することで、その人自身のことを敬って呼ぶ表現である。“luf-talkyng”とも表現される宮廷での言葉遣いは、必ずしも親愛や恋愛感情を示すだけではなく、相手との対立を回避することを目的として使用されていた可能性がある[22]。その点で、ガウェインは相手の“prys”を立てることで謙虚な姿を示し、己に期待されている“courtly”な言葉遣いを実践しながら、奥方の求める恋人としての“servaunt”になることは回避しようとしているのだ。

しかし、奥方もガウェインが用いた“prys”をとらえ、今度は相手の「素晴らしさ」として称賛を返す。この奥方の対応は、彼女自身が持つ機知の鋭さを示していると言えるだろう。更に奥方は、もし自分が「世界中の富」(al þe wele of þe worlde)を持っていれば、それと引き換えに、誰よりもガウェインを伴侶に選びたい、と言葉を締めくくる[23]。“prys”に経済的な意味も含まれている以上、奥方はあえて「財貨」(wele)という言葉を用いて、ガウェインに「世界中の富」という値段をつけて彼の自尊心を刺激しながら、その評価の高さをも強調しようとしたのだと思われる。後の三回目の「誘惑」の中で、実際に奥方はガウェインへ、愛の具象として非常に高価な金の指輪を差し出す[24]。結局、これも受け取られることなく拒絶されてしまうのだが、あえて、奥方がガウェインに対して金銭的な価値について言及したり、贈り物として実践したりするのは、相手が世俗的な価値の前に屈するかを試す一方で、騎士の美徳とされる「気前の良さ」(generosity)を彼女自身が体現しようとした、と見ることもできるだろう。

しかしながら、ガウェインは奥方からの“prys”に対して、「あなた様が私に下さったお褒めの言葉の数々を我が誇りと思います。そして、私は礼儀正しきしもべとして、あなた様を主と仰ぎましょう」（I am proude of be prys þat ȝe put on me,/ And, soberly your seruaunt, my souerayn I holde yow）[25]と冷静に答える。この科白の“prys”は文脈上、奥方からの「称賛」として読まれている。だが同時に、「付す」（put on）という言葉からも、この“prys”を奥方同様、「価格」としてガウェインも受け取り、自分につけられた「価値」に満足した、とも解釈できるだろう。ただし、ガウェインは、奥方から自分に「宮廷風恋愛における恋人」としての「価値」が与えられていることを自覚しながらも、自分は「礼儀正しいしもべ」（soberly your serubaunt）だと念を押す。頭韻で強調された、“soberly”は「礼儀正しく」、もしくは「適切に」を意味する。[26]ガウェインは奥方に対し、夫であるベルティラックを差し置いて、自分が恋人としての“servant”になることは了承せず、あくまでも、礼節に適った会話を楽しみ、君臣関係としての忠誠を誓うことで最大限の敬意を表そうとしている。こうして、ガウェインは“courtly”な会話術を巧みに利用して、奥方と節度をもった関係を保とうとしているのである。加えて、奥方が求める、宮廷風恋愛における恋人としての「騎士」に重ねたガウェインの認識を修正しようと試みている。

奥方の認識を改めさせようとするガウェインの意図が窺える例として、与えられた賛辞に対し、聖母マリアに言及して返答をする科白がある。[27]ギャラハーは、聖母マリアの名を挙げることで、奥方の振る舞いとの対比を想起させ、ガウェインが彼女に聖母のような貞潔な姿へ改められるよう望んだのではないか、と指摘している。[28]

以上のように、ガウェインは「価値」を想起させる“prys”を交えて、彼自身が定義する“luf-talkyng”とは謙虚さや礼儀正しさを示す会話術であり、それによって貴婦人を満足させる「礼節の騎士」としての自分にこそ「価値」があるのだと示そうとする。一方で奥方は、宮廷風恋愛における文脈の上でガウェインに恋人としての“luf-talkyng”を求め、そのような点を評価しながら、それに相応しい貴婦人としての自己をも提示している。このような二人の会話は、一見すると互いを褒め称えるものだが、その内実は相手に対する「評価」を巡る〈自己〉の激しい主張の応酬でもある。ガウェインも言葉の上では謙虚な態度を示しながら、奥方の認識に完全に服従することはしない。また、この"courtly"な会話術は城主への義理や誠実さを守るため、ガウェインの武器にもなっているだろう。そして、奥方からの誘惑を躱した結果に得た口づけは、"courtly knight"としての手腕の成果となって、ベルティラックに「交換」の場で示されるのである。このように、一日目の「誘惑」の場面におけるガウェインと奥方の"prys"のやり取りには、その人物の「価値」をいかなるものとして捉え、相手に示すか、という、互いの主張が描かれている。だが同時に、ガウェインに対する評価は人々の認識によって、本人の意図とは異なる解釈をされる可能性をも示唆しているのである。

五　競い合いとしての「交換」

ガウェインとベルティラックとの「交換」の遊戯の中でも、会話に"prys"が使用される。そこにも両者が立場に即した「騎士」としての評価を競い合う様子が見られる。ガウェインは宮廷での会話術を駆使する「礼節の騎士」として、ベルティラックは"noble sports"である狩猟を巧みにこなす「騎士」として、互いの価値を示し合いながら、宮廷社会における「騎士」としてのアイデンティティーを確固たるものにしようと試みているのではないだろうか。

三度ある、城主とガウェインが獲物の「交換」は、必ず城内の人々を集めてから行われる。また、次回の「交換」の約定も人々の目の前で交わされる。宮廷における祝宴行事の一環として、騎士同士の競技の慣習に倣ったものとも考えられるが、ベルティラックとガウェインの約定が当事者間のみの私的な約束なのではなく、第三者からも認識される公的なものとして描かれていると言える。獲物の「交換」が双方にとって、互いの「価値」を評価し合うものであると同時に、証人たる第三者に周知することで、その宮廷の社会集団の中における、「騎士」としてのアイデンティティーを確立しようとしているのではないだろうか。一日目の「交換」を始めるにあたり、ベルティラックは自分の獲物を見せてから、先んじてこのように切り出す。

'How payez yow þis play? Haf I prys wonnen?
Haue I þryuandely þonk þurȝ my craft serued?'
'ȝe iwysse,' quoþ þat oþer wyȝe, 'here is wayth fayrest
Þat I seȝ þis seuen ȝere in sesoun of wynter.'
[. . .]
'Þis is soth,' quoþ þe segge, 'I say yow þat ilke:
Þat I haf worthyly wonnen þis wonez wythinne,
Iwysse with as god wylle hit worþez to ȝourez.'[29]

「この遊びはお気に召しましたか？　私はお褒めにあずかれますか？
私の技でもって、多大なる感謝の言葉をいただけますかな？」
「ええ、確かに」もう一方の騎士は答えた。「ここにある獲物は、
今まで、冬の季節に目にしてきたもので最も素晴らしいものですね。」
（中略）
「まことに。」その騎士は言いました。「同じ言葉をお返しします。
この城の中で、誉れ高くも私が手に入れたものを、

心をこめて、確かにあなた様に差し上げましょう。」

まず城主は、自分の歓待がガウェインを満足させることができたか、そして、自分が〝prys〟（称賛）を得られるかを問う。この〝prys〟は「称賛」（praise）として解釈される傾向にあるが、やはりここでも、称賛を受けるに値する評価としての「価値」の意味も含まれているだろう。その「価値」について、相手から与えられるものとしてではなく、己を主語として「得る」（haf wonnen）ことができたのか、と問う口調には、ベルティラックの自信が反映されていると思われる。また、二回目の「交換」の際にも、ベルティラックの狩猟の獲物は、「彼が示した大きな手柄」（gret prys þat he proued hade）[30]と表現される。この〝prys〟は獲物の大きさゆえに得る「栄誉」として表現されており、ベルティラックの狩猟の手腕を可視化した「評価」の大きさでもある。加えて、〝proued〟（証明した）という表現からは、狩猟を通して、ベルティラックが「騎士」としての資質を周囲に認めさせたことも示しているだろう。

引用の箇所に戻り、更に城主は「自分の手腕」（my craft）によって、ガウェインから「心を尽くした謝礼」（bryuandely þonk）を得られるか、質問を続ける。この表現は、ガウェインが城主から熱心な歓待を受けた際、丁寧に謝意を述べる為に使用された表現と同様のものである。[31]つまり、改めて、ベルティラックが歓待の手腕と共に、「獲物」に表象される己の狩りの技術も、ガウェインの「礼節」を引き出すに値するのかを問う、挑戦的な言葉となっている。城主の問いに対して、ガウェインは感嘆詞と最上級、加えて強調表現を用いて相手への賛辞を送り、城主の狩猟の腕を認めている。しかしガウェインも、奥方の誘惑を躱すことで得た「口づけ」を「獲物」として城主に施す際、相手と同じく〝wonnen〟を使用し、自らの技術によって成果を勝ち得たことを主張する。とりわけ、〝worth〟（価値）を語幹に含む〝worthyly〟（誉れ高く）を加えることで、先に述べたように、ガウェインもまた自分の「価値」を認められる行動を通して得たものだと、暗に示しているのである。また、「口づけ」を領主に捧げる際、ガウェインは以下のような表現を用いている。

'Tas yow þere my cheuicaunce, I cheued no more;
I wowche hit saf fynly, þa3 feler hit were.'
'Hit is god,' quoþ þe godmon, 'grant mercy þerfore.
Hit may be such hit is þe better, and 3e me breue wolde
Where 3e wan þis ilk wele bi wytte of yorseluen.'
'Þat watz not forward,' quoþ he, 'frayst me no more.
For 3e haf tan þat yow tydez, trawe non oþer
3e mowe.'[32]

「私の得たものをお受け取り下さい。これ以上はございません。
たとえより素晴らしいものであっても、必ずお渡ししますが。」
「これは良い」善き騎士は言った。「感謝しますぞ。
貴方様の知恵をもって、どこでこのような富を得たのか、
私に教えて下されば、それはより良きものとなると思われますがね。」
「それは約束と違います」彼は言った。「これ以上追及なさいますな。
貴方は既に受け取るべきものを得たでしょう。これ以上に得られると
ご期待召されるな。」

ガウェインは自分が得たものについて、「獲物」という表現を古英語由来の“gomen”ではなく、古フランス語由来の“cheviaunce”で表す。続く、“I wowche hit saf”（確かに返す）も古フランス語に由来する表現である。いずれも、本作の中でも幾度か使用されており、必ずしも珍しい語彙ではない。しかし、周囲から洗練された言葉遣いを期待されているガウェインが、フランス語系の言葉を使用することで、その期待に応じている一例として見ることができるだろう。城主に対して約定を守る誠実さを実践しつつ、ガウェインは“courtly knight”としての会話術を見せることで、「礼節の騎士」としての自己を周囲に証明しようとしていると考えられる。対するベルティラックも、“grant mercy”とフランス語で謝辞を述べており、ガウェインの言葉遣いに合わせるような態度で応じている。

とはいえ、ベルティラックはこれで会話を終わらせることはせず、相手を牽制するような鋭い一言をガウェインに投げかける。ベルティラックは自分の狩りの「手腕」を“crafte”と表現した一方で、ガウェインの会話術を“wytte”と表現している。これは会話に必要な知性に言及したともいえる。しかし、ガウェインが“luf-talkyng”を使うことで女性からの「誘惑」を回避した「機知」を仄めかしているのではないだろうか。加えて、それほどの機知があれば、奥方の夫である自分を出し抜いて、より多くの「富」（wele）を得ることができるのではないか、という懐疑をも表現している。しかしガウェインは、そのような追及は約定に含まれていない、と反論する。更に、これ以上得ようと「期待する」（trawe）のをやめるように命令形を用いて警告する。“trawe”は「信じる、期待する」（believe, expect）として使用されるが、「真実」や「誠実さ」（trawþe）と起源を同じくする語である。よって、ガウェインは懐疑的なベルティラックに対する一種の諌言として、この語を敢えて使ったのではないだろうか。真相を疑い、必要以上の誠実を求めようとする態度によって、ベルティラックの「騎士」としての美徳が損なわれる危険をガウェインは警告しているのかもしれない。というのも、物語の終盤で緑の騎士がガウェインに対して、"Trwe mon trwe restore"（「誠実な者は誠実でもって返す」[33]）という教訓を与えており、これは「交換」の遊戯を始めた一日目の時点で、ガウェインが城主に対して示す誠実な態度に当てはまる。そして、それこそまさにガウェイン自身が自らの「価値」として提示している姿でもある。ゆえに、ガウェインは自分が「価値」を認めた騎士であるベルティラックにも、その美徳から逸脱しかねない疑念を正そうとしているのではないだろうか。

ガウェインは、ベルティラックに対しても謙虚さや誠意を見せながらも、一種の競い合いとしてこの「交換」の遊戯に臨んでいることが窺える。その際、宮廷における会話術を己の武器として、自らの「価値」を示そうとしている。一方、ベルティラックの方も、城持ちの騎士として歓待や狩猟の技術を誇示し、相手を褒め称えながらも、相手よりも優位に立つ機会を窺っている。この時、両者の間にはベルティラックが一方的にガウェインを値踏みしている、というよりも、対等な立場で互いの「評価」を競い合う〈自我〉の対峙を見ることができる。

おわりに

本作品において、ガウェインがベルティラックやその奥方から課される「交換」の遊戯や「誘惑」は、物語の終盤で緑の騎士がガウェインに下す審判に先行する試練としてみなされてきた。ただし、既に述べたように、これらの行為は一方向的に物や評価を相手に与えるのではなく、互いに所持している物や言葉を取り交わす、といった双方向的な行為である。確かにベルティラックの思惑として、ガウェインが得たものを差し出す際には、「契約」によってその誠実さを測り、そして、狩りの獲物をガウェインに対する評価として渡す、という構図が設定されていたと考えられる。しかし、二人の騎士が交わす会話を注意深く見てみると、そこにはベルティラックが緑の騎士の仮の姿としてガウェインを試しているだけではなく、ベルティラック自身も自らの「騎士」としての評価を求め、そうした〈自己〉を主張しようとしたのではないか、ということが浮かび上がってくる。更に、こうしたベルティラックの自己主張に刺激されて、ガウェインも望ましい「騎士」としての自己を提示することで、互いに「騎士」としての評価を競い、認め合う過程が描かれているのである。今回は触れることができなかったが、二回目の「交換」の遊戯の中で、ガウェインが自分と城主とを "euen" だと発言する。[34] これは交換が成立して両者が立場を同じくした、ということだけではなく、「騎士」としての互いの手腕を認め合い、同等の立場にあることを端的に表現した発言なのではないだろうか。この言葉が、ガウェインを審判する側とみなされるベルティラックではなく、常に相手より一歩下がった謙遜を貫いてきたガウェインの口から出ることは非常に興味深い。

作者であるガウェイン詩人は、登場人物のアイデンティティー、つまり、個々人のもつ自意識を描く上で、それが単独の人物にのみ集約するだけでは真に成立し得ないことを見抜いていたのだと思われる。本作は伝統的な騎士道ロマンスの展開を踏襲しながらも、「騎士」という肩書をもつ主人公がいかにして〈自我〉を確立するのか、という過程が描かれている。そこには必ず自己に干渉し、承認する他者が存在する。そして、その他者の中にも自己がある。現実世界においては当然であるこの事実を、ガウェイン詩人は意欲的に自らの作品に取り入れたのではないだろうか。

＊　本章における『ガウェイン』の中英語テキストの引用、行数は、J.R.R. Tolkien and E.V. Gordon, eds., *Sir Gawain and the Green Knight*, 2nd ed., revised by Norman Davis (Clarendon, 1967) に依拠する。文献表示のない日本語訳は全て筆者

自身による。ただし、『ガウェイン』中のテキストの解釈を行うにあたり、以下のエディションと翻訳も参照した。Theodore Silverstein, editor, *Sir Gawain and the Green Knight: A New Critical Edition*, U of Chicago P, 1984; J. J. Anderson, editor, *Sir Gawain and the Green Knight, Pearl, Cleanness, Patience*, Everyman, 1996; William Vantuono, editor, *Sir Gawain and the Green Knight*, U of Notre Dame P, 1999; Malcolm Andrew and Ronald Waldron, editors, *The Poems of the Pearl Manuscript:* Pearl, Cleanness, Patience, Sir Gawain and the Green Knight, 5th ed., U of Exeter P, 2007; Keith Harrison, translator, *Sir Gawain and the Green Knight*, 1998, OUP, 2008, Oxford World's Classics; John Gardner, translator, *Sir Gawain and the Green Knight: In a Modern English Version*, U of Chicago P, 2011、池上忠弘訳『サー・ガウェインと緑の騎士「ガウェイン」詩人』専修大学出版、二〇〇九年、菊池清明訳『中世英語英文学Ⅲ—ガウェイン卿と緑の騎士』春風社、二〇一七年。

（1）*Sir Gawain and the Green Knight* は、大英図書館蔵写本 Cotton Nero A. X/2 に収録されている。作品自体の成立年代と作者について、正確なことは不明である。現存するテキストが記録されているのはこの写本のみであり、これは遅くとも一四〇〇年頃に作られたと推定されている（Tolkien and Gordon, *op. cit.*, p. xxv）。また、使用されている英語はイングランド北西部（north-west Midlands）の方言であり、ジェフリー・チョーサー（Geoffrey Chaucer）とほぼ同時代のものと目されている（菊池二〇一七、一七九頁）。

（2）本作におけるガウェインの冒険の「失敗」と、そのアイデンティティーとの相関に関する論考は以下を参照されたい。J.A. Burrow, "Honour and Shame in *Sir Gawain and the Green Knight*." *Essay on Medieval Literature*, Clarendon P, 1984, pp. 115–31; John Plummer, "Signifying the Self: Language and Identity in *Sir Gawain and the Green Knight*." *Text and Matter: New Critical Perspectives of the* 'Pearl'-*Poet*, edited by Robert J. Blanch, Miriam Youngerman Miller, and Julian N. Wasserman, Whitson, 1991, pp. 195–212; Derek Pearsall, "Courtesy and Chivalry in *Sir Gawain and the Green Knight*: the Order of Shame and the Invention of Embarrassment." *A Companion to the* Gawain-*Poet*, edited by Derek Brewer and Jonathan Gibson, D.S. Brewer, 1997, pp. 351–62; Thorlac Turville-Petre, "At the Court of King Arthur." Chapter 3, Literature and Society, *Reading Middle English Literature*, Blackwell Publishing, 2007, pp. 79–87.

（3） J.R.R.Tolkien, "*Sir Gawain and the Green Knight.*" *The Monsters and the Critics and Other Essays*, edited by Christopher Tolkien, George Allen & Unwin, 1983, p. 97. この他にも、ベンソンはガウェインが受ける試練の意義を論考する中で、一貫して緑の騎士を、ガウェインと彼の「騎士」としてのアイデンティティーに挑戦し、審判する者として見ている（Larry D. Benson, *Art and Tradition in* Sir Gawain and the Green Knight, Rutgers UP, 1965）。アンダーソンはガウェイン、ベルティラック（と関係者）、アーサー王の三者に分けて、それぞれに「騎士」としての在り方や、ガウェインの行動に対する判断の意図について分析を行っているが、ベルティラックに関しては奥方と共に、騎士道の規範や理想の具現として、ガウェインに裁定を下す、あるいは対比されるものと解釈している（J.J. Anderson, "The Three Judgements and the Ethos of Chivalry in *Sir Gawain and the Green Knight.*" *The Chaucer Review*, vol. 24, no. 4, 1990, pp. 337–55.）。

（4） Henry L. Savage, "The Significance of the Hunting Scenes in *Sir Gawain and the Green Knight.*" *The Journal of English and Germanic Philosophy*, vol. 27, no. 1, 1928, pp. 1–15. サヴィッジ以降も、狩りの獲物の動物とガウェインを重ねて見る解釈の伝統が続いた旨は、ルーニーの論考に詳しい（Anne Rooney, "The Hunts in *Sir Gawain and the Green Knight.*" *A Companion to the* Gawain-*Poet*, edited by Derek Brewer and Jonathan Gibson, D. S. Brewer, 1997, pp. 157–63）。

（5） Tolkien and Gordon, *op. cit.*, p. 31, (1105–12).

（6） *MED*, s.v. bargain(e, n. 1. (a) A business transaction or agreement; trading, buying and selling. . . . (b) what one buys, a purchase; (c) merchandise. 2. (a) Negotiation, dealings, or agreement between parties in other matters; a binding agreement. . . . https://quod.lib.umich.edu/m/middle-english-dictionary/dictionary/MED3663/track?counter=1&search_id=613900. Accessed 20 Mar. 2019.

（7） 『ガウェイン』における "prys" を中心とした、経済的な語彙の使用については以下の文献に詳しい。R.A. Shoaf, *The Poem as Green Girdle:* Commercium *in* Sir Gawain and the Green Knight, UP of Florida, 1984; Jill Mann, "Price and Value in *Sir Gawain and the Green Knight.*" *Essay in Criticism*, vol. 36, no. 4, 1986, pp. 294–318.

（8） Mann, *op. cit.*, p. 303 and p. 313.

（9） See, *MED*, s.v. pris, n., https://quod.lib.umich.edu/m/middle-english-dictionary/dictionary/MED34677/track?counter=1&search_id=613826. Accessed 20 Mar. 2019.

（10） See, *OED Online*, s.v. price, n., http://www.oed.com/view/Entry/151135?rskey=AtOyry&result=2&isAdvanced=false#eid. Accessed 20 Mar. 2019.

（11） *Ibid*., p. 18 (638–39).

（12） *Ibid*., p. 19 (652–54). ただし、これら五つの徳目は必ずしもガウェインの冒険の中で取り立てて提示され、称賛されるわけでもなく、むしろ、誓約に対する誠実さの方がこの作品では重視されていることをトールキンも指摘している（p. 95）。

（13） *Ibid*., p. 25 (872–74).

（14） *Ibid*., pp. 25–26 (907–27).

（15） *Ibid*., p. 30 (1071).

（16） *Ibid*., p. 30 (1075).

（17） 各登場人物の科白の文体分析は菊池（二〇一五）の研究に詳しい。ガウェイン、ベルティラック、緑の騎士、奥方の科白に見られる命令形の用例数は次の通りである。行数の後の（ ）内の数字は、その行の中で命令形が複数回使用されたことを示している（菊池清明『中世英語英文学Ⅰ──その言語・文化の特質』春風社、二〇一五年、一三六頁）。

Gawain: 401 (2), 1304, 1390, 1395, 1811–2, 1839–40 (2), 2252, 2287, 2284–5(4), 2300, 2322, 2330, 2387, 2411, 2439

Green Knight: 292 (2), 299 (2), 412, 413, 414, 448, 449 (2), 456, 2217–8, 2247 (2), 2248, 2288, 2338, 2341, 2357, 2468

Bertilak: 1075–6 (3), 1680

the Lady: 1211, 1533 (2), 1786, 1794, 1798–9 (2)

（18） Tolkien and Gordon, *op. cit*., p. 30 (1080–82).

（19） *Ibid*., p. 31 (1103–4).

（20） *Ibid*., p. 34 (1233–50, 1256–58).

(21) *Ibid.*, p. 35 (1278), p. 43 (1548), and p. 54 (1965).

(22) Tim William Machan, *English in the Middle Ages*, OUP, 2003, p. 142.

(23) Tolkien and Gordon, *op. cit.*, p. 35 (1268–75).

(24) *Ibid.*, pp. 50 (1817–20).

(25) *Ibid.*, pp. 35–36 (1277–78).

(26) *MED*, s.v. sōbrelī, adv. 2. (a) With appropriate seriousness, gravely, in a dignified manner ; maturely ; solemnly, earnestly. . . . https://quod.lib.umich.edu/m/middle-englishdictionary/dictionary/MED41288/track?counter=2&search_id=613900. Accessed 20 Mar. 2019.

(27) Tolkien and Gordon, *op. cit.*, p. 35 (1263–67).

(28) Joseph E. Gallagher, "Trawþe" and "luf-talkyng" in *Sir Gawain and the Green Knight*. "*Neuphilologische Mitteilugen*, vol. 78, 1977, p. 367.

(29) Tolkien and Gordon, *op. cit.*, p. 38 (1379–82, 1385–87).

(30) *Ibid.*, p. 45 (1630).

(31) *Ibid.*, p. 30 (1080).

(32) *Ibid.*, p. 39 (1390–97).

(33) *Ibid.*, p. 65 (2354).

(34) *Ibid.*, p. 45 (1641).

ガーヴァーン物語とパルチヴァール
――『パルチヴァール』における二人の主人公の接合と馬の関与――

松原　文

はじめに

ヴォルフラム・フォン・エッシェンバハ（Wolfram von Eschenbach）の『パルチヴァール』（*Parzival*）（一二〇〇―一〇年頃）[1]はクレティアン・ド・トロワ（Chrétien de Troyes）の未完の絶筆作品『ペルスヴァルまたはグラアルの物語』（*Perceval ou le Conte du Graal*、以下『ペルスヴァル』と略記）（一一八一―九〇年頃）[2]の翻案である。九二三四行で断絶しているクレティアンの原典をヴォルフラムは独自に続行させ、二万四八一〇行という大部へと拡大した。すでに『ペルスヴァル』で語られている部分に対しても大幅な改変をほどこしている。そして新たに主人公の父親ガハムレト（Gahmuret）の物語[3]が前史として冒頭におかれ、物語世界はアーサー王宮廷とグラール城の世界から東方世界へと開かれた。また、原典で名を与えられていなかった多くの人物に名が与えられ[4]、物語の筋の背景であらゆる人々が有機的に結び付けられた。

クレティアンは彼の最後の「アーサー王物語」となった『ペルスヴァル』において、周知のとおり二つの新しい試みを行った。グラアル（Graal）[5]の登場と、アーサー王の甥ゴーヴァン（Gauvain、英語名ガウェイン Gawain）に主人公と同程度の活躍の場を与えたことである[6]。二人の「主人公」がいるように見えることについて、現在はジャン・フラピエなどの主張が広く受け入れられている。それは、クレティアンは主人公の物語にゴーヴァンのそれを対位法[7]のように対置させることを構想したのであり、その二重性にクレティアンの文学的意図を読み取るべきと考えるものである。ただしそれ以前は一つの作品として構想されたと考えない研究者も多く、例えばグレーバー（一九〇二年）はフランス文学の概説書において『ペルスヴァル』はもともと二つの別の作品であったと叙述した[8]。その後半世紀を経ても同様の主張は現れた。マルティン・デ・リケル（Martín de Riquer）（一九五七年）は二つの物語の時間の関係や論理の不整合を根拠とし、クレティアン自身はゴーヴァン物語をペルスヴァル物語とは独立に並行して創作していたが、死によってどちらも未完に終わり、のちに写本製作の段階で別の人物によってつなぎ合わされたと主張した[9]。リケルとフラピエ派との間には数年間の論争が持たれた[10]。

一　『パルチヴァール』におけるガーヴァーン物語の位置づけ

ヴォルフラムは二人の「主人公」の問題について、主人公がパルチヴァールであることをより明確にすることによって、一定の答えを示している。まず作品冒頭部にパルチヴァールの父ガハムレトの物語を、終結部にはパルチヴァールの息子ロヘラングリーン（Loherangrin）の物語を付け加えることによって、パルチヴァールの物語に前史と後史という枠を与えた。また語り手に、この作品の主人公がパルチヴァールであることを筋の節目で数回にわたり言い渡させている[11]。

『パルチヴァール』研究史を見ると、戦前から戦後にかけて、素材研究やパルチヴァールの罪やグラール（Gral）

に関する宗教的な視点からの解釈に関心が集まり、ガーヴァーン物語やガーヴァーン像の研究はほとんどなされなかった。[12] その間、ガーヴァーンについて論じられる場合はそのほとんどにおいて、ガーヴァーンは世俗的性格でありパルチヴァールに比べ倫理的に劣っていると評価された。この軽視の傾向はガーヴァーン像に限ったものではない。パルチヴァールが最終的に到達するグラール城という神に直属する世界に対しては、アルトゥース王宮廷も世俗的で罪に溢れた価値の低いものとみなされていた。

このような流れの中で、ガーヴァーン物語の本格的な解釈はモーアの一九五〇年代半ば以降の数本の論文[13]によって、その端緒が開かれた。モーアは、パルチヴァールとガーヴァーンは全く両極的な存在であり、互いを相対化し補い合う存在だと考察した。また八〇年代以降は、語りの技法やその諧謔性、作者性についての議論といった『パルチヴァール』に限定されない中世の叙事詩研究に共通する研究課題が中心を占めるようになった。その中で、男女関係の描写や皮肉やメタファーといった語りの技法など、ガーヴァーン物語内の要素にも光が当てられるようになった。ただし現在も、ガーヴァーンは主人公パルチヴァールの影や引き立て役として、あるいはパルチヴァールを相対化する機能と評価されることが多い。たとえば、「アーサー王物語の登場人物とテーマ」(Arthurian Characters and Themes)シリーズのガウェイン(Gawain)の巻の記述である。各国語で書かれたさまざまな「アーサー王物語」を紹介しようとするこのハンドブックに、クラーセンは『パルチヴァール』におけるガーヴァーン像について書き下ろしている。彼は筋を丁寧かつ公平に概説する一方で、パルチヴァールが属するのがグラール世界であるのに対して、模範的な騎士ガーヴァーンをはじめとするその他の騎士は世俗の宮廷世界に属すると述べ、かつての二項対立と同様の記述をおこなっている。

パルチヴァールは多くの面でガーヴァーンより優れているが、彼は宗教的な次元で行動しているのであり、ガーヴァーンと単純に比べることはできない。パルチヴァールがグラールの家系に生まれ、アーサー王と円卓の世界からは離れて自らの運命を生きなければならないのに対し、ガーヴァーンは円卓騎士の模範、そして絶対的な勝者である。(14)

また、パルチヴァールは世俗の人々の抱える問題には介入しない、とクラーセンは述べる。

パルチヴァールは結局のところ、自分の周りの世界に対しては基本的に関心を持たないのである。彼は騎士や恋人、親族同士の対立が共同体全体の幸福を脅かすような数々の場面に遭遇しながらも、それと深く関わることはないのである。(15)

だが実際には、パルチヴァールは世俗のアーサー王世界と切り離された領域を歩んで孤高を持しているわけではない。パルチヴァールはガーヴァーンと同じように騎士の戦いに参加し、ときにガーヴァーンには不可能な間接的な方法で人々の問題を解決している。また反対に、ガーヴァーンもグラール世界とのかかわりの中で冒険を展開している。クラーセン論文のような規定、すなわちパルチヴァールをグラール世界、ガーヴァーンをアーサー王宮廷世界の住人とみる先入観を捨てることによってはじめて、ヴォルフラムのガーヴァーン像に対する構想はより忠実に分析されよう。ドイツ宮廷叙事詩研究を戦後長く牽引したブムケは、二〇〇四年にメッツラー叢書の研究ガイドブック『ヴォルフラム・フォン・エッシェンバハ』第八版の巻頭で、ガーヴァーン物語に関する研究の遅れを指摘し、その発展を促している。(16)

ガーヴァーン物語の位置づけを考えるとき、主人公を一人しか持たない他のアーサー王物語作品との比較は避けて通れない。一九五〇年代から七十年代にかけて、ドイツにおける宮廷物語研究は物語の構造分析を一つの大きな柱とした。その端緒を開いたのはクーンの論文で、彼はクレティアン＝ハルトマンの「古典期」の「アーサー王物語」作品（『エーレク』*Erec*、『イーヴァイン』*Iwein*）には、真ん中に危機を挟む二段階で主人公が成長し、それと並行して宮廷の問題が解決される二重構造（doppelter Kursus）が見られると主張した。[17] この二重構造モデルは（その後ハウクによって「象徴構造（Symbolstruktur）」と表現されたように[18]）、素材から象徴的に意味を引き出すものであり、「アーサー王物語」がフィクションの文学として成立するために寄与したとみることができる。このモデルにおいては、事柄は筋の帰結あるいは登場人物の意志や自律的な行動として置かれるものではない。事柄の持つべき意味は、構造上のどこに位置するかによってあらかじめ決められているのである。主人公は構造にのっとって上昇と下降（誉れの獲得と喪失）、そして再度の上昇を経験し、この主人公の自己陶冶の歩みと並行して宮廷社会の真の栄光も達成され、宮廷における祝祭で物語は閉じられるのである。

『ペルスヴァル』は、グラアル（グラール）モチーフが導入されたことによって、アーサー王宮廷と別の宗教的な次元に拡大しはじめた作品である。ヴォルフラムがこの作品の翻案に取り組む時点で、クレティアンの前二作はハルトマンの翻案作品によってドイツ語圏に知らされていたわけだが、ハウク曰く、ヴォルフラムは独自に未完の原典に終結部を与えるさい、意識的にこの「古典的」な二重構造モデルを利用したように思われる。[19] ハウクはその根拠として、ヴォルフラムが新たに導入した親族殺しのモチーフを挙げる。騎士を知らない少年（ペルスヴァル／パルチヴァール）は赤い甲冑の騎士の目を投げ槍で突いて殺害するが、ペルスヴァルの殺した騎士が名無しの他人であったのに対して、パルチヴァールが殺したイテール（Ither）は近しい親族であった。ヴォルフラムはこの箇所だけでなく、物語の最後でも親族殺しの罪というテーマに迫る。パルチヴァールとガーヴァーン、パルチヴァールと異母兄フェイレフィース（Feirefiz）という二つの親族同士の戦いを置き、親族殺しの罪が第三者や神の助けによって間一髪で回避されるエピソードを、原典の断絶後の部分で完全にオリジナルに繰り返して展開する。「親族」については（近代の）狭い血縁の定義ではなく、人間はみなアダムの子孫と述べる聖書を念頭に置くべきであろう。カインの罪は騎士の業をおこなう者が例外なく負っている罪であり、騎士はこの原罪の問題から解放されることはない。ヴォルフラムは世俗世界とグラール世界の双方に通底するテーマとして親族殺しのモチーフを作中にちりばめた。宮廷とグラアルの世界の間で重心が定まらず、ペルスヴァルとゴーヴァンの二つの物語へと分裂しているように見えたクレティアンの物語を、一つのテーマへと収斂させ、それを象徴的に表現するものとして二段階構造を用いたのである。このように仮定するとき、後半のガーヴァーンの物語はパルチヴァールが最終的にグラール城に到達するためのプロセスであることになる。言い換えると、ガーヴァーンの物語は、前半のパルチヴァールの物語における不足を認識し克服するプロセスであるはずである。しかし、パルチヴァールの不在を保ったまま、どのようにガーヴァーン物語はそれを成し得るのだろうか。以下、ガーヴァーン物語に埋め込まれたパルチヴァール像を拾い上げていきたい。

二　ガーヴァーンとパルチヴァールの二つの物語の時間

『ペルスヴァル』ではペルスヴァル物語とゴーヴァン物語の間には時間的不整合があり、それはリケルの主張（クレティアンが別の物語として構想した二つの未完の作品を、彼の死後に別の人物が合体させたという推論）の一つの根拠となっていた。ヴォルフラムがいかにして不整合の解決を試みたのか、以下に改変の一例を挙げよう。

ペルスヴァルとゴーヴァンは、それぞれ醜い乙女とギガンブレジル（Guinganbresil）の非難を受け、同時にアーサー王宮廷を出発する。ゴーヴァンの最初の二つの冒険（小袖姫のための冒険と、エスカヴァロンの冒険）が三日の間に行われるのに対して、そのあとに挟まれるペルスヴァルと隠者のエピソードは、アーサー王宮廷を出発したあと五年が経過したものと説明される（6217–23）。話の筋はまたゴーヴァンに戻るが、それはエスカヴァロンを発った日の午前中の時点のことだと言われる（6522–23）。ゴーヴァンはその後三日の間にオルグイユーズ（Orgueilleuse）のための冒険や不可思議の城の冒険をおこない、記述が時間の経過を隠していないとするならば、アーサー王宮廷を出発してから六日後に、オルカニー（Orcanie）のアーサー王の宮廷に帰還する。このあとペルスヴァルについて語られることは二度となく、ゴーヴァン物語の結末も描かれることなく断絶するため、ペルスヴァルのエピソードがゴーヴァンの冒険の途中に挟まれたことには唐突な印象を受ける。

『パルチヴァール』では、パルチヴァールが聖金曜日に隠者トレフリツェント（Trevrizent）の庵を訪れたとき（第九巻）[20]、トレフリツェントが詩篇（に書かれている教会暦）に拠って調べたところ、パルチヴァールがかつてアーサー王宮廷の訪問の直前に、トレフリツェントの庵を不在中に尋ね、そこにあった槍を持ち去ってから（第五巻）、四年半と三日経っていたことが判明する。

「…どうかお教えください、隠者様、私がここからあの槍を持ち去ってから、どのくらいたったのでしょうか。」するとこの善良な人が答えた。あれは私の友タウリーアーンがここに置き忘れたものである。「彼はそのことをその後私に嘆いていたのだが、その槍をお前が持ち去ってから、もう四年半と三日になる。知りたいのであれば、これで計算してみせよう。」詩篇を開いて、隠者はその間に過ぎ去った年と週の数をすべて読んで聞かせた。（460, 17–27）[21]

第十巻でガーヴァーンに筋が戻るとき、語り手は時間の経過を説明する。まず、シャンプファンツーン（Schanpfanzun）において一年後に取り決めた一騎打ちの約束の期日が来て、ガーヴァーンはキングリムルゼル（Kingrimursel）と再会して和解をなし、それ以後はグラール探索の旅を続け、さらに月日が経っているという[22]。ガーヴァーンはこれ以降、オルゲルーゼのミンネのためにいくつかの冒険をおこない、魔法にかけられたシャステルマルヴェイユ（Schastel marveile）の危険な冒険も切り抜けて、その城の主となる。第十三巻でガーヴァーンはアーサー王宮廷に使いの小姓を送り、オルゲルーゼの仇であるグラモフランツ（Gramoflanz）との一騎打ちに立ち会ってもらうよう頼む。小姓がアーサー王宮廷の王妃ギノヴェア（Ginover）のもとに参じたとき、王妃もまたトレフリツェントと同じく詩篇を手に時間の経過を正確に説明する。

王妃はその時礼拝堂で跪いて詩篇を読んでいた。（ガーヴァーンが手紙を持たせた使者の）小姓は王妃の前に膝をついて喜びの贈り物を差し出した。（644,23-26）(23)

「……円卓の騎士の多くは罵られて、その誉れを失ってしまいました。その後あの高貴なパルチヴァールがグラールを求めてプリミツェールを発ってからは、もう四年半と六週間になります。高貴な勇士ガーヴァーンもアスカルーンに向かって去りました。……」（646,12-18）(24)

以上のように、『パルチヴァール』ではトレフリツェントとギノヴェアは聖書をめくり、当時、祈祷の日課を守るためにしばしば詩篇には教会暦が添えられていたため、それを頼りとして過ぎた時間を算出している。なお、教会暦を用いて時間を叙述する手法は、ヴォルフラムだけのものではない。十三世紀は政治的行事や十字軍の節目の日は、ほとんど必ず聖日に置かれて意味を与えられた。宮廷文学のジャンルにこの手法を取り入れたのは、ほかならぬクレティアンであり、ペルスヴァルは聖金曜日に隠者の庵を訪ねるよう設定された。またアーサー王宮廷の祝祭は聖霊降臨祭と強く結びつけられ、それはその後の聖杯物語にも受け継がれた。(25)ただし、クレティアンにおける教会暦が象徴的な意味を与えるための利用であったのに対し、ヴォルフラムは日数を数える道具としてもこれを活用し、パルチヴァールの物語とガーヴァーンの物語の時間を矛盾なく組み合わせた。そして二人がアーサー王宮廷に帰還するまでの道程がパラレルなものであったことを強調している。

リケルも指摘したように『ペルスヴァル』には上記の（ペルスヴァルとゴーヴァン物語の時間が噛み合わないという）問題のほか、不可思議の城とアーサー王宮廷の間に時空の齟齬があることも注目される。ここで深く言及することは避けるが、二つの世界の時間の進み方は異なり、またゴーヴァンは不可思議の城の征服者でありながら城の外に出ることは出来ないとされるなど、この城は死者の国として読まれるべき特徴を持っている。(26) それに対してヴォルフラムはクレティアンが残した説明のつかないモチーフ(27)に苦闘しながらも、魔術師クリンショル（Clinschor）像を独自に構築(28)することを通して、ガーヴァーンと、この城に閉じ込められていたアーサー王の女系の親族を論理的に破綻することなくアーサー王世界へと帰還させた。

三　ガーヴァーン物語に現れるパルチヴァール

『ペルスヴァル』ではゴーヴァン物語にペルスヴァルが現れることはないが、『パルチヴァール』ではガーヴァーン物語にもパルチヴァールが後ろ姿でもって何度も登場する。直接的な登場ではないが、語り手や脇役によって言及されることによって二人が時間的にも空間的にも近いところに存在していることが知らされるのである。物語の筋を追いながら、それらの場面を確認したい。

第六巻末、アーサー王の円卓にパルチヴァールが迎えられ宮廷は喜びに沸くが、そのさなか、醜い乙女クンドリエ（Kundrie）が現れてパルチヴァールがグラール城で王を癒すべき問いを怠ったことを批判する。これに続いて騎士キングリムルゼルが現れ、ガーヴァーンがアスカルーン（Askalon）（『ペルスヴァル』のエスカヴァロン Escavalon）の王キングリジーン（Kingrisin）（キングリムルゼルの伯父）を殺した（冤罪の）罪を批判する。こうしてパルチヴァールはグラール探索の旅へ、ガーヴァーンは四十日後にシャンプファンツーン城で予定された決闘をおこなうため出立する。パルチヴァールは第九巻まで表からは姿を消し、物語の筋はこのあとガーヴァーンの冒険を追う。

（一）　ガーヴァーンは第七巻でベーアーロシェ（Bearosche）のリプパウト（Lyppaut）侯（『ペルスヴァル』における小袖姫の父ティエボー・ド・タンタジェル Tiébaut de Tintagel）の城で、オビロート（Obilot）（『ペルスヴァル』における小袖姫）のために戦う。父の死後、臣下リプパウトのもとで養育されていた若き王メルヤンツ（Meljanz）（『ペルスヴァル』のメリヤン・ド・リス Méliant de Lis）が、リプパウトの長女オビーエ（Obie）に求婚し拒否されたのを怒り、戦いが勃発していたのである。この時、真っ赤な甲冑を身につけた「名無しの勇士」、すなわちパルチヴァールはメルヤンツの側についてリプパウトの軍に対して一騎打ちを仕掛け、先頭部隊の中核となる騎士を次々と打倒した（383, 23–384, 14）。城内軍ではガーヴァーンがメルヤンツを倒して捕虜とし、城外軍におけるパルチヴァールと双璧を成す活躍を見せた。パルチヴァールは自分が倒した捕虜に恭順を誓わせ、ガーヴァーンがメルヤンツを捕虜にしたときに逃してしまった馬を手に入れて去っていく。解放された捕虜に、名を隠したその勇士の身なり（赤い甲冑）や様子を聞いたガーヴァーンは、それをパルチヴァールだと知り、神が自分とパルチヴァールを戦わせなかったことに感謝した（392, 20–393, 6）。

ここでパルチヴァールは親族イテールを動物のごとく投げ槍で殺したときに得た、赤い馬を初めて手放し、ガーヴァーンが所有していたアーサー王宮廷の馬に乗り換える。

（二）ガーヴァーンは第八巻の冒頭でキングリムルゼルとの一騎打ちの予定地、アスカルーンのシャンプファンツーン城に到着する。この城の王はガーヴァーンに殺されたとされるキングリジーンの子フェルグラハト（Vergulaht）であった。ガーヴァーンは王の妹アンチコニーエ（Antikonie）との恋を楽しもうとするが咎められ、塔の上の（滑稽な）戦いの騒ぎに発展する。騒ぎを収めたのはアーサー王宮廷でガーヴァーンに挑戦したキングリムルゼルである。彼は、従兄である王フェルグラハトが愚かな民（408, 18-410, 26）と共にガーヴァーンを攻撃したことを批判する。自分がガーヴァーンに保証したアスカルーンの国における安全の保証を王は反故にしたのであり、これは信義にもとる恥ずべき行為であったからである（411, 04-413, 12）。一騎打ちは一年後に日延べされることとなる。実はこの一週間弱前に、フェルグラハトは森の中でパルチヴァールに出会い、一騎打ちで敗北していた。そのさいパルチヴァールにグラール探索を命じられ、一年以内にそれが果たせなかったときには、パルチヴァールの妻に恭順を誓わなければならなかった（パルチヴァールの臣下となるのと同義）。そこで王は自分がおこなうべきグラール探索を、いわばベーアーロシェの籠の鳥となっているガーヴァーンに（半ば強制的に）託す（428, 13-26）。こうしてガーヴァーンは敵地の危機を脱し、自分の意志とは異なるところで（一見）偶然にもパルチヴァールの目的地であるグラール城を目指すことになる。

ヴォルフラムの改変の中心にあるのはフェルグラハト王である。『ペルスヴァル』では名無しであった王には名前が与えられ、ガハムレトやパルチヴァールそしてガーヴァーンが属するアーサー王の家系の代表的騎士の一人とされている。この家系はマッァダーン（Mazadan）に発する妖精の血筋であり、容姿の美しさとミンネへの衝動、騎士としての勇猛さにおいて抜きんでた家系である。これによってヴォルフラムは、ガーヴァーンとキングリムルゼルの一騎打ちに親族殺しのテーマを滑り込ませている。また、『ペルスヴァル』では王の臣下が唐突に提案しゴーヴァンに命ぜられる血の滴る槍の探索の冒険が、パルチヴァールに起点を持つことになる。冤罪を晴らす試練をさしあたり回避したガーヴァーンには、新たにパルチヴァールから間接的にグラール探索の試練が託される。

（三）　第十巻、パルチヴァールに受け渡されていた物語の筋は、再びガーヴァーンの冒険に戻される。彼は物語を不在にしていた間にキングリムルゼルとの和解を成立させ[32]、その後はグラール探索の旅を続けていた[33]。オルゲルーゼの嘲りを受けながら冒険を続けるガーヴァーンは、シャステルマルヴェイユを臨む川岸でリショイス・グヴェルリュウス（Lischoys Gwelljus）との一騎打ちに勝利する。その晩を渡し守の家で過ごし、翌日シャステルマルヴェイユについて聞いたガーヴァーンはこの冒険に挑むことを決意する。渡し守が語ることには、ガーヴァーンが川岸に来たのと同じその日の少し前にパルチヴァールを船で渡したという（559, 09–18）。また、パルチヴァールがグラール探索の旅をしており、その途上で多くの騎士を倒していることを渡し守は知っていた。

（四）　ガーヴァーンはシャステルマルヴェイユの冒険を無事に切り抜け（第十一巻）、魔法から人々を解放し城の主となる。彼は再びオルゲルーゼのもとに行って彼女の要求に従い、リ・グヴェイス・プレルリウス（Li gweiz prelljus、流れの早い危険な渡し場）を飛び越え、オルゲルーゼの宿敵グラモフランツとの一騎打ちの約束を結ぶ。グラモフランツから奪った葉冠を手に、再びリ・グヴェイス・プレルリウスを飛び越えて戻ったガーヴァーンに対して、オルゲルーゼはそれまでの非礼を謝罪する。彼女は恋人チデガスト（Cidegast）をグラモフランツに殺されたため、多くの騎士にその復讐を行うよう奉仕を求めてきたのであった。そのなかで、赤い甲冑を身につけた騎士（パルチヴァール）だけはミンネと国を捧げると申し出るオルゲルーゼを拒否したという。彼は美しい妻への誠実ゆえに奉仕を拒み（618, 19–619, 24）、次のように言ったのであった。

「ペルラペイレの女王、輝く姿（の私の妻）はそう呼ばれている。私はパルチヴァールという。私はあなたのミンネを欲しいとは思わない。グラールが別の苦しみを与えているからだ。」（619, 8–12）[34]

パルチヴァールがグラールと妻の二つに心を奪われていること（同様のことはすでにトレフリツェントの庵においても告白されている[35]）が、ガーヴァーンに知らされる。この憧れは誠実（triuwe/staete）なものであり、パルチヴァールは他の女性とのミンネを選ぶことはない。また、他者がミンネを楽しむ様子を見ることで彼は妻を思い出し居たたまれない思いをする（732, 23–27）。同じ道をほぼ同時に歩む二人であるが、その違いもミンネのあり方ないし冒険の動機において浮き彫りになる。一方のガーヴァーンが状況に応じて次々と複数の女性に奉仕を行うのに対しパルチヴァールは妻とグラールに不変の誠実を貫くのである。

四　ガーヴァーンとパルチヴァールの馬

二人の馬はムンサルヴェーシェ（グラール城）のもので、今ここで激突せんと非常な速さで近づいた。[36]（679, 23–26）

これは第十四巻の冒頭で、ガーヴァーンとパルチヴァールが相手を知らずに一騎打ちを行い、親族殺しの危機が迫る場面である。ガーヴァーンはヨーフランツェ（Joflanze）の野にアーサー王宮廷を招待し、グラモフランツとの一騎打ちに備えていた。そこに偶然やって来た赤い甲冑の騎士（パルチヴァール）がグルネマンツ（Gurnemanz）の守る木から折り取った輝く葉冠を兜の上にかぶっているのを見て、ガーヴァーンはこの赤い騎士をグルネマンツと早合点して立ち向かっていたのである。ヴォルフラムはこの場面に至るまでにガーヴァーンとパルチヴァールの馬について何度も言及し、独自の設定を施している。以下、順に確認していきたい。なおヴォルフラムは「馬」を表すさまざまな語[37]を意識的に使い分けている。

『パルチヴァール』においてガーヴァーンの馬として名を与えられている馬は二頭である。

（一）　イングリーアルト（Ingliart）

アーサー王宮廷にいた耳の短いイングリーアルトという名の駿馬（ors）である。[38]これはベーアーロシェの戦いでガーヴァーンのもとから逃げ出しパルチヴァールのものとなる。[39]この馬は第九巻で、パルチヴァールとグラール城の騎士が戦ったさいに谷底に落ちて死ぬ。

（二）　グリングルエテ（Gringuljete）

もともとはグラール騎士が所有していたもので、グラールの紋章であるキジ鳩の焼き印が前脚の腿の部分に押されている[40]駿馬（ors）である。グラール騎士の手元を離れたのは、レへリーンがこの騎士と戦って殺し、戦利品として奪ったためである。[41]トレフリツェントはグラール城のことをパルチヴァールに教えるなかで、ここを訪れたアーサー王宮廷世界の騎士には問を怠った男（パルチヴァール）のほかにもう一人、レへリーン（Lähelin）がいたことを挙げる。

かつてレへリーン王がブルンバーネの湖にやって来たことがあった。そこで槍を構えて待ち受けたのは、身分高き騎士リブベーアールスだった。この騎士は王との一騎打ちで死を選んでしまった。［中略］レへリーンは、倒した騎士の馬を持ち去った。この死者の所有物略奪は知れ渡った。騎士殿、おぬしはレへリーンか。厩につないであるおぬしの馬は、グラールの騎士団の馬に似ているが。鞍にキジ鳩（の紋章）がついているではないか。ムンサルヴェーシェ（グラール城）の馬に違いない。（473, 22-474, 06）

ガーヴァーンは、この馬を第六巻でレヘリーンの弟オリルス（Orilus）から受け継ぎ[42]、ガーヴァーン物語が幕を開ける第七巻の冒頭で乗っている。グリングルエテの紹介が、ガーヴァーンの騎士としての卓越や優れた精神についての一連の形容（338, 1-）の流れの最後に置かれていることを考えると、（イングリーアルトではなく）グリングルエテこそがガーヴァーンと最も強く結びついていると読み取るのが妥当であろう。

ガーヴァーンはこの馬を、彼が二度も命を助けてやった騎士ウリーアンス（Urians）に裏切られて奪われる（第十巻）。そして醜い小姓が農民から奪った弱々しい馬（runzît, pferd）を引いて歩く羽目となり（529, 24-530, 02）、オルゲルーゼに商人のようだと嘲られる。ただしその後まもなく、オルゲルーゼの騎士リショイス・グヴェルリユウスを一騎打ちで倒し馬を手に入れると、それはさきに失ったばかりのグリングルエテであった[43]。グリングルエテはその後、リ・グヴェイス・プレルリウス（危険な浅瀬）を飛び越える冒険を主人と共におこなうことになる。川幅が広かったため、グリングルエテは岸を前脚でしか捕えられず瀬に転落してしまう。ガーヴァーンはシャステルマルヴェイユの戦いで傷ついた体であったが、枝を摑んで陸に上がる。グリングルエテは川の水量が多く流れが速いために発生していた渦の力に助けられて岸に近づき、ガーヴァーンによって槍で岸に引き上げられる。

パルチヴァールの馬として描写された馬は四頭を数える。

（三） ゾルターネ（Soltane）の森の母のもとを出立するさいに乗った馬（pferd）

パルチヴァールにとって最初の馬である。母はパルチヴァールが騎士の道に深く入ることを恐れ、見た目の悪いもの[44]を準備した。

（四）「赤い騎士」イテールを殺したときに奪った赤い駿馬（ors）

騎士なるものを知ったパルチヴァールは、イテール[45]が身につける真っ赤な騎士の装備を要求する。イテールに拒否され突き倒されたパルチヴァールは憤激し、近しい親族であるとは知らずに彼を殺し、死者からこの赤い馬（駿馬）も手に入れる。「赤い」甲冑と「赤い」馬は親族殺しの罪の象徴であり、これ以降パルチヴァールは名は伏され、「赤い騎士」とだけ呼ばれる。未熟なパルチヴァールの向こう見ずな冒険を支え、超自然的な騎行[46]でグラール城に主人公を最初に運ぶ。

（五）イングリーアルト

パルチヴァールはベーアーロシェの戦いでガーヴァーンのイングリーアルトを得る。親族殺しの象徴である「赤い」馬に代わり、グラール城探求の旅を支える。だがグラール騎士との戦いのさい、谷底に落ちて死ぬ。

（六）グラール騎士の馬（ors）

パルチヴァールはグラール騎士との一騎打ちを制し、逃げて行った（死んではいないため、パルチヴァールの行為は死者からの略奪の罪 reroup[47]には当たらない）グラール騎士の馬を得る。[48]隠者である伯父トレフリツェントは、パルチヴァールの馬に押されているグラール城の紋章の焼き印を見とがめて、かつてグラール騎士を殺して馬を奪ったレヘリーンを想起する。レヘリーンがグラール騎士から奪った馬こそ、（二）のグリングルエテである。

さて、『パルチヴァール』と『ペルスヴァル』における馬の描写の相違は興味深い。

ゴーヴァンは七頭の馬を有しており（4805）、エスカヴァロンを去り血の滴る槍の探索に向かうときグランガレ（le Gringalet）（6201）以外を小姓にゆだねている。馬の由来にかんする言及はなく、この愛馬以外に名前が与えられた馬はない。なおグランガレは『エレックとエニッド』（*Erec et Enide*）においてもゴーヴァンの（唯一名指される）馬として三度、その名前が挙げられる。[49] グランガレは「危険な浅瀬」（li Guez Perilleus 8495）の冒険において向こう岸に向かって跳躍するが距離が足りず、（グリングルエテとは異なり）前脚すら向こう岸に達することが出来ず、浅瀬の真ん中に飛び降りてしまう。ただゴーヴァンに助けられるのではなく、ゴーヴァンを乗せたままグランガレが浅瀬まで泳ぎ、再び跳躍して向こう岸に辿り着く。『パルチヴァール』に比べて瀬の冒険の危険度は低く描写が比較的平板である。

ペルスヴァルの馬としては、真紅の騎士を殺して得た馬のみが挙げられる。この馬はグラアル城では大きな跳躍をおこなって上がりかかった跳ね橋を通過したと描かれる。ペルスヴァルが馬を乗り換えることはなく、馬の描写はこの他には見られない。

馬こそ騎士を騎士たらしめる道具立てであることを考えれば、ヴォルフラムは原典にはない一連の馬の描写を通して、二人の騎士の置かれた状況を象徴的に表現していると考えてよいだろう。パルチヴァールははじめ、一騎打ちに耐えない弱々しい馬（pferd）を母に与えられ、次に親族殺しと死者の所有物奪取という罪の象徴であるイテールの赤い馬（ors）を得る。そしてガーヴァーンのイングリーアルト（ors）を得るが、アーサー王宮廷の馬であるイングリーアルトはグラール騎士との戦いでは生き残ることが出来ず死ぬ。最後にパルチヴァールには正当な方法でグラール騎士の馬（ors）が与えられる。以上の馬の変遷からは、主人公の置かれた状況が三段階で変化していくことが読み取れる。まず、内面も外面も騎士に程遠い無知でみすぼらしい装備の少年パルチヴァールが、親族殺しの罪を犯すと同時に見事な騎士の装備を手に入れること。彼はこの馬に乗って妻を得て多くの誉れを手にするが、グラール城では適切な問いかけを怠り、弾劾されることとなる。次の段階では、パルチヴァールはアーサー王宮廷に円卓の騎士として受け入れられている。彼は罪の象徴である赤い馬を下りてガーヴァーンの馬に乗り換える。そして最後の段階ではグラールを探索するなかでグラール騎士と戦い、その馬を正当な方法で手に入れる。無知と罪から長い道のりを経てグラールに接近するプロセスと読むことが出来よう。

一方のガーヴァーンはどうだろうか。彼は当初イングリーアルトをはじめとするアーサー王宮廷の馬を用いていたが、キングリムルゼルの非難を受けて出立するときに、グリングルエテに乗ることを選んだ。これは彼がグラールに接近することを表すと同時に、前の所有者であるレヘリーンとの結びつきが生まれ、グラール騎士を殺し強引に馬を奪ったレヘリーンの罪を引き継ぐことも意味する。『パルチヴァール』においては滑稽さを嘲られることこそあれ、あからさまに欠点が指弾されることはないガーヴァーンに対して、ヴォルフラムは実は馬を介して罪の目印を付与していたのである。

五　レヘリーン

レヘリーン(50)という騎士は、ヴォルフラムによって新しく生み出された人物である。すべて登場人物を血縁の網ですくいあげた『パルチヴァール』にあってアーサー王の家系とグラールの家系のどちらにも属さないという点で稀な人物であり、弟オリルス、妹クンネヴァーレ（Cunneware）とのみ結ばれている。

レヘリーンが直接物語に登場するのは一回のみである。そこではパルチヴァールの誕生以前、父ガハムレトがのちに妻となるヘルツェロイデの国の槍試合で倒した騎士の一人として簡単に名が挙げられている。（第二巻）。

その後のレヘリーンの物語への関与は全て、語り手や他の人物による言及が伝えるものである。彼はヘルツェロイデから二つの国を奪い、パルチヴァールの仇となる。彼女は息子にレヘリーンの名を教える（128, 3–10）が、その時点でパルチヴァールは自分の名も父の名も知らなかったことは注目される。[51] パルチヴァールは高貴な生まれでありながら、王の後継者としてではなく騎士というものすら知らずに森で育ったが、レヘリーンはその背景を構成する要素であり、パルチヴァールのその後の道程にも負の力として深くかかわることが示唆されている。

レヘリーンの影響は広く及ぶ。パルチヴァール母子に対する暴挙はアーサー王にとっても深く憂うるべきことであった（331）。レヘリーンは勇猛さにおいてもまた抜きんでており、ガーヴァーンをさえ倒し（301,14–16）、アーサー王宮廷にとっての脅威であった。彼はグラール城にも敵対し、前述のとおりグラール騎士を殺して馬を奪取するという悪辣さをみせた。レヘリーンはアーサー王宮廷に対しても、グラール城に対しても常に敵対し、権勢の高さと勇猛さで存在を示している。[52]

レヘリーンの弟オリルスは、行動の悪辣さにおいて兄と同等である。彼はパルチヴァールに指輪と接吻を奪われたことで妻イェーシューテの不貞を疑い、不当に貶めた。乱暴な性向は騎士の戦いにおいても同様であった。パルチヴァールの従姉シグーネ（Sigune）は恋人シーアーナトゥランダー（Schianatulander）をオリルスに殺され、悲嘆の中で死ぬ。[53] 一方で（前述のとおり）兄に与えられたグラール城の馬グリングルエテをガーヴァーンに贈り、このアーサー王宮廷随一の騎士の冒険の成功に寄与する。

レヘリーンの妹クンネヴァーレは一種のアウトサイダーとしてアーサー王宮廷に生きている。彼女は最高の誉れが与えられた騎士を見るまで笑うことができない乙女であったが、パルチヴァールを見たときに初めて笑う。ケイエ（Keie）は騎士のたしなみを全く身につけていないパルチヴァールに誉れを認めることはできず、怒って彼女を打擲する。パルチヴァールはこの事件に心を痛め、その後一騎打ちで倒した相手を次々とアーサー王宮廷のクンネヴァーレのもとに送り、その名誉の回復に努める。クンネヴァーレのパルチヴァールに対する関わり方は兄レヘリーンとは反対に友好的だが、人々に先んじてその運命に関与する点と、アーサー王宮廷と調和しない位置にある点では共通である。

ヴォルフラムはアーサー王宮廷とグラール城を暴力で脅かすレヘリーンのもとに、オリルスとクンネヴァーレ像を統合した（後者二人のエピソードの核はすでに原典に存在する）。彼らは物語世界の敵であると同時に、パルチヴァールの生い立ちに関与することで物語世界の前提をなしており、あるいはパルチヴァールの性質を誰よりも早く見抜く理解者でもあった。また彼らがガーヴァーンにグリングルエテを与えたことで、ガーヴァーンは二重にパルチヴァールと並行の関係に置かれることになった。一つはパルチヴァールと同じグラール城の馬でグラール探索を行うことである。もう一つはかつてパルチヴァールがイテールを殺して得た「赤い」馬と同じく、死者から奪った戦利品（reroup）だということである。レヘリーンが提供したグリングルエテという馬を介して、二人の騎士は目的と罪を間接的に共有した。そしてガーヴァーン物語は馬の持つ象徴的な意味によって主人公パルチヴァールの物語と結びつけられているのである。

おわりに

『パルチヴァール』後半のガーヴァーン物語は、グラールやパルチヴァールに関心を向けてきた二十世紀半ばまでの研究史において適切な扱いを受けて来なかったが、近年、ようやくこれを対象とする研究が蓄積をなし始めている。ただし、より高いグラールの次元にいるパルチヴァールと、世俗的なガーヴァーンというかつての恣意的な対比は鳴りを潜めてはいるものの、いまだパルチヴァールとの相違点に着目する研究が多いのも事実である。宮廷外で育った愚かな少年がものの道理を知らず、文字通り道に迷いながら大器晩成に事をなすのに対して、アーサー王の甥として宮廷に育ったガーヴァーンは騎士の華であり、何事にも通じ正しい判断を下し、自らの道をコントロールすることができる、と。

本章は、ガーヴァーンの物語は前半のパルチヴァールの物語を引き継ぎ、問題を認識し直し、克服するプロセスではないかと仮定し、ヴォルフラムがガーヴァーン物語の中に埋め込んでいたパルチヴァール像を取り出すことを試みた。その結果、パルチヴァールはガーヴァーンの冒険を共に歩んでいること、グラール探索の課題がパルチヴァールによってガーヴァーンに与えられたこと、そして馬を介して二人が目的と罪を共有していることが確認された。また、実際に筋の中で行動する人物だけではなく、レヘリーンのように筋の影にいながら表面にいる人物や事柄に意味を与える影絵のような存在（Schattenfiguren）[54]がこの二重の組み立てを可能にしていると考察された。

最後にガーヴァーン像の変容について考えたい。ガーヴァーンという人物はクレティアン以前の伝承段階から、ドン・ファン的な恋愛遍歴で特徴づけられることがあった。だがヴォルフラムの描くガーヴァーンはただ単純に恋愛の手管に長けた騎士ではない。それが端的に表されるのは一つ目の冒険でオビロートに奉仕を迫られたとき、それと引き換えにキングリムルゼルとの一騎打ちの期日に遅れれば、自分の誠（triuwe）が失われてしまうと恐れ、ガーヴァーンが答えに逡巡する場面である。彼は恐れを乗りこえ少女に奉仕することを決めるのだが、これはミンネの戯れではない。パルチヴァールに言われた言葉を思い出し、真剣に愛と戦いについて考えた結果の選択であった。ガーヴァーンの中にパルチヴァールの戦いと愛にかんする考え方が根を張り始めているのである。

ヴァーレイスの勇士は言った、「（中略）友よ、これからお前が戦いを交える時は、一人のご婦人が君のために戦い、君の手を引いてくれることを願う。純潔と女性の善き心を持つそのご婦人が、その愛でお前を守ってくれることを。これから先いつまた君に会えるか分からないが、私のこの願いがきっと真となりますように。」[55]（332, 1-16）

そのときガーヴァーンは、パルチヴァールが神より婦人の方を信じると言ったことを思い出した。そのパルチヴァールの願いの言葉はこの少女の使者となって、ガーヴァーンにその心の中まで届いた（パルチヴァールの言葉を思い出したことによって少女の願いに沿う決心がついた）。そこで彼はこの少女のために武器を取ることを約束した。[56]（370, 18-23）

ガーヴァーンは自分の騎士の名誉をかけた戦いを目の前にして、パルチヴァールがかつて説いた女性のために戦うことの大切さ、すなわち、多くのミンネと戦いの間を騎士の誉れを求めて漂い歩くのではなく確かなミンネのみをよりどころにすべきであることに気付く。逡巡し、最後にはパルチヴァールの言葉に導かれるガーヴァーン像は、伝統の人物像には収まらない。ヴォルフラムはガーヴァーン像に可変性を見ているのである。物語の筋という表層（ガーヴァーンの女性遍歴）の下で、意志を持つ自律的な人物像の構築が試みられているといえよう。『パルチヴァール』には時間や馬の描写といった筋の表面には目立たない糸が張り巡らされており、ガーヴァーン物語の中にパルチヴァールの物語が組み入れられている。ヴォルフラムは二人の騎士をそれぞれ独立にグラール城やアーサー王宮廷の世界と対決させるのではなく、戦いと死、そして女性という騎士物語の主題において二つを緊密に結びつけている。そしてガーヴァーン像はアーサー王宮廷の理想の騎士という像を（原典に従って）保ちながらも、パルチヴァールとの関わりのなかで自律的に思考し行動する自由を与えられたのである。

（1）ヴォルフラム・フォン・エッシェンバハ『パルチヴァール』のテクストは、Wolfram von Eschenbach: Parzival. Studienausgabe. Mittelhochdeutscher Text nach der 6. Ausgabe von Karl Lachmann, Übersetzung von Peter Knecht, Einführung zum Text von Bernd Schirok. Berlin u. New York: de Gruyter 1998. による。このラッハマンの校訂テクストは写本Dを用いている。現存する完全写本は十六、そのほか断片が七十弱あり、大きくDとGの二系統に分けられる。写本の成立年代は作品成立直後から途切れることなく十五世紀までわたる。八十を超える写本数はハルトマンの『イーヴァイン』の三十二、『ニーベルンゲンの歌』の三十五に比べても群を抜き、大きな反響をもって受容されたことがうかがわれる。

（2）『ペルスヴァル』の引用は、Schöler-Beinhauer によるドイツ語対訳付テクストを使用した。（Chrétien de Troyes: Der Percevalroman (Le Conte du Graal), übersetzt und eingeleitet von Monica Schöler-Beinhauer, München: Fink 1991. Klassische Texte des Romanischen Mittelalters in zweisprachigen Ausgaben 23.）邦訳は以下を参照した。天沢退二郎訳『ペルスヴァルまたは聖杯の物語』（『フランス中世文学集2』所収）、白水社、一九九一年。

（3）フランス語圏では、『ペルスヴァル』と同じ写本二つに収録されている（十三世紀）『ブリヨカドランのプロローグ』（*Bliocadran-Prolog*）がガハムレトの物語と類似の筋を持つ。ヴォルフラムが『ブリヨカドラン』そのものを見た可能性や、これの源となった口承伝承ないし書かれた物語を参照した可能性は否定できない。だが、『ブリヨカドラン』にはアラビアやアフリカで冒険し最初の妻を得るという東方への展開はなく、ヴォルフラムの独自性が濃厚である。

（4）主人公に自己認識を促す重要人物である伯父トレフリツェント（Trevrizent）や従姉ジグーネ（Sigune）なども、クレティアンの原典では名無しであった。ジョンソン曰く、名前を与えられることによって、登場人物は相互に関係性を築くことが出来るようになる。Johnson, L. Peter: Lähelin and the Grail Horses, in: MLR 63 (1968), S. 612–617. hier S. 612.

（5）グラアル（Graal）をホスティアを入れる器とするクレティアンの原典に対して、ヴォルフラムはグラール（Gral）を器ではなくラプジト・エクシルリース（lapsit exillis 469, 7）という名の石（steine 469, 3）とした。命を維持させる力を持つ点では両作品とも同じだが、「聖杯」という訳語は器としての形状が想起されるため、『パルチヴァール』のGralは、本章では「グラール」と記すこととする。

（6）萌芽はこれ以前にすでに認められる。ゴーヴァンは前作『イヴァンまたはライオンを連れた騎士』（*Yvain ou Le Chevalier au Lion*）において、主人公の冒険とは別に王妃を探す冒険を担い、物語後半の筋を不在にしていた。

（7）ジャン・フラピエ著（松村剛訳）『アーサー王物語とクレチヤン・ド・トロワ』（朝日出版社、一九八八年）二二三頁、および渡邉浩司『クレチアン・ド・トロワ研究序説』（中央大学出版部、二〇〇二年）第二部第一章を参照。

（8）Gröber, Gustav: Grundriss der romanischen Philologie. II. Band. 1. Straßburg 1902. hier S. 504.

（9）マルティン・デ・リケル（福井千春・渡邉浩司訳）「『聖杯の物語』におけるペルスヴァルとゴーヴァン」（『フランス語フランス文学研究 Plume』第五号、二〇〇一年、二一―二十四頁）を参照。

（10）『ペルスヴァル』の研究史については以下を参照。Erdmuthe Döffinger-Lange, Der Gauvain-Teil in Chrétiens Conte du Graal. Forschungsbericht und Episodenkommentar (Studia Romanica Bd. 95). Heidelberg 1998.

（11）プロローグにおいて、語り手は筋の上でまだ生まれていない作品の主人公の人物像を簡単に説明し、のちに登場するパルチヴァールであることが示される（4, 9-26）。そしてヘルツェロイデが彼を生んだ場面で、語り手は「さあこれからこの物語の主人公がどこから登場し、どのように守られたのかをお聞きあれ。知恵を得るまで、この者は騎士道から遠ざけられていたのである」（112, 16-20）と述べ、主人公がいよいよ登場したこと、そしてのちに騎士になる者としては特異な成長を遂げるという情報を与えに触れ、受容者に注目を促す。また作品の後半、長くガーヴァーンの冒険を追った後、パルチヴァールが作品の中心に再び現れようとする直前、「本来の幹に物語は戻る」(678, 30) というコメントが置かれ、ガーヴァーンとの対比でパルチヴァールこそが主人公であることが示される（第13巻末）。

（12）研究動向についてはとくに以下の文献を参考にした。Eggers, Hans: Wolframforschung in der Krise? in: Wirkendes Wort. Deutsches Sprachschaffen in Lehre und Leben 4 (1953/54), S. 274–290.; Bumke, Joachim: Die Wolfram von Eschenbach Forschung seit 1945. Bericht und Bibliographie. München 1970, hier S. 176–198.; Pratelidis, Konstantin: Tafelrunde und Gral. Die Artuswelt und ihr Verhältnis zur Gralswelt im Parzival Wolframs von Eschenbach. Würzburg 1994 (Würzburger Beiträge zur Deutschen Philologie 12), hier S. 14–44.; Bumke, Joachim: Wolfram von Eschenbach. 8. Aufl. Stuttgart 2004.

(13) Mohr, Wolfgang: Obie und Meljanz. Zum 7. Buch von Wolframs Parzival, in: Gestaltprobleme der Dichtung. Günther Müller zu seinem 65. Geburtstag am 15. Dezember 1955, hg. von Alewyn, Richard (u.a.): Bonn 1957. S. 261–280.; Ders., Parzival und Gawan. Euphorion 52 (1958). S. 1–22.; Ders.: Landgraf Kingrimursel. Zum VIII. Buch von Wolframs Parzival. In: Philologia Deutsch. Festschrift zum 70. Geburtstag von Walter Henzen, hg. von Kohlschmidt, Werner u. Zinsli, Paul, Bern 1965. S. 21–38.

(14) Classen, Albrecht: Crisis and triumph in the world of medieval knighthood and chivalry: Gawan in Wolfram von Eschenbach's Parzival, in: Gawain. A casebook, hg. von Raymond H. Thompson/ Keith Busby (Arthurian characters and themes 8), New York 2006, S. 217–229. hier S. 227. “Certainly, Parzival outshines his friend (Gawan) in many respects, but he operates on a different level of religious chivalry and cannot simply be compared with Gawan. Whereas the former belongs to the Grail family and has to live his own destiny apart from King Arthur and the Round Table, the latter proves to be the Round Table's paragon and absolute champion.”

(15) Ebenda, S. 228. “After all, Parzival basically ignores the social world around him. He remains uninvolved as he passes through the various scenes in which acrimonious conflicts between individual knights, lovers, and family members threaten the well-being of the entire society.”

(16) Bumke, Joachim: Wolfram von Eschenbach. 8. Aufl., Stuttgart 2004. S. III.

(17) Kuhn, Hugo: Erec, in: Festschrift Paul Kluckhohn und Hermann Schneider gewidmet zu ihrem 60. Geburtstag, hrsg. von ihren Tübingern Schülern. Tübingen 1948, S. 122–147.

(18) Haug,Walter: Die Symbolstruktur des höfischen Epos und ihre Auflösung bei Wolfram von Eschenbach, in: DVjs 45 (1971), S. 668–705.

(19) Ders.: Hat Wolfram von Eschenbach Chrétiens Conte du Graal kongenial ergänzt?, in: Ders.: rechungen auf dem Weg zur Individualität. Kleine Schriften zur Literatur des Mittelalters, Tübingen 1995, S. 109–124. 『ペルスヴァル』では、（物語の中央の）ペルスヴァルとゴーヴァンの二人が弾劾され、アーサー王宮廷を出立する場面で、その他の多くの騎士も

別の三つの冒険に旅立つ。クレティアンの筆が折れた箇所においては七つの冒険が未完結である。ジャン・フラピエと同様、Haug はクレティアンが複数の騎士の冒険が並列するような、新しい物語を構想していた可能性を想定する。

（20） Lachmann は校訂（一八三三年）に際して、筋を担う人物が変わる詩行や舞台が転換する詩行を境として、作品を十六の巻（Buch）に分けた。Lachmann が底本としたD写本（St. Galler Handschrift 857）には二十四の文頭装飾文字があるが、そのうちの十六と Buch の冒頭文字は一致している。前史にあたるパルチヴァールの父ガハムレトの冒険物語の二巻を除くと、パルチヴァール自身の物語は第三、四、五、六、九、十五、十六巻のあわせて七巻分、ガーヴァーンが中心的に筋を担うのは第七、八、十、十一、十二、十三巻の六巻分、さらにパルチヴァールとガーヴァーンの二人が共に筋を担うのは第十四巻の一巻分であり、両人物の冒険物語はほぼ同じ規模を持つ。また、D写本では一か所の言葉遊びの箇所を除き、五巻以降は三十行ごとに規則的に小さな文頭装飾文字が置かれている。Lachmann の校訂以降、『パルチヴァール』は慣例として三十行を一つの単位として記す（Dreißiger）。作品最後の二四八一〇行目は827, 30である。

（21） wie lanc ist von der zîte her, / hêr, daz ich hie nam daz sper?‘ / dô sprach aber der guote man / ‚des vergaz mîn friunt Taurîân / hie: er kom mirs sît in klage. / fünfthalp jâr unt drî tage / ist daz irz im nâmet hie. / welt irz hoern, ich prüeve iu wie.‘ / ame salter laser im über al / diu jâr und gar der wochen zal, / die dâ zwischen wâren hin. (460, 17–27)

（22） 503, 05; 503, 21–30

（23） diu künegîn zer kappeln was, / an ir venje si den salter las. / der knappe für si kniete, / er bôt ir freuden miete: (644, 23–26)

（24） tavelrunder wart dâ vil / mit rede ir reht gebrochen. / fünftehalp jâr und sehs wochen / ist daz der werde Parzivâl / von dem Plimizoel nâch dem grâl / reit. dô kêrt och Gâwân / gein Ascalûn, der werde man. (646, 12–18)

（25） Haferland, Harald: Parzivals Pfingsten. Heilsgeschichte im *Parzival* Wolframs von Eschenbach, in: Euphorion 88 (1994), S. 263–301.; Arthur Groos: Time reference and the liturgical calendar in Wolfram von Eschenbach's Parzival, in: DVjs 49 (1975), S. 43–65.

（26） Störmer-Caysa, Uta: Grundstrukturen mittelalterlicher Erzählungen. Raum und Zeit im höfischen Roman. Berlin/New

York 2007. hier S. 220–221.

(27) たとえば、ゴーヴァンが不可思議の城の女王に対して自分の名を秘匿すること。拙稿「ガーヴァーンの秘密主義と triuwe ―宮廷の美徳のジレンマとパルチヴァールによる解決―」(『詩言語』(東京大学大学院人文社会系研究科ドイツ語ドイツ文学研究会発行) 八十六号、一―二十四頁、二〇一九年三月)

(28) Blank, Walter: Der Zauberer Clinschor in Wolframs Parzival, in: Studien zu Wolfram von Eschenbach. Festschrift für Werner Schröder zum 75. Geburtstag, hg. von Kurt Gärtner/Joachim Heinzle, Tübingen 1989, S. 321–332.

(29) 実際は別の騎士（エクナハト）の手にかかって死んだことが誤解されている。(413, 13–20)

(30) （フェルグラハトの家臣リダムス曰く）あなたがあの森で一人の騎士に誓わされたことを、ここにいるガーヴァーン殿にやっていただきましょう。ガーヴァーンはあなたの捕鳥器につかまって羽をばたつかせています。さあ、あなたに代わってグラールを手に入れるよう、我々の前でどうぞ彼に約束させなさい。swes iuch dort twanc der eine man, / des sî hie pfant hêr Gâwân: / der vederslagt ûf iweren klobn. / bitt in iu vor uns allen lobn / daz er iu den grâl gewinne. / lât in mit guoter minne / von iu hinnen rîten / und nâch dem grâle strîten.（425, 19–26）

(31) グラール城に再到達したパルチヴァールが病に伏せるアンフォルタスに正しく問いかけをおこない、アンフォルタスの美しさが甦る場面で、美しい騎士の代表の一人としてフェルグラハトが挙げられる。(796, 9)

(32) 冤罪であることと互いに親族であることが判明し、一騎打ちは回避され和解が成立する。その後フェルグラハトとガーヴァーンはそれぞれにグラール探索の旅をする。

(33) 『ペルスヴァル』では、ゴーヴァンはエスカヴァロンを出発した日の昼前のこととされる。

(34) ‚von Pelrapeir diu küneginn, / sus ist genant diu lieht gemâl: / sô heize ich selbe Parzivâl. / ichn wil iwer minne niht: / der grâl mir anders kumbers giht.' (619, 8–12)

(35) 「私が最も心を痛めているのはグラールのこと、次に妻のことです。この世で私の妻ほどに美しい人が母親の乳房を吸ったことはありません。妻とグラール、この二つを私の心は憧れ求めているのです。」‚mîn hôhstiu nôt ist umben grâl; / dâ nâch umb mîn selbes wîp: / ûf erde nie schoener lîp / gesouc an keiner muoter brust. / nâch den beiden sent

sich mîn gelust.' (467, 26); グラール探索の旅をしなければならないため、私は離れて久しいあの人の清らかな抱擁の思い出にこれからも苦しまなくてはならない。sol ich nâch dem grâle ringen, / sô muoz mich immer twingen / ir kiuschlîcher umbevanc, / von der ich schiet, des ist ze lanc. (732, 19–22)

(36) von Munsalvæsche wâren sie, / beidiu ors, diu alsus hie / liezen nâher strîchen / ûfen poinder hurteclîchen: (679, 23–26)

(37) ors / marc（駿馬、軍馬）、runcît（貴婦人の子馬、駄馬）、pfert（軍馬、儀仗馬、子馬）、pferdelîn（子馬）、mûl（騾馬）。

(38)（ガーヴァーンは）短い耳の彼の馬、イングリーアルトをすでに失っていた。タハブロニト（トリバリボートすなわちインド）のモール人もこれよりすぐれた馬を乗り回したことのないほどの名馬であった。(398, 14–17)

(39) 389, 25–30

(40) 彼は馬から降りたとき、一つの印を見つけた。それはグラールの紋章のキジ鳩の印で、前脚の腿にその焼き印が押されていた。かつてレヘリーンがプリエンラスコルスの人（グラール騎士）と戦って倒した時にこの馬を奪い、のちにその弟のオリルスのものになり、それをさらにプリミツェールの野でガーヴァーンに譲ったのだ。(540, 25–27)
オリルスはパルチヴァールが指輪と接吻を奪ったイェーシューテ（Jeschute）の夫であり、妻の不貞を疑い彼女を苦しめた。のちにパルチヴァールとオリルスが戦うさいにオリルスが乗っていたのはグリングルエテである。(261, 27–30)

(41) 森の中に引き返すには遠すぎると考えると、（ガーヴァーンは）オリルスから贈られた馬にすぐ腹帯を締めさせた。その馬は「赤耳のグリングルエテ」という名前で、頼んで入手したのではなく、贈り物としてもらったのである。もともとムンサルヴェーシェ（グラール城）のものであるこの馬は、レヘリーンがブルンバーネの湖畔で手に入れたのだ。そのときの一騎打ちで一人の騎士が彼の槍で馬から突き落とされて死んだ。(339, 24–340, 4)

(42) その様子は描かれていないが、プリミツェール河畔に布かれたアーサー王宮廷において、オリルスの妹クンネヴァーレとガーヴァーンの天幕が隣り合っていること（305, 13–15）から、オリルスがガーヴァーンに馬を贈る成り行きは自然である。ガーヴァーンは宮廷を出立するさいに、軍馬七頭を選び出している（335, 17–18）とも言われている。

（43）Ohly, Friedrich: Die Pferde im Parzival Wolframs von Eschenbach, in: Friedrich Ohly, Ausgewählte und neue Schriften zur Literaturgeschichte und zur Bedeutungsforschung, hg. von Uwe Ruberg / Dietmar Peil, Stuttgart / Leipzig 1995, S. 323–364. を参照。

（44）ez muoz abr vil boese sîn. (126, 23)

（45）イテールは甲冑や馬から盾や槍、剣まで真っ赤な装いであった。（145, 15–28）

（46）二日間疾駆させても走り続ける馬であった。（161, 09–22）

（47）隠者様、私はレヘリーンではありません。しかしかつて私は思慮がなかったため（知恵に対して聾だったため）、彼と同じように、私も死者の持ち物を奪ったことがあります。（475, 4–6）

（48）443, 5–445, 20

（49）渡邉浩司「ゴーヴァンの異界への旅―クレティアン・ド・トロワ作『聖杯の物語』後半再読」（中央大学人文科学研究所編『アーサー王物語研究―源流から現代まで』中央大学出版部、二〇一六年、一四五―一九四頁、一五一頁）を参照。

（50）ウェールズの名 Llewelyn との関連がありうるとされ、その場合ヴォルフラムは同時代のウェールズ大公、大スラウェリンを念頭に置いていた可能性もある。Mertens, Volker: Geschichte und Geschichten um den Gral, in: Kulturen des Manuskriptzeitalters. Ergebnisse der amerikanischdeutschen Arbeitstagung an der Georg-August-Universität Göttingen vom 17. bis 20. Oktober 2002, hg. von Arthur Groos/Hans-Jochen Schiewer, Göttingen 2004, S. 237–258.

（51）Stock, Markus: Lähelin. Figurenentwurf und Sinnkonstitution in Wolframs Parzival, in: PBB 129 (2007), S. 18–37. hier S. 28.

（52）Johnson, L. Peter: Lähelin and the Grail Horses, in: MLR 63 (1968), S. 612–617.

（53）この物語はヴォルフラムの絶筆『ティートゥレル』（Titurel）でさらに語られる。

（54）Vgl. Brüggen, Elke: Schattenspiele. Beobachtungen zur Erzählkunst in Wolframs Parzival, in: Wolfram-Studien 18

(2004), S. 171–188.

(55) Der Wâleis sprach (...) friunt, an dînes kampfes zît / dâ nem ein wîp für dich den strît: / diu müeze ziehen dîne hant; / an der du kiusche hâst bekannt / unt wîplîche güete: / ir minn dich dâ behüete. / ine weiz wenn ich dich mêr gesehe: / mîn wünschen sus an dir geschehe.' (332, 1–16)

(56) nu dâhter des, wie Parzivâl / wîben baz getrûwt dan gote: / sîn bevelhen dirre magde bote / was Gâwân in daz herze sîn. / dô lobter dem freuwelîn, / er wolde durch si wâpen tragen. (370, 18–23)

中世ウェールズ文学におけるグワルフマイ

ナタリア・ペトロフスカイア
（渡邉浩司訳）

はじめに

ゴーヴァン（Gauvain、英語名ガウェイン Gawain）はアーサー王文学の中でも特に著名な人物の一人であり、ノルウェナ・モニエが述べているように《象徴的》な人物であるが、中世期のアーサー王物語の大半ではむしろ援助者としての役割で知られている。[1] ゴーヴァンはさらに、ラテン語作品『アルトゥールスの甥ワルウアニウスの成長期』（*De Ortu Waluuanii Nepotis Arturi*）（十二世紀）や中英語作品『サー・ガウェインと緑の騎士』（*Sir Gawain and the Green Knight*）（一三八〇年頃）といった複数の作品では主役である。[2] 数多くの作品に重要な人物として登場するゴーヴァンの役割と機能については、実に多くの研究がなされてきた。[3] ゴーヴァンは作品ごとに変遷し、その表象は各国の文学作品ごとに異なっている。[4] ゴーヴァンが登場する物語はヨーロッパのさまざまな言語で書かれているが、なかでもこれまで特に関心をひくことのなかったゴーヴァンのウェールズ版グワルフマイ（Gwalchmai）について、私はこれまでに二点の論考を発表した。[5] そこで行ったいくつかの考察を深めることが本章の目的である。なかでも「現存写本が作成された時代の中世ウェールズの物語の読者＝聴衆には、グワルフマイがどのような資格で知られていたのか」という重要な問題を再検討したい。

一　グワルフマイが登場する中世ウェールズの作品群

中世ウェールズの散文作品の中でグワルフマイが登場するのは六作品だけである。それは『キルフーフとオルウェン』(*Culhwch ac Olwen*)、『フロナブウィの夢』(*Breuddwyt Rhonabwy*)、『エルビンの息子ゲライントの物語』(*Ystorya Gereint fab Erbin*)(以下『ゲライント』と略記)、『グラアルの物語』のウェールズ版『エヴロウグの息子ペレディールの物語』(*Historia Peredur fab Efrawc*)(以下『ペレディール』と略記)、『泉の女伯爵』(*Iarlles y Ffynnawn*)、ウェールズ語版トリスタン伝説の断片(以下「ウェールズ語版『トリスタン』」と略記)である。(6)『キルフーフとオルウェン』と『フロナブウィの夢』では、グワルフマイは名前しか現れない。それに対し他の四作品は、アーサー王宮廷でのグワルフマイの地位、アーサー王伝説で果たす彼の役割についてさまざまな証言をもたらしてくれる。グワルフマイの名は『ブリテン島三題歌』(*Trioedd Ynys Prydein*)中の複数の「三題歌」や、アーサー王の騎士たちの墓についての詩編『墓のスタンザ』(*Englynion y Beddau*)を含むいくつかの詩編にも現れ、それにより補足的な情報が得られる。(7)グワルフマイの墓については、ウィリアム・オヴ・マームズベリー(William of Malmesbury)が『歴代イングランド王の事績』(*Gesta Regum Anglorum*)(十二世紀前半)の中でも言及している。(8)

1　ウェールズ語版『トリスタン』におけるグワルフマイ

本章での本題に入る前に、まずはウェールズ語版『トリスタン』について、その内容を幾分詳しく紹介しておきたい。他の作品と比べてはるかに知名度が低いからである。ウェールズ語版『トリスタン』でグワルフマイが果たす役割は、彼が他の作品で果たす役割の例証となるだろう。最初に確認しておかねばならないのは、ウェールズ語版『トリスタン』のテクストが中世の写本には伝わっていない点である。現存写本は、ウェールズ国立図書館ペニアルス一四七番写本（一五六六年頃、断片）およびペニアルス九六番写本（一五六五―一六一六年）、カーディフ中央図書館六番写本および四三番写本である。[9] この作品は散文と韻文の混交体で書かれている。つまり作品の大半（たとえばすべての対話部分）は韻文で書かれているが、対話部分は散文による説明の語りを伴うことが多い。ほとんどすべての人物は「エングリン」（englyn）という韻律の形式（三行一連からなる詩行で、複数形は「エングラニオン（englynion）」）を用いて話をしている。[10] 物語のテーマはトリスタンとイズーの森への逃亡とマルクによる恋人たちの追跡であり、マルクはアーサー王を同行させる。トリスタンには魔術的な力があり、彼に怪我を負わせる者は、彼が怪我を負わせるあらゆる敵と同じく命を落とすことになっていたため、マルクとアーサー王は窮地に立たされる。その結果、アーサーはトリスタンに向けて順番に使者を送って交渉を行う。最初にアーサーは楽師たち、次に歌手たち、最後にグワルフマイを差し向けた。グワルフマイとトリスタンの会話は、「エングリン」による詩節を用いて交互になされているため、とても興味深いものとなっている。なぜならこの対話では韻文形式により、グワルフマイが対話者トリスタンに及ぼす影響が示されているからである。グワルフマイの話し方は事実、トリスタンの話し方とは異なっている。グワルフマイがトリスタンを相手に述べた八つの詩節のうちの七つは、《非の打ちどころのない習慣を持ったトリスタンよ》（Trystan gyneddfai difai）や《完璧な習慣を持ったトリスタンよ》（Trystan gyneddfau talgrwn）[11] などの対話者への賛辞から始まっている。二人のやり取りで最も驚くべき点は、最後の二つの返答になってようやくトリスタンがグワルフマイの話し方に倣い、対話者への賛辞《素晴らしい習慣を持ったグワルフマイよ》（Gwalchmai gyneddfau trada）や《こだわりの習慣を持ったグワルフマイよ》

（Gwalchmai gyneddfau gwrth[g]rych）[12]から返答を始めている点である。トリスタンがグワルフマイの話し方に倣ったことは会話のクライマックスを表しており、まもなくアーサーとの和解に至ることになる。

2　「三つの物語」におけるグワルフマイ

グワルフマイが介在して行われる同じ和解のプロセスは、彼が仲介役を果たす他の三作品でも認められる。この三作品を詳しく検討してみよう。『ゲライント』、『ペレディール』、『泉の女伯爵』は「三つの物語」（*Tair Rhamant*）という総称のもとにまとめられることが多い。しかしこれら三つの《物語》が普通一括して取り上げられるのはただ単に、クレティアン・ド・トロワの作品群の中に『エレックとエニッド』（*Erec et Enide*）（以下『エレック』と略記）、『グラアルの物語』（*Le conte du Graal*）、『ライオンを連れた騎士』（*Le chevalier au lion*）という、よく似た内容を持った三つの物語が存在するからである。[13]ウェールズの「三つの物語」は、これらを一緒に収録する『ヘルゲストの赤本』や『フラゼルフの白本』といった現存する中世の写本では、一つのまとまりとしてはみなされていないことに注意する必要がある。作品には複数の断片も別個に現存している。「三つの物語」はおそらく十二世紀から十三世紀にかけて成立したが、各作品の成立年代は異なっている可能性がある。これら三作品を関連づけ、さらにはウェールズ語版『トリスタン』の断片とも関連づけている要素の一つは、以上の四作品すべてにおいてグワルフマイが血縁によってアーサー王の一族に属する唯一のメンバーである点である。たとえばウェールズ語版『トリスタン』の断片では、彼は《私はアーサーの甥グワルフマイである》（mi yw Gwalchmai nai Arthur）と名乗っている。

3 グワルフマイの特徴

このことがグワルフマイの特徴だと思われるのは、アーサーとの血縁の重要性がドイツ語圏を含む他の複数のアーサー王伝承において重要なテーマとなっているからである[14]。ジェフリー・オヴ・モンマスの影響を受けた比較的後代のこうした作品群だけでなく（ジェフリーの著作が大陸のアーサー王文学全体に与えた影響はよく知られている）、ウェールズ独自の伝承（たとえば『キルフーフとオルウェン』）においてもグワルフマイがアーサーの甥と呼ばれている事実は、この血縁の安定度と来歴の古さを証明している[15]。レイチェル・ブロムウィッチが指摘しているように、より古い作品群でグワルフマイがアーサー王の妹の息子とされているのは重要である[16]。なぜならケルトの社会では、姉妹の息子（甥）と母親の兄弟（伯父または叔父）とのつながりが極めて重要だったからである[17]。実のところ、ウェールズの作品群は現実の社会との（あるいは、我々の情報が主として中世のウェールズ法に基づくことから、理想化された社会との）密接なつながりを示しているように思われる。

グワルフマイが王の甥であるという事実が伝承中の安定した要素であるのに対し、ウェールズの作品群でグワルフマイが果たす物語上の機能もほぼ同じほど安定したもう一つの要素である。グワルフマイがこれらすべてのウェールズの作品で同じ物語上の機能を果たしているのは、彼が主人公たちを王と和解させる役割を担っているからである[18]。これらの作品群にはいずれにも、主人公がアーサー王宮廷から遠ざかるものの、発見されて王のもとへ連れてこられるというエピソードが少なくとも一つは含まれている（『ペレディール』にはこうしたエピソードが二つ見られる）。精神的に問題を抱えた主人公がアーサーとその宮廷の人々に出会う場合、必ず交渉の場面が出てくる。物語はいずれも、同じように連続する出来事を追っていく。まずは移動中のアーサー王宮廷の人々に主人公が出会う。次に交渉が行われたり一連の戦いが行われたりし、主人公に差し向けられる戦士たちのリストがいつも同じ順番であげられる。そのリストは近習または騎士たちから始まり、ときにはその後にカイ（Cei、大陸のアーサー王物語でも馴染みの人物。英語名ケイ Kay、フランス語名クゥ Keu）が来たり、あるいはカイが騎士たちの一番手を務めたりし、最後にグワルフマイが出向いて主人公の説得に成功し、二人そろってアーサーのもとに向かう。(19)

二　「親衛隊長（ペンテイリ）」をめぐる二つの伝承

別稿で提起したように、中世のウェールズ文学には二つの相補的な伝承が存在した可能性がある。そのうちの一つの伝承ではアーサー王宮廷の「親衛隊長」（ペンテイリ penteulu）の役割をグワルフマイが担い、もう一つの伝承では同じ役割をオワイン（Owain、フランス語名イヴァン Yvain）が担っていた。(20)

1　グワルフマイとオワイン

ウェールズ語版『トリスタン』のエピソードと『ゲラィント』が一方の伝承を表すのに対し、『泉の女伯爵』はもう一方の伝承を表している。『ペレディール』のケースはさらに複雑である。なぜなら『ペレディール』を伝える二つのバージョンのうち古いバージョンは、グワルフマイを「ペンテイリ」とする伝承に属しているのに対し、分量の長い新しいバージョンではオワインが同じ役割を担っているからである。(21)ウェールズ国立図書館のペニアルス七番写本（十三―十四世紀）とペニアルス一四番写本（十四世紀）が伝える『ペレディール』の短編によると、主人公のペレディールが初めてアーサー王の騎士たちに出会い、さまざまな武具の働きについて質問をしたとき、説明を行うのはグワルフマイである。さらには王妃を侮辱した騎士をペレディールが殺める場面に居合わせ、亡くなった騎士の甲冑をペレディールが身にまとうのを手助けするのもグワルフマイである。これに対し、ペニアルス四番写本（『フラゼルフの白本』、十四世紀）とオックスフォードのジーザス・カレッジ図書館一一一番写本（『ヘルゲストの赤本』、一四〇〇年頃）が伝えるバージョンによると、同じ役割をオワインが果たしている。

レイチェル・ブロムウィッチが指摘するように、こうした役割の交替が起きたのは後代の現象であり、ペレディールと王が和解する場面では二つのバージョンのいずれにもグワルフマイが介在していることから、本来はグワルフマイが仲介役だったことを確認することができる。(22) レイチェル・ブロムウィッチによると、ある編纂者がアーサー王《物語群》を一緒にまとめた段階でおそらく、グワルフマイからオワインへの交代劇が起きた。(23) 三つの《物語》を収録する二写本のうちの古い写本に相当する『フラゼルフの白本』では『ペレディール』が二作品を間に挟んで『泉の女伯爵』から引き離されているが、『ヘルゲストの赤本』では少なくとも『ペレディール』と『泉の女伯爵』は並置されている。(24) いずれにせよブロムウィッチは、諸伝承が同じ写本群に見つかることから、それらに整合性をもたせる必要があったと考えていたのだろう。

私自身の解釈によれば、グワルフマイが『ペレディール』で和解のエピソードに使われたのは、彼がはっきりと「ペンテイリ」だとは認められていない『泉の女伯爵』の同じエピソードとの対応によるものである。(25) ここで問題なのは、『泉の女伯爵』の当該エピソードでグワルフマイが「ペンテイリ」である可能性が高い点である。なぜならオワインは物語の結末になってようやく「ペンテイリ」の役割を果たしているからである。さらに周知のとおり、アーサーは「ペンテイリ」を一人ならず抱えていた。その証拠に『ゲラint』の作者は《ほかにも九つの教会が、九人の「ペンテイリ」それぞれのために設けられていた》と述べている。(26) つまりここで検討している物語群では、主人公と王の和解には「ペンテイリ」の仲介がどうしても必要だということである。『ペレディール』の古いバージョン（短編）と『泉の女伯爵』が属する伝承は、オワインが王に仕える「ペンテイリ」の一人にすぎないという伝承であり、グワルフマイは別の「ペンテイリ」なのだと私は指摘しておきたい。

2　ペンテイリとエドリング

なるほど『泉の女伯爵』ではオワイン以前にアーサーのもとには「ペンテイリ」が（現実的には考えられないことだが）明らかに不在であり、『ペレディール』の二つのバージョンではいずれもグワルフマイが調停役を果たしているが、この二つの点を別にしても私が以上のように指摘する主な根拠は、アーサーのもとでグワルフマイには他に果たすべき役割がないことである。すでに別稿で論じたように、アーサー王には一族のメンバーが他にいないため、グワルフマイが「エドリング」（edling）、つまり王位継承者の位置にあった可能性も高い[27]。事実ウェールズ法によれば、ウェールズの宮廷では、王の甥は王の跡取り（「エドリング」）か、王の親衛隊長（「ペンテイリ」）になれる可能性があり、「ペンテイリ」の役割はまさしく王と王の騎士たちとの調停役だった[28]。ローズメアリー・モリスの言葉を借りれば、ラテン語によるアーサー王文学が描くガウェインについては、「ガウェインが《アーサー》の相続人であるのが妥当だという隠れた見方が存在する」[29]。『ゲライント』でグワルフマイが「ペンテイリ」とみなされていること（ウェールズ法によれば、二つの役職をただ一人で兼任することはできない）を別にすれば、少なくともウェールズの《物語群》はこうした可能性を除外するような決定的な論拠をもたらしてはくれないが、この伝承によればアーサーに跡取りがいなかった可能性は高い。

したがって、ここで検討中の物語群にみられるさまざまな要素を再検討する必要がある。先述したとおり、『ゲライント』ではグワルフマイに「ペンテイリ」、つまり《王の親衛隊長》[30]という呼称が与えられている。

Naw eglwys ereill a uydei y'r naw penteulu, ac y Walchmei yn bennaf, canys ef o arderchogrvyd clod milwryayth ac urtas boned oed bennaf ar y naw penteulu.(31)

ほかにも九つの教会が、九人の「ペンテイリ」それぞれのために設けられていた。九人の中でも、まずはグワルフマイのためだった。なぜなら、名誉、武勇、高貴さがだれよりも勝り、最大の長になる価値があったからである。(32)

3　中世ウェールズ法の規定

「ペンテイリ」の役割は、中世のウェールズ法ではこう記されている。

E penteulu a dely bot yn uab y'r brenhyn, neu yn ney, neu yn kywuch gvr ac y galler penteylu ohanav. [. . .] E werth yv trayan guerth y brenhyn. E sarhaet yv trayan sarhaet y brenhyn, eythyr eur. [. . .] E le yv a'y lav assv ar drvs y neuad. [. . .] A'r eyl seyc anrydedussaf en e llys a dely ef y chaffael, a henny en gyntaf guedy y brenhyn.(33)

ペンテイリが王の息子か甥、あるいはペンテイリになるのに十分ふさわしい男であるのは当然のことである。(中略)ペンテイリの価値は、王の価値の三分の一にあたる。ペンテイリの「サハルエッド」(誰かを侮辱したときに払う罰金)は王の「サハルエッド」の三分の一であり、金属の金はこれにあたらない。(中略)ペンテイリの座席は広間の扉の右側にあり、ペンテイリは王に次いで宮廷で二番目に名誉ある料理を口にする権利がある。

こうしたウェールズ法が、アーサー王世界とまったく同じように、理想化された現実を反映していることを思い起こす必要がある。(ウェールズ法とアーサー王世界が描く)二つの理想化された世界が完全に対応しているとは言えないが、ウェールズ法はアーサー王宮廷の機能を理解する手助けとなりうる。

三　ペンテイリとしてのグワルフマイ

1　王の助言役としてのグワルフマイ

ペンテイリの特徴の一つとして、かならず助言を求められることがあげられる。「ペンテイリが（指揮官として）彼らの先頭に立っていたるところへ向かうのは当然のことである。そもそも彼らはペンテイリに助言を求めなければ、なにもしてはならない」（Ef a dely bot em pob lle en eu blaen ac na wnelhoent dym namyn can e gyghor）とウェールズ法は規定している。[34] 王に助言を与えることについては、すべての物語に実例が見つかる。たとえば『ゲレイント』では、グワルフマイはゲレイントに王のもとへ向かうよう説得できなかったため、結局は王がゲレイントに会えるようお膳立てしている。『泉の女伯爵』では、グワルフマイは上の空で悲しげな王の姿を認める。オワインが宮廷を離れていたからである。そこで王にオワインを探しに向かうよう忠告する。ここでのグワルフマイは「ペンテイリ」の役割を果たしているように思われるが、友人あるいはむしろ甥として王を助けている可能性もあると考えねばならない。この助言を別にすれば、物語の中でグワルフマイは「ペンテイリ」が行うべきことを特にしているわけではない。そのため私は別稿で、グワルフマイが『泉の女伯爵』では「ペンテイリ」ではないという説を提起するに至った。物語の最後でオワインが王の「ペンテイリ」であると記されているからである。『泉の女伯爵』のこの問題については後述することにしたい。ここでは、オワインが『泉の女伯爵』の結末になってようやく「ペンテイリ」になるとすれば、物語の結末にいたるまではグワルフマイが「ペンテイリ」として王に助言を与えた可能性も十分にあることを確認しておきたい。

2　『ペレディール』の短編におけるグワルフマイ

比較項としては、ウェールズ国立図書館のペニアルス七番写本が収録する『ペレディール』の短編を用いることができる。別稿で指摘したとおり、『ペレディール』のこのバージョンは、グワルフマイが「ペンテイリ」を務める伝承に属している(35)。したがって、この作品でグワルフマイが果たしている役割は、王宮で「ペンテイリ」が果たす役割と一致しているはずである。事実、『ペレディール』のこのバージョンでは、グワルフマイはアーサーに助言を行い、カイが留まる限りペレディールが宮廷に戻ることは決してないと述べる。そのためアーサーはみずからペレディールを探しに向かう決意をすることになる。

Ac yna ydwawt gwalchmei arglwyd eb ef wrth arth[ur] Nydaw ymakwy yma vyth trauo kei yma. Nit a kei odyma allan. Mynvykret eb yr arth[ur] minnev aaf ygeissiaw anyalwch ynys brydeyn amdanaw ef yny kaffwyf ac yna gwnaet pob vn onadvnt waythaf agallo iegilid.(36)

そこでグワルフマイは言った。アーサーに言うには、「王さま、カイがここにいる限り、あの若者は決してここへは来ないでしょう。カイのほうも、ここから出てはいかないでしょう」。アーサーは「たしかに。彼を見つけ出すまで私がみずからブリテン島の荒野へ彼を探しに行こう。そして二人に決着をつけさせることにしよう」

この物語では、(最終的にはアーサーが決断を下すことから)グワルフマイは解決策を提案してはいないが、グワルフマイが「ペンテイリ」の立場にふさわしい助言役として介入していることから、『泉の女伯爵』に見られるさらに直接的な助言は「ペンテイリ」が行う助言とますます類似してくる。したがってここで検討中の物語群、なかでも『泉の女伯爵』でのグワルフマイの立場についての議論を再検討する必要がある。

ウェールズ法によると、「ペンテイリ」が負うべき責任のうち最も重要なものが和解であるのはとても重要である。なぜなら先述のとおり、ウェールズ語版『トリスタン』の断片でグワルフマイが行っていたのは、まさしく和解だからである。ウェールズ法によると、

Ot a gvr ar teylu y gan y brenhyn o achavs yrlloned ef a dely y wahaud urth y wyt a'y gymodi a'r brenhyn.[37]

親衛隊の一員が怒りにまかせて王のもとから離れた場合、「ペンテイリ」がその男を食事に誘い、王と和解させるのは当然のことである。

大陸の物語群でゴーヴァンが見せる礼節や思慮分別という理念のもとになっているのは、ウェールズのアーサー王宮廷でグワルフマイがもともと「ペンテイリ」として果たしていた仲介役としての、この元来の資質なのだと私は指摘したい。[38] たとえば、ハルトマン・フォン・アウエ作『イーヴェイン』(*Iwein*)では、ガーヴェイン(Gawein、ゴーヴァンのドイツ語名)は「最も雅な男」(der höfschste man)[39]である。

3 大陸の文学作品への影響

グワルフマイがもともと「ペンテイリ」を務めていたことの帰結としてはもう一つ、彼がアーサーの跡取りとなる可能性を失っていた点もあげられる。ウェールズの古い伝承でこのことが問題とならなかったのは、アーサーに複数の息子がいたからである。また後代の伝承でこのことがもはや問題にならなかったのは、アーサー王物語の筋書き上、アーサーに跡取りがいてはならない方向へと伝承が進展していたためである。事実、後代の文学作品でゴーヴァンをアーサーの跡取りとみなす解釈の根拠を検討すれば、明らかに大陸の文学作品でゴーヴァン

をこうした表象として読み解くことも大変不確かなものとなるだろう。シャルル・フーロンによると、たとえばクレティアン・ド・トロワが（『エレック』の中で）描くゴーヴァンはアーサーの相続人である。なぜならゴーヴァンはアーサーの甥であり、《王の意向に異議を唱え》、《我が殿》（messire）という呼称で呼ばれる唯一の人物だからである。(40)『ライオンを連れた騎士』になると、ゴーヴァンが《我が殿》と呼ばれる特権をもはや独占していないのは興味深い。なぜならこの特権は家令クウとイヴァンにも与えられているからである。(41)明らかに不可解な現象としてフーロンが指摘しているように、『エレック』においてゴーヴァンはアーサーが「白鹿狩り」の慣例を始めようとすると異を唱えたが、このエピソード後のゴーヴァンは狩りの開始以前のようにもはや唯一の声ではなくなっており、《少なくともなんらかの形で、彼の仲間たちの代弁者》(42)になっている。フーロンはこれを《ゴーヴァンの道徳上の権威》のしるしだとみなしているが、私としてはむしろ、ゴーヴァンがかつて果たしていた王の親衛隊長としての表象の名残である可能性を指摘しておきたい。王の「ペンテイリ」としての公的な役割は先述のとおり、まさしく王の助言役として振舞うことだったからである。クレティアン・ド・トロワの『エレック』で「すべての勇敢な騎士たちのなかでも、ゴーヴァンが筆頭に来なければならない」（Devant toz les bons chevaliers / Doit estre Gauvains li premiers.）(43)と記されているのも、ゴーヴァンが道徳上優位にあるからではなく、おそらくは「ペンテイリ」という資格によるのであろう。『エレック』のこの詩行を文字どおりに解釈すると、「ペンテイリが彼らの先頭に立っていたるところへ向かうのは当然のことである」（Ef a dely bot em pob lle en eu blaen）(44)という、ウェールズ法に記載された「ペンテイリ」の役割を踏まえた内容を示唆しているようにも思われる。クレティアンがウェールズ法を知っていたと指摘するつもりはないが、クレティアンの用いた典拠が、ここで分析したウェールズの物語群と同じ図式に従っていた可能性はあるだろう。(45)

おわりに

結論として、本章で行ったウェールズの文献の検討により、グワルフマイがウェールズの古い伝承では調停役という物語上の機能を果たしていたという説が立証されたと思われる。グワルフマイがアーサー宮廷で「ペンテイリ」だったという伝承が存在したのは明らかである。『ゲレイント』の中でグワルフマイはペンテイリと呼ばれ、『泉の女伯爵』では結末になってオワインが「ペンテイリ」と呼ばれ、さらには『ペレディール』の写本伝承にみられるバリエーションが傍証となることから、「ペンテイリ」の役割が異なる人物に与えられた二つの伝承が存在した可能性がある。一方の伝承ではグワルフマイが「ペンテイリ」であり、もう一方の伝承ではオワインとグワルフマイがいずれも「ペンテイリ」だった。後者のケースでは、アーサーに複数のペンテイリがいたという『ゲレイント』の証言どおりなら、オワインとグワルフマイは同時にペンテイリであり、そうでなければ、二人が順番にペンテイリになったと考えられる。さらに、『ペレディール』の結末では、主人公のペレディールがグワルフマイ、オワイン、「テイリ」（王の親衛隊）と友誼を結んだとはっきり述べられている。したがってグワルフマイとオワインは二人とも「ペンテイリ」の可能性があると推測することができる。アーサー王の甥でありながらも跡取りだとは明示されていない、ゴーヴァンの曖昧な立場も一層明確になった。ゴーヴァンを「ペンテイリ」、つまり王の親衛隊長として描く強固な伝承が存在したため、それによりゴーヴァンが王位継承者になる可能性が排除されたのである。このように本章では、アーサー王伝説が進展していく中で、跡取りに関する一つの傾向が存在したと思われることを確認した。今後の研究でもこの問題はさらに深く掘り下げていく価値があり、常に変わらずアーサー王宮廷にはゴーヴァン（グワルフマイ）が現れ、とりわけ援助者としての役割を見せることになるだろう。

（1）Monnier, N., « Aux Sources de Gauvain », dans: Alamichel, M-F., éd., *Le Personnage de Gauvain dans la littérature européenne du Moyen Âge. Actes du Colloque international des 6, 7, et 8 mars 2014 à l'Université Paris Est (Marne-la-Vallée)*, Amiens, Presses du Centre d'Etudes Médiévales de Picardie, 2015, pp. 209–228.

（2）参照すべき校訂本は以下のとおり。Bruce, J.D., "*De ortu Waluuanii*: an Arthurian romance now first edited from the Cottonian MS. Faustina B. VI., of the British Museum", *PMLA*, 13, 1898, pp. 365–544; Day, M.L., *The Rise of Gawain, Nephew of Arthur (De ortu Waluuanii nepotis Arturi)*, New York, Garland Publishing, 1984; Day, M.L., éd et trad, *Latin Arthurian Literature*, Cambridge, Eng., D.S. Brewer, 2005, pp. 56–121; Cawley, A.C. et Anderson, J.J., ed., *Pearl, Cleanness, Patience, Sir Gawain and the Green Knight*, London, J.M. Dent, 1976.

（3）たとえば以下の論考や著作を参照。Whiting, B.J., "Gauvain. His Courtesy and Appearance in Chaucer's Squire's Tale", *Medieval Studies*, 9, 1947, pp. 189–234; Nitze, W.A., "The Character of Gauvain in the Romances of Chrétien de Troyes", *Modern Philology*, 50, 1952–53, pp. 219–225; Meyer, M., "It's Hard to be Me, of Walwein / Gawan as Hero", in: Besamusca, B. et Kooper, E., éd, *Arthurian Literature XVII*, Cambridge, D.S. Brewer, 1999, pp. 63–78; Thompson, R.H., et Busby, K., éd, *Gawain. A Casebook*, New York & London, Routledge, 2006; Busby, K., *Gauvain in old French Literature*, Amsterdam, Rodopi, 1980; Schmitz, B.A., *Gauvain, Gawein, Walewein: die Emanzipation des ewig Verspäteten*, Tübingen, Niemeyer, 2008; Walter, P., *Gauvain le chevalier solaire*, Paris, Imago, 2013; Breitenberger, B., *Gawain as the Epitome of Arthurian Knighthood: Lexico-Semantic Differences in the Depiction of Gawain in Middle English and Middle High German*, Hamburg, Anchor Academic Publishing, 2015. 前掲書 *Le Personnage de Gauvain dans la littérature européenne du Moyen Âge* は、ゴーヴァン研究の最新の成果を収録している。

（4）たとえばブライテンベルガーは、中英語作品『サー・ガウェインと緑の騎士』（十四世紀）が描くガウェインと、ヴォルフラム・フォン・エッシェンバハ作『パルチヴァール』（十三世紀）が描くガーヴァーンが見せるコントラストについて検討している（*Gawain as the Epitome of Arthurian Knighthood, op. cit.*, esp. p. 34）。

（5） Petrovskaia, N.I., "*Edling* or *penteulu*? Ambiguities in the status of Gwalchmai, nephew of Arthur", *Quaestio Insularis* , 8, 2007, pp. 113-128; Petrovskaia, N.I., « Le personnage de Gauvain dans la littérature médiévale galloise », dans *Le Personnage de Gauvain dans la littérature européenne du Moyen Âge, op. cit.*, pp. 229-237. グワルフマイについては、Bromwich, R., "Gwalchmai m. Gwyar", in: Thompson, R. H., et Busby, K., éd, *Gawain. A Casebook*, pp. 95-101 も参照。

（6） 参照すべき校訂本は以下のとおり。Bromwich, R., Evans, D.S., éds., *Culhwch and Olwen: An Edition and Study of the Oldest Arthurian Tale*, Cardiff, University of Wales Press, 1992; Richards, M., éd., *Breudwyt Ronabwy*, Cardiff, University of Wales Press, 1948; Thomson, R.L., éd., *Ystoria Gereint uab Erbin*, Dublin, School of Celtic Studies, Dublin Institute for Advanced Studies, 1997 (Medieval and modern Welsh series, n°10); Thomson, R.L., éd., *Owein or Chwedyl Iarlles y Ffynnawn,* Dublin, School of Celtic Studies, Dublin Institute for Advanced Studies, 1968 (Medieval and modern Welsh series, n°4); Goetinck, G. W., éd., *Historia Peredur vab Efrawc*, Cardiff, University of Wales Press, 1976. なおウェールズ語版『トリスタン』については、注（9）を参照。

（7） 『ブリテン島三題歌』については、レイチェル・ブロムウィッチの校訂本を参照（Bromwich, R., *Trioedd Ynys Pridein: the Triads of the Island of Britain*, Cardiff, University of Wales Press, 1961）。『墓のスタンザ』については、Jarman, A. O.H. (ed.). *Llyfr Du Caerfyrddin*, Cardiff, 1982 et Jones, T. (ed.), "The Black Book of Carmarthen *Stanzas of the Graves*", *Proceedings of the British Academy*, 53, 1967, pp. 97-137 も参照。

（8） Bromwich, R., "Gwalchmai m. Gwyar", p. 95 からの引用。Monnier, N., « Aux sources de Gauvain », p. 211 も参照。

（9） Cross, T.P., "A Welsh Tristan Episode", p. 93; Evans, J.G., *Report on Manuscrips in the Welsh Language*, London, Historical Manuscripts Commission, 1899-1905, vol. I, pt. 2. ウェールズ国立図書館のペニアルス一一一番写本とペニアルス九八写本には、散文を伴わない「エングリン」も残されている。Williams, B., "Trystan ac Esyllt", *Bulletin of the Board of Celtic Studies* 5, 1930, pp. 115-129 (esp. p. 115) を参照。

(10) Jackson, K., "Incremental repetition in the early Welsh englyn", *Speculum*, 16, 1941, pp. 304–21.

(11) Cross, T.P., *op. cit.*, pp. 100–102, pp. 107–108; Loth, J., « Ystoria Trystan », pp. 368–370, pp. 374–376.

(12) Cross, T.P., *op. cit.*, p. 102; Loth, J., « *Ystoria Trystan* », p. 376.

(13) クレティアン・ド・トロワの作品については、以下の校訂本を参照。*Erec et Enide*, Fritz, J.-M., éd., Paris, Livre de poche (Lettres gothiques), 1992; *Le Conte du graal*, Méla, C., éd., Paris, Livre de poche (Lettres gothiques), 1990; *Le Chevalier au lion*, Hult, D.F., éd., Paris, Livre de poche (Lettres gothiques), 1994. ウェールズの作品群とクレティアン・ド・トロワの物語群とのつながりについては、たとえば Rejhon, A. C., "The Mute Knight and the Knight of the Lion", *Studia Celtica*, 20–1, 1985–6, pp. 110–22; Over, K.L., "Transcultural change: romance to *rhamant*", *Medieval Celtic Literature and Society*, Fulton, H., éd., Dublin, Four Courts Press, 2005, pp. 183–204; Hunt, T., "Some observations on the textual relationship of *Li Chevaliers au Lion* and *Iarlles y Ffynnawn*", *Zeitschrift für celtische Philologie*, 33, 1974, pp. 93–113を参照。

(14) Breitenberger, B., *Gawain as the Epitome of Arthurian Knighthood*, *op. cit.*, pp. 26–29.

(15) Bromwich, R., "Gwalchmai m. Gwyar", p. 95.

(16) Ibid.

(17) 他の諸例については Bromwich, R., "Gwalchmai m. Gwyar", p. 96 を参照。

(18) Loth, J., « Contributions à l'étude des romans de la table ronde VIII. L'*Ystoria Trystan* et la question des archétypes », *Revue Celtique,* 34, 1913, pp. 365–396 (ici, p. 381); Bromwich, R., "Gwalchmai m. Gwyar", p. 99; Petrovskaia, N.I., « Le personnage de Gauvain », pp. 230–233. ゴーヴァンは大陸の物語群でもこうした役割を演じている。たとえばシャルル・フーロンは、『エレック』と『ゲライント』、『グラアルの物語』と『ペレディール』で双方に対応するエピソード群を分析している（Foulon, C., « Le rôle de Gauvain dans "Erec et Enide" » *Annales de Bretagne et des Pays de l'Ouest*, 65, 1958, pp. 147–58, esp. pp. 154–155）。

(19) さらに詳細な議論については、二点の拙稿を参照（Petrovskaia, N.I., "*Edling* or *penteulu*" et Petrovskaia, N.I., « Le personnage de Gauvain »）。

（20） Petrovskaia, N.I., « Le personnage de Gauvain », pp. 235–237.

（21） Ibid.

（22） Bromwich, R., “Gwalchmai m. Gwyar”, p. 100.

（23） Ibid.

（24） この二写本の内容については、ウェブサイト「ウェールズの散文一三〇〇—一四二五年」を参照されたい（Luft, Diana, Peter Wynn Thomas and D. Mark Smith. eds. 2013. Rhyddiaith Gymraeg 1300–1425. http://www.rhyddiaithganoloesol.caerdydd.ac.uk）。

（25） Petrovskaia, N.I., « Le personnage de Gauvain », pp. 236–237.

（26） *Gereint*, ll. 13–17.

（27） Petrovskaia, N.I., “*Edling* or *penteulu*?”.

（28） Petrovskaia, N.I., “*Edling* or *penteulu*?”; Petrovskaia, N. I., « Le personnage de Gauvain ».

（29） Morris, R., *The Character of King Arthur in Medieval Litterature*, Arthurian Studies IV (Woodbridge: Boydell and Brewer, 1982), pp. 110–11.

（30） Sterckx, C., « “Princeps militiae” dans l'*Historia Regum Britanniae* de Geoffrey de Monmouth », *Annales de Bretagne*, 76, 1969, pp. 725–32 (ici, p. 729).

（31） *Gereint*, ll. 13–17.

（32） 『ゲラint』からのこの引用箇所については、ピエール＝イヴ・ランベールによるフランス語訳を参照（Lambert, P.-Y., trad., *Les Quatre branches du Mabinogi et autres contes gallois du Moyen Age*, Paris, Gallimard, 1993, p. 286）。

（33） *Llyfr Iorwerth: a Critical Text of the Venedotian Code of Medieval Welsh Law*, Wiliam, A.R., éd., Cardiff, University of Wales Press, 1960 (History and law series 18), § 6, ll., pp. 1–2, pp. 6–9, pp. 13–14.

（34） *Llyfr Iorwerth*, § 6 ll. 33–34.

（35） Petrovskaia, N.I., « Le personnage de Gauvain », pp. 236–237.

(36) Goetinck, ed., *Historia Peredur*, p. 165.

(37) *Iorwerth*, § 6, ll. 26–8.

(38) Bromwich, R., "Gwalchmaim. Gwyar", p. 99.

(39) *Iwein*, l. 3037. Voir Nitze, ‚Character', p. 223; Sinka, M. M., '*Der höfschste man*: An Analysis of Gawein's role in Hartmann von Aue's Iwein', *MLN*, 96-3, 1981, pp. 471–87 et Schmitz, *Gauvain, Gawein, Walewein*, pp. 21–23. 後代の複数の作品では、このテーマは反転している。

(40) Foulon, C., « Le rôle de Gauvain », pp. 149–151; Foulet, L., « Sire, Messire », *Romania*, 71, 1950, pp. 1–48 (ici, p. 20).

(41) Foulet, L., « Sire, Messire », p. 20.

(42) Foulon, C., « Le rôle de Gauvain », p. 151.

(43) Fritz, J.-M., éd., *Erec et Enide*, ll. 1687–1688. フーロンは別の校訂本から当該箇所の引用を行っている（Foulon, C., « Le rôle de Gauvain », p. 152）。

(44) *Llyfr Iorwerth*, § 6 ll. 33-34.

(45) クウがエレックをアーサー王のもとへ連れてくる試みに失敗した後、森でエレックとゴーヴァンが出会う場面については、フーロンによる分析を参照（Foulon, C., « Le rôle de Gauvain », pp. 153–154）。

第五部

近現代の文学と映画のアーサー王伝説

「魔女」の描き方
――スタインベック『アーサー王と気高い騎士たちの行伝』試論――

近　藤　まりあ

はじめに

一九三九年に出版された代表作『怒りの葡萄』（*The Grapes of Wrath*）が国内外から高い評価を受け、一九六二年にはノーベル文学賞を受賞したジョン・スタインベック（John Steinbeck, 1902-68）は、九歳の誕生日に叔母からサー・トマス・マロリー（Sir Thomas Malory）によるキャクストン版『アーサーの死』（*Le Morte d'Arthur*）の簡略版を贈られた。彼はたちまちこの作品に魅了され、それ以降、生涯にわたってアーサー王物語から多大な影響を受けることとなる。スタインベックの遺稿となった『アーサー王と気高い騎士たちの行伝』（*The Acts of King Arthur and His Noble Knights*, 1976）の「序文」によれば、彼が影響を受けた聖書やシェイクスピア、そして『天路歴程』（*The Pilgrim's Progress*, 1678, 84）は、幼少時の彼の周囲に空気のように自然な形で存在しており、家族や親戚の口にのぼるそれらの音やリズムを耳から吸収した。一方で本を読むことは当時のスタインベック少年にとって苦痛であり、叔母から贈られた『アーサーの死』にも当初は憤慨していた。しかしやがて彼は、今では使われない古い綴りの言葉に引き込まれていくことになる。スタインベックは「英語という言語に対する強い愛着はおそらくこの一冊の本から始まったのだろう」（Perhaps a passionate love for the English language opened to me from this one book）とも述べており、アーサー王物語がジョン・スタインベックという作家の誕生に寄与していると言っても過言ではないだろう。(1)

スタインベックが作家として評価されるきっかけとなった初期の小説『トーティーヤ・フラット』（*Tortilla Flat*, 1935）は、しばしばアーサー王物語との関係が指摘されてきた。この小説は、カリフォルニアに住むスペイン系、ネイティブアメリカン系、メキシコ系、そして様々なコーカソイドの混血であるとされる「パイサーノ」（paisano）たちの様子をユーモラスに描いたもので、アーサー王物語の世界とはかけ離れた物語のようにも思われる。だがこの小説の序文において、スタインベックは主人公ダニー（Danny）の家や友人たちを円卓や円卓の騎士になぞらえている。(2) その後批評家たちはこの作家自身による注釈を参考に『トーティーヤ・フラット』とアーサー王物語の間に関連性を求める研究を行ってきた。しかし類似性は認められるものの、アーサー王物語の枠組みはそれほど重要な役割を果たしてはいないという解釈も少なくない。(3)

スタインベックのアーサー王物語に対する情熱が、彼の創作に最も大きな影響を与えたのはむしろ晩年である。スタインベックは、『アーサーの死』の中英語から現代英語への翻訳を手掛けることになる。本章では、一九七六年に『アーサー王と気高い騎士たちの行伝』というタイトルで出版された作品の成り立ちを検討し、スタインベックが特に関心を抱いていた登場人物モーガン・ル・フェイ（Morgan le Fay）が作品内でどのように描かれているかについて考察したい。(4)

一　キャクストン版かウィンチェスター写本か

一九五八年から五九年にかけて、スタインベックはイングランドのサマセットに滞在し、この翻訳に取り組んだ（二九六）。後述するように、この作品には次第にスタインベックの創作部分が加わり、最終的には翻訳というより翻案と呼ぶべきものになる。彼は様々な困難に直面し最終的に作品を完成させることが叶わなかったが、遺稿はワシントン・スクエア書店の書店主チェイス・ホートン（Chase Horton）によって編集され、スタインベックの死後八年経った一九七六年に『アーサー王と気高い騎士たちの行伝』（以下『行伝』と記す）というタイトルで出版された。

スタインベックが幼少時に叔母から贈られたのはウィリアム・キャクストン（William Caxton）によって編集・印刷され、一四八五年に刊行された『アーサーの死』（いわゆるキャクストン版）の簡略版である。これにスタインベックは最初に出会い、夢中になったため、当初はキャクストン版を底本とした翻訳を想定していた。スタインベックの出版代理人エリザベス・オーティス（Elizabeth Otis）宛の手紙（一九五六年一一月一九日）にはアーサー王物語の翻訳に着手したい旨が述べられているが、その際には、キャクストン版とスタインベックの翻訳を読み比べて助言するようオーティスに求めている（二九八）。

しかし、翻訳にあたって様々な資料を読み込む過程で、スタインベックの考えは変化し始める。一九五六年一二月三日付のオーティス宛の手紙では、スタインベックがキャクストン版とウィンチェスター写本を比較して多くの相違点に気づいた旨が述べられる。ウィンチェスター写本には、キャクストン版にはない「美しい言葉のあや」（lovely nuances）があり、いつの間にかキャクストン版よりもウィンチェスター写本を用いていると述べられている（二九八―九）。

一九三四年にウィンチェスター・コレッジで発見されたいわゆるウィンチェスター写本は、ウジェーヌ・ヴィナーヴァ（Eugène Vinaver）の校訂により一九四七年に初版が刊行されている。ロイ・S・シモンズ（Roy S. Simmonds）が述べるように、ウィンチェスター写本が公表されたことで、キャクストンがマロリーのオリジナルテクストにどの程度編集を加えたのかが明らかになった。キャクストンは、マロリーが八部に分割して書いたアーサー王物語を一つの作品にまとめ上げ、それを二十一のパートに分割し、さらにそれぞれのパートを細分化している。(5)

スタインベックは、キャクストン版とウィンチェスター写本のいずれも原本をマイクロフィルムで入手し、両者を子細に検討している。その結果、最後の八葉が欠けていることを除けば、ウィンチェスター写本が「唯一の信頼できる資料」（the one unimpeachable source）であると述べている（三一八）。そして『行伝』の読者に宛てた「序文」においては、ついにキャクストン版を捨ててウィンチェスター写本を底本とする旨が述べられる（xiii）。

ウィンチェスター写本を基にしたヴィナーヴァ編集の *The Works of Sir Thomas Malory* と、スタインベックの没後に出版された『行伝』それぞれの章立てを比較すると、ウィンチェスター写本の第二編「その武勇により皇帝となりし気高きアーサー王の物語」（THE TALE OF THE NOBLE KING ARTHUR THAT WAS EMPEROR HIMSELF THROUGH DIGNITY OF HIS HANDS）をスタインベックが訳出しておらず、最終的に第一編「アーサー王の物語」（THE TALE OF KING ARTHUR）の第一章から第六章までと、第三編「湖のラーンスロット卿の気高き物語」（THE NOBLE TALE OF SIR LAUNCELOT DU LAKE）のみを扱っていることが確認できる。(6)

また、シモンズはスタインベックの『行伝』の、オリジナルのタイプ原稿を確認している。(7) オリジナルの章立てと、ホートンの編集を経て出版された『行伝』の章立てを比較すると、スタインベックが翻訳・翻案したはずの「オークニーのサー・ガレスの物語」（THE TALE OF SIR GARETH OF ORKNEY）（ウィンチェスター写本では第四編にあたる）の部分が、編集上何らかの理由により削除された上で出版されたことが分かる。つまりスタインベックはウィンチェスター写本を主な底本として第一編、第三編、第四編を翻訳・翻案し、その後執筆を中断したまま亡くなったが、最終的に出版されたものは、第一編と第三編のみで構成されているということである。(8)

二　翻訳か創作か

スタインベック本人が「序文」や手紙で述べているように、彼のアーサー王物語に対する情熱が『行伝』執筆の主な源泉となっていることは間違いない。しかし、執筆の直接的なきっかけは他にもあった。ワシントン・スクエア書店主チェイス・ホートンは長い間、マロリーの『アーサーの死』には新たな翻訳が必要だと感じていた。何人もの作家に当たってみたもののうまくいかず、最終的にスタインベックの出版代理人オーティスに声を掛け、スタインベックが引き受けることになった。(9) そしてこのホートンがスタインベックの死後、『行伝』の編集を担当することになるのである。『行伝』の「付記」に収録された手紙からは、スタインベックがホートンやオーティスに頻繁にアドバイスを求めながら執筆準備や執筆に取り組んでいたことが分かる。

スタインベックは作品の執筆準備に多大な時間と労力を割いている。アーサー王物語についての事前調査は一九五六年から五八年に渡って行われた。ホートンの協力により収集した何百冊もの書籍や数多くの論文を参照し、前述のようにキャクストン版とウィンチェスター写本のいずれも原本をマイクロフィルムで入手し比較検討している。そしてヴィナーヴァを中心とした研究者たちと手紙をやり取りし、また、実際に会って原稿を読んでもらい助言を受けるなど交流を深めてもいる。さらにはマロリーの執筆に影響を及ぼしたと考えられる風景に親しむため、イングランドの様々な地域へ実際に赴いている（三一七）。

先に述べたように、ホートンは『アーサーの死』の翻訳者を必要としていたのであり、スタインベックも当初はそのつもりでこの仕事を引き受けている。この立場について、一九五六年一一月一九日付のデイヴィッド・ヘイラー・ジュニア夫妻（Mr. and Mrs. David Heyler, Jr.）宛の手紙では、『アーサーの死』を読みやすい散文に改める作業に取り掛かると述べ、「書き足しや削除は一切しない」（without adding or taking away anything）と言っている。[10]また、「序文」では以下のように述べられている。

In no sense do I wish to rewrite Malory, or reduce him, or change him, or soften or sentimentalize him.
私は決して、マロリーの文章を書き直したり、省略したり、変更したり、和らげたり感傷的なものにしようとは思わない。（xiii）

当初、スタインベックは明確に、これが中英語から現代英語への忠実な翻訳になることを宣言している。しかし、翻訳作業を続けていたスタインベックは、やがてその方針に疑問を抱くようになる。マロリーの文章には繰り返される部分が多く、より簡潔な文章にするために重複箇所を削除すべきではないかと考えるのである。彼は一九五八年七月九日のオーティス宛の手紙で、「マロリーが自分の時代のためにクレティアンを書き直せたのであれば、私も自分の時代のためにマロリーを書き直すことができるでしょう」（If Malory could rewrite Chrétien for his time, I can rewrite Malory for mine）と述べている（三二一）。

また、今回に関しても、スタインベック本人の意志とは別のところから変化のきっかけがもたらされている。実は代理人オーティスは、スタインベックがマロリーの作品を忠実に翻訳することには賛成していなかった。彼女は、スタインベックオリジナルのアーサー王物語を執筆するよう強く要請していたのである。[11] そしてついにスタインベックは、重複箇所の削除だけでなく、自らの創作部分を加えることを望むようになる。一九五九年六月のオーティス宛の手紙でスタインベックはこのことを正当化しようとしている。彼は、アーサー王物語群を含む民間伝承は、「深遠さと子供のようなナンセンスとの混合物」(a mixture of profundity and childish nonsense) であると述べ、ナンセンスな部分を捨ててしまうとその本質の一部が失われると指摘する。そしてそれらを、矛盾を含む夢に喩え、「それらが夢ならば、私自身の夢もいくつか入れましょう」(if they are dreams, I will put in some of my own) と述べる (三五二)。さらに一九五九年七月二八日にはオーティスに対し、「マロリーにおけるさらにあいまいな冒険の多くを削除しましたが、その他の箇所では師匠に強いショックを与えるかもしれないような方法で大いに膨らませました」(I have eliminated a number of the more obscure adventures in Malory, but others I have greatly expanded in a way that might deeply shock the master) と述べている (三五六)。こうしてスタインベックは当初の計画から離れ、彼のオリジナリティーを発揮し始めるのである。

三 原典との相違点

ここまで、スタインベックによる手紙や「序文」の内容、伝記等を確認し、彼が作業を進めるにつれて作品が翻訳から翻案へと移っていく過程を追ってきたが、次に、具体的にどのような部分が原作と異なるのかを概観したい。第一章から第七章までで構成される『行伝』に関して、ローラ・F・ホッジズ (Laura F. Hodges) は、第一章から第四章におけるスタインベックによる創作・追加部分は二―五%であると述べている。これが第五章においては二五―三五%となり、第六章から第七章では、八五%―九五%にまでのぼると推定している。[12]

第一章「マーリン」（Merlin）、第二章「二本の剣を持った騎士」（The Knight with the Two Swords）、第三章「アーサー王の婚礼」（The Wedding of King Arthur）、そして第四章「マーリンの死」（The Death of Merlin）に関しては、重複箇所を削除し、また現代の読者にとって分かりにくい箇所に簡単な説明を加えるといったこと以外は、基本的にウィンチェスター写本のプロットを踏襲している。特に目につく変更箇所は、第四章の、魔術師マーリンがニニーヴ（Nyneve）に好意を寄せるくだりである。ニニーヴの方は彼を鬱陶しく思っており、マーリンから習った魔法で彼を巨大な岩の下に閉じ込める場面があるが、この部分が特に具体的に描写されている。スタインベックは、マーリンの切実な想いが裏切られていく過程や、マーリンに対するニニーヴの苛立ち等を生き生きと描いている。

第五章「モーガン・ル・フェイ」（Morgan le Fay）では創作箇所が少し増える。まず気付くのは、ヴィナーヴァ編纂のウィンチェスター写本第一編第五章のタイトルが「アーサーとアコロン」（Arthur and Accolan）であるのに対し、それに対応する『行伝』第五章のタイトルが「モーガン・ル・フェイ」に変えられていることである。(13) 原作における魔女モーガン・ル・フェイは、アーサー王の異父姉であるにもかかわらず王殺害を企てるなど、王や騎士たちに悪事を尽くす妖姫であり、この設定は変わらない。また、モーガンの企みによりアコロンがアーサー王を殺害しようとするというプロットも踏襲される。しかし後述するように、第五章の冒頭にはモーガンの詳細な紹介箇所があり、それによって、アーサーの死を切に願うモーガンの存在感が原作よりも際立っている。

続けて、創作・追加箇所の最も多い第六章「ガウェイン、イウェイン、そしてマーホールト」（Gawain, Ewain, and Marhalt）と第七章「湖のラーンスロット卿の気高き物語」（The Noble Tale of Sir Lancelot of the Lake）を確認したい。第六章、モーガン・ル・フェイからアーサー王へマントが贈られる場面では、モーガンの性格描写が再び詳細になされる。また、ガウェイン、イウェイン、マーホールトの冒険だけではなく、彼らを案内する三人の女性に特に焦点が当てられている。原作には女性たちの性格描写はほぼないが、スタインベック版ではそれぞれに異なる性格が、騎士たちとの関係や会話から浮かび上がるようになっている。特に注目すべきは、イウェインの案内人となる最年長の女性ライン（Lyne）である。この女性は幼少時、騎士に憧れ、将来は自ら騎士となり戦いに赴きたいと考えていた。騎士にとって必要なことを知り尽くしたこの女性の許でイウェインは厳しい修行をし、立派な騎士へと成長する。(14)

第七章では、共に探究の旅に出るラーンスロットとライオネル（Lyonel）の道中の会話が紹介される。ユーモアに富み、プロットに関係がないようにも思われる会話が長々と続くが、その会話を通して、周囲から完璧な騎士と目されるラーンスロットの孤独や、怠惰な騎士だったライオネルが叔父であるラーンスロットに憧れるようになる過程が示される。(15)また、四人の魔女に捕らえられたラーンスロットが、魔女たちと互いに行う駆け引きの様子が詳細に描かれている。この章におけるラーンスロットと魔女たちとのやり取りについては後述する。

四　モーガン・ル・フェイの描き方

以上見てきたように、スタインベックは後半に向かうにつれてオリジナリティーを発揮するようになり、創作部分を自由に挿入するようになるが、本章で特に注目したいのがモーガン・ル・フェイの描き方である。スタインベックは彼女を特に念入りに描いている。一九五九年五月のヴィナーヴァ宛の手紙では、モーガン・ル・フェイがアーサー王の命を狙う場面を手掛けていると述べ、それが「最も魅力的な箇所のひとつ」（one of the most fascinating parts）であると記している。(16)また、同年同月のホートン宛の手紙では、モーガンの登場する最初の部分を書き終えたと伝え、彼女を「途方もない登場人物で、かなり魅力的な女性」（A fabulous character and quite a dish）と評している（三四六―七）。

スタインベックによる創作部分が増え始める第五章をまず確認したい。先にも述べたように、第五章の冒頭ではモーガンについて詳細に描写しているが、この部分は原作には存在しない。

> Morgan le Fay, King Arthur's half-sister, was a dark, handsome, passionate woman, and cruel and ambitious. In a nunnery she studied necromancy and became proficient in the dark and destructive magic which is the weapon of the jealous. She joyed in bending and warping men to her will through beauty and enchantment, and when these failed she used the blacker arts of treason and murder.
>
> アーサー王の異父姉であるモーガン・ル・フェイは、肌の浅黒く、端正な顔立ちをした情熱的な女性で、冷酷でもあり野心的でもあった。女子修道院では魔術を学び、嫉妬深い者の武器となる暗く破壊的な魔法に熟達した。彼女はその美貌と魔術で男たちの判断をゆがめ、自分の意志に従わせることに喜びを感じたが、それに失敗すると、裏切りや殺人といったより邪悪な策略を用いた。（一〇九）

モーガンの外見から性格、これまでの経緯が読者に説明される。彼女は、第五章ではアコロンを意のままに操りアーサー王を殺害させようと画策する。また、第六章では、アーサー王に魔法のかかった美しいマントを贈り彼を殺そうとするが、ここでも彼女は再び詳細に描写されており、「多くの残酷で邪悪な女性のように、モーガン・ル・フェイは男たちの弱点を知っており、その力を失わせた」（Like many cruel and evil women, Morgan le Fay knew men's weaknesses and discounted their strengths）（一一七）と述べられる。『行伝』でモーガンは、美貌で男たちを操り、うまくいかなければ殺人をも厭わない残酷で邪悪な女性として描かれる。モーガンに関して、その人物紹介の仕方は原作におけるそれよりもかなり詳細なものであり、スタインベックの彼女への関心を示すものとなっている。だがこの時点では、モーガンのキャラクター設定に関しては、概ねマロリーのものを踏襲している。

五　もう一人の「魔女」

美貌で男たちを操り、うまくいかなければ殺人をも厭わない残酷で邪悪な女性――ここで思い起こされるのが、一九五二年に出版された『エデンの東』（*East of Eden*）で読者に強烈な印象を残した登場人物キャシー・エイムズ（Cathy Ames）である。(17)『エデンの東』第八章で語り手は、キャシーを理解不可能な「怪物」として紹介する。キャシーは優しさや良心といったものを持たない「人間の親から生まれた怪物」（monsters born in the world to human parents）に喩えられている。(18)美しい少女だったキャシーは、自らの魅力を利用して少年たちに声を掛け、わいせつ行為が行われたように見せかけて彼らを感化院送りにする。また、若い男性教師を誘惑して最終的に彼を追い詰め自殺させる。彼女を束縛しようとする両親を、家に放火することで殺害する。その後売春業者エドワーズ（Edwards）の愛人となるが、やがて彼女の正体を知ったエドワーズから暴力を受け、瀕死の状態でアダム・トラスク（Adam Trask）と出会う。保護と金銭を目当てにアダムと結婚するが、新婚初夜にアダムにアヘンを飲ませて眠らせ、彼の弟チャールズ（Charles）の部屋へ向かう。その後彼女が産んだ双子の父親はチャールズであった。キャシーはまた、「怪物」だけでなく「魔女」にも喩えられている。

There was a time when a girl like Cathy would have been called possessed by the devil. She would have been exorcised to cast out the evil spirit, and if after many trials that did not work, she would have been burned as a witch for the good of the community. The one thing that may not be forgiven a witch is her ability to distress people, to make them restless and uneasy and even envious.

キャシーのような少女が悪魔憑きと呼ばれた時代もあった。悪霊を取り除くため悪霊払いが行われ、何度やってもうまくいかなければ、その地域を守るために少女は魔女として焼き殺されただろう。魔女に許してはならないものは、人々を苦しめ、不安にさせ、不快にさせ、嫉妬を覚えさせるような能力であった。[19]

キャシーのモデルとなったのは、スタインベックの二番目の妻であり、後に離婚することになるグウィンドリン・コンガー（Gwyndolyn Conger）であると言われている。グウィンドリンは、アーサー王の后であるグウィネヴィア（Guenever）にちなんでグウィン（Gwyn）と呼ばれていた。皮肉なことに、次男の父親は別の男性かもしれないとほのめかしてスタインベックを苛立たせたグウィンは、ラーンスロットと不倫をするグウィネヴィアをますます思い起こさせることとなる。スタインベックは一九四八年一一月一九日のボウ・ベスコウ（Bo Beskow）宛の手紙で、「アメリカ女との結婚生活は売春宿の入り口だ」（American married life is the doormat to the whore house）などと述べ、グウィンを罵っている。[20] ルイス・オーウェンズ（Louis Owens）は、スタインベックがグウィンを『エデンの東』のキャシーとして描くことで、自らのショッキングな経験と折り合いをつけようとしていたのではないかと推測する。[21] スタインベックのグウィンに対するあまりにも強い怒りと嫌悪感から、読者の理解を超えるほどの悪女キャシーが誕生したと言えるのである。スタインベックの伝記作家ジャクソン・J・ベンソン（Jackson J. Benson）は、「彼の偶像崇拝を通し、彼女自身の利己主義とも相まって、ジョンの心の中では、彼女は一種の怪物となった」（through his idolatry, in combination with her own self-centeredness, she became a kind of monster in John's mind）と、グウィンをスタインベックにとっての「怪物」（monster）に喩えている。[22]

『エデンの東』のキャシーはその後も、夫アダムの肩を銃で撃ち、双子を残して家を出て、世話になった売春宿の経営者フェイ（Faye）を毒殺する。『エデンの東』でスタインベックはグウィンを念頭に、完全に理解不可能な恐ろしい女性としてキャシーを描き始めた。ところが物語が進むにつれて、語り手の態度が揺らぎ始める。語り手によれば、以前キャシーを「怪物」と呼んだ際には実際そう思われたのだったが、それが真実かどうか疑わしくなったというのである。

If rather than running toward something, she ran away from something, we can't know whether she escaped. Who knows but that she tried to tell someone or everyone what she was like and could not, for lack of a common language. ... . It is easy to say she was bad, but there is little meaning unless we know why.

もし、彼女が何かに向かって走っていたのではなく何かから逃げていたのだとしても、彼女が逃れられたのか、私たちには知る由もない。彼女は誰かに、あるいはあらゆる人に、自分がどのような人間かを伝えようとしていたが、共通の言葉がないために伝えられなかったのではないだろうか。……彼女は悪女だったと言うのはたやすいが、その理由が分からない限りほとんど意味がないのだ。(23)

理解不可能な怪物ではなく、「何かから逃げていた」キャシーの姿が、ここ第十七章で示されることになる。彼女の行動には、何かから逃れるためという動機があったのかもしれないのである。また、キャシーは幼少時から、『不思議の国のアリス』（*Alice in Wonderland*）のアリスのように、極限まで小さくなって誰からも見られなくなりたいという願望があったことが紹介される。鈴江璋子は、スタインベック作品における母と娘の関係、母親による娘支配の構造を明らかにしており、『エデンの東』においては、母親から強い束縛を受けたキャシーが父母を焼殺することで初めて母の支配から逃れ、その後も雇い主、夫、疑似母等の束縛から過激な手段で脱していくと指摘している。[24] 視点を変えればキャシーは、彼女を束縛しようとする両親、教師、愛人、夫、子供、雇用主から常に逃げ続けていたのだと見ることもできる。その逃げ方が、常識からかけ離れたものであるとしても。そして、自殺する際には息子に財産を遺すという遺書を書く。ジョン・ディツキー（John Ditsky）は、『エデンの東』における語り手についての論考で、キャシーが第五十章で自殺するまでに、読者が哀れみに近い感情を抱くような人物へと変化することを指摘している。[25]

六　「魔女」たちをどう見るか

『行伝』に戻り、モーガン・ル・フェイの描き方をさらに進んで検討したい。第七章では、ラーンスロットが子供の頃、ある年上の少年との一騎打ちで敗北し、脊柱を痛めしばらく寝たきりになったというエピソードが紹介される。この部分はスタインベックによる大幅な創作である。ひどく落胆したラーンスロット少年はベッドの中で豊かな想像力を育み、想像の中で相手を徹底的に打ち負かし、自分の傷つけられたプライドを慰めたのだった。モーガン・ル・フェイを含む四人の魔女に捕らえられ、牢獄の暗闇の中でこのエピソードを思い出したラーンスロットは不意に、魔術や妖術、そしてそれを使う者のことを理解する。「かわいそうな者たち――不幸でかわいそうな者たちよ」（Poor things—poor unhappy things）とラーンスロットは思いにふける（一三三）。

これを伏線として、第七章半ばには、ラーンスロットが四人の魔女のうち一人を選ぶよう命じられる場面がある。そこではラーンスロットが四人の魔女たちを、現実世界に失望した子供に喩えて魔女たちを怒らせる。ラーンスロットは魔女たちに「夢の中で彼は世界を築くだけでなく、自分がそうありたいと望むように、自分自身を作り変える」(In his dream he builds not only a world but remakes himself as he would wish to be)と説明し、そして「ご婦人方、私は恐れています。なぜなら、あなたたちは力を持つ、不具の、復讐心に燃えた子供たちだからです」(I am afraid, my ladies, for you are crippled, vengeful children with power)と述べる(二四二—三)。ここでラーンスロットは自分の少年時代の経験を敷衍することで、本来は理解不可能な存在であるはずの魔女モーガンの行為を理解している。「残酷で邪悪な女性」(cruel and evil women)と当初は描写されていた女性の一連の行為を、ラーンスロットは別の視点から見ることになるのである。彼女はあまりにも深く現実世界に失望し、想像力で失望感を埋め合わせる子供のように、様々な魔術や悪事によってその世界を自分の存在可能な世界に変えざるを得ないのだということを知り、ラーンスロットは納得する。そのように理解することで、ラーンスロットにとってモーガン・ル・フェイは「残酷で邪悪な女性」から「不幸でかわいそうな者」へと変化する。

『エデンの東』で理解不可能な「怪物」そして「魔女」として描かれたキャシーだったが、このような人物を生み出したスタインベックの眼には、マロリーの描くモーガン・ル・フェイが非常に興味深い人物と映ったに違いない。『エデンの東』では次第に、キャシーには動機があったのかもしれないとほのめかされるようになり、彼女が語り手、そして読者にとって共感できる人物へと変化する可能性が示されるようになる。それをなぞるように、『行伝』においてもモーガン・ル・フェイの行為の動機がラーンスロットによって明らかにされ、少なくとも少年時代に同様の経験をしたラーンスロットにとっては、モーガンが共感可能な人物へと変化するのである。(26)

おわりに

本章では、スタインベックの『行伝』がどのような紆余曲折を経て、現在出版された形として遺されたのかを検討した。スタインベックは翻訳から翻案へと移行し、最終的に彼のオリジナリティーが発揮されるようになった状態で執筆を中断しているが、やはり彼の独自性がどのように作品に反映されているかが、読者にとっては興味深いところとなるだろう。『行伝』では、原作と比べ、アーサー王やラーンスロット、マーリン等の苦悩する姿をより具体的に描くなど人物描写に深みがもたらされているが、特に女性たちの改変が顕著である。ガウェイン、イウェイン、マーホールトを案内する女性たちの強い意志や意見が述べられていることに加え、モーガン・ル・フェイを描写する際に従来とは異なる視点を導入している。本章では『エデンの東』のキャシー・エイムズを手掛かりに、モーガン・ル・フェイの人物造形におけるスタインベックの独自性を確認した。

スタインベックは情熱を持って資料を収集し、ゆかりの地を訪ね、専門家の意見を聞き、翻訳・翻案に取り組んだが、その過程でさまざまな困難に遭遇し、最終的に作品を完成させることができなかった。しかし、その未完成の作品からは、スタインベックの他作品にも見られる彼のこだわりの一端が浮かび上がってくるのである。

（1） John Steinbeck, *The Acts of King Arthur and His Noble Knights*, ed. Chase Horton, New York: Farrar, Straus and Giroux, 1976, p. xi. 翻訳は『スタインベック全集二〇　アーサー王と気高い騎士たちの行伝　ジョン・スタインベック年譜総索引』（多賀谷悟・橋口保夫訳、大阪教育図書、二〇〇一年）を参照。この作品には、本文の他にスタインベックによる「序文」（Introduction）と、この作品の翻訳・創作過程にまつわる手紙からなる「付記」（Appendix）も収録されている。以下、同書からの引用は括弧内にページ数を記す。本章における英語文献からの引用はすべて拙訳である。

（2）John Steinbeck, *Tortilla Flat*, New York: Viking, 1935, p. 1.

（3）ウォレン・フレンチは、『トーティーヤ・フラット』とアーサー王物語との類似性が読者の反応に影響を与えるほど明確なものではないにもかかわらず、その考察にあまりにも多くの才能が浪費されてきたと述べている（Warren French, "Steinbeck's Use of Malory," *Steinbeck and the Arthurian Tradition*, ed. Barbara A. Heavilin, Steinbeck Yearbook vol. 2, New York: The Edwin Mellen Press, 2002, p. 8.）。その他、『トーティーヤ・フラット』とアーサー王物語との関係については、Arthur F. Kinney, "*Tortilla Flat* Re-Visited," *ibid.*, pp. 13-26. また、Joseph Fontenrose, *John Steinbeck: An Introduction and Interpretation*, New York: Barnes and Noble, 1963, pp. 35-41. 等を参照。

（4）マーク・トウェインが描く、マロリーの作品からやや逸脱したモーガン・ル・フェイ像については、拙稿「二人の魔術師―マーク・トウェイン『アーサー王宮廷のコネティカット・ヤンキー』におけるアーサー王物語―」（『アーサー王物語研究―源流から現代まで』中央大学出版部、二〇一六年、二六三―二八四頁）を参照。なおモーガンの神話的側面については、渡邉浩司「モーガン・ル・フェイ」（松村一男・森雅子・沖田瑞穂編『世界女神大事典』原書房、二〇一五年、三八六―三八八頁）を参照。

（5）Roy S. Simmonds, "A Note on Steinbeck's Unpublished Arthurian Stories," Heavilin, *op. cit.*, p. 27.

（6）Thomas Malory, *The Works of Sir Thomas Malory*, ed. Eugène Vinaver, vol. 1, Oxford: Clarendon Press, 1947, p. x. 翻訳は、サー・トマス・マロリー『完訳アーサー王物語　上下』（中島邦夫・小川睦子・遠藤幸子訳、青土社、一九九五年）を参照。

（7）Simmonds, *op. cit.*, p. 31.

（8）また、玉木雄三は、『行伝』が翻案を含めた翻訳であることから典拠テキストを特定するのは困難であるとしつつ、キャクストン版とウィンチェスター写本では物語中の数詞に相違があることに注目している。そしてスタインベックによる『行伝』、キャクストン版、ウィンチェスター写本三作品の物語中の数詞を比較することによって、スタインベックが執筆当初からウィンチェスター写本を参照していたと推測している（玉木雄三「スタインベックとマロリー～『アーサー王と気高い騎士たちの行伝』をめぐって～（その一）」『堺女子短期大学紀要』第三五号、二〇〇〇年、三九—四〇頁）。

（9） Jackson J. Benson, *The True Adventures of John Steinbeck, Writer*, New York: Viking, 1984, p. 804.

（10） John Steinbeck, *Steinbeck: A Life in Letters*, eds. Elaine Steinbeck and Robert Wallsten, New York: Penguin, 1976, p. 540.

（11） Benson, *op. cit.*, p. 849.

（12） Laura F. Hodges, "Steinbeck's Adaptation of Malory's Launcelot: A Triumph of Realism Over Supernaturalism," *Quondam Et Futurus*, vol. 2, no. 1, 1992, p. 78.

（13） もっとも、第五章のタイトルを変更したのはスタインベック本人ではないと思われる。シモンズがスタインベックによる『行伝』のオリジナルタイプ原稿を確認していることは先述したが（Simmonds, *op. cit.*, p. 31.）、それと出版された『行伝』とを比較すると、ホートンが編集上、一部の章題をも変更していることが確認できる。『行伝』第五章のオリジナル原稿における章題は「アーサーとアコロン」であるが、出版されたものでは「モーガン・ル・フェイ」となっている。編者のホートンが、おそらくは内容を勘案して章題を変更したのであろう。

（14） 橋口保夫は『行伝』第六章に注目し、案内役の三人の女性について考察している。原作において三人の名前は示されないが、『行伝』では最年長の女性にのみ名前が与えられている。彼女が騎士にはなれなかったものの「戦う女性」であり、また、騎士教育を自ら進んで引き受け、教育される側ではなく教育する側であることから、ジェンダーロールの呪縛から解放されている女性であると橋口は指摘している（橋口保夫「"Gawain, Ewain, and Marhalt" 物語を別ののぞき穴からのぞけば」『安田女子大学大学院開設十周年記念論文集』、二〇〇三年、一一八頁）。また、テリー・スコット・アールは、イウェインではなくこの最年長の女性ラインこそが、この物語の真の主人公であると述べている（Terry Scott Earle, *Steinbeck's Grail: A Modern Vision of Malory*, diss., U of Arkansas, 1999, Ann Arbor: UMI, 2000, p. 180.）。

（15） ホッジズは『行伝』におけるラーンスロット像について考察しており、アーサーがエゴイスティックかつ不完全で未熟な王として描かれる反面、ラーンスロットは経験があり成熟した騎士として描かれており、いずれにもスタインベックの自己像が投影されていると見ている（Laura F. Hodges, "Arthur, Lancelot, and the Psychodrama of Steinbeck,"

Heavilin, *op. cit.*, pp. 59-67.）。

（16）Steinbeck, *Letters, op. cit.*, p. 638.

（17）この女性は作品中、キャシー・エイムズとして登場し、結婚してキャシー・トラスク（Cathy Trask）となり、後にケイト・オールビー（Kate Albey）という偽名を使うことになるが、本章では一貫してキャシー・エイムズと呼ぶ。

（18）John Steinbeck, *East of Eden*, New York: Viking, 1952, p. 72.

（19）*Ibid.*, p. 73.

（20）Steinbeck, *Letters, op. cit.*, p. 343.

（21）Louis Owens, "The Mirror and the Vamp: Invention, Reflection, and Bad, Bad Cathy Trask in *East of Eden*," *Writing the American Classics*, eds. James Barbour and Tom Quirk, Chapel Hill: U of North California P, 1990, p. 245.

（22）Benson, *op. cit.*, p. 621.

（23）Steinbeck, *Eden, op. cit.*, p. 184.

（24）鈴江璋子「『エデンの東』―女たちのディストピア」『スタインベック―生誕一〇〇年記念論文集―』大阪教育図書、二〇〇四年、一〇三―一〇五頁。

（25）John Ditsky, "'I' in *Eden*: The Narrational Voice in Steinbeck," *Kyushu American Literature*, No. 27, 1986, pp. 59-60.

（26）アールは、スタインベックがモーガンを豊かで複雑な人物として描いていると指摘するが、その一方で『エデンの東』のキャシーは完全に邪悪でありその欠点を補う要素はほぼ無いとし、むしろこの二人の相違に注目している（Earle, *op. cit.*, p. 185.）。だが、キャシーが自殺するくだりについては、被害や恐怖を引き起こす「魔女」が哀れみを誘うというところに共通点を見出している（*Ibid.*, p. 209.）。

『湖のランスロ』
――ロベール・ブレッソンの映画における恋愛、運動、死――

伊藤洋司

はじめに

『白夜』（*Quatre nuits d'un rêveur*）に続くロベール・ブレッソン（Robert Bresson）（一九〇一―一九九九年）の長篇第十一作『湖のランスロ』（*Lancelot du Lac*）は、一九七三年五月から八月に撮影され、七四年五月にカンヌ映画祭で初めて上映されて、国際批評家連盟賞を受賞した。(1) フランスとイタリアの合作で、劇場ではまず七四年五月にイタリアで公開され、続いて同年九月にフランスで公開された。映画の企画自体は古く、ブレッソンは五一年の『田舎司祭の日記』（*Journal d'un curé de campagne*）の後に『聖杯』という題でこの映画を撮影しようと目論んでいた。六〇年代には英語での映画化も考えられていたという。(2)

『湖のランスロ』はランスロ伝説の忠実な映画化ではない。ランスロはアーサー王に仕えたとされる円卓の騎士の一人で、湖の乙女という妖精に育てられたため、湖のランスロと呼ばれる。現存する文献のうちランスロの物語を詳しく語る最古のものは、クレティアン・ド・トロワ（Chrétien de Troyes）の作品だ。この詩人は十二世紀後半に、『エレックとエニッド』(*Erec et Enide*)、『クリジェス』(*Cligès*)、『イヴァンまたはライオンを連れた騎士』(*Yvain ou Le Chevalier au Lion*)、『ランスロまたは荷車の騎士』(*Lancelot ou Le Chevalier de la Charrette*)(以下『ランスロ』)、『ペルスヴァルまたはグラアルの物語』(*Perceval ou Le Conte du Graal*)(以下『ペルスヴァル』)と、アーサー王伝説と関係する騎士道恋愛物語を五作執筆した。ただし、『ランスロ』と『ペルスヴァル』は未完に終わっている。前者はルイ七世の長女であるシャンパーニュ伯夫人マリー(Marie)から執筆を依頼されたが、ランスロとアーサー王の妻グニエーヴル(Guenièvre)妃の愛という内容がクレティアンの意にそわなかったことが執筆の放棄の原因だったと推測される。ここで語られる二人の不倫の愛は、トルバドゥール(南仏詩人)によりもたらされた、意中の婦人を主君になぞらえるフィン・アモール(至純愛)の典型と言えるが、クレティアンは実のところ夫婦の愛を探究する詩人だった(3)。

クレティアンの『ペルスヴァル』は聖杯物語の流行を生み出した。十二世紀末に書かれたロベール・ド・ボロン(Robert de Boron)の韻文作品『聖杯由来の物語』(*Le roman de l'estoire dou Graal*)では、聖杯(グラアル)はキリストの脇腹から流れた血を受けた器とされて、聖杯伝説と新約聖書が結びつけられた。一二二〇年代になると、『散文ランスロ』(*Lancelot en prose*)が成立した。この作品は、「聖杯由来の物語」(*L'Estoire del Saint Graal*)、「メルラン物語」(*Merlin*)、「ランスロ本伝」(*Le Lancelot propre*)、「聖杯の探索」(*La Queste del Saint Graal*)、「アーサー王の死」(*La Mort le roi Artu*)の五部からなり、「ランスロ本伝」が最も長い。ちなみに古フランス語では、アーサーの名はアルテュス(Artus)やアルテュ(Artu)という形をとる。

『湖のランスロ』は物語の内容という点では、「アーサー王の死」に最も近いように思われるが、その翻案とは言えない。ロベール・ブレッソンはクレティアンの韻文物語や『散文ランスロ』等、様々な作品の諸要素を参照しているが、最終的には自由な立場で新たな独自の物語を作り上げたと言うべきだろう(4)。そこには、トリスタン

（Tristan）とイズー（Yseut）の物語も秘かに反映されているようだ。実際、ブレッソンは次のように発言している。「ランスロとグニエーヴル、それは媚薬を欠いたトリスタンとイズーです。克服しがたい障害と闘う定められた愛、情熱恋愛。(5)」

ブレッソンは映画を撮るにあたって、アーサー王伝説から超自然的な要素を取り除いた。題名には湖という単語が残るが、湖の妖精は一切映画に出てこない。また、聖杯の探索の物語も全て切り捨てられた。映画は聖杯の探索が失敗に終わった後の物語を語り、円卓の騎士たちの間に不穏な空気が広がっていき、最後にはカムランの戦いで騎士たちが次々と倒れて死ぬ。一般的には、ランスロはこの戦いに参加しなかったとされるが、映画では彼も参加して、他の騎士たちとともに死んでいく。物語の展開の中心をなすのは、ランスロとグニエーヴル妃の不倫及び円卓の騎士モルドレッド（Mordred）の嫉妬と裏切りである。そこでまず、ランスロとグニエーヴル妃の関係の描写に注目しながら、『湖のランスロ』を恋愛映画として考察してみたい。

一　恋愛

ある夜、ランスロは城市に帰還し、翌日の昼に天幕を出て納屋に入って行く。続けてグニエーヴルも納屋に入り、「ランスロ！」と言う。(6)甲冑姿のランスロは彼女に近づくと、うやうやしく跪いて水色のドレスを手に取り、「グニエーヴル！」と返す。「そなたは生きてそこにいる。もう何物も決して私からそなたを奪えぬ」とグニエーヴルは言って、二階へ上り始める。「大勢がブルターニュで戦死を」と、ランスロが階段の下で言う。二階に上ると、グニエーヴルは木のベンチに座り、ランスロがその前に立つ。この納屋の二階が二人の密会の場所なのだ。「もう待てぬ。あの言葉を言って」とグニエーヴルが頼み、「愛している」とランスロが返す。「もう一度繰り返して」と女が言い、「愛している」と男が再び言う。「信じます。でも証拠は？　手を見せて」と女が言い、男は跪いて右手を差し出す。「反対の手も」と女が言い、男は左手を差し出す。「指輪がない。私の指輪は？」女が尋ねると、男は無言で立ち上がる。「何か言って」と女が言う。「聖杯を私は見た」と男が言い、「聖杯？」と女が返す。「ある夜、廃墟の礼拝堂に避難したが、そこで、ある声が私の悪辣さ、反逆、嘘を非難し、私をたじろがせた。その声がまだ耳に残っている」と男が言う。「夢を見たのです」と女が言い、「もうそなたの恋人ではいられない、グニエーヴル。私はそう神に誓った。抜き身の剣にかけて」と男が言う。「そう誓ったの？」と女が尋ね、「私は誓った」と男が答える。「神がそなたの誓いを聞こうとも、もうひとつの誓いを解消する必要はありません」と女が言い、「その誓いの解消を許してほしい、グニエーヴル」と男が言う。「けれど、私はそなたに全てを捧げ、そなたは私を受け止めた」と女が返す。無言の男を見ると、女は立ち上がって、男のもとを去り納屋を出て行く。男は振り返らない。

ランスロとグニエーヴル妃の最初の会話はこのように推移する。二人はいつも納屋の二階で密会を行ない、納屋のこの二階が映画における言わば愛の空間となっている。ただし、二人の会話が示すように、映画が描いているのは、不倫の愛というよりむしろその愛の終わりである。ランスロは廃墟の礼拝堂で神の声を聞き、アルテュス王に対する裏切りを非難され、不倫をやめると神に誓った。(7) グニエーヴルのランスロへの愛は強く、彼女はかつての恋の誓いを守るように彼に求める。だが、男は頑なで、女の言葉を受け入れない。

この会話の後、ランスロはミサの行なわれている礼拝堂に行き、跪いて祈る。グニエーヴルが彼に顔を向ける。日が替わり、アルテュス王の甥のゴーヴァン（Gauvain）がグニエーヴルに、「彼の名も暦に載る。ランスロは聖人になった」と言う。

二度目の密会の場面に移ろう。ランスロは納屋の二階の窓辺から外を見ながら、「承諾を。そなたにした誓いの解消を」と言い、「ランスロ、そなたは変わった。私は変わらぬ」とグニエーヴルが返す。男は窓辺を離れ、部屋のなかを行ったり来たりし始める。「承知してほしい。我ら皆の救済のためにも、是非とも私の嘆願を聞いてほしい」と男が頼み、「断ります。恋の代償として誰ひとり救う気はありません。神は恋に背くことを求めはしない」と女が返す。「かつてはそうでも今やそうは行かぬ」と男が言う。「かつてそうでなかったことができるというのですか」と女が尋ね、「悪運を免れることができる。悪い兆しを払いのける」と男が答える。「悪い兆しなどありはしない。それがあるのは、そなたの病んだ妄想の中だけ」と女が返す。「折れなさい、グニエーヴル。私は謙虚に節を曲げる」と男が言い、「万事の責任を負うのは謙虚ではないわ」と女が返す。男は黙ってベンチの女の右隣に座り、「するとそなたは敵なのか？」と聞く。「私はそなたを助けるためにいる女で、そなたとともにこの虚無と闇に打ち勝つでしょう。私こそはそなたの力よ。ランスロ、そなたは私が必要と言った」と女は言いながら、男の左手を自分の右膝の上にのせ、左膝の上の肩掛けをベンチの上に置く。男は左手を女の膝から離す。そして、「私はひとりであらねばならない」と言いながら立ち上がり、前に進む。「孤高を気取る。そなたの本意と違う」と女が俯いたまま言い、「聖杯を持ち帰る使命が」と男が返す。「そなたが欲したのは聖杯ではなく神なのです。だが神は持ち帰れるものではない。そなたらは殺し、略奪し、放火した。相手構わず無我夢中で奪い合った。災厄は我らの愛のせいなのか？」と女が言い、その言葉の間に男は女の右隣に座る。女の言葉が終わると男はまた立ち上がり、窓辺に行って外を見る。「救済の代償として即座に愛をなくせと？ 断ります。そうしたくない」と女がまた言う。男は振り返りながら、「重要なのは私の意思ではない」と言い、女は顔を背けて、「できませぬ」と返す。「望む幸福は得られぬ」と男が言い、「幸福に未練などない」と女が返す。「この私が頼んでも？」と男が尋ねると、「もう愛は求めぬ。そなたへの愛は過ちなのか？ そなたが必要なことが？ アルテュスは生きる支えにはならない。私のために死ぬと言って。言って！ それで受け入れます。簡単なことです」

と女が返す。「無理だ」と男が答え、「犠牲に理由があれば本望です」と女が返す。「理由はある、グニエーヴル」と男が言い、「神には我らを引き裂くことはできぬ。私が従うのはそなた。そなただけ」と女が返す。女は背けていた顔を男へ向け、「不服か？　何を言えと？」と付け加える。「すでに承知と見える」と男が言い、「そう思うのなら、そなたの思いのまま」と女が返す。男は跪いて女の薄緑色のドレスを手に取るが、女は立ち上がる。肩掛けをベンチの上に置いたまま、二人は納屋を去る。

この会話は最初の密会における会話の続きだ。ランスロはグニエーヴル妃に恋の誓いの解消を求める。聖杯の探索が失敗し、円卓の騎士たちの間に悪い兆しが現れている。そこで、彼は騎士たちの救済のために不倫の恋の終わりを望むのだ。しかし、災厄は二人の愛のせいではないとして、グニエーヴルは誓いの解消を拒む。彼女はもう彼に愛されることを求めないと言いながらも、神でも自分たちを引き裂けないと断言する。二人の会話は平行線をたどる。

肩掛けが重要な小道具となる。グニエーヴルは肩掛けを納屋の二階のベンチに置き忘れる。満月の夜にランスロがモルドレッドの天幕を訪ねると、天幕の隅にその肩掛けを見つける。ランスロは深追いせず、右手を差し出して、「モルドレッド、どうか和解の印に握手を」と言う。だが、モルドレッドはそれに応じず、ランスロは天幕を去る。

三度目の密会の場面に移ろう。ランスロは夜に納屋へ行き、なかで待っていたグニエーヴルに、「何故ここに来させた？　何故私を呼んだ？」と尋ねる。「来ないと思いました。我らのことが全て終わった以上は」と女が俯いたまま言い、「密会は禁物」と男が返す。「最後にそなたをひと目見てから別れたかったのです」と女は言って階段を上り始め、男も従う。二階で、女は何も置かれていないベンチを見て、「ここに肩掛けを置き忘れた。確かよ。誰かが来た」と言う。すると男は甲冑を脱ぎ捨て、それを見た女は男に近づいて行き、二人は抱き合う。二人が体を離すと、「どうします？」と女が尋ねる。「グニエーヴル、わが恋人」と男が言い、「心も魂もそなたの物です」と女が返す。「私が欲しいのは体です」と男が言い、「この禁断の体を奪って、甦らせて」と女が返す。だが、二人は窓越しに、モルドレッドが四人の手下を連れて近づいてくるのを見る。「怖い」と女が言って男に抱きつき、「何者も恐れぬ」と男が返す。「我らを待ち受けることが」と女が言い、「わが腕の中でも不安か？」と男が尋ねる。「常には私を守れぬ」と女が答え、「常に守る」と男が返す。窓の外では、モルドレッドと手下たちが引き返していく。「愚かなランスロ、狭い世界に囚われている」と女が言い、「愛があれば世界は広い。果てはない」と男が返す。「抱きしめて。そなたが手にしているのは亡霊ではありません」と女が言うと、男は女を藁の上に押し倒す。女は服がはだけ出すと、「裸にはしないで。明日まで待って。試合には行かないで。皆が出たら私の部屋に」と言う。

全てが終わった筈の二人の間に、再び愛と欲望が目覚める。グニエーヴル妃がランスロを呼び寄せたのは最後の別れの挨拶をするためで、彼女も彼は来ないと思っていた。しかし、二人が顔をあわせると、断念した筈の愛がランスロのなかで甦り、彼はグニエーヴルの肉体を欲する。彼女もそれに応じるが、その場で全てを捧げることはせずに、翌日まで待つように頼む。

翌日、ランスロは騎馬槍試合を欠場すると他の騎士たちに伝える。夜になると、彼は王妃の指輪をはめるが、グニエーヴルの部屋には行かず、一人で高窓を見上げて、「許せ、恋人よ。やむをえぬ。長くはかからぬ。明日、夜になる前に戻る。それから二人きりで夜を明かそう」と言う。日が変わり、ランスロは騎馬槍試合の会場に顔を隠して遅れて現れ、次々と相手を倒して去って行く。城に戻ったゴーヴァンがグニエーヴルに試合でのランスロの勝利を告げると、王妃は彼に、「ゴーヴァン、そなたの目は見間違えた。勝者は彼ではない。ランスロは戻らぬ。遠くに去った」と言う。別の日に、グニエーヴルが納屋の二階に一人でいると、ゴーヴァンが現れ、モルドレッドの部屋で見つけたという肩掛けを渡す。「私はこの場を離れず彼［ランスロ］を待つと決めました。動きませぬ。彼を待ちます。いつも通りの苦しみに耐える。ここで彼と会える。彼と語り合える。私の犯した罪はひととき、ほんのひととき、彼を疑ったこと！　傷……。それが何かは言えぬけれど、何者か、あるいは何かが彼を引き留めている。だけど彼は生きている。私には分かるし、感じる。彼は私を見放したりはせぬ。さあ、行って。この身も心も彼の物と告げて。アルテュスに告げて。何を待っているの。行って。」グニエーヴルはこのように、ランスロへの変わらぬ愛と信頼をゴーヴァンに語る。

夜に、ランスロはアルテュス王の城へ駆けつけ、グニエーヴル妃を救出する。「ランスロ、助けて！」とグニエーヴルが叫ぶ。ランスロが血のついた剣を持って現れ、「私だ、グニエーヴル。私です。救い出しに来ました」と言う。「触れないで。前に出るのは許しません」と女が言うが、「私です、グニエーヴル」と男は返し、女の肩に手をやる。「血だらけだわ」と女が言って立ち上がる。男は女を抱えて救い出す。

途中でランスロはゴーヴァンを彼と知らずに倒し、ゴーヴァンはその傷によって死ぬ。アルテュス王はランスロが去るならば王妃を不問に付すと申し出る。こうした一連の事態がグニエーヴル妃の態度を変えたようだ。廃墟の城内に彼女とランスロが座り、二人に従う騎士たちがまわりを行きかう。「我らの最後の夜です。承諾するほかありませぬ」とグニエーヴルが告げ、「妥協はせぬ」とランスロが返す。「我らには償うべきことが多くある。大量の血を流すことになる」と女が言い、「死者は生き返らぬ。そなたを守る」と男が返す。「私を殿のもとに返して。」「殿には渡せぬ。」「不義は本望。殿には憎悪を覚えるのみ。」「殿を退ける。」「昨日は見逃した。」「殿を殺せぬ。」「殿はそなたを殺せる。」「戦いを避けたい。」「殿には権利がある。」「権利は正義とは違う。」「正義なんて！」男は、「私とともにいよう、グニエーヴル」と頼むが、女は、「話ができすぎだったのです。もはや無理です」と拒む。「我に不可能なし」と男は言い、「私は何の力に？　そなたはもう何も求めず、私も何も与えるものがない。私にできることはした。誰よりそなたを愛した」と女は嘆く。「虚言だ。結局愛し続ける。」「結局苦しむ。」「苦しみを選ぶと?」「私は何も選ばぬ。」男は、「胸の内を見たい」と尋ね、女は、「引き裂かれ、血まみれだわ」と答える。「どうして本気で訣別を?　神が求めようとも……。」「神は何も求めません。」「どう理解すべきか。神が与えた女を神が与えぬ。どの真実も偽り。」「女を手放して。時間のあるうちに自分自身の意志で決断して。」「そなたを手放せば、私に何が残る?」「互いへの信頼が。互いへの約束が。」男は、「そなたが生きがい」と言うが、女の意志は固く、「たとえ私が重荷でも、行かせて」と別れを求める。「そなたが私に別れを告げるのはこれが初めてだ」と男が返すが、「そして最後です。さらば」と女は別れの言葉を告げる。「手放せぬ。遠くに行かせぬ」という男の言葉も虚しく響く。

こうして別れの時が来る。グニエーヴルはランスロの左腕を右手でつかんで、「そなたに支えてもらわねば。右も左も見ずに進みます」と言い、二人は並んでアルテュスの天幕へと進んで行く。途中から女は一人で歩き出し、天幕の前で待ち受けるアルテュスとともに天幕のなかに入って行く。映画のラストで、ランスロはアルテュス王のためにモルドレッドを討とうとし、「グニエーヴル」と言いながら森のなかで倒れて死ぬ。

このように、映画の終盤でグニエーヴル妃の態度は劇的に変わる。王妃はトリスタンとイズーの物語に通じるような情熱恋愛を生きてきたが、終盤に至って突然、ランスロへの愛を断念しアルテュス王のもとに帰ることを選択する。ランスロへの愛がなくなったということではない。「胸の内を見たい」と聞かれて、「引き裂かれ、血まみれだわ」と答えるように、彼女はランスロへの愛とアルテュス王への忠誠の間で苦悩し、後者を選ぶ。映画の全篇を通じて、王妃はランスロとゴーヴァンの二人にしか言葉をかけず、アルテュスとはたった二回しか一緒にならない(8)。このことは、彼女の愛情が終始ランスロにのみ向かっていて、心変わりをしてはいないことと無縁ではない。

ランスロも王妃への愛と王への忠誠の間で葛藤し続ける。映画の前半ではランスロは王妃への愛を終わらせようとしていたが、後半では情熱が甦って葛藤が表面化する。その葛藤が最もいびつな形で表に出るのが、騎馬槍試合での振舞いだ。「試合には行かないで」とグニエーヴル妃に言われて、ランスロは一旦欠場を決意するが、会場に遅れて現れて顔を一切見せないまま試合を行なうのだ。その後、彼は王妃への愛に駆られて彼女を救出するが、彼女が別れを求めると、激しく抵抗を示しながらも最後にはそれを受け入れる。グニエーヴルをアルテュス王のもとに返した後、ランスロは王への忠誠のために戦に参加する。「グニエーヴル」と言いながら戦で倒れるランスロの振舞いは、彼が王妃への愛情を死ぬまで心の底に持ち続けたことを示している。

ランスロとグニエーヴルは最後まで「互いへの信頼」を持ち続け、「互いへの約束」を守り続けた。ただし、もし二人の態度の間にある微妙なずれを見逃してしまうならば、二人の愛の物語を十分に理解することはできないだろう。グニエーヴルにとっては、問題はあくまでアルテュス王とランスロの間での葛藤である。王との夫婦関係と意中の騎士との不倫関係のどちらを選ぶべきかという問題だ。しかし、ランスロにとっては、問題は単に王への忠誠と女性への愛のどちらを選ぶかということだけにとどまらない。真の問題は不倫をやめるという神への誓いである。王妃は、「神は何も求めません」と言って二人の関係に神を持ち込むことを拒み、「自分自身の意志で決断して」とランスロに迫る。だが、神への誓いが問題になっている以上、自分の意志での決断は最終的にはありえない。宿命からは逃れられない。ランスロの葛藤は世俗的な水準ではなく、神という絶対的な存在との関係において捉えられなければならない。そして、まさにこの点において、『湖のランスロ』の最も重要な主題が開示されるのである。

二　運動と死

この主題を検討するために、視点を変えてみよう。ロベール・ブレッソンが素人の俳優をモデルと呼んで、彼らに感情のこもった演技を禁じていることは有名だ。表情にも台詞回しにも感情がほとんど感じられない。勿論、ランスロとグニエーヴル妃の台詞や行動を丹念に追えば、二人の内面がどのような変遷を辿ったのかは十分明確に理解できる。だが、実際に映画を観るならば、登場人物たちの感情や心理よりも、画面内の様々な運動とそれに伴う音響それ自体に激しく心を揺さぶられるに違いない。こうした運動や音響は映画において何を開示するのだろうか。特に運動に注目し、『湖のランスロ』を活劇として考察してみよう。

『湖のランスロ』

映画の冒頭とラストに戦闘の場面が置かれ、中盤に騎馬槍試合の場面が置かれており、この三つの場面が活劇としての物語の骨格を構成している。映画の冒頭では、騎士たちが敵と味方に分かれ森のなかで殺し合う様子が描かれる。ある騎士の兜をかぶった頭が剣によって切断され地面に落ち、胴体も倒れる。首から激しく噴き出る血がおどろおどろしい。別の騎士は腹部を刺されて血を流し、もう一人の騎士は頭部から血を噴き出させつつ倒れる。誰が殺したのかも誰が殺されたのかもよく分からず、その匿名性が表情の不在や甲冑の重く鈍い音とあいまって描写を人間的情緒のない即物的なものにしている。馬に乗った五人の騎士が森のなかを進み、その行く手には紐で吊るされた二つの死体が白骨化し、二つの焼死体が地面に横たわっている。

中盤の騎馬槍試合の場面では、劇の状況はより具体的に示されている。だが、途中で現れて対戦相手を次々と倒していくランスロの顔は、兜で完全に覆われて心理描写が拒絶される。試合の合図となるバグパイプの大きな音はまるであらゆる心理的状況を一旦断ち切るかのようだ。次々と落馬していく騎士たちの激しい運動は、馬の足音や甲冑の響きとあいまって、前後の劇の文脈だけでなく、むしろそれ以上に冒頭とラストの戦闘に、また劇全体の基本的な構造に深く結びついているようだ。冒頭の戦闘における殺戮の後、映画の前半では比較的穏やかな会話劇が続いてきたが、中盤に置かれたこの試合の場面を契機として、物語は急展開し、緊迫度を高めながら終盤の一連の暴力描写へと向かっていくのだ。

ラストの戦闘の場面では、空に煙が立ち昇り、騎士を失った馬が森のなかを走り回る。ある騎士が血を流しながらうずくまり、別の騎士はやはり血を流しながら樹に寄りかかる。射手たちが樹の上から次々と矢を放つ。アルテュス王が頭から血を流して死に、ランスロの馬も矢が刺さって倒れて、苦しむ。猛禽が一羽、上空を飛ぶ。ランスロは立ち上がって歩き出すが、手に持った剣を落とし、「グニエーヴル」と言いながら多数の騎士の死体の上に倒れて死ぬ。矢を放つ描写を除けば、この場面で行なわれているのは戦闘の描写というより死の描写である。死とは運動の終わりに到来する不動に相当するが、あてどもなく駆け回る一頭の馬の運動が、この死の不動を対比的に強調している。

ブレッソンの映画における運動は死へと向かうことを重要な特徴としている。後期の作品の物語では、ほぼ全て登場人物の死によって物語が終わる。しかもそれらは皆自然死ではなく、自殺か他殺という暴力的な死である。長篇第八作の『少女ムシェット』(*Mouchette*)と第九作『やさしい女』(*Une femme douce*)では、ヒロインが最後に自殺する。その次の『白夜』では、登場人物は例外的に死なないが、それでもヒロインが橋の上から身投げをしようとする。『湖のランスロ』では、ランスロをはじめとする多くの騎士がラストの戦で命を落とす。『たぶん悪魔が』(*Le Diable probablement*)では、男性主人公が最後に自殺し、一三本目となる遺作の『ラルジャン』(*L'Argent*)では、男性主人公が最後にある一家を惨殺する。

『やさしい女』と『たぶん悪魔が』では、物語のほぼ全体がフラッシュバックの形式によって語られ、冒頭ですでに自殺が描かれるか予告されるかしている。『湖のランスロ』の語りは勿論フラッシュバックを用いていない。だが、冒頭の戦闘の場面はラストの戦闘における騎士たちの死を予告しているかのようだ。少なくとも、それに続く老齢の農婦と少女の会話ははっきりとラストのランスロの死を予告している。エスカロ（Escalot）の農家のそばである家族が作業をしていると、馬の足音が響く。「見える前に足音を聞く時、その人は年内に死ぬ」と農婦が言う。「その人を乗せた馬の足音だとしても?」と少女が尋ね、「その人を乗せた馬の足音だとしても」と農婦が答える。こうして、馬に乗ったランスロがその家族の前に現れるのだ。農婦の予言は、後にランスロが負傷してこの農家で休む時に繰り返される。ランスロはグニエーヴルを救出しに城に戻ろうとするが、「騎士殿は死にます」と農婦が言う。さらに彼女は、「全く騎士殿は愚かです。何ひとつお分かりでない」とも言うが、彼が意見を変えないのを見ると、「では行きなさい。行って殺されなさい」と言い放つ。「私は生きるために行く」とランスロは返す。このように、ランスロの死は運命によって定められたこととして最初から示されている。

『湖のランスロ』と『たぶん悪魔が』の二本は、物語に関して主人公の死の予告以外にも重要な共通項を持っている。それはあるひとつの世界の終わりを描いていることだ。『たぶん悪魔が』では、環境破壊や公害の映像など、現代世界の終末的光景が描かれる(9)。主人公の青年シャルルは世界への不信のなかで絶望をつのらせていき自殺に至る。『湖のランスロ』では、聖杯探索が失敗した後の騎士道世界の崩壊が描かれる。城に戻った円卓の騎士たちの間に「悪い兆し」が現れ、不穏な空気が漂う。その首謀者はモルドレッドだ。この騎士はユダであり、『ロランの歌』（*La Chanson de Roland*）のガヌロン（Ganelon）である(10)。モルドレッドはアグラヴァン（Agravain）やリュカン（Lucan）、ユリユなどを見方につけて、ランスロやゴーヴァン、リヨネル（Lionel）、ボール、カルマデュクなどと対立を強める。モルドレッドはランスロを殺すように手下たちに命じさえし、最後にはアルテュス王に対して謀反を起こす。騎士道世界が破滅へと向かうなかで、ただ一人、ランスロのみが聖人のようだ。だが、彼も農婦によって予告された死の宿命を逃れることはできない。このように、『湖のランスロ』と『たぶん悪魔が』では中世と現代という時代設定こそ大きく異なるが、どちらにおいても、ひとつの世界の終わりが描かれ、そのなかで男性主人公は予告された死へと向かっていくのだ。

『湖のランスロ』では、全てが崩壊と死に向かって進んでいる。ランスロと王妃は、中盤で一時的に欲望が激しく盛り上がるとはいえ、不倫の愛というよりその愛の終わりを生きている。全てを崩壊と死へ導くことになった契機が聖杯探索の挫折であることは、極めて重要だ。この映画は聖杯探索の物語ではなく聖杯探索が失敗に終わった後の物語を、この失敗がもたらす一連の出来事を語っている。聖杯を得られずに城に帰還してもなお「聖杯を持ち帰る使命」に拘るランスロに、グニエーヴル妃は、「そなたが欲したのは聖杯ではなく神なのです。だが神は持ち帰れるものではない」と言う。ランスロが聖杯によって得ようとしたのはいわば神の絶対的な力だ。映画の冒頭で字幕が次のように語っていたのを思い出そう。「聖杯、聖なる遺物、アリマタヤのヨセフが十字架の上のキリストの血を受けた最後の晩餐の器は、彼ら［円卓の騎士たち］に超自然的な力を獲得させる筈だった。」ランスロら円卓の騎士たちは神の「超自然的な力」から見放されている。この映画は神という絶対的な存在を失った者たちの物語を語っているのだ。

神という絶対的な存在を見失った騎士道世界では、王の権威も堕ちてしまい、騎士たちは相対的な権力を求めて術策をめぐらすことになる。それでも、神を求め続ける聖人のような存在が、ゴーヴァンに「聖人になった」と言われるランスロである。ランスロの行動を縛るのが神への誓いだ。かつて彼は廃墟の礼拝堂で神の声が自分を非難するのを聞き、王妃との不倫の愛を終わらせると、「抜き身の剣にかけて」誓った。こうして、彼は映画の初めからすでにフィン・アモールと決別して、アルテュス王への忠誠を生きようとしていたのだ。とはいえ、彼が聖杯にとりつかれながらも、聖杯の獲得から決定的に見放されてしまったことに変わりはない。ランスロは神罰を受けているかのようで、他の多くの騎士たちと同じく死の宿命へと突き進んでいくしかないようだ。

ここで重要なのは、神を見失った騎士道世界において、この死の宿命こそが神の存在の証となっていることだ。目に見えるものが全て相対的な世界のなかで、ただ死の宿命だけが絶対的な真理として君臨する。この宿命に一時的にあらがってみせるのが、三度目の密会の場面において噴出する肉体的な欲望だ。ここで、ランスロとグニエーヴル妃は生の欲動に突き動かされていて、この欲動が死の欲動と対立するかのようなのだ。ただし、生の欲動と死の欲動は最終的には対立するものではない。死の欲動という概念が提唱されたのはフロイトの「快感原則の彼岸」においてであるが、この論文では、「以前の状態を回復すること」[11]が欲動の性格であるという仮説が示されることによって、欲動の二元論が一元論に回収される可能性が示唆されているからだ。生の欲動が主体の経験の次元に現れる一方で、死の欲動が経験を超越した次元で常に作動している。前者が後者にあらがうように見えても、それは結局のところ一時的な見かけにすぎない[12]。円卓の騎士たちは生の欲動に振り回されながらも、死の欲動に駆られて一歩一歩確実に死に向かって進んで行く。『湖のランスロ』は、絶対的なものを見失った世界のなかで、騎士たちが死の宿命という絶対的なものに出会う物語を語っている。聖杯探索に失敗したランスロにとって、この宿命を受け入れることが神に再会する唯一の道となるのだ。

このような物語において、真の意味での選択がありえないことに注意しよう。ジル・ドゥルーズは『シネマ1＊運動イメージ』において、パスカルとキルケゴールを引き合いに出しながら、真の選択と偽の選択を区別した[13]。偽の選択とは、何かを選んでいるように見えながら、実はそれを選ばされているにすぎないような行為である。ランスロには真の選択、自由意志に基づく主体的な選択など不可能だ。彼は神罰を耐えながら神が定めた死の宿命へと進んで行くしかない。他の選択をする余地などないのだ。ブレッソンの映画において真の選択をする人物として、ドゥルーズは『田舎司祭の日記』の主人公と『抵抗』（*Un condamné à mort s'est échappé ou Le vent souffle où il veut*）の主人公、『ジャンヌ・ダルク裁判』（*Procès de Jeanne d'Arc*）のヒロインを挙げているが、彼らは皆前期の作品の登場人物である。『ラルジャン』のイヴォンが運命の歯車から決して逃れられないように、後期の登場人物は皆決定論的な世界のなかを悲惨な結末に向かって進んで行くしかない。『湖のランスロ』において、自由意志に基づく選択に高い価値を置くのはグニエーヴル妃だ。実際、王妃は神よりも個人の意志を重視しながら、生の欲動を体現するかのように情熱を生きる。しかし、彼女はランスロへの愛とアルテュス王への忠誠の間で最終的に後者を選び、「引き裂かれ、血まみれだわ」と内心を吐露する。この選択は主体的なものではなく、王を選ばざるをえない状況に追い込まれた末の行動だ。王妃はランスロに「自分自身の意志で決断して」と迫る一方で、「承諾するほかありませぬ」と言ってしまっている。このことは、決定論的な世界において自由意志が錯覚にすぎないことをはっきりと示している。王妃は多くの円卓の騎士とともに死ぬことはないが、彼女もまた神が定めた宿命の道筋を辿ることになる。伝承によれば、彼女は最後には修道院に入ったとされている。

登場人物の感情や心理よりも、運動と音響それ自体が重要となる理由はもはや明白だ。精神の自由は錯覚にすぎない。全ては神によってあらかじめ定められ、仮に登場人物たちがこの宿命に気づいていなくても、彼らの行動はそれに従っている。騎士道世界が崩壊していく必然的な過程を描くために、ブレッソンは内面の描写を抑制して運動と音響を重視するのだ。

ここでいう運動の概念がベルクソンの持続の概念と明確に対立していることに注意しよう。ベルクソンによれば、生きられた時間としての持続において初めて自由な行為、自由な選択が行なわれる[14]。だが、ブレッソンが描くのはそうした自由が不可能な物理的運動の世界だ。しかも、ベルクソンは持続を核とする自身の哲学から死の概念を切り捨てた[15]。彼の生命の哲学においては、全ては絶えず変化し続けるものであり、運動が停止という死に至ってはならない。一方、『湖のランスロ』においては、あらゆる運動は死に向かっている。主体を死へと導く決定論的な過程のもとで運動が生起するのだ。

聖杯探索の失敗がもたらす騎士道世界の崩壊と円卓の騎士たちの死。『湖のランスロ』はこの宿命的な過程を描いている。騎士たちが何か動作をするたびに甲冑が鈍い音を立てる。冒頭の森の戦闘では騎士たちが刀の一撃を受けて膝から崩れ落ち、騎馬槍試合では別の騎士たちがランスロの槍によって次々と落馬する。それらの動きのひとつひとつに重く激しい音が伴う。密会の場面でさえ甲冑の鈍い音が響き、人物の台詞や仕草は内面を表現するものというより、愛の終わりに至る過程のひとつひとつを即物的に示すようだ。騎馬槍試合の場面に全景のショットが一切ないことは、全体の状況ではなく様々な対象の運動こそが重要なことを示している。そして、こうした運動が全て死へと向かっていく。円卓の騎士たちは聖杯探索の失敗によって神という絶対的な存在を見失い、相対的に見える世界を彷徨うが、死の宿命とともに再びこの絶対的な存在を見出すのだ。

おわりに

ロベール・ブレッソンの『湖のランスロ』をまず恋愛物語という観点から、次に運動と死の物語という観点から考察した。騎士と王妃の不倫の愛の物語は内面の劇としては語られず、まるで自動的であるかのような身振りや台詞によって示されて、聖杯探索の失敗を発端とする騎士道世界の崩壊と死の物語の重要な一側面として語られている。それは、絶対的なものが失われたかに見える世界において、絶対的なものが再び見出されるまでの物語でもある。馬の目のアップショットが示すように、登場人物たちだけでなく馬もまた一連の出来事を見つめていることに注意しよう。馬の眼差しは人間の眼差しと違って、人間の内面を読み取ろうとしない。それは人間の振舞いをより客観的に捉えることで、映画の物語を人間的な感情とは別の次元に導くことに貢献する。勿論、馬の眼差しも映画のカメラの眼差しも、それが眼差しである限り主観的なものであり、絶対的なものから遠ざけられている。だが、ブレッソンは多くの作品において、人間の主観的な表象の外部にある絶対的なものについての問いを発している。『湖のランスロ』における、死の宿命に至る物語という枠組みはこの問いを明確に反映したものである。

（1）『湖のランスロ』（*Lancelot du Lac*）、一九七四年、フランス＝イタリア、監督／ロベール・ブレッソン、撮影／パスクワリーノ・デ・サンティス、音楽／フィリップ・サルド、美術／ピエール・シャルボニエ、録音／ベルナール・バ、編集／ジェルメーヌ・ラミ、製作／ジャン・ヤンヌ、ジャン＝ピエール・ラッサム、出演／リュック・シモン、ローラ・デューク・コンドミナス、アルベール・バルザン、ヴラディーミル・アントレク＝オルセク、パトリック・ベルナール、アルテュール・ド・モンタランベール、マリ＝ルイーズ・ビュフェ、マリ＝ガブリエル・カルトロン。

（2）細川晋「『湖のランスロ』解説」『湖のランスロ』ＤＶＤブックレット』紀伊國屋書店、二〇〇八年、五―六頁を参照せよ。『湖のランスロ』の作品全体の検討に関しても、細川晋のこの文章がおおいに参考になった。

（3）「婚姻関係の外に意中の婦人を求めるフィン・アモールは不倫の契機をはらんでいた。その不倫の愛をたくみに避け、夫婦のあいだにより精神性の強い愛を探ったクレチアンには、フィン・アモールを指導理念とすべき騎士道恋愛物語の枠組を、すでにして逸脱する傾向があったというべきであろう。」（田村毅、塩川徹也編『フランス文学史』東京大学出版会、一九九五年、一九頁）。ちなみに、『ペルスヴァル』はクレティアンの死によって未完となった。

（4）Michel Estève, *Robert Bresson, la passion du cinématographe*, Éditions Albatros, coll. « Ça/Cinéma », 1983, p. 75, 及び細川晋「『湖のランスロ』解説」『湖のランスロ』ＤＶＤブックレット』六頁を参照せよ。

（5）「ロベール・ブレッソンインタビュー」『湖のランスロ』ＤＶＤブックレット』一一頁。

（6）以下、台詞の引用は紀伊國屋書店発売のＤＶＤの細川晋による字幕、及びＤＶＤ所収のブックレットによって行なう。ただし、修正が含まれている。

（7）アーサー王は、映画ではアルテュスと発音されているので、ここでの表記も映画での発音に従う。

（8）Voir Jean Sémolué, *Bresson ou l'acte pur des métamorphoses*, Flammarion, coll. « Cinémas », 1993, p. 223.

（9）『たぶん悪魔が』については、伊藤洋司「『たぶん悪魔が』―ロベール・ブレッソンの映画のショットと編集―」佐藤清編著『フランス―経済・社会・文化の諸相』中央大学出版部、中央大学経済研究所研究叢書、二〇一〇年、一五五―一八〇頁を参照せよ。

（10）Voir Sémolué, *Bresson ou l'acte pur des métamorphoses*, p. 222.

（11）Sigmund Freud, *Au-delà du principe de plaisir*, traduit de l'allemand par Janine Altounian, André Bourguignon, Pierre Cotet, Alain Rauzy, préface de Jean Laplanche, Presses universitaires de France, coll. « Quadrige », 2010, p. 63.

（12）死の欲動と生の欲動については、伊藤洋司「死の欲動に貫かれて」田中竜輔、山本純也、薮崎今日子編『映画監督、北野武。』フィルムアート社、二〇一七年、三一五頁を参照せよ。

（13）Gilles Deleuze, *Cinéma 1, l'image-mouvement*, Les Éditions de Minuit, coll. « Critique », 1983, pp. 158-165.

（14）Voir Henri Bergson, *Essai sur les données immédiates de la conscience*, dans *Œuvres, tome 1*, édition de Jean-Louis Vieillard-Baron en collaboration avec Jérôme Laurent et Alain Panero, Librairie générale française, « Le Livre de poche / la pochothèque », 2015, pp. 304-305.

（15）松浦寿輝『謎・死・閾―フランス文学論集成』筑摩書房、一九九七年、二一二―二一八頁を参照せよ。

追記

この小論は二〇一七年度中央大学特別研究費によって実現した。

ジュリアン・グラックの『アルゴールの城にて』と『漁夫王』

篠田知和基

はじめに

ジュリアン・グラック（Julien Gracq）はワグナー（Wagner）の『パルジファル』（*Parsifal*）に触発されて『アルゴールの城にて』（*Au château d'Argol*）（一九三八年）を書き、戯曲『漁夫王』（*Le roi Pêcheur*）（一九四八年）を書いた。現代の聖杯伝承の継承者としては第一にあげられてしかるべきだろう。森のなかのアルゴールの城は、その謎めいた雰囲気からも聖杯の城のように思える。しかし、漁夫王はどこにいるのだろう。登場人物はアルベール（Albert）とエルミニアン（Herminien）とハイデ（Heide）だけである。ワグナーなら、漁夫王がいて、パルジファルがいて、クンドリー（Kundry）がいて、クリングゾール（Klingsor）[1]がいる。道具立てでも聖杯が『アルゴールの城にて』では出てこない。漁夫王と聖杯のない聖杯伝説などありうるのだろうか。

森のなかの古い城、あるいはそこからはなれた崖際にある礼拝堂、それこそ漁夫王の城ではないかと主人公は思う。城のなかにある版画は「苦痛に悩むアムフォルタス（アンフォルタス）王をあらわしている」（安藤元雄訳[2]）。

それはクレティアン・ド・トロワ（Chrétien de Troyes）の『ペルスヴァル』（*Perceval*）ではなくワグナーの『パルジファル』である。そこにはクンドリーとグルネマンツ（Gurnemanz）がいる。

アルベールは海につきでた崖の上の森にかこまれた古い城を買った。一応、「城主」である。魚釣りこそしないが、毎日、馬にのって遠乗りをし、ときおり海につかって泳ぐほかはなにもしない。「漁夫王」は彼なのだ。漁夫王に悪の分身クリングゾールがいるように、アルベールにも「黒い天使」エルミニアンがいる。彼は同時にパルジファルでもある。謎の女ハイデはクンドリーであろう。

戯曲の『漁夫王』にももちろんアンフォルタス（Amfortas）とクリングゾール（Clingsor）とクンドリー（Kundry）とペルスヴァルがいる。このなかで、負の存在でしかないペルスヴァルとクリングゾールが一体であるとすれば、『アルゴールの城にて』になる。『漁夫王』ではクリングゾールは「純粋な騎士」の到着を告げるが、そのあとはでてこない。クリングゾールとペルスヴァルがともに登場する場面はないのである。

クリングゾールとペルスヴァル（パルジファル）は同一人物である。いずれも漁夫王にはマイナスの行為をおこなう。クリングゾールは漁夫王に対しても分身の関係にいた。ペルスヴァルがきたら、「ふたりはそろって消えるのだ」（Nous allons descendre tous les deux disparaître.）[3]

『アルゴールの城にて』では、エルミニアンはアルベールの分身だった。「みちがえるほどよく似た二つの人物像」、長い間の親友である。しかし「ふたりはまた敵でもあった」、「分身でもあれば対立者でもある」（安藤訳、四六頁）。エルミニアンは「黒い天使」だった。アルベールがペルスヴァルであり、[4] エルミニアンがクリングゾールであるゆえんでもあった。ふたりはハイデをめぐって争う。『漁夫王』でクンドリーをめぐって争うのはアンフォルタスとペルスヴァルである。アルベールがアンフォルタスでありエルミニアンがペルスヴァルであるという組み合わせも可能である。

一　『アルゴールの城にて』

ジュリアン・グラックの『アルゴールの城にて』と『漁夫王』

1　城

城には秘密の地下道があり、広間から寝室に通じていた。そこへエルミニアンがハイデを連れてやってくる。アルベールはハイデと城の屋上で接吻をかわした。エルミニアンはアルベールを森の礼拝堂にみちびき、オルガンを弾く。そこからは「えもいえぬほど美しいひとつの楽句がたちのぼった」（安藤訳、一一二頁）。それは「男性的友愛の歌」だった。エルミニアンはしかし、その後、姿を消す。ハイデが傷つけられて倒れていた。エルミニアンは遍歴ののち城に戻ってくる。しかし瀕死の重傷を負ってであった。エルミニアンは長い病臥のはてに癒えた。ハイデは毒をあおって死んだ。いまはエルミニアンが立ち去るときだった。しかし立ち去る彼の背中に短剣がささった。

エルミニアンとアルベールはともに生きることのできない分身同士だった。アルベールはエルミニアンのことを「黒い天使」と呼ぶ。城の秘密はエルミニアンがさぐりあてた。礼拝堂をみつけ、そこで「魂の歌」を奏でたのも彼だった。アルベールはなにもしなかった。ハイデは毒盃をあおいだ。それは裏返しの聖杯だった。彼女はグラックの『漁夫王』における王の寵姫クンドリーである。それでは『アルゴールの城にて』では漁夫王はどこにいるのか。城は無人だった。漁夫王のいない漁夫王の城で彼らは彼らの存在の意味をそれぞれにさぐっていた。なにもしないアルベールはパルジファル（ペルスヴァル）であろうか。その黒い天使エルミニアンはもうひとりのパルジファルだろうか。あるいはワグナーの文脈でいえばクリングゾールかもしれない。残されたパルジファルはあらたな漁夫王となって、だれもいない城をまもるのだろうか。

グラックは『漁夫王』においてももちろん聖杯のテーマを展開する。漁夫王の城にペルスヴァルがやってくる。暗く陰鬱な城だ。しかしそこで彼はなにもしない。最後の聖杯の秘儀のさいに、彼は期待されていた問いを発しなかった[5]。（ワグナーではパルジファルは聖槍をアンフォルタスのわき腹にあてて、王の病を癒やす。）漁夫王にあらかじめ、問いを発するように言われていたにもかかわらずだ。彼は漁夫王の申し出た取引を拒否したのである[6]。

最後の場面にハイデはいない。彼女はアルゴールに着く前から死にささげられていた。アルベールは墓地で、名前のない十字架を見つけて、そこにハイデと刻んでいたのである。それに三人で海へ泳ぎに出た時も、三人とも、もう戻れないという感じをもったが、とくにハイデはいったん水中に沈んでいって、そのまま死ぬところをひきあげられたのである。そしてエルミニアンに縛られ、傷つけられて森の中に放置されたときにはそのまま死んでいてもよかった。このときはアルベールが見つけて生きかえらせた。

その後、アルベールはその時の様子を思い出し、「見るべきではないものを見て、本来なら塩の像になっているはずだった」という（安藤訳、一三四頁）。その場面は、なぜ「見てはならない」ものだったのだろう。それこそが聖杯だったのではないだろうか。ハイデは傷ついて血を流していた。その傷口＝聖痕にアルベールは口をつけ、血をすった（il collait sa bouche à cette fontaine rouge）（原文 p. 132）[7]「おそらくカトリックの教義の思い出がハイデの聖痕の場所に彼の注意力を正当化し増幅するようにも思えた」（sans doute, quelque souvenir du dogme catholique, en semblant justifier et multiplier sa capacité d'attention à l'endroit du stigmate de Heide,）（原文 p. 132）[8]聖杯はキリストの聖痕からしたたる血を受けた。いまハイデの聖痕から流れる血をその傷にじかに口をつけて飲んだ。ハイデは聖杯そのものになったのではないだろうか[9]。

アルゴールの城は聖杯の城である。Argol は Graal（聖杯）のアナグラムである。森のおくにひっそりと建つ城には、いかなる車も通れない道しかついていない[10]。それは「岩だらけの丘のはずれ」で、そのさきは海である。

ぐるりは深い森だ。それは開口部のすくない閉ざされた城である。『漁夫王』の城、モンサルヴァージュ(Montsalvage)も深い森に隠された見出しがたい城である。しかしアルゴールの城は城壁の足元から見あげると「高み」の印象に圧倒される。その城の天守閣の上からは海も森もぐるりと見渡すことができる。城の内部にはいたるところに階段や急傾斜があり、たえず折れたり曲がったりしながら三次元の迷路を構成している。そしてこれはのちにエルミニアンが発見したものだが、広間には隠し扉があって、そこから狭い通路をゆくと、ハイデの部屋へ通じていた。迷路のほかに秘密の間道もあるのだ。言及はされないが、古い城にはありがちな地下牢などもあるかもしれない。城には執事のような男が迎えに出てきただけで、ほかの使用人はいるのだろうが、一度も言及されない。無人の城である。そのかわり、城のもとの持ち主のものとおぼしい古書や版画があり、そのなかにはアンフォルタス王の傷口に槍をあてるパルジファルを描いたものもあった。アンフォルタス、クンドリー、パルジファルとそろえば、アルゴールの城の住人たちではなかろうか。あるいはアンフォルタスの代わりに魔法使いクリングゾールをもってきてもいいかもしれない。

城には付属の礼拝堂もあり、そこへの歩みは、「漁夫王の怪しげな紋章の脅威におびえるどこかの城を目ざす」ものだった(安藤訳、一〇九頁)。

2　船

この城は樹海にうかんだ船にたとえられる。「船の胴のようにぎしぎしと音をたてる」階段をとおって、「階段から城のテラスへ出ると、まるでうねりに揉まれる巨大な船の甲板へ出たように」思われる(安藤訳、二九頁)。

そこには高いマストがそびえ、そこにかかげられた旗はまるで帆のようにはためく。城のなかにも風が吹きこんでくると、壁掛けが「船の帆のように長々とふくれあがってひるがえる。ベッドからそとを見ると「魔法の船に揺られているように」思える（安藤訳、三二頁）。傷ついたハイデの「白い死骸」を思うとき、彼の思いは「止まって揺れる船」のなかにひきずりこまれる。船に揺られるのは酩酊の感覚である。ハイデもエルミニアンと一体となった感覚において、「大洋の向こう岸へ帰りのない旅をしておいていかれる」ように、「神秘的な波」に揺られるような気がする（安藤訳、一三六頁）。「巨大な城全体が難破船のように森の強力なうねりにもてあそばれている」（安藤訳、一四〇頁）。アルゴールの城はいかなる土地、いかなる港にも属さない船なのだ。そのアルゴールという船に乗りこんだものたちは、帰りのない旅に乗り出したのだ。

3 海

森は海にたとえられる。緑の海だ。安藤元雄訳では「樹海」となっているが、原文は「木々の海」だ。緑の深淵の上に白い雲がはるかな高みにただよっている。この緑の海を見ているとなんともおちつかない気分になる。その緑の海は本当の海につづいている。その海には「帆影一つ見えない」。城の寝室にはベッドの高さに細長い窓が切ってあって、目をさますと、「樹海の深淵をのぞきこむ」ことになり、「一瞬、森の底知れぬ波の上で、魔法の船に揺られているような気分になる」（安藤訳、三二頁）。広大な海のひろがりを見渡してみると、空虚さがやりきれない。しかしときおり、入江に波がおしよせ、「水の壁の崩れるような巨大な崩壊の衝撃が耳を驚かせる」（安藤訳、四八頁）。夏になった。海は「人を酔わせる香りをはこんでくる」。「大気全体に、深い海から寄せて来るぴりぴりした潮風の涼しさが行きか」った（安藤訳、八七頁）。それはまた、しかし「二度とは戻れない深淵」でもあった。ハイデは溺れかけた。アルベールが内省にふけっていると、水に映る景色の線のようにみだれ、「残酷きわまる絶望のとりことなった精神が波の上を狂おしげに行ったり来たりするちょうどそのとき、突然ただ一本の線が難破した船から浮き上がって来る」（安藤訳、一二二頁）。「残酷至極な絶望のとりことなった精神がはげしく波に揺られていたと思うと、突然、ただ一本の線が波間からうきあがってきた」（私訳、船は原文にはない）。

ハイデはエルミニアンのことを思うとまるで「海の生きている水が塩からく滋養に富んで溢れ出すのに似て、その海を、神秘的な波の速力が、なめらかに何の苦もなく彼女を運んで行き、二度と帰らぬ旅とばかりに彼女を大洋の向う岸に置こうとするかのように」思う（安藤訳、一三六頁）。太陽の光もまた「半透明の船に運ばれてくる（安藤訳、五七頁）。

4　森

森はずっしりと動かない蛇のとぐろのように城を抱きしめている。「まちがいなくこの森は生きている」が、「まだその最初の言葉を口にしていない」（安藤訳、三二頁）。風が吹いても木々は不機嫌におしだまったままだ。ハイデとアルベールが月光のテラスに出たとき、ふたりは「月と森とのまなざしの光線にいきなりとらえられた」。それは「驚くべき劇場」だった（安藤訳、六四頁）。それはまた沈黙の劇場だった。それは「城をとりまく静寂の世界」だ。森は熱気がひときわはげしいとき、「一つの世界から完全に切り離され、魔法の呪いによって隔てられて、城のまわりで車輪のようにぐるぐると回転しはじめたような気がした」（安藤訳、一二〇頁）。

アルベールはハイデをさがして、夕暮れの森にさまよいでた。「人里離れた森のおそろしさ」がひしひしと感じられる。「森がその夜の神秘をゆっくりと準備する」。それは「森という神殿」だ。礼拝堂の周りでは「森は四方から息苦しいマントのように」押し包む（安藤訳、一〇五頁）。森はいずれは荒廃した城を浸食してしまうだろう。

5 夢

リュクサンブールの界隈、群衆がひざまずいて、祈っている。死刑を宣告されたエルミニアンの魂のために祈っている。とある門口をはいると、中は小学校の教室になっていて、檀上では判事たちが判決文を読み上げている。処刑道具としての二本の木の棒があり、それがエルミニアンの首をしめあげる。(11)

アルベールが最後にエルミニアンを殺す場面を予告している夢だろうか。『アルゴールの城にて』の人物たちは間断なき夢にゆられている。なにものかの幻影にとらえられているのだ。

「そしてあまりにはげしい刺激をうけて頭を肩のうしろへそらしたとき、まるで無意識の告白のように、憑依のしぐさをあらわすのだった。」（安藤訳、八九―九〇頁では、「あまりにも鋭い打撃を受けて首を肩の間にのけぞらせ、彼女が思わず告白するように快楽のしぐさを洩らしたときの、その悲劇的な身振りを」）安藤は possession を快楽と訳しているが、男が女をものにするときにいう「所有」という意味はこのばあい、文脈から不適当で、「憑依」が適当であろう。そのつぎの「錯乱に泳いだのだ」というところも不適当であろう。(12)「彼女のおおきなぬれた目は惑乱した。――手はひらいた。一本一本の指はながくのばされ、最後の抵抗を完全に放棄したようにみえる。――」「死をよぶような冷たさをもって、さわやかな空気が彼らの疲れた肺にはいってくる」(13)「彼らには死がまっているようにおもえた」。意識の緊張がゆるんで、夢のまぼろしにもてあそばれるとき、死がひそかにしのびよる。

6 ハイデ

ハイデ（Heide）とはドイツ語で「ヒース」「ヒース原（荒れ野）」あるいは「異教徒」をあらわす。フランス語読みすればエードとなるが、フランス語ではなにも意味しない。彼女は「魔法の領域」の女王だ。「彼女の姿はストルヴァンの森にも、海の水平線にもあらわれた」。その「劇的な登場ぶりは、この処女なる大自然というまれに見る舞台、堂々たる威厳に満ちて彼女がその白い長いケープの襞をなびかせている風や流れる水の戯れにも、難なく肩を並べるほどのものだった」(安藤訳、七一―七二頁)。彼女はワグナーの『パルジファル』におけるクンドリーである。そしてまた彼女は「血の杜」のような情熱の女である。「血液のすべてが彼女のうちでうごめいて目ざめ」る(安藤訳、七四頁)。

7　エルミニアン

アルベールが森の川岸を歩いていて、ふと目をあげたとき「樹々のとばりが木の下で裂かれ、水に映るエルミニアンの姿が、水面の下を苦もなく歩きながら、永久に禁じられたその世界を平然と通りぬけて、彼のほうへと歩み寄って来た」(安藤訳、一〇二頁)。魔法使いとしての出現である。[14] エルミニアンが弾くオルガンは「神秘的な深淵のそこに」嵐を爆発させる。そしてエルミニアンは何日か馬に乗って姿を消した。各地の古文書館などで、アルゴールの城について調べていたという。

エルミニアンはアルベールの分身だが、「黒い天使」でもある。アルベールはエルミニアンを自分の「呪われた魂」とよんでいた(安藤訳、一八五頁)。エルミニアンは魔女クンドリーをともなって城へやってきた魔法使いクリングゾールである。あるいは彼は蛇である。彼の目つきは「目にも鮮やかな爬虫類の、冷たい、容赦なく人を吸い込む」ものだ(安藤訳、八一頁)。それは「物語の王の立場」(安藤訳、一八五頁)でもある。「物語の王」とは「殺される者」であろう。

8　血

アルベールの血管のなかには「重い血の闇と魔法が」あふれていた。（安藤訳、一八頁）

「彼はあの、比べものもない恐怖と魅惑の夜の苦しみのさなかの、ハイデの白いまぼろしを呼び起こす。見えて来るのだ、さながら雷撃の高圧的な威厳によって砕かれてから再び集められたような、彼女の縛られた四肢が。こじあけられ、突き刺され、焼印を押され、ぴくぴくと震え、いためつけられ、引き裂かれ、九つの剣によるよりもひどく切りさいなまれ、血をしたたらせ、薔薇色の焔をあげ、目もくらむ耐えがたい光を放って燃える彼女の全身が。宿命の鋭い爪につかまれた果物のように飛び散る、彼女のあらゆる肉のみごとな中味が。そして雷撃で傷だらけのその白い死骸が、首をのけぞらせ、死の呪縛のうちに目を見開いたまま、後ずさりして、ゆらゆら揺れるばかりの不動の航海へと彼を引きこむ。すると、目をつぶり、こめかみを高鳴らせ、精根尽き果てるほどの苦悶のうちに、彼女の腹の傷口がこちらへやって来るのを彼は感じる」（安藤訳、一三四頁）(15)。

彼は指を滑る一滴の血の経路を追う。

「そして、目を閉じたまま、彼はその赤く湧き出るものに口を押し当て、一滴また一滴と、涌いてくる神秘的な甘美な血に唇を濡らす」。ハイデの聖痕の場所こそが聖なる場所である。

エルミニアンの部屋にあった版画に描かれたアンフォルタスのわき腹から滴る血、聖杯のなかにきらめく深紅の物質がアルベールを魅惑する。ペルスヴァルは一つの生命の証言を、その血潮にささげようとしている（安藤訳、一六八頁）。グラックにとって、救済者ペルスヴァルは、王の傷口に対してなにものでもない。問題になるのは王の苦しみであり、ペルスヴァルが聖杯の問いを口にしようと、あるいは聖槍を王の傷口にあてがおうと、聖杯の神秘、そしてそれを具現するアンフォルタスの苦しみにかわりはない。『アルゴールの城にて』においては、永遠に血を流すハイデこそが「贖い主への贖い」（安藤訳、一六八頁）をあらわしているのである。

この「贖い主への贖い」はワグナーの『パルジファル』の最後のセリフである[16]。そして『漁夫王』では、城の門番が「救い主に期待を」「モンサルヴァージュに解放を」と叫ぶ。そのセリフは、最後のセリフでは「モンサルヴァージュに贖いを」となる。ここで、『漁夫王』のあらすじをみてみよう。

二 『漁夫王』

1 『漁夫王』のあらすじ

第一幕。イリノ（Ilinot）ほか騎士たちが話している。城も城主も病に侵されている。人々は救い主がくるのを待っている。クンドリーが登場、騎士のひとりに変装していたクリングゾールと話す[17]。そこへアンフォルタスが担架にのせられて登場、クリングゾールと話をする。病から癒えたらアンフォルタスは城をあけわたして去ってゆくだろうという。

第二幕。ペルスヴァルが隠者のもとをおとずれ、聖杯の城への道をたずねる。隠者はペルスヴァルに聖杯の城へゆくことをやめるように言う。ペルスヴァルは信念をまげない。隠者のもとを辞して川のほとりにくるとアンフォルタスが釣りをしている。ペルスヴァルは魚をつりあげる手伝いをする。王はペルスヴァルを城へ招待する。

第三幕。漁夫王の城のなかで、ペルスヴァルとアンフォルタスが話す。話しているうちにペルスヴァルは興奮して立ちあがり、アンフォルタスを押し倒す。王の傷口が開き、血が噴き出す。ペルスヴァルは血をとめようとして血だらけになるだけでなにもできない。そのひどい傷にペルスヴァルは衝撃を受ける。クンドリーが入ってきて王の傷の手当てをする。王はペルスヴァルを立ち去らせる。

第四幕。クンドリーがペルスヴァルを呼びもどす。ペルスヴァルは深夜の聖杯の儀礼に列席する。しかし、教えられていた問いは発さない。儀礼はおわり、ペルスヴァルは立ち去ってゆく。ペルスヴァルが質問をすれば、城と城主にかけられていた呪いがとけ、城主の病は癒えるはずだった。ペルスヴァルはそれを知っていて、あえてその問いをしなかった。問いを発すれば、城主は救われ、城主の地位をペルスヴァルにゆずることになっていた。ペルスヴァルはそれを恐れていた。アンフォルタスの苦しみが、形をかえてもつぎの城主にのしかかってくるだろうということがわかっていたからだ。人類を救うために十字架にかけられた救い主とおなじように、人類のために望みのない苦しみにおちいる勇気が彼にはなかった。それにクンドリーがかたわらにいてくれるならそれもよかったかもしれないが、漁夫王の病がなおったときには、クンドリーは死ぬさだめになっていた。

漁夫王の城につくまでのペルスヴァルの閲歴は、森の中での三人の騎士との出会い、母を死なせての出立、アーサー王の宮廷でのふるまいなど、標準的なテクストに準拠している。ただ、それぞれの場面を描写するのではなく、隠者に向かってそれまでの閲歴をかたるという形である。その後の漁夫王、およびクンドリーとの出会いはグラックの創作で、その後の展開も独特である。問題はなぜペルスヴァルが問いを発しなかったのかで、城主となることの責任の重さにひるんでいたからとか、放浪の旅の習慣が身について、冒険をやめて定着安定した生活を選べなかったからなどと考えられるが、ところどころで口にする「呪い」や「恐怖」の実態はよくわからない。そのあとで、また冒険の旅に出てゆくにしても、最後の聖杯の儀礼では漁夫王にきいていたとおりに問いを発することはできたはずで、標準的なヴァージョンでは無知なためと、母親やその他から、むやみと人にものを聞くものではないと言われていたためというが、グラックの文脈では、彼が聖餐式で問いを発すれば呪いがとけ、王は病から癒え、国中も呪いから解放されることがわかっているのである。にもかかわらず彼は問いを発しない。それがなぜなのかは答えはない。あえていえば、漁夫王の代わりに呪いを引き受ける勇気がなかったからだろう。クンドリーが死ぬさだめだというのも理由はわからないし、グラックのテクストでは、彼女の死は語られない。このあともあらたな聖杯の騎士がやってきて、問いを発するのを王もクンドリーも待つことになるだろう。ペルスヴァルは贖罪の旅をつづけてゆく。

2　漁夫王の罪

漁夫王の罪とはなんだったのか。またなぜ漁夫王が聖杯を保持しているのだろう[18]。聖杯の城に到達する騎士はめったにいなかったはずなのに、グラックでは七名以上が聖杯の城にいる。彼らは聖杯儀礼に列席して問いを発することはなかったのだろうか。

漁夫王の「罪」はクンドリーの誘惑に負けたことだろう。その罰は聖槍でわき腹をつかれたことだ。だれによって？　クリングゾールによってか、クンドリーによってかはわからない。ただ聖槍はクリングゾールが持ち去った。それをいまパルジファルが持ちかえってきて、それを王の傷口にあてる（ワグナーによる）。

モンサルヴァージュの城は暗く、冷たく、陰鬱に沈滞している。「アンフォルタスの過ち以来」。「城には死の影がおちている」「モンサルヴァージュは芯からくさっている果物のようだ」「城全体がこの壁の石一つにいたるまで瘴癘の気を滲み出している」（原文 p. 336）。

城は解放者の到着を待っている。もっとも清純で、単純な騎士を。

そこにクンドリーとクリングゾールがあらわれる。クリングゾールのセリフで、クンドリーがアンフォルタスを誘惑し、純潔を穢したことが明かされる。それ以来、聖杯は光を失った。アンフォルタスは傷つき、クンドリーがその世話をしている。

3　クリングゾール

クリングゾールは清純な騎士の到着を告げる。クンドリーは夢見るように言う。「城の女たちがその騎士を洗い、香油をそそぎ、聖衣をきせるだろう。そして聖杯がいとも清き騎士の前にもたらされるだろう。騎士は呪いを解き放つ問いを発するだろう」（原文 p. 340）。

クリングゾールは言う。「そうはなるまい。おまえがそれをさまたげるのだ」、「その騎士をまよわせ、失墜させるのだ」。

クンドリーも言う。「アンフォルタスが聖杯にとって代わった。彼の病が月のように力尽きた太陽の背後にのぼってくる。モンサルヴァージュがアンフォルタスの傷を吸う。彼女も解放者を待っている。しかし、解放のときには彼女の命も消えるだろう。クリングゾールの道具となってモンサルヴァージュに呪いをもたらした彼女の命数がつきるのだ」。

場面がかわり、アンフォルタスと道化のケイレ（Kaylet）がいる。ケイレが寓話を語る。むかし、美しい王女がいた。婚礼の前夜、いじわるな妖精に呪いをかけられ、婚礼の朝からこんこんと眠りつづけた。そこに一人の騎士がやってきて、婚約者の頭に手をおいて、「よく寝た。もう起きるがいい」と言うや、王女が大きなため息をつく。彼女は死ぬためにめざめたのだ。彼女は言う。「あなたは私を救うより、私を助けてくれた人に与えることをおそれたのです」。騎士は彼女を棺におさめて立ち去ってゆく。

ケイレが退場しクリングゾールが登場。クリングゾールは穢れなき騎士の到着を告げ、アンフォルタスとともに城を立ち去るときがきたという。アンフォルタスは言う。なおったら、わしは消えてしまう。見えなくなる。クリングゾールは言う。「王よ、そなたは癒されよう。癒された盲者のように、光にやけるように思うだろう」。アンフォルタスは言う。「そなたには聖杯の道は見えておるまい」。

4 ペルスヴァル

ペルスヴァルは隠者のトレヴリザン（Trévrizent）に会う。隠者は聖杯の探索をやめるようすすめる。ペルスヴァルは最後にアンフォルタスと話し合う。アンフォルタスは位をゆずろうという。モンサルヴァージュの城主の地位と聖杯の保持者としての地位だ。そのためには夢のなかで開示された問いをその夜のあいだにおこなわれる聖杯の儀式において発すればいい。そうすれば、アンフォルタスの傷は癒え、国全体にかかっている呪いも解ける。しかしそのとき、純粋でないものは死ななければならない。クンドリーは真っ先に死ぬのだ。ペルスヴァルはそれを聞いてためらう。罠だという。王位をくれるのはいい。しかし、クンドリーは失われる。それよりはアンフォルタスの苦しみはそのままにして、クンドリーとともに旅立ったほうがいい。あるいはクンドリーにはアンフォルタスの傷の手当に残ってもらってもいい。ペルスヴァルとしては冒険の旅を選んだのであり、安穏な王位に満足するつもりはない。いやそれに、その王位はおそろしいものだ。アンフォルタスはわき腹に癒えることのない傷を負った。アンフォルタスの代わりに王位につくものにも、おなじような不治の病が与えられよう。それから癒えるためには、おなじようにして王位を餌にして身代わりをさがさなければならない。馬にのって冒険の旅に出るかわりに、病の身体を舟にのせて、終日、魚がかかるのを待っていなければならない。どちらがいいのか。答えは明らかだった。ペルスヴァルは聖杯の儀式に招かれ、聖杯を目の当たりにしたが、夢のなかで告げられた問いを発することはなく、そのまま、旅に出た。

グラックはペルスヴァルをすこしも咎めてはいない。自由な冒険の旅と呪われた王位とのあいだの選択について、そしてクンドリーとともに生きるかどうかの問題について、考え抜いて答えを出したからだ。

5 失寵

『アルゴールの城にて』でもグラックはハイデにみずから死を選ばせている。ワグナーのクンドリーは、Eine Heidin ist's. といわれる。「異教徒だ」というのである。Heide も Heidin もおなじである。パルジファルは十六歳の少年である。最初の失敗のあと、数年の彷徨のはてに漁夫王の城を再訪して呪いの解除に成功する話もあるが、グラックのばあい、「失敗」ではなく「拒否」で、その後、彷徨のはてに戻ってきたときのことは書かれてはいないが、「失敗」のヴァージョンでは、翌朝、目がさめると、城のなかには人っ子ひとりいないなどという。そしていとこに出会って、母の死や、城での失敗の結果の「失寵」を告げられるが、グラックのばあい、深夜の儀式のあとさっそうと城をあとにする。「拒否」によって自由をかちとったので、失寵ではない。このあと、神を忘れ、神からもみすてられて荒野をさまようばあいがあり、グラックのペルスヴァルがこのあとどんな冒険を経験するかわからない。眠気におそわれてうわごとを言うとき、ヘルツェライデというワグナーの作中の母親の名前を言うところにみられるように、これはあくまでもワグナーの『パルジファル』の書き替えである。[19] であれば最後もペルスヴァルの負けではなく、勝利であろう。漁夫王の解放も考えない。漁夫王が申し出た取引をけって毅然として城を立ち去ってゆくのだ。

おわりに

『アルゴールの城にて』でもアルベールとエルミニアンの相克は、エルミニアンの出発によって、さらにそのあとを追ったアルベールによるエルミニアン刺殺によって幕を閉じる。

ここには不治の病に苦しむ漁夫王はいない。クンドリーに相当するのはハイデだ。クリングゾールはエルミニアンだ。ペルスヴァルはアルベールだろうか。しかし『漁夫王』ではペルスヴァルは城にわかれを告げてゆく。城の謎はいろいろある。そのひとつは地下道だ。アルベールはやがて城の謎をさぐってゆくだろう。聖杯の儀式は礼拝堂でおこなわれる。地下道はそこまでも通じているかもしれない。聖杯は見えなかったが、これはだれの目にも見えるものではない。アルゴールの城は聖杯の城だ。ただ、聖杯はまだだれの目にもみえない[20]。アルベールは城とその付属物、そして森を買ったが、そのなかには聖杯も含まれているだろう。であればアルベールはやがて聖杯の呪縛にとらえられて、その城のなかでひとり朽ち果てるように老いてゆくかもしれない。

いずれにしても、ひとり残されたアルベールにかがやかしい未来はない。彼がペルスヴァルであったなら、漁夫王のいない聖杯の城にたどりついたのだ。そして聖杯を目にすることはいまだできない。であれば、彼の「いさをし」が成就することはない。なにもない。だれもこない。それが聖杯の城の呪縛だったのかもしれない。いやだれかがやってくる。しかしだれもが城の謎を解けず、聖杯を目にすることもできずに立ち去ってゆく。漁夫王から城の権利を買いとったアルベールは無為のうちに老いてゆく。これは裏返しの聖杯の物語である。戯曲『漁夫王』においても、城に到着したペルスヴァルは問いを発することを期待されながら、それを「無知」からではなく、「故意に」拒否して立ち去ってゆく。聖杯の物語は、城へ到着しなかった騎士の物語、到着はしたが、「純粋」という条件に欠けるという理由で排除された騎士の物語、聖杯には受け入れられたが、問いを発して呪縛を解くことができなかった、あるいはしなかった騎士の物語、聖槍を手にいれて、それを漁夫王の傷にあてがって、傷をいやし、漁夫王の代わりに城を支配した騎士の物語など、いろいろある。なかには「アルゴールの城」のように裏返しの聖杯の城もあるだろう[21]。ペルスヴァルの選択にもいろいろな可能性があっただろう。作者としても選択があった。そのひとつが『アルゴールの城にて』においても『漁夫王』においても、主人公ないし副主人公に「別れ」「旅立ち」あるいは「死」を与えることだった。それはこの世における「救いの拒否」でもあるだろう。それこそがワグナーの『パルジファル』の「悪魔的な書き替え」の結論でもあるだろう。

（1）コクトーの『円卓の騎士』（一九三七年）ではメルランである。
（2）そのアンフォルタスの傷口にパルジファルが聖槍をあてがう。血潮が聖杯のなかにほとばしりでる（安藤訳、一六六―一六七頁）。
（3）プレイヤッド（Pléiade）版 *Œuvres complètes de Julien Gracq*, 2010, p. 350.『漁夫王』からの引用は以下、この版による。
（4）アルベールは城へやってくるまではペルスヴァル的である。しかし城主となると漁夫王の立場になる。エルミニアンとは、パリでは親友であり、アルゴールでは敵兄弟となる。『漁夫王』ではクリングゾールでもある。最低限の数の人物たちはそれぞれ、不在の人物たちの身代わりをし、同時にそれぞれ分身や敵同士の関係でからみあう。
（5）『漁夫王』のペルスヴァルの決意にクンドリーが影響をあたえているのは言うまでもない。クンドリーはクリングゾールの道具となって、アンフォルタスを誘惑し、ついで、いまペルスヴァルを誘惑したのだ。
（6）『アルゴールの城にて』が『パルジファル』の「悪魔的な書き替え」であるとすると『漁夫王』はむしろ「世俗的な書き替え」かもしれない。アンフォルタスはペルスヴァルに位をゆずって自分は隠棲することを申し出る。ペルスヴァルはそれを拒否する。暗く日のささない城をひきうけても世俗的にはなんのメリットもないのである。しかも呪いがかかっている。不動産的にいえばいわゆる「事故物件」である。ペルスヴァルは逃げ出す。
（7）Julien Gracq, *Au Château d'Argol*, José Corti, 1975.『アルゴールの城にて』の引用はこの版による。翻訳では岩波文庫版（安藤元雄訳、二〇一四年）を参照した。ただし、解釈がことなるところは筆者の私訳をあてた。ハイデの聖痕の場面で「なにかのカトリックの教義の思い出」とされているところは、「カトリックの教義のなんらかの思い出」としたごとく、わずかな語句の位置の相違でしかないのが大部分である。ただしそのまえ、「エルミニアンのことを考えていたのは、はっきり自覚してはいなかった」とあるところは安藤訳では「エルミニアンのことが念頭に浮かぶなどとは自分から認める気もなかった」とあるが、とりようによっては原文と逆の意味になりかねない。
(8) これらの版画はエルミニアンのコレクションかもしれない。
(9) もちろんグラックをはなれて、聖杯そのものについては種々論議がある。ジャン・フラピエ（天沢退二郎訳）『聖杯の神話』（筑摩書房、一九九〇年）を参照。
(10) 自動車の入れない地所には値がつかない。
(11) この二本の木の棒は、一見意味不明だが、テクストが細心にさけている明言を想定するなら、その二本は「平行に」ではなく、「直角に」まじわって十字を構成するはずである。
(12) この「首をがくりとそらした」姿勢は磔刑図のそれである。
(13) 原文 p. 92。
(14) 水の上を歩くのはキリストである。水の底から現れるのは「深淵の王」だ。
(15) 「雷の轟然たる炸裂」は、二頁先では、ハイデとエルミニアンが「雷の閃光」のうちにむすびあわされたと書かれるように、このふたりの出現（「劇的な出現」）のさいに出てくる常套句である。ハイデとエルミニアンは「犠牲者とナイフ」なのである。
(16) 高辻訳では「救世主に救済を」となっている。ワーグナー『パルジファル』（高辻知義訳、音楽之友社、二〇一三年）。『アルゴールの城にて』ではヘーゲルをひいて「傷を負わせる手は、また傷を癒す手でもある」（四〇頁）という。
(17) クリングゾールの変装のモチーフはコクトーの『円卓の騎士』を思わせる。
(18) アリマタヤのヨセフの末裔だからという説明はグラックにはない。
(19) ヘルツェライデという名前はもちろんヴォルフラム・フォン・エッシェンバハからきている。
(20) 森はまだ最初の言葉を発していない。森が言葉を発するとき、聖杯も見えてくるだろう。礼拝堂では、すでに楽句としての聖杯が現れていたのである。
(21) 『アルゴールの城にて』を「裏返しの聖杯の物語」として読むことは、これを一種の幻想作品として読むことにもなるだろう。死んだ女がその聖痕から血を流しつづけるのである。死んだ女が吸血鬼となって夜ごと男をおとずれる話の裏返しである。しかし、たとえばバロニアンはその『フランス語幻想文学展望』で、『アルゴールの城にて』をアレゴリックな作品ととらえている。グラック自身はこれを『パルジファル』の悪魔的な書き替えと称している。しかし「恐怖」という「道具立て」については、なるべく気づかれないようにしたといっている。そしてそれを受けてシュネデールは「わたしたちを罪におとしいれる行為こそわたしたちの救済の条件である」として、『アルゴールの城にて』をまさに裏返しの幻想文学としている。(『フランス幻想文学史』)。

研究活動記録

二〇一七年四月に発足した研究チーム「アーサー王伝説研究」は、公開研究会を定期的に開催し、自らの勉学の場とすると同時に、他分野の研究者たちとの交流の場としてきた。以下が二〇一九年度秋までの一覧である（肩書は当時のもの）。素晴らしい報告をして下さった講師の皆さんに、改めて感謝申し上げたい。

（渡邉）

二〇一七年度

第一回（通算一回）　五月二七日（土）

「チョーサー研究会」共催

講　師　増山暁子氏（国立音楽大学名誉教授）

テーマ　イタリアンアルプス伝説の古代王国〝ファネス〟をしのぶ

第二回（通算二回）　一〇月七日（土）

講　師　ナタリア・ペトロフスカイア氏（ユトレヒト大学准教授）

テーマ　『イマゴ・ムンディ』と中世ヨーロッパ文学——叙事詩とロマンスに見られる地理学書の影響

第三回（通算三回）　一〇月二八日（土）

講　師　篠田知和基氏（名古屋大学元教授）

テーマ　フランス神話をめぐって
第四回（通算四回）　一一月四日（土）
「チョーサー研究会」共催
講　師　野地薫氏（関東学院大学文学部非常勤講師）
テーマ　チョーサー研究へのアプローチ

二〇一八年度
第一回（通算五回）　五月二六日（土）
「西洋合理主義にかんする比較思想的研究」チーム共催
講　師　若松功一郎氏（早稲田大学文学部哲学コース助手）
テーマ　エックハルトとディートリヒ――ケルン・ドミニコ会の能動知性論
第二回（通算六回）　六月三〇日（土）
講　師　多ヶ谷有子氏（関東学院大学名誉教授）
テーマ　チョーサーの"Pardoner's Tale"とその周辺――免償符 and/or 免罪符
第三回（通算七回）　七月一四日（土）
「中央大学仏語仏文学研究会」共催
講　師　篠田知和基氏（名古屋大学元教授）
テーマ　昆虫神話をめぐって
第四回（通算八回）　一〇月二七日（土）

「神話学研究会」共催

講　師　石倉敏明氏（秋田公立美術大学准教授）

テーマ　回帰する神話と創造性――芸術人類学の実践から

講　師　中川洋一郎氏（中央大学経済学部教授）

テーマ　ジョルジュ・デュメジル《三機能性》論、一九五〇年の蹉跌――神話形成期（前四千年紀）、原インド・ヨーロッパ語族民組織における社会的三階級の不在という難題

第五回（通算九回）　二〇一九年三月一六日（土）

講　師　小池剛史氏（大東文化大学准教授）

テーマ　ジャネット・デイヴィス著『ウェールズ語の歴史』をめぐって――現代に生きるウェールズ語

二〇一九年度

第一回（通算一〇回）　七月一三日（土）

「中央大学仏語仏文学研究会」共催

講　師　篠田知和基氏（名古屋大学元教授）

テーマ　フランス文学の海と川

第二回（通算一一回）　一〇月二三日（水）

講　師　アースディース・ローサ・マグヌースドーッティル氏（アイスランド大学教授）（通訳・渡邉浩司研究員）

テーマ　中世スカンディナヴィアにおける『グラアルの物語』の受容――『パルセヴァルのサガ』をめぐって

Studies in the Arthurian Legend: From the Middle Ages to Modern Times

(Chuo University Press, 2019)

Contents

執筆者紹介（執筆順）

金《かな》沢《ざわ》百《もも》枝《え》　客員研究員　東海大学教授
増《ます》山《やま》暁《きょう》子《こ》　国立音楽大学名誉教授
渡《わた》邉《なべ》浩《こう》司《じ》　研究員　中央大学経済学部教授
横《よこ》山《やま》安由美《あゆみ》　客員研究員　立教大学教授
村《むら》山《やま》いくみ　客員研究員　フェリス女学院大学非常勤講師
狩野《かのう》晃《こう》一《いち》　客員研究員　明治大学農学部専任講師
白《しら》木《き》和《かず》美《み》　客員研究員　首都大学東京非常勤講師
林《はやし》邦《くに》彦《ひこ》　客員研究員　尚美学園大学総合政策学部講師
多ケ谷《たがや》有《ゆう》子《こ》　関東学院大学名誉教授
貝《かい》塚《つか》泰《やす》幸《ゆき》　客員研究員　千葉商科大学商経学部非常勤講師
玉《たま》川《かわ》明日美《あすみ》　準研究員　立教大学文学研究科博士課程後期課程
松《まつ》原《ばら》文《あや》　客員研究員　立教大学文学部助教
ナタリア・ペトロフスカイア　ユトレヒト大学准教授
近《こん》藤《どう》まりあ　研究員　中央大学経済学部准教授
伊《い》藤《とう》洋《よう》司《じ》　研究員　中央大学経済学部教授
篠《しの》田《だ》知和基《ちわき》　名古屋大学元教授

アーサー王伝説研究　中世から現代まで
中央大学人文科学研究所研究叢書　71

2019年12月15日　初版第1刷発行

編著者　渡　邉　浩　司
発行者　中央大学出版部
代表者　間　島　進　吾

〒192-0393　東京都八王子市東中野742-1
発行所　中央大学出版部
電話 042(674)2351　FAX 042(674)2354
http://www2.chuo-u.ac.jp/up/

　ISBN978-4-8057-5355-2　㈱TOP印刷

中央大学人文科学研究所研究叢書

1 五・四運動史像の再検討

A5判　五六四頁
（品切）

2 希望と幻滅の軌跡　反ファシズム文化運動

様々な軌跡を描き、歴史の壁に刻み込まれた抵抗運動の中から新たな抵抗と創造の可能性を探る。

A5判　四三四頁
三五〇〇円

3 英国十八世紀の詩人と文化

A5判　三六八頁
（品切）

4 イギリス・ルネサンスの諸相　演劇・文化・思想の展開

A5判　五一四頁
（品切）

5 民衆文化の構成と展開　遠野物語から民衆的イベントへ

全国にわたって民衆社会のイベントを分析し、その源流を辿って遠野に至る。巻末に子息が語る柳田國男像を紹介。

A5判　四三四頁
三五〇〇円

6 二〇世紀後半のヨーロッパ文学

第二次大戦直後から八〇年代に至る現代ヨーロッパ文学の個別作家と作品を論考しつつ、その全体像を探り今後の動向をも展望する。

A5判　四七八頁
三八〇〇円

7
近代日本文学論　大正から昭和へ
時代の潮流の中でわが国の文学はいかに変容したか、詩歌論・作品論・作家論の視点から近代文学の実相に迫る。
A5判　三六〇頁
二八〇〇円

8
ケルト　伝統と民俗の想像力
古代のドイツから現代のシングにいたるまで、ケルト文化とその稟質を、文学・宗教・芸術などのさまざまな視野から説き語る。
A5判　四九六頁
四〇〇〇円

9
近代日本の形成と宗教問題〔改訂版〕
外圧の中で、国家の統一と独立を目指して西欧化をはかる近代日本と、宗教とのかかわりを、多方面から模索し、問題を提示する。
A5判　三三〇頁
三〇〇〇円

10
日中戦争　日本・中国・アメリカ
日中戦争の真実を上海事変・三光作戦・毒ガス・七三一細菌部隊・占領地経済・国民党訓政・パナイ号撃沈事件などについて検討する。
A5判　四八八頁
四二〇〇円

11
陽気な黙示録　オーストリア文化研究
世紀転換期の華麗なるウィーン文化を中心に二〇世紀末までのオーストリア文化の根底に新たな光を照射し、その特質を探る。巻末に詳細な文化史年表を付す。
A5判　五九六頁
五七〇〇円

12
批評理論とアメリカ文学　検証と読解
一九七〇年代以降の批評理論の隆盛を踏まえた方法・問題意識によって、アメリカ文学のテキストと批評理論を多彩に読み解き、かつ犀利に検証する。
A5判　二八八頁
二九〇〇円

中央大学人文科学研究所研究叢書

13

風習喜劇の変容　王政復古期からジェイン・オースティンまで

王政復古期のイギリス風習喜劇の発生から、一八世紀感傷喜劇との相克を経て、ジェイン・オースティンの小説に一つの集約を見る、もう一つのイギリス文学史。

A5判　二六八頁
二七〇〇円

14

演劇の「近代」　近代劇の成立と展開

イプセンから始まる近代劇は世界各国でどのように受容展開されていったか、イプセン、チェーホフの近代性を論じ、仏、独、英米、中国、日本の近代劇を検討する。

A5判　五三六頁
五四〇〇円

15

現代ヨーロッパ文学の動向　中心と周縁

際だって変貌しようとする二〇世紀末ヨーロッパ文学は、中心と周縁という視座を据えることで、特色が鮮明に浮かび上がってくる。

A5判　三九六頁
四〇〇〇円

16

ケルト　生と死の変容

ケルトの死生観を、アイルランド古代／中世の航海・冒険譚や修道院文化、またウェールズの『マビノーギ』などから浮かび上がらせる。

A5判　三六八頁
三七〇〇円

17

ヴィジョンと現実　十九世紀英国の詩と批評

ロマン派詩人たちによって創出された生のヴィジョンはヴィクトリア時代の文化の中で多様な変貌を遂げる、英国十九世紀文学精神の全体像に迫る試み。

A5判　六八八頁
六八〇〇円

18

英国ルネサンスの演劇と文化

演劇を中心とする英国ルネサンスの豊饒な文化を、当時の思想・宗教・政治・市民生活その他の諸相において多角的に捉えた論文集。

A5判　四六六頁
五〇〇〇円

19 ツェラーン研究の現在　詩集『息の転回』第一部注釈

二〇世紀ヨーロッパを代表する詩人の一人パウル・ツェラーンの詩の、最新の研究成果に基づいた注釈の試み、研究史、研究・書簡紹介、年譜を含む。

A5判　四四八頁　四七〇〇円

20 近代ヨーロッパ芸術思潮

価値転換の荒波にさらされた近代ヨーロッパの社会現象を文化・芸術面から読み解き、その内的構造を様々なカテゴリーへのアプローチを通して、解明する。

A5判　三四四頁　三八〇〇円

21 民国前期中国と東アジアの変動

近代国家形成への様々な模索が展開された中華民国前期（一九一二～二八）を、日・中・台・韓の専門家が、未発掘の資料を駆使し検討した国際共同研究の成果。

A5判　五九二頁　六六〇〇円

22 ウィーン　その知られざる諸相

もうひとつのオーストリア

二〇世紀全般に亙るウィーン文化に、文学、哲学、民俗音楽、映画、歴史など多彩な面から新たな光を照射し、世紀末ウィーンと全く異質の文化世界を開示する。

A5判　四二四頁　四八〇〇円

23 アジア史における法と国家

中国・朝鮮・チベット・インド・イスラム等における古代から近代に至る政治・法律・軍事などの諸制度を多角的に分析し、「国家」システムを検証解明する。

A5判　四四四頁　五一〇〇円

24 イデオロギーとアメリカン・テクスト

アメリカン・イデオロギーないしその方法を剔抉、検証、批判することによって、多様なアメリカン・テクストに新しい読みを与える試み。

A5判　三二〇頁　三七〇〇円

25
ケルト復興
一九世紀後半から二〇世紀前半にかけての「ケルト復興」に社会史的観点と文学史的観点の双方からメスを入れ、複雑多様な実相と歴史的な意味を考察する。

A5判　五七六頁
六六〇〇円

26
近代劇の変貌　「モダン」から「ポストモダン」へ
ポストモダンの演劇とは？　その関心と表現法は？　英米、ドイツ、ロシア、中国の近代劇の成立を論じた論者たちが、再度、近代劇以降の演劇状況を鋭く論じる。

A5判　四二四頁
四七〇〇円

27
喪失と覚醒　19世紀後半から20世紀への英文学
伝統的価値の喪失を真摯に受けとめ、新たな価値の創造に目覚めた、文学活動の軌跡を探る。

A5判　四八〇頁
五三〇〇円

28
民族問題とアイデンティティ
冷戦の終結、ソ連社会主義体制の解体後に、再び歴史の表舞台に登場した民族の問題を、歴史・理論・現象等さまざまな側面から考察する。

A5判　三四八頁
四二〇〇円

29
ツァロートの道　ユダヤ歴史・文化研究
一八世紀ユダヤ解放令以降、ユダヤ人社会は西欧への同化と伝統の保持の間で動揺する。その葛藤の諸相を思想や歴史、文学や芸術の中に追求する。

A5判　四九六頁
五七〇〇円

30
埋もれた風景たちの発見　ヴィクトリア朝の文芸と文化
ヴィクトリア朝の時代に大きな役割と影響力をもちながら、その後顧みられることの少なくなった文学作品と芸術思潮を掘り起こし、新たな照明を当てる。

A5判　六五六頁
七三〇〇円

31
近代作家論
鷗外・茂吉・『荒地』等、近代日本文学を代表する作家や詩人、文学集団といった多彩な対象を懇到に検証、その実相に迫る。

A5判　四三二頁
四七〇〇円

32
ハプスブルク帝国のビーダーマイヤー
ハプスブルク神話の核であるビーダーマイヤー文化を多方面からあぶり出し、そこに生きたウィーン市民の日常生活を通して、彼らのしたたかな生き様に迫る。

A5判　四四八頁
五〇〇〇円

33
芸術のイノヴェーション　モード、アイロニー、パロディ
技術革新が芸術におよぼす影響を、産業革命時代から現代まで、文学、絵画、音楽など、さまざまな角度から研究・追求している。

A5判　五二八頁
五八〇〇円

34
剣と愛と　中世ロマニアの文学
一二世紀、南仏に叙情詩、十字軍から叙事詩、ケルトの森からロマンスが誕生。ヨーロッパ文学の揺籃期をロマニアという視点から再構築する。

A5判　二八八頁
三一〇〇円

35
民国後期中国国民党政権の研究
中華民国後期（一九二八～四九）に中国を統治した国民党政権の支配構造、統治理念、国民統合、地域社会の対応、対外関係・辺疆問題を実証的に解明する。

A5判　六四〇頁
七〇〇〇円

36
現代中国文化の軌跡
文学や語学といった単一の領域にとどまらず、時間的にも領域的にも相互に隣接する複数の視点から、変貌著しい現代中国文化の混沌とした諸相を捉える。

A5判　三四四頁
三八〇〇円

37 アジア史における社会と国家

国家とは何か？　社会とは何か？　人間の活動を「国家」と「社会」という形で表現させてゆく史的システムの構造を、アジアを対象に分析する。

A5判　三五二頁　三八〇〇円

38 ケルト　口承文化の水脈

アイルランド、ウェールズ、ブルターニュの中世に源流を持つケルト口承文化——その持続的にして豊穣な水脈を追う共同研究の成果。

A5判　五二八頁　五八〇〇円

39 ツェラーンを読むということ

詩集『誰でもない者の薔薇』研究と注釈

現代ヨーロッパの代表的詩人の代表的詩集全篇に注釈を施し、詩集全体を論じた日本で最初の試み。

A5判　五六八頁　六〇〇〇円

40 続　剣と愛と　中世ロマニアの文学

聖杯、アーサー王、武勲詩、中世ヨーロッパ文学を、ロマニアという共通の文学空間に解放する。

A5判　四八八頁　五三〇〇円

41 モダニズム時代再考

ジョイス、ウルフなどにより、一九二〇年代に頂点に達した英国モダニズムとその周辺を再検討する。

A5判　二八〇頁　三〇〇〇円

42 アルス・イノヴァティーヴァ

レッシングからミュージック・ヴィデオまで

科学技術や社会体制の変化がどのようなイノヴェーションを芸術に発生させてきたのかを近代以降の芸術の歴史において検証、近現代の芸術状況を再考する試み。

A5判　二五六頁　二八〇〇円

43
メルヴィル後期を読む
複雑・難解であることが知られる後期メルヴィルに新旧二世代の論者六人が取り組んだもので、得がたいユニークな論集となっている。
A5判 二四八頁
二七〇〇円

44
カトリックと文化　出会い・受容・変容
インカルチュレーションの諸相を、多様なジャンル、文化圏から通時的に剔抉、学際的協力により可能となった変奏曲（カトリシズム（普遍性））の総合的研究。
A5判 五二〇頁
五七〇〇円

45
「語り」の諸相　演劇・小説・文化とナラティヴ
「語り」「ナラティヴ」をキイワードに演劇、小説、祭儀、教育の専門家が取り組んだ先駆的な研究成果を集大成した力作。
A5判 二五六頁
二八〇〇円

46
档案の世界
近年新出の貴重史料を綿密に読み解き、埋もれた歴史を掘り起こし、新たな地平の可能性を予示する最新の成果を収載した論集。
A5判 二七二頁
二九〇〇円

47
伝統と変革　一七世紀英国の詩泉をさぐる
一七世紀英国詩人の注目すべき作品を詳細に分析し、詩人がいかに伝統を継承しつつ独自の世界観を提示しているかを解明する。
A5判 六八〇頁
七五〇〇円

48
中華民国の模索と苦境　1928～1949
二〇世紀前半の中国において試みられた憲政の確立は、戦争、外交、革命といった困難な内外環境によって挫折を余儀なくされた。
A5判 四二〇頁
四六〇〇円

49

現代中国文化の光芒

文字学、文法学、方言学、詩、小説、茶文化、俗信、演劇、音楽、写真などを切り口に現代中国の文化状況を分析した論考を多数収録する。

A5判　三八八頁
四三〇〇円

50

アフロ・ユーラシア大陸の都市と宗教

アフロ・ユーラシア大陸の都市と宗教の歴史が明らかにする、地域の固有性と世界の普遍性。都市と宗教の時代の新しい歴史学の試み。

A5判　二九八頁
三三〇〇円

51

映像表現の地平

無声映画から最新の公開作まで様々な作品を分析しながら、未知の快楽に溢れる映像表現の果てしない地平へ人々を誘う気鋭の映像論集。

A5判　三三六頁
三六〇〇円

52

情報の歴史学

「個人情報」「情報漏洩」等々、情報に関わる用語がマスメディアをにぎわす今、情報のもつ意義を前近代の歴史から学ぶ。

A5判　三四八頁
三八〇〇円

53

フランス十七世紀の劇作家たち

フランス十七世紀の三大作家コルネイユ、モリエール、ラシーヌの陰に隠れて忘れられた劇作家たちの生涯と作品について論じる。

A5判　四七二頁
五二〇〇円

54

文法記述の諸相

中央大学人文科学研究所「文法記述の諸相」研究チーム十一名による、日本語・中国語・英語を対象に考察した言語研究論集。

A5判　三六八頁
四〇〇〇円

55
英雄詩とは何か
古来、いかなる文明であれ、例外なくその揺籃期に、英雄詩という文学形式を擁す。『ギルガメシュ叙事詩』から『ベーオウルフ』まで。

A5判　二六四頁
二九〇〇円

56
第二次世界大戦後のイギリス小説
ベケットからウインターソンまで
一二人の傑出した小説家たちを俎上に載せ、第二次世界大戦後のイギリスの小説の豊穣な多様性を解き明かす論文集。

A5判　三八〇頁
四二〇〇円

57
愛の技法　クィア・リーディングとは何か
批評とは、生き延びるために切実に必要な「技法」であったのだ。時代と社会が強制する性愛の規範を切り崩す、知的刺激に満ちた論集。

A5判　二三六頁
二六〇〇円

58
アップデートされる芸術　映画・オペラ・文学
映画やオペラ、「百科事典」やギター音楽、さまざまな形態の芸術作品を「いま」の批評的視点からアップデートする論考集。

A5判　二五二頁
二八〇〇円

59
アフロ・ユーラシア大陸の都市と国家
アフロ・ユーラシア大陸の歴史を、都市と国家の関連を軸に解明する最新の成果。各地域の多様な歴史が世界史の構造をつくりだす。

A5判　五八八頁
六五〇〇円

60
混沌と秩序　フランス十七世紀演劇の諸相
フランス十七世紀演劇は「古典主義演劇」と呼ばれることが多いが、こうした範疇では捉えきれない演劇史上の諸問題を採り上げている。

A5判　四三八頁
四九〇〇円

61
島と港の歴史学

「島国日本」における島と港のもつ多様な歴史的意義、とくに物流の拠点、情報の発信・受信の場に注目し、共同研究を進めた成果。

A5判　二四四頁
二七〇〇円

62
アーサー王物語研究　源流から現代まで

中世ウェールズの『マビノギオン』からトールキンの未完物語『アーサーの顛落』まで、「アーサー王物語」の誕生と展開に迫った論文集。

A5判　四二四頁
四六〇〇円

63
文法記述の諸相Ⅱ

中央大学人文科学研究所「文法記述の諸相」研究チーム十名による、九本を収めた言語研究論集。本叢書54の続編を成す。

A5判　三三二頁
三六〇〇円

64
続　英雄詩とは何か

古代メソポタミアの『ギルガメシュ叙事詩』からホメロス、古英詩『モールドンの戦い』、中世独仏文学まで英雄詩の諸相に迫った論文集。

A5判　二九六頁
三二〇〇円

65
アメリカ文化研究の現代的諸相

転形期にある現在世界において、いまだ圧倒的な存在感を示すアメリカ合衆国。その多面性を文化・言語・文学の視点から解明する。

A5判　三一六頁
三四〇〇円

66
地域史研究の今日的課題

近世～近代の地域社会について、庭場・用水・寺子屋・市場・軍功記録・橋梁・地域意識など、多様な視角に立って研究を進めた成果。

A5判　二〇〇頁
二二〇〇円

中央大学人文科学研究所研究叢書

67 モダニズムを俯瞰する

複数形のモダニズムという視野のもと、いかに芸術は近代という時代に応答したのか、世界各地の取り組みを様々な観点から読み解く。

A5判 三三六頁 三六〇〇円

68 英国ミドルブラウ文化研究の挑戦

正統文化の境界領域にあるミドルブラウ文化。その大衆教養主義から、もう一つの〈イギリス文化〉、もう一つの〈教養〉が見えてくる。

A5判 四六四頁 五一〇〇円

69 英文学と映画

イギリス文学の研究者たちが、文学研究で培われた経験と知見を活かし、映画、映像作品、映像アダプテーション、映像文化について考察した研究論文集。

A5判 二六八頁 二九〇〇円

70 読むことのクィア 続 愛の技法

ジェンダー、セクシュアリティ、クィア研究によって、文学と社会を架橋し、より良い社会を夢見て、生き延びるための文学批評実践集。

A5判 二五二頁 二七〇〇円

定価は本体価格です。別途消費税がかかります。